한국 현대
시문학사

이명찬   덕성여대 교수
전도현   고려대 교수
김유중   서울대 교수
유성호   한양대 교수
남기혁   군산대 교수
문혜원   아주대 교수
이승하   중앙대 교수
맹문재   안양대 교수
고명철   광운대 교수
이경수   중앙대 교수
권성훈   경기대 교수

수정증보판

한국 현대시문학사 1910년대~2010년대

초판 1쇄 발행 2019년 2월 20일
초판 3쇄 발행 2022년 8월 20일
지은이 이승하 외   **펴낸이** 박성모   **펴낸곳** 소명출판
출판등록 제13-522호   **주소** 서울시 서초구 사임당로14길 15 서광빌딩 2층
전화 02-585-7840   **팩스** 02-585-7848
전자우편 somyungbooks@daum.net   **홈페이지** www.somyong.co.kr

값 28,000원
ISBN 979-11-5905-382-5   93810
ⓒ 이승하, 2005, 2019

수정
증보판

한국 현대
시문학사

1910년대~2010년대

이승하 외
지음

The History of Korean Modern Poetry

한국 시문학사의 재정립을 위하여 _수정증보판 서문

20세기가 저물고 21세기가 막 시작되었을 때였습니다. 맹문재·문혜원 선생님과 여러 차례 만나면서 우리가 대학에서 학생들을 가르치고 있지만 연구자이기도 한데 한국 시문학을 위하여 무슨 일을 할 수 있을까, 숙의했습니다. 문학사 책이 여러 권 나와 있지만 흡족한 시문학사가 없다는 데 의견의 일치를 보아 시문학사 책을 내기로 했습니다. 필자 선정과 원고 집필과 수거에 시간이 많이 걸렸습니다.

쓸 겨를이 없다고 거절한 분도 계셨고, 원고를 아주 늦게 주신 분도 계셨습니다. 저 혼자서 사진을 구하는 것도 만만치 않은 일이었습니다. 아무튼 2005년 4월에 출간된 이 책은 어느덧 4쇄를 찍었고 그것도 거의 다 판매가 되었다고 합니다.

경기대 권성훈 교수께서 제안을 해오셨습니다. "2010년대도 저물어 가고 있는데 이 책은 1990년대에서 끝나지 않는가. '한국 현대시문학사'라는 제호가 맞지 않는다."

옳은 말이었습니다. 그래서 2000년대 시문학사를 포함시켜 증보판을 내기로 하고 작년부터 필자 선정 작업에 들어갔습니다. 지금 이 시대의 시인들이 낸 시집을 폭넓게 읽고 심도 있는 글을 써온 중앙대 국문학과의 이경수 교수께 원고 청탁을 드렸습니다. 2000년대에도 얼마나 많은 시인들이 등장했고 얼마나 많은 시집을 냈는지……. 그 시집들의 경중을 잘 살펴 가려냈고, 당대의 문학적인 이슈를 잘 선별하여 문학사적인 자리매김을 해주신 이경수 교수께 감사의 인사를 드립니다. 「탈경계 시대 현대시의 모색과 도전」 한 편의 글을 쓰는 데 1년 이상이 걸렸으니, 얼마나 공력을 기울인 글인지 잘 알겠습니다. 이 글로 말미암아 『한국 현대시문학사』는 이제 비로소 제호에 맞는 책이 되었습니다.

최근에 권성훈 교수가 「4차산업혁명과 한국 시의 미래는?」이란 흥미로운 글을 썼습니다. 4차산업 시대가 전개될 텐데, 앞으로 우리 시는 도대체 어떤 식으로 전개되어 갈 것인가 하는, 시의 미래를 예측한 선구적인 글입니다. 저도 「새로운 독자는 무엇을 원하고 있는가―21세기의 시와 시인과 독자」란 독자비평의 관점에서 미래를 예측한 글을 하나 쓴 것이 있어서 첨부하기로 했습니다. 이 두 개의 글이 1910년대부터 전개되는 우리 시문학사를 잘 정리해 주신 여러 선생님들의 빛나는 글에 누가 되지 않기를 바랍니다.

2019년 연초에
대표 편자 이승하

책머리에

20세기의 명저 중 하나인 카E. H. Carr의 『역사란 무엇인가?*What is History?*』에는 중세 연구가로 유명한 바라클로Barraclough 교수의 다음 말이 인용되고 있다. "우리가 읽는 역사는 비록 사실에 근거하고 있지만 엄격히 말해서 실제 있었던 일이라기보다는 오히려 일련의 공인된 의견의 기록에 불과하다." 시대가 바뀜에 따라 공인된 평가가 비판받거나 뒤바뀌고 있는 이 시점에서 바라클로 교수의 말은 새겨들을 만하다. 역사가는 과거사를 새롭게 정리하는 사람이며 때로는 뒤집어보는 사람이다. 한국 현대시문학사를 근 3년여의 기간을 두고 한 권의 책으로 기획하고 집필한 것도 이와 같은 의도에서였다. 이 책의 기획 의도를 좀 더 구체적으로 밝히면 다음 네 가지이다.

첫째, 한 세기를 보내고 새 세기를 맞았으므로 이에 걸맞은 새로운 시문학사를 기술하자. 최남선이 「해에게서 소년에게」를 발표한 1908년 즈음을 한국 현대시의 출발점으로 삼는다면 이제 비로소 100년의 역사를 갖게 되었으므로 이 연륜에 해당하는 무게를 지닌 시문학사 책자를 만들자.

둘째, '새 술은 새 부대에 담아야 한다'는 말도 있듯이 필자의 나이를 30~40대로 한정하여 보다 참신한 시각으로 문학사를 쓰도록 하자. 선배들의 연구를 참조는 하되 그 성과를 그대로 답습하지는 말자.

셋째, 1910년대부터 1990년대까지 시대적 특성을 고려해서 10년 단위로 구분해 집필하되 시문학의 흐름을 보다 구체적으로 반영해 1930~1945년까지를 한 시대로 하고, 1945~1950년까지의 해방기를 또 하나의 시대로 구분하자.

넷째, 해당 시대의 문학을 전공한 필자들이 집필하되 각자의 개성을 존중하여 용어와 문체의 완전한 통일을 꾀하지는 말자. 각자의 자유로운 역사관 및 세계관을 인정하면서 새로운 시문학사를 정리하자.

이러한 원칙을 갖고 집필에 들어간 결과 『한국 현대시문학사』는 다음과 같은 내용을 담게 되었다.

「근대 이행기 한국 시문학의 특성」(이명찬)은 내부적으로는 봉건 잔재의 청산과 외부적으로는 제국주의 침탈에 맞선 1910년대의 시문학을 '근대 이행기'라는 명칭을 사용하며 고찰하였다. 기존의 '개화기'라는 명칭은 외래적인 것의 수용만을 부각시킨다는 차원에서 지양하고, 우리 문화의 전통을 지켜내면서도 낡은 틀을 벗고 새로운 것을 적극적으로 수용한 면을 강조하고자 '근대 이행기'라는 명칭을 사용한 것이다. 그런 관점에서 옛 시형의 지속과 변모는 가사와 시조를 통해서, 새로운 시형의 발견은 창가와 신시를 통해 정리하였다.

「근대 자유시의 정착과 이념적 분화」(전도현)는 3·1운동 이후 일제의 기만적인 '문화정치' 속에서 우리의 민족의식이 확립되던 시대적 상황을 배경으로, 근대 자유시 형식이 정착되고 본격적으로 전개된 사실과 계급주의와 민족주의로 양분되어 분화 과정을 보였던 한국 시문학의 전개 양상을 고찰하였다. 우선 1920년대 초반에는 박종화·박영희·이상화 등을 통해 암울한 식민지 현실에 적응하지 못하고 갈등하는 낭만주의적 경향의 시세계를 살펴보았다. 이어 20대 중반 이후의 시적 흐름은 신경향파에서 카프로 이어지는 계급주의 문학 운동과 전통 양식의 재인식 및 부흥 운동을 내세운 민족주의 진영의 문학 운동으로 나누어 정리하였다. 이를 통해 뚜렷한 사회의식과 이념을 바탕으로 치열하게 전개되었던 프로시 운동, 그리고 민족주의 이념을 바탕으로 전개된 민요시 창작과 시조부흥운동의 성과와 한계에 대해 고찰하였다. 이밖에 해외 망명지에서의 항일시와 당대의 집단적 조류에서 한 발 비껴서 있으면서도 탁월한 시적 성취를 이룬 김소월과 한용운의 시에 대해서도 정리하였다.

「확대와 심화, 혼란과 좌절의 양상들」(김유중)은 1930년대와 일제 말 암흑기의 시문학사를 정리한 장이다. 필자는 일제에 의한 도시 중심의 기형적인 소비 형태에 국한된 것이었지만 도시 세대의 새로운 감각과 정서에 관심을 갖고 프로문예운동의 변모, 서구 문예 사조의 본격적 유입, 지식 계층의 확산, 표현 매체의 변화 속에서 형성된 시들을 고찰하였다. 이와 아울러 임화·박세영·이찬·이용악 등의 계급주의 시, 정지용·김광균·이상 등의 모더니즘 시, 박용철·김영랑·신석정 등의 순수시, 서정주·유치환 등의 생명파 시, 박목월·박두진·조지훈의 청록파 시를 고찰하였다. 그리고 이광수·김기진·서정주 등 암흑기의 친일시와 윤동주·이육사 등의 저항시도 살펴보았다.

「해방 직후 시의 전개 양상」(유성호)은 민족에게 다가온 광복을 어떻게 새로운 민족사의 전망으로 연결시키면서 자주적인 통일 국가로 이어갈 것인가에 대한 시인들의 고민과 그 실천 방안에 주목하였다. 그리하여 임화·오장환·여상현·유진오 등의 '조선문학가동맹' 계열의 시인들을 통해 민족 주체의식을 강조하는 시세계를, 청록파·서정주·신석정·백석 등의 시인들을 통해 민족주의 혹은 전통적 서정주의를 지향하는 시세계를 함께 고찰하였다.

「한국 전후 시의 형성과 전개」(남기혁)는 6·25전쟁을 통한 시단의 재편성, 세대 교체, 전통주의와 모더니즘의 대립 등에 주목하였고, 서정주·박재삼·김관식·이원섭 등의 전통주의 시들과 박인환·김수영·조향·전봉건·송욱 등의 모더니즘 시들을 살펴보았다. 그리고 박봉우·신동엽 등을 통해 전개된 현실참여 시의 태동도 고찰하였다.

「4·19혁명 이후 우리 시의 유형과 특징」(문혜원)은 4·19혁명과 5·16 군사쿠데타라는 정치적 소용돌이와 경제적 성장이라는 문제가 맞물려 있는 시대 속에서 논의된 시문학의 사회성에 관심을 갖고 김수영과 신동엽을 중심으로 시의 현실참여를 고찰하였다. 그리고 정진규·오세영·이수익·김종해 등의 '현대시' 동인을 통해 서정시의 변화를, 문덕수·이승훈·이건청·황동규·김영태 등의 주지적 경향과 언어의 실험도 아울러 다루었다.

「산업화시대 시의 모색과 발전」(이승하)은 유신헌법으로 인한 강압적인 정치체제와 경제개발 정책에 의한 산업사회로의 진입이라는 두 가지 측면을 토대로 해서 『창작과비평』과 『문학과지성』 등 계간지의 역할, '창비시선', '문학과지성시인선', '오늘의 시인총서'가 주도한 시집의 상품화현상을 살피면서 시사의 흐름을 정리하였다. 시인은 몇 개의 부류로 나누었는데, 예컨대 김지하·신경림·고은·이성부·조태일·정희성·김명인·정호승 등의 현실참여 시, 정현종·강은교·오규원·박제천·김형영 등의 자유정신 시, 임홍재·이유경·홍신선·이시영·박용래·김종삼·전봉건·박희진·이성선·조정권 등의 서정시, 신대철·이하석·김광규 등의 문명비판 시, 감태준·김종철 등의 소시민의식 시로 나누어 고찰하였다. 또한 장르 확산, 전통 리듬의 수용, 현실 풍자, 연작시 유행 등 시 형식의 변화도 살펴보았다.

「광주항쟁 이후 시의 양상과 특징」(맹문재)은 후기산업사회에 등장한 노동자계급에 특히 주목을 하고 동인지 및 무크의 활발한 활동, 장시의 등장, 베스트셀러 시집의 출현 등의 현상을 살펴보았다. 그리고 박노해·백무산 등의 노동시, 김남주·기형도 등의 지식인 시, 이광웅·도종환 등의 교육문제 관련 시, 김용택·고재종 등의 농민시, 이성복·황지우 등의 해체시, 조정권·최승호 등의 서정시, 고정희·최승자 등의 여성시 등으로 분야를 나누어 살펴보았다. 이 가운데 노동시는 기존의 서정시가 추구하는 비사회적 혹은 반사회적인 세계관에 대해 부정하고 시가 추구할 수 있는 사회성을 최대한 담아내었다. 그 결과 1980년대는 시가 시대와 사회의 반영물이라는 인식이 시인이나 독자에게 보편적으로 인정받았다. 흔히 1980년대를 '시의 시대'라고 일컬음은 시인들이 문단에서 수적인 면에서 월등히 앞섰을 뿐만 아니라 동시대를 가장 열정적으로 담아냈음을 뜻하는 것이다.

「현대시의 풍경, 그 다원성의 미학」(고명철)은 1990년대의 시문학사를 정리한 것이다. 1980년대와 급격히 단절된 1990년대 이후의 현실 속에서 다양하게 펼쳐진 시의 풍경은, 인문학의 위기 또는 문학의 위기를 무색케 할 정도로 1990년대의 시문학사를 풍요롭게 채워 넣고 있다. 물론 현재 진행 중에 있는 1990년대의 시문학사의 풍경이 후대의 문학사가들에 의해 어떻게 평가될지는 미지수이다. 이러한 어려움에도 불구하고 1990년대의 시문학을 중간 점검한다는 차원에서 민중시·여성시·생태시·신서정시·환상시 등으로 범주화하여 살펴보았다. 1990년대 민중시의 경우 1980년대식 민중시의 전통과 긴장관계를 갖는 바, 현실 속에서 빚어진 구조악과 행태악을 외면하지 않고 민중의 일상적 욕망을 형상화하고 있다. 여성시의 경우 가부장 중심의 근대적 주체의 파행을 전복시키고자 하는 문제의식에 초점을 맞추고 있다. 생태시는 근대의 자본주의적 물신화의 삶을 넘어선 생태학적 상상력에 천착하고 있으며, 신서정시의 경우 낡고 고루한 서정시로부터 과감히 벗어나 현실에 대응하는 새로움의 진정성을 보이고 있다. 끝으로 환상시는 1980년대를 관통해오던 주체 중심으로부터 벗어나 타자의 타자성을 새롭게 발견함으로써 환상적 리얼리티를 통해 1990년대의 현실에 나름대로 대응하고자 하였다.

세기가 막 바뀐 무렵에 이승하와 맹문재, 문혜원 세 사람이 사당동에 모여서 논의에 논의를 거듭하였다. 우리의 목표는 한 권의 시문학사로서 손색이 없을 수준으로 책을 만들자는 원대한 것이었다. 이 목표를 달성하기 위해 지난 몇 년 동안 원고를 쓰고 모으는 과정에서 많은 어려움이 있었다. 어떤 연대의 경우 애초의 필자가 끝끝내 원고를 쓰지 못해 한참 뒤에 필자가 몇 번이나 교체되기도 했다. 시대 구분의 문제, 용어 사용과 장·절 나누기 등에 따른 통일성의 문제, 원고 취합의 문제 등 여러 가지 난관을 헤쳐 나오면서 작업이 진행되었지만 새로운 문학관, 혹은 역사관이 확립되었다고 장담하기는 어렵다. 아울러 북한의 시문학사를 반영하지 못한 점도 아쉬움으로 남는다. 하지만 이 책이 다음에 쓰일 보다 완전한 시문학사를 위한 초석이 될 수 있다는 점을 애써 위안으로 삼으며 앞으로 약점들을 낱낱이 보완하여 보다 참신하고 성실한 시문학사로 채워나갈 것을 약속드린다. 책의 틀 짜기는 세 사람이 했지만 맹문재가 원고 취합을 했고, 이승하가 머리말 쓰기, 책임 교정, 사진 수집 및 캡션 부기 작업을 했다. 각 연대의 대표시를 선정, 전문을 부록으로 실을 예정이었으나 양이 너무 많아 편집 과정에서 사라진 것이 못내 아쉽다. 나날이 어려워지고 있는 출판계의 현실에도 불구하고 이 책의 출판을 기꺼이 맡아준 소명출판에 깊은 감사를 드린다.

에 깊은 감사를 드린다.

2005년 봄
저자 일동

차례

근대 이행기
한국 시문학의
특성

1. 시대 규정과 기점의 문제

동서고금을 막론하고 문화 변동의 시기에는 자신의 고유한 문화를 지키려는 경향과 이를 혁신하려는 경향이 상호 충돌하는 법이다. 하지만 시간이 충분히 주어지고 문화 담당 주체들의 능동적이고 자발적인 참여가 이루어진다면 이러한 대립적인 경향들은 분명히 생산적인 융합 지점을 찾아내기 마련이다. 그러나 외세의 침투 속도가 너무 빠르고 주체들이 그것을 받아들일 자각과 준비가 되어 있지 않다면 많은 복잡한 문제가 발생할 수 있다. 우리 안의 봉건 잔재를 청산하는 일과 물밀어오는 제국주의 침탈에 맞서는 일이 동시에 요구되던, 구한말의 경우가 그러한 복잡성이 드러나는 좋은 보기라고 할 수 있다. 이 시기가 한국 근대[1] 시사의 가장 초기에 해당하는 시기라는 사실은 두말할 것도 없다.

그러한 복잡성의 첫 번째 예가 해당 시대를 규정하는 용어 문제다. 시대를 규정하는 명칭을 무엇으로 삼을 것인가 하는 이 문제는 그 시기를 언제부터 언제까지로 할 것인가 하는 문제와 밀접히 맞물려 있다. 뿐만 아니라 이 문제는 또한 문화의 고유성을 옹호하는 입장과 외래문화의 수용을 옹호하는 입장 가운데 어느 편의 손을 들어줄 것인가 하는 문제와도 결코 분리될 수 없다. 개화기 · 애국 계몽기 · 이행기 · 자유시 형성기 등의 용어가 그 예들인데, 각각의 용어들은 제 나름의 존립 근거를 분명히 갖고 있어서 선택과 배제를 어렵게 하고 있는 것이 현실이다.

이 글에서는 그 가운데서 '근대(로의) 이행기'라는 명칭을 선택하려고 한다. 우선 가장 오래 폭넓게 사용되어 온 '개화기'라는 명칭의 경우 외래적인 것의 수용만을 전면에 부각시키는 문제점이 있다. 이에 비해 '애국 계몽기'는 반제反帝와 반봉건半封建 혹은 개화開化와 자강自强의 목표를 하나로 아우른 가장 바람직한 명명이라고 할 수 있지만, 해당 시기가 1905년에서 1910년경으로 제한된다는 문제가 발생한다. 그리 되면 그 시기를 전후한 다양한 흐름들을 묶어 설명할 길이 없어진다. '자유시 형성기'라는 용어[2]는 근대 초기 전체에 대한 명명이기보다는 '애국 계몽기'의 후대인 1910년대를 중심에 두려는 명칭이다. '근대 이행기'라는 명칭은 기왕의

---

1 근대문학과 현대문학 가운데 어떤 명칭을 쓸 것인가 하는 것 역시 간단하게 해결될 성질의 문제가 아니긴 하지만, 필자는 근대문학이라는 명칭을 준용하기로 한다. '근대'가 보다 엄격한 시대 구분의 개념으로 자주 사용된다면, '현대'는 보다 범박하게 '당대'의 의미로 쓰이는 경우가 더 많다고 생각하기 때문이다.
2 이러한 명칭을 사용하는 대표적인 글들은 다음과 같다. 정우택, 「한국 근대 자유시 형성 과정과 그 성격」, 성균관대 박사논문, 1998; 김성윤, 「한국 근대 자유시 형성기 연구」, 연세대 박사논문, 1999.

명칭들이 지닌 이러한 문제점들을 보완할 수 있는 대안이라고 할 수 있다. 특히 '애국 계몽기'와 '자유시 형성기'라는 특정의 시기를 하위 단위로 포괄할 수 있어 설명의 유연성을 제공한다는 점이 가장 큰 장점일 것이다.

한국 근대시사의 초기를 '근대 이행기'로 규정한다는 것은 특정 시기를 근대문학의 기점起點으로 잡으려는 사고방식에 대한 반성과도 관련되어 있다. 주지하다시피 기점론이란 특정의 연대를 제시하여 근대의 시초로 잡으려 하는 논의다. 그 가운데 중요한 몇 가지를 들어 보이면 다음과 같다. 우선 17, 18세기 영・정조시대 기점설, 1860년대설, 1876년설, 1888년, 1894년, 1900년, 1905년[3] 등이 있고, 특정 연대로부터의 기점을 문제삼지 않고 임・병 양란 이후부터를 이행기移行期로 설정하는 견해들이 있다.

이들 가운데 논의의 선편先鞭을 쥔 것은, 말할 것도 없이 임화의 갑오경장(1894)설이다. 문화의 고유한 지속성보다는 변화와 새로움에 주목한 그는, 갑오경장 이후 외래문화의 영향 아래 탄생한 문학이야말로 근대문학의 근간이라고 생각하는 이식문학론移植文學論을 펼쳤다. 이를 극복하고 문화의 자생성 및 주체성을 강조하려는 입장이 1970년대 김현・김윤식에 의해 제기된 17, 18세기 기점설이다. 그들은 식민사관의 청산을 위해 국사학계에서 형성된 내재적 발전론의 틀과 연구 성과를 빌어와 영・정조시대에 이미 자생적인 근대화 운동이 시작되었음을 주장한다. 그 예로 든 것이 사설시조와 연암의 한문소설들, 판소리 등이었다. 1990년대에 들며 이들 두 견해가 지닌 논리적 과잉 부분을 조절하려는 견해가 제출되었다. 최원식의 견해가 그것인데, 그는 전자가 반봉건이라는 목표에, 후자가 반제라는 의식에 지나치게 경도되었다는 것을 지적하고, 이들을 변증법적으로

---

3 기점론에 대한 정리는 최원식의 글(「민족문학의 근대적 전환」, 『민족문학사연구』 하, 창작과비평사, 1995)을 참조했다.

통일시켜 보려는 틀, 곧 애국 계몽기(1905~1910)설을 제시했다. 이들과 달리 특정 연대의 기점설을 부정하고 점진적 이행기를 제시한 이는 조동일이다. 그러나 조동일의 견해는 이행기의 폭을 지나치게 넓혀 잡아 시기 구분의 의의가 잘 드러나지 않는다는 문제점이 있다.

앞서 말했듯이 이 글은 근대 이행기라는 조동일의 견해를 빌어와 기본 관점으로 삼는다. 하지만 그 폭을 좁혀 1860년대로부터 1919년의 3·1 운동기까지를 대상 시기로 할 것이다. 어차피 이행기라고 했으니 특정 연대를 출발점으로 잡는 것 자체가 의미 없는 일이긴 하지만, 그래도 1876년이나 1894년을 시작점으로 잡지 않고 대략 1860년경부터를 이행기로 보려는 이유는 외부 충격을 중시하는 입장보다는 우리 시문학의 자생성을 더 강조할 수 있다는 이점 때문이다. 하한선을 3·1운동기로 잡은 이유는 그 이후에 동인지들을 통해 발표되는 시편들은 확실히 '새로움'이 강조되는 형태와 내용을 구비했다고 보았기 때문이다.

2. 이행기 한국 시문학의 근대성

근대 이행기의 문화적 목표는, 우리 스스로(주체적) 우리 문화의 전통을 지켜내면서도(반제) 낡은 틀을 벗고 새로운 것을 적극적으로 수용함으로써(반봉건) 새 시대에 걸맞은 문화적 틀을 창출하여 이 땅에 연착륙시키는 일이었다. 다른 말로 하면, 개화開化와 자강自强을 한 줄에 꿸 방법을 찾는 일이었으며, 개인주의와 공동체주의를 조화시킬 수 있는 문화적 모형模型

을 제시하는 일이기도 했다. 그러나 앞서도 말했지만 이러한 목표는 쉽게 이루어질 수 있는 것이 아니었다. 특히 표면적으로 조선 역사를 담당해왔던 집권 양반층의 유연하지 못한 수구적 민족주의로는 급속한 변화를 주도적으로 헤쳐나갈 수가 없었다. 따라서 이 시기에는 새롭고 다양한 욕망들이 자연스레 분출되어 서로 길항해나갔다.

이 시기의 역사적 연표를 대략적으로만 훑어보아도 서로 충돌하여 경쟁하던 당대인들의 고민의 내용을 어렵지 않게 짐작할 수 있다. 1860년의 동학 창시創始, 1876년의 개항, 1882년의 임오군란, 1884년의 갑신정변, 1894년의 갑오농민운동과 갑오경장, 1897년의 대한제국 수립, 1905년 일제에 의한 군사·외교권의 침탈, 1910년의 국권 강탈, 그리고 이어 일어난 1919년의 3·1운동 등 숨가쁘게 흘러온 역사의 갈피들은 모두 서로 밀고 당기는 팽팽한 힘들의 장場이었다. 그런데 복잡하고 다기多岐한 이 모든 과정을 한 마디로 정의한다면 그것은 자기 정체성을 찾아가는 과정이라 불러볼 수 있을 것이다. 일본을 매개로 한 서구 체험, 곧 타자의 발견[4] 이 우리 민족 구성원 개인의 차원으로부터 집단, 나아가 민족 전체에 이르기까지의 자기 발견을 유도했다는 뜻이다. 그 자기 발견의 끝에 근대 시민국가 건설이라는 목표가 놓여 있었던 것이다. 물론 우리의 경우 이러한 목표를 이루어가는 과정에서 일제 침략을 당해 나라 찾기와 만들기를 병행해야 하는 터무니없는 어려움을 겪었다.

근대적 민족국가 수립이라는 목표가 사회 제도적 근대화의 핵심에 해

---

4 타자로부터의 충격이 존재하지 않으면 자기에 대한 인식도 없다. 따라서 근대 이후의 자기 인식에 외래 요소가 검출되는 것은 지극히 당연한 일이다. 다만 이러한 외래 요소만을 근대적인 것이라 떠받드는 태도는 문제가 있다. 많은 근대주의자들이 공통으로 범했던 오류가 바로 이것이었다. 옛것의 변모와 함께 시작된 새로운 것들이 제 나름의 형식을 만들어가는 과정 자체가 근대적인 것이다.

당한다면 당대의 문학은 그것의 가장 예민한 문화적 형식화에 해당한다. 즉 우리 문학의 근대성이야말로 이 사회의 제도적 근대화라는 토대 위에서 진행된 문화적 근대화의 고갱이에 해당한다는 뜻이다. 그 한가운데 소설이 자리잡고 있는 셈이지만, 시문학 역시도 그러한 상황을 정확히 반영하고 있다. 소설의 성립이라는 서사문학의 근대화에 비견되는 서정문학의 그것은 말할 것도 없이 자유시형의 확립이라고 할 수 있다. 물론 이때의 자유시라는 개념은 순전히 형식적인 범주로 간단히 환원될 수가 없다. 전근대적 질곡으로부터의 자유와 해방이라는 명제는 시의 형태적 자유로움, 그리고 개인 주체의 계몽적 자기 발견이라는 양 측면에서 한국시의 근원적 변모를 요청하고 있었기 때문이다.

자기 세계(내면)를 가진 개인의 발견, 그리고 그것을 기반으로 한 개인과 사회의 관계 발견이라는 근대 주체의 문제의식이 고스란히 반영된 자유시형의 성립 과정은, 무엇보다도 시가詩歌로부터 시詩가 분립分立하는 과정이라는 특징적 면모를 갖는다. 모든 정형률이 곧바로 노래인 것은 아니겠지만 우리의 전근대적 시가들은 전부 노래로 불리어왔다는 공통점을 지닌다. 음악과 문학이 비분리 상태에 놓여 있었을 뿐만 아니라 음악이 오히려 문학을 압도하는 형국이었던 것이다.[5] 그런데 자유시는 그 어떤 특징적 노래형에 맞춰 제작되는 것이 아니라 시를 쓴 개인의 감정 상태, 그리고 그때의 호흡에 걸맞은 내재적 리듬에 의거하여 만들어질 뿐이므로 더 이상 시가詩歌일 수가 없었다.

시가詩歌로부터 가歌가 분리되어 시詩만이 독립되는 과정을 자유시형의

---

5 이때의 음악은 시적 기교의 주 요소로서의 음악성을 가리키는 게 아니라 문학과 대등한 예술의 한 갈래로서의 음악을 지칭한다. 시가(詩歌)라는 명칭이 이러한 사정을 정확히 반영하고 있다. 이때, 가적(歌的) 요소는 개인이 쉽게 바꿀 수 있는 것이 아니므로 노래가 먼저 있고 거기에 맞는 내용의 시가 만들어진다는 점에서 문학이 노래에 종속되었던 것이다.

성립 과정이라 했을 때 이를 달리 말하면, '노래하는 시'가 '읊는 시' 혹은 '(눈으로) 읽는 시'로 변모했다는 뜻이기도 하다. 특정의 멜로디와 리듬에 가사를 실어 노래하는 것이 아니라 소리 내어 읊거나 눈으로 따라가며 읽는 것이라는 이 조건이 성립함으로써 비로소 한국의 시는 다양한 공간적 조직, 시각적인 구성 등을 통해 회화성을 띨 수가 있게 되었다. 1930년대 들어 김기림이 현대시의 지배소支配素라고 주장해 마지않았던 회화적 기교란 바로 이 읽는 시라는 조건이 이미 성립되어 있었기에 제창 가능한 방법이었다. 물론 '읽는 시'가 되었다고 해서 더 이상 율이 존재하지 않는다는 의미는 아니다. 겉으로 보아도 뻔히 드러나는 외형률, 곧 몰개성적으로 시에 앞서 통용되던 집단적 용도의 율격적 장치가 배경화 되고 개별 시를 읽을 때마다 그 시에서만 구현되는 개성률, 곧 내재율의 형태가 전면에 도드라지게 된 것이다.

이행기 한국 시문학사에는 이 시詩와 가歌의 분리 과정을 오해해서 전근대 시가형詩歌型은 버리고 새로운 시가형을 만드는 것이 시문학의 근대성을 달성하는 길이라고 믿는 경우가 없지 않았다. 육당 최남선의 신시 운동이 대표적인 경우인데, 그는 6·5, 7·5, 8·5라는 음수율에 기초한 새로운 정형률을 만들어 정착시키려고 노력했다. 그의 실험은 후대에 안서 김억, 김소월 등에 의해 승계되면서 1920년대

육당 최남선

에 민요조 서정시라는 시형을 낳는 계기가 되기도 했다. 특히 안서는 자유시의 율격적 기초를 호흡률 혹은 개성률로 정의함으로써 자유시론 전개에 중요한 공을 세우고서도 스스로는 자유시를 전에 없던 새로운 정형시라고 생각하는 혼선을 빚기도 했다.[6] 그의 영향을 받은 김소월의 시를 두고 한국 근대시의 대표적인 경우라고 예거할 수 없는 이유도 바로 이에서 비롯한다. 이 모든

착오가 근대시에 대한 최남선의 이해/오해로부터 발단했던 것이다. 정형률에 대한 생각의 차이뿐만 아니라 음수율을 우리 율격의 근간으로 오해하여 널리 퍼뜨린 점도 분명히 짚어두어야 할 육당의 문학사적 문제일 것이다.

이행기 한국시의 이러한 특징들은 인쇄술의 발달이라는 토대 변화에 무엇보다 크게 힘입고 있다. 신지식에 대한 갈증이 인쇄술의 발전을 부르고 발전된 인쇄술이 있어 신문·잡지·단행본 등 대중들이 자신의 의사 표현을 할 수 있는 서책들을 찍을 수 있었던 것이다. 시는 이렇게 서책으로 찍어 인쇄한다는 조건 덕에 노래의 성격을 버리고 활자 텍스트가 될 수 있었다. 노래가 보다 직접적으로 사람의 마음을 움직여 위무慰撫한다면, 활자 텍스트는 두고두고 되짚어내는 일을 가능케 한다는 점에서 주저하고 고민하고 반성하게 한다. 이 반성적 사유, 반성적 합리성이야말로 역사의 진보를 가능케 하는 힘의 원천일 것이다.

인쇄라는 조건은 또 다른 의미에서 문학적 근대화의 중요한 토대가 된다. 인쇄술이 있어 비로소 평론가·소설가 등과 함께 자기 이름을 걸고 책

6　육당, 춘원, 안서 등 이행기 시문학사를 선도했던 이들이 모두 새로운 정형시형의 개발에 몰두했던 까닭은 근대 이전의 우리 시문학사에 한글로 된 정형'시'가 존재한 적이 없다는 판단 때문이다. 시조는 노래하는 시가의 가사(歌詞)였고 가사(歌辭)는 정형성에 이르지 못한 미정형의 것이라는 생각이었다. 새 시대의 정신에 맞게 해묵은 한시를 버리고 한글 정형시를 찾아 완성하자, 그 후에라야 비로소 자유시 운동이 시작될 수 있다는 판단이 이들의 행보를 결정지은 인식의 기초였다. 1920년대 중반의 시조부흥운동은, 전에 없던 새로운 정형시형을 창조하겠다는 목표 대신에 시조라는 기왕의 장르에서 가창성이라는 요소를 불식하고 눈으로 혹은 입으로 소리 내어 읽는 정형시적 성격을 부여함으로써 4음보격이라는 음보율 논의의 거점을 마련한 문학사적 일대 사건이었다. 안서는 여기서 만족하지 못하고 '격조시형'을 찾아 1950년대까지도 한시 번역이나 대중가요 가사 창작 등에 매달리며 한글 정형시 운동을 펼쳤다. 이런 점을 고려하자면 우리 자유시 운동은 정형시로부터의 자유화 운동의 결과로 받아들일 것이 아니라 정형시 만들기와 자유시 만들기, 산문시 만들기라는 동시 진행된 다양한 시적 근대화 운동의 하나를 가리키는 것으로 좁혀 이해될 필요가 있을 것으로 보인다. 근대 이전에 음보율이라 불릴 만한 것이 정말 실재했던가 하는 점에서부터 정형시, 자유시, 산문시 등의 기본 개념에 대한 인식틀을 현재 우리가 제대로 공유하고 있는가 하는 문제에 대해서는 보다 집중적인 검토가 일어나야 할 것이다.

을 발간하여 배포하는 사회적 제도로서의 시인이 탄생할 수 있었던 것이다. 이에 비로소 시는 전前 시대의 유동성, 모호한 출처로부터 비롯하는 적층성을 버리고 한 창조적 개성에 의해 제작, 생산된 언어 구성물이라는 명확한 자기 규정을 얻기에 이르렀다. 비록 발생학적으로 볼 때 최초의 시인이나 비평가에게 계관桂冠을 씌운 자가 누구인가 하는 애매한 문제가 남긴하지만, 이제 시인은 출중한 재주로 해서 다른 시인이나 비평가에 의해 뽑힌 사람이 된다. 그 결과 그의 시에는 타인들이 결코 간섭할 수 없는 배타적 지배권이 주어졌다. 자유와 민주라는 근대 시민정신의 훌륭한 대변자가 되어 주리라 믿었던 시인들이 어느새 문단이라는 배타적 폐쇄 조직에 칩거하여 지재권知財權을 휘두르는 작은 영웅이 된 것이다. 시가 민주주의를 노래하는 한 특권적 개인의 것으로 제도화되어 버렸다는 이 조건은 근대 이후 시를 둘러싸고 행해진 많은 고민과 사유들의 근본적인 원인의 하나로 작동했다. 시인과 작품, 독자의 성격을 둘러싼 해묵은 논쟁들, 특히독자의 지위에 대한 성찰들은 모두 같은 뿌리에서 파생되어 나온 고민들인 것이다. 이행기 한국 근대 시문학은 바로 그런 고민거리의 시발점에 해당한다는 점에서 과거이자 현재라고 말할 수 있다.

3. 근대 이행기 시문학의 전개 과정

급변하는 시대일수록 시의 형태는 내용의 선진성에 뒤지기 마련이다. 하나의 양식이 굳어지기 위해서는 꽤 오랜 시간 동안의 정련精鍊이 필요한 법인데, 과도기에는 새로운 시형을 개발하여 한가로이 그것을 정련할 시간이 없는 까닭이다. 더구나 근대 이행기 한국 시문학은 문명개화와 자주독립의 취지를 널리 알리는 일이 무엇보다 급선무였기에 지극히 계몽적인 내용 우위의 형태를 띨 수밖에 없었다. 따라서 이행기의 시인들은 우선은 기왕에 전해오던 옛 노래의 틀을 빌어 새로운 시대정신을 담으려고 노력했다. 시조나 가사, 민요 등은 그런 점에서 매우 유용한 도구일 수 있었다. 그러나 담을 내용이 바뀐 만큼 옛 노래의 틀이 언제까지나 새로운 사상의 거처로 남을 수는 없는 일이었다. 우선은 옛것의 옷을 빌어 시를 짓되 서서히 새로운 형태의 표현 방법을 찾아 나서게 된다. 창가나 신시형의 발견이 그래서 뒤따르게 되는 것이다. 결국 이행기 근대 시문학이란 옛것을 빌어 새것을 노래하던 단계로부터 출발해 거기에 걸맞은 새로운 옷으로서의 다양한 새 시형의 발견에 도달하는 과정에 붙여진 명칭이라 할 수 있을 것이다.

1) 옛 시형의 지속과 변모

(1) 가사

옛 시형으로 새로운 시대 조류를 표현할 수밖에 없는 이행기 시적 작업의 제일 앞머리에 동학을 창시한 수운水雲 최제우崔濟愚(1824~64)의 『용담유사龍潭遺詞』가 놓인다는 것은 여러모로 시사하는 바가 크다고 할 수 있다. 주지하다시피 이 책은 「안심가安心歌」·「몽중노소문답가夢中老少問答歌」·「도덕가道德歌」·「검결劍訣」 등 9편의 한글 포교布敎 가사가 실린 가사집이다. 시시각각으로 자국의 정체성을 위협해 들어오는 외세로서의 '서학西學’ 앞에 무능하기 짝이 없던 정권을 대신해서 자민족 사상의 주체성을 뚜렷이 하려는 의도로 만들어진 것이 ‘동학東學’이었다는 점에서, 이 책은 서세동점의 물결 앞에서 형성된 집단적 자의식의 분명한 발로였다. 뿐만 아니라 ‘동학’은 민民이 주인 되는 나라로의 개혁[內修]을 요구하며 19세기에 민요民擾, 민란民亂의 형태로 숱하게 나타난 민중적 열망의 최종적인 결집체라는 점에서, 내부적으로도 하나의 획을 긋는 운동이었다. 비록 이 운동이 안팎의 성숙하지 못한 여건 때문에 제도적 개혁의 완수로 이어지지 못하고 좌절함으로써 ‘난亂’이라는 이름으로 폄하되기에 이르렀지만, 1894년의 혁명은 분명 조선사회의 기층민중이 지닌 에너지가 역사의 전면으로 개화開花한 본보기였다. 개화 저지와 왜적 소멸을 등가로 놓은 좁은 시야[7]와 충군위국忠君爲國을 내세울 수밖에 없는 현실적 한계에도 불구하고, 동학혁명이 자기 시대와 치열하게 부딪혀 나가려는 고민의 산물이었음은 다음의 시가에서도 잘 드러난다.

가련하다 가련하다 아국운수 가련하다
전세임진 몇해런고 이백사십 아닐런가
십이제국 괴질운수 다시개벽 아닐런가
요순성세 다시와서 국태민안 되지마는
기험하다 기험하다 아국운수 기험하다
개같은 왜적놈아 너희신명 돌아보라
너희역시 하륙해서 무슨은덕 있었던고
전세임진 그때라도 오성한음 없었으면

---

7   김현·김윤식, 『한국문학사』, 민음사, 1981, 71쪽.

옥새보전 뉘가할꼬 아국명현 다시없다

—「안심가」의 부분

240년 전에 임진왜란을 겪고서도 우리나라의 운수가 여전히 가련하고 기험崎險하여 다시 "개 같은 왜적놈" 앞에 내맡겨진 신세가 되었다는 자탄과 분노가 가득 묻어나는 가사다. 4(3)·4조 4음보의 전통 가사 형태를 고스란히 빌어와 수운이 노리는 것은, 서학과 그 주구로서의 일본을 배격하자는 척사론斥邪論의 계몽일 뿐이다. 계몽의 도구로 수운이 가사를 선택한 것은 당연한 귀결일 것이다. 한시는 독자층이 제한되어 있고 시조는 길이에 제한이 있어 많은 양의 교술적 내용을 담아낼 수가 없었던 것이다. 뿐만 아니라 가사는 "상류층 인사로부터 규방의 여자에게까지 즐겨 사용된 가장 자유로운 형식"[8]이라는 장점이 있었다.

수운으로부터 시작된 후천개벽의 동학혁명은 실패했다. 그러나 가사를 통한 새로운 사상의 계몽이라는 방법은 다른 쪽에서 보다 진전된 형태로 승계되었다. 1896년에 서재필에 의해 창간된 『독립신문』에 주로 실린 소위 '애국가류' 가사를 통해서였다. 『독립신문』에만 총 28편의 작품이 전하는 이 애국·독립가류 가사는 공통점보다 이채로운 점들을 많이 갖고 있는 시가형이긴 하지만 근본이 가사로부터 출발하고 있다는 점에서는 거의 예외가 없다.

---

8 조지훈, 『조지훈전집』 7, 일지사, 1973.
  뿐만 아니라 소리 내어 읽는 한글 정형시의 성립 가능성을 가장 강하게 찾을 수 있는 양식이 가사였다는 점도 기억해 두어야 할 것이다. 노래가 아니라 소리 내어 낭독하는 시적 기초로서의 4음보격 확립도 여기서 그 가능성을 따져볼 수 있었다. 문제는 서세의 동점이 너무나 강력해 우리에게 주어진 시간이 너무 짧았다는 점에 있었다. 가사에 기초를 둔 한글 정형시 양식은 제대로 문화 저변에 자리 잡힐 새도 없이 일본 경유의 서양 시문학 물결과 맞닥뜨리고 말았던 것이다.

대죠션국건양원년 ᄌ주독립깃버ᄒ세
텬디간에사ᄅᆷ되야 진츙보국뎨일이니

님군ᄭᅴ츙셩ᄒ고 정부를보호ᄒ세
인민들을ᄉ랑ᄒ고 나라긔를놉히달세

나라도을싱각으로 시죵여일동심ᄒ세
부녀경ᄃᆡᄌ식교휵 사ᄅᆷ마다ᄒᆯ거시라

집을각기흥ᄒ랴면 나라몬져보젼ᄒ세
우리나라보젼ᄒ기 자나ᄭᅢ나싱각ᄒ세

나라위히죽ᄂᆫ죽엄 영광이졔원한업네
국태평가안락은 ᄉ롱공샹힘을쓰세

우리나라홍ᄒ기를 비ᄂᆞ이다하ᄂᆞ님ᄭᅴ
문명기화열닌세샹 말과일ᄀᆞᆺ게ᄒ세

아모것도몰은ᄉ람 감히일언ᄒ옵내다
　　　　　　　　　—「셔울 슌쳥골 최돈셩의 글」, 『독립신문』 3호, 1896.4.11

　이른바 애국가류 가사의 효시로 꼽히는 이 작품에는, 1896년의 대한제
국 개국을 문명개화와 자주독립의 기초로 믿어 의심치 않는 지은이의 정치
적 순진함이 배어 있다. 하지만 수운의 경우와는 달리 개화 저지를 자주독

립의 기초로 보는 것이 아니라 적극적 문명개화의 입장을 지지하고 있다는 점에서는 진일보해 있다. 형태적인 측면에서도 이 시가는 『용담유사』 소재의 가사들과 유를 달리하는데, 가장 핵심적인 차이점이 바로 짧은 분련체分聯體 형식에 있다. 4음보 2행을 나란히 놓아 대구對句시키고 그러한 형태를 중첩해가는 이 방식은 동일 곡조에 여러 절의 가사를 바꿔 붙이는 찬송가류의 구성과 그 형태가 유사하다. 더구나 몇몇의 애국가류 가사들에서 합가나 후렴구[9]를 발견할 수 있다는 것, 그리고 몇몇의 가사들이 실제로 노래로 불렸다는 기록[10]이 있거나 대부분의 애국가류가 가창 가능하다는 것 등으로 판단할 때, 이 분련체 형식은 전통적 의미의 노래하기가 아니라 서구적이고 기독교[11]적인 의미의 노래하기라는 새로운 가적歌的 요소의 도입과 밀접한 관련이 있는 것으로 보인다. 따라서 다음 단계의 '창가'는 바로 이 '애국가류' 가사들로부터 보다 직접적인 영향을 받았다고 보아야 할 것이다.

'애국가류' 가사가 시정 범인凡人들의 아마추어적 소작所作이라면, 『대한매일신보』에 집중적으로 발표된 '사회등' 가사[12]는 신문의 편집진이 번갈아가며 쓴 보다 전문적인 성격의 작품들이다. '애국가류'보다 무려 10여 년이나 뒤늦게 발표되기 시작했으면서도 이 '사회등' 가사는 형식에 있어 보다 완고한 모습을 보인다. 4·4조의 자수율에 강박적으로 매달리고 있는 것이다. 역설적으로 이러한 형식에의 강박 현상은 가사체 형태로는 이제 더 이상 새로운 내용을 담아낼 수 없다는 것, 즉 내용과 형식의 괴리가 한계점에 도달했다는 것을 보여주는 증거일 것이다.

---

9 「니필균의 노리」, 「최병헌의 독립가」, 「무궁화 노리」 등.
10 권오만, 『개화기 시가연구』, 새문사, 1989, 178쪽.
11 동학의 '한울님'과 달리 최돈성의 '하ᄂ님'은 기독교도의 어법이다. 이미 기독교와 찬송가의 영향을 상당 부분 받았음을 보여준다.
12 1907년 12월 18일부터 1910년 8월 17일까지 『대한매일신보』에 게재된 가사는 총 610여 편에 달할 정도로 그 양이 많다.

'애국가류'가 대한제국의 개국이라는 사회적 배경을 바탕으로 만들어 졌기에 비교적 긍정적이고 적극적인 화자를 내세운다면, '사회등' 가사는 이미 외교·군사권을 침탈당한 시대의 분위기를 고스란히 반영함으로써 매우 비판적인 화자를 앞세우게 된다. 그나마 초기에는 당대의 여러 부정적인 인간군을 비실명으로 열거하여 비판하고 풍자하던 것이 후기로 가면 실명 비판의 형태를 띰으로써, 다음에서 보는 것처럼 해당 인물들의 반민족성을 고발하는 강력한 목소리를 내게 된다.

> 李完用氏드르시오 總理大臣녀地位가
> 壹人之下萬人之上 그責任이엇더훈가
> 修身齊家못훈사람 治國인들잘훌손가
> 前日事는如何턴지 今日부터悔改ᄒ야
> 家庭風氣바로잡고 百度政務維新ᄒ야
> 中興功臣되여보소
>
> —「勸告現內閣」 부분, 『대한매일신보』, 1909.1.30

(2) 시조

근대 이행기에는 전통적 서정 장르의 대표시형인 시조에도 많은 변화가 일어난다. 권오만 교수는 조동일 교수의 소론을 빌어 이를 두세 가지 측면[13]에서 바라보고 있는데, 그 중 첫 번째로 시조 율격이 밖으로 드러나게 되었다는 점을 꼽는다. 이는 이 시기 시조가 3행 표기를 원칙으로 하여 각 행의 끝에 마침표를 찍거나 구의 끝에 쉼표를 찍음으로써 그 자리가 율

---

13 권오만, 앞의 책, 137쪽.

격적 휴지(休止)에 해당한다는 사실을 명료하게 드러내게 되었다는 뜻이다. 이들 구두점은 시조조차도 이제 가창이 아니라 율독(律讀)의 대상이 되었다는 것을 일러준다.

시조에 나타난 두 번째 특징은 종결구조의 변화다. 가창되던 전통 시조에서는 종장 끝 음보가 매우 유장하고 전아한 가락을 만드는 데 기여했지만, 외세의 침략에 격분하고 행동을 촉구하던 당대의 상황에서는 그러한 가락이 그대로 수용될 수가 없었다. 따라서 똑같은 끝 음보의 생략이라 하더라도 근대 이행기의 시조들에서는 그것이 오히려 긴장감 조성에 이용되었던 것으로 보인다.

> 삼천리(三千里) 도라보니, 천부금탕(天府金湯)이 아닌가.
> 편편옥토(片片沃土) 우리 강산(江山), 어이자고 늠줄손가.
> 출아리 이천만중(二千萬衆) 다 죽어도, 이 강토(疆土)를
>
> ―「자강력(自强力)」, 『대한매일신보』, 1908.12.29

차라리 이천만 민중이 다 죽더라도 나라를 남의 손에 넘겨줘서는 안 된다는 강력한 반외세의 결의가 느껴지는 시조다. 쉼표의 사용과 종장 끝 음보의 생략이라는 변화가 고스란히 실현되어 있다. 보기에 따라서는, 조선 중기 이후 주 창작층이던 사대부들의 전망이 닫혀버리면서 오륜가류에 고착되어 있던 시조가 새로운 에너지원을 찾은 것으로 볼 수도 있을 것이다. 하지만 근원적으로 시조 역시도 새로운 시대의식을 주도적으로 담지해낼 수 있는 시가형은 아니었다. 그러기에는 3장 6구의 틀은 지나치게 좁고 작았다. 18세기에 이루어진 사설시조로의 변모를 무시하고 정형시조로부터 새로운 가능성을 찾으려 했던 문학사적 안목의 부재가 이런 결과를 빚

었을 것이다. 시조 형식이 지닌 가치 문제는 1920년대에 와서야 다시 주목받기에 이른다. 형태적으로 완결된 한글 정형시 논의의 좋은 보기라는 생각이 이에 미쳤던 것이다. 소리 내어 실현하는 4음보격이라는 생각의 좋은 실험 장치이기도 했다.

2) 새로운 시형의 발견

(1) 창가와 최남선

가사와 시조형으로는 끝내 새 시대의 욕구를 다 담아낼 수 없음을 알고 새로운 유형의 시 양식 발견을 위해 노력한 이가 육당 최남선이었다. 8·5, 7·5, 6·5조의 '창가唱歌'로부터 시작해 소위 '신체시新體詩'에 도달한 그의 노력들은 그러나 끝내 성공했다고 말하기 어려운 실험이었다. 시에 대한 개념적 이해나 시의 형태, 심지어 시적 내용에 이르기까지 그가 펼쳐 보여준 시적 실천들은 대부분 일본이라는 전범典範으로부터 별 고민 없이 옮겨온 것들이었다. 그 중에서도 가장 치명적인 오류가 다음에서 보는 것과 같이 일정한 글자 수를 반복함으로써 율을 만든다는 일본식 리듬의식의 도입이었다. 우리 전통시가의 경우, 가장 정형적이라 할 시조에서조차 동일 음절수를 반복함으로써 율을 만드는 것이 아니라, 음이 지속되는 길이의 등량성에 의거해 리듬감을 얻는다. 그런데도 깊이 고민하지 않고 7·5조 등의 음수율에 마치 우리 시의 율격적 기초가 있는 양 강조함으로써, 그는 심각한 문학사적 에너지 낭비를 초래했다. 김억, 김동환을 거쳐 김소월에 이르는 에피고넨 epigonen(아류) 그룹[14]의 형성이 바로 그러한 낭비의 좋은 보기일 것이다.

---

14 7·5조 시형의 형성과 수용이라는 측면에서 그러하다는 뜻일 뿐 시의 수준에서도 그렇다는

창가 「경부텰도노래」

우렁탸게토하난 긔뎍소리에
남대문을등디고 써나나가서
쌜리부난바람의 형세갓흐니
날개가딘새라도 못싸르겟네
늘근이와덟은이 셕겨안졋고
우리네와외국인 갓티탓스나
내외틘소다갓티 익히디내니
됴고마한싼세상 멸노일웟네

—최남선, 「경부텰도노래」 부분

　　우리 학생들로 하여금 우리나라 남방 편에 대한 지리 지식을 갖게 하고 시취詩趣를 맛보게 하려는 계몽적 의도(「경부텰도노래」 머리말)로 썼다는 이 작품은, 바야흐로 우리 땅에 도래한 신문명을 아무 고민 없이 예찬하고 있다. 당대에 있어 기차 혹은 철도란 근대적 기계 문명의 총아로서 진보적 가능성의 표상이기도 했겠지만, 그것은 또 꼭 그만큼 수탈과 압제를 상징하는 물건이기도 했다. 그럼에도 그는 새로운 것이 안겨다주는 강렬한 빛에 눈먼 나머지, 남녀노소와 내・외국인이 섞여 앉은 기차간의 그 어색한 풍광을 '조그마한 딴 세상'이라고 강변하고 말았던 것이다.

　　음수율에 대한 육당의 집착은 일종의 형태과잉의식으로 볼 수 있을 것인데, 이러한 의식은 육당 스스로의 미성숙한 주체를 반영하고 있는 것으로 보인다. 이 시기의 육당은 음수율에 얽매인 시를 쓰는 동시에 서슴없이

뜻은 결코 아니다.

산문시형의 시를 남기기도 하는데, 이렇게 양극단을 쉽게 오간다는 것은 시에 대한 주관이 아직 서지 않았음을 반증하는 일이기 때문이다. 즉 그에게서는 형태 과잉과 형태 무시의 측면이 동시에 발견되는데, 그 둘은 결국 같은 데 뿌리를 두고 있었던 것이다. 신문명의 놀라움을 이토록 강렬하게 예찬하다가도 문득 조선심朝鮮心으로 돌아서고 그러다가 다시 친일의 길로 앞장서 나아간 저 날렵한 행보 역시 이 미성숙한 주체의 문제에 연결되어 있을 것이다. 근대적 내면이 없으니 역사의식도 자랄 장소가 없었던 것이다. 시 「海에게서 少年에게」에는 그런 여러 문제들이 엉거주춤하게 뒤얽혀 있다.

> 텨……ㄹ썩, 텨……ㄹ썩, 텩, 쏴……아.
> 짜린다, 부슨다, 문허 바린다.
> 태산 갓흔 놉흔 뫼, 딥태 갓흔 바위ㅅ돌이나,
> 요것이 무어냐, 요게 무어야.
> 나의 큰 힘 아나냐, 모르나냐, 호통까디 하면서
> 짜린다, 부슨다, 문허 바린다.
> 텨……ㄹ썩, 텨……ㄹ썩, 텩, 튜르릉, 콱.
>
> 텨……ㄹ썩, 텨……ㄹ썩, 텩, 쏴……아.
> 텨 세상 텨 사람 모다 미우나,
> 그 중에서 쏙 한아 사랑하난 일이 잇으니,
> 담 크고 순정한 소년배들이
> 재롱텨럼, 귀엽게 나의 품에 와서 안김이로다.
> 오나라, 소년배, 입맛텨 듀마.

텨……르썩, 텨……르썩, 텩, 튜르릉, 콱.

—최남선, 「海에게서 少年에게」 1·6연

언뜻 보아 자유로운 율격형을 실험한 듯이 보이는 이 시 역시 새로운 정형률을 만드는 것이 근대시의 나갈 길이라고 믿었던 육당의 형태 강박 증이 고스란히 깃들어 있다. 각 연별로 동일한 행의 위치에 비슷한 통사구 조를 가진 시행을 배열함으로써 완전히 그 형태가 같은 여섯 개의 연이 중 첩된 것이 이 시다. 그리고 화자는 의인화된 바다인데 이때의 바다가 근대 문명 그 자체나 그것에 닿을 수 있는 통로라는 점에 동의한다면, 바다는 일본을 등에 지고 한반도의 소년을 향해 계몽하고 있는 목소리가 된다. 이 때의 바다가 하등의 고민이 없는 근대주의자의 낙천적 얼굴과 겹쳐지는 것은 두말할 필요도 없다. '해海에게서'라는 일본식 조어가 그래서 오히려 매우 자연스럽다.[15]

(2) 새로운 시의 발견－최소월·김여제·현상윤

육당으로부터 김억·황석우·주요한 등에 대한 기술로 곧바로 나아가 던 그간의 시문학사에서 1910년대는 일종의 공백기였다. 그러나 최근 들 어 활발히 진행된 몇몇 연구들[16]에 의해 이 기간의 시사를 제대로 복원할 수 있는 길이 열리게 되었다. 소월素月 최승구崔承九(1892~1917)와 유암流暗 김여제金輿濟(1895~1968), 소성小星 현상윤玄相允(1893~?)이 이 시기 자유 시형의 탐색에 앞장섰던 시인들이었음이 밝혀졌다. 특히 육당으로부터 안

---

15 한국의 근대시가 육당의 시를 뒤이어 성립된 것이 아니라 그의 오류로부터 벗어나려는 노력
   과 함께 시작되었다는 오세영 교수의 지적은 따라서 음미해볼 만한 가치가 있다.
16 권오만, 앞의 책; 정우택, 앞의 글; 김성윤, 앞의 글.

서·주요한으로 연결되는 시사의 밑그림을 그릴 경우 자유시형의 탐색이란 곧 시에 있어서의 계몽성과 사회성의 탈각이라는 도식으로 연결되기가 쉬웠다. 그러나 1910년대를 어렵게 지탱했던 이들 세 시인은 개인의 내면이나 정서로의 과도한 몰입이 오히려 하나의 편향된 흐름이었음을 깨닫게 해주었다. 계몽성을 탈색하여 내면에 침잠하는 자유시형을 발견하는 것이 아니라, 애국계몽기의 사상적 지표였던 반제와 반봉건의 통합 혹은 개인과 사회의 종합이라는 내용을 적절히 전개할 수 있는 형식을 탐색하는 일이야말로 근대 시인의 진정한 임무라는 인식을 가능케 했던 것이다.

산악이라도 썩에지는
대포의 탄알에,
너의 아지(阿只)는
발서 쇄골(碎骨)이 되엿고.

야수보다도 폭악헌
쎄르만의 전사(戰士)의 게,
너의 애처는
치욕으로 죽엇다.

(…중략…)

쎌지엄의 용사여!
창구(瘡口)를 부둥키고 이러나거라!
너의 피 괴이는곳에,
쎌지엄의 자손 부러나리라.

쎌지엄의히로여!

너의몸 쓰러지는 곳에

거누구가 월계관을

밧들고 섯슬이라.

　　　　　　—최승구, 「쎌지엄의 勇士」 앞뒤 각 2연, 『학지광』, 1915.2

　최승구의 이 시는 제1차세계대전 당시 중립국이던 벨기에를 침략한 독
일의 만행을 규탄하는 내용으로 되어 있다. 화자는 제국주의 독일에 의해
침략 당한 벨기에의 용사들에게 자신들의 자유와 자손들의 번영을 위해 피
흘려야 한다는 것을 재삼 강조하고 있다. 제1차세계대전에 대한 당대 지식
인들의 인식 수준이 매우 낮은 것이었음[17]에 비길 때, 이러한 최승구의 관
심은 그 자체로서도 매우 독특한 시각이라 할 수 있다. 하지만 이 시의 상황
은 그 자체로가 아니라 식민지 조선의 상황에 겹쳐질 때라야 제 기능을 다
하게 된다. 당대 조선이 벨기에와 같은 처지에 놓여 있다는 사실을 자각하
고 압제의 현실에 맞서 싸워야 한다는 강력한 주문을 하고 있는 시인 것이
다. 이 외에도 최승구는 「나의 고리故里」, 「긴 숙시熟視」 등의 시를 통해 식
민 상황을 극복하고 되찾아야 할 우리의 낙원을 '고향'의 이미지로 제시함
으로써 일정한 수준의 시적 리얼리티를 확보한다.

　황하수 건너부는 바람

　피바람 한숨바람

　아아 이날에 수만의 무고(無辜)

정우택, 「한국 근대 자유시 형성 과정과 그 성격」, 성균관대 박사논문, 1998, 152쪽.

왜갈에 왜총에

맞고 죽단말가

오오 언제나 유혈이 끝나리

언제나 끝나리

거룩한 싸움 의로운 싸움

어느덧 일년이로다

지하의 의로운 영령

철창에 자는 용사

그러나 안심하소서

안심하소서

자유의 햇빛이 정의의 기빨이

새 광채 발할 날 머지 않나니

머지 않나니

— 김여제, 「三月一日」, 『독립신문』 49호, 1920.3.1[18]

김여제의 시는 당대의 현실을 '암흑'과 '광풍'으로 묘사하는 한편(「산녀」, 『학지광』 5, 1915.5) 그러한 현실을 참고 이겨나가면 동경의 세계가 다가올 수 있다는 기다림의 자세를 형상화한다. 일종의 견인주의堅忍主義라 할 이 부재하는 님에 대한 그리움과 기다림의 시 세계는 1920년대 한용운과 김소월의 시 세계로 연결되어 한국 근대 자유시 형성 과정의 한 중요한 계보를 형성한다. 더 나아가 김여제는, 3·1운동 이후 좌절의 늪에 빠져

---

18 위의 글, 169쪽에서 인용.

병적 낭만주의로 급격히 기울어갔던 국내의 많은 시인 지식인들과 달리, 상해로 건너가 임정 기관지인 『독립신문』에 위의 시 「三月一日」을 씀으로써, 항일 민족시의 정수를 보여주기도 했다. 강렬한 감정을 짧은 행갈이를 통해 절제하는 한편 적절히 시행을 반복함으로써 율동감을 살리고 있는 이 시에는 김여제의 지사적 풍모가 잘 살아 있다. 정우택의 다음 진술은 이러한 김여제의 시 세계를 매우 적확하게 묘사하고 있다.

> 김여제의 시세계는 현실과의 긴장된 관계를 놓치지 않고 버티며 미래에 대한 희망을 탐색하려는 값진 정신력의 승리를 한국 근대시사에 남겨놓았다는 점에서 주목된다. 이러한 견인의 정신력을 바탕으로 그는 내용과 형식에서 파탄을 일으키지 않은 근대 자유시형을 추구할 수 있었으며, 상해 『독립신문』 소재 시에서 보듯이 민족독립에 대한 간절한 소망을 형상화할 수 있었던 것이다.[19]

현상윤

현상윤은 식민지 조선 현실을 낙원 상실의 이미지(「失樂園」)로 제시한 다음, 그것을 되찾는 방법으로서의 실력 양성론을 '강력주의'라 이름하고 실천하려 한다. 사나이의 힘찬 기상과 역사적 책무를 서술하고 있는 시 「산아희로 생겨나서」(『청춘』 6, 1915.3)는 자신의 강력주의를 형상화한 시다. 그러나 이러한 강력주의는 옳은 삶을 살겠다는 자기 다짐일 수는 있어도 삶의 구체적인 전망이나 대안이 될 수는 없는 법이다. 이처럼 현실 부정의 끝에 구체적으로 나아갈 길이 막혔다는 느낌에 사로잡혔을 때 시인은 자신의 부조리한 내면을 있

---

19 위의 글, 169~170쪽.

는 그대로 드러내거나, 관념적인 이상주의[20]로 치달아 가게 된다. 시 「요
게 무어야?」가 전자의 모습을 보여준다면 교훈적 설교조의 「웅커리로서」
는 후자 경향의 대표적인 시라고 할 수 있다.

소리업시 자취업시 티미러오르는 요내가슴!

불이냐 안개냐 답답도하다

불이면은 끌것이요 안개이면 헤칠 것이로다.

그러나 불도안이오 안개도 안인듯,

그러면 戀愛냐 안이, 名利냐 안이……

안이 무언가?

아아 心靈아 말하여라.

끝업고 얼굴업는 요게 무어라고

— 현상윤, 「요게 무어야」 전문

배주리고 허울버슨 人子들아

웅커리로서 나아오라—

영생(永生)의 양식, 영화(榮華)의 옷이 여기에 싸여잇다.

고(苦)롬과 압흠에서 슷까지 익히고 슷까지 썰쳐보라— 너희의 피 너희의

고기로

목마르고 속타하는 인자(人子)들아

웅커리로서 나아오라—

---

20 김성윤, 앞의 글, 133쪽.

생명의 샘맑은물이 여기에 흘러간다.

절망과 낙심에서 마조막까지

참고 마조막까지 구하여라 ──

너희의 힘 너희의 정성으로

── 현상윤, 「웅커리로서」 1, 2연

특히 형태적으로 볼 때 두 시는 매우 상반된 특징을 동시에 드러내는데, 「요게 무어야?」가 1920년대 이후 일반화되는 개인 내면 묘사의 자유시형을 아주 고급스럽게 선취하고 있다면, 후자인 「웅커리로서」는 육당의 오류라고 부를 만한 정형률에의 강박을 보여주고 있기 때문이다. 이러한 현상들은 전기했던 최승구나 김여제의 시에서도 다소간 마찬가지로 나타나는 특성들이라고 할 수 있다. 이는 이들 시가 이룬 성취와 한계를 동시에 보여주는 것으로서, 이들이 자유시형의 완성기를 살아낸 시인들이 아니라 스스로 부딪혀 그 시형을 찾아가야 하는 근대 이행기 시인들이었음을 반증하는 것이다.

4. 남는 말

1920년대의 내용과 형식 논쟁, 1930년대의 모더니즘과 리얼리즘 간의 기교주의 논쟁, 1960년대의 순수·참여 논쟁 등 문학사를 선도했던 중요한 논란거리들을 차분히 참조해보면, 바람직한 문학이란 늘 대립점들을 변증법적으로 감싸안으며 새로운 길을 계시하려는 문학이었다고 정리할 수 있다. 근대 시문학사의 핵심적 명제인 자유시형의 성립 과정을 보는 관점 역시 마찬가지다. 저간에 통용되어 오던 관점처럼 근대 이행기(혹은 개화기, 애국계몽기)의 계몽성을 버리고 순수시로 나아간 것이 자유시형 확립의 올바른 방향일 수 없다. 그것은 오히려 3·1운동 실패로 인한 좌절감이 만든 일종의 편향이다. 이민족의 지배를 받는 나라의 시인 지식인이 어떤 형태로든 정치적이지 않다면 그것이 오히려 더 문제적인 경우가 아니겠는가.

그런 점에서 한국의 근대시문학은 1930년대에 들어서서야 근대 이행기가 제기한 문제의식을 정면으로 형상화하기에 이른다. 말인즉슨 우리의 경우 본격적인 의미의 근대 시문학은 1930년대부터라고 말할 수 있다는 뜻이다. 고유성과 근대성을 종합해야 한다는 근대 이행기(그 중에서도 애국계몽기)의 명제를 마르크시즘이라는 추상적 관념주의에 의거해 근대성 쪽으로만 밀고 가려던 단계를 지나, 1930년대의 지식인들은 비로소 전 국토 위에서 진행되고 있는 일제 파시즘의 진면목을 확인하고 그것을 차가운 현실주의로 묘파해내려 했기 때문이다. 우리의 현실 위에서 진행될 수 있는 역사의 미래형을 '고향'이라 명명하고 그것을 되찾는 일과 새로 만들어가는 일을 하나로 통합하려 노력했던 시기가 1930년대였던 것이다. 여전히 윤동주나 이육사의 시가 문제되고 거기에 더해 이용악·백석·오장환 등의 시가 회자되는 이유가 모두 그 때문일 것이다.

우리 근대시사의 이행기는 이렇게 1930년대에 최고 수준으로 꽃핀 근대적 문제의식을 제기하고 그것을 시적으로 형상화할 수 있는 방안을 모색하기 시작한 시기에 해당한다. 옛것과 새것이 뒤섞이면서 옛것과 새것이 서로에게 충격을 주어 변모해가던 시기, 그러면서도 단 하나 올바른 역사의 물줄기를 잡으려 애쓰던 착종과 혼란의 시기가 이행기였던 셈이다. 새것의 역사로만 이 시기를 재단해온 기존의 관점에 의문부호를 제기하는 이유는 바로 이 때문이다.

(이명찬, 덕성여대 교수)

근대 자유시의
정착과
이념적 분화

1. '문화정치'의 실상과 민족의식의 확립

일제 강점기의 한국 문학을 고찰하고자 할 때, 식민지 상황에 대한 고려는 필수적이다. 일제에 의한 식민지 지배는 당시 우리 사회 모든 부문의 활동을 철저하게 규정짓는 조건이었기 때문이다. 1920년대의 한국 시문학 역시 예외가 아니었다. 삶의 체험의 표현이라 할 문학은 어느 시기이든 당대의 정치 사회적 현실을 반영하고 이에 대한 문학적 대응을 보여준다. 특히 주권을 상실하고 민족 전체가 피지배 계층으로 전락한 시대에 현실과 문학과의 연관성은 더욱 밀접한 것일 수밖에 없다.

일제는 1910년 이른바 '합방' 이후, 주권 회복을 위한 우리 민족의 저항 운동을 탄압하고 지배 체제를 굳히기 위해 무단통치武斷統治를 실시하였다. 일체의 군사·정치·문화 활동을 금지하고 헌병경찰제도를 동원하여 공포 분위기 속에서 식민지가 된 한국을 장악하려 하였다. 하지만 그러한 탄압과 공포 속에서도 우리의 민족적 저항 운동은 계속되었고, 1919년에 이르러 마침내 전 민족적인 해방 운동인 3·1운동이 폭발하게 된다. 이에 당황한 일제는 일단 군사력을 동원하여 3·1운동을 탄압하였으나, 더 이상 무단통치만으로는 한국을 지배할 수 없다고 판단하게 된다. 그리하여 소위 '문화정치文化政治'를 내세우며, 헌병경찰제도를 보통경찰제도로 전환하고 약간의 출판과 언론, 그리고 집회와 결사의 자유를 허용하는 등 회유책을 쓰기 시작하였다.

그러나 일제는 겉으로 유화책을 쓰는 척하면서 실제로는 식민통치체제를 더욱 강화시켜 나갔다. 경찰기구와 병력이 3·1운동 직후 불과 1~2년 사이에 3배로 증가되었고, 치안유지법을 제정하여 사상통제와 사회운동에 대한 탄압을 강화하였다. 또한 친일 세력을 양성하여 친일 여론의 형성, 친일 단체의 조직, 독립운동가의 적발과 정보 수집 등에 이용하는 등, 온갖 술책을 동원하여 식민지 지배 체제를 한층 공고하게 만들어나갔던 것이다.[1]

'문화정치'를 표방한 유화책의 기만적인 성격은 무엇보다 일제가 실시한 문화정책에서 잘 드러난다. 일제는 우선 민족적 색채가 짙은 사립학교를 탄압하는 대신 통제가 쉬운 관·공립학교를 육성하여 '황국신민화皇國臣民化' 교육을 강화하였다. 그리고 유교·불교·기독교·천도교 등의 종교 세력을 식민정책에 동조하도록 회유하고, 이를 거부하는 경우 탄압하

---

1   강만길, 『고쳐 쓴 한국현대사』, 창작과비평사, 1994, 27~28쪽 참조.

였다. 또한 역사를 왜곡하는 식민사관을 유포하여 한반도 지배를 합리화하고 정당화하려 하였다. 고대사의 경우 조작된 '임나일본부설任那日本府說'을 가지고 한반도의 일부가 일본의 지배에 있었다고 주장하였고, 중세에는 중국 여러 나라의 지배를 번갈아 받았다고 하여, 우리 민족의 주체성을 근본적으로 부정하는 논리를 펴뜨렸다. 그리고 어용 경제학자들에 의해 세워진 '정체·후진성론'을 통해 한반도의 역사는 세계사적 발전성이 결여되어 있어서 근대 초기까지도 고대사회적 수준에 머물러 있었다고 주장하였다. 이것은 일제의 식민 지배가 우리 사회의 후진성을 일거에 근대적인 것으로 발전시켰다고 주장하려는 의도에서 나온 것이었다. 이처럼 교육·종교·학문 등 다방면에 걸쳐 획책된 일제의 문화정책들은 모두 왜곡된 식민교육과 정신적인 세뇌를 통해 한반도를 영구히 식민지로 만들려는 시도였다고 볼 수 있다.

이와 동시에 일제는 식민지 한국에 대한 경제적 수탈을 조직적으로 감행했다. 일제는 이미 무단통치기에 '토지조사사업'을 실시해 많은 농토를 일본인과 일본기관의 소유로 돌린 바 있다. 이를 바탕으로 1920년대에 접어들면서는 이른바 '산미증식계획'을 실시하였다. 이것은 식민지 한국에서의 쌀 생산 증대와 수탈을 통해 안정된 식량공급원을 확보하려는 정책이었다. 이는 1920년과 1928년 사이의 통계를 살펴보면 잘 드러난다. 이 기간 쌀 생산량은 36% 증가하였으나, 일본에 대한 쌀 수출량은 4.2배 이상 증가하였다.[2] 이 같은 수치는 식량 증산 자체가 아니라 미곡의 수탈과 반출이 '산미증식계획'의 주된 목적이었음을 보여준다. 그 결과 한국 농민들은 빼앗긴 쌀 대신에 만주의 잡곡을 먹어야만 했다.

---

2 위의 책, 127쪽.

뿐만 아니라 일제는 수리조합사업을 통해 일본인과 일부 한국인 지주에 의한 토지겸병을 촉진하였다. 이는 수많은 중소지주와 자작농이 몰락하는 결과를 낳았다. 많은 농민들이 자작농에서 소작농으로 전락하였고, 이들 중 상당수는 이농하여 도시노동자가 되거나 일본·만주 등지로 이민을 떠나지 않을 수 없었다. 이를 통해 일제는 값싼 노동력을 대량으로 확보하는 효과를 거두었으나, 도시노동자가 된 이농민들은 식민지 산업 구조 속에서 저임금과 실업에 시달리며 비참한 생활을 영위해야 했다.

한편 이와 같은 일제의 음험한 '문화정치'와 수탈에 맞서, 3·1운동을 계기로 결집되고 분출한 우리 민족의 저항 운동 역시 다방면에 걸쳐 전개되었다. 3·1운동은 비록 일제의 물리적 탄압에 의해 좌절되었으나, 근대 민족주의의 확립과 본격적인 민족해방운동의 시작을 알린 역사적 사건이었다.

3·1운동은 계급과 계층, 성별과 종교를 초월한 전 민족적인 투쟁이었다는 점에서 그 의미를 찾을 수 있다. 그것은 유림儒林이나 일부 개화파에 의해 주도된 혁명이 아니었으며, 동학혁명과 같이 피지배계층만의 투쟁도 아니었다. 전 민족 구성원이 피압박 민족으로서 뜨거운 공동체의식을 가지고 일으킨 운동이었다. 아울러 3·1운동은 한국의 민족주의가 전근대적 성격을 탈피하고 근대적 민족주의로 확립하는 계기가 된 사건이기도 하였다. 그 이전 지배층과 유림이 주도하였던 척사위정론斥邪衛正論과 달리, 3·1운동에 내재된 민족주의는 민주주의의 원리를 지향하는 근대적인 것이었다. 이는 3·1운동의 민족대표와 청년 지식인들 대부분이 새로운 독립 국가로서 공화주의 국가를 지향했으며, 실제로 상해임시정부가 우리 역사상 최초로 공화주의 정부로 탄생한 것에서 확인된다.

이처럼 중요한 민족사적 의미를 지닌 3·1운동은 이후 국내외에서 전개된 항일독립운동의 초석이 되었다. 정치적인 면에서, 같
은 해 4월 상해에서 수립된 임시정부는 이 운동의 직접
적 결실이라 할 만하다. 상해임시정부는 상해무관학교
설립, 만주의 독립군 지원, 독립운동을 위한 사료 편찬,
기관지『독립신문』발행 등의 활동을 펼치며 민족해방
운동의 구심적 역할을 하였다. 이 임시정부와의 관련
속에서 국내외에서 본격적인 군사적 저항과 무장투쟁
이 펼쳐졌다. 강우규의 사이토 마코토齊藤實 총독 저격

「조선문단」 1936년 1월호 표지

사건(1919), 홍범도의 봉오동전투(1920), 김좌진의 청
산리전투(1920), 나석주의 동척폭탄사건(1926) 등이 그 대표적인 예들이다.

그리고 1920년대에는 성숙된 민중의식을 바탕으로 전국 각지에서 사
회운동이 활발히 전개되었다. 수많은 소작쟁의와 노동쟁의가 일어나 일제
의 억압과 수탈에 항의하였고, 신분 차별 철폐를 목적으로 시작된 형평衡
平운동(1923)은 각종 사회단체와 관련을 맺으며 반일운동으로 발전하였다.
또한 일제의 경제적 침투에 대항하여 전국적으로 '조선물산朝鮮物産 장려
운동'이 전개되기도 하였다.

이와 함께 일제의 기만적인 문화정책에 맞서기 위한 문화운동도 활발히
펼쳐졌다. 이 시기 문화적 저항은 일제에 의해 허용된 약간의 언론 및 출판
의 자유를 배경으로 이루어졌다. 앞서 언급한 바와 같이, 일제는 3·1운동
이후 식민 지배 정책을 수정하여 '문화주의'를 내세우며 최소한의 출판과
언론의 자유를 허용하였다. 이러한 정책의 변화를 기회로 삼아『동
아』·『조선』등의 민간 신문과『개벽』·『신생활』·『조선문단』등의 잡지
가 창간되었고, 이 신문·잡지들은 당대 문화운동의 거점으로 기능하였다.

그런데 이 시기 민족해방운동의 세력 구도를 살펴보면, 크게 민족주의

세력과 사회주의 세력으로 양분되었음을 알 수 있다. 민족주의 세력은 안창호의 준비론과 실력양성론을 사상적 근거로 삼아 민족의식의 개발과 교육에 치중하였고, 마르크시즘에 영향을 받은 사회주의 세력은 반제국주의 투쟁을 프롤레타리아혁명과 동일시하며 혁명을 통한 독립운동을 주장하였다. 이 두 세력은 이후 우리 사회 각 부문에서 상호 충돌과 침투 과정을 보여주며 민족해방운동의 중심축으로 기능하였다.

민족주의 세력은 주로 민족 역량의 배양을 강조하며, 국민 교육운동과 국학 연구를 통해 문화적 저항운동에 힘을 기울였다. 민립대학 설치 운동과 민족주의 사학 연구, 고전 및 국어연구와 한글 보급운동 등이 그 대표적인 사례라 할 수 있다. 이는 일제의 왜곡된 식민교육과 문화정책에 대항하여 민족의식을 고취하려는 목적으로 이루어진 활동이었다. 1920년대 중반 시문학 분야에서 일어난 전통양식 부흥운동도 이러한 민족주의 이념의 문학적 실천이었다고 할 수 있다.

한편 소련혁명(1917)의 영향을 받아 국내외에서 싹트기 시작한 사회주의 세력은 우리 사회에서 1920년경부터 본격적으로 대두하였다. 1920년대 초반 서울청년회(1921), 무산자동지회(1922), 신사상연구회(1923), 화요회(1924), 북풍회(1924) 등 사회주의적 단체들이 결성되어 활동하였고, 1925년에 이르러 조선공산당이 조직된다. 이들 세력들은 사회주의 이념을 근간으로 각종 노동운동과 청년운동을 벌였고, 문학 분야에서도 같은 해 결성된 '조선 프롤레타리아 예술가동맹KAPF'[3]을 중심으로 계급주의 문학운동을 전개하였다.

지금까지 간략하게 검토한 바와 같이, 1920년대는 일제의 교활한 '문

---

3 이후 '카프'로 약칭함.

화정치'와 이에 대항하는 우리 민족의 저항 운동이 대립하던 시기로 이해할 수 있다. 일제의 압제가 음험한 형태로 강화되었던 만큼, 이에 대항하는 민족적 저항도 치열하게 전개된 시기였다. 그러나 국내에서는 정치·군사적 저항이 쉽지 않아서 일제가 허용한 한계 내에서 문화적 저항 운동이 주류를 이루었는데, 이러한 운동의 이면에는 일부 세력들이 일제의 기만적인 문화정책과 민족분열정책에 넘어가 허울뿐인 문화적 자유에 만족하고 마는 부정적인 모습을 드러내기도 하였다.

2. 1920년대의 문단 상황

1920년대는 한국 문단이 양적·질적인 측면에서 비약적인 발전을 이룩한 시기로 기록될 수 있다. 특히 시문학의 경우, 상대적으로 미성숙했던 소설 문학에 비해 젊은 시인들이 대거 등장하여 동인지를 중심으로 활발한 활동을 전개하여 괄목할 만한 성장을 보여주었다.

한국 시문학사에서 1920년대는 시의 근대적 변용이 이루어진 시기로 평가된다. 그것은 이 시기에 근대 자유시 형식이 정착되고 본격적으로 전개되었기 때문이다. 애국계몽기에서 1910년대에 걸쳐 시문학 분야에는 가사·시조·사설시조·국문풍월·한시 등의 전통적인 시가詩歌 형태와 창가·신체시 등의 새로운 형태가 공존하고 있었다. 하지만 재래의 시가 형식들은 새로운 의식과 시대적 요구를 담아내기에는 부적절한 것이었고, 새로운 시 형식으로 대두된 창가와 신체시 역시 근대 자유시에는 미치지 못하는 것이었다. 서양식 악곡의 노래 가사를 가리켰던 창가는 대개 7·5 조의 정형적인 리듬의 반복이었고, 최남선에 의해 실험된 신체시도 유사 정형시에 불과했기 때문이다. 이것들은 모두 새로운 시대로 나아가기 위한 과도기적 혼란과 모색의 과정을 보여주는 불완전한 시 형태들이었다.

한국의 시문학사에서 자유시 형태의 작품들이 최초로 발견되는 것은 1910년대 중반 무렵이다. 동경의 한국 유학생 기관지였던『학지광』(1914년 창간)에 김억·윤여제·최승구·현상윤 등이 자유시 형태의 작품을 발표함으로써, 애국계몽기 시가나 최남선의 신체시와는 다른 새로운 시 형식을 선보였다. 이어 한국 최초의 문학잡지인『태서문예신보』(1918년 창간)에 프랑스 상징주의 시를 위주로 한 서구시가 번역·소개되어 자유시의 형성과 정착에 커다란 영향을 미쳤다. 당시 김억·황석우·주요한 등이 서구시의 충격과 자극을 적극적으로 받아들여 근대 자유시 운동을 주도하였다. 1910년대 중·후반은 한국에서 근대 자유시가 처음으로 등장하여 그 가능성을 모색하던 전환기였다.

이러한 흐름을 이어 1920년대에 접어들면서 한국의 자유시는 정착의 단계에 들어가게 되었다. 이 시기 동인지를 중심으로 활동한 많은 젊은 시인들이 자유시를 유일한 근대시 양식으로 받아들이며 본격적으로 창작 활동을 벌이게 된 것이다. 이에 따라 자유시를 제외한 종래의 여러 시가 형태들은 활기를 잃어버리거나 사라지게 되었다.

이것은 문학 인식과 미의식의 차원에서도 커다란 전환을 의미하는 것이었다. 애국계몽기 시가의 관념성이나 교술성을 극복한 의의를 지니기 때문이다. 설익은 관념이나 공인된 주장을 버리고, 개인의 내면적 각성에 기초하여 창작 활동이 이루어진 것은 근대적 미의식의 관점에서 큰 발전이라 할 수 있다. 즉, 당대 시인과 독자들이 문학예술을 단순히 계몽주의

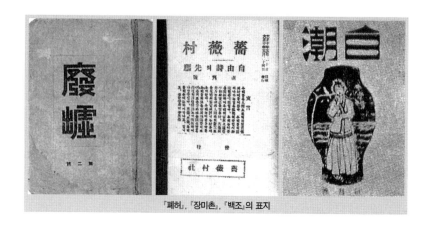
『폐허』, 『장미촌』, 『백조』의 표지

적 관념이나 애국심 고취를 위한 수단으로 여기던 것에서 벗어나, 예술의
자율성과 심미성을 인식하기 시작하였던 것이다. 이를 통해 자유시는 좀
더 자유롭고 개성적인 방식으로 삶의 체험과 의미를 탐구하게 되었다.

이와 함께 3·1운동 이후 문단에서 가장 두드러진 현상의 하나는 수많은
신문·잡지·동인지가 발간되면서 발표 지면이 확대되었다는 점이다. 이
는 약간의 문화적 가자유假自由를 허용하는 일제의 지배 정책 변화와도 관련
이 있는 현상으로서, 당대 문학의 양적인 팽창을 가능하게 했던 요인이다.
『동아』·『조선』 등의 일간지와 함께, 수많은 동인지와 잡지가 발간되어 문
학 활동의 터전을 제공하였다. 1919년 2월에 발간된 첫 동인지 『창조』를
비롯하여, 『폐허』(1920)·『장미촌』(1921)·『백조』(1922)·『금성』(192
3)·『영대』(1924) 등이 그 구체적인 사례들이다. 이밖에도 일반 교양지인
『개벽』(1920)과 함께 순수 문학지인 『조선문단』(1924)과 『문예공론』(1927)
등이 창간되어 1920년대 문학 공간의 확대에 기여하였다.

이것은 근대적 작품 발표 양식이 정립되는 기초가 되었다. 근대 이전까
지 문학 작품의 유통에는 말과 글에 의한 전달 방식이 공존했지만, 주로

입에서 입으로 전달되는 구비문학이 대부분이었다. 일부 필사본이나 인쇄본(목판본)으로 유통된 작품의 경우에도 노래하고, 읊고, 읽는 현장에서 전달되는 관습이 이어져 왔으며, 그래야만 수용자를 널리 확보할 수 있었다. 그러나 활판 인쇄술이 보급된 이후에는 인쇄된 작품이라야 공식적으로 발표된 작품으로 인정받게 되었다. 우리의 경우, 이러한 근대 활판 인쇄술을 선보인 것은 애국계몽기부터이지만, 본격적인 신문·잡지·단행본 등의 출간이 잇따르고 이에 따라 문학 작품 발표와 유통의 공간이 비약적으로 팽창된 것은 1920년대부터라고 볼 수 있다.

이러한 변화는 자신이 창작한 작품에 이름을 분명히 밝혀 적어, 저작권을 주장하는 제도와 관행의 확립으로 이어졌다. 저작권이 인정된다는 것은 작가가 근대 사회에서 직업인으로 살아갈 수 있는 방법이 제도화된 것을 의미했다. 물론 당대에는 출판업이 제대로 발달하지 않아서 작가들이 실질적인 수입을 기대할 수 없었으나, 이러한 관행의 성립은 한국문학이 본격적으로 근대문학의 단계에 접어들었음을 보여준다.[4]

그리고 이 시기 문학 생산을 담당하는 시인·작가들의 수가 크게 증가했다는 사실도 주목을 요한다. 이것은 발표 매체의 팽창과도 관련이 있지만, 보다 근본적으로 새로운 계층의 작가·시인들이 대거 등장하여 문단을 형성했음을 의미한다. 앞서 말한 바와 같이, 3·1운동 이후에는 애국계몽기에 존재했던 한시·가사·시조·사설시조·국문풍월 등의 전통적인 시가 형태들이 점차 활기를 잃고 사라져 갔다. 이로 인해 그 주된 담당층이었던 전통적인 유학자들과 구지식인들도 역사의 무대 저편으로 물러나게 되었고, 그 대신 근대적 학교 교육을 받은 사람들이 새로운 문학 담

4　조동일, 『한국문학통사』 5, 지식산업사, 1989, 78~79쪽 참조.

당층으로 대거 등장하게 되었던 것이다. 이것은 전대에 근대적 문학을 지향하며 활약한 작가가 최남선과 이광수 정도에 불과했던 사실과 비교할 때 큰 변화라 할 수 있다.

이 새로운 계층의 작가·시인들 대부분은 일본에서 유학하고, 거기서 서양 근대문학과 서구화된 일본문학을 배워온 인물들이었다. 이들은 새로운 문학의 가능성을 외부에서 찾고, 서구의 문예사조와 서구시를 적극적으로 받아들이고 모방하고자 하였다. 이러한 움직임은 이미 『태서문예신보』에서 본격화되기 시작하여, 1920년대 초반 젊은 시인들 대부분이 이에 가담하면서 시대적 조류를 형성하였다. 동인지를 중심으로 집단적인 활동을 벌였던 낭만주의 경향의 시인들이 그들이다. 그러나 이들이 짧은 기간 일본 유학을 통해 받아들인 서구 문학에 대한 이해는 피상적이고 부정확한 것일 수밖에 없었다. 그리고 신문화의 물결 속에서 성장한 이들이 전통 문화에 대한 정당한 이해나 인식이 부족했던 것도 문제였다. 이로 인해 그들의 신문학 건설을 위한 시적 노력은 적지 않은 문제를 노출하게 된다. 이들의 한계를 넘어서서 보다 세련되고 성숙한 문학의식이 대두된 것은 지식 계층이 대폭적으로 확산되고 보다 전문적인 시인·작가 그룹이 등장하는 1930년대부터라고 할 수 있다.

또 하나 1920년대 문단 상황과 관련하여 특기할 만한 일은 문단이 민족주의 세력과 사회주의 세력으로 양분되어 재편된 일이다. 이것은 사회 전반의 민족해방운동 세력이 양분된 것과 궤를 같이하는 것으로서, 문단에서는 초기의 낭만주의적 흐름이 해체되는 20년 중반 무렵부터 가시화되었다.

사회주의 이념을 바탕으로 계급문학을 주장하는 운동은 1920년대 초부터 있었다. 1922년과 1923년에 각각 '염군사焰群社'와 '파스큘라(PAS-

KYULA)'라는 단체가 조직되어 계급문학 운동의 시작을 알렸다. 이어 1925년에 결성된 '카프'는 1935년 해체되기까지 계급문학 운동을 활발히 전개하며 우리 문학사에서 중요한 한 흐름을 형성하였다. 이들은 당대의 문학을 모두 지배계급의 문학이라 규정하고, 피지배계급의 해방을 위한 문학을 주장하였다. 이는 문학의 예술성보다는 사회적 이념의 실현을 중시하는 태도를 나타내는 것이었다.

이러한 계급문학에 반대하는 문인들은 민족주의적 이념을 내세우며 집단적 움직임을 보였다. 이들은 '카프'와 같이 조직체를 결성한 것은 아니었지만, 비슷한 관점을 공유하며 대체로 1920년대 중반 무렵부터 유파적 성격을 띠고 활동하였다. 이들은 실력 양성과 문화적 저항을 강조했던 민족주의 이념에 따라, 전통 문학의 유산에 관심을 기울여 민족적 정체성을 확인하고 이를 바탕으로 새로운 문학의 활로를 열고자 하였다. 시문학 분야에서 그것은 구체적으로 민요시운동과 시조부흥운동으로 나타났다. 이러한 시적 지향은 이전 시기 무분별한 서구지향성에 대한 반성의 결과이면서 동시에 계급문학 운동에 대하여 민족문학을 내세우기 위한 것이었다. 결국 1920년대 후반은 서로 다른 문학 이념을 추구하는 두 세력이 양립하며 문학사가 전개된 시기였다고 할 수 있다.

3. 1920년대 시의 주요 경향과 특징

1) 낭만주의 경향의 시

1920년대 초기 한국시의 주류를 형성한 것은 낭만주의 경향의 시들이었다. 주로 3·1운동 이후 『창조』·『폐허』·『장미촌』·『백조』 등의 동인지에 발표된 시들을 이러한 범주로 묶어 논할 수 있다. 이 시기 한국 문단에는 상징주의·낭만주의·퇴폐주의 등의 다양한 문예사조가 혼류 양상을 보이고 있었으나, 주조를 형성한 것은 넓은 의미의 낭만주의라고 할 수 있다.[5]

낭만주의는 일반적으로 현상과 실재, 현실과 이상 세계의 이분법적 대립 구조를 바탕으로 한 동경憧憬의 문학으로 설명된다. 낭만주의자들에게 현실은 인습과 허위가 지배하는 속악한 세계이며, 이런 현실 속에서 참된 삶의 의미는 찾을 수 없는 것으로 여겨진다. 이에 따라 그들은 현실의 속악함과 불모성을 거부하고 절대적이고 이상적인 세계를 지향하는 태도를 취한다. 시적 상상 속에서 현실에 대비되는 관념적인 이상 세계를 설정하고, 이에 대한 그리움과 동경을 표출하는 것이다.

1920년대 초기 한국시의 기조를 형성한 것은 이러한 낭만적 상상력과

---

5 당시 이처럼 다양한 문예사조가 무질서하게 뒤섞여 있었던 것은 식민지 현실이라는 특수한 상황 속에서 서구의 문예사조를 피상적인 수준에서 이해하고 받아들인 탓으로 보인다. 짧은 기간 일본을 통한 수용 과정에서 서구 사조들이 지닌 철학적 이념이나 역사적 근거에 대해 철저하게 이해하지 못하고, 수용자의 처지나 관점, 취향에 따라 나름대로 받아들여 시 창작의 근거로 내세운 것이라 할 수 있다. 따라서 이 시기 작품들을 일률적으로 서구식 낭만주의 개념으로 설명할 수는 없다. 하지만 이들 작품들은 대체로 암울한 시대 분위기 속에서 넓은 의미의 낭만주의적 경향을 띠고 있어서, 이러한 개념으로 묶어서 논의하는 것이 문학사 기술의 일반적인 방법이 되고 있다.

이념이었다. 이 계열의 작품들에서는 낭만적 이분법을 바탕으로 현실에 대한 부정적인 인식을 드러내고, 시적 자아의 방황하고 갈등하는 감정을 표출하는 것이 공통적인 주제를 이룬다. 이 시편들에서 빈번히 발견되는 허무와 비탄, 체념, 고뇌, 쓰라린 아픔, 막연한 비애와 애상, 그리움 등은 모두 현실에 적응하지 못하고 갈등하는 낭만적 자아의 고뇌를 나타내는 정서들이다. 여기에는 참다운 삶의 가능성을 차단당한 식민지 지식인의 부정적인 현실인식과 울분이 담겨 있는 것이라 할 수 있다.

이처럼 현실이 어떤 진실도 존재하지 못하는 타락한 공간으로 인식될 때, 낭만적 상상력은 세속적 현실을 벗어난 또 다른 세계에서 절대적인 진리와 참된 삶을 꿈꾼다. 낭만주의자들이 추구하는 그 다른 세계는 속악한 현실과 대립되는 이상향으로서의 정신적 이데아라 할 수 있다. 그것은 현실적 감각과 사고로는 포착되지 않는 추상적인 관념의 세계로서, 현실의 갈등을 해소하고 참되고 화해로운 삶을 이룩할 수 있는 곳으로 그려진다.

아- 나는 가다 캄캄한 내 밀실로
나릿한 만수향내 떠도는 내 밀실로 도라가다.

오- 검이여 참삶을 주소서
그것이 만일 이 세상에 엇을 수 업다 하거든
열쇠를 주소서
죽음나라의 열쇠를 주소서
참 '삶'의 잇는 곳을 차지랴 하야
명부(冥府)의 순례자- 되겟나이다.

　　　　　　　　　　　　　　—박종화, 「밀실(密室)로 도라가다」 부분

꿈속에 잠긴 외로운잠이

현실을써난 '빗의고개'를넘으랴할때

비에문어진 잠의 님업는집은

가엽시 깁히깁히문어지도다

—박영희, 「꿈의 나라로」 부분

저녁의 피무든 동굴 속으로

아— 밋업는, 그 동굴 속으로

끗도 모르고

끗도 모르고

나는 걱구러지런다

나는 파뭇치련다.

—이상화, 「말세(末世)의 희탄(希嘆)」 부분

위에 인용한 시편들에서 '밀실'·'죽음'·'명부'·'빛
의 고개'와, '꿈의 나라'·'동굴' 등은 모두 낭만적 이분법
속에서 현실을 벗어나 도달하고자 하는 이상적인 세계를
나타내는 이미지들이다. 이 시기 시편들에서는 이와 유사
한 이미지들을 쉽게 찾아볼 수 있다. '침실'(이상화의 「나의
寢室로」), '흑방黑房'(박종화의 「黑房悲曲」), '유령의 나라'(박
영희의 「幽靈의 나라」)와 '병실'(박영희의 「月光으로 짠 病室」),
'묘장墓場'(홍사용의 「墓場」) 등의 시어가 그러한 예이다.

이상화

그런데 이 작품들에서 동경의 대상들은 주로 유폐된 '어둠'의 공간이나
'잠'과 '죽음'의 세계로 나타나고 있다. 시적 화자들은 이 어둠과 죽음의

홍사용

세계로 '돌아가고', '무너지고', '거꾸러지'거나 '파묻히'려는 지향을 보인다. 동경하는 이상적인 세계가 병적인 퇴행과 죽음의 이미지로 나타나고, 시적 주체들이 파멸과 하강의 몸짓을 보이는 것은 당대 작품들의 일반적인 특징이었다. 이것은 모순되고 부조리한 현실에 대한 절망적 인식이 극단화되어 나타난 역설적 표현이라 할 수 있다. 자신들의 참다운 삶에 대한 회구와 정열에 비추어 너무나 부조리한 현실을 부정하려는 의식이 오히려 '죽음'의 세계를 진정한 가치의 세계로 상정하는 역설을 낳았던 것이다.

하지만 현실적 삶의 차원에서 볼 때, 이러한 세계에 대한 동경과 지향은 실현될 수 없는 것이다. 그러한 세계는 현실 저편에 존재하는 일종의 환상이며 꿈의 세계이기 때문이다. 이런 이유로 낭만주의적 동경의 태도는 흔히 현실로부터의 도피로 규정된다. 즉 과거, 유토피아, 무의식과 상상적인 것, 유년 시절과 자연, 꿈과 광기에로의 도피 등은 일체의 책임과 고뇌에서 벗어나려는 동경에 위장되고 다소는 승화된 형식들이라는 것이다.[6] 이런 관점에서 고립적인 태도로 퇴영적인 세계를 지향하는 이들의 시세계는 현실도피적인 성향의 발로라는 비판을 받게 된다.

이 작품들이 내포한 또 다른 문제는 절망과 슬픔의 정서를 과장하는 감상적 태도이다. 감상은 진정한 가치에의 추구를 포기하고 스스로의 번민이나 심적 태세를 쾌락의 질료로 삼는 감정의 타락이다.[7] 감상주의자들은 자신들의 작품에서 불완전하고 모순된 현실에 대한 절망을 관습적으로 되풀이하고, 그 표현 자체에 도취되어 자기위안의 방편으로 삼는다. 이렇게

---

6 아놀드 하우저, 염무웅 역, 『문학과 예술의 사회사―근세편』 하, 창작과비평사, 1981, 204쪽.
7 김흥규, 『문학과 역사적 인간』, 창작과비평사, 1980, 243쪽.

되면 고통을 초래한 현실에 대한 인식이나 참된 가치에 대한 지향은 흐려지고, 오직 절망과 슬픔이라는 감정의 심미적 표현만이 부각된다. 당대의 낭만주의 시들이 역사적 현실과의 긴장 관계를 상실하고, 고립된 개인의 감정과 포즈만을 형상화했다는 비판을 받는 것은 이 때문이다.

또한 감상에의 탐닉은 주관적 감정의 과잉으로 이어져, 작품의 심미적 가치를 훼손하는 요인이 되었다. 현실적 소재와 감정은 예술적 형식 속에서 변용되어야 한다. 이 과정에서 시적 대상이나 정서, 제재에 대한 심리적 거리와 절제의 태도는 필수적이다. 하지만 시종 개인적인 감정에 탐닉한 감상적인 작품들은 양식화의 거리를 통해 심미적 형상을 마련하지 못하고, 넘쳐나는 정서의 직설적 토로와 영탄에 떨어지고 말았던 것이다. 이와 함께 이들이 모색한 자유시 형식도 진정한 내재율을 창조하지 못하고 산만하고 무질서한 리듬을 보여주는 데 그쳤다. 그것은 우리말의 자연스러운 어감과 율조를 무시한 채 피상적으로 서구시형을 모방했기 때문이었다.

1920년대 초반 한국의 낭만주의 시들은 전대 문학의 관념성과 소박한 계몽주의를 극복하고 문학의 자율성과 예술적 가치에 대한 인식을 확립하는 진전을 보여주었다. 하지만 앞서 지적한 바와 같이, 현실도피적 성향과 감상에의 탐닉, 시적 형상의 미비와 무질서한 리듬 등 많은 한계를 드러낸 것도 사실이다. 이것은 근본적으로 당대의 시인들이 투철한 현실인식과 역사의식을 지니지 못한 채 무분별하게 외래 사조를 수용한 결과라고 할 수 있다. 새로운 문학과 삶의 가능성은 역사적 상황과 구체적인 삶의 경험에 밀착할 때 탐구될 수 있는 것이다. 자신이 처한 현실에 대한 정당한 이해에서 비롯되는 주체적 요구를 자각하지 못한다면, 외래 문학과 사조의 피상적인 모방은 실패로 귀결되지 않을 수 없다. 그들의 실패는 바로 여기서 연유한 것이라 할 수 있다. 전통적인 삶의 경험과 문학 유산을 창조적

으로 계승하지 못하고 전면적으로 부정해버리고 만 것 역시 당대 시인들
의 몰주체적 서구지향성이 지닌 한계를 보여준다.

2) 사회적 이념과 투쟁 정신의 시 - 계급주의 시와 망명지의 항일시

1920년대 한국 시문학은 낭만주의적 경향과 뚜렷이 구별되는 또 하나
의 문학적 조류를 보여주었다. 식민지 현실에 대한 적극적인 관심을 바탕
으로 투쟁적인 사회의식과 문학적 실천을 강조하는 경향이 그것이다. 이
러한 흐름은 국내에서는 주로 사회주의 이념에 입각한 계급문학으로 나타
났고, 국외에서는 망명지의 항일문학으로 전개되었다.

한국 문학사에서 계급주의 문학운동은 '염군사'와 '파스큘라'의 활동에
서 시작되었다. 1922년 이적효·이호·김홍파·김영팔·최승일 등이 '염
군사焰群社'를 조직하였고, 그 이듬해에 박영희·안석영·김기진·김형
원·이익상 등이 '파스큘라PASKYULA'를 결성하여, 무산자 계급 해방을 위
한 문화 및 문학 운동을 주장하였다. 계급문학 운동이 처음 대두하던 이
단계는 나중에 '신경향파' 시기로 지칭되었는데, 여기서 '신경향'이란
1910년대의 계몽주의 문학이나 1920년대 초반의 낭만주의 문학과 구별
되는 경향을 지칭하는 것이었다.

신경향파 시기에 선구적 역할을 수행한 사람은 김기진이었다. 그는 당
대 문학이 구체적인 현실과 생활상을 외면하고 현실도피적 영탄을 일삼았
다고 비판하고, 현실에 바탕을 두는 문학을 주장하였다. 이어 기존의 문학
을 부르주아 문학이라 규정하고, 무산자 계급의 해방을 추구하는 새로운
문학이 필요하다고 역설하였다. 그러나 이 주장들은 아직 체계화된 논리

토월회 시절 동경에서(1922)
앞줄 왼쪽부터 박승희, 박승목, 김을한, 송재삼, 뒷줄 왼쪽부터 이서구, 김복진, 이제창, 김기진

를 갖춘 것은 아니었고, 예술의 물질적 토대로서의 현실과 무산대중에 대한 소박한 인식을 내보인 정도에 머물렀다. 실제 이 시기 창작된 신경향파 시들도 하층 계급의 비참한 생활과 궁핍상을 주로 그렸지만 소재주의적 차원을 크게 벗어나지 못했다. 조연현의 지적에 따르면, 이 작품들은 가난의 사회적 원인이 드러나지 않는 단순한 '빈궁문학' 혹은 소박한 '반항문학'으로서, 다분히 동정적인 계급의식에 기초하여 자연발생적이고 산발적으로 이루어진 창작 행위의 결과였다.[8]

다만 신경향파 시인으로 분류될 수 있는 이상화는 이러한 한계를 뛰어넘

8 조연현, 『한국현대문학사』, 성문각, 1973, 295~296쪽.

는 시적 성취를 보여주었다. 『백조』 동인이었던 이상화는 「말세末世의 희탄希嘆」이나 「나의 침실寢室로」 등이 보여주는 바와 같이, 전형적인 낭만주의 경향의 작품을 쓴 시인이었다. 그러나 이후 그는 파스큘라에 가담하여 신경향파의 일원이 되었고, 나중에는 카프에도 참여한 것으로 알려졌다. 1925년 무렵 발표된 「구루마꾼」·「엿장수」·「거러지」 등은 하층민들의 궁핍하고 비참한 생활상을 다루고 있어서 신경향파 시에 속하는 작품들이라 할 수 있다. 하지만 그는 여기서 단순히 소재를 나열하거나 분노를 표출하는 차원에 머물지 않고, 적절한 묘사를 통해 가난한 사람들의 모습을 실감나게 그려내는 성과를 보여주었다. 이러한 점은 그가 다른 신경향파 시인과 달리 단순한 이념적 사고와 도식적인 방법론에 매몰되지 않았음을 알려준다. 1926년에 발표된 「빼앗긴 들에도 봄은 오는가」도 이런 시적 노력의 연장선상에서 탄생한 것이라 할 수 있다. 이 작품은 짜임새 있는 시적 구조 속에서 민족적 삶의 체험이 녹아 있는 자연스러운 표현으로 나라를 빼앗긴 우리 민족의 아픔을 절실하게 그려낸 수작으로 평가된다. 그런데 사실 이 작품에 그려진 민족 현실은 계급이념의 관점을 넘어선 것이라 할 수 있다. 이런 이유로 그의 시세계는 흔히 신경향파의 테두리를 벗어난 것으로 평가되기도 한다.

어쨌든 1920년대 초기의 신경향파 문학은 계급문학 운동의 첫 걸음에 불과했고, 이들의 활동이 점차 뚜렷한 한계를 드러내자 좀더 발전된 단계로 나아가려는 움직임이 생겨났다. 그러한 움직임은 '염군사'와 '파스큘라'를 해체 통합하여 '카프'를 발족(1925)시키는 것으로 구체화되었다. 계급문학 운동의 본격적인 전개를 위해 결성된 카프는 발족 초기부터 뚜렷한 행동 강령과 조직 이념을 내세웠다. 이후 카프는 1935년 해산될 때까지 10여 년 동안 몇 차례의 중요한 논쟁과 두 번의 방향 전환, 그리고 이에 따른 조직 구성의 변화를 보여주며 활발한 활동을 전개하였다. 1920년대에 국한하여 카프의 활동 양상을 간략히 살펴보면 다음과 같다.

카프 발족 후 처음 제기된 중요한 논쟁은 김기진과 박영희 사이에 벌어진 '내용·형식' 논쟁이었다. 김기진은 박영희의 소설 「철야徹夜」를 두고 "이 일편은 소설이 아니요 계급의식 계급투쟁의 개념에 대한 추상적 설명으로 시종하고 말았다"고 비판하였다.[9] 이에 대해 박영희는 "프로문예는 무산계급과 노동자를 묘사하는 것이 아니라 그 투쟁을 선동하고 지시하는 것"이라고 반박하였다.[10] 이러한 주장은 계급문학에서 중요한 것은 예술적 완성이나 미학적 형상이 아니라, 계급이념의 전파를 위한 수단으로서의 성격이라는 것이었다.

이 논쟁을 통해 카프의 주도적인 이론가로 자리잡은 박영희는 1927년 '목적의식론'을 제기하며, 1차 방향 전환을 주도하였다. 그는 신경향파 문학을 자연발생적 단계의 경제투쟁의 문학이라 규정짓고, 무산계급의 계급의식을 고취하기 위해서는 '목적의식적'으로 정치투쟁의 문학으로 나아가야 한다고 주장하였다.[11] 이것은 계급문학의 이념성을 더욱 강조하고, 사회운동과 정치투쟁에 복무하는 문학운동의 방향을 제시하는 것이었다. 이를 계기로 목적의식기에 접어든 카프의 문학운동은 동경에서 유학하고 돌아온 신진 세력인 홍효민·이북만·임화·권환·안막·김남천 등이 가세하

동경에서 발행한 카프의 기관지 『예술운동』 창간호 표지

---

9 김기진, 「문예시평」, 『조선지광』, 1926.12.

10 박영희, 「투쟁기에 있는 문예비평가의 태도」, 『조선지광』, 1927.1.

11 박영희, 「문예운동의 방향전환」, 『조선지광』, 1927.4.

면서 이념성을 더욱 강화하는 방향으로 전개되었다. 1929~1930년에 걸쳐 진행된 2차 방향 전환은 그러한 움직임의 결과로서, 효율적인 예술 투쟁을 위하여 조직을 대폭 개편하고 정치투쟁의 구체적 내용과 수행 방식 등을 규정하였다.

이처럼 1920년대 중반 이후 카프의 계급주의 문학운동은 치열한 내부 논쟁 과정을 통해 더욱 체계적이고 급진적인 이론을 수립하면서 진행되었다. 하지만 이 시기 프로시가 실제 창작에서 그만한 성과를 거둔 것은 아니었다. 선명한 이론에 의거한 목적지향성이 성공적인 작품 창작을 보장해 주지는 않았기 때문이다. 이 시기 프로시들은 지나친 이념지향성으로 인해 미적 형상을 마련하지 못한 채 직설적인 관념의 표백이나 구호로 흐르는 경우가 많았다.

그리고 현실인식과 계급의식의 고취라는 목적에 비추어볼 때, 주관적 감정을 위주로 하는 짧은 서정시의 장르적 특성이 소설에 비해 상대적으로 불리한 요소로 작용하기도 하였다. 이런 문제를 타개하기 위해 서정시의 형식에 이야기 구조를 도입한 이른바 '단편서사시' 형식이 거론되기도 하였다. 김기진은 1928년 무렵 '예술대중화론'을 제기하면서, 당시의 계급 문학이 무산자 계급인 노동자·농민의 문학이어야 함에도 불구하고 실제로는 이들과 유리되어 있는 현실을 지적하고 시가의 대중화를 주장하였다. 그는 그 구체적인 방안으로 서사적인 소재를 취하고 쉬운 말로 써서 대중들이 이해하고 낭독하기 좋도록 해야 한다고 제안하였다. 그리고 이러한 형태의 시를 '단편서사시'로 지칭하고, 임화의 「우리옵바와 화로」를 그 대표적인 작품으로 들었다.[12]

---

12 「단편서사시의 길로」, 『조선문예』, 1929.5; 「프로시가의 대중화」, 『문예공론』, 1929.6.

김기진의 대중화론 자체는 당시 소장파에 의해 부정당했지만, 1920년대 후반 무렵부터는 실제 창작 면에서 좀 더 다양한 고민과 모색을 통해 사회의식을 효과적으로 형상화하려는 노력들이 확산되었다. 특히 1930년대에 접어들면서는 점점 열악해지는 외부 정세에도 불구하고, 많은 역량 있는 시인들이 카프 진영에 참가하여 계급의식을 견지하면서도 보다 세련된 양식적 틀과 형상화 방법을 통해 전대의 신경향파 시를 넘어서는 시적 성과를 보이기 시작하였다. 1920년대의 중반의 프로시 운동은 그 토대가 되었다고 할 수 있을 것이다.

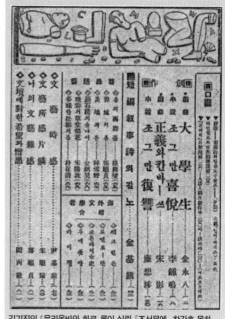

김기진의 「우리옵바와 화로」론이 실린 『조선문예』 창간호 목차.

결국 한국의 시문학사에서 1920년 초·중반부터 시작된 계급주의 문학운동은 신경향파 시기를 거쳐 1925년 카프 결성을 계기로 조직적이며 본격적인 활동을 벌인 것으로 정리된다. 1920년대에 국한해서 평가한다면, 이 시기 프로시들은 대체적으로 경직된 목적의식에 사로잡혀 사회의식의 예술적 형상화 과정을 소홀히 하는 한계를 보였다고 할 수 있다. 하지만 이 작품들은 1930년대 프로시의 보다 풍요로운 성과를 위한 발판이 되었고, 무엇보다 1920년대 초기 낭만적 경향의 시들이 지닌 현실도피적 자세를 극복하고 뚜렷한 사회의식을 바탕으로 당대 현실과 역사에 적극 대응하는 문학적 흐름을 열어 이후 문학사의 전개 과정에서 지속적인 영향력으로 작용한 점은 높이 평가되어야 할 것이다.

한편 이 시기 식민지 현실 비판과 투쟁의식을 위주로 하는 문학적 흐름은 해외 망명지에서도 전개되었다. 망명지에서의 문학 활동은 분량이 긴 소설이 아니라 시가를 중심으로 이루어졌는데, 일제의 검열과 탄압을 벗어나 있었기 때문에 적극적인 항일 의지를 형상화할 수 있었다.

상해 임시정부가 발간한 『독립신문』을 비롯하여, 러시아·미국 등지에서 나온 여러 간행물들이 항일 문학 작품의 주된 발표 무대였다. 『독립신문』에는 이광수가 한때 주필을 맡아 시를 발표하였고, 주요한이 '송아지'라는 필명으로 작품을 기고하기도 하였다. 하지만 이 작품들은 별다른 시적 성취를 보여주지 못했으며 주제의식도 강렬한 것이 못 되었다. 이보다는 작자 미상의 시가들이 일제에 대한 분노와 강렬한 투쟁의지, 그리고 독립에 대한 간절한 염원 등을 형상화하여 망명지 문학의 장점을 잘 보여주었다. 특히 만주에서 활약한 독립군들이 부르던 많은 '독립군가'는 실제 독립군 대원들이 창작하고 부르면서 항일 투쟁 의지의 고취에 큰 역할을 수행하였다.

그러나 망명지에서의 항일 문학은 나름의 제약을 안고 있어서 크게 발달하기는 어려웠다. 해외 망명지의 여건상 역량 있는 작가가 생겨나기 어려웠고 발표 매체와 독자도 제한되어 있었기 때문이다. 이런 이유로 망명지 항일 시가들은 대개 정형적인 리듬의 노래 가사나 교술적 서정시에 머무는 한계를 보였다. 그러나 민족 현실을 직시하고 항일 정신을 형상화한 주제의식은 일제의 감시하에 놓여 있던 국내 문학의 한계를 넘어서는 것이었다.

3) 전통 양식의 재인식과 부흥 운동 — 민요시와 시조부흥운동

1920년대 중반 무렵 한국 시문학에는 전통 문학 양식을 재인식하고 이를 현대적으로 되살리려는 집단적 움직임이 있었다. 민요시운동과 시조부흥운동이 그것이다. 이 움직임은 카프의 계급문학 운동과 함께 1920년대 후반 한국 시문학의 양대 흐름을 형성했다. 앞서 언급한 바와 같이, 이 두 가지 시적 흐름은 계급주의와 민족주의라는 서로 다른 문학 이념이 대립하는 양상으로 전개되었다.[13]

민요시란 전래 민요를 바탕으로 개인이 창작한 서정시라 할 수 있다. 이 시기 주요한·김억·홍사용·김동환 등이 적극적으로 주장하며 민요시 작품을 창작했다. 카프 시인이었던 김동환을 제외하면, 이들은 공통적으로 '조선혼', '조선심', '우리의 넋' 등으로 표현된 민족 정신을 내세우며 민요시운동을 주창하였다. 즉 민족 고유의 사상과 정서가 가장 풍부하게 내재되어 있는 민요를 현대시에 창조적으로 수용함으로써 민족 정신을 고양하자는 것이었다. 당대의 민요시운동이 전통 문화의 탐구를 통해 민족 주체성의 회복을 추구한 민족주의 운동의 연장선상에 있음을 알게 해주는 대목이다.

---

13 민요시운동은 시조부흥운동과 달리 계급문학과 민족문학의 대립 구도에서만 파악될 수 없는 면이 있다. 민요시운동이 본격화되기 이전인 1920년대 초반부터 김소월·홍사용 등이 이미 민요시로 볼 수 있는 작품을 창작하였고, 카프 시인이었던 김동환은 계급주의적 관점에서 민요시 창작을 주장한 바 있기 때문이다. 하지만 1920년대 중반 민요시운동이 시조부흥운동과 맞물려 진행되며 문단의 집단적 흐름으로 대두한 것은 계급문학에 대한 대타의식(對他意識)을 바탕으로 민족주의적 이념을 표방하면서부터이다. 그리고 이 시기 카프는 공식적으로 민요시운동에 대해 국수주의적 보수주의로 규정짓고 민요시 논의와 민요시 창작을 거부하였다. 이런 점에서 약간의 예외적 사례가 없는 것은 아니지만, 1920년대 후반에 전개된 민요시운동은 민족주의적 문학운동의 일환으로 이해될 수 있을 것이다. 참고로 덧붙이면, 1930년대에는 카프 시인들도 시가의 대중화를 위해 민요시를 수용하는 입장으로 선회하였다.

이와 함께 주목되는 또 하나의 사실은 이들의 민요시 창작이 새로운 시형의 탐구와 관련되어 있다는 점이다. 이들은 모두 초기 자유시 운동에 앞장섰던 시인들이었지만, 스스로 자신들의 문학 행위와 자유시 형식에 대한 회의를 드러냈다. "지금까지의 우리네 신시운동은 실패라고 보는 것이 타당하겠지요. (…중략…) 이것은 '리듬'이 잘 째이지 안은 째문과 용어가 평명치 못한 것과 시형이 잘 자리 잡히지 못한 째문이겠지요",[14] "지금까지의 시는 넘우나 산문적이요, 넘우나 형形의 통일이 없는 잡박雜駁한 결점이 있었다",[15] "여하간 자유시의 당면한 위험은 거의 산문에 갓갑은 그 점에 잇습니다"[16] 등의 발언은 이들의 문제의식이 어디 있었는지 잘 보여준다. 이들은 자유시 운동이 한계에 봉착하자 민족 시가의 고유한 형식에서 새로운 율격적 규범을 찾고자 하였던 것이다.

이처럼 민요시운동은 전통 시가에서 민족적 주체성과 새로운 형식적 규범을 발견하고자 한 시적 지향이었다. 하지만 이러한 노력은 소극적인 현실인식과 민요에 대한 이해 부족으로 별다른 성과를 낳지 못했다. 이들의 민요시는 대부분 구체적인 민족 현실과는 무관한 복고적인 분위기를 그려내는 데 그쳤고, 새로운 율격의 모색도 기계적인 음수율 모형을 찾아내는 것으로 귀착되고 말았기 때문이다.

능라도의 실버들엔

보슬비가

밤새도록 어느때에

---

14 김동환, 「문사방문기」, 『조선문단』, 1927.3.
15 양주동, 「병인 문단 개관」, 『동광』, 1927.1.
16 김억, 「格調詩形論小考」, 『동아일보』, 1930.1.17.

내려왔는고

넙을말녀 떨리냐고
모란봉의
갈바람은 멧츨이나
불엇는고,

대동강에도 한복판
뜬배우엔
이내몸의 눈물비가
내리누나

—김억, 「설은 노래」 전문

　이 민요시가 보여주는 것은 실제 삶의 체험과는 동떨어진 소박한 향토적 서정일 뿐이다. 시적 화자가 드러내는 막연한 비애와 설움의 정서는 식민지시대 민족 정신의 자각과는 거리가 먼 낭만적 감정의 편린이라 할 수 있다. 게다가 '4·4·4'의 음수율을 고수하는 단조로운 형식은 자연스러운 리듬의 활력을 마비시키고 있음을 알 수 있다. 이러한 시세계는 당대 시인들이 전래 민요의 실상을 제대로 이해하지 못했음을 보여준다. 소극적이고 애상적인 정조가 주조를 이룬다거나 고정된 음수율 형식을 지니고 있다는 민요 이해는 적절한 것이라 할 수 없기 때문이다.
　한편 김동환은 이 시기 유일하게 계급주의의 관점에서 민요시운동을 주장한 시인이었다. 그는 시조와 한시는 부르주아 문학이라 하여 배격하고, 민요만을 무산계급의 문학으로 옹호하였다.[17] 그는 민요가 내포한 민족성을

김동환

부정하고 민요의 주체를 계급적 관점의 민중에게만 한정시켜 이해하였다. 그런데 그가 실제로 창작한 민요시는 계급의식을 드러내는 것보다는 가벼운 향토적 서정을 담고 있는 작품이 훨씬 많았다. 민요에 대한 편협하고 피상적인 이해가 이론과 창작상의 괴리로 나타난 것으로 보인다.

전통 문학 양식의 부흥을 주장하면서도 정작 이에 대한 정당한 인식을 결여하고 있는 현상은 시조부흥운동에서도 발견된다. 1920년대 후반의 시조부흥운동은 최남선·이은상·이병기 등에 의해 주도되었는데, 최남선이 선구적 역할을 수행하였다. 그 역시 민족주의적 관점에서 시조가 '조선아朝鮮我'로 표현되는 민족 정신의 구현체라는 견해를 보였다. 나아가 시조가 우리 민족 문학 유산 가운데 가장 완성된 형태를 이룬 양식이라고 높이 평가하며 숭상하는 태도를 취했다. 하지만 그의 시조 인식은 단시조에 국한된 것이었고, 율격 형식에 대해서도 우리 시조 본래의 율격 원리와는 다르게 고정된 음절 수로 이해하였다. 실제로 그의 시조집 『백팔번뇌』에 실린 작품들은 대부분 '3·4·4·4, 3·4·4·4, 3·5·4·3'의 고정 형식을 지킨 것들이었으며, 이로 인해 어색해진 시구와 표현이 적지 않았다. 그리고 역사적 유물과 사적, 조국의 산하를 소재로 한 내용도 복고적인 분위기 속에서 막연한 조국애와 국토 예찬을 드러내는 것에 머물렀다.

1926년에 발간된 최남선의 시조집
『백팔번뇌』의 표지

이 시기 가장 왕성하게 시조를 창작한 시인은 이은상이었다. 그는 고정된 글자 수에 얽매이지 않고 표현의 묘미를 살려 대중적인

---

17 김동환, 「時調排擊小義」, 『조선지광』, 1927.8.

사랑을 받는 작품을 많이 남겼다. 하지만 역사 유적과 풍물을 소재로 한 그의 시조는 막연한 애상과 짙은 무상감을 표출하는 것에 그쳤다. 또 시조의 한 장章을 줄이거나 늘여 '양장 시조'와 '4장 시조'라는 새로운 형식을 실험하였으나, 의미 있는 결과를 남기지는 못하였다.

이와 달리 이병기는 고시조에 대한 깊은 이해를 바탕으로 시조를 창조적으로 계승하는 성과를 보여주었다. 그는 시조가 음절 수의 가변성이 허용되는 자유로운 형식의 정형시임을 처음으로 밝혔다. 이어 시조 혁신을 위해 '실감실정實感實情'의 표현, 자연스러운 격조의 개척, 소재의 확대, 연작 등을 주장하였다.[18] 실제로 그의 작품은 공허한 관념을 버리고 섬세한 감성으로 포착한 일상생활의 실감을 자연스럽게 표현하였다. 그리고 일부 작품에서는 사설시조의 형식을 계승하여 민족 현실에 대한 인식을 드러내기도 하였다. 그의 시세계는 적극적인 시대정신을 구현하지는 못하였으나, 고시조의 구태를 벗고 참신한 근대적 감수성을 보여줌으로써 이후 현대 시조시 운동을 가능케 하는 원동력이 되었다고 할 수 있다.

이병기

1920년대 후반에 전개된 전통지향적인 시 운동이 지니는 시사적 의미는 이전 시기 문학과의 관련 속에서 드러날 수 있을 것이다. 민요시 및 시조 부흥운동은 고립적인 개인주의에 근거한 낭만주의 문학과는 달리, 민족주의 이념의 문학적 실천을 표방함으로써 현실도피적인 성향을 극복할 수 있는 가능성을 보였다. 또한 무분별한 서구문학 추종과 모방에 대한 반성을 바탕으로 전통 문학 유산에 관심을 기울인 것은 매우 의미 있는 시도였다.

---

18 이병기, 「시조를 혁신하자」, 『동아일보』, 1932.1.23~2.4.

그러나 이러한 시적 지향들은 애초의 의도를 전혀 살리지 못함으로써 새로운 문학 창조에 실패했다고 평가할 수 있다. 그들이 말한 '조선심'이 란 식민지시대 민족의 구체적인 현실을 직시할 때 발견될 수 있는 것이었 다. 하지만 그들은 여전히 낭만적 세계관에 따른 관념적인 세계 인식 태도 를 벗어나지 못하고, 실체가 모호한 추상적인 민족 정신만을 추구하였다. 그 결과 그들의 작품은 대부분 소극적이고 애상적인 정조를 위주로 한 향 토적 낭만성이나, 역사적 현실과는 무관한 복고적인 세계를 그려내는 데 그치고 말았다. 이러한 감상적이고 퇴영적인 시세계는 전통 문학 유산의 창조적 계승에 못 미치는 것이었다고 할 수 있다.

4) 집단적 조류를 넘어선 시적 성취 — 김소월과 한용운

이상에서 1920년대 한국 시문학에 나타난 주요한 몇 갈래의 흐름을 살 펴보았다. 하지만 정작 이 시기의 가장 탁월한 시적 성취는 이러한 집단적 조류나 운동에서 벗어나 있는 시인들에 의해 이루어졌다. 일제 강점기 초 기 최고의 시인이라 할 수 있는 김소월과 한용운이 그들이다. 이들은 1920년대 초반 서구시에 경도된 당대 시인들과는 달리, 전통적인 문화와 삶의 체험에 바탕을 두고 독자적인 시세계를 이루었다. 문단에 거의 관여 하지 않으면서 이룩한 시적 성과를 묶어 각각 한 권의 시집만을 남긴 것도 이들의 공통점이다.

김소월 시에서 자주 되풀이되는 모티프는 '님 · 집 · 고향'의 상실이다.[19] 이 대상들은 현실 속에 존재하는 실제 대상을 가리키기보다는 삶의 근원

---

19 유종호, 「임과 집과 길—소월의 시세계」, 『세계의 문학』, 1977.봄.

(왼쪽) 북한의 『문학신문』에 실린 김소월 사진, (중간) 1925년 매문사판 『소월시집 진달래꽃』, (오른쪽) 1955년 북한판 『김소월 시선집』

적인 가치를 상징하는 것이었다. 그는 작품 속에서 이 근원적 존재들의 상실로 인한 설움과 비애를 지속적으로 노래하였다. 이러한 시세계는 나라 잃은 식민지시대의 고통을 상징적으로 형상화한 것이라 할 수 있다.

그런데 많은 논자들이 지적한 바와 같이, 이 설움의 정조는 전통 시가의 원형적 정서인 '정한情恨'에 맥이 닿아 있는 것이었다. 이별의 아픔을 안으로 새기는 여성 화자와 '님'의 존재가 그런 이해를 가능케 한다. 이 정한의 세계는 민요조의 율격과 함께 김소월을 전통지향적인 시인으로 평가

(왼쪽) 소월의 초상화, (오른쪽) 제1회 소월시문학상 시상식에서(오른쪽부터 이어령, 오세영, 정한모)

하는 근거를 이룬다. 이외에도 그는 전설과 민담, 역사적 사건과 인물, 민간 풍속 등 다양한 전통적 요소를 작품 속에 수용하는 모습을 보여주었다. 이 같은 전통지향성은 그의 시가 개인적인 감정에 탐닉한 동시대의 다른 작품들과 달리 보편적인 공감을 획득할 수 있었던 이유를 알려준다.

접동
접동
아우래비접동

津頭江가람까에 살든누나는
津頭江압마을에
와서웁니다

옛날, 우리나라
먼뒤쪽의
津頭江가람까에 살든누나는
이붓어미싀샘에 죽엇습니다

누나라고 불너보랴
오오 불설워
싀새음에 몸이죽은 우리누나는
죽어서 접동새가 되엿습니다

아웁이나 남아되든 오랩동생을

죽어서도 못니저 참아못니저

夜三更 남다자는 밤이깁프면

이山 저山 올마가며 슬퍼웁니다.

— 김소월, 「접동새」 전문

김소월은 이 작품에서 당시 평안도 지방에 전해 내려오던 '접동새 전설'
을 수용하여 재창조하고 있다. 억울한 죽음의 사연을 담고 있는 전설을 이
끌어와, 당시 나라를 잃고 슬픔에 빠진 우리 민족의 심정을 절실한 가락으
로 노래하고 있는 것이다. 이런 시적 방법은 우리 민족 전체가 공유하던
구비문학 작품을 기반으로 하여 민족적 동일성의 감각을 일깨우는 동시
에, 민중들의 집단적인 감수성에 기대어 시적 주체의 감정을 보편적인 정
서로 일반화시키는 것이라 할 수 있다.

물론 이 작품의 성취는 전설의 단순한 차용이나 반복에 그치지 않는 현
대시적 변용과 재창조에서 찾을 수 있다. 1연의 접동새 울음에 대한 묘사
에서 '아홉 오래비'를 변형시킨 "아우래비"는 접동새 울음의 생생한 청각
적 이미지를 의미와의 연관 속에서 제시하는 독창적인 시어라 할 수 있다.
또한 2·3연에서 설화 구연자의 담담한 어조를 빌려 "옛날, 우리나라 / 먼
뒤쪽의"라고 하면서 전설의 내용을 압축적으로 제시하다가, 4연에 이르러
'오랩동생'과 겹쳐진 목소리로 '누나'의 비극적인 죽음에 대한 서러운 감
정을 폭발시키는 수법 역시 주목할 만하다. 이를 통해 과거의 먼 이야기에
불과했던 전설이 현재 우리 민족 모두의 정서를 상징적으로 드러내는 것
으로 확산되고 있기 때문이다.

이러한 전통 수용 양상은 그의 시가 즉흥적이거나 자연발생적인 서정
시가 아님을 알려준다. 그의 시세계는 일견 단순 소박해 보이지만, 그 이

면에는 치밀하고 섬세한 형상화 과정이 개재되어 있다. 그의 시에 나타나는 평이하면서도 미묘한 울림을 주는 시어, 민요조 율격을 변주한 개성적인 리듬, 행과 연의 입체적인 구분과 정제된 시적 구조, 극적 화자와 시적 상관물의 활용, 역설적 어법 등은 모두 지적이고 의식적인 창작 태도의 산물로 이해된다. 이러한 사실은 김소월이 예술의 형식성과 양식화의 거리에 대한 나름의 자각을 바탕으로 형식적 완미성을 추구했음을 깨닫게 한다. 이런 점에서 김소월은 근대시의 문제의식을 가지고 전통에 대한 방법론적 자각을 본격적으로 보여준 최초의 시인이라 할 수 있을 것이다. 그리고 바로 이것이 그의 시를 무절제한 감정의 토로나 직설적인 관념의 표백에 그친 당대의 많은 시편들과 구별 짓는 요인이라 할 수 있다. 전통에 대한 자각, 그리고 작품의 미적 구조에 대한 정당한 인식이 시대의 아픔을 일관되게 노래한 열정과 함께 이 시기 김소월의 시적 성취를 가능하게 했던 것이다.

한용운의 시에서도 '님'은 핵심적 비유로 기능하며, 전통적인 여인상을 환기하는 여성 화자는 주된 시적 주체로 나타난다. 님의 부재라는 시적 상황을 설정하여 부정적인 시대 현실을 암시하고 있는 것도 공통점이다. 하지만 김소월과 한용운이 시세계 전반에서 수용하고 있는 전통적 요소는 서로 다르며, 참된 가치를 상실한 부정적 현실에 대응하는 태도도 큰 차이를 보인다. 김소월이 민요와 설화, 민간 풍속 등에 내재된 소박하고 원초적인 민중적 감정에 기반하여 어두운 시대의 고통과 슬픔을 표출하는 데 주력하였다면, 한용운은 심오한 불교적 형이상학을 바탕으로 시대적 절망을 극복하는 강렬한 의지와 남다른 정신의 경지를 보여주었다고 할 수 있다.

시인이며 사상가이자 승려이기도 했던 한용운은 전통 사상의 하나인 불교를 스스로 혁신하여 시정신의 근간으로 삼았다. 그는 작품 속에서 불교적인 사유 체계를 바탕으로 님의 부재로 인한 절망을 희망으로 바꾸어 놓는 역설의 언어를 구사하였다.

　　님은 갔습니다. 아아, 사랑하는 나의 님은 갔습니다.

　　푸른 산빛을 깨치고 단풍나무 숲을 향하여 난 적은 길을 걸어서, 참어 떨치고 갔습니다.

　　(…중략…)

　　그러나 이별을 쓸데없는 눈물의 원천을 만들고 마는 것은 스스로 사랑을 깨치는 것인 줄 아는 까닭에, 걷잡을 수 없는 슬픔의 힘을 옮겨서 새 희망의 정수

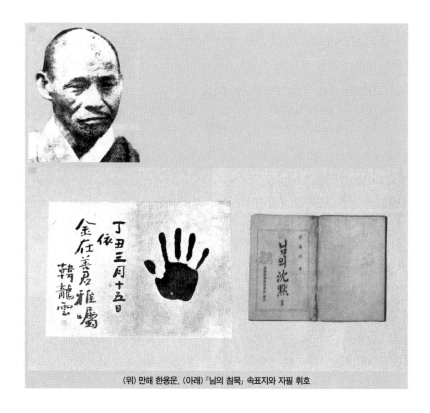

(위) 만해 한용운, (아래) 『님의 침묵』 속표지와 자필 휘호

박이에 들어부었습니다.

　우리는 만날 때에 떠날 것을 염려하는 것과 같이, 떠날 때에 다시 만날 것을
믿습니다.

　아아, 님은 갔지마는 나는 님을 보내지 아니하얏습니다.

　제 곡조를 못 이기는 사랑의 노래는 님의 침묵을 휩싸고 돕니다

　　　　　　　　　　　　　　　　　　　　　　— 한용운, 「님의 침묵」 부분

　그의 유일한 시집『님의 침묵』의 표제시인 이 작품은 이러한 역설의 논
리를 전형적으로 보여준다. 이 시의 전반부에 해당되는 제6행까지는 님과
의 이별과 이로 인한 슬픔을 곡진한 어조로 노래하고 있다. 그러나 제7행
의 "걷잡을 수 없는 슬픔의 힘을 옮겨서 새 희망의 정수박이에 들어부었습
니다"라는 구절에 이르면, 시상은 반전되어 희망과 믿음으로 옮아간다. 이
것이 가능한 것은 "만날 때에 떠날 것을 염려하는 것과 같이 떠날 때에 다
시 만날 것을 믿"기 때문이다. 이 진술의 밑바탕에는, 세상의 모든 존재와
현상들은 절대적 실체가 아니며 끊임없이 생성하고 변화한다는 불교적 깨
달음이 깔려 있다. 이러한 논리에 따를 때, '있음'과 '없음', '떠나감'과 '돌
아옴'은 언제든지 역전될 수 있는 것이다. 한용운이 압도적인 현실의 무게
에도 불구하고 절망을 극복하고 희망과 기다림을 노래할 수 있었던 것은
이 때문이었다.

　하지만 그가 이처럼 불교 사상에 크게 힘입고 있다고 할지라도, 이를
시대의식과 결합하여 역사적 미래에 대한 믿음을 획득한 것은 전적으로
자신의 주체적 자각에 따른 것이었다. 그리고 이러한 시대 정신을 적절한
시적 형상을 통하여 작품으로 구현한 것은 시인 한용운의 성취였다. 긴 산
문시형임에도 불구하고 짜임새 있는 시적 구조 속에서, 적절한 암시와 상

징을 갖춘 역설의 어법을 구사하여 깊이 있는 진리를 드러낸 것은 당시에는 찾아보기 어려운 독창적인 수법이었다. 또한 추상적인 시의 내용을 여성 화자의 정감 어린 어조로 표현하여 친근감을 높이고 시의 생동감을 살리려 한 것도 주목되는 점이다. 이러한 시세계의 특징은 내용과 형식 양면에서 당대 시단의 일반적인 수준을 훨씬 뛰어넘는 것이라고 할 수 있을 것이다.

4. 마무리

지금까지 1920년대 한국 시문학의 전개 양상을 주요 경향을 중심으로 살펴보았다. 이 시기 한국시의 성격과 의미에 대해서는 초기와 중기 이후로 나누어 파악될 수 있을 것이다. 먼저 1920년대 초기는 한국에서 근대 시문학이 형성되던 시기라고 할 수 있다. 이때에 이르러 1910년대 중반부터 맹아를 보였던 자유시 형식이 정착되고, 근대적 미의식에 바탕을 둔 서정시가 본격적으로 창작되었기 때문이다. 이처럼 1920년대 초기시는 시적 상상력의 측면에서는 넓은 의미의 낭만주의적 경향으로 설명될 수 있다. 그리고 1920년대 중·후반은 서로 다른 이념과 문학관을 바탕으로 하는 시적 지향이 갈등하며 한국시가 분화되어 나간 시기였다. 그러한 시적 지향은 범박하게 말해 현실지향성과 전통지향성으로 이해될 수 있을 것이다.

이처럼 1920년대 한국시는 중반 무렵을 고비로 다소 다른 전개 양상을 보이며, 크게 세 가지 시적 흐름을 형성하였다. 이 시적 조류들은 시대적 변화에 대응하는 새로운 세계 인식 태도와 시 형식을 모색하는 다양한 시도를 보여주는 것이었다. 하지만 본론에서 비판적으로 검토한 바와 같이, 이러한 시도들은 열악한 시대 상황 속에서 충분히 의미 있는 성과로 이어지지는 못했다. 예외적인 소수의 성취가 없었던 것은 아니지만, 집단적 조류와 문학 운동의 차원에서 창작된 대부분의 작품들은 주제적·양식적 측면에서 많은 한계를 드러냈던 것이다. 이것은 이 시기 한국시가 근대시로의 전환을 막 이루었지만, 아직 과도기적 상태를 완전히 벗어나지 못했음을 보여주는 것이라고 할 수 있다.

하지만 이런 한계에도 불구하고 1920년대 시들이 지니는 시사적 의의가 부정되어서는 안 될 것이다. 이 작품들이 보인 시적 지향들은 한국 근대시의 전개 과정에서 지속적으로 추구될 하나의 방향을 제시한 것이기 때문이다. 실제로 이후의 시문학사에서 '서구·현실·전통' 등은 이후 한국시의 상상력을 구성하는 기본항으로 존재하며, 상호 침투와 융화의 과정을 통해 다양한 시세계를 창조하는 원동력으로 작용하였음을 확인할 수 있다.

(전도현, 고려대 교수)

확대와 심화,
혼란과 좌절의
양상들

1. 시대적 배경

한국 현대문학의 흐름에 관심을 가진 사람이라면, 식민지시대 우리 문학사의 중심에 1930년대 문학이 놓인다는 주장에 대해 대체적으로 공감할 것이다. 이와 같은 평가는 물론 시의 경우에도 예외일 수 없다. 1930년대 한국 시단이 이루어놓은 크고 작은 성과들은 해방 이후 상당 기간 우리 시단의 흐름에 실질적인 영향력을 행사한 것으로 이해된다. 당연히도 이 시기의 시문학은 그간 많은 비평가와 연구자들의 집중 논의 대상이 되어 왔으며, 그 결과 이에 대한 연구 성과 역시 질적·양적인 면에서 적잖이 축적되어 온 것으로 판단된다. 이런 사실은 무엇보다도 이 시기 시단이 이

록해놓은 뚜렷한 자취에 힘입은 바 크다. 다채롭고 세련된 양식의 시작 경향과 제 조류들의 앞다툰 등장으로 1930년대 시단은 이전에 비해 한층 풍성하고 활기찬 볼거리를 우리에게 제공해주었던 것이다.

겉으로 드러난 이같은 양상들은 일차적으로 이 시기 시문학을 둘러싼 제반 여건의 다양한 변화와 성숙을 반영한 것으로 생각될 수 있다. 개화기 이래 일본을 거쳐 도입되기 시작하였던 서구 근대의 각종 문물 및 제도들은 이후 우리의 사고와 생활에 차근차근 변화의 바람을 불러일으켰다. 그러한 변화가 본 궤도에 접어든 시기가 바로 1930년대이며, 비록 실제에 있어 그것이 도시 중심의 기형적인 소비 형태에 국한된 것이었다 할지라도 당대인들에게 가한 정신적·물질적 충격은 무시 못할 수준의 것이라고 할 수 있다. 근대적 도시의 출현과 그것의 급격한 팽창[1]으로 인해, 이른바 도시 세대의 새로운 감각과 정서가 이 시기 젊은 세대들 사이에서 본격적으로 대두되기 시작하였다. 그 중심에 이 땅의 일제 식민 지배의 총본산이라 할 수 있는 경성(서울)이 위치해 있거니와, 일제에 의해 계획적으로 추진된 이러한 근대 도시로의 탈바꿈은 그 실제에 있어 상당한 문제점 또한 지녔다고 볼 수 있다. 즉, 기록상으로 보이는 조선의 식민지 지식인들의 눈에 비친 경성 번화가의 모습은 일본을 통해 쏟아져 들어온 각종 진귀한 상품들과 더불어, 밤이면 화려한 전등불과 네온사인 아래로 수많은 인파들이 뒤엉켜 북적대는 불야성의 별천지를 이루었던 것이 사실이나, 그러

---

1 일례로, 1928년 현재 경성(서울)의 인구는 약 31만 5천이었으나, 1934년에는 38만 2천명에 이르고 있으며, 1941년에는 무려 97만 명에 달하는 것으로 조사되고 있다. 이러한 인구의 급증은 1934년 총독부에 의해 마련된 '조선 시가지 계획령'과 그에 따른 인근 지역(용산·성북 등)의 서울 편입이 일차적인 요인으로 지적될 수 있겠으나, 보다 근본적으로는 일본 자본의 대량 유입을 통한 도시화가 성공적으로 수행되었으며, 이를 통한 인구 흡입 요인이 발생하였다고 보는 것이 옳을 것이다. 서준섭, 『한국 모더니즘문학 연구』, 일지사, 1988, 22쪽.

한 도시의 이국적인 화려함 이면에는 일제의 식민경제정책에 의해 희생당한 농촌사회의 상대적인 황폐화와 도시 뒷골목을 헤매는 실업자·빈민·걸인·매음·마약 등 도시화에 따른 어두운 부산물들이 드리워져 있었던 것이다.

이러한 양면성은 이 시기 일제의 식민 지배 정책의 이중성을 그대로 반영한 것이기도 하다. 개발에 따른 경제적 성장과 더불어, 한편에서는 식민 지배의 공고화를 위한 계획적인 음모가 은밀히 진행되었던 것이다. 그것은 일단 1920년대 시기를 거치는 동안에는 소위 문화통치라는 다소 유연한 방식을 취하다가, 1920년대 후반을 고비로 하여 보다 노골화된 형태로 그 본 모습을 드러내고 있는 것을 볼 수 있다. 자본주의적 근대화가 가져온 외형상의 화려함과는 달리, 1930년대 식민지 조선의 내부 상황은 식민 본국 일본의 군국주의화가 가시화됨에 따라 점차적으로 열악하게 변질되어 가고 있었다.

그것은 먼저 외부적인 정세의 변화와 더불어 시작되었다. 1920년대 말경 미국으로부터 파급된 세계 경제의 대공황은 일본 내에서의 국가적 위기의식을 고조시켜, 그에 대한 반작용으로 군국주의화 움직임을 가속화하는 결과를 초래하였다. 이를 기화로 정치권에까지 발언권을 강화하게 된 일본 군부는 그들의 주장에 동조하는 일부 어용 세력들을 앞장세워서 주변국으로의 세력 확대를 통한 대동아공영권 건설이라는 헛된 망상을 내부로부터 불러일으키게 만들었다. 1931년 만주사변의 발발과 함께 그런 양상은 노골적으로 표면화되고 말았는데, 비슷한 시기 유럽 대륙에서의 파시즘과 나치즘 정권의 등장과 연이은 그들의 세력 확대는 이들에게 한층 자신감을 심어주는 계기로 작용하였다.

조선의 입장에서 본다면 이와 같은 외적인 상황의 변화는 분명 커다란 민족적 시련의 시작을 암시하는 것일 수 있다. 대륙 진출의 본격화를 위한 준비 단계로서 식민지 조선 내에서의 사상적·제도적 통제의 강화를 예고하는 조치들이 속속 등장하게 되었다. 이 시기를 전후하여 일제에 의해 취해진 일련의 조치들, 예컨대 1931년에 있었던 신간회 해산, 1931년과 1934년 두 차례에 걸쳐 벌어졌던 KAPF 맹원 검거 사건, 1934년에 공포된 조선농지령 및 이어서 1936년에 공포된 조선사상범 보호관찰령 등은 이 당시의 사정이 어떠했는지를 짐작케 해주는 대표적인 사례들로 열거될 수 있다.

중일전쟁(1937)에 이어 발발한 태평양전쟁(1941)을 전후하여 사태는 보다 극한 상황으로 치닫게 된다. 전시체제에 돌입한 일제는 이를 구실로 내부 단속을 철저하게 강화해 나갔는데, 이에 따라 조선 전역은 광기 어린 그들의 집단 테러리즘의 실험장, 발산장이 되고 말았다. 그리고 그 구체적인 양상은 급기야 우리 민족 말살의 음모로까지 이어졌다. 1937년 국어(일어) 사용의 의무화와 1938년에 발효된 각급 학교에서의 조선어 과목의 폐지 조치가 취해졌으며, 지식인에 대한 사상 통제를 강화하기 위한 일환으로서 1937년 조선중앙정보위원회 설치, 1938년 조선방공협회 조직, 시국 대응 전선사상보국동맹 결성 등이 뒤따랐다. 뿐만 아니라 1938년, 일제는 중일전쟁 직후 만든 국가총동원법을 조선에도 확대 적용하면서, 그들이 저지른 침략전쟁 수행을 위한 대가를 이 땅의 일반 주민들에게까지도 무차별적으로 강요하였다. 태평양전쟁이 발발하고, 전선이 확대되어감에 따라 조선 민중을 대상으로 한 내선일체와 황국신민화정책이 본격 추진되었으며, 이러한 과정에서 많은 수의 조선인들이 일제에 의해 징용되어 비참한 작업 환경 아래에서 강제노역에 시달리기도 하였다.

1930년대 한국 시단이 일구어낸 빛나는 성과는 이처럼 한마디로 규정될 수 없는 상황적 복합 요인과 그로부터 연역된 정신의 긴장감 속에서 타올랐던 불꽃과도 같은 것이라 할 수 있다. 시대의 명암은 그대로 이 시기 시단의 부침을 설명해줄 수 있는 객관적인 좌표인 셈이다. 그 실질적인 공과를 둘러싼 다소간의 엇갈린 해석에도 불구하고, 우리가 이 시기의 시문학에 애써 주의를 기울이지 않을 수 없는 가장 큰 이유가 바로 여기에 있다. 비록 그것이 외적 조건의 한계로 인해 일정 부분 왜곡되고 뒤틀린 양상을 보인 것은 사실이라 할지라도, 우리가 그 속에서 당대의 사회와 문학에 대한 이 시기 시인·비평가들의 고민과 의지를 조금이나마 엿볼 수 있다면, 이는 그 자체만으로도 충분히 의미 있는 일로 생각되기 때문이다.

2. 문단 내외의 상황

1) 일본 문단의 움직임

1930년대가 격동기였던 것은 비단 식민지 조선에만 해당되는 사항은 물론 아니었다. 미증유의 세계대전을 목전에 둔 이 시기의 특성은 한마디로 규정할 수 없는 복잡다단한, 혼란스런 국면들의 연속이라 할 수 있을 것이다. 문단에 있어서도 이 점은 예외 없이 적용될 수 있을 것인데, 그런 까닭에 당시 우리 문단과 따로 떼어 생각할 수 없는 관계에 있던 일본 문단의 경우를 살피는 일은 기왕의 논의를 위해 유용한 작업이 될 것이다.

1929년은 일본 근·현대 문학사에 있어 프롤레타리아 문학운동이 최고조에 달했던 시기로 기록되고 있다.[2] 많은 작가들이 잇달아 좌경화의 길을 택하였으며, 그런 만큼 문단에서의 프로문학의 영향력 또한 상당한 정도로 확장되었다. 그러나 이미 이 시기를 전후하여 공산당원 및 그 동조자들에 대한 탄압이 조직적으로 행하여졌는데, 그 대표적인 것이 1928년 3월 15일과 1929년 4월 16일에 있었던 대규모 검거사건이었다. 이들 두 차례 검거사건은 물론 일본공산당 조직에 큰 타격을 입혔으며, 그로 인해 프로문학운동의 위축 또한 불가피한 것으로 기록되고 있다. 이렇게 긴장 속에서나마 불안한 융성을 구가하던 프로문학이 결정적인 타격을 받게 된 것은 1933년 무렵이었다. 그 해 2월, 「부재지주」·「해공선」 등의 프로 작가 고바야시 타키지小林多喜二의 체포와 의문사는 프로문학계 내부의 불안감과 위기의식을 증폭시키는 결과를 가져왔으며, 이어서 공산당 핵심 간부들의 잇따른 옥중 전향 성명 발표와 일본주의로의 귀의 천명은 프로문학 자체의 구심점을 상실케 했던 대사건이었다고 할 수 있다. 결국 이듬해인 1934년 3월, 일본 프롤레타리아작가동맹의 해산과 함께 이른바 '전향의 계절'이 도래하게 되었다. 10여 년 간을 일본 문단에서 거대한 세력으로 군림하던 계급주의문학이 더 이상 일본 내에서 설 땅을 잃게 된 것이다.

그 시기나 사정은 조금씩 다를지 몰라도 이와 같은 사정은 다른 유파의 경우에도 별반 다르지 않았다. 문학사에서는 흔히 1933년부터 1937, 1938년까지를 문예부흥기로 규정하고 있다.[3] 프로문학의 해소를 전후하여 다양한 유파의 주의 주장과 활동들이 만개한 시기였기 때문이다. 1930년을 전후하여 바람이 일기 시작한 각종 문예지와 종합지들의 등장은 이미 유행처럼 번지다시피 했고, 아쿠타가와상과 나오키상을 비롯한 권위 있는 문학상의 신설이 그 뒤를 따랐다. '13인 구락부'의 성립과 때를 맞추

---

2 호쇼 마사오 외, 고재석 역, 『일본 현대 문학사』 상, 문학과지성사, 1998, 86쪽.
3 위의 책, 170쪽.

어 소위 순정예술파나 신흥예술파 등이 새롭게 득세한 것도 이 무렵의 일이다. 그러나 외견상 보이는 이와 같은 문단의 활성화 양상에도 불구하고 객관적인 외적 정황은 점차 열악해져가고 있었다. 좌익사상과 더불어 자유주의사상들에 대한 탄압 또한 점차 강화되어가는 추세였던 것이다. 물론 이후의 시대와 비교한다면 아직 그런 대로 제한된 범위 내에서나마 자유가 있었다고 할 수 있을는지 모르지만 시대는 분명 국가적 '비상시국' 체제로 접어들고 있었던 것이다. 결국 1937, 1938년경에 이르면 프롤레타리아 문학자들뿐만 아니라 모든 작가들이 넓은 의미에서의 '전향'을 경험하지 않으면 안 되었다. 소위 국책문학의 시대가 시작된 것이다.

2) 프로문예운동의 변모와 확산, 퇴조

1928년, 조선공산당이 붕괴되자 당대 조선의 프로문인들은 그들이 처한 현실과 이념 사이에서 상당한 혼란을 겪지 않을 수 없었다. 그러한 혼란은 종래 그들이 추구해왔던 문학 활동에 대한 진지한 반성적 검토를 요하게 하였는데, 그 구체적인 양상이 대중화론의 형태로 나타났던 것은 어쩌면 필연적인 결과라 하겠다. 대중화 방안을 둘러싼 1929년에서 1930년까지의 조직 내 논쟁기를 거치면서, 카프를 중심으로 한 1930년대 전반의 프로문예운동은 일견 상당히 활성화된 양상을 보이게 되었다.[4] 인민대중의 성격에 대한 깊이 있는 천착과 함께 이들에게 보다 효과적으로 다가서기 위한 양식적 실험과 모색들이 다양하게 전개되었으며, 그러한 노력들이 진행되는 동안 새로운 작가군의 등장과 더불어 프로문예에 대한 관심

4　김용직, 『한국현대시사』 1, 한국문연, 1996, 452쪽.

과 열기는 내외의 정세 변화에 상관없이 지속적인 신장세를 기록했던 것이 사실이다.

그러나 이러한 양적인 팽창이 곧 프로문예운동 자체의 지속적인 성장과 발전을 의미하는 것은 물론 아니었다. 식민 지배국이었던 일본에서의 예가 그러하듯이, 당대 조선의 프로문예운동 역시 점차적으로 조여드는 시대적 상황과 제반 여건의 제약 속에서 활동에 적지 않은 부담을 느끼고 있었기 때문이다. 이렇게 본다면 대중화론을 비롯하여 이 시기에 있었던 프로문예의 활성화를 위해 시도된 일련의 노력들 또한 이들 프로진영 문인들이 경험하였던 시대적 위기의식과 밀접한 상관성을 지니고 있다고 볼 수 있을 것이다. 즉, 이들의 활동이 1935년 카프 해산이 있기까지, 그리고 그 이후로도 한동안 지속적으로 이어질 수 있었던 이면에는 계급의식에 기초하여 시대의 열악함을 타개해 나가고자 했던 당대 문학인들의 역사에 대한 위기의식이 자리잡고 있었던 점만은 분명하다.

프로문예운동의 사적 전개에 있어 1931년은 이념적으로나 객관적 상황 조건면에서 가장 혼란스러운 시기였다고 할 수 있다. 역사적으로 이 해에 만주사변과 신간회 해산이라는 굵직한 사건들이 국내외에서 벌어졌으며, 프로문학 내부에서도 카프 맹원에 대한 제1차 검거 사건과 소위 '『군기群旗』 사건'으로 지칭되고 있는 카프 쇄신 동맹사건, 그 뒤를 이은 조직의 제2차 방향전환, 『카프 시인집』, 『카프 소설집』 출간 등과 같은 중요 사건들이 한꺼번에 들이닥쳤던 것이다. 카프를 중심으로 한 당대 조선의 프로문예운동은 이 시기를 전후하여 한 차례 중대 고비를 맞게 되었던 것으로 보이는데, 이같이 조직의 뿌리를 뒤흔들 만한 거듭된 외적 충격에도 불구하고 외견상으로는 이들 프로 문인들의 활동이 별 위축의 기미 없이 이어져 내려갔던 것이 사실이다.

오히려 이런 일련의 사건들을 계기로 카프의 주도권을 넘겨받은 소장파들은 기관지의 발간을 시도하는 한편 프로문예운동의 노선 정비 및 저변 확산을 위해 노력하는 등 시종 적극적인 자세를 유지했던 것으로 기록된다. 그런 노력은 많은 경우 이들에 대한 식민 당국의 통제정책과 정면 충돌했으며, 이 경우 조직에 대한 강도 높은 탄압과 맹원들의 대량 검거 사태 등은 피할 수 없는 일이었다. 그럼에도 불구하고 카프 해산 이전까지 이들 프로문예운동 참가자들의 면면과 그 문학사적 위상은 당대 문단에서 결코 무시할 수 없는 영향력을 행사했던 것으로 이해된다. 실제 이 당시 많은 프로문인들의 작품이 아예 활자화되지 못했다거나 혹은 배포 직전 단계에 압수되었던 점 등을 상기한다면, 질적·양적인 면에서 이들의 활동은 좀더 풍부했을 가능성이 많다고 하겠다.

1935년 카프의 해산은 식민지 조선에서 프로문예를 계속적으로 추진할 수 있는 공식 통로가 사실상 마비되었음을 의미한다. 그러나, 비록 개별 차원에서이긴 하지만, 이후로도 프로문인들의 활동은 1930년대 후반기까지 꾸준히 이어지고 있는 것을 볼 수 있다. 이런 관점에서 보았을 때 1930년대 프로문예운동, 특히 프로시단의 변모 양상에 관심을 가지는 일은 같은 기간의 시문학사를 재구성하는 데 보다 기초적인 이해의 틀을 제공하는 것이라 할 수 있다.

3) 서구 문예의 본격 유입과 소개

한편 이 시기는 서구의 제 유파의 이론 및 문예 작품들이 거의 동시대적인 맥락에서 수입, 소개되기 시작하였다는 데 그 특색이 있다. 이러한 현상은 그 전대의 서구 문예이론 수용 양상이 대부분 일본이라는 1차 경유지를 거쳐, 다소간의 시간적 편차를 두고, 부분적으로 굴절된 형태로 이루어졌던 것과는 차별성을 지닌다. 물론 이 시기라 하여 완전히 서구로부터의 직수입이었던 것은 아니지만, 어쨌든 서구 문단의 동향에 대한 우리 내부의 관심 고조와 더불어, 그 수입과 소개 양상이 거의 동시대적으로 진행되었다는 사실은 마땅히 주목할 만한 여지가 있다.

이와 같은 동시대적인 수용의 배경에는 서구적 의미에서의 근대에 대한 문단 내부의 새로운 이해 및 그에 따른 신세대 문학인들의 문학을 바라보는 기본 관점과 감각의 변화가 한몫을 한 것이 사실이다. 그리고 그 중심에는  김기림 등이 주축이 된 서구 모더니즘 문예에 대한 관심이 자리잡고 있었다. 김기림의 말마따나, 조선에서의 모더니즘 이입에는 전대의 문학 경향에 대한 문단 내부의 불신과 불만이 자리하고 있다.[5] 그러나 이에 못지않게 중요시되어야 할 것은 이러한 새로운 조류를 별 무리 없이 수용할 수 있게 하였던 당대의 문화적 배경과 지식인들의 정서라고 할 수 있다. 그것은 결국 도시화로부터 촉발된 서구 근대

김기림

문명에 대한 체계적인 이해나, 이에 기초한 감각적 수용의 자세와 긴밀하게 연결되는바, 비록 경성이라는 지역적 한계를 멀리 벗어나지 못하긴 하였으나, 당대의 조선사회 일부가 이미 서구문명의 감각과 정서에 탄력적으로 대응할 수 있을 만한 토대를 확보하였음을 말해주는 것일 수 있다.

---

5 "모더니즘은 두 개의 부정을 준비했다. 하나는 '로맨티시즘'과 세기말 문학의 말류인 '센티멘털·로맨티시즘'을 위해서고, 다른 하나는 당시의 편내용주의 경향을 위해서였다. '모더니즘'은 시가 우선 언어의 예술이라는 자각과 시는 문명에 대한 일정한 감수를 기초로 한 다음 일정한 가치를 의식하고 쓰여져야 되다는 주장 위에 섰다." 김기림, 「모더니즘의 역사적 위치」, 『김기림전집』 2, 심설당, 1988, 55쪽.

한편, 이러한 모더니즘 문예의 이입과 소개는 또 다른 관점에서 우리 문단의 질적 수준을 한 단계 끌어올리는 데 일조했던 것으로 생각될 수 있을 것이다. 이 시기에 벌어졌던 여러 논쟁들 가운데 이 점과 관련하여 기억될 만한 것으로는 '기교주의 논쟁'이 있다. 1930년대 중반을 무대로 김기림과 임화·박용철 등이 각각의 유파를 대표하여, 작시 상에 있어서 기교의 문제를 어떻게 이해할 것인가에 대한 자신의 입장 표명과 함께 상대편 관점에 대한 비판 공세를 펼쳤던 이 논쟁은, 표면적으로는 내용과 형식 (기교)의 문제를 둘러싼 다분히 원론적인 차원의 논의로 시종 일관한 감이 없지 않지만, 내부적으로 보다 자세히 들여다볼 경우 모더니즘 시문학의 확산에 따른 문단 내부의 관심과 긴장감의 표출이자, 점차 열악해져가는 외적 정세에 나름대로 대처해나가기 위한 위기의식의 산물임이 드러난다. 논쟁 자체만으로는 결과적으로 이들 삼자 간의 입장 차이만을 재확인한 데서 끝났을 뿐이었지만, 이를 계기로 하여 김기림이 '전체성의 시론'으로 나아간다든지, 임화가 교조적인 계급주의적 관점에서 한 발짝 벗어나 낭만주의에 대해 전향적으로 검토하기 시작한 것은 이 논쟁이 빚어낸 의도되지 않은 수확이라고 할 수 있다.

4) 지식 계층의 확산

1930년대 들어 두드러진 현상 가운데 하나로는 신학문과 신교육을 전수받은 지식 계층의 대두와 그 확산 현상을 지적하지 않을 수 없을 것이다. 전통 사회에서 교육이란 어차피 소수의 선택받은 양반 계층의 전유물의 성격이 짙었다. 그러나 이 시기를 전후하여 학교 교육 제도의 보급에 따라 일반인들에게도 교육에 대한 문호가 제도적인 면에서만큼은 일정 부분 보장되었던 것이다. 학제 정비와 고등교육기관의 설립으로 신교육에 대한 긍정적인 인식이 폭넓게 확산되었으며, 일본 등지로의 유학이 용이해짐으로 인해 본격적으로 신학문을 접한 고급지식 계층의 출현이 가능케 되었다. 이러한 일련의 변화를 더욱 부추긴 것은 저널리즘의 양적 팽창과 그 보급이었다. 이미 4종의 중앙 일간지가 간행되고 있었으며, 1920년대 중반 이후 1930년대 초에 이르는 기간 동안에는 많은 잡지들이 앞다투어 발간되었다. 당연히 지식이나 정보의 생산과 보급, 교류의 속도가 빨라졌고, 이러한 외적인 상황 변화가 지식 계층의 확산에 역으로 기여한 바 또한 적지 않았다.

이상과 같은 점들을 고려해볼 때, 물론 지식 자체가 아직 오늘날과 같이 대중화·일반화되었다고 말할 수는 없는 형편이었지만, 이 당시 지식 계층 스스로가 이미 우리 사회 내부에서 하나의 독립된 계층으로서의 자의식을 지니고 있었다는 점만큼은 분명히 확인된다. 한편, 이와 같은 지식 계층의 대두는 이후 우리 시단의 동향에도 직·간접적인 영향을 미치게 된다. 그것은 결국 문학의식의 성숙과 긴밀한 연관관계를 맺고 있는 것으로 생각되기 때문이다. 지적 능력의 향상과 더불어 문예학적인 감각과 취향 또한 그에 상응하여 고급화되는 추세를 보였던 것이다. 이에 따라 종래의 무분별한 감읍벽感泣癖이나 막연하고 상투화된 어휘의 남발, 단순화된 어법이나 구조만으로는 이들 고급화된 지식계층 독자들의 감각과 기호에 제대로 부응하기 어렵게 되었거니와, 작가적 입장에서 작품의 질적 수준 확보를 위한 의식적인 노력이 요구되었다. 이처럼 보다 차원 높고 주제적으로나 정서적으로 세련된 문학작품에의 요구가 시단 내외에 걸쳐 폭넓게 확산되었으며, 동시에 이러한 요구는 창작과 비평 양면에서 당대 우리 시단의 수준을 한 단계 끌어올리는 데 기여한 것으로 평가받는다.

전문직 시인, 작가와 비평가 그룹의 등장은 지식 계층의 확산과 분화에 따른 필연적인 현상이라 할 수 있다. 적어도 1920년대 후반 이전까지는 이러한 전문 문학인들의 활동은 거의 없었다고 할 수 있으며, 또한 있었다 하더라도 그들 스스로가 전문가 그룹으로서의 뚜렷한 집단적 자의식을 지니지 못한 경우가 대부분이었다. 이들 집단은 주로 일간지 학예면과 문예지·동인지들을 배경으로 활동하였는데, 그 과정에서 각 유파 간의 상호 비판과 치열한 논쟁을 통해 전문 집단으로서의 의식을 더욱 공고히 할 수 있었던 것으로 판단된다.

5) 표현 매체와 인식의 변화

객관적인 정세의 열악함 가운데서도 우리 고유의 것에 특별한 의미를 부여하고 그것들을 통해 민족의 자존심을 지켜나가기 위한 움직임과 노력들은 1920~1930년대 전 기간에 걸쳐 꾸준히 이어졌다. 그 가운데 몇 가지 사례들은 이 시기 시단의 활동에도 상당한 영향을 미쳤던 것으로 판단되는데, 조선어학회를 모체로 한 '조선어사전편찬회'의 성립(1929)과 '한글맞춤법통일안'의 확정(1930) 및 발표(1933) 등은 그 대표적인 일들로 기억될 만하다. 이러한 일련의 움직임들은 다음과 같은 두 가지 면에 있어서 시를 비롯한 당대의 문학계 전반에 커다란 의식상의 변화를 몰아왔던 것으로 생각된다.

첫째, 한글 사용에 대한 종전의 입장을 분명하게 뒤바꾸는 계기를 마련해주었다. 이전까지 이 땅에서 한글은 한자에 비해 한 수 아래의 대접을 받았던 것이 사실이다. 지식층일수록 한자 사용을 선호하였고, 이런 현상은 개화기 이후 신식교육을 받은 신세대 지식층들의 등장 이후에도 좀처럼 시정되지 않았던 것이 사실이다. 그 원인의 상당 부분은 물론 보수적인 유림세력의 수구적 태도에 있다고 할 것이나, 이와 더불어 한글의 질서와 체계가 아직 구체적으로 확정되지 않은 까닭도 있다고 해야 할 것이다. 요컨대 이전까지는 당연시되었던 표기법상의 잦은 혼란과 무원칙성이 한글 사용 문제를 둘러싼 지식 계층의 인식에 크든 작든 부정적인 요소로 자리 잡을 수밖에 없었으며, 이러한 이해가 바로 한글로 된 문학작품의 창작과 평가에도 영향을 미치지 않았을 리 없기 때문이다. 그러나 이 시기에 이르러 확정된 규칙의 명확한 제시로 인해 한글은 더 이상 비체계적인 저급 언어로 대접받지 않게 되었으며, 그러한 의식상의 변화는 점차 문학작품의 창작 및 이의 평가면에도 영향을 주었던 것으로 생각된다.

둘째, 언어 표현과 관련된 일체의 관념에 획기적인 변화를 몰고 왔다. 비록 맞춤법이나 띄어쓰기 등에 국한된 규정이긴 하지만, '한글맞춤법통일안'이 지닌 제도적 성격은 이 경우 한글로 된 모든 언어 표현 방식의 제도화에 큰 영향을 미치게 되었다. 그리고 이와 같은 제도화는 특히 수사적 표현 면에서 그와 결부된 부수적인 결과들을 몰고 왔다. 시를 포함하는 모든 문학 장르는 원래 언어의 일반적인 질서와 규칙에만 집착하는 것은 아니다. 오히려 그것으로부터의 끊임없는 일탈에 대한 시도를 통하여 기존의 표현상의 한계를 뛰어넘고자 한다. 어떤 제도의 완성은 곧 그것의 고착화가 아닌, 새로운 응용과 변용을 가능케 하는 초석이 된다는 점에서 이 시기 조선어학회의 활동상은 특히 당대 시단의 행보와 연결지어 충분히 주목해 볼 만한 여지를 지닌다. 이런 관점에서 봤을 때, 전대에 비해서 이 시기 시들 가운데 언어 미학이나 조형적 자질 면에서 두드러진 작품들이

다수 등장했던 것은 단순히 문학사의 퇴적에 따른 자연적인 현상이라고만 해석할 수 없다. 무엇보다도 그 이면에는 우리말과 글에 대한 민족적 자부심과 전대 시단이 펼쳐 보이지 못했던 새로운 경지를 향한 시인 나름으로의 뼈를 깎는 의식적 노력이 뒷받침되었다고 보아야 할 것이기 때문이다.

3. 1930년대 시단의 경향과 조류

1) 계급주의 시

1920년대 후반기 이후의 프로시단은 외형상 상당히 활기를 띤 것처럼 비쳤다. 신경향파 이래로 줄곧 이들 진영에 몸담았던 이상화·김창술·유완희·박세영·박팔양 등의 활동이 이 시기 들어 다시 활성화되는 양상을 보였으며, 이외에도 당시 카프를 실질적으로 주도하였던 소장파 그룹의 신진 시인 임화와 권환·안막 등의 작업도 창작과 이론 양면에서 고루 활발히 전개되고 있었다. 뿐만 아니라 이후 각종 경로를 통해 이들 진영에 합류하게 된 백철·조벽암·이찬·이용악·박아지 등의 활동 역시 문단의 주목을 끌기에 충분한 것이었다.[6] 이들은 팔봉이나 회월과 같은 전대의 프로 문학자들이 앞서 이해하였던 프로문예이론을 보다 조직화되고 체계화된 형태로 정리하는 한편, 창작 과정상에서 이 이론의 효과적인 적용 및 형상

---

6 이외에도 이 시기 프로시 활동에 참가한 시인들로는 박석정·이정구·안함광·민병균·한식 등을 거론할 수 있을 것이다.

조벽암의 시집 『향수』

화를 위해 다방면의 모색을 병행하였던 것이다.

팔봉과 임화 사이에 벌어졌던 '단편 서사시' 논쟁이나, 백철·박세영·이찬 등에 의해 시도되었던 '슈프레히 콜' 양식의 도입 등은 이러한 모색 과정에서 빚어진 것들로, 이 무렵 프로시단이 펼쳤던 내적인 노력을 상징적으로 대변하는 사건이라 할 수 있다. 현실 상황이나 여건이 그들에게 반드시 유리하게만 돌아간 것이 아니었음에도 불구하고, 프로진영의 시인들은 카프를 중심축으로 하여 『카프 시인집』[7] 발간과 같은 의욕적인 사업을 전개하였으며, 그런 그들의 노력의 결과 1930년대 초반, 한동안 이들 프로진영 시인들의 활동은 탄력을 얻은 것처럼 보이기도 하였다.

전대의 경향문학이 문학을 계급투쟁의 도구로써 이해하고 생경한 선전 선동성 구호만을 남발하였던 점에 비한다면, 이 시기 이후의 카프 시인들의 활동은 프로문학에서 요구되는 계급적 시각을 확보하고 있으면서도 문학적 의장이나 질적 수준 확보에도 일정 부분 관심을 기울였다고 할 수 있다. 그 결과 앞서 본 바와 같이 다수의 역량 있는 시인들이 이들 진영에 속속 합류하였고, 질적·양적인 면에서 그들의 작업은 프로시단 자체를 더욱 풍성하게 보이도록 만드는 데 일조했던 것이다. 권환과 같이 교조적인 볼셰비키화에 집착하다 결과적으로 스스로 자기 모순에 빠진 경우도 없지는 않았지만, 1930년대 초반 이후 프로진영 시인들의 활동은 주로 시대의 모순을 다루는 데 있어서 비극적 세계 인식과 목적의식의 우회적 표출, 내

---

7 1931년에 발간된 이 책에는 카프 계열의 시인 김창술·권환·임화·박세영·안막 등의 작품이 수록되어 있다.

성화된 진술 방식의 도입 등을 통해 그 나름의 세련된 양식적 틀을 선보이고 있었다. 물론 이러한 태도 변화는 한편으로 상황의 가중되는 압력에 효과적으로 대처할 수 없었던 당대 식민지 프로시인들의 좌절과 허무, 그리고 위기의식과 일정 부분 관계된 것이긴 하나, 그런 시대적 불안과 위기의식 속에서도 카프 해산 이후인 1930년대 후반에 이르기까지 이들의 활동이 끊임없이 이어질 수 있었던 데에 보다 문학사적 의의를 부여할 필요가 있다고 하겠다.

그런 점에서 볼 때 이 시기 대표적인 프로시인 임화의 향배는 프로시단 전체의 동태와 관련하여 하나의 시사점을 던져주는 것일 수 있다. 소장파 프로문인들의 구심점으로서, 이 시기 실질적으로 카프라는 조직체를 이끌고 나갔던 시인 임화의 역할은 프로시단 전체의 기류 형성에서도 결정적인 것으로 보인다. 대중화론을 놓고 팔봉과의 치열한 논쟁 과정을 거치는 동안 줄곧 계급적 목적의식을 선명히 할 것을 주장해온 그였지만, 이후 실제 창작면에서 그러한 태도가 그대로 연장될 수는 없었다. 논쟁 이후 한동안 시작에서

임화

손을 떼었던 그는 1933년 「오늘밤 아버지는 퍼렁 이불을 덮고」를 발표함으로써 재차 시단에 복귀했는데, 이 시의 경향은 그대로 팔봉과의 논쟁에서 자기 비판을 감행했던 소위 '단편 서사시'의 형식에 부합되는 것이었다. 이로 볼 때 1930년대 들어 발표된 그의 시들 역시, 대개가 목적의식의 직접적인 표출에 매달리기보다는, 비극적 세계 인식의 연장에서 짤막한 서사적 이야기 틀 속에 시대의 모순을 다소 우회적인 형태로 담아 세련되게 전달하는 데 힘을 모은 것처럼 보인다. 여기서 그 한 본보기로 제시될 수 있는 것은 아래에 인용하는 그의 시 「다시 네거리에서」이다.

간판이 죽 매어달렸던 낯익은 저 이계(二階) 지금은 신문사의 흰 기(旗)가

죽지를 늘인 너른 마당에

　　장꾼같이 웅성대며, 확 불처럼 흩어지던 네 옛 친구들도

　　아마 대부분은 멀리 가버렸을지도 모를 것이다.

　　그리고 순이의 어린 딸이 죽어간 것처럼 쓰러져 갔을지도 모를 것이다.

　　허나, 일찍이 우리가 다만 몇 사람의 위대한 청년들과 같이

　　진실로 용감한 영웅의 다ㅡㄴ(熱한) 발자국이 네 위에 끊인 적이 있었는가?

　　나는 이들 모든 새로운 세대의 얼굴을 하나도 모른다.

　　그러나 '정말 건재하라! 그대들의 쓰린 앞길에 광영이 있으라'고.

　　원컨대 거리여! 그들 모두에게 전하여다오!

　　잘 있거라! 고향의 거리여!

　　그리고 그들 청년들에게 은혜로우라 지금 돌아가 내 다시 일어나지를 못한

채 죽어가도

　　불쌍한 도시! 종로 네거리여! 사랑하는 내 순이야!

　　나는 뉘우침도 부탁도 아무것도 유언장 위에 적지 않으리라.

　　　　　　　　　　　　　　　　　　　─임화, 「다시 네거리에서」(1935) 부분

그의 대표작 가운데 하나인 「네거리의 순이」(『조선지광』, 1929)의 후속편
이라 할 수 있는 위의 시에서, 임화는 종로 한복판에 엎드려 의지할 곳 없
이 울고 있는 한 가녀린 여인 순이의 이미지를 통해 시대의 아픔과 민족적
현실의 질곡을 형상화하여, 보다 효과적으로 표출하려 시도한 것으로 보
인다. 이러한 시적 경향은 팔봉과의 논쟁 이후에도 사실상 실제 창작면에
서는 그의 시적 기조가 전과 동일하게 유지되었던 것을 말하는 바,[8] 문단

차원에서 볼 때 그의 이런 태도는 프로시의 보급과 저변 확대에 적잖이 기여한 것으로 판단된다. 이런 양상은 특히 1930년대 초·중반, 카프에 대한 일제 당국의 조직적인 탄압이 강화되면서 상대적으로 점차 확산되어가는 추세였던 것으로 파악된다. 시사적인 측면에서 본다면, 프로시단의 이러한 변모에는 초기 단계의 경향문학이 갖는 한계로부터의 탈피와 이를 통한 한 단계 도약이라는 내부적 계기와 더불어, 날로 강화되어 가는 일제의 검열을 피해나가기 위한 우회적 표현 기법 개발의 필요성이 대두되었으며, 당대 시단에서 경쟁관계에 있었던 모더니즘 진영 및 순수시파와의 교섭 과정에서 일부 이들의 시작 경향이 수용되었던 외적인 계기들이 함께 작용한 결과로 이해될 수 있다.

흔히들 1930년대 중반, 카프의 해산을 고비로 하여 프로문예운동은 더이상 상황의 열악함을 견디지 못하고 급격히 퇴조한 것으로 정리하고 있다. 만일 프로문예를 계급주의에 기초한 하나의 새로운 사조요 그 사조를 널리 보급하기 위한 조직적 운동으로 이해한다면, 이러한 설명은 문학사적인 관점에서 정당한 것일 수 있을 것이다. 그러나 이를 달리 문예학적인 관점에서 바라볼 경우에는 프로문예, 특히 프로시는 카프 해산 이후에도 상당 기간 질적인 성숙의 과정을 거친 것으로 생각할 수 있다. 다음에 보이는 박세영과 이찬·이용악 등의 시는 바로 그러한 예들에 속한다.

남국에서 왔나,

북국에서 왔나,

---

8 한편으로 임화의 이러한 태도는 카프 해산 이후 작품에 직접적으로 계급의식을 노출시키는 일을 유보하는 한편, 넓은 의미에서의 민족적 현실, 혹은 역사를 수용하려 한 것으로 이해되기도 한다. 김용직, 『현대 경향시 해석 / 비판』, 느티나무, 1991, 18쪽.

산상(山上)에도 상상봉(上上峰),

더 오를 수 없는 곳에 깃드린 제비

너이야말로 자유의 화신같고나,

너이 몸을 붙들 자 누구냐,

너이 몸에 이른 체한 자 누구냐,

너이야말로 하늘이 네것이요, 대지가 네것 같구나.

녹두만한 눈알로 천하를 내려다보고,

주먹만한 네몸으로 화살같이 하늘을 꿰여

마술사의 채쭉같이 가로 세로 휘도는 산꼭대기 제비야

너이는 장하고나

— 박세영, 「산제비」(1936) 부분

시월 중순이었건만

함박눈이 퍽—퍽……

보성(堡城)의 밤은 한치 두치 적설 속에 깊어간다

깊어가는 밤거리엔 「誰何」ㅅ 소리 잦아가고

압록강 구비치는 물결 귓가에 옮긴 듯 우렁차다

강안엔 착잡하는 경비등, 경비등

그 빛에 섬섬(閃閃)하는 삼엄한 총검

포대(砲臺)는 산비탈에 숨죽은 듯 엎드리고

그 기슭에 나룻배 몇 척 언제 나의 도강을 경비코 있나

오호 북만의 십오(十五)도구 말없는 산천이여

어서 크낙한 네 비밀의 문을 열어라

여기 오다가다 깃드린 설음많은 한 사나이

맘껏 침통한 역사의 한 순간을 울어나 볼까 하노니

　　　　　　—이찬, 「눈나리는 堡城의 밤」(1937) 전문

그가 아홉 살 되든 해

사냥개 꿩을 쫓아다니는 겨울

이 집에 살던 일곱 식솔이

어디론지 사라지고 이튿날 아침

북쪽을 향한 발자욱만 눈 위에 떨고 있었다

이용악의 제2시집 『낡은 집』 속표지

더러는 오랑캐령 쪽으로 갔으리라고

더러는 아라사로 갔으리라고

이웃 늙은이들은

모두 무서운 곳을 짚었다

지금은 아무도 살지 않는 집

마을서 흉집이라고 꺼리는 낡은 집

제철마다 먹음직한 열매

탐스럽게 열던 살구

살구나무도 글거리만 남았길래

꽃피는 철이 와도 가도 뒤울안에

꿀벌 하나 날아들지 않는다

—이용악, 「낡은 집」(1938) 부분

이용악

이러한 예들은 카프 해산 이후에도 프로시단의 활동이 집단적인 운동의 차원에서는 퇴조하였으되, 개별 시인의 차원에서는 지속적으로 유지·추구되었으며, 이와 더불어 질적인 진전 또한 어느 정도 이루어졌음을 증명하는 것일 수 있다. 물론 이 단계에서 적지 않은 수의 프로시인들이 그들의 이념과 현실 사이에서 심각한 갈등을 경험하였으며, 그 가운데 일부는 스스로 프로시인의 길을 포기하고 순수시인으로, 모더니즘 시인으로, 그리고 또 다음 단계에서 소위 '국책문학'에 충실히 봉사하는 친일시인으로 변신하고 만 것이 사실이다. 그러나 이 같은 사실들을 감안한다 하더라도, 몇몇 프로시인들의 활동은 1930년대 후반기까지 꾸준히 이어졌으며, 그 질적인 수준 또한 초기 단계에서 프로진영이 확보하지 못했던 선까지 끌어올려졌음을 결코 간과해서는 안 될 것이다.

2) 모더니즘 시

1930년대 시사에서 중요하게 다루어야 할 부분은 모더니즘 시의 대두라고 할 수 있다. 1920년대 후반부터 우리 시단의 주변에는 재래의 전통 서정시가 지닌 감읍벽이나 당대 계급주의문학이 갖는 투쟁성, 목적의식에서 한 걸음 탈피하여, 언어의 미적 가공과 신선한 이미지의 제시 등을 통해 시 속에 시대의 변화에 걸맞은 감각적 표현을 담아내려는 노력들이 있어왔다. 주목해야 할 점은 프로시단이 카프라는 짜임새를 갖춘 조직을 중심축으로 하여 시종 집단적인 운동의 형태를 유지했다고 한다면, 이 시기 모더니즘 시운동의 경우는, 구인회라는 동호인적 성격을 지닌 단체가 있긴 하였지만, 집단적이라기보다는 주로 시인 개개인의 활동들이 주축을 이루었다는 사실이다.

애초에 정지용 등에 의해 자연발생적인 형태로 추구되었던 이러한 새로운 경향은 1930년을 전후하여 대학에서 영미 모더니즘에 대해 체계적으로 공부한 김기림과 최재서·이양하 등이 문단에 진출하면서, 이들의 이론적 뒷받침에 힘입어 시단의 중심 세력 가운데 하나로 성장하였다. 이들은 주로 서구 자본주의 문명의 세례를 받은 도시 1세대들로서, 도시 생활 속에서 그들이 경험하게 된 문화적 충격을 새로운 감각과 기법 속에 담아 표현하고자 노력하였다. 그들은 또한 서구 문예의 흐름과

정지용 동상

최신 동향에도 일정한 관심을 기울였을 뿐만 아니라, 그것을 긍정적으로 이해하고 수용해보고자 하는 쪽이었다.

본래 서구 시단에 있어서 모더니즘이란 크게 작품 창작과 해석에 있어 이성 내지는 질서의식을 존중하는 영미 중심의 신고전주의적 성향과, 이성이나 질서에 대해 부정적인 입장을 취하였던 유럽 대륙의 신낭만주의적 성향으로 양대별된다. 이 가운데 1930년대 우리 시단에 보다 큰 영향을 미친 것은 영미 계열의 신고전주의적 성향의 모더니즘, 그 가운데서도 특

히 이미지즘이었다. 그런데 이와 같은 이미지즘적인 경향은 문학적인 태도 면에서 현실인식이나 역사의식과는 무관하게 언어 자체의 미감과 선명한 감각적 이미지의 제시에 치중하는 사조였다. 김기림이 「기상도」를 통해서, 그리고 이상이 「오감도」 연작을 통해서 일부 문명 비판적인 내용을 그들의 작품 속에 수용하려 시도한 바가 없지 않으나, 대체로 이 당시 활동하였던 많은 모더니즘 문인들은 그런 인식에서 한 발짝 비켜 있었던 것으로 생각된다. 실제 이 시절에 활동하였던 대부분의 모더니즘 시인들(김기림·정지용·김광균·오장환·장만영 등)은 영미 이미지즘에서 강조하고 있는 선명한 이미지의 제시와 참신한 언어 조형에 더 많은 관심을 기울였던 것이 사실이다.

처음 이들 시인들의 모더니즘에 대한 이해는 퍽 소박한 수준의 것이었다. 그 중심 인물이라 할 수 있는 김기림의 경우만 하더라도, 문단 활동 초기인 1930년대 초 얼마간은 서구문명에 대한 피상적인 이해와, 그것에 대한 맹목적인 지향성으로 인해 경박함을 드러내고 있었다. 재래의 전통적 서정시와는 다른 시를 써야 한다는 강박관념이 지나쳐, 주제나 형식면에서 도리어 심하게 단순화된 양상을 보이고 있다.[9] 외래어나 이국적인 소재어들의 남발, 생경한 감각적 이미지들의 잦은 동원 등은 후대 사가들에 의해 그의 시가 뿌리 없는 코즈머폴리터니즘을 노정하고 있다는 비판을 낳게 하였던 주 요인이었다. 그러나 이러한 초기적 한계는 정지용이나 김광균·장만영·오장환과 같은 역량 있는 신진 시인들이 모더니즘의 진영에 가담하면서 차츰 극복되어 갔다. 특히 정지용이나 김광균과 같은 경우 애초 모더

---

9 이 점에 대해 김용직이 새로운 것을 향한 김기림의 맹목적인 편향성이 또 다른 감상적 태도를 초래하고 말았다고 평가한 것은 적절한 지적이라 판단된다. 김용직, 「모더니즘의 시도와 실패」, 『한국 현대시 연구』, 일지사, 1979, 284쪽.

니스트로서의 뚜렷한 자의식을 지니지 못한 채 출발한 것으로 보이나, 그들 시에 나타난 모더니즘적인 특성을 김기림 등이 거론하면서 이에 호응하여 차츰 의식적인 모더니스트로서 변모하여 갔던 것으로 이해된다.

유리(琉璃)에 차고 슬픈 것이 어린거린다.
열없이 붙어서서 입김을 흐리우니
길들은 양 언 날개를 파다거린다.
지우고 보고 지우고 보아도
새까만 밤이 밀려나가고 밀려와 부딪치고,
물먹은 별이, 반짝, 보석처럼 백힌다.
밤에 홀로 유리를 닦는 것은
외로운 황홀한 심사이어니,
고흔 폐혈관(肺血管)이 찢어진 채로
아아, 늬는 산(山)ㅅ새처럼 날러갔구나!

정지용 가족 사진

— 정지용, 「유리창·1」(1930) 전문

차단一한 등불이 하나 비인 하늘에 걸려 있다
내 호을로 어딜 가라는 슬픈 신호냐.

긴一 여름해 황망히 나래를 접고
늘어선 고층 창백한 묘석(墓石)같이 황혼에 젖어
찬란한 야경 무성한 잡초인양 엉클어진 채
사념 벙어리 되어 입을 다물다.

피부의 바깥에 스미는 어둠

낯설은 거리의 아우성 소리

까닭도 없이 눈물겹고나

— 김광균, 「와사등」(1938) 부분

김광균

각각 정지용과 김광균의 대표작으로 꼽히고 있는 위 인용시들의 내용을 검토해보면, 앞서 김기림에게서 지적되었던 모더니즘의 초기적 한계들이 상당 부분 기능적으로 극복되고 있음을 알 수 있다. 도시적 이미지를 지닌 일상적이며 구체적인 소재어들을 시어로 적절히 채용하면서, 시인 자신의 감정을 직설적으로 토로하는 대신 이러한 소재어들을 통해 우회적이며 절제된 표현 기법을 통해 독자들에게 전달하려 한 것이다. 이와 같은 사실은 결국 시작에 있어서 시인의 상상력의 수준과 구성 능력의 치밀성을 대변해주는 것에 다름 아니다. 이들 시작품은 영미의 이미지스트들이 강조한 '지적 정서적 복합체'에 부합되는 것들로서, 당대 시단이 낳은 정교한 조직적 틀을 갖춘 가편이라 할 수 있다.

이들 외에도 장만영·오장환·장서언·백석 등이 이 시절 시단의 대표적인 이미지즘 시인들로 기억되고 있다. 한국에 있어서 이미지즘 시는 영미의 경우와는 달리 낭만적·감상적 요소가 드리워져 있다는 점이 특징적이다. 원래 영미 이미지즘 운동에서 말하는 이미지란 에즈라 파운드Ezra Pound 등이 강조했다시피 건조하고 견고한dry and hard, 즉 가급적이면 감정과 정서를 배제한 이미지를 뜻한다. 그러나 1930년대 우리 시단은 위 두 시인의 인용시에서도 알 수 있듯이 오히려 정서적 측면을 이미지화하여 표현하는 데 주력하였다. 이는 당대 우리 모더니즘 시단의 독자적 성격을 드러내는 것으로서 중요하게 인식될 필요가 있다.

한편, 이러한 전반적인 모더니즘 진영의 분위기에도 불구하고 이상을 비롯한『삼사문학』의 일부 동인의 경우[10]는 1920~1930년대 유럽 대륙에서 유행하던 초현실주의적인 시작품을 발표하였다. 여기서 이상李箱의 경우를 특히 주목할 필요가 있다. 모더니즘 문학 단체인 구인회에 가입하여 김기림·정지용 등과도 교유 관계를 유지했던

이상, 박태원, 김소운

그는, 그러나 이들과는 달리, 초현실주의에서 소개하는 자동기술이나 인간의 무의식에 대한 관심을 바탕으로 한 시들을 주로 발표하면서 당대 사회에 신선한 충격을 불러일으켰다. 우리 문단의 이색적인 존재로, 이전까지는 결코 시에 사용될 수 없었던 수식이나 기호까지를 자신의 시에 도입하고, 일상의 논리적인 사유로는 이해하기 힘든 구절들을 반복한다거나 고의로 띄어쓰기를 무시하는 등, 시종 난해한 수법으로 인해 그의 당대는

---

10 이시우·정현웅·한천·신백수·김정도 등.

물론 이후로도 한참 동안 지속적인 관심과 논란의 대상이 되어 왔다.

　　13인의아해가도로를질주하오.

　　(길은막다른골목이적당하오.)

　　제1의아해가무섭다고그리오.

　　제2의아해도무섭다고그리오.

　　제3의아해도무섭다고그리오.

　　제4의아해도무섭다고그리오.

　　제5의아해도무섭다고그리오.

　　제6의아해도무섭다고그리오.

　　제7의아해도무섭다고그리오.

　　제8의아해도무섭다고그리오.

　　제9의아해도무섭다고그리오.

　　제10의아해도무섭다고그리오.

　　제11의아해가무섭다고그리오.

　　제12의아해도무섭다고그리오.

　　제13의아해도무섭다고그리오.

　　13인의아해는무서운아해와무서워하는아해와그렇게뿐이모였소.

　　(다른사정은없는것이차라리나았소)

　　그중에1인의아해가무서운아해라도좋소.

　　그중에2인의아해가무서운아해라도좋소.

그중에2인의아해가무서워하는아해라도좋소.

그중에1인의아해가무서워하는아해라도좋소.

(길은뚫린골목이라도적당하오.)

13인의아해가도로로질주하지아니하여도좋소.

— 이상, 「오감도 시 제1호」(1934) 전문

　연작시 「오감도」의 제1호인 위의 작품은 발표 당시부터 그 해석을 둘러
싸고 문단과 학계에 다양한 화제와 추측을 불렀다. 게다가 당시 이 작품을
대하는 일반인들의 반응은 한마디로 '미쳤다'라는 것이었다. 이후 제15호
까지 발표되었으나, 독자들의 빗발치는 비난과 항의로 더 이상의 연재를
지속하지 못하고 결국 중단되고 만다. 그런 사실에 대해 이상이 보인 반응
이란 아쉬움과 불만에 가득 찬 것이었다.[11] 그러나 여기서 유의해서 보아
야 할 점은 그가 이와 같은 난해한 시들 속에서 자본주의 문명의 특징 및
그 위기적 징후를 예리한 눈길로 읽어내었으며, 이와 관련된 자의식 분열
의 위기감을 초현실주의에 입각한 독특한 방식으로 표출해내려 시도하였
다는 점이다.

　이외에도 당시 문단에 단편적이나마 수용되었던 유럽 대륙의 모더니즘
사조로는 다다이즘과 미래파, 입체파를 거론할 수 있을 것이다. 다다이즘
의 경우 초기 계급주의문학에 경도되기 이전의 임화나 김화산·고한승 등
에 의해 시도된 바 있으며, 미래파는 김기진·양주동·김기림 등의 산문

11　참고로 당시 이상이 보인 반응의 일부를 소개하면 다음과 같다. "왜 미쳤다고들 그러는지 대
　체 우리는 남보다 수십 년씩 떨어져도 마음놓고 지낼 작정이냐. 모르는 것은 내 재주도 모자
　라겠지만 게을러빠지게 놀고만 지내던 일도 좀 뉘우쳐보아야 아니하느냐……." 이상, 「散
　墨集 − 오감도 작가의 말」, 『이상 문학 전집』 3, 문학과지성사, 1992, 353쪽.

과 시에, 그리고 입체파의 경우는 김기림이나 정지용의 일부 시들을 통해 그 영향 가능성을 엿볼 수 있다.[12]

3) 순수시

1930년대 들어 나타난 시단의 특징 가운데 하나는 전대에 비해 계급주의나 민족주의처럼 문학외적인 특정 목적의식을 앞세운 문학활동이 수그러든 대신, 문학을 문학 자체의 순수한 본연의 것으로 인식하고 이해하려는 노력들이 가시화되었다는 점이다. 그 대표적인 경우가 바로 박용철·김영랑·신석정 등으로 대표되는 '시문학'파의 등장이라 할 수 있다. 이들은 당대에 활동하던 계급주의문학이나 모더니즘문학처럼 뚜렷한 주의 주장이나 자체 내의 독립된 이론적 기반은 지니고 있지 않으나, 문학의 순수성을 옹호하고 시가 지닌 전통적인 서정성을 회복하려 했다는 점에서 전술한 두 진영의 문학 경향과는 구분되는 노선을 유지하였다.

구체적으로 이들은 주로 시를 통해 ① 자연발생적인 순수서정을 노래하고자 했으며, ② 지적인 요소나 윤리적인 측면의 개입을 가급적 배제하려 하였고, ③ 감상이나 주관의 개입을 자연스럽고 긍정적인 것으로 인식하였으며, ④ 그 표현법이 여성적이며 부드럽고 섬세한 언어 위주로 구성되어 있다는 점, ⑤ 문명어·도시어들을 가능한 한 배제하고 자연과 관련된 소재, 혹은 전통적인 토속어들을 즐겨 사용하려 한 점[13] 등을 공통적으로

---

12 이 부분에 대한 좀더 자세한 설명은 오세영, 「한국 모더니즘 시의 전개와 그 특질」, 『20세기 한국시 연구』, 새문사, 1989 참조.

박용철이 주축이 되어 창간한 시문학파 시인들
앞줄 왼쪽부터 김영랑, 정인보, 변영로, 뒷줄 왼쪽부터 이하윤, 박용철, 정지용

지니고 있었다. 시문학파가 이러한 성향을 보인 데에는 그들 나름의 내면적 유대감이 적잖이 작용한 듯싶다. 다시 말해 이들은 일종의 청교도적인 고결함과 숭고의 정신으로 무장한 채 시작품의 예술성 추구라는 한 가지 목표를 향해 온 힘을 집중한 경우로, 시와 문학이 단순히 외부적인 새로운 요소나 모던한 감각의 도입만으로는 차원 높은 경지에 이르기 어렵다는 인식을 공유하였던 것으로 보인다. 전통 서정에 기반을 두었으되 그것을 현대적 감각에 맞게 소재와 기법 면에서 새롭게 혁신을 가하고자 한 것이 이들의 목표였다. 그리하여 그들이 생산해낸 시는 넓거나 우렁찬 목소리를 지니지 못한 대신, 상대적으로 주정적이며 동시에 감칠맛 나는 어휘와 섬세한 감각이 함께 어우러져, 한결 단아하고 정돈된 느낌을 전해주는 것

---

13 위의 책, 109~110쪽.

들이 대부분이다.

　나 두 야 간다
　나의 이 젊은 나이를
　눈물로야 보낼거냐
　나 두 야 가련다

　아늑한 이 항군들 손쉽게야 버릴거냐
　안개같이 물어린 눈에도 비쵀나니
　골짜기마다 발에 익은 묏부리 모양
　주름살도 눈에 익은 아아 사랑하는 사람들

　버리고 가는 이도 못 잊는 마음
　쫓겨가는 마음인들 무어 다를거냐
　돌아다보는 구름에는 바람이 헤살짓는다
　앞대일 언덕인들 마련이나 있을거냐

　나 두 야 가련다
　나의 이 젊은 나이를
　눈물로야 보낼거냐
　나 두 야 간다

—박용철, 「떠나가는 배」(1930) 전문

　돌담에 소색이는 햇발같이
　풀 아래 웃음짓는 샘물같이

내 마음 고요히 고흔 봄길 우에

오날 하로 하날을 우러르고 싶다

새악시 볼에 떠오르는 붓그럼같이

시(詩)의 가슴에 살프시 젓는 물결같이

보드레한 에메랄드 얄게 흐르는

실비단 하날을 바라보고 싶다

— 김영랑, 「고흔 봄길 우에」(1930) 전문

위의 예에서도 알 수 있듯이 이들 시문학파 시인들의 시작
경향은 개인적인 정서의 표출에 치우쳐 있다. 박용철의 경우
그것은 상실과 관련된 그의 내면적인 감정을 다소 사변적인
어조에 담아 풀어나가는 형태를 띤다. 그러나 이때의 사변성
이란 다만 서술 방식상의 문제[14]일 뿐, 위 인용시의 초점은
상실로 빚어진 주관적 정서를 어떻게 효과적으로 확보해서
드러내느냐 하는 점일 것이다. 그 이외 일체의 외부적인 목

김영랑의 초상

적의식 따위는 여기서 제거되어 있다. 순수서정과 관련된 이러한 인식과 태
도는 그 밑에 보이는 김영랑의 경우에도 마찬가지이다. 다만 김영랑의 경
우, 좀더 눈여겨보아야 할 대목은 그가 유달리 시어의 울림과 쓰임새에 신
경을 쓴 흔적이 발견된다는 점이다. 예컨대 "내 마음 고요히 고흔 봄길 우
에", "오날 하로 하날을 우러르고 싶다", "보드레한 에메랄드 얄게 흐르는"(이
상 강조는 인용자) 등의 구절에서 보이는 음성 상징의 절묘한 조화와 반복의
구조는 시인 특유의 섬세한 언어감각을 충분히 엿볼 수 있게 하는 부분이

14 박용철 시에 나타난 사변적 속성이 지닌 의의에 대해서는 김용직, 앞의 책, 121~122쪽 참조.

다. 한편으로 이와 같은 측면은 운율에 대한 조직적이며 의도적인 배려로 생각되는바, 당대의 모더니즘이나 계급주의 유파에 속하는 시인들이 대부분 시작에 있어서 운율적 요소를 거의 예외 없이 멀리하고자 한 점을 상기한다면 필히 짚고 넘어가야 할 대목이 아닐 수 없다.

集詩溶芝鄭
1935년 시문학사판 『정지용 시집』

이들과 더불어 이 시기 시문학파의 일원으로 순수 서정시 창작에 중요한 몫을 담당한 인물이 신석정이다. 그의 시는 명징한 언어를 사용하였으며, 구체화된 감각과 회화적 이미지의 조화로운 배치로 인해 강하게 이미지즘적인 요소를 담고 있는 것이 사실이다. 김기림이 그를 정지용·김광균·장만영과 더불어 모더니즘 시인으로 분류했던 것[15]도 이러한 사실에 비추어볼 때 결코 무리가 아니라고 할 수 있다.

그러나 그가 추구했던 시작에 있어서의 이미지에의 경사란 이 경우 서구적이라기보다는 도리어 동양적인 세계에 가까우며, 그런 의미에서 적잖게 전통적인 관념세계를 포함하고 있다고 생각된다. 그의 시가 간직한 목가적 전원생활에의 그리움 속에서 우리는 그 옛날 도연명의 「귀거래사」나 「도화원기」 등의 영향을 짙게 느낄 수 있다.[16] 그리고 이러한 사실을 통해 우리는 그가 시를 통해 표현하고자 한 세계가 단순히 이미지의 나열과 배치가 아닌, 이상세계를 향한 내면의 폭과 깊이를 상당 부분 의식했던 것임을 지적할 필요가 있다.

---

15 김기림, 「모더니즘의 역사적 위치」, 『김기림 전집』 2, 심설당, 1988, 57쪽.
16 신석정의 시에 미친 도연명의 영향에 대해서는 김용직, 앞의 책, 184~186쪽 참조. 이와 더불어 신석정이 사숙했던 시인으로는 인도의 국민시인 타고르와 미국의 대표적 전원시인인 헨리 소로우를 들 수 있다.

어머니

당신은 그 먼 나라를 알으십니까?

깊은 산림지대를 끼고 돌면

고요한 호수에 흰 물새 날고

좁은 들길에 들장미 열매 붉어

멀리 노루새끼 마음놓고 뛰어 다니는

아무도 살지 않는 그 먼 나라를 알으십니까?

그 나라에 가실 때에는 부디 잊지 마셔요

나와 같이 그 나라에 가서 비둘기를 키웁시다

　　　　　　　　　　　　　—신석정, 「그 먼 나라를 알으십니까?」(1939) 부분

위의 시에서 우리는 신석정 특유의 목가적 시 세계와 그
것이 지니는 전원생활에 대한 동경을 엿보게 된다. 그러나
이때 시의 배경이 되는 자연이란 현실 속에서의, 있는 그
대로의 자연은 아니다. 자연은 그에게서 언제나 쉽사리 다
가설 수 없는 '먼 나라'이며, 때문에 그것은 항상 이상화된
이미지들에 의해 채색되어 있다. 물론 이와 같은 특성이
그의 시가 지니는 당대 현실과 역사에 대한 불만 내지, 이

신석정

와 연계된 내적인 긴장력을 내포하는 것일 수도 있다는 지적은 한편으로 정
당한 것으로 생각된다. 그러나 더욱 중요한 것은 그의 시에 나타난 자연이
이미지화된 시인 자신의 관념적 이상을 담고 있는 존재이며, 그런 만큼 그
것은 주로 순수 서정에 의해 탄생, 유지되고 있다고 보는 편이 옳으리라는

김상용의 1940년대 초 모습

점이다. 그리고 이러한 세계가 좀더 심화 발전하여, 하나의 구체적인 사물 속에서 내면 세계의 깊이를 확보한 형태로 나타난 것이 「난초」(1937)와 같은 시일 것이다.

이들 3인 외에 순수시파로 분류될 수 있는 시인들로는 '시문학파'의 일원으로 참여한 바 있는 김현구와 허보 등을, 그리고 '시문학파'는 아니나 그 문학적 성향으로 보아 마땅히 포함시켜야 할 것으로 판단되는 김상용·임춘길 등을 들 수 있다.[17]

4) 생명파, 청록파, 기타

일제 말기가 가까워지자 문단의 주변 상황은 한층 열악해져 갔다. 1930년대 중반 무렵에는 카프가 이미 해산되었고, 구인회 역시 그 핵심 멤버인 김기림과 이상의 도일에 즈음하여 그 활동이 차츰 줄어들더니 급기야는 유명무실한 단체로 전락해버렸던 것이다. 이에 따라 당대 시단의 양대 축이라 할 수 있는 계급주의와 모더니즘문학 진영의 활동이 내부적으로 어느 정도 위축되는 양상을 드러낸 것이 사실이다. 그와 함께 박용철을 비롯한 순수시파의 활동 역시 더 이상의 뚜렷한 진로를 마련하지 못하고 답보 상태에 머물러 있었다. 이와 같이 이들의 활동이 사실상 점진적인 하강곡선을 그릴 무렵, 시단의 일각에서는 이들을 대신할 만한 새로운 세력들이 차례로 얼굴을 내밀었는데, 그 가운데 대표적인 무리로 지목될 수 있는 것

---

17 반면에 '시문학파' 참여시인들 가운데 정지용은 그 성향상 모더니즘 계열의 시인으로, 정인보와 변영로는 민족주의문학 계열로 분류된다.

앞줄 오른쪽부터 평론가 조연현, 한 사람 건너 유치환과 김말봉, 뒷줄 가운데 김동리.

이 소위 생명파와 청록파에 속하는 시인들이다.

주지하다시피 생명파라는 명칭은 일본의 인생파에 대응되는, 한국적 유파의 개념적 특성을 보다 강조하기 위한 명칭이다. 여기에는 대표적인 생명파 시인으로 거론되고 있는 서정주와 유치환을 위시하여, 주로『시인 부락』지를 활동 거점으로 삼았던 김동리·오장환·함형수 등과, 이외에도 윤곤강·신석초 등의 시인이 포괄될 수 있을 것으로 보인다. 무엇보다도 이들은 생, 혹은 생명현상의 본질에 대한 구경적 탐구의식을 바탕으로 하여 출발하였다. 지성보다는 내면에서 울려퍼지는 본능적 감성에 기댄 직정直情 언어의 세계에 기대어, 생의 구경에서 부딪치게 되는 인간 한계와 그것에 대한 초극에의 의지를 펼쳐 보임으로써, 당대의 시단에 자신들의 입지를 마련하려 하였다. 때문에 이들의 작업은 생, 혹은 생명을 둘러싼 철학적 탐구의 면모를 일부 지니고 있는 것이 사실이다. 그러나 이때의 탐구란 진지한 이론적 성찰과는 거리가 멀며, 그런 점에서 이는 인간 존재가 근원적으로 짊어지고 나아가야 하는 본능이라든가 죽음·고독·허무 등에 대해 고뇌하고 절망하며, 한편으로 이를 극복해나가기 위한 의지적 몸부림을 감성적 세계를 통해 그린 것이라 할 수 있다. 따라서 이러한 이들의 접근 방식은 종교 또는 신앙과도 일정한 거리를 유지한다. 어차피 그것은 신에 의한 구원을 거부한 채, 스스로 자기 생의 근원적인 의문을 풀어보고자 하는 고독한 몸부림이기 때문이다.[18]

사향(麝香) 박하(薄荷)의 뒤안길이다.

아름다운 배암······.

을마나 크다란 슬픔으로 태어났기에, 저리도 징그라운 몸뚱아리냐.

꽃다님 같다.

너의 할아버지가 이브를 꾀어내든 달변(達辯)의 혓바닥이

소리 잃은 채 널룸그리는 붉은 아가리로

푸른 하늘이다. ······무러뜯어라, 원통히 무러뜯어,

　　　　　　　　　　　　　　　　　　　 ─서정주, 「花蛇」(1936) 부분

그 열렬한 고독 가운데

옷자락을 나부끼고 호올로 서면

---

18 생명파 시인들의 비신앙성에 대한 논의는 오세영, 앞의 책, 225~226쪽 참조.

운명처럼 반드시 '나'와 대면케 될지니

하여 '나'란 나의 생명이란

그 원시의 본연한 자태를 다시 배우지 못하거든

차라리 나는 어느 사구(沙丘)에 회한없는 백골을 쪼이리라.

— 유치환, 「生命의 書」(1938) 부분

비록 같은 유파에 속하긴 하지만, 위에서 보듯 인간 존재와 생명을 바라보는 두 시인의 시 세계는 다소간의 편차를 보인다. 서정주가 보들레르적 육욕의 세계를 통해 생명 현상의 모순된 본질에 다가서려 했다면, 유치환의 경우는 니체적인 초인의 세계를 연상케 하는 생의 허무에 대한 인식과 그것에의 초극의지를 근간으로 하고 있기 때문이다. 이는 이 유파가 뚜렷한 이념이나 주의 주장의 깃발 아래 뭉쳐진 여타 유파들과는 달리, 이들 스스로가 사조적 인식을 갖지 않았다는 사실과 관계되며, 그러므로 각자가 자기 나름의 방식으로 생의 구경적究竟的 탐구에 임하였다는 것을 뜻한다.[19]

생명파 시인들과 더불어, 1930년대 후반기 우리 시단에 등장한 또 다른 신진세력으로 청록파 시인들을 빼놓을 수 없다. 박목월과 조지훈, 박두진으로 구성된 이들 청록파[20] 시인들은 모두 암흑기를 목전에 둔 1939년과 그 이듬해인 1940년 무렵에 문예 종합지『문장』의 추천 과정을 거쳐 우리 시단에 첫발을 내디뎠다. 자연과 관련된 다채로운 세계를 형상화

---

19 이 점에 대해 오세영은 "유치환에게 있어서 의지적인 측면이 강하고 오장환, 서정주에게 있어서는 본능적 측면이 강하다면 윤곤강에 있어서 그것은 본능적이긴 하되 부정적인 감정이 우세하다는 점이다"라고 정리한다. 위의 책, 228쪽.

20 여기서 '청록파'라는 명칭은 이들 세 시인이 1946년 6월, 3인 공동 시집인『청록집』을 간행한 이후에 붙여진 것이다. 그러므로 등단 초기인 일제 말기까지 공식적으로 이들을 지칭하기 위해 사용된 바는 없다. 다만 이 글에서는 시사 정리 차원에서 이 시기 이들의 활동을 정리하기 위해 소급 적용하고자 한다.

『문장』의 표지

한 이들의 작업은 거의 질식 상태에 돌입해 있던 당대 시단에 조심스레 던져진 한 줄기 빛과도 같은 것이었다. 이들의 시작 경향에 직·간접적으로 영향을 미친 이로는 아무래도 당시 『문장』지의 시부문 추천위원이었던 정지용을 들지 않을 수 없다. 원래 서구적인 이미지스트로서의 풍모를 지녔던 그는 구인회 해체 이후인 1930년대 후반기에 접어들면서 동양적인 전통 서정과 산수시(자연시)의 세계에 몰입하게 된다. 청록파 시인들에게서 볼 수 있는 자연친화적인 성향은 이로 보면 이들 세 시인의 추천을 맡았던 『문장』지 시 부문 추천인이었던 정지용 후기 시세계의 특성과 불가분의 관계에 있는 것으로 볼 수 있다.

청록파 시인들에게서 공통적으로 볼 수 있는 자연친화적 경향은 이러한 틀 속에서 형성된 것으로 보인다. 그러나 이들이 단순히 자연에 대한 정지용류의 전통적인 인식과 태도에만 안주했던 것은 아니다. 그들은 자연과의 만남에서 얻은 각자의 소중한 경험을 각기 그들 나름대로의 안목에서 새롭게 이해하고 창조해나가려 하였다.

송화 가루 날리는
외딴 봉우리

윤사월 해 길다
꾀꼬리 울면

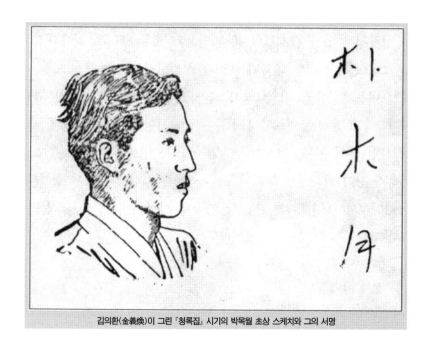

김의환(金義煥)이 그린 『청록집』 시기의 박목월 초상 스케치와 그의 서명

산직이 외딴 집

눈먼 처녀사

문설주에 귀 대이고

엿듣고 있다

— 박목월, 「閏四月」(1946) 전문

외로이 흘러간 한 송이 구름

이 밤을 어디메서 쉬리라던고

자택을 찾은 시인 강민을 맞이한 조지훈

성긴 빗방울

파촛잎에 후두기는 저녁 어스름

창 열고 푸른 산과

마조 앉아라

들어도 싫지 않은 물소리기에

날마다 바라도 그리운 산아

온 아침 나의 꿈을 스쳐간 구름

이 밤을 어디메서 쉬리라던고.

— 조지훈, 「芭蕉雨」(1946) 전문

왜 이렇게 자꾸 나는 山만 찾어 나서는 겔까? ―내 영원한 어머니…… 내가 죽으면 백골이 이런 양지짝에 묻힌다. 외롭게 묻어라.

꽃이 피는 때 내 푸른 무덤엔 한 포기 하늘빛 도라지꽃이 피고 거기 하나 하얀 山나비가 날러라. 한 마리 멧새도 와 울어라. 달밤엔 두견. 두견도 와 울어라.

언제 새로 다른 태양 다른 태양이 솟는 날 아침에 내가 다시 무덤에서 부활할 것을 믿어본다.

―박두진, 「雪岳賦」(1940) 부분

이와 같은 작품들을 통해서도 알 수 있듯이, 일제 말기에 접어든 1940년대 초반, 청록파의 세 시인들은 열악한 현실 조건에 대한 반동으로 자연에서 그들의 보금자리를 마련코자 하였다.[21] 그러나 이들에게 있어서 자연이란 단순한 현실도피의 공간이 아닌, 현실을 이겨낼 수 있는 내적 생명력을

(왼쪽)『靑鹿集』에 실린 박두진의 초상과 자필 서명, (오른쪽)『靑鹿集』의 속표지(표지와 함께 김용준의 작품)

간직한 공간이었다. 그런 그들에게 있어 자연은 그들 시의 내용인 동시에 정신이었다. 시사적으로 볼 때 이들은 시문학파가 이루어놓은 순수 서정의 토양 속에서 자라나, 도시문명이 만들어낸 현란한 시각적 효과를 강조하려 하였던 모더니스트들의 작업과는 일정한 거리를 유지한 채, 자연에 의탁하여 자신들의 내면 세계를 표출해내고자 하였다. 자연은 그들에게 있어 단순히 자연현상으로서의 자연만이 아닌, 향토적 서정과 어우러져 시공을 초

노천명

(왼쪽) 시집 『빛나는 지역』 속표지에 실린 모윤숙의 사진, (오른쪽) 시집 『憧憬』 속표지의 김광섭 초상(정현웅이 그린 것).

월하여 살아 숨쉬는 상징적인 실재요, 정과 동의 조화 속에서 신고전적 긴장미를 엿보게 하는 관조와 사색의 대상이요, 신의 섭리와 우주의 진리가 더불어 충만해 있는 역동적인 생명력을 지닌 세계로 다가왔다. 이들은 각자 그 나름의 방식으로 정제된 형식 속에 자연과의 진정한 교감을 이루고자 고심하였으며, 그런 그들의 노력은 해방 이후 『청록집』이라는 한 권의 시집을 통해 결실을 맺는다. 그리고 그 열매는 해방 이후 상당 기간 남쪽 시단에서 이들을 문학사의 한 주류로서 자리매김하기에 충분한 것이었다.

이들 생명파와 청록파 시인들 외에, 이 시기 등장한 시인들 가운데 더불어 주목할 이로는 평범한 일상 속에서 추상과 우수의 세계를 추구했던 김광섭과 두 여성시인 노천명과 모윤숙, 현대시조의 새로운 장인 김상옥, 서구적 낭만의식과 전통적 풍물의 조화를 모색했던 임학수 등을 들 수 있을 것이다.

4. 암흑기의 시단

1940년 2월 11일, 조선 전역에는 창씨개명령이 공포되었다. 일제에 의해 추진되어 왔던 우리 민족 말살의 음모가 이 시기를 고비로 그 모습을 본격적으로 드러낸 것이다. 태평양전쟁이 벌어지고 전선이 확대되자 인력과 물자의 심각한 부족을 느꼈던 일제는 내선일체, 황국신민화라는 미명하에 우리 민족 전체를 예속화·노예화하여 그들의 침략전선에 하수인으로 동원하고자 했다. 이에 따라 한반도 내에서 일체의 조선어 사용이

일제 말에는 '국민복'이라는 군복 비슷한 옷을 너나없이 입어야 했다. 앞줄 왼쪽부터 배은수, 박종화, 안회남, 한 사람 건너 김기진, 뒷줄 왼쪽부터 조용만, 정인택, 조경희, 노천명, 정비석(1944년경).

금지되고, 이어 조선인 징용령이 발표되었다. 바야흐로 한반도 전역이 그들의 침략전쟁 수행을 위한 병참기지로 전락해버린 것이다. 이후 1945년 8월 해방이 되기까지, 일제에 의한 이러한 억압과 수탈은 점점 도를 더해 갔으며, 그 수준은 참으로 우리 민족의 생존 자체를 위협할 정도였다. 이 시기가 이른바 암흑기로 지칭되고 있는 것은 바로 이런 이유에서이다.

이와 같은 철저한 민족말살정책 아래 놓여 있던 우리 시와 문학이 온전히 유지되었을 리 없다. 1930년대 한국 시단을 화려하게 수놓았던 여러 유파와 시인들의 활동은 정지되어 버리고, 오직 일제의 시책에 부응하거나 적극적으로 동조하는 문학 활동만이 허용되었던 것이다. 그러나 이 어려운 고비에도 한편에서는 우리 민족과 문학의 부활을 한 점 의심 없이 믿고, 당시 상황에서 발표될 수도 없었던 작품을 써서 보관해온 경우도 있었다. 친일시와 그에 맞선 저항시로 대변되는 암흑기의 시단은 이렇게 전개되어 갔다.

1) 친일시

1939년 이광수 · 김동인 · 주요한 · 최재서 등이 중심이 된 '조선문인협회'가 결성되었다. 이 단체의 주요 목표는 조선인의 황국신민화정책에 적극 협력하는 것이었다. 그 후 이들은 태평양전쟁이 한층 치열하게 벌어지던 1943년 단체의 명칭을 '조선문인보국회'로 개명하고, 더욱 노골적으로 일제의 앞잡이 노릇을 하였다. 이 시기를 전후하여 『국민문학』· 『국민시가』· 『신세대』· 『춘추』 등의 친일 어용 잡지 등이 등장하게 되었는데, 이후 우리 민족 고유의 정서와 가락을 담은 시는 사실상 발표지면을 빼앗긴 셈이 되었던 것이다.

이 시기 친일시인으로 전향한 문인들의 면면은 실로 다양하였다. 이광수나 최남선과 같은 민족진영의 문인들로부터 임화 · 김용제 등의 프로시인들, 서정주나 유치환 등 신진들, 그리고 노천명과 모윤숙 등과 같은 여성시인에 이르기까지 일부는 일제의 강요나 회유 · 협박을 못 이겨서, 일부는 내발적인 동기에 의해 당대 대부분의 시인들이 여기에 가담하였던 것으로 조사된다. 한편, 이들이 시작을 통해 표현하고자 한 내용은 시기별로 다소 차이나는 점이 없지는 않지만, 대체로 ① 내선일체와 황도사상의 고취, ② 태평양전쟁의 합리화와 전의 고취, ③ 승전 축하 및 기념시, ④ 전쟁영웅에 대한 찬양, ⑤ 징병 독려 및 자원 입대 강요[22] 등 당시 일제의 침략전쟁을 미화하거나 그들에 의해 강제된 시책에 적극 협력, 호응하는 것들이었다.

> "미국과 영국을 쳐라"
> 하옵신 대조(大詔)를 나리시다
> 십이월 팔일날 해뜰 때
> 빛나는 소화 16년
>
> 하와이의 진주만에
> 적함을 때리는 황군의 첫 벽력,
> (…중략…)
> 아시아의 성역은 원래
> 천손 민족이 번영할 기업(基業)
> 앵글의 발에 더럽힌 지 이백년
> 우리 임금 이제 광복 선하시네
>
> ― 이광수, 「宣戰大詔」(1942) 부분

> 가라! 아들아 군기 아래로!
> 신국 일본의 황민이 되었거든

---

22 오세영, 앞의 책, 253~269쪽.

동아 천억의 전위가 아니냐
불멸의 의기 필승의 신념이 네 것이로다.
　　　　　— 김기진, 「가라! 군기 아래로 어버이들을 대신해서」(1943) 부분

아아, 마음 즐겁도다, 마음 즐겁도다.
역사의 제물은 내 아니고 뉘 있으리.
어머님이시여 나도 또한 창을 들고 일어나
떠나겠습니다.
싸이판으로,
마킹다와라로,
앗쯔로,

　　　　　　　　　　　— 서정주, 「무제」(1944) 부분

　이러한 예들은 시인 자신이 일제의 앞잡이로서 적극적인 친일의 내용을 담아 창작에 임한 경우다. 물론 이들 가운데에는 일제의 시책에 적극 호응하여 스스로 창씨개명을 하고, 황국신민으로서 거듭나기 위해 노력한 경우가 많았던 것이 사실이다. 또한 이러한 시들 가운데에는 한글로 창작된 것도 있으나, 상당수가 당시 '국어'였던 일어로 표기되어 있다는 점을 눈여겨볼 필요가 있다. 원래 이들의 궁극적인 목적은 완전한 일본어 시의 창작이었으나, 당시 조선의 사정상 일어를 해득할 수 있는 층이 한정되었던 까닭에, 부득이 한글로 된 시들도 일부 창작이 허용되었던 것이다. 이 점은 이들 시가 대부분 일반 민중들에 대한 식민 지배의 정당성을 주입하기 위한 선전 선동의 목적에서 창작되었던 사실과 무관하지 않다. 다시 말해서 한글 사용이 바람직해서라기보다는, 그들이 의도한 바 선전 선동의

효과를 극대화시키기 위한 우회적인 전략과 의도를 엿볼 수 있는 부분인 것이다. 더불어 시의 형식면에서 이들 친일시들은 일반적인 서정시, 서사시 양식 외에도 우리의 전통적인 율격에 입각한 민요조나 시조의 형식뿐 아니라, 심지어는 일본 전통적인 시가 양식인 와까和歌와 하이꾸俳句 형식을 빌어서까지 창작된 예가 발견된다는 점이 주목된다. 말하자면 작품의 내용뿐 아니라, 형식과 틀, 나아가서는 혼까지도 철저하게 일본화하려 했던 것이다.

연합국과의 전쟁이 치열하게 전개되는 양상을 보이자, 일제는 이들 친일 문학인들의 활동을 더욱 독려하기 위해 총독부가 주관하는 소위 '국어 문예 총독상'이라는 것을 제정하여 포상하기에 이른다. 이 상의 제1회 수상자가 이전에 프로문학인으로서 일본 본토 등지에서 적극적인 반일, 반제 활동을 펼쳤던 전력이 있는 김용제(창씨명 '金村龍齊')였다는 사실은 당대 시단의 커다란 화제였다. 그의 수상작인『아세아시집亞細亞詩集』(1942)은 총독부 관리들을 포함한 선정 위원들로부터 "작품의 내용이 불타는 듯한 일본정신"[23]을 형상화한 것이라는 이례적인 호평을 받았다. 나아가 그는 여기서 멈추지 않고, 일본 사서의 조작된 내용에 토대를 둔「서사시어동정敍事詩御東征」(1943)과「비시향과非時香菓」(1944) 등을 일어로 써서 발표함으로써이 시기 친일시단의 중심에 서게 된다.

2) 저항시

친일시들이 시단의 주류로서 행세하던 그 시절, 일부 몇몇 시인은 해

---

23 『매일신보』, 1943.3.2.

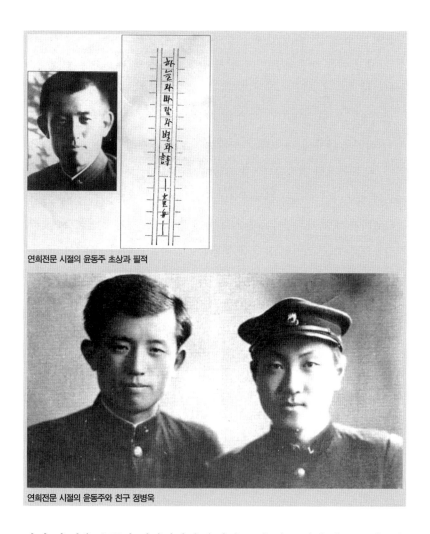

연희전문 시절의 윤동주 초상과 필적

연희전문 시절의 윤동주와 친구 정병욱

방이 될 날을 손꼽아 기다리면서 우리말로 된 시를 써서 따로 모아놓은 경우도 있었다. 물론 이 경우에도 적극적인 투쟁성이나 저항정신이 표면에 나타난 예를 발견하기란 쉽지 않다. 그런 의미에서 이들의 시를 과연 진정한 의미에서의 저항시로 볼 수 있는가 하는 의문도 제기될 수 있을 것이다. 그러나 우리 민족 고유의 전통적인 정서에 기대어, 당시로는 사용이 사실상 금지되었던 한글로 된 시를 굳이 써서 남기려 했다는 사실 자체가 이들 작품의 내면에 짙게 깔린 저항성을 대변해주는 것이라 생각된다.

널리 알려져 있다시피, 이 시기 대표적인 저항시인으로는 윤동주와 이육사 두 시인을 들 수 있다. 이들은 한글로 된 아름다운 시편들을 남겼다는 점 외에, 평소 투철한 민족정신으로 그들의 삶을 일관했다는 점, 일제에 의해 체포되어 머나먼 이국의 감옥에서 순국하였던 점, 생전에는 시집을 갖지 못하였다가 해방 이후에야 주변 사람들에 의해 유고 시집의 형태로 자신의 시집을 발간할 수 있었던 점 등을 공통적으로 지니고 있다. 물론 이러한 설명만으로 그들 작품에 나타난 저항정신을 일목요연하게 정리하기란 어려운 일이다. 그러나 우리 역사의 가장 불행했던 시기에, 민족의 소중한 문화 자산으로서의 한글로 된 시를 어떻게든 보존하며 지켜나가려 했던 이들의 노력은 그 의미가 결코 과장되어서도, 축소되어서도 안 될 것이다.

쫓아오던 햇빛인데
지금 교회당 꼭대기
십자가에 걸리었습니다.

첨탑이 저렇게도 높은데
어떻게 올라갈 수 있을까요.

종소리도 들려오지 않는데
휘파람이나 불며 서성거리다가,

괴로웠던 사나이,

행복한 예수 그리스도에게

처럼

십자가가 허락된다면

모가지를 드리우고

꽃처럼 피어나는 피를

어두워가는 하늘 밑에

조용히 흘리겠습니다.

— 윤동주, 「십자가」(1948)[24] 전문

까마득한 날에

하늘이 처음 열리고

어데 닭 우는 소리 들렸으랴

모든 산맥들이

바다를 연모해 휘달릴 때도

참아 이곳을 범하던 못하였으리라

끊임없는 광음을

부지런한 계절이 피어선 지고

큰 강물이 비로소 길을 열었다.

---

[24] 이 작품은 원래 창작 노트에 그 창작 시기가 1941년으로 기재되어 있다. 여기서 1948년으로 밝힌 것은 유고 시집 『하늘과 바람과 별과 시』가 발간된 해를 말한다.

지금 눈 나리고

매화향기 홀로 아득하니

내 여기 가난한 노래의 씨를 뿌려라

다시 천고의 뒤에

백마 타고 오는 초인이 있어

이 광야에서 목놓아 부르게 하리라

— 이육사, 「曠野」(1946) 전문

　같은 저항시이긴 하지만, 그 성격이나 내용상으로 이들의 시는 각기 특징적인 국면을 지니고 있다. 위에서 보듯 윤동주가 주로 기독교적인 세계관에 바탕을 둔 영혼의 섬세함 내지 순결함과 그것으로 인해 빚어진 비극적 현실인식 및 희생정신을 강조한 쪽이라고 한다면, 이육사는 유교적 가치 질서를 담은 남성적이고 대륙적인 호방함과 매운 절개를 추구하는 지사적 풍모를 드러내고 있다고 보아야 할 것이기 때문이다. 그러나 이들의 접점은 우리 민족의 장래에 대한 전면적인 위기의식과, 그럼에도 그들 내면에서 결코 포기될 수 없었던 민족사에 대한 근원적인 신뢰일 것이다. 그들이 모두 이 시기 우리 민족이 처한 현실을 부정적으로 인식하고 비극적으로 바라보았음에도 문학사상 수준 높은 저항시인으로 기억될 수 있는 가장 큰 이유가 바로 여기에 있다.

　민족의 앞날을 예측할 수 없었던 그 시절, 이들 두 시인은 우리 민족의 장래에 대해 한 점 흔들림 없이 신뢰의 눈길을 보내었으며, 그런 그들의 믿음을 고스란히 시 속에 새겨놓았던 것이다. 일제말 암흑기 동안에는 결코 활자화될 수 없었던 그들의 시가 주변인들을 통해 보존되어 오늘날까지 전해져 내려오게 된 것은 우리 문학사를 위해 어떻든 다행스런 일이 아닐 수 없다. 이들의 시를 통해 우리는 과거 우리 역사상 가장 불행했던 그 시절, 우리 문학사의 공백을 메우고 한국문학의 맥을 이어나가기 위한 실질적인 근거를 마련할 수 있을 것이기 때문이다.[25]

(김유중, 서울대 교수)

---

25 이들 두 시인 외에, 이 시기 저항시인으로 분류될 수 있는 이들로는 만해 한용운과 일석 이희승을 들 수 있을 것이다. 한편 일제의 탄압을 피해 한글로 된 순수서정시를 써서 보관했다가 해방 이후 이를 발표한 이로는 허민·박남수 등을 추가적으로 지적할 수 있겠다.

해방 직후
시의
전개 양상

1. 해방과 갈등, 분단 체제의 완결

1945년 8월 15일, 어느 사상가의 표현에 의하면 "도적처럼"(함석헌) 갑작스레 찾아온 민족 해방은, 고통스런 식민지시대를 살아온 우리 민족으로 하여금 새로운 가능성과 맞닥뜨리게 한 역사적 사건이었다. 비록 그 후에 '분단'과 '전쟁'이 차례로 이어지면서 우리 민족사가 또 다른 미궁으로 빠져든 것이 사실이기는 하지만, 그래도 이 을유乙酉 해방은 우리 민족에게 재건의 가능성과 도전을 충만하게 던져주었던 역사의 한 정점頂點이었음에 틀림없다.

우리가 분단시대를 통해서 줄곧 이 날을 '광복光復'이라는 말로 지칭해

온 것도 사실은 이러한 새로운 가능성에 대한 민족적 열망 때문이었을 것이다. 정치적인 어둠을 뚫고 나온 한 줄기 '빛의 회복'이라는 뜻의 이 말은, 해방을 맞은 민족적 감격의 밀도가 얼마나 강렬했는가를 보여주는 비유적 표현이자, 앞으로의 역사가 밝고 긍정적으로 전개될 것이라는 믿음을 내포한 낭만적 표현이기도 하였다. 아무튼 해방은 우리 민족에게는 식민지 파시즘 체제의 종언을 뜻했고, 동시에 새로운 민족사의 전개에 대한 충일한 변혁 의지를 안겨주었다. 또한 해방은 이후 펼쳐지는 분단 체제의 첫 단추 역할을 담당하게 되는 비극의 진원지이기도 하였다.

우리가 잘 알듯이, 연합국의 힘에 의해 타율적으로 주어진 해방은 우리에게 자주적인 민족 국가의 건설이라는 범민족적 과제를 부여하였다. 그만큼 해방 직후의 모든 정치적·문화적 움직임은 자주적인 민족국가의 건설이라는 과제와 분단 극복을 통한 통일 국가의 완성이라는 과제를 중심으로 하여 진행되었다고 할 수 있다. 하지만 민족의 내적 역량이 채 정비되지 못한 데다 곧바로 외세가 깊이 개입하면서 우리는 엄청난 미증유의 혼란과 갈등을 겪게 된다. 이와 같은 시대적 성격은 문학에도 고스란히 반영되는데, 따라서 이 시기의 문학이나 문학 운동은 당대의 정치 현실과 깊은 내적 연관성을 가지면서 펼쳐지게 된다.

이때 우리 문학에 닥친 변화 중 우리가 가장 뜻깊게 기억해야 할 것은 바로 모국어의 회복이라고 할 수 있다. 그동안 모국어를 근원적으로 박탈당한 채 식민지시대를 살아온 문학적 주체들에게 자기 언어의 회복은, 새로운 정체성의 탐색과 정립에 필요한 결정적인 모티프와 에너지를 선사하게 된다. 특히 일제 말기에 일본어로 써야만 발표가 가능했던 상황에 비하면, 모국어를 되찾은 해방 직후의 문학적 조건은 더없이 강조되어야 한다. 또한 우리 문학은 해방을 맞아, 일제시대에 불가피하게 여러 모양으로 행해졌던 친일 행위에 대한 자기 반성을 필연적으로 요청받게 된다. 이는 당시에 매우 중요한 윤리적 과제로 제기되었는데, 그럼에도 불구하고 철저한 반성과 청산이 이루어지지 않고, 격화되는 이념 대립과 현실화된 분단 과정에서 점차 희석되어 버린다. 우리 문학의 일제 잔재 청산을 위해서는 아쉬운 일이 아닐 수 없다. 결국 '해방'은 이처럼 우리 역사의 물줄기를 정치적·언어적·윤리적 근원에서부터 바꾼 일대 전기를 마련했으면서도, 이후 분단 체제가 형성·완결되면서 미완의 가능성에서 역동적인 자기 전개를 멈추게 된다.

해방 직후에 씌어진 시는 이러한 환희와 좌절, 갈등과 화해, 저항과 순응, 반목과 평정, 반성과 변명의 서사를 고스란히 육체화하면서 다양한 무늬를 수놓게 된다. 식민지시대부터 활동했던 시인들은 물론, 이 시기에 등단하는 신인들까지 그 창작 주체의 폭은 매우 큰 것이었고, 그들에 의해 창작된 작품(집)의 너비는 이 시기가 매우 짧았음을 상기하면 엄청나게 넓고 화려한 것이었다.

또한 이 시기에는 식민지시대에 간행되지 못했던 이육사·이상화·윤동주·심훈 등 민족주의적 성향이 강한 시인들의 유고시집[1]이 잇따라 간행되면서, 민족시의 맥을 형성하는 미학적 토대를 닦기도 한다. 물론 이들은 해방이 되기 전에 유명을 달리하지만, 그들의 시적 권역이 한 권의 시집으로 모아져 일반에 공개되면서, 우리 시는 현실인식과 서정성의 통합이라는 우수한 시적 경지를 실물로 접하는 계기를 맞게 된다. 이들의 시집 간행은, 그들의 시로 하여금 후배 시인들에게 하나의 문학사적 전범 역할을 하게 하였으며, 그들의 시를 한국 시의 한 표본으로 자리잡게 하는 사

---

[1] 『육사시집』(1946), 『상화시집』(1946), 『하늘과 바람과 별과 시』(1948), 『그날이 오면』(1949) 등이다.

건이 된다. 또한 해방 직후는 여러 종의 사화집[2]이 출간되어 역동적인 시적 공간을 형성한 시기로 기록되기에 족하다. 문학적 차원에서의 좌우 통합의 기운을 여기서부터 알 수 있으나, 남한 단독정부가 수립되면서 이러한 각 진영이 망라된 사화집은 이후 거의 절연되다시피 하게 된다.

우리는 이 글을 통해, 우리가 분단되기 이전의 가장 가까운 전사前史인 '해방 직후'에 펼쳐진 시문학의 전개 양상을 살피려고 한다. 물론 '해방 직후'라는 시기의 하한선을 어디로 결정할지에 대해서는 시각의 차이가 없지 않다. 남한의 단독정부가 출범하는 1948년 8월로 잡는 시각과 한국전쟁이 일어나는 1950년 6월로 잡는 시각이 공존하고 있는 것이다. 이 글은 6·25가 일어나기까지 실질적인 변화보다는 '해방 직후'의 혼돈과 불확정성이 지속되고 있다고 보아, 한국전쟁까지로 '해방 직후'의 시기적 범주를 잡고자 한다. 아래에서는 '조선문학가동맹'으로 표상되는 진보적·현실적 지향의 시편들과 '청년문학가협회'로 대표되는 순수 서정의 전통적 시편들을 대비적으로 고찰함으로써, 이 시기에 펼쳐졌던 총체적이고 개괄적인 시적 조감도鳥瞰圖를 마련해보려고 한다.

---

2 『해방기념시집』(중앙문화협회, 1945), 『3·1기념시집』(조선문학가동맹 시부, 1946), 『햇불』(우리문학사, 1946), 『조선시집』(아문각, 1946) 등이다.

2. 민족 주체의식의 강조와 왜곡된 현실 비판
―'조선문학가동맹' 계열의 시인들

해방 직후에 가장 민첩하게 집단을 조직하고 역동적인 문학 운동을 펼친 이들은 '조선문학가동맹' 계열의 시인들이었다. 임화가 주도한 '조선문학건설본부'와 이기영·한설야 등이 주도한 '조선프롤레타리아문학동맹'의 통합으로 발족한 '조선문학가동맹'(1946.2)은 식민지시대의 카프가 적극적으로 펼쳤던 문학 운동적 관점을 일정 부분 계승하면서, 식민지시대의 모더니즘(구인회) 시인들이나 순수문학 계열의 시인들까지 망라한 거의 전문단적 조직이었다. 여기에 몸담은 시인들의 작품은 날카로운 정치의식을 발현하는 데 주안점을 두었으며, 경우에 따라서는 분단 극복 혹은 외세 극복의 투쟁의식을 고취하는 강력한 목적의식을 띠기도 했다.

먼저 식민지시대로부터 창작 활동을 해왔던 임화·이용악·오장환·김기림·권환·임학수·조벽암·조영출·조남령·여상현·배인철 등의 시가 주목을 끌었는데, 이들 중에서 임화나 이용악의 선전 선동시, 오장환·김기림 등 과거 모더니스트들의 새로운 시편들, 여상현·조벽암 등의 서정적 현실인식의 시편들은 단연 주목을 받기에 족했다.

해방 직후는 식민지시대를 살아온 우리 문인들에게 혹독한 내적 반성과 통일된 자주적 민족 국가 건설이라는 이중적 과제를 부여하였다. 임화는 이때 극단적 친일 문인을 배제한 문단의 좌우 통합에 매진하는 발빠른 운동가의 모습을 보이는데, 이른바 '봉황각 모임'(1945.12.31)이라고 불렸던 한 자리에서 그 같은 자기 반성의 필요성이 대두한다. 이때 임화가 주창한 겸허한 자기 반성의 모습은 「9월 12일」이라는 작품을 비롯해, 「길」

등에도 지속적으로 그 형상이 나타나게 된다. 그 안에 나타난 형상은 이른바 '살아남은 자의 부끄러움'이라고 해도 좋을 것이다. 따라서 이 작품들은, '해방'이라는 새로운 전기를 맞은 전환기적 지식인이 취해야 할 자기 성찰의 한 표본을 제시한 것이기도 하다.

　　그러나 그것도 잠시, 임화는 남로당의 정강 및 이념에 철저하게 복무하는 이론가로, 또 그것을 형상적으로 실천하는 시인으로 자신의 위상을 견고히 하게 되는데, 이 시기에 그가 집중적으로 창작한 이른바 '선전 선동시'들이 그의 남다른 활약을 알려주고 있다.

　　　　가난한 동포의

　　　　주머니를 노리는

　　　　외국 상관(商館)의

　　　　늙은 종들이

　　　　광목(廣木)과 통조림의

　　　　밀매를 의논하는

　　　　폐(廢) 왕궁의

　　　　상표를 위하여

　　　　우리의 머리 위에

　　　　국기(國旗)를 날릴

　　　　필요가 없다

　　　　동포여

　　　　일제히

　　　　깃발을 내리자

　　　　　　　　　　　　　　　　— 임화, 「깃발을 내리자」 부분(1946.5)

조선문학가동맹에서 개최한 전국문학자대회 장면(1946.2)

　임화는 9월 총파업을 다룬 「우리들의 전구戰區」, 10월 인민항쟁을 다룬 「높은 산봉우리마다」 등에서 '선전 선동'이라는 시의 현실적·정치적 효용 가치를 극단까지 밀어붙인다. 위 작품 역시 현실 비판에 이어 '새로운 깃발을 올리자'는 이면의 메시지가 담겨 있는 작품이다. 이를 일러 "임화의 선전 선동시가 가진 그 단순성, 짧은 호흡에 담겨 있는 엄청난 폭발력, 금속처럼 날카로운 그 전투성은 이 부문에 있어서는 그 뒤 아무도 그를 뛰어넘지 못했다고 해도 지나치지 않을 것"(신경림)이라고 그 양식적 의의를 인정하는 시각도 존재하는데, 이처럼 이 시기 그의 시는 한 행의 길이가 현저하게 짧아지면서 비장미의 회복이 두드러지고 있고, 시의 호흡은 강렬한 정치 지향성이 서정성을 압도하고 있다고 할 수 있다.

임화의 시에 나타나는 이러한 정치적 긴장감은 해방의 기쁨이 외세의 개입에 의해 철저하게 침탈 당하고 있다는 일정한 위기의식에서 비롯된다. "가난한 동포의 / 주머니를 노리는 / 외국 상관商館의 / 늙은 종들이 / 광목廣木과 통조림의 / 밀매를 의논하는 / 폐廢 왕궁의 / 상표"는 그가 파악한 외세의 우의적 형상이며, "살인의 자유와 / 약탈의 신성神聖이 / 주야로 방송되는 / 남부 조선 / 더러운 하늘"에는 그 같은 실상이 팽배해 있는 남한 사회에 대한 비판이 서려 있다. 이는 물론 당시 남로당의 반反외세 전략과 깊이 연관되는 것이며, 임화는 철저하게 당의 강령과 기율에 의한 시를 창작하여, 당시의 정치 현실에 깊이 자신을 연관시키고 있는 것이다.

한편 모더니스트이자 『시인부락』 동인이기도 했던 오장환의 변모는 매우 이례적이면서 주목할 만한 가치가 있다. 김기림·정지용·이태준과 함께 우리에게 보여준 그의 변화는, 당시의 문학 운동이 과거의 모더니즘이나 순수문학 계열까지 적극적으로 참여했던 전全 문단적인 스케일을 띠었던 것임을 암시하고 있다.

깽이 있다
깽은 고도한 자본주의 국가의 첨단을 가는 직업이다
성미 급한 이 땅의 젊은이는
그리하여 이런 것을 받아들였다
알콜에 물 탄 양주와
댄스로 정신이 없는
장안의 구석구석에
그들은 그들에게까지 이러한 사실을 알려주었다

아 여기와는 상관도 없이

또 장안의 한복판에서

이 땅이 해방에서 얻은 북쪽 38도의 어려운 주소(住所)와

숱한 "야미"꾼으로 완전히 막혀진 서울길을

비비어 뚫고 그들의 행복까지를 위하여

전국의 인민 대표들이 모였다는 사실을……

　　　　　　　　　　　　　　　—오장환, 「깽」 부분(1945.11)

　이 시는 해방 직후 당시의 부정적인 정치·경제적 정황에 대한 날카로운 제유적提喩的 형상을 담고 있다. 대자본가가 경영하는 기업과 테러 집단이 운영하는 '깽'의 폭력을 나란히 병치시키면서, 그 둘을 내적으로 연관시키는 방법을 취하고 있다. 여기서 시인은 "양주와 댄스"로 표상되는 자본주의 퇴폐 문화에 대해서도 비판적이지만, 그보다는 "번창해질 장사"이기도 한 '깽'을 "고도한 자본주의 국가의 첨단을 가는 직업"으로 인식하면서 당대의 폭력성에 대한 날카로운 인식을 보여주고 있다. 이처럼 오장환은 그의 시집 『병든 서울』(1946)과 『나 사는 곳』(1947)을 통해 '해방'이 찾아왔음에도 불구하고 여전히 암약중인 자본주의의 폭력성과, 민족적 합의에 의한 출구를 찾지 못하고 있는 암담한 민족적 상황에 대한 근원적 비판을 보여주고 있다. 이러한 정치 우위의 시적 발언은 이용악의 「기관구에서」와 같은 선전·선동시에서도 간취할 수 있고, 권환·박세영·박아지·조영출·조허림 같은 시인들의 작품에서도 찾아볼 수 있다.

　또한 이채로운 것은 여상현이나 김철수·조벽암 같은 시인들의 작품인데 이들의 시편은 서정성과 현실인식을 통합시키면서 창작되었다는 데 그 특성이 있다. 이들은 해방 직후의 부정적 현실과 식민지시대의 상황을 단

절이 아닌 연속으로 파악하면서, 민중적 정서에 의한 서정적 형상을 기저로 하여 당대에 대한 날카로운 우의적 형상을 결합시키는 작법을 줄곧 택하고 있는 것이다.

오 얼마나 목메어 찾던 해방이었던가
바둑돌과 절벽 밑을
크고 작은 들판과 어름짱 밑을 감돌아
영산강 줄기찬 물결을 모르랴마는
바다는 아직도 저 먼 곳에 있음인가
진정 눈앞엔 해방이 없다

가을 햇볕에 항쟁의 피도 엉키었고
왜적과 더불어 호화롭던 놈이
또한 호화로운 외출이 잦아도
담양 죽세공, 화순 탄광부, 나주 소반공
도적이 버리고 간 옛땅만 바라볼 뿐인 무수한 농민들

봄이 오면 제비 날으고
풀 뿌리 캐서 연명할 설움
열두 골 줄기 줄기 모여든
예나 다름없는 영산강 오백리 서러운 가람이여

—여상현, 「영산강」 부분(1947.9)

여상현의 시적 특성은 자기 주변의 일상사에서 보고 느낀 점을 시적 제재로 택하면서도 해방 직후라는 현실이 갖는 본질적인 모순들을 놓치지 않는 데 있다. 그 대표적인 성과가 이 작품이다. 모두 아홉 연으로 구성된 이 작품은 내용상으로 기승전결의 구조를 가진 일종의 '서술적 서정시'라고 할 수 있는데, 골짜기와 마을을 돌아 흐르는 영산강을 많은 사연과 곡절을 가지고 있는 민족사의 운명으로 은유하고 있다. 해방이 와 세상은 바뀌었어도 여전히 당당한 모습으로 살아가는 친일 세력과 도적이 버리고 간 자신들의 땅을 그저 냉연히 바라볼 수밖에 없는 농민들의 처절한 대비가 일종의 비극적 아이러니를 내보이며 잘 제시되고 있다.

시인으로서는 자기 자신이 살고 자란 지역을 흐르는 영산강의 유유한 흐름을 보면서 그 주변에 뿌리내리고 살고 있는 민중들의 삶과 의식을 보여주려 했을 것이다. 가난했지만 평화로운 영산강 주변에도 제국주의와 결탁한 부르주아들이 살고("제국주의 외적의 탯줄을 붙들어 / 지극히 영특한 '뿌르'의 웅거지雄據地 / 여기 전라도 부호가 사시고"), 또 일제의 수탈에 피폐해버린 농민들의 삶과 이역으로 떠나간 유이민들의 삶("소리 잘 한다는 전라도 사람 / 북간도며 대판大阪이며 지향없이 떠나갔던 이민들 / 소리도 없이 흐느꼈던 눈물에 섞여")이 어우러져 있으며, 또 해방이 되었으면서도 하나도 달라진 것 없는 민중들의 서글픈 삶이 있음이 유장하고 긴 호흡 속에 잘 담겨 있다. 여상현은 「보리씨를 뿌리며」 같은 작품에서도 늙은 농부의 탄식과 고백의 어조로, 광복이 실상 이 땅의 농민들에게는 아무런 의미를 지니지 못하는, 오히려 새로운 고난과 시련의 시작일 뿐이라는 역설적인 현실인식을 보여주었다.

그밖에 김광현·상민·김상훈·유진오·이병철·박산운·설정식 같은 이른바 '전위시인들' 또는 신진시인들의 위상 역시 매우 이채로운 것이었는데, 이들은 해방 후에 창작 활동을 시작하여 가장 전위적이고 투쟁적이며 동시에 서정적인 시를 써서 해방 직후의 시단을 뜨겁게 달군 이들이었다.[3] 유진오는

유진오

『창』(1948)을 펴냈으며, 상민은『옥문이 열리던 날』(1948),
설정식은『종』(1947),『포도』(1948),『제신諸神의 분노』(1948)
등을 펴냈다. 그 중 유진오(소설가 유진오와 다른 인물이다)는 가장
전위적이고 투쟁적인 시를 써서 '인민의 계관시인'이라는 칭
호를 얻기도 했다.

　서른여덟 해 전 나라와 같이
송두리째 팔리어 피눈물 어려
남의 땅을 헤매이다 맞아 죽은 동족들은
팔리던 날을 그리고
맞아죽던 오늘 구월 초하루를
목메어 가슴을 치며 잊지 못한다.

그러나 오늘날 또한
썩은 강냉이에 배탈이 나고
뿌우연 밀가루에 부풀어오르고도
삼천오백만 불의 빚을 짊어지고
생각만 하여도 이가 갈리는
무리들에게 짓밟혀
가난한 동족들이
여기 눈물과 함께 우리들 앞에 섰다.

3　그들과 함께 이설주 · 김용호 · 김동석 · 최석두 · 박문서 같은 이들도 조선문학가동맹의 외
　곽에서 민족 현실을 노래한 다수의 작품을 남겼다.

누구를 위한

벅차는 우리의 젊음이냐?

어느 놈이 우리의

분통을 터뜨리느냐?

우리의 젊은 힘은

피보다도 무서웁다.

머얼리 바다 건너 저쪽에서도

피 끓는 젊은이의

씩씩한 행진과 부르짖음이

가슴과 가슴들 속에 파도처럼 울려온다.

젊은이의 갈 길은 단 한 길이다.

가난한 동족이 우는 곳에

핏발이 서 날뛰는

외국 ×××들과

망령한 영감님들에게

저승길로 떠나는 노자를 주어

××으로 쫓아야 한다.

　　　　　—유진오, 「누구를 위한 벅차는 우리의 젊음이냐?」 부분(1946.9)

　　이 시는 해방 후 최초의 필화 사건을 겪은 작품이다. 이 작품을 1946년
9월 1일 국제청년대회에서 낭송한 후 유진오는 미군정 포고령 위반죄로
긴급 구속된다. 그만큼 이 작품은 당시의 미군정 및 지배 세력들에게 불편

하기 짝이 없는 내용을 담은 것이었고, 시가 현실 변혁을 위한 투쟁의 무기로서 얼마나 큰 위력을 발휘할 수 있는가를 여실히 보여준 것이었다. 이 작품처럼 정치적 행사에 낭독된 이른바 '행사시'는 독자(청중)와의 직접적 만남 속에서 정치적 영향력의 파급이라는 일정한 목적을 가지고 창작·유통·소비된다. 곧 전언 자체에 초점을 두고 있기 때문에 시는 사회적 역할에 충실하게 되고, 시적 언어는 수신자의 관점에 있기 때문에 능동적인 어떤 효과를 획득할 수 있다.

이 작품은 짧으면서도 격렬하고 긴박한 느낌을 주는 리듬과 자문자답식으로 이어지는 진술 방식, 일도양단一刀兩斷식으로 단순하고도 명쾌하게 구분된 아我와 적敵의 대립적인 구도, 적에 대한 강한 증오심과 동지에 대한 한없는 연대의식 등을 보이면서, 이러한 시의 사회적 역할에 충실한 작품이다. 나아가 당위적인 관념과 혁명적인 열정이 좀더 강렬하게 전달되도록 해주는 시적 장치를 택하고 있다. 작품을 이루는 대립항은 '젊음 / 옛날을 찾으려는 저승길이 가까운 영감님들', '남의 땅을 헤매이다 맞아 죽은 동족들 / 왜놈의 씨를 받아 소중히 기르던 무리들', '가난한 동족 / 핏발이 서 날뛰는 외국 ×××들과 망령한 영감님들' 등인데, 한결같이 '민족 / 외세(친일, 매판)'의 선명한 이분법으로 당대의 긴장과 대립의 구도를 짜고 있다. 해방 직후의 상황을 '민족 / 외세'의 이분법으로 바라보는 당시 남로당의 정강이 반영된 결과이다. 이후 유진오는 「창」이나 「한없는 노래」 등에서 이러한 민족 주체의식과 시적 주체의 서정성을 통합한 가편들을 써서, 해방 직후 전위시인 중 가장 독자적인 득의의 음역을 획득하게 된다. 그 외에도 김상훈·김광현·이병철·박산운은 유진오와 함께 『전위시인집』(1946)을 펴내어, 한 시대의 정치적 전위를 형성하기도 하였다.

이처럼 '조선문학가동맹'을 이념적 구심점으로 하여 활동했던 당시의 진보적 시인들은 해방의 기쁨보다는 미구에 찾아들 분단에 대한 불안한 예감, 외세의 지나친 개입에 대한 근원적 비판, 당시의 시대적 암로暗路를 개척하려는 진취적이고 혁명적인 의욕, 계급적 대립의 재생산에 대한 의식적 경계, 민족 주체의식의 강조 등을 주제로 하는 강도 높은 시편들을 써서 해방 직후를 가장 정치 지향적인 시기로 수놓고 있다. 누구보다도 분단을 반대했던 이들의 시에서 우리는 앞으로 씌어질 통일문학사의 전사前史로서의 해방 직후를 바라볼 문학사적 개연성을 얻게 되는 것이다.

3. 높은 예술적 성취와 자기 성숙의 목소리
—민족주의 혹은 전통적 서정주의 계열의 시인들

'조선문학가동맹'과는 일정한 거리를 둔 채, 미학적 대척점이랄 수 있는 민족 전통에 기반을 둔 서정시를 주로 쓴 우파 시인들의 목소리도 해방 직후에 역동적으로 펼쳐진다. 또한 식민지시대부터 창작 활동을 해왔던 중견 시인들의 창작집이 대거 갈무리된 것도 이 시기의 특징적 면모라고 할 수 있다.[4] 이들의 시는 우리 시의 예술성을 한 단계 끌어올리면서 자기 성숙에 결정적인 역할을 했다고 평가될 수 있는데, 특히 박목월·박두진·조지훈의 『청록집靑鹿集』(1946)과 서정주의 『귀촉도歸蜀途』(1948)는 우

---

4 『마음』(김광섭), 『영랑시선』(김영랑), 『슬픈 목가』(신석정), 『석초시집』(신석초), 『유년송』(장만영), 『피리』(윤곤강), 『창변』(노천명), 『해마다 피는 꽃』(김용호), 『생명의 서』(유치환), 『삼팔선』(김동명), 『기항지』(김광균) 등이다.

『청록집』 출판기념회. 뒷줄에 김동리와 조연현의 모습이 보인다. 목월 왼쪽은 최재서

리 시단의 백미로 손색이 없는 위상을 보여주었다.

우리에게 세칭 '청록파'로 기억되고 있는 세 시인이 펴낸 『청록집』은, '자연'을 근대시의 주요한 시적 대상으로 아름답게 재현해냈다. 그리고 우리말의 가락과 이미지를 높은 예술적 형상 속에서 구현함으로써 이 시대의 가장 화려한 사화집으로 등극되었다. 그 중에서 박목월은 자연을 신성의 단계까지 끌어올리는 상상적 시편을 주로 썼고, 박두진은 그 특유의 메시아니즘과 유토피아주의 그리고 자연의 구상성을 통한 이념의 육화를 보여주었고, 조지훈은 고전에 대한 감각과 자연에 대한 내밀한 서정을 통해 시의 격조를 보여주었다. 특히 박두진이 보여준 밝은 심상과 역동적 자연 형상은 해방 직후의 우리 민족이 나아갈 길을 그 특유의 가락과 심상으로 암시해준 수확이 아닐 수 없다.

해야, 고운 해야. 늬가 오면 늬가사 오면, 나는 나는 청산이 좋아라. 훨훨훨 깃을 치는 청산이 좋아라. 청산이 있으면 홀로래도 좋아라.

사슴을 따라, 사슴을 따라, 양지로 양지로 사슴을 따라 사슴을 만나면 사슴과 놀고,

칡범을 따라 칡범을 따라 칡범을 만나면 칡범과 놀고……

해야, 고운 해야. 해야 솟아라. 꿈이 아니래도 너를 만나면, 꽃도 새도 짐승도 한자리 앉아, 워어이 워어이 모두 불러 한자리 앉아 애띠고 고운 날을 누려 보리라.

　　　　　　　　　　　　　　　　　　　—박두진, 「해」 부분(1946.5)

박두진의 초기시가 자연 자체의 탐구에 공을 들였다면, 해방 직후의 시는 민족사적 현장에 내던지는 목소리로 그 무게중심을 옮긴다. 그의 현실 인식은 과학적·이념적·정치적인 것이 아니라 다분히 윤리적·지사적·종교적인 것인데, 이 점에서 '조선문학가동맹' 계열의 시인들과는 매우 원초적인 변별성을 띤다. 그의 시에는 이렇듯 자연과 인간, 그리고 신의 섭리가 중층적으로 내재해 있는데, 그 대표작이 아마도 이 작품일 것이다.

역사 속에서 8·15가 왔을 때, 그가 희구하는 메시아의 형상은 '해'로

소설가 박영준과 산에 오른 박두진

표상된다. 이 시는 한국 시사에서 유례 없는 밝고 희망적인 목소리가 담겨 있는데, 특히 마지막 연 "해야, 고운 해야. 해야 솟아라. 꿈이 아니래도 너를 만나면, 꽃도 새도 짐승도 한자리 앉아, 워어이 워어이 모두 불러 한자리 앉아 애띠고 고운 날을 누려보리라"는 다짐과 희망의 목소리는, 질곡의 역사를 이겨내면서 지상의 유토피아를 열망하는 시인의 초월과 갈망의 의식이 강하게 착색된 대목이다.

환희의 감정을 제어할 수 없어 그의 시에는 호격과 쉼표, 생략부호가 빈번히 등장하는데, 감정을 절제하지 않고 발산하는 그 특유의 유장한 산문시의 리듬은 풍요로운 자연의 이미지 및 독창적인 상징어들과 어울려 건강하고 활력에 넘치는 세계를 보여주는 데 기여한다. 이러한 그의 향일성向日性 충동은, 원래 '빛'이라는 것이 밝고 힘찬 생명력과 남성적 수직 상승의 상징으로 쓰이고 있음을 고려할 때, 현실 극복의 의지라고 생각할 수 있다. 마치 '물'이 부드럽고 여성적인 수직 하강의 이미지를 띠는 것에 비해 '빛'이나 '산'의 우뚝한 이미지는 박두진 시의 가장 이색적이고 강건하면서도 초월 지향적인 이미지를 구축하고 있는 것이다. 단연 해방 직후라는 시기에 대한 형상적 암유暗喩로서 일급의 위상에 놓이는 시편이 아닐 수 없다. 이와 함께 미당 서정주의 눈부신 시적 성취도 기억되어야 한다.

순이야. 영이야. 또 돌아간 남아.

굳이 잠긴 잿빛의 문을 열고 나와서
하늘가에 머무른 꽃봉오릴 보아라.

한없는 누에실의 올과 날로 짜 늘인
차일을 두른 듯 이늑한 하늘가에
뺨 비비며 열려 있는 꽃봉오릴 보아라.

순이야. 영이야. 또 돌아간 남아.

저,
가슴같이 따뜻한 삼월의 하늘가에
인제 바로 숨쉬는 꽃봉오릴 보아라.

— 서정주, 「밀어(密語)」 전문(1947.3)

이 시에는 해방이 가져다준 은밀한 행복감이 꿈틀대고 있다. 그래서 3
월은 "가슴같이 따뜻한 삼월"이며 제목조차 남몰래 행복을 속삭이는 "밀
어"이다. 이 시 속에 드러난 배경은 '삼월의 하늘가'이다. 그 삼월에 숨쉬
는 꽃봉오리들을 보고 생각나는 순이, 영이, 남이의 이름을 부르며 시는
시작된다. 그 이름들은 어떤 특정 인물들을 가리킨다기보다는 시인의 행
복감을 함께 나누고 싶은, 그러나 지금은 곁에 없는("돌아간") 대상들을 가
리킨다. "굳이 잠긴 잿빛 문을 열고 나와서"라는 구절은 죽음과 질곡의 겨
울을 견디고 피어나기 시작한 꽃봉오리들의 의미로부터 확대되어, 서두에
부른 여자아이들의 이름과 관련해서는 지난 식민지시대가 강요한 억압과
부자유의 삶으로부터의 해방을 상기시킨다.

이때 '해방'의 의미란 이 시에서 자연스럽게 모든 것을 볼 수 있는 눈의 회복과 직결되어 있다. "인제 바로 숨쉬는 꽃봉오리"는 그래서 지난날 편안히 숨쉬지 못했던 존재들을 상기시키고, 그 왜곡되고 빼앗긴 개인의 추억과 민족의 역사가 회복되는 순간, 그리운 이름들을 불러보게 하는 것이다. "돌아간 남아"에서 보듯, 그 이름들의 주인공은 이미 죽어버리고 지상에 속한 존재가 아닐 수 있다. 그래서 꽃봉오리들은 차일(장막)을 두른 듯, 하늘 가에 뺨 비비며 열려 있다. 그것은 지상에 속한 아름다움이면서 영원한 생명의 아름다움에 대한 갈망을 불러일으키는 존재들이다. 이 시는 해방의 기쁨이 낳은 아늑한 분위기 속에서 새삼 맛보는 생명의 아름다움을 노래하고 있다. 미당의 탈정치적 원형심상이 아름답게 채색되어 있는 것이다.

더불어 김영랑·김광균·유치환·김현승·신석정·김상옥·이호우 등 역시 우리 서정시의 미적 경지를 우뚝하게 올리는 가편佳篇들을 다수 쏟아냈다. 김영랑의 「북」, 김광균의 「은수저」, 유치환의 「생명의 서」, 김현승의 「창」, 그리고 김상옥과 이호우 등이 쓴 시조는 이러한 전환기적 서정을 높은 수준에서 담아냈다. 특히 신석정은 해방 후에도 적극적인 시작을 펼쳐 식민지시대의 '전원 시인'이라는 칭호를 벗고 좀더 현실에 육박하는 서정을 새롭게 선보인다.

태양을 의논하는 거룩한 이야기는
항상 태양을 등진 곳에서만 비롯하였다.

달빛이 흡사 비 오듯 쏟아지는 밤에도
우리는 헐어진 성터를 헤매이면서
언제 참으로 그 언제 우리 하늘에

동경 풍산중학 시절 유치환의 모습과 제2시집 『생명의 서』 표지

오롯한 태양을 모시겠느냐고
가슴을 쥐어뜯으며 이야기하며 이야기하며
가슴을 쥐어뜯지 않았느냐?

그러는 동안에 영영 잃어버린 벗도 있다.
그러는 동안에 멀리 떠나버린 벗도 있다.
그러는 동안에 몸을 팔아버린 벗도 있다.
그러는 동안에 맘을 팔아버린 벗도 있다.

그러는 동안에 드디어 서른 여섯 해가 지나갔다.

다시 우러러보는 이 하늘에
겨울밤 달이 아직도 차거니
오는 봄엔 분수처럼 쏟아지는 태양을 안고

그 어느 언덕 꽃덤불에 아늑히 안겨보리라.

— 신석정, 「꽃덤불」 전문(1946.6)

대부분의 민족주의 진영의 시편들이 해방의 감격에 취해 있던 데 반해, 이 시는 어둡고 고통스러웠던 과거를 되돌아보며 기쁨을 객관화하고 있으며, 특히 마지막 연에서는 해방 직후 현실의 불안과 시련마저 극복한 소망의 세계로서 "아늑한 꽃덤불"을 제시하고 있는 점이 이채롭다. 해방의 기쁨을 노래한 시들이 다수 그러하듯이 이 시에서도 암흑과 빛의 대조가 주된 이미지를 이룬다. 2연의 "헐어진 성터"는 잃어버린 조국, 국권 상실의 표상이다. "태양을 의논하는 거룩한 이야기"가 상징하는 독립에 대한 염원은 "항상 태양을 등진 곳", 곧 암담한 일제하의 현실 속에서 은밀히 진행되었다.

이 시에 두 번 등장하는 "달"의 이미지는 시대적 어려움을 비유한다. 2연의 "달"이 일제치하의 수난을 의미한다면, 마지막 연의 "겨울밤 달"의 이미지는 해방 직후의 사회 사정이 아직도 혼란스럽고 불안한 것이었음을 암시한다. 진정한 해방은 이 시련마저 극복된 뒤의 것으로서, "분수처럼 쏟아지는 태양"과 "꽃덤불"의 눈부신 이미지로 표현된 세계인 것이다. 신석정은 '자연'의 아름다운 시적 형상과 이러한 비판적 서정을 담은 시세계를 통합하여 『슬픈 목가』(1947)라는 시집으로 우리에게 보여주었다.

그리고 식민지시대에 『사슴』이라는 시집으로 유명했던 시인 백석이 남긴 「남신의주유동박시봉방南新義州柳洞朴時逢方」도 이 시기에 크게 주목을 받은 시편이다. 언젠가 한 평론가는 이 작품을 "페시미즘의 절창"(유종호)이라고 하였듯이, 이 작품에는 한 사람의 정직하고도 비극적인 편력과 그것을 다스리고 극복하려는 시적 진정성이 아름답게 펼쳐져 있다.

내 가슴이 꽉 메어 올 적이며,

내 눈에 뜨거운 것이 핑 괴일 적이며,

또 내 스스로 화끈 낯이 붉도록 부끄러울 적이며,

나는 내 슬픔과 어리석음에 눌리어 죽을 수밖에 없는 것을 느끼는 것이었다.

그러나 잠시 뒤에 나는 고개를 들어,

허연 문창을 바라보든가 또 눈을 떠서 높은 턴정을 쳐다보는 것인데,

이 때 나는 내 뜻이며 힘으로, 나를 이끌어 가는 것이 힘든 일인 것을 생각하고,

이것들보다 더 크고, 높은 것이 있어서, 나를 마음대로 굴려 가는 것을 생각

하는 것인데,

이렇게 하여 여러 날이 지나는 동안에,

내 어지러운 마음에는 슬픔이며, 한탄이며, 가라앉을 것은 차츰 앙금이 되어

가라앉고

외로운 생각만이 드는 때쯤 해서는,

더러 나줏손에 쌀랑쌀랑 싸락눈이 와서 문창을 치기도 하는 때도 있는데,

나는 이런 저녁에는 화로를 더욱 다가 끼며, 무릎을 꿀어보며,

아니 먼 산 뒷옆에 바우 섶에 따로 외로이 서서,

어두어 오는데 하이야니 눈을 맞을, 그 마을 잎새에는,

쌀랑쌀랑 소리도 나며 눈을 맞을,

그 드물다는 굳고 정한 갈매나무라는 나무를 생각하는 것이었다.

— 백석, 「남신의주유동박시봉방」 부분(1948.10)

　백석이 전에 썼던 것을 그의 친구인 소설가 허준이 간직했다가 『학풍』 1948년 10월호에 발표한 이 작품은 백석이 신의주에서 직업을 잃고 고통 스러워했던 개인적 경험과 내력이 반영된 시편이다. 이 시는 총 32행의 길

백석

고 유장한 가락을 가진 독백체의 작품이다. 이 시의 시작 부분은 앞부분에 긴 이야기가 생략되어 있는 듯한 갑작스런 자기 고백으로 이루어진다. 그것은 모든 혈육과 떨어져 사는 방랑과 궁핍의 삶이다. 이러한 상황이 "상실과 방랑→궁핍 속에 자리잡음→좌절과 실의 속에서의 비관→운명에 대한 인식→겸허하게 운명을 긍정하고 살아갈 다짐을 함"의 서사적 구조를 취하고 있다. 마지막 연에 나오는 "굳고 정한 갈매나무"는 시인이 궁극적으로 자기동일성을 부여한 소재인데, 거기서 우리는 비관주의적 체념이나 순응이라고만은 할 수 없는 시인의 삶에 대한 긍정적이고 단호한 결의를 읽을 수 있다. 이처럼 백석은 우리 시의 자기 성숙과 성찰적 목소리의 한 정점을 보여줌으로써, 그가 일급의 서정시인임을 또한번 드러내었다.

이처럼 조선문학가동맹과는 일정한 거리를 취하면서 문학의 순수성과 진정성에 초점을 맞추었던 다수의 시인들은, 정치의식을 시의 표면에서 최대한 걷어내고, 역사적 자아와 실존적 자아를 서정성 안에서 통합하는 시의 역할을 견지했다는 점에서 긍정적으로 평가받을 만하다. 이들은 해방의 기쁨과 그에 대한 민족사적 의미 부여, 높은 예술성에 의한 서정시의 권역 개척, 보편적인 인생론적 성찰, 자연이나 일상에 대한 시적 천착 등을 주제로 하는 시편들을 다수 쏟아내어 우리 현대시의 자기 성숙에 깊이 기여하였다. 그러나 일관된 반공 보수주의와 새로운 형식 실험에 주저한 점 등은 표면적 역동성에 비해 아쉬운 점이라고 해야 할 것이다.

4. 소결─통일문학사의 직접적 전사前史

지금까지 살핀 것처럼, 해방 직후의 시는 우리 민족에게 다가온 '빛의 회복[光復]'을 어떻게 새로운 민족사의 전망으로 연결시키면서 자주적인 통일 국가로 이어갈 것인가에 대한 고민과 그 실천의 반영으로 창작·유통·수용되었다. 그래서 이 시기의 시는 대부분 '정치' 혹은 '이념'이라는 자장과 긴밀한 연관성을 보이게 되는 것이다. 물론 민족주의 진영 혹은 순수 서정의 계열에서는 삶의 영원성이나 자연친화 혹은 인생론적 성찰을 담은 우수한 서정시편들을 창작하면서 분단 이후 남한의 주류 미학의 단초를 쌓아가게 된다.

결국 해방 직후의 시기는 새롭게 열린 민족사적 가능성과 도전이 외세의 개입과 민족 구성원들의 분열로 말미암아 좌절된 시기로 기록될 것이다. 이러한 열망과 좌절의 서사가 이 시기에 씌어진 개개 시편 속에 농밀하게 살아 있다. 그러나 시가 현실을 직접적으로 담아내는 투명한 피사체일 수는 없다. 따라서 그 안에는 근대적 주체로서의 시인의 세계관이나 방법이 다양한 색채로 담겨 있고, 역동적이고 개성적인 목소리들이 혼재되어 있다고 할 수 있다. 그래서 그동안 해방 직후의 시를 일종의 단성적單聲的 성격으로 폄하했던 시각들은 수정되어야 한다.

우리가 잘 알듯이, 서정시는 외적 사건의 시간적 계기보다는 주체의 순간적 체험에 의하여 형성되는 미적 형상에 의해 집중적으로 표현된다. 그러나 서정적 주체의 의식은 가장 개인화된 이야기를 배음背音으로 하면서도, 동시에 보편적 정서를 내면화한다. 카이저W. Kayser는 배역시配役詩와 심혼시心魂詩를 구분하면서, 앞의 것을 어느 특정한 인물의 목소리로, 뒤의 것을 개인적 삶의 외화로 보았지만, 사실 정치적 격동기에는 이러한 구분이 한 편 한 편의 작품 속에서는 의미가 없게 된다. 그 가장 대표적인 실례가 아마 해방 직후에 씌어진 정치 지향적 시편들일 것이다. 그들에게는 도덕적 자아와 시적 자아의 구별 자체가 의미가 없었기 때문이다. 그들은 자신이 추구하는 이상을 실현하려고 하는 행위 그 자체 속에 자신의 존재 근거를 두고, 그 속에서 무너져가는 세계와 자기 자신을 간신히 지탱했다고 보아야 옳다.

그러나 해방 직후 진보적 시인들에 의해 창작된 시편들은, 서정적 순간성 속에서 서사적인 맥락을 내재화시켰던 1930년대 후반의 시들, 이를테면 백석·오장환·이용악 등의 시에서 퇴행한 측면이 분명하게 지적되어야 할 것이다. 그것은 서정적 주체의 체험적 진실과 한 시대의 역학이 시적 형상 속에 잘 결합되어 나타났던 것에서 주체의 의지가 전면화된다는 점에서, 시적 구체성이 현저하게 약화되었다고 비판받을 수 있다.

그리고 민족주의 진영 혹은 전통적 서정시인들의 몫은 또 다른 측면에서 문학사적 음역을 부여받아야 할 것이다. 그들의 시는 우리의 시가 명실상부한 현대시로 발전하는 데 귀중한 자기 성숙을 기했다고 할 수 있다. 다만 분단으로 빠져드는 민족의 역사에 순응하여 미학적 자족이나 보수적 이데올로기를 남한에 착근시키는 원류源流를 이들이 형성한 점은 따로 비판받아야 한다.

결국 '해방 직후'라는 미증유의 혼란과 활력의 시기는, 비록 그것이 제2차 세계대전의 종전으로 말미암은 새로운 세계 질서의 재편 과정에서 생겨난 타율적 산물이라고는 할지라도, 우리 민족에게 자주적이고 민주적인 통일 국가의 가능성을 최대한 열어주었던 변혁의 시기였다. 그에 따라 시에서도 일정하게 정치 우위의 성격이 노정되었지만, 우리 시는 모국어의 회복을 통한 진정한 민족문학의 건설과 민족의 밝은 미래를 위해 깊이 있게 고민하고 실천하였다.

그래서 우리가 멀지 않은 장래에 이른바 '통일문학사'를 서술하게 된다면, '해방 직후'는 우리가 분단되기 전의 가장 직접적인 전사前史로 매우 커다란 가치를 지니게 될 것이다. 왜냐하면 이 시기의 문학적 주체들이 반대했던 분단과 열망했던 통일된 자주적인 민족 국가의 위상이 사실상 통일문학사가 지향하는 이념과 부합할 수밖에 없기 때문이다. 그 점에서 '해방 직후'는 종료되지 않은, 미완의 현재형이다.

(유성호, 한양대 교수)

한국 전후
시의 형성과
전개

1. 1950년대의 시대적 상황과 문학적 상황

1950년대는 한국 근대사의 중요한 역사적 사건인 한국전쟁과 함께 시작되었고, 4·19혁명으로 끝을 맺었다. 한국전쟁은 그때까지 한국사회 내부의 계급모순, 더 나아가 근대적 국가 형성의 모델을 둘러싼 좌우익 정치진영 간의 대립이, 세계적 규모의 냉전체제에 영향을 받아 무력적인 방식으로 표출된 것이다. 이 사건을 통해 한국사회는 계층구조, 가치관, 전통과 관습이 뿌리째 뒤흔들리는 경험을 했으며, 그 결과 남북한에는 각각 자본주의와 공산주의, 자유주의와 사회주의라는 상이한 정치 및 경제체제가 수립되었다.[1]

한편 4·19혁명은 전후 남한사회의 정치적·경제적 모순, 특히 이승만을 중심으로 한 가부장제적 독재권력의 억압체제에 대해 학생과 시민들이 저항을 하고, 승리를 맛본 중대한 사건이었다. 물론 이 승리는 일시적인 것에 그쳤고 군사쿠데타에 의해 새로운 독재 권력이 등장하게 되었지만, 그렇다고 해서 4·19혁명의 역사적 가치가 무시될 수는 없다. 4·19를 기점으로 한국사회는 정부 주도의 경제적 근대화, 군부권력과 민주진영 간의 정치적 대립이라는 새로운 역사적 상황을 맞이하게 된다.

1950년대의 처음과 끝에 자리한 한국전쟁과 4·19라는 역사적 사건은 현대문학의 전개 과정에 있어서도 중요한 문학사적 사건을 파생시켰다. 소위 전쟁(및 전후) 문학과 4·19세대의 문학이 그것이다. 이 전쟁문학과 4·19문학의 긴 자리에 전후문학이 놓여 있는 형국인데, 이러한 어정쩡한 자리에 놓여 있는 전후문학이 우리 문학에서 주목을 받아야 하는 이유는 그것이 한국 근대문학사의 전환기에 해당하기 때문일 것이다. 우선 그동안 지속되어 왔던 좌우익 문학 진영의 대립과 반목이 한국 전쟁을 통해서 극단적으로 표출되었고, 이후 남북한 문학이 서로 상이한 논리 위에서 상이한 길을 걸어오게 되었다는 점은 주목할 만하다. 북한문학의 경우 소위 조국해방전쟁을 위한 문학의 동원이 있었고, 이와 함께 남한문학의 경우에도 한국전쟁의 참상을 고발하고 공산주의의 허구성을 폭로하는 전쟁문학이 등장하게 되었다. 이러한 대립은 이후 정치적 측면에 있어서 분단 체제의 고착화 및 이념의 폐쇄화와 맞물리면서, 남북한 문학이 언어의식·

---

1   한국전쟁은 남한사회에서 전통적 대지주의 급격한 소멸, 유교적 반상의식의 해체, 광범위한 인구 이동과 상이한 체제에 대한 경험을 가능케 하였다. 이러한 경험은 전통사회의 골격을 해체하고, 보다 근대화된 사회체제로의 이행을 가능하게 한 요인으로 볼 수도 있다. 한국전쟁의 역사적 의미에 대해서는 오유식, 「1950년대의 정치사」, 강만길 외, 『한국사 17−분단구조의 정착 1』, 한길사, 1994, 405쪽 참조.

정치의식 · 미의식에 있어서 서로 상이한 발전과 진화 과정을 밟는 결정적 계기로 작용하게 되었다.

북한의 경우, 전후문학은 주로 전후 복구와 사회주의 건설이라는 정치적 과제의 실천에 주안점을 두고 있었다.[2] 작가들은 일사불란하게 당의 요구에 맞추어, 전후 복구와 사회주의 경제 건설을 위한 천리마 운동을 독려하거나 미美 제국주의를 고발하고 김일성의 항일운동을 찬양하는 작품을 창작하는 데 주력하게 된다. 한국전쟁의 경험이 북한사회를 이념과 정치 · 예술의 모든 측면에서 '당' 중심의 단일 음성으로 결집시켜 나가는 계기가 되었던 것이다.

이에 비해 남한의 경우, 전후문학은 주로 전쟁이 초래한 불안과 공포, 즉 개인의 정신적 · 실존적 위기를 그려내는 데 주안점을 두고 있었다. 이어령으로 대표되는 전후 신세대 문학인들이 유독 세대론을 내세우면서, 당대의 현실을 황무지에 비유하거나 '화전민火田民의식'을 제창한 것도 이와 밀접한 관련이 있다. 전쟁으로 인해 기존의 모든 전통이 소멸하거나 부재하게 된 현실을 목도한 전후 신세대 문인들이 가장 목마르게 기다린 것은 아마 삶을 바라볼 수 있는 새로운 가치의 척도였을 것이다. 하지만 사회 전체를 통어할 수 있는 이데올로기가 부재하게 된 현실에서, 전후 신세대 문인들의 목소리는 구심점을 찾지 못한 채 고립되고 분산될 수밖에 없었다.

남한의 전후문학을 지배하고 암울하였던 억압적인 분위기, 실존적인 고뇌 등을 청산하기 위해서는 새로운 경험과 감각으로 무장된 세대의 출현을 필요로 했다. 4 · 19세대는 이러한 문학사적 요구에 부응하면서 출현하

---

2 이에 대해서는 남기혁, 「북한 전후시의 전통과 모더니티 연구」, 『한국현대문학연구』 11, 한국현대문학회, 2002 참조.

게 된 것이다. 아니, 4·19세대를 포함하여 구세대의 문인들까지 새로운 역사적 경험에 목말라 있었고, 이것이 4·19문학을 낳게 한 동력이 되었다고 보는 것이 더 정확할 것이다.

한국전쟁과 4·19라는 두 가지 혁명적 사건 사이에 놓여 있는 1950년대 문학을 이해하는 데 있어서 키워드가 되는 것은 당연히 '전쟁(체험)'이다. 여기서 작가가 직접 군인의 신분으로 전투에 참여하였는가의 여부는 문제되지 않는다. 전방이든 후방이든 간에, 혹은 군인이든 민간인이든 간에 전쟁은 모든 민족 구성원의 운명을 결정짓는 사건이었기 때문이다. 이것은 한국전쟁이 보기 드문 이데올로기 전쟁이었다는 사실과 밀접한 관련이 있다. 한국전쟁기에 이루어진 광범위한 살육과 파괴는 남북 상호 간의 극단적인 적대감에서 기인한 것이다. 전방과 후방의 구분이 사라지고, 인간이 있는 곳이면 어느 곳이나 전쟁터가 되고 마는 전면전의 성격이 강했던 것이다.[3]

혁명의 경우에도 그렇지만, 전쟁은 일상적인 삶의 질서와 시간의식, 생활감각을 뿌리째 뒤흔드는 사건이다. 전쟁과 혁명은 '나'의 생각과 의지를 무시하고, '나'의 내면에 폭력적으로 진입하여, '나'의 표현을 결정해버린다. 물론 전쟁과 혁명에 대한 반응은 '나'의 경험이나 사고에 따라 다소 편차를 보일 수 있지만, '나'라는 주관적 요인보다 역사라는 객관적 요인이 우세해지는 상황은 피할 수 없게 된다. 한국전쟁이 발발한 직후, 남한의 상당수 시인들이 개인적 서정시 창작을 일시적으로 포기한 것도 이 때문일 것이다. 수많은 시인·문인들이 종군작가단의 일원으로 전쟁에 참여하여, 전장戰場의 현실을 노래하는 작품을 쓰거나, 서정주의 경우처럼 전쟁

---

3 박명림, 「한국전쟁의 영향과 의미」, 강만길 외, 앞의 책, 393쪽 참조.

의 충격 때문에 실어증적 증세를 보이면서 제대로 된 시를 쓰지 못하는 상황도 벌어지게 된다.

이러한 시대 상황 속에서 전후의 많은 문인들은 실존주의 사조에 깊이 빠져들게 된다. 사르트르나 카뮈 등 전후 프랑스의 실존주의 철학과 문학이 일종의 유행처럼 당대의 문학청년들의 정신세계를 휩쓸게 된 것이다. 그들이 이해한 실존주의가 얼마나 피상적인 것이었는가 하는 점은 잘 알려져 있다. 하지만 중요한 점은 전후의 문인들이 한국전쟁과 그에 이어지는 전후적 현실을 한계 상황으로 이해했으며, 여기서 기인하는 실존의 위기를 극복하기 위해 몸부림쳤다는 사실이다. 그들은 전쟁을 통해 '도처에 널려 있는 죽음'을 경험하게 되었고, 그 죽음이 '나의 죽음'이 될 수 있다는 사실에 전율하였다. 따라서 죽음에 대한 공포와 불안을 어떻게 극복할 것인가 하는 점이 전후문학의 중요한 테마가 되고 있는 형국이다.

한편 한국전쟁의 경험을 통해 1950년대의 한국 문학은 근대성近代性에 대한 전면적인 재검토와 반성을 할 수 있었던 점은 주목할 만하다. 근대성의 문제와 관련하여 한국전쟁은 이중적 의미를 지니고 있다. 우선 한국전쟁은 한국사회에서 전근대적 요소들, 즉 계급관계·문화·가치와 규범 등에 있어서 전통이 차지하고 있는 주도적 지위를 빼앗아갔다. 이제 반공이데올로기로 무장한 국가권력의 근대화 프로젝트가 남한사회가 지향해야 할 유일한 지표가 되었으며, 이것이 남한사회의 정치와 경제, 문화와 예술의 근본 방향이 된 것이다. 이러한 근대화 프로젝트가 반민주적·외세 의존적 성격을 띠면서 숱한 문제점들을 파생시켰지만, 전통과 모더니티의 대립이 모더니티의 승리로 귀결되었다는 것은 부정할 수 없는 사실이 되고 말았다.

하지만 한국전쟁은 근대성에 대한 부정적 인식이 확산되는 계기가 되기도 하였다. 자립적 통일 민족국가의 수립이라는 근대화의 과제는 한국전쟁을 통해 전면적 위기에 봉착하게 되었으며, 과학문명과 근대주의적 이데올로기가 인간의 삶을 대大 재난의 위기 속으로 몰아넣을 수 있다는 것을 전민족적 차원에서 경험했기 때문이다. 생활세계의 세밀한 차원에 이르기까지 한국전쟁은 전 민족이 동시적 시간 속에서 근대의 부정적 측면을 경험하게 된 계기가 되었던 셈이다. 전후문학이 근대 과학문명에 대한 불신, 이데올로기 전쟁에 대한 혐오를 문학적 테마로 내세우고 있는 이유도 여기에 있다. 이러한 인식들은 탈근대脫近代의식, 혹은 반근대反近代의식과 연결된다.

2. 전후 시단의 재편과 새로운 발표 매체의 등장

1950년대의 시사는 전쟁시의 등장과 함께 시작된다. 전쟁이 발발한 직후, 조지훈・박목월・박두진・김윤성・이한직・박인환・구상 등 많은 시인들이 종군작가단의 일원으로 전선을 둘러보았으며, 『전선문학』이라는 문예지도 간행하였다. 유치환의 『보병과 더불어』(1951), 이영순의 『연희고지』(1951), 조지훈의 「다부원에서」, 구상의 연작시 「초토의 시」 등이 대표적인 전쟁시에 해당된다. 이 전쟁시들은 휴머니즘의 관점에서 전쟁의 참상을 고발하거나, 전쟁을 일으킨 공산진영에 대한 적개심을 고취하는 것이 주종을 이루었다. 이러한 전쟁시들은 기본적으로 반전시反戰詩적 성격보다는 기록문학적 성격을 지니고 있지만, 전쟁을 바라보는 관점은 특

서울 시내에 진격, 시가행진을 벌이는 북한군.

정한 이념에 편중되는 경향을 보인다. 또한 직접 전투에 참여한 경험을 다룬 시가 적기 때문에 전쟁의 현실을 피상적으로 다루어 핍진성이 떨어지는 것도 사실이다.[4] 따라서 1950년대 시의 본격적인 전개는 전후적 상황을 문제삼고 이를 극복하기 위해 다양한 시적 실천을 모색하는 1950년대 중반 이후에 이루어진다고 보는 것이 좋을 것이다. 그것은 대체로 전후 전통주의 시와 모더니즘 시의 대립 구도가 정립되는 시기와 일치한다.

한국전쟁은 시단의 재편성을 가져왔다. 이미 1948년의 단독정부 수립을 전후로 하여 광범위한 시단의 재편성이 있었던 것은 사실이지만, 이는 주로 좌익 계열 시인들의 월북에 기인한 것이었다. 즉 이념의 선택 — 이

---

4 전쟁시에 대한 연구는 오세영, 「6·25와 한국전쟁시」, 『한국 근대문학론과 근대시』, 민음사, 1996 참조.

와 함께 일제 잔재의 청산—과 관련된 시단의 재편성이었던 것이다. 반면에 한국전쟁을 통해 이루어진 시단의 재편성[5]은 다음 몇 가지 특징을 지닌다.

첫째, 남북한 간에 이루어진 대규모의 인구 이동을 통해 남한의 시단이 재편성되었다. 김기림·정지용과 같은 시인들이 대거 납북 또는 월북을 통해 남한의 시단을 떠나 금기의 영역으로 들어갔으며, 이와 반대로 함윤수·박남수·양명문·구상 등의 시인들이 월남하여 남한 시단의 주요 시인으로 등장하게 되었다.

둘째, 시단의 세대교체가 광범위하게 전개되었다. 물론 서정주·박목월·조지훈·박두진·신석정·김현승 등 구세대 시인들이 여전히 전후 시단의 한 축을 형성한 채 막강한 영향력을 행사한 것은 사실이다. 하지만 이들은 전후적 문제의식으로부터 한 걸음 비껴 서있거나, 심한 경우에는 자신의 문학적 정체성에 혼란을 겪으면서 동요하고 있었다. 예를 들어 조지훈은 「다부원에서」와 같은 전쟁시를 쓴 이후 점차 서정시의 역사 참여를 시도하였고, 박두진은 기독교적 윤리관에 비추어 독재권력에 항거하였고, 박목월은 생활세계로 시선을 돌렸다. 이런 노력들이 전후적 상황에 대해 의미 있는 반응이었냐 하는 것은 세밀한 검토가 필요한 일이다. 하지만 이들의 시가 현실에 대한 긴장력을 상실한 것은 분명한 사실이며, 전후세대에게 미치는 영향력 역시 크게 줄어들었다. 다만 서정주 정도가 전후 전통주의의 형성에 영향을 행사했던 것이 주목되는 정도이다.

셋째, 세대교체와 더불어 시단이 전통주의와 모더니즘의 대립구도로 정착되었다. 이러한 대립은 주로 구세대의 전통주의 시에 대한 전후 모더

---

5 전후 시단의 재편성 과정에서, 제 경향별로 시인들을 분류한 자료로는 김춘수, 「전후 15년의 한국시」, 『한국전후문제시집』(신구문화사, 1961)을 참조할 수 있다.

시인 천상병과 구상, 스님 중광

니스트들의 비판에서 촉발된 것이다. 우선 전통주의 진영에서는 청록파와 서정주의 시를 계승하고 있는 박재삼·이동주·김관식·박용래·이원섭·이형기·구자운 등 새로운 전통주의 시인들의 등장이 주목된다. 이들 이외에도 전통주의의 범주로 함께 묶을 수는 없지만, 서정시의 전통을 이어나간 천상병·박성룡·박희진 등의 등장도 간과될 수 없다.

　모더니즘 계열에서도 전후 신세대에 의한 세대교체가 이루어졌다. 박인환·김경린·김규동·이봉래·조향 등의 후반기後半紀 동인[6]들에 의해 주도된 전후 모더니즘 운동은 전후 시단의 세대교체를 가장 확실하게 보여준다. 물론 이들은 이미『새로운 도시와 시민들의 합창』(1949)을 통해 문학활동을 시작하였지만 전쟁 상황을 거치는 동안『주간국제』의 지면을 빌

6　후반기 동인들에 대한 연구는 한계전, 「전후시의 모더니즘 특성과 그 가능성」, 『시와 시학』 1·2, 1991 참조.

1990년 서울에서 개최된 세계시인대회에 참석한 미국의 알렌 긴즈버그와 일본의 시라이시 가즈코와 함께 한 김광림 시인

어 구세대 시인들에 대항하면서 적극적으로 자기 세대의 목소리를 내세우기 시작한다. 한편 후반기 동인 이외에도 송욱·민재식·신동문·전봉건·김광림·김종삼·고원·장호·김구용·김종문·박태진 등 새로운 모더니스트들이 등장하여 전후적 현실에 대한 문명사적인 비판을 시도하였다. 이와 함께 초기의 낭만주의적 시창작에서 벗어나 차츰 실존주의적 관념 체계를 수용하면서 언어의 실험을 극단화하게 된 김춘수도 넓게 보아 전후 모더니즘 시인의 범주에 넣을 수 있다. 이들 모더니스트들은 한편으로는 1930년대의 김기림 류의 모더니즘을 공격하면서 전후 모더니즘의 차별성을 주장하였으며 다른 한편으로는 서정주나 청록파 류의 순수 서정주의抒情主義, 혹은 전통주의 시를 전후적 현실로부터 도피하는 '음풍농월의 시'라고 비판하면서 자신들의 시만이 문명사적인 고민을 담고 있다고 강변하였다.

한편 1950년대 시단의 발표기관에는 『문예』·『주간국제』·『사상계』(1953)·『문학예술』(1954)·『현대문학』(1955)·『자유문학』(1956) 등이 있었다. 우선 『문예』는 전쟁으로 인해 발간이 중지되었다가 1950년 12월에 임시판 형식으로 제1집을 간행하였으나 시단의 중요 발표 기관으로 자리잡기에는 역부족이었다. 그 빈자리를 메운 것이 『주간국제』인데, 이 기관지는 주로 후반기 동인들의 활동 무대가 되었다. 1950년대 중반까지 변변한 발표기관이 없이 주로 동인 활동을 중심으로 전개되던 시단은 1955년 1월 『현대문학』이 월간 순문예지로 간행되면서 새로운 전기를 맞이하게 된다.

『현대문학』은 특히 신인추천제를 채택하여 기성시인뿐만 아니라 전후 신세대 시인들에게 중요한 활동의 장을 제공하였다. 이와 함께 1956년 7월에 창간된『자유문학』을 위시하여 비록 전문 문예지는 아니지만 종합지 성격을 띤 잡지들, 예를 들어『사상계』·『사조』·『신태양』·『자유공론』등이 앞을 다투어 시를 게재하였고, 이외에도 대부분의 신문들이 신춘문예를 통해 신인의 발굴에 열을 올리면서 매체의 다변화가 이루어지고 시 발표 지면이 확대되기 시작하였다.

3. 전통주의적 경향의 시와 시인들

전후 전통주의 시인들은 서정주의 시론을 통해 많은 영향을 받았다. 특히 그의 '신라정신론'이 전후 전통주의 시와 시론에 미친 영향은 거의 절대적인 것이다. 서정주가 말한 신라정신은 우리 민족의 고대적 종교, 더 나아가 인간관·우주관을 가리킨다. 특히 그는 신라정신을, '현실'과 대립된 '영원'의 문제와 관련지어 설명하고 있다. 즉 신라인들이 지니고 있던 영원주의가 송학(주자학) 이래 생겨난 이성주의 내지는 현실주의적 역사관에 의해 축출된 이후, '당대의 현실'을 표준으로 삼아 인간의 인격이 성립되었고, 이 때문에 모든 자연물 간에 그리고 자연과 인간 간에 유기적 연관관계가 상실되고 말았다는 것이다. 하지만 서정주는 이 영원주의가 기층민중의 생활 속에서 연면히 계승되어 오늘날에까지 이어지고 있으며, 전후의 이성중심적·인간중심적 문명을 극복하기 위해서는 "신라의 풍류도는 아직도 크게 필요한"[7] 것이라고 보았다. 즉 신라정신을 전후의 상황을 극복할 수 있는 정신적 대안으로 삼고 있는 것이다.

신라정신론으로 무장한 서정주의 전후시는 전후 전통주의 시 창작의 전범이었다. 물론 서정주가 『화사집』에서 펼쳐 보였던 근대 지향적인 모럴의식과 미의식에서 벗어나 전통주의 시인으로 전회轉回한 것은 해방 직후에 발표된 『귀촉도』(1946)에서의 일이다. 하지만 전통주의를 이념의 차원으로 승화시켜 자기 확신에 가득 찬 목소리로 시 창작을 감행한 것은 『서정주시선』(1955)과 『신라초』(1960)에 이르는 시기의 일이었다. 서정주의 전통주의적 시 창작은 1960년대 이후에 간행된 『동천』(1968)과 『질마재 신화』(1975)에 이르기까지 심화 발전되면서 한국 현대시의 중요한 흐름을 형성하게 된다. 그리고 그의 영향 아래 김관식·박재삼·구자운·이동주·박용래 등 많은 젊은 시인들이 모여들어 전통주의적, 순수서정시적 시 창작이 우리 시의 주류로 자리잡을 수 있었다.

한국전쟁 직후에 서정주가 전통주의적 시 창작을 내세운 것은 자신이 느낀 시대적 위기의식, 특히 시인의 개인적 실존의 위기를 극복하기 위한 것으로 볼 수 있다. 가령 「풀리는 漢江가에서」에서 발견되는 전쟁에 대한 공포와 죄의식, 혹은 「내리는 눈발 속에서는」에서 "괜, 찬, 타, ……"와 같이 단음절로 해체된 진술에 나타나는 죽음의 공포와 불안은 전쟁이 한 시인의 실존에 미친 위기를 역설적으로 보여준다. 이러한 위기를 극복하기 위해 서정주는 경험적 시간이나 동시대적 현실로부터 완전히 단절된 절대적 과거의 세계, 혹은 동양적 무위자연의 세계를 탐색하게 된다. 그에게 있어서 '전통'은 절대적 과거의 시간이자, 인간과 자연이 완벽한 교감을

---

7 서정주, 「신라문화의 근본정신」, 『서정주문학전집』 2, 일지사, 1972, 303쪽.

확보하고 있는 초월적 세계를 가리킨다. 그는 전통을 통해 개인의 실존적 위기를 극복하였고, 또 그것이 근대적 이성이 초래한 문명의 위기를 극복하는 방법론이 된다고 믿었다.

예를 들어 시 「학鶴」에서 시인은 "千年을 보던 눈이 / 千年을 파닥거리던 날개"가 "천애天涯에 맞부딪"쳐 생겨난 "분노"와 "서름"을 이겨내려면, "누이의 수틀을 보듯" 세상을 보아야 한다고 다짐하고 있다. 여기서 "천년을 보던 눈"이란 '절대적 과거'the absolute past 혹은 기원의 시간에 대한 갈망을 상징한다. 영원성에 대한 동경은 '눈발'로 상징되는 시대적 고통을 극복하는 밑바탕이 된다. 하지만 그러한 영원성의 세계로 나아가려면 시인은 '수틀'을 통해서만 현실을 보아야 한다. 수틀을 통해서 볼 수 있는 세계는 실제의 경험적 현실세계일 수 없다. 수틀을 통해서 볼 때, 경험세계는 아름다운 세계로 미화되어 보일 것이기 때문이다. 경험적 현실의 소멸을 통해 이루어지는 현실의 신비화는 전후 서정주 시의 현실의식이 지닌 결정적 한계로 지적될 수 있다.

한편 전후 서정주의 시세계가 펼쳐 보인 설화의 세계, 즉 '신라정신'은 '수틀'로 세상을 보는 구체적인 방법론이 된다. 『서정주시선』과 『신라초』에서 서정주는 춘향·사소부인(박혁거세의 어머니)·선덕여왕 등의 여러 설화적 주인공을 등장시켜 한편으로는 동시대의 현실과 결연히 결별하고, 다른 한편으로는 분열된 내면의식을 극복하려 했다.

짐(朕)의 무덤은 푸른 영(嶺) 위의 욕계(欲界) 제이천(第二天).

피 예 있으니, 피 예 있으니, 어쩔 수 없이

구름 엉기고, 비터잡는 데 ― 그런 하늘 속.

피 예 있으니, 피 예 있으니,

너무들 인색치 말고

있는 사람은 병약자한테 시량(柴糧)도 더러 노느고

홀어미 홀아비들도 더러 찾아 위로코,

첨성대 위엔 첨성대 위엔 그중 실한 사내를 뇌라.

살[肉體]의 일로써 살의 일로써 미친 사내에게는

살 닿는 것 그중 빛나는 황금 팔찌를 그 가슴 위에,

그래도 그 어지러운 불이 다 스러지지 않거든

다스리는 노래는 바다 넘어서 하늘 끝까지.

— 서정주, 「善德女王의 말씀」 부분

　　이러한 설화적 상상력은 전후 전통주의 시에서 일반적으로 발견되고
있다. 그런데 서정주의 시에서 설화적 세계에 대한 지나친 집착은 탈역사
주의로 귀결되고 있는 것이 사실이다. 물론 그것이 시인 개인의 정신분열
증을 치유하고, 시인이 처한 경험세계에 질서를 부여할 수 있는 시적 방법
인 것은 분명하다. 그는 서정시에 설화적 모티프를 수용함으로써 설화가
담고 있는 우주적 질서와 삶의 지혜를 함께 받아들일 수 있었고, 시적 주
체가 설화적 주인공과의 동일시를 통해 자아 정체감을 회복할 수 있었기
때문이다. 그러나 설화적 세계란 시인이 속한 경험적 현실을 완전히 소멸
시켜야 도달할 수 있는 과거적 세계일 뿐이다. 또한 그 과거는 현재적 시
간을 직접적으로 형성한 전사前史로서의 과거가 아니라 근원의 시간으로
상정되는 초월적 시간 영역에 속한 과거이다. 근원적 과거를 이상화하고
이러한 시간 속에서 삶을 굽어보는 방식은 현실세계가 지니고 있는 부정

성을 은폐하는 결과를 낳는다고 말할 수 있다.

한편 서정주의 전후시가 지닌 또 다른 특징은 '자연'의 재발견에서 찾을 수 있다. 그는 근대에 의해 억압되었던 자연(혹은 '청산')을 복원시켜 생명의 원천으로 삼았는데, 이는 '신라'로 대변되는 시간적 의미의 유토피아를 공간화하여 제시한 것으로 볼 수 있다.

> 가난이야 한낱 남루(襤樓)에 지내지 않는다
> 저 눈부신 햇빛 속에 갈매빛의 등성이를 드러내고 서있는
> 여름 山 같은
> 우리들의 타고난 살결 타고난 마음씨까지야 다 가릴 수 있으랴
>
> 청산이 그 무릎 아래 지란(芝蘭)을 기르듯
> 우리는 우리 새끼들을 기를 수밖엔 없다
> 목숨이 가다 가다 농울쳐 휘여드는
> 오후의 때가 오거든
> 내외들이여 그대들도
> 더러는 앉고
> 더러는 차라리 그 곁에 누워라
>
> ― 서정주, 「無等을 보며」 부분

이 작품에서 '가난', '가시덤불 쑥굴형' 등은 시인이 처한 삶의 곤궁함과 정신적 위기를 표현하는 말이다. 이러한 위기 상황에서 벗어나 새로운 생명의식에 도달하기 위해 시인은 경험세계에서 눈을 돌려, '청산靑山'이라는 이상화된 공간으로 나아간다. 영원한 생명의 상징이라고 할 수 있는

'청산'은 현실의 고난과 역경에서 벗어난 이상적 공간이다. 동시에 청산은 시적 주체의 영원성과 무한성에 대한 갈망을 충족시키는 초월적 공간으로서 전후 전통주의 시의 탈역사적 유토피아주의가 만들어낸 이상향인 셈이다. 이러한 청산에 대한 갈망이 「산하일지초山河日誌抄」나 「상리과원上里果園」 등에서는 자아와 세계의 유기적 통합에 대한 비전을 확립하게 하였다.

서정주의 전후 전통주의 시는 결국 탈역사적 유토피아주의로 귀결되고 말았다. 그것은 쉽게 말하면 현실도피 혹은 아나크로니즘anachronism에 불과할지도 모른다. 소위 역사의 예술화라는 비판을 피할 수 없는 것이다. 필요 이상으로 전통을 신비화하고 과거를 이상화한 그의 전후시편들은 시인이 처한 실존의 위기를 감안하더라도 전후시의 현실 응전력을 약화시켰다고 평가할 수 있다. 초월세계에의 비전은 현실에 대한 냉철한 분석과 비판에 의거하지 않을 경우 공허한 신비주의로 기울 수밖에 없기 때문이다.

서정주의 전통주의적 서정시는 전후의 젊은 시인들에 의해 폭넓게 수용되었다. 특히 박재삼은 주목할 만한 시인이다. 박재삼의 시에서 발견되는 전통주의적 요소는 크게 두 가지를 들 수 있다. 우선 그의 첫 시집 『춘향이 마음』(1962)에 수록된 대부분의 시들은 춘향전·홍보전 등 고전 소설에서 모티프를 수용하고 있다. 서정주가 삼국유사나 고전소설의 모티프

박재삼

를 수용한 것과 같은 맥락이라고 말할 수 있다. 한편 이 시집에서 박재삼은 「추억에서」나 「진달래꽃」 등의 작품을 통해 가난·잃어버린 모성·사랑의 슬픔 등에서 비롯된 정한을 지속적으로 탐색하고 있다. 특히 그가 탐색한 정한의 정서에는 가난과 관련된 가족사적 체험이 결부되어 있는 경우가 많다. 하지만 박재삼은 '한'에 대해 지나치게 집착했을 뿐만 아니라 '한'을 개인적 기질 혹은 감

읍벽感泣癖이라는 좁은 울타리에 가둠으로써 민중의 '해한'이 줄 수 있는 역동적인 역사적 상상력을 포기하고 있다. 이 점은 그의 전통주의 시가 보여주는 한계라고 할 수 있을 것이다.

> 그러나 그 사람이
>
> 그 사람이 안마당에 심고 싶던
>
> 느껴운 열매가 될는지 몰라!
>
> 새로 말하면 그 열매 빛깔이
>
> 전생이 내 전 설움이요 전 소망인 것을
>
> 알아내기는 알아냈는지 몰라!
>
> 아니, 그 사람도 이세상을 설움으로 살았던지 어쨌던지
>
> 그것을 몰라, 그것을 몰라!
>
> ─박재삼, 「恨」 부분

이 작품에서 '설움'으로 표현되고 있는 정한의 정서는 '사랑'과 이별로 인해 빚어진 것으로 보인다. 하지만 정한의 구체적인 동기는 분명하게 드러나지 않는다. 가령, 김소월의 「진달래 꽃」에서 볼 수 있는 이별과 이로 인해 빚어지는 주체의 역설적 감정이나, 「산유화」에서 나타나는 유한한 인간과 무한한 자연 사이의 거리에서 빚어지는 자기 모순에 대한 인식이 이 작품의 경우에는 분명하게 나타나지 않는다. 따라서 박재삼의 '한'은 단순히 그의 "고질적 습성"에서 비롯한 것이거나, 혹은 그 스스로 합리화하여 말한 대로 "민족정서의 이름에 의탁"하여 시 창작을 하겠다는 소박한 의식의 소산으로 이해할 수 있다.[8]

한편 한학과 한시에 대해 소양이 깊었다고 알려진 김관식은 『김관식 시

선』(1956) 등을 통해 유교·불교·도교와 같은 동양의 전통사상과 정신세계를 펼쳐 보였다.

　　아침 햇살이 퍼져 흐르는 창살 사이로
　　저어 붉으스름한 햇무리 황홀히 얼어비치어 상서로운 구름 안개를 정수리에 휘감아 무릅쓰고 서있는 청산을 우럴어보며 실상 사람이란 한낱 허잘것 없는 미물에 지내지 않는다고 생각한다.

　　관악산이여.
　　아리 아리 닿을 길 없는 하늘이언만 그대로 끝내 저바리지 않고
　　참으로 한결같이 마음속 깊이 염원하여 눈물겨운 보람으로 일우어진 이 지극히도 순수한 입상(立像)에서 별안간
　　나무 대자 대비 성(聖) 관세음 보살……
　　그리하여 필경 내가 배태하기 그 이전 원시의 자태로 돌아가는 날
　　한줌 티끌로 깜한 허공에 스러지던지 한줌 흙으로 너의 품안에 가 안기기도 즐거웁거니

　　　　　　　　　　　　　　　　— 김관식, 「東洋의 山脈」 부분

　　「동양의 산맥」에서 김관식은 '청산'을 동양적 이상향으로 제시하고, 이에 대비되는 인간 존재를 "한낱 허잘것 없는 미물에 지내지 않는다"고 말하고 있다. 인간 존재의 유한성에 대한 이러한 자각은 그의 전후시에서 부정적인

8　박재삼은 자신의 시론에서 이러한 정황을 "한에 귀의하여 나는 나대로의 시작을 계속하기를 염원해왔다"는 말로 표현하고 있다. 박재삼, 「사족」, 박인환 외, 『한국전후문제시집』, 신구문화사, 1961, 377쪽 참조.

시대 현실을 초월할 수 있는 정신적 기반이
된다. 그런데 그의 현실초월정신의 밑바탕에
는 종교적·초월적 상상력이 자리잡고 있다.
그는 다른 시에서 동양의 노장사상(「몽유도원
도」)이나, 전통적 선비의 진퇴관(「귀거래사」를
보라)을 통해 자연친화와 무위자연無爲自然의
정신세계를 펼쳐 보인 바 있다. 위에 인용한
작품의 경우에는 불교적인 상상력이 동원되
고 있다. 우선 '청산'은 천상적 질서('하늘')에
의 '염원'을 통해 이루어진 "순수한 입상"에
비유되고 있다. 이 청산에 "별안간" 초월자가
현현한다. 이러한 불교적 득도를 체현하고 있

최남선과 함께 한 젊은 날의 김관식

는 청산은 유한한 인간에게 영원한 생명을 가져다주는 존재로 전환된다. 즉
'청산'을 통해 시적 주체는 "내가 배태되기 그 이전 원시의 자태로 돌아"갈
수 있게 되는 것이다. 이 원초적 시간으로의 회귀를 통해, 유한한 존재는 경험
세계의 구속에서 벗어나 "한줌 흙으로" 되돌아갈 수 있게 된다.

한편 시 「비명碑銘」(1953)을 통해 전쟁의 현실이 초래한 공포와 삶의 위
기를 드러내었던 이원섭 역시 전통주의적 시 창작을 통해 분열된 주체의
식을 극복하고 있다. 특히 그는 전쟁 이전의 시에서 발견되는 원초적인 자
연 세계를 다시 탐색하였다. 이원섭은 이러한 세계가 "고고할지는 몰라도
무력한 세계이고 현실도피라는 비난"을 받을 수밖에 없다고 의식하였지
만, 전쟁의 살륙과 파괴로 인한 '자기 고발'과 '자기 처형'[9]이라는 정신적

---

9   이원섭, 「어설픈 회고」, 위의 책, 399쪽.

위기 상황을 극복하고, 생명의식을 회복하기 위해 전통주의적 시 창작으로 회귀한 것이다. 시집『향미사』의 세계가 여기에 해당된다.

> 七月의 하늘에
> 청포도가 익었다.
> 아기는 넝쿨을 기어올라
> 포도를 따먹는다.
> 千年이 가는 줄도 모르고.
> 벌거벗은 고려의
> 아기는.
>
> —이원섭, 「청포도－고려청자」 전문

이 시는 우리 민족의 생활 속에서 숨결로 이어지고 있는 '고려청자'를 시적 대상으로 삼고 있다. 이 작품에서 청자는 영원한 생명을 지향하고 전통적 질서를 확인하려는 시적 주체의 실존의식과 밀접하게 관련되어 있다. 구체적으로 말하면, 고려청자는 '칠월七月의 하늘'에 걸린 '청포도'로 표상되는 영원한 생명과 천상의 질서를 희구하고 있다. '천년千年'의 세월을 뛰어넘어 지속되는 초월성은 결코 경험적 시간의 침투를 허락하지 않는다. 이러한 초월성에의 지향은 영원한 생명을 동경하는 시인의 내면의식을 반영하고 있는 것이다.

구자운의 시에서도 전통적 도예품은 완롱玩弄의 대상으로서가 아니라, 시적 주체의 내면적 고통을 치유하고 영원한 생명과 전통적 질서를 확인하는 계기로 인식된다. 그는 '청자수병'을 소재로 여러 작품을 통해 전통주의 시인으로서 확실한 위치를 확보하였다. 가령 「청자수병」이라는 작품에서 시적 주체는 시의 전반부에서 청자의 외양을 묘사한 후, 그 청자에게 "죽음과 이웃하여 / 꽃다움으로 애설푸레 시름을 / 어루만지이라"[10]는 말을 건넴으로써 전후의 현실에서 얻은 정신적 상처를 치유하고 고통을 초월하려는 의지를 보여주었다.

구자운

한편 『강강술래』(1955) 등을 낸 시인 이동주의 시 창작 역시 전통주의에 기반하고 있다. 그의 전통주의적 시 창작에서 주목되는 것은 전통적인 리듬에 대한 천착, 그리고 이를 전통적인 정한과 해한解恨의 문제에 결부시키고 있는 점이다. 우선 그는 리듬을 시인의 이상과 생명을 표현해주는 것으로 보았다.[11] 즉, 시는 엑스타시에 몰입한 상태에서 '피안'에 도달할 꿈을 표현하는 것인데, 이를 가능하게 해주는 것이 리듬이라는 것이다. 이동주는 이러한 생각에 기반하여 간결한 시 형식의 필요성을 역설하고 있으며, 그 스스로 연작시 「산조」・「강강술래」 등을 포함한 일련의 시 창작에서 간결한 시 형식과 민요조의 리듬 감각을 보여주었다.

4. 모더니즘적 경향의 시와 시인들

전쟁의 파괴와 살륙은 전통의 권위뿐만 아니라, 무한한 진보에 대한 근대의 믿음을 무참히 무너뜨렸다. 박인환・김경린・김규동・김차영・이봉

10　위의 책, 52쪽에 수록.
11　이동주, 「恨과 멋」, 위의 책, 396쪽.

래·조향 등의 후반기 동인들은 전후의 시대 상황을 '황무지'에 비유하곤 했는데, 이 말에는 전통과 근대에 대한 환멸과 부정의식이 담겨 있다. 이러한 부정적 태도는 기존의 문학에 대한 대결의식을 통해 표출되기도 하였다. 후반기 동인들은 1930년대 모더니즘에 대한 공격과 1950년대 전통주의 시에 대한 공격을 통해서 자신들의 시적 정체성을 확보하려 했다. 전자의 경우는 김기림의 모더니즘에 대한 비판으로 모아졌는데, 이는 김기림이 과학문명에 대한 낙관적·긍정적 태도를 견지하였다는 점에 그 이유가 있다. 이러한 비판은 한국전쟁을 통해 문명의 종말, 과학의 역기능, 근대의 디스토피아적 귀결을 생생하게 목도하였기 때문에 가능했다. 하지만 전후 모더니즘은 기법·양식에 있어서 1930년대 모더니즘보다 한 차원 진전된 모습을 보여주지는 못했다. 또한 죽음에 대한 불안과 공포를 극복할 수 있는 비판적 주체의 확보에도 실패함으로써, 주체와 객체 간의 갈등과 대립이 객체의 우위로 귀결되는 양상을 보여주었다.

박인환과 이봉래

박인환은 전후 모더니즘 운동을 논할 때 첫자리에 놓이는 시인이다. 박인환은 뚜렷한 시적 성취를 남기지 못한 다른 후반기 동인들과 달리, 세련된 언어 구사와 전후적 현실에 대한 문명사적 비판의식 등을 통해 전후 모더니즘의 시사적 위치를 확고히 하는 데 기여했다. 그는 한국전쟁 이전에는, 『새로운 도시와 시민들의 합창』(1949)에 수록된 작품들을 통해 진보주의적 역사관과 현실주의적 창작 방법을 동원하여 자본주의·제국주의 문명을 비판하였다. 하지만 그는 전쟁의 현실을 경험하면서 비극적 세계관에 사로잡히게 된다. 일체의 모든 것을 '무Nichts'로 돌려놓은 전쟁의 파괴와 살육은 시적 자아를 죽음에 대한 불안과 공포로 몰아넣었기 때문이다. 하지만 박인환 시의 부정의식은 세계를 향한 통로를 상실한 채 시적 자아의 내면의식으로 한정되고 말았다. 즉 시인의 시선이 외부의 세계를 향하지 못하고 내부의 세계에 유폐되고 만 것이다.

> 당신과 내일부터는 만나지 맙시다
> 나는 다음에 오는 시간부터는 인간의 가족이 아닙니다.
> 왜 그러할 것인지 모르나
> 지금처럼 행복해서는
> 조금 전처럼 착각이 생겨서는
> 다음부터는 피가 마르고 눈은 감길 것입니다.
>
> 사랑하는 당신의 침대 위에서
> 내가 바랄 것이란 나의 비참이 연속되었던
> 수없는 음영의 연월이
> 이 행복의 순간처럼 속히 끝나줄 것입니다.
> …… 뇌우 속의 천사
> 그가 피를 토하며 알려주는 나의 위치는
> 광막한 황지에 세워진 궁전보다도 더욱 꿈 같고
> 나의 편력처럼 애처롭다는 것입니다.
>
> ―박인환, 「밤의 미매장(未埋葬)」 부분

이 작품에서 시적 자아는 "당신"의 죽음을 대면하고 있다. "당신"의 죽음이 무엇 때문인지는 분명하지 않지만, 시적 주체는 "시체인 당신"과 나누었던 "희미한 감응의 시간과는 이젠 헤어"져야 하는 상황에 놓여 있다. 뿐만 아니라 시적 자아는 이 세계가 온통 죽음의 상태에 놓여 있다고 인식한다. "광막한 황지", "바다와 같은 묘망(渺茫)한 암흑" 등의 표현에서 알 수 있는 바와 같이, 경험적 세계는 유기적 생명체를 찾아볼 수 없는 폐허의 상태에 놓여 있는 것으로 파악되며, 시적 자아는 이러한 경험세계와 통합을 이루지 못한 채 나아갈 방향을 상실하고 있는 것이다. 따라서 "모든 것은 물과 같이 사라집니다"라는 세계 상실감과 "불안과 공포"의식이 시적 주체의 내면의식을 지배하게 된다.

박인환의 전후시는 전쟁과 문명에 대한 비판의식을 보여주었다. 하지만 그는 영미의 모더니즘 시와 달리 전후적 현실을 극복할 수 있는 '신화'를 찾지 못했다. 이는 전통에 대한 전면적인 부정을 통해 모더니즘의 입지를 마련하고자 했던 전후 모더니즘의 자기 모순에서 기인하는 것이다. 근대성과 전통을 모두 부정한 자리에서 새로운 질서를 수립할 수 있는 정신적 준거가 마련되기는 어려운 일이었다. 미국 기행 체험을 담고 있는 박인환의 「아메리카 시초」가 경박한 문영 비판에 머물고 만 것도, 그리고 「목마와 숙녀」로 대표되는 박인환의 후기시가 감상주의에 빠져든 것도 이 때문이다.

한편 후반기 동인의 일원이었던 김수영은 반공포로로 석방된 이후 1950년대 중반 무렵부터 시작 활동을 재개하였다. 김수영의 전후시는 주로 주체의 이중화, 즉 경험적 현실에 구속된 현실적 자아와 이를 비판적으로 인식하는 비판적 자아의 대립을 통해 소시민적인 의식과 생활방식에 대한 자기 고발을 다루었다. 소위 '생활'의 문제를 다루고 있는 시들이 여기에 해당된다. 김수영에게 있어서 생활의 문제는 끊임없이 '설움'의 감정을 낳게 한다. 물론 이 '설움'은 현실에 대한 비판적 거리감에서 야기되는 자기 모순의 감정이다. 김수영은 시적 주체가 처한 자기 모순에 대한 고발을 통해 자아의 진정성을 회복하려 했고, 궁극적으로는 현실의 진정성을 회복하기 위한 투쟁으로 나아갈 수 있었다.

김수영

    저것이야말로 꽃이 아닐 것이다
    저것이야말로 물도 아닐 것이다

    눈에 걸리는 마지막 물건이 무엇이냐고 물어보는 듯
    영롱한 꽃송이는 나의 마지막 인내를 부숴버리려고 한다

    나의 마음을 딛고 가는 발자국 소리를 들으면서
    지금 나는 마지막 붓을 든다

    누가 무엇이라 하든 나의 붓은 이 시대를 진지하게 걸어가는 사람에게는 치욕
                                    ─ 김수영, 「구라중화(九羅重花)」 부분

  이 작품에서 시적 주체는 시쓰기에 대한 자의식을 노출하고 있다. 그에게 있어서 "붓을 든다"는 것은 "이 시대를 진지하게 걸어가는 사람에게는 치욕"에 해당된다. 생활을 위해 시를 쓰지 않을 수 없지만 생활을 위해 시를 쓰는 것은 사실 진지하게 시대를 살아가는 것과는 거리가 멀기 때문이다. 이러한 자의식을 초래한 것은 "꽃"이다. 이 작품에서 "꽃"은 전쟁의 폐

허와 살육 속에서 발견되는 생명의지("현대의 가시철망 옆에 피어 있는 꽃", 8연)를 상징한다. 시적 주체는 "꽃"이라는 존재를 통해 역설적으로 "죽음 우에 죽음 우에 죽음을 거듭"(12연)하는 전후의 모순된 현실을 그려내고 있다. 때문에 그는 시를 쓰는("붓을 든다") 행위가 '진지'하지 못한 것이며, 그 꽃을 그리려고 하는 자신의 '붓'에서 "말할 수 없이 깊은 치욕"을 느끼게 된다. 이러한 자의식과 치욕감은 김수영이 지식인으로서의 양심을 회복하기 위해 얼마나 정신적 분투를 거듭했는가를 잘 보여준다. 김수영의 전후시가 「폭포」와 「푸른 하늘을」을 거쳐 1960년대에 현실 비판의 시 혹은 참여시로 나아갈 수 있었던 동인은 바로 여기서 찾을 수 있다.

한편 조향은 다른 후반기 동인들이 피난지 부산에서 서울로 되돌아 간 이후에도 부산에 남아 초현실주의 계열의 시를 창작하였다.[12] 그의 전후시는 다른 모더니스트들과 마찬가지로 문명 비판 및 현실부정의식을 담고 있지만, 대체로 형태적인 실험이나 초현실주의적 기법에 치중하였다.

낡은 아코오뎡은 대화를 관뒀습니다.

———여보세요!

뿐뿐다리아

마주르카

---

12 조향의 초현실주의적 경향에 대한 후반기 동인의 부정적 태도는 박인환, 「현대시의 변모」
(『신태양』, 1955.2)에 잘 나타나 있다. 이 글에서 박인환은 다다이즘이나 초현실주의운동을 지지하는 것은 위태로운 일이며, 자동기술법의 시대도 이미 자연 소실되었다고 진단하면서, 현대시는 현대의 정치와 사회의 심연에서 허덕이는 인간의 정신과 행위를 노래하기 위하여 냉철한 주지적 작품을 목표로 해야 한다고 주장하였다.

디이젤―엔진에 피는 들국화

―――― 왜 그러십니까?

　　모래밭에서

수화기(受話器)
　여인의 허벅지
　　낙지 까아만 그림자

　　　　　　　　　　　　　　　　　　　―조향, 「바다의 층계」 부분

　조향의 전후시는 자동기술법을 동원하고 있어서 병치된 이미지들 사이
에 비약과 단절이 심하다. 조어措語에 있어서도 외래어와 문명어의 삽입을
통해 대상에 대한 낯설음을 환기하거나 이국취향을 환기하고 있다. 가령
"디이젤―엔진에 피는 들국화"와 같은 낯선 이미지를 만들어내고 있는 것
이다. 따라서 작품 전체의 통일된 의식이나 주제의 검출이 용이하지 않으
며, 다만 무의식의 혼돈을 그대로 투영하고 있다. 조향은 이러한 형태 실
험을 통해 유기적 시 형식을 파괴함으로써 현대사회가 직면한 위기를 고
발하려 했던 것이다. 그러나 형식실험이 물신화될 때 그것이 주는 충격의
효과는 반감될 수밖에 없다. 사실 그의 형식실험은 동시대의 역사 현실에
대한 구체적이고 비판적인 인식으로 발전하지 못한 채 외래적인 것의
맹목적 추수로 기울었다.
　한편 전후 시단에서는 후반기 동인들 이외에도 다양한 모더니스트들이
등장하여 개성적인 시세계를 탐색하였다. 우선 김춘수는 초기의 낭만주의

김춘수

적 시 창작에서 차츰 벗어나, 전후의 시대 상황에 대한 비판적 성찰의 시를 발표하게 된다. 김춘수가 1950년대 후반에 전개한 시적 작업은 「꽃의 소묘」에서 「나목과 시」에 이르는 계열의 시와, 「릴케의 장」을 거쳐 「부다페스트에서의 소녀의 죽음」에 이르는 계열의 시로 나누어 볼 수 있다.

우선 전자의 계열에 속하는 시들은 릴케와 하이데거의 사유를 빌려와, 존재의 본질에 대한 인식과 현실 초월의 비전을 모색하고 있다. 하지만 이 작업은 대부분 관념주의적 경향을 벗어나지 못한 것이 사실이다. 또한 존재의 본질을 인식하려는 주체의 노력은 번번이 실패로 돌아가고 만다. 즉 "꽃"(대상)은 존재를 여전히 은폐("얼굴을 가리운 나의 신부")하고 있으며, 시적 주체가 그것을 인식하거나 대면하려 할 경우 "꽃"은 인식의 지평 저 너머로 사라지고 만다. 한편 김춘수는 「나목과 시」를 통해 일상적 언어("무성하던 잎과 열매")가 "역사의 사건으로" 추락하는 지점에서, 태초의 언어를 통해 비로소 "명멸하는" 듯 존재하는 시의 존재 가능성을 모색하게 된다.

한편 후자를 대표하는 시 「부다페스트에서의 소녀의 죽음」은 긍정적 의미에서건 부정적 의미에서건 김춘수의 전후시가 도달한 정점이다. 이 작품에서 시인은 이역만리 떨어진 부다페스트에서의 한 소녀의 죽음에 주목하면서, 이를 "한강에서의 소녀의 죽음", 그리고 시적 자아가 '대학생' 시절에 겪은 "치욕"—이 부분은 개작 과정에서 삭제되었다—과 연결시키고 있다. 즉 시적 주체는 부다페스트의 현실과 한국의 현실, 동시대의 전쟁 체험과 시인의 과거적 회상 속에 존재하는 개인적 체험 등을 다양하

게 교직시키고 있다. 이러한 시적 형상화 방법을 통해 시인은 자유라는 관
념과 함께, 그러한 자유를 억압하고 죽음을 강요하는 근대세계의 폭력, 이
성의 광기를 고발하고 있다. 따라서 이 계열의 시는 김춘수가 서정시의 현
실 비판 기능을 극단적으로 실험해본 것이라고 할 수 있다. 하지만 이 경
우에도 부정적 현실을 극복할 수 있는 비판적 대안은 확보되지 않았으며,
관념으로부터 도피해야 한다는 시인의 강박증이 극에 달하게 되었다.[13]

한편 전봉건은 전후 모더니즘 시의 한계를 극복하기 위해 모더니즘 시에
서정성을 수용하려는 움직임을 보였다. 이러한 노력은 전쟁 체험을 직접적
으로 수용한 초기시와 이후의 변모 과정을 대비하면 명료하게 드러난다.

5시나는호속에있다수통수류탄철모붕대압박붕대대검그리고M1나는내가호
속에서틀림없이만족하고있다는사실을다시한번생각해보려고한다BUSCUITS
를씹는다오늘은이상하게5시30분에또피리소리다9시방향13시방향나는
BUSCUITS를다먹어버린다6시밝아지는적능선으로JET기가쉽게급강하한다나
는잠자지않은것과BUSCUITS를남겨두지않은것을후회한다

— 전봉건, 「BUSCUITS」 부분

전봉건의 전쟁시와 일련의 전후시, 즉 3인 연대시집 『사랑과 음악과 희망
과』(1957)에 수록된 시와 시집 『사랑을 위한 되풀이』(1959) 등에 수록된 시
들은 시인의 전쟁 체험을 담고 있다. 우선 그의 초기 전쟁시는, 위에 인용한

---

13 김춘수는 훗날 전개한 '무의미시론'에서 관념의 모방과 전달에서 벗어나려면 시의 언어가
    '수수께끼'와 같은 방식으로 존재해야 한다고 보았는데, 이는 아무것도 의미하지 않는 언어
    를 통해 세계의 무의미성을 고발하는 방식이라고 말할 수 있다. 연작시 「타령조」 이래 그의
    1960~1970년대 시가 대상이 없는 서술적 이미지에 집착하게 된 것은 이러한 맥락에서 연
    유한 것이며, 이는 한국 현대시에서 시의 미적 자율성과 탈역사주의를 극단적으로 실험한
    사례라고 평가할 수 있을 것이다.

1986년 대한민국 문화예술상을 수상하던 날 박제천, 조정권 시인과 자리를 함께 한 전봉건(왼쪽)

「BUSCUITS」에서 알 수 있듯이, 자아를 고립된 내면세계 속에 가두어 버림으로써, 자아가 세계 속으로 귀환할 수 있는 통로를 상실하고 있다. 이는 광포한 전쟁이 강요하는 죽음의 공포와 불안에서 기인한 것이지만, 세계의 물신성을 극복할 수 있는 시적 비전을 제시하지는 못한다. 전쟁시의 이러한 한계를 극복하기 위해 전봉건은 초월적 상상력을 동원하여, 자아와 세계의 통합에 대한 시적 비전의 획득을 모색하게 된다. 이는 그의 전후시의 한 특징이라 할 수 있는 '서정'의 재발견, 혹은 전통과 모더니티의 종합으로 나타난다.

그러기에
이 5월에
이슬 아롱지는 탄흔에도 그림자 떨구고 비낀
저 흰 구름 언저리에 마침내 나는 당신을 보았다.
따뜻함과 빛무늬인 당신을
속눈썹도 떨리는 당신의 기도를
푸른 하늘도 보듬고 푸른 바다도 보듬어
넉넉하게 둥근 당신의 가슴을
그 가슴 흰 부드러움 한가운데 나부끼는 녹색을

녹색의 깃발을.

— 전봉건, 「장미의 의미」 부분

　이러한 리리시즘의 수용은 자아와 세계의 통합이라는 시인의 실존적 고민을 해결하기 위한 것이면서, 동시에 근대사회의 위기를 극복하기 위한 방법이 되기도 하였다. 이는 그의 전후시가 전통의 가치에 새롭게 눈을 뜨고 있는 점에서 확인된다. 가령 '꽃'과 '물'의 이미지와 함께, 전봉건의 전후시의 중심 이미지를 형성하는 '항아리'(고려자기) 이미지는 대지의 무한한 생산성을 환기하면서, 생명 없음의 상태로 전락한 전후적 현실 속에서 생명의 무한 증식과 새로운 질서에의 열망을 보여주고 있다. 시 「암흑을 지탱하는」이 보여주는 "질서의 멸망"에 대한 시적 자아의 불안감과 공포는 바로 고려자기로 상징되는 전통적 질서를 통해서 극복되는 것이다.

　한편 송욱은 시집『하여지향何如之鄕』(1961)에서 위트의 언어를 통해 전후의 타락한 시대상을 풍자함으로써, 전후시의 새로운 가능성을 보여주었다.

거리에 피는

고독(孤獨)이 매독(梅毒)처럼

꼬여 박힌 8字면,

청계천변 작부를

한아름 안아 보듯

치정(癡情) 같은 정치(政治)가

상식(常識)이 병(病)인 양하여

포주나 아내나

빚과 살붙이와,

현금(現金)이 실현(實現)하는 현실(現實) 앞에서

다달은 낭떠러지!

—송욱,「何如之鄕 五」부분

송욱

이 작품에서 시적 대상은 고정되지 않은 채 수많은 도시 풍물과 인간상들로 채워지게 된다. 즉 청계천변 작부, 정치, 포주나 아내, 시장, 시민 등이 몽타주 되어 있는 것이다. 그런데 시적 주체에게 경험적 현실은 가치가 전도된 것으로 인식된다. 그는 이러한 가치 전도를 여러 가지 언롱言弄에 의해 제시하고 있다. 즉 "고독이 매독처럼", "치정 같은 정치", "현금이 실현하는 현실" 등과 같이 한자음의 말 바꾸기 수법을 통해 진정한 가치가 소멸된 시대의 물상화된 현실을 비판적으로 묘사하고 있다. 이러한 언롱의 수법이 고도의 현실비판의식을 동반할 때 부정적인 현실에 대한 풍자와 교정의지가 드러나게 된다.

전영경

송욱의 시에서 발견되는 풍자 정신은 전영경·신동문·민재식 등 전후의 다른 신진 모더니스트들의 시에서도 발견된다. 특히 연작시나 장시, 산문시 등의 시 형태를 실험하는 시[14]들이 예외 없이 이 풍자정신에 연결되어 있는 점은 주목할 만하다. 특히 전영경은 일련의 장시와 연작시에서 일상어와 비속어를 동원하여 보다 적극적인 현실 풍자에 나서고 있다. 이런 풍자의 시도가 센세이셔널한 차원을 크게 벗어나지 못하고, 자칫 경박성의 차원으로 떨어질 가능성

---

14 김종문의 「불안한 토요일」과 여러 편의 연작시, 송욱의 「하여지향」, 민재식의 「속죄양」, 김구용의 「삼곡」, 신동문의 「풍선기」, 전영경의 「김산월여사」 등이 대표적인 예이다.

이 있는 것은 사실이지만, 서정시의 영역을 일층 확대하였다는 점에서 그 의의를 찾을 수도 있을 것이다.

5. 현실참여시의 태동

한국의 전후시가 대부분 전쟁이 초래한 정신적 위기와 그 극복을 문제로 삼고 있음에도 불구하고, 분단의 현실을 극복할 수 있는 정신과 이념을 만들어내는 데는 실패한 것으로 보인다. 이는 시대 상황을 객관적으로 조망할 수 있는 거리의 부재에서 기인하거나, 혹은 현실을 분석할 수 있는 이념적 준거의 상실에서 기인하는 것이다. 가령 전통주의 시는 민족의 보편적 정서와 서정성이라는 대안을 제시하였지만, 그것이 민족의 공동체적 삶에 방향성을 주었다기보다는 현실도피주의 혹은 아나크로니즘으로 기울고 말았다. 이는 전통주의 시가 제시한 '민족' 담론이 철저하게 탈역사성의 지평 위에서 작동하였기 때문이다. 한편 문명 비판과 실존의식을 내세우면서, 현대시의 세계사적 동시대성을 강조한 전후 모더니즘 시 역시 한국전쟁을 비판적으로 조망할 수 있는 이념, 혹은 비판적 주체의 확보에 실패한 것으로 보인다. 이는 전후 모더니스트들이 내세운 문명 비판이 서구적 관념의 기계적인 이식에 머물렀고, 분단의 현실을 민족사적 관점에서 파악하려는 노력이 부족하였기 때문이라고 말할 수 있다.

한국전쟁은 세계사적 관점에서 볼 때 냉전체제의 산물이다. 하지만 그것은 민족 내적 모순의 필연적 귀결이라고 볼 수도 있다. 한국전쟁을 통해 남과 북 양 진영에 가부장적 독재권력이 지배권력을 강화하게 되었고, 분단체제는 고착되었다. 따라서 이러한 민족 내부의 모순에 대한 정확한 인식, 그리고 그 모순을 극복하기 위한 의식의 결집은 전후문학을 청산하기 위해 꼭 필요한 과정이라고 말할 수 있다. 전후 전통주의 시와 모더니즘 시의 실패는 바로 이러한 민족사적 모순의 극복을 위한 주체의 확보에 실패했다는 점에서 찾을 수 있다.

전후시의 한계를 극복하기 위해서는 '민족' 담론의 역사화, 전통과 모더니티의 종합이 필요했다. 이는 1960년대 중반 이후 서서히 등장하게 된 참여시 내지 민중시 계보의 시들이 전통과 민족, 혹은 민중이라는 '억압된 것'을 시적으로 복원하고 있는 데서 확인될 수도 있다. 1960년대 들어 김수영과 신동엽의 시가 주목하고 있는, 소위 '3·8선을 뚫는' 작업은 그 첫 단추로 비판적 주체의 확립을 필요로 하였다. 이 비판적 주체가 민중 혹은 민족이라는 상상의 공동체와 연결된 것임은 두말할 필요가 없다. 그런데 이런 작업들은 이미 1950년대 후반부터 서서히 태동하고 있었다. 1950년대 후반기에 이루어진 김수영·전봉건·송욱 등의 시적 작업은 논외로 하더라도, 박봉우의 등장은 예외적인 목소리로 주목할 만하다.

박봉우

1956년 『조선일보』 신춘문예에 「휴전선」이 당선됨으로써 문단에 데뷔한 박봉우는 첫 시집 『휴전선』(1957)을 통해 '분단 현실과 그 극복의지'를 형상화하고 있다. 분단과 전쟁을 고발하면서, 화해와 통일의 유토피아적 비전을 그려내고 있는 것이다. 이어서 그의 두 번째 시집 『겨울에도 피는 꽃나무』(1959)는 부정적 현실의 초월 방법으로서 '신'을 내세웠다. 하지만 '숨은 신'에 대한 갈망은 역설적으로 비극적 세계관을 심화시키면서, 시적 주체의 해체를 낳고 말았다.[15]

여기서 우선 그의 대표작이라 할 수 있는 「휴전선」을 살펴보자.

산과 산이 마주 향하고 믿음이 없는 얼굴과 얼굴이 마주 향한 항시 어두움 속에서 꼭 한 번은 천둥 같은 화산이 일어날 것을 알면서 요런 자세로 꽃이 되어야 쓰는가.

저어 서로 응시하는 쌀쌀한 풍경. 아름다운 풍토는 이미 고구려 같은 정신도 신라 같은 이야기도 없는가. 별들이 차지한 하늘은 끝끝내 하나인데…… 우리 무엇에 불안한 얼굴의 의미는 여기에 있었던가.

―박봉우, 「휴전선」 부분

이 작품은 남성적 어조와 산문적 리듬, 남도 사투리를 통하여 분단의 현실을 고발하면서, 민족의 운명에 대한 예언적 메시지를 담고 있다. 이 시에서 '휴전선'은 시간의 흐름이 정지된 "어두움 속"의 세계이며, "꼭 한 번은" 다가올 무서움의 순간, 즉 "천둥 같은 화산이 일어날" 순간을 예감하는 긴장의 공간이다. 그런데 시적 자아는 초월적인 위치에서 남북이 "서로 응시하는 쌀쌀한 풍경"을 조감하면서, 이제 "고구려와 같은 정신도 신라와 같은 이야기도 없는가"라고 반문한다. 여기서 시적 자아의 시선은 이데올로기에 의해 민족이 분열되기 이전의 신화적인 시대로 거슬러 올라간

---

15 4·19혁명 이후 간행된 세 번째 시집 『사월의 화요일』(1962)은 주로 4·19 체험의 환희와 좌절을 간결한 시 형태를 통해 형상화하고 있다. 특히 이 시집은 시적 사유의 진정성을 회복하면서, 비극적 세계관을 극복하고 모순된 시대 현실을 고발하고 저항하는 참여시로 나아가고 있다. 그의 1960년대 시들은 1960년대 참여시 혹은 민중시의 흐름을 선도한 것이라고 평가할 수 있다. 이승만 정권의 독재정치와 분단의 현실, 미완의 시민혁명으로서의 4·19혁명과 5·16군사쿠데타 등, 일련의 부정적인 시대 현실에 부단히 관심을 기울이면서, 박봉우 시는 서정시의 현실참여라는 서정시의 새로운 계보를 선도한 것이다.

다. 즉 국토와 민족의 분단에도 불구하고, "끝끝내 하나"인 "별들이 차지한 하늘"로 시선을 돌리는 것이다. '꽃'은 이러한 역사 인식이 만들어낸 상징이다. '모든 유혈'과 '모진 겨우살이'를 겪어낸, 그러나 "아무런 죄도 없이 피어난 꽃"은 바로 전쟁으로 인하여 가장 모진 아픔을 당한 민족 공동체를 상징한다. 물론 박봉우가 갈망하였던 분단의 극복과 통일은 이루어지지 않았으며, 그러한 희망을 가로막는 현실의 억압이 커짐에 따라 그의 전후시는 시인의 내면세계에 대한 탐색으로 기울고 말았다. 그의 두 번째 시집 『겨울에도 피는 꽃나무』(1959)가 그것이다. 하지만 박봉우는 4・19 혁명 이후 간행된 세 번째 시집 『사월의 화요일』(1962)을 통해 4・19 체험의 환희와 좌절을 간결한 시 형태로 형상화하고 있다. 특히 이 시집에서 시인은 비판적 주체를 재건하여 시적 사유의 진정성을 회복하면서, 비극적 세계관을 극복하고 모순된 시대 현실에 저항하는 모습을 보여주었다. 그의 1960년대 시들은 1960년대 참여시 혹은 민중시의 흐름을 선도한 것이라고 평가할 수 있다.

1959년 조선일보 신춘문예에 「이야기하는 쟁기꾼의 대지」가 입선되면서, 1960년대 후반기까지 10여 년 간 참여시・민중시적 시 창작을 전개한 신동엽의 등장은 박봉우가 내세운 전후의식의 청산과 밀접한 관련이 있다. 박봉우와 신동엽이 일관되게 내세운 반독재・반외세 정신과 민족의 통일에 대한 주장은 바로 전후문학이 사로잡혀 있던 냉전논리를 극복하고, 민족 담론을 탈역사주의 지평에서 다시 역사주의적 지평으로 옮겨놓는 결정적 계기가 되었다. 또한 그것은 1960년대 말 이후 1970년대에 이르는 국가 주도의 근대화 프로젝트와 독재정권하에서 현실 비판적 참여시・민중시가 형성될 수 있는 정신적 모태가 되었다는 점에서 시사적 중요성이 있는 것이다.

6. 맺음말

1950년대 한국시는 한국전쟁이 초래한 황무지적 상황, 즉 전쟁의 광포한 파괴와 살육, 전통의 소멸과 근대에 대한 부정의식 등을 배경으로 꽃을 피웠다. 시단은 구세대와 신세대로 나뉘어 충돌하였고, 신세대는 구세대와의 단절을 통해 자신들의 문단적 위치를 확보하려 했다. 또한 1950년대는 이념이 부자유스러운 시대였으며, 혼란한 현실을 극복할 수 있는 대안적 이념은 부재하였다. 이런 상황에서 현실주의시는 위축될 수밖에 없었고, 시단은 전통주의 시와 모더니즘 시로 양분되었다.

전후 전통주의 시와 모더니즘 시는 모두 전후적 현실을 극복하기 위한 시적 대안이었다. 하지만 그 대안이 지닌 성격은 사뭇 다를 수밖에 없었는데, 이는 근본적으로 전통에 대한 인식의 차이에서 비롯되는 것이다. 전쟁이 초래한 전통의 파멸, 근대성의 이념의 붕괴를 극복하기 위해 전후 전통주의 시는 과거적 전통의 복원에 힘을 쏟았다. 서정주가 내세운 '신라정신론'은 전후 전통주의 시가 지니고 있었던 역사의식과 유토피아 정신의 핵심을 잘 보여주는 것이다. 그것은 '신라'라는 잊혀진 과거의 기억(신화)을 현실 속에 되살리려는 의도를 담고 있지만, '이미 사라진 과거', 그래서 '더 이상 없는 것'이 현실 비판의 절대적인 준거가 될 수 없음은 자명한 일이다. 서정주의 시적 프로그램이 문화적 보수주의의 비판을 받는 것은 당연한 일이다. 전후 전통주의 시는 전통을 통해 근대를 넘어서려 했지만 그 과정에서 전통은 신비화·물신화되고 말았으며, 몰근대적·탈역사적 상상력이 작동하면서 근대 비판의 힘이 상실되고 말았다.

한편 전후 모더니즘 시는 전통에 대한 격렬한 부정 및 전후적 현실에 대한 비판을 통해 근대의 위기를 넘어서고자 했다. 우선 그들은 뛰어난 문단 감각을 발휘하여, 청록파나 서정주의 시적 이념을 계승한 전후 전통주의 시에 반발하였다. 모더니스트들의 비판은 전통주의 시가 보여준 탈역사·탈현실주의에 모아지고 있으며, 그들은 그 대안으로 전쟁의 현실에 대한 직접적인 비판과 부정의식을 내세웠다. 그것은 대체로 문명비판의식으로 나타났다. 전후 모더니스트들은 한국전쟁을 통해 한국사회가 비로소 세계사적 동시대성을 획득하였다고 보았으며, 이를 극복하기 위해서는 서구의 전후문학에 대한 수용이 필요하다고 보았다. 하지만 그들은 한국의 전후 현실을 서구의 전후적 상황과 기계적으로 동일시하였다. 전후 모더니즘 시가 죽음의 공포와 불안을 다루고, 그것을 초래한 근대문명에 대해 비판적인 태도를 취했음에도 불구하고, 경험적 구체성을 확보하지 못한 것도 이 때문일 것이다. '막연한' 비판정신만으로 현실의 복잡성을 감당할 수 없었던 것이다. 그들의 전후시에서 현실에 대한 비판적 거리가 느껴지지 않는 것, 그리고 현실을 조감하고 경험을 통어할 수 있는 비판적 주체가 확보되지 않은 것도 이 때문이다.

다만 1950년대 후반에 들어 김수영·김춘수·전봉건·송욱 등, 현대적 언어감각과 비판적 시정신으로 무장한 시인들이 왕성한 시작 활동을 전개하면서 전후 모더니즘의 한계를 극복하고 있는 점은 시사적으로 주목할 만한 일이다. 물론 이들의 작업은 개별적인 것이었고, 그래서 문단의 뚜렷한 흐름을 형성한 것은 아니었다. 김수영은 시적 주체의 곤궁함과 그것을 강요하는 시대의 곤궁함에 대한 반성과 비판을 통해 참여시의 흐름을 개척하였고, 김춘수는 관념에 대한 탐색의 끝자리에서 소위 언어의 무의미성에 대한 발견으로 나아가기 위한 예비적 작업을 하였으며, 전봉건은 서정성의 수용을 통해 물신화된 현실을 초월할 수 있는 시적 비전을 확보하였고, 송욱은 위티시즘witticism의 언어로 현실을 풍자하였다. 이러한 개별적인 움직임들은 전후적 현실에 매몰된 모더니즘 시의 한계를 극복하기 위한 노력이었다고 말할 수 있다.

송욱 유고집 『詩神의 住所』 표지

한편 박봉우·신동엽 등의 새로운 참여시인들이 등장함으로써 1950년대 시는 전후시의 청산이라는 과제에 한 걸음 더 다가섰다. 그들의 시적 작업은 분단의 현실에 대한 비판과 민족 통일에 대한 강렬한 염원, 그리고 이것을 가로막는 독재권력의 억압에 대한 비판, 민족·민중이라는 상상의 공동체를 복원하는 것 등으로 모아졌다. 이러한 노력들은 1960~1970년대의 참여시·민중시의 도래를 예견하게 해준다. 그들의 시에서 예언자적 목소리가 발견되는 것도 이 때문일 것이다. '신이 사라져버린 시대'—1950년대의 특징을 이렇게 한마디로 표현할 수 있다면, 그들은 시는 신의 부재 속에서 신의 존재를 발견하려는 현실 부정과 초월정신을 대변한다. 이 목소리가 4·19라는, 역사 속에 재림할 '신'의 출현을 예비한 것이다.

(남기혁, 군산대 교수)

4·19혁명 이후
우리 시의
유형과 특징

1. 1960년대 문학의 위상

한국사에 있어서 1960년대는 한국전쟁의 상처를 극복해야 하는 과제를 안고 있는 동시에 4·19와 5·16이라는 정치적 소용돌이, 그리고 경제적인 성장이라는 문제가 맞물려 있는 복합적인 시기였다. 이때 가장 우선적인 과제는 상실감과 피해의식, 허무주의 등 '전후戰後'의 속성을 털어내는 것이었다. 해방을 맞은 감격이 채 가시기도 전에 발발한 한국전쟁은 동족상잔의 비극으로 민족 전체의 삶을 뿌리째 흔들어 놓았다. 종전 후 남북이 각각 다른 이데올로기를 선택함으로써 국토는 양분되고 민족의 분단이 고정화되었다. 이것은 한편으로 일제 식민지 시기부터 계속되어 온 좌

박정희의 대통령 취임으로 제3공화국이 출범하였다(1963.12.17).

익과 우익의 대립구도가 해체됨을 뜻하는 것이었다. 남한이 자유민주주의
체제를 표방하면서 이데올로기 자체에 대한 논쟁은 일단 수면 아래로 사
라지게 되는 것이다.

이러한 특징은 이후의 사회적 상황을 변화시키는 중요한 요건으로 작용
한다. 1960년대는 이데올로기 선택이 가장 중요한 사회적 이슈였던 시기
를 마감하고 새로운 사회적 공감대가 요구되는 시기였던 것이다. 4·19는
이처럼 새롭게 대두되는 사회적 요구들을 반영한 역사적인 사건이었다.
전쟁 후 정권을 잡은 이승만과 자유당 정권의 부정부패가 심화되면서 국
민들 사이에는 새로운 정치 질서와 시민 민주주의에 대한 갈망이 싹트기

시작했다. 진정한 자유민주주의에 대한 열망은 3 · 15부정선거를 계기로 해서 온 국민의 저항운동인 4 · 19로 이어졌다. 4 · 19는 부패한 자유당 정권에 대한 저항인 동시에, 진정한 자유민주주의를 실현하고자 하는 시민운동이었다. 그러나 5 · 16으로 이러한 시도가 좌절되면서 사회적 현실은 급속하게 경직된다. 군부가 권력을 장악하면서 자유가 박탈되고 사회 전체적으로 침묵이 강요된다. 새롭게 들어선 군사정권은 정치적인 억압을 가하는 한편으로, 경제적인 측면에서 자본주의적인 근대화를 표방했다. 일제 식민지와 전란을 거치는 동안 피폐해질 대로 피폐해진 경제를 부흥시키자는 논리는 경제적인 위기감과 맞아떨어지면서 정치적인 억압에 대한 반발들을 어느 정도 무마시키는 역할을 했다. 절대적인 빈곤에서 벗어나는 것은 당시로서는 가장 절실한 문제였기 때문이다. 정부 주도하에 급속도로 추진된 자본주의화는 실생활뿐만 아니라 가치관에도 큰 변화를 몰고 온다. 합리주의라는 명분 아래 공동체를 유지해온 사회 질서가 붕괴되면서 불신이 싹트고, 물질만능주의는 인간을 같은 인간에게서 소외시켜 사물화시키는 전도된 현상을 낳았다. 또한 농촌 인구가 일자리를 찾아 도시로 몰려듦으로써 농촌이 공동화空洞化되는 한편, 도시에는 빈민과 부랑자 층이 형성된다. 뿐만 아니라 급속한 경제 발전을 이루는 과정에서 노동자들의 희생이 강요되면서 사회 구조적인 모순을 배태시켰다. 이러한 사회적인 문제들은 잠재되어 있다가 1970년대에 본격적으로 대두되기 시작한다.

이러한 상황에서 배태된 1960년대 문학이 독립적으로 성립될 수 있을 것인지, 만약 그렇다면 그 영역을 어디로 할 것인지에 대한 견해들은 다양하다. 우선 1960년대의 문학을 1950년대의 문학과 구분시켜 논의하는 견해가 있다. 여기서 문학의 구분은 10년이라는 시간 단위에 의해 행해진다.[1] 이러한 시기 구분이 가능하다면, 1960년대의 문학은 1950년대의 문학과 구별되어야 하고 이후인 1970년대 문학과도 구별되어야 한다. 그러나 전후에 등장한 시인이나 작가들이 1960년대에 지속적으로 작품 활동을 하고 있는 경우, 이들의 작품을 10년이라는 시간 단위로 나누는 것은 기계적인 분류법이다. 또한 1960년대에 나타나는 문학적인 경향들이 본격화되는 것은 1970년대에 이르러서이다. 이러한 점에 착안하여 1960년대의 문학을 세대론적인 관점에서 보는 견해도 있다. 이는 1960년대 중반에 등단하는 '산문시대'나 '창비' 그룹을 중심으로 한 신세대의 문학에 초점을 맞추고 있다.[2] 그러나 실제로 이들 신세대는 1960년대에 등단하긴 하지만 1970년대에 활발한 활동을 하게 되므로, 이들을 근거로 한다면 1960년대 문학은 1970년대 문학과 거의 차별성을 가지지 못한다.

이와 같은 상황을 고려할 때, '1960년대 문학'은 우선 시기상으로 1960년대에 쓰인 문학작품들을 기준으로 하되, 다른 시대와 구별되는 1960년대적 특성을 부여받는 문학작품을 지칭하는 것으로 한정할 필요가 있다. 10년을 구분의 단위로 하는 것은 기계적인 측면이 없지 않지만, 우리 문학의 경우 문학상의 변화와 대체로 일치한다는 특징을 가지고 있기 때문이다. 문제는 이 구분 단위가 숫자상의 구분이 아니라 사회적인 변화에 기반해야 한다는 것이다. 이러한 관점에서 볼 때 1960년대는 4·19를 기본 체험으로 하는 시기라고 규정할 수 있을 것이다. 4·19는 시대적인 분기점을 이룰 뿐만 아니라, 문학에서도 새로운 소재와 주제의 영역으로 눈을 돌리게 하는 계기를 제공했다. 개별적인 작가나 시인을 언급할 때 역시 이와

---

1 이러한 입장에 있는 대표적인 연구로 문학사와비평연구회, 『1960년대 문학연구』(예하, 1993)을 들 수 있다.
2 김병익 외, 『현대한국문학의 이론』, 민음사, 1974.

같은 시기적인 구분이 적용될 수 있을 것이다. 예컨대 1960년대 이전에 등단해서 작품활동을 계속하는 시인의 경우, 1960년대 문학에 해당하는 작품은 1960년대를 전후해서 쓰인 시로서 1960년대적인 특성을 담지하고 있는 작품에 한정될 것이다.

1950년부터 4·19 이전까지의 10여 년 정도에 해당하는 1950년대 문학은 전쟁 체험과 그에 따르는 사회적인 상황, 개인적인 상흔 등을 다루는데 집중되어 있었다. 전쟁의 참상을 고발하고 잃어버린 인간성을 회복하려는 휴머니즘적 성향은 모두 전쟁의 체험에서 비롯된 것이다.[3] 1950년대 문학은 전쟁과 그것으로 인해 왜곡되고 파괴되는 삶의 모습들을 문학적인 주제로 하고 있다. 인간 존엄성의 상실과 황폐한 삶을 주제로 한다고 하더라도 그 궁극적인 원인이 전쟁에 있다는 것이다. 이런 맥락에서 본다면 4·19는 현대사의 중요한 한 사건인 동시에 문학에서도 중요한 전환점이 된다. 4·19를 계기로 문학작품도 '전쟁'이라는 테두리를 벗어나 새로운 역사적·사회적인 주제들을 받아들이게 되는 것이다. 1960년대 문학을 '전쟁 체험을 비로소 객관적으로 성찰하기 시작한 시기의 문학'[4]이라고 보는 것이나, '전후의식을 극복하고 현실적 상황에 대응할 수 있는 문학의 힘'이 요구되었다고 보는 견해[5]는 이러한 상황을 반영하고 있다.

여기에 자유민주주의에 대한 갈망, 경제적인 위기감 등의 상황 속에 놓이게 되면서 1960년대 문학은 소재나 주제 면에서 1950년대 문학과는 전혀 다른 내용들을 가지게 된다. 4·19는 전쟁의 피해의식에서 벗어나지 못하고 있던 한국 사회에 자유와 권리에 대한 자기 각성, 사회적 현실에 대

---

3 '전후문학'의 개념에 대한 정리는 문혜원, 「한국 전후시의 실존의식 연구」, 서울대 박사논문, 1996, 1~3쪽 참조.
4 하정일, 「주체성의 복원과 성찰의 서사」, 『1960년대 문학 연구』, 깊은샘, 1998, 18쪽.
5 권영민, 『한국현대문학사』, 민음사, 1993, 179쪽.

한 비판적인 인식, 민족의 역사에 대한 신념을 다시 불러일으켜 놓았다. 1960년대 문학의 내용을 이루고 있는 것은 이 같은 사회적인 변화와 그에 대한 대응이다.

1960년대 문학의 이러한 특징들은 1970년대의 문학으로 열려 있다. 예컨대 4·19를 계기로 해서 제기되는 자유에 대한 갈망은 유신정권 하에서 더욱 심화되고, 경제적인 부분에서의 근대화 역시 그로 인한 결과가 문학에 반영되는 것은 1970년대이기 때문이다. 이렇게 볼 때 1960년대는 1970년대로 넘어가는 전사적前史的 성격이 강하다고 볼 수 있다. 그런 의미에서 1960년대 문학은 그 자체로 완결된 것이 아니라 열려 있는 것으로 해석되어야 한다.

2. 순수 · 참여 논쟁

1960년대 문학의 특징 중에서 가장 중요한 것은 문학의 사회성에 대한 관심이 집중된다는 점이다. 이는 전후문학이 전쟁을 적극적인 시각에서 해석하지 못하고 단지 그 상처와 피해의식만을 다루고 있는 것과는 사뭇 다른 방식이다. 현실적인 면에서 4·19는 실패로 끝났지만, 이를 계기로 문학에서는 문학의 사회성에 대한 논의들이 새롭게 대두되기 시작한다. 순수 · 참여 논쟁은 그러한 사회 분위기를 반영하는 대표적인 논쟁이었다.

이 논쟁은 1950년대 후반부터 관심이 고조되어 온 참여론에 대한 서정주의 발언에서부터 시작된다고 볼 수 있다.[6] 그의 「사회참여와 순수 개념」

(『세대』, 1963.10)은 전후세대의 참여문학론에 대한 비판으로 요약될 수 있다. 이 글에서 서정주는 우리 문학사의 흐름을 '사회 참여와 순수'라는 두 개의 개념으로 나눈 후, 사회참여문학의 예로 식민지시대의 카프를 들고 있다. 그에 따르면 참여문학의 실체는 궁극적으로 사회주의문학을 지향하는 것이다. 서정주는 이에 맞서는 개념으로 '순수문학'의 범주를 설정하고 옹호한다. 이에 대해 홍사중은 작가가 현실의 문제를 외면하고 역사와 현실로부터 도피하거나 현실을 거부하여 주관적 진실에 기대는 것을 경계해야 한다고 주장하고 있다.[7] 한편 이형기는 「상식적 문학론」(『현대문학』, 1962.6~1963.2)에서 비평의 기능은 미를 창조하는 일이라는 견해를 밝히고 있다. 즉 "창조된 미의 질서는 일체의 설명이나 해부를 허락치 않고 다만 감동의 대상이 될 뿐"이라고 주장했다. 이러한 견해는 비평이 객관적인 장르라는 생각을 전면적으로 거부하고, 오히려 비합리적이고 주관적인 성격을 강조하는 것이다. 김병걸·김우종·김진만 등 참여론자들의 비판이 이어지자, 이형기는 순수문학이 '반정치문학'이지 '비현실의 문학은 아니'라고 반박하면서 순수문학은 '어떤 정치적 목적의 수행을 위해 문학을 도구시하는 정치주의 문학'을 거부하는 '인간성 옹호의 문학'이라고 주장한다. 이러한 입장은 그 후 인간과 현실이 '상호의존적인 연대권'을 형성하고 있다는 입장[8]으로 변화하지만, 기본적으로는 문학의 자율성을 옹호하는 입장에서 벗어나지 않고 있다.

　김붕구는 「작가와 사회」(『세대』, 1967.11)에서 실존주의 문학에서 제기한

6　순수·참여 논쟁에 대한 자세한 내용은 임영봉, 『한국현대문학비평사론』(역락, 2000)과 허윤회, 「1960년대 '순수' 비평의 의미와 한계」, 『1960년대 문학연구』(깊은샘, 1998)를 참고하고 있다.
7　홍사중, 「작가와 현실―서정주 씨의 글을 읽고」, 『한양』, 1964.4.
8　이형기, 「작가의 성실성」, 『사상계』 152, 1965.10.

'참여'의 개념을 문제삼고 있다. 그는 작가를 '사회적 자아'와 '창조적 자아'로 구분하고 있다. 생활을 하는 일상인으로서의 작가가 '사회적 자아'라면, 창작활동을 하는 작가의 자아는 '창조적 자아'이다. 이 두 자아 간의 갈등은 사르트르와 카뮈의 예를 빌어 설명된다. 김붕구는 사르트르의 참여문학이 결국에는 프롤레타리아 혁명의 이데올로기로 귀결될 것이며 창조적 자아를 억압할 것이라고 보고 있다. 김붕구는 작가에게서 중요한 것은 어떤 이데올로기에 집착하기보다는 "한 인간으로서의 전인격적인 개성과 창조적 자아에 충실함으로써 선입견이나 조작 없이, 작품 속에 '나'를 송두리째 투입시키는 성실성"이라고 생각하고 있다. 정명환은 사르트르에 대한 비판으로 기울어진 김붕구의 글과는 달리, 사르트르의 사상적 편력의 원천을 탐구하고 문학의 참여에 대한 생각들을 심화시키고 있다.[9]

이어령

　　순수·참여 논쟁이 다시 한번 불거지는 것은 이어령과 김수영 사이에 벌어진 '불온시' 논쟁에서이다. 이 논쟁은 이어령의 「에비가 지배하는 문화」(『조선일보』, 1967.12.18)에 김수영이 반론을 제기하면서 시작된다. 이어령은 이 글에서 한국 문화가 "창조력이 극도로 위축된 시기의 문화"라고 지적하고, 이처럼 문화가 침묵하게 된 원인을 "존재하지도 않는 막연한 '에비'를 멋대로 상상하고 스스로 창조의 자유를 제한"하는 문화인들 자신에게 있다고 주장한다. 이에 대해 김수영은 문화의 침묵이 "문화인의 소심증과 무능에서보다도 유상무상의 정치 권력의 탄압" 때문이라는 반론을 제기한다.[10] 이에 대한 이어령의 반박과 김수영의 재반박의 과정을 통해 나타나는 이어령의 참여문학론은,

---

9　정명환, 「실존주의 문학과 인간」, 『현대문학의 새로운 사조』, 신구문화사, 1963.
10　김수영, 「지식인의 사회참여」, 『사상계』 177, 1968.1.

문학이 정치적인 목적을 위한 수단이기를 거부하는 것으로 요약될 수 있다. 이는 작가의 사회 참여를 제한적인 시각으로 바라보는 김붕구의 시각과 닮아 있다.

순수·참여 논쟁은 문학의 사회성에 대한 근본적인 질문인 동시에 전후에 유행했던 실존주의철학에 대한 정리의 의미도 가지고 있었다. 비록 논의의 깊이에 한계가 있긴 했지만, 이들의 논의는 작가의 사회적인 책무를 되짚어보게 하는 중요한 계기가 되었다. 문학의 사회성에 대한 이러한 생각들은 시에서도 참여시라는 중요한 하나의 축을 만들어내게 된다.

또한 문학을 창작하는 주체의 면에서 볼 때 1960년대에 활동한 작가들은 6·25 당시 초등학교를 다녔고 성장해서는 실용주의의 영향을 받았으며 외국문학에 대한 체계적인 독서가 가능한 세대였다. 학문 분야에서는 영어를 직접 교육받은 학자들에 의해 서구의 문학이론들이 소개되었다. 실존에 대한 막연한 접근으로 끝났던 전후의 실존주의 소개와 비교할 때, 이들의 연구는 보다 체계적이고 학문적으로 이루어졌다. 당시에 시작된 강단비평은 이러한 특징들을 잘 반영하고 있다. 문학을 전공으로 선택하고 연구하는 젊은 연구자들에 의해 문학을 하나의 학문으로 정착시키려는 노력이 생겨난 것 또한 이 시기이다. 이와 아울러 T. S. 엘리엇 등 중요한 문학적 전범들이 본격적으로 소개됨으로써 문학에 대한 깊이 있는 반성이 이루어지는 한편, 대학 국문학과를 중심으로 한국 근대문학의 정리 작업이 시작되었다.[11] 이러한 특징을 요약하자면 1960년대는 사회적인 변화와 아울러, 문학에 대한 심도 있는 이해와 한국문학에 대한 자의식이 싹트는 시기였다고 할 수 있다.

---

11 김윤식, 『한국현대문학사』, 일지사, 1976, 62~64쪽.

3. 1960년대 시의 세 가지 유형

1) 시와 현실참여

1960년대의 시를 논할 때 가장 먼저 이야기될 수 있는 것은 역시 4·
19 체험이다. 혁명은 실패로 끝났지만, 그로 인한 사회적인 변화들은 문
학에도 그대로 반영되어 1950년대 후반부터 제기되어 온 현실참여론이
좀더 구체화되는 계기를 만들게 된다. 문학이 사회적인 현실에 대해 적극
적인 관심을 가져야 한다는 생각은 전후 실존주의철학의 소개에서 비롯된
것으로, 이것이 4·19를 계기로 보다 더 구체화되는 것
이다. 문학의 현실참여를 주장하는 이러한 시각은, 문학
이 현실과 떨어져 존재할 수 없다는 기본적인 생각을 바
탕으로 하고 있다. 또한 그것은 김종문·신동문·박봉우
등 전후 시단에서 적극적인 현실참여적인 시를 썼던 시인
들의 연장선상에 있다.

신동문

　　　1960년대의 참여시를 이야기할 때 가장 먼저 거론되는
것은 김수영과 신동엽이다. 김수영은 전후에 결성된 '후반기'의 동인으로
서 전후 시단에서 중요한 위치를 차지하고 있는 시인이다. 그의 초기시는
모더니즘적인 경향들을 보이는 가운데, 자신의 정체성에 대한 질문이 주제
를 이루고 있다.

사람이란 사람이 모두 고민하고 있는
어두운 대지를 차고 이륙하는 것이

이다지도 힘이 들지 않는다는 것을 처음 깨달은 것은

우매한 나라의 어린 시인들이었다

헬리콥터가 풍선보다도 가벼웁게 상승하는 것을 보고

놀랄 수 있는 사람은 설움을 아는 사람이지만

또한 이것을 보고 놀라지 않는 것도 설움을 아는 사람일 것이다

그들은 너무나 오랫동안 자기의 말을 잊고

남의 말을 하여왔으며

그것도 간신히 떠듬는 목소리로밖에는 못해왔기 때문이다

설움이 설움을 먹었던 시절이 있었다

이러한 젊은 시절보다도 더 젊은 것이

헬리콥터의 영원한 생리이다

— 김수영, 「헬리콥터」 부분

    헬리콥터는 무제한적인 자유와 상승의 상징이면서 동시에 '설운 동물'로 표현된다. 서양의 편리한 기구인 헬리콥터는 풍선보다도 더 가볍게 상승하며 자유롭다는 면에서 지상에 있는 인간의 선망의 대상이다. 그 헬리콥터를 바라보는 시인은 '너무나 오랫동안 자기의 말을 잊고 남의 말을 하여' 온 사람이다. 그러한 감정이 투영된 눈으로 보면, 헬리콥터는 자유롭지만 서러운 '비애의 수직선'을 그리면서 날아간다. 이 시는 무한 공간을 날아가는 헬리콥터의 자유로움과 그것을 바라보는 화자의 시각이 모순되게 엇갈리며 나타나 있다. 그러나 4·19를 전환점으로 해서 김수영의 시는 실험적인 시도들이 사라지는 대신 사회적인 현실과 생활이 전면에 나타나게 된다. 4·19 직후에 쓰인 「푸른 하늘을」이 혁명 체험을 직접적으로 노래했다면, 「그 방을 생각하며」나 「파자마 바람으로」, 「만용에게」와

같은 시들은 혁명이 실패한 후, 자신의 생활 속에서 발견하게 되는 일상성을 솔직하게 그려내고 있다.

> 파자마 바람으로 우는 아이를 데리러 나가서
> 노상에서 지서(支署)의 순경을 만났더니
> "아니 어디를 갔다 오슈?"
> 이렇게 돼서야 고만이지
> 어떻게서든지 체면을 차려볼 궁리 좀 해야지
> (…중략…)
> 파자마 바람으로 쥬우스를 마시면서
> 프레이서의 현대시론을 사전을 찾아가며 읽고 있으려니
> 여편네가 일본에서 온 새 잡지 안의
> 김소운(金素雲)의 수필을 보라고 내던져준다
> 읽어보지 않으신 분은 읽어보시오
> 나의 프레이서의 책 속의 낱말이
> 송충이처럼 꾸불덩거리면서 어찌나 지겨워 보이던지
> 이렇게 돼서야 고만이지
> 어떻게서든지 체면을 차려볼 궁리 좀 해야지
>
> —김수영, 「파자마 바람으로」 부분

'나'의 모습은 혁명 투사나 양심적인 지식인과는 거리가 먼 생활 무능력자이다. 프레이서의 현대시론과 일본 잡지들을 원어로 읽고 있지만, 그러한 지식은 오히려 송충이처럼 지겨운 것이다. 여기에는 행동이 뒤따르지 않는 지식에 대한 혐오와 자신에 대한 반성이 들어 있다. 이러한 김수

영의 시를 참여시라고 하는 것은 혁명에 바쳐진 그의 시들이 가지고 있는 직접적인 현실참여와 비판의 목소리 때문이다. 그러나 이 시들은 혁명을 기억하고 기념하는 성격을 가지고 있어서 유사한 내용을 가진 다른 시들과 크게 다르지 않다.

김수영의 시에서 돋보이는 것은 혁명을 기념하는 몇몇의 시가 아니라, 오히려 혁명 후의 자신의 일상성을 고발하는 시들이다. 혁명이 실패하고 사회적인 억압으로 비판이 간접화될 수밖에 없는 상황에서 그는 현실에 무능한 자신을 풍자함으로써, 그 원인인 사회 현실을 간접적으로 풍자하는 방식을 취한다. 김수영의 자기 풍자는 지식인이 아무것도 할 수 없는 사회적인 상황과 정치적인 억압에 대한 울분을 감추고 있는 것이다. 이는 「지식인의 사회 참여」나 「반시론」 등 그의 산문과 비교하면 훨씬 간접적이고 완곡한 표현 방식이다. 김수영의 시는 비판이 허용되지 않는 상황에서 사회적인 문제들을 내면화하는 방식으로 쓰여진다.

김수영이 4·19 이후의 현재적인 삶을 보여주고 있다면, 신동엽은 4·19를 과거에 있었던 역사적 사실들에 연결시킴으로써 역사적인 의의를 부여하고자 한다.

우리들은 하늘을 봤다
1960년 4월
역사를 짓눌던, 검은 구름장을 찢고
영원(永遠)의 얼굴을 보았다.

잠깐 빛났던,
당신의 얼굴은

우리들의 깊은
가슴이었다.

하늘 물 한아름 떠다,
1919년 우리는
우리 얼굴 닦아놓았다.

1894년쯤엔,
풀에도 나무 등걸에도
당신의 얼굴은 전체가 하늘이었다.

하늘,
잠깐 빛났던 당신은 금세 가리워졌지만
꽃들은 해마다
강산을 채웠다.
태양과 추수(秋收)와 연애와 노동.

— 신동엽, 「금강」 서장 부분

    4·19는 3·1운동과 동학혁명의 연장선상에 있는 역사적인 사건으로 묘사된다. 3·1운동과 4·19, 그리고 동학혁명의 공통점은 '하늘'로 상징되는 자유를 체험할 수 있었던 시간이라는 점이다. 자유는 금방 짓밟히고 **빼앗겨버렸지만**, 꽃들이 해마다 다시 피어나듯이 자유를 향한 의지와 항거정신은 살아서 계속된다. 자유는 시공간의 한계를 뛰어넘는 인간의 근본적인 의지인 것이다. 자유를 향한 의지와 항거가 계속되는 한 4·19

는 실패한 혁명이 아니라 영원히 이어질 역사적인 사건으로 남게 된다. 신동엽은 그러한 힘을 역사적인 맥락에서 찾고 있다. 현실과 역사를 접목시키는 이러한 시도의 이면에는 당면한 현실에 대한 부정적인 시각이 자리하고 있다.

신동엽

바람은 부는데,
꽃피던 역사의 살은
흘러갔는데,
폐촌(廢村)을 남기고 기름을
빨아가는 고층은 높아만 가는데.

말없는 내 형제들은
광화문 창 밑, 고개 숙이고
지나만 가는데.

오원짜리 국수로 끼니 채우고
사직공원 벤치 위
하루 낮을 보내노라면
압록강 철교 같은 소리는
들려오는데.

바다를 넘어
오만은 점점 거칠어만 오는데
그 밑구멍에서 쏟아지는

찌꺼기로 코리아는 더러워만 가는데.

―신동엽, 「三月」부분

이 시에는 그가 바라보는 현실의 다양한 모습들이 반영되어 있다. 청년들이 떠나 폐촌이 되어 버린 마을과 노동자들의 피땀으로 나날이 번창해 가는 고층빌딩, 일자리를 얻지 못해 거리를 헤매는 부랑자들, 사방에서 몰려드는 외세의 억압과 간섭, 이것들이 그가 파악한 현실이다. 역사는 이처럼 부정적인 현실과 대비되는 유토피아인 셈이다. 신동엽은 역사에서 우리 민족이 힘을 모았던 시기를 찾아내고 그를 바탕으로 조국의 희망찬 미래를 건설할 것을 노래한다. 그의 시가 힘이 있고 의지적인 것은 역사에 대한 믿음 때문이다. 「금강」은 역사에 대한 믿음을 바탕으로 민중의 힘을 노래하고 분단된 조국의 현실을 극복하려는 의지가 결집된 신동엽 시의 완결판이다.

이성부

조태일

김수영과 신동엽으로 대표되는 참여시는 1960년대 후반에 등장하는 이성부·신경림·조태일·최하림 등에 의해서 지속된다. 「벼」로 대표되는 이성부의 시는 '우리'라는 공동체의식을 바탕으로 민중이 단결해야 함을 주장하고 있고, 조태일의 「식칼론」은 반민주적이고 반민중적인 일체의 행위에 대한 고발과 투쟁을 주제로 하고 있다. 또한 신경림의 「겨울밤」, 「시골 큰 집」 등에 나타나는 농촌 정서와 농민들의 삶의 모습은 농촌을 소재로 하는 민중시들의 표본이 된다. 최하림의 시 역시 고통받는 민중의 한과 울분을 표출하고 있다. 이들의 시는 1970년대에 들어서 본격적으로 쓰여지며, 막연한 개

넘이었던 '참여시'는 '민중시'라는 개념으로 발전하며 화사한 꽃을 피우게 된다.

2) 서정시의 변화와 발전

현실참여에 대한 목소리가 높아지자, 순수서정시를 쓰는 시인들에 의해 그에 대한 경계의 목소리들이 나오기 시작한다. 이들은 참여시가 현실에만 초점을 맞춤으로써 시의 영역을 좁히고 인간의 자유로운 정신을 억압할 수도 있다고 보았다. 이러한 경향에는 이미 전후에 주목되는 작품을 발표하고 있었던 김종삼이나 천상병 등의 시작활동은 물론, 새롭게 등장하는 신진시인들의 시들이 다수 포함되어 있다.

신진시인들 중에 돋보이는 것은 1962년에 결성된 '현대시' 동인들이다. '현대시' 동인은 1971년 동인지 26집을 내면서 해체되지만, 이들의 시는 동인이 해체된 후에도 강력한 영향을 미친다. 10여 년에 걸친 기간 동안 적지 않은 시인들이 가입과 탈퇴를 반복했기 때문에, '현대시' 동인을 정확하게 규정하는 것은 쉽지 않다. 그러나 활동의 내용과 본인의 의사 등을 감안해볼 때, 이 동인에 해당하는 시인들로는 정진규·이승훈·오탁번·오세영·이건청·마종하·이수익·박의상·이유경·김종해·김규태·허만하·주문돈 등을 들 수 있다.[12] 이들의 시적인 입장은 섣불리 새로운 시의 사조를 표방하지 않는다는 것과 언어에 대한 탐구를 바탕으로 한다는 것, 그리고 내면적인 리얼리티를 포착하는 것[13]으로 요약된다. 이것은 동인들

---

12 허혜정, 「60년대 〈현대시〉 동인들의 시운동과 시사적 위치」, 『현대시학』 327, 1996.6.
13 「선언문」, 『현대시』 6, 1964. 위의 허혜정의 글에서 발췌.

정진규

이 하나의 동인을 표방하긴 하지만 의도적으로 시세계를 통일시키지는 않을 것이라는 점과 시의 재료인 언어에 대해 관심을 기울이겠다는 것, 그리고 인간 존재의 내면성을 탐구함으로써 당시 유행하던 참여시들과 구별되는 시를 쓰겠다는 것을 의미한다. 이들이 참여시에 반대적인 입장을 취하면서 각별히 언어와 내면성 탐구를 강조한 것은, 자신들의 시가 이전에 쓰여지고 있는 전통 서정시들과 구별됨을 분명히 하기 위한 것으로 짐작된다. 실제로 이들은 리리시즘을 지지하되 그 "변형적 조형을 실험"한다고 공표하기도 했다.[14] '현대시' 동인이 목표로 했던 것은 서정성과 현대성의 결합이며, 그 '현대성'이 곧 언어에 대한 인식으로 나타나는 것이다.

실제 '현대시' 동인의 시세계는 복합적이고 다양하다. 정진규·오세영·이수익 등의 시가 언어의 탐구에 주력하면서도 실험성보다는 서정성의 확립에 비중을 두고 있다면, 이승훈은 언어에 대한 탐구에 몰두하면서 전위적이고 실험적인 시쓰기에 집중한다. 또한 이건청의 시가 환상적인 경향을 보이는 데 반해, 김종해의 시는 상대적으로 현실적인 측면이 강하다. 정진규는 사소하고 일상적인 생활을 적극적으로 받아들이면서 그 안에서 언어를 갈고 다듬는 데 치중한다. 그의 시는 특별히 서정적인 소재나 분위기를 택하지 않고 일상의 일들을 소재로 사용하면서도 긴장과 응축의 미를 잃지 않는다.

우수날 저녁

---

14 「서문」, 『현대시』 8, 1966. 고형진, 「〈현대시〉의 중심잡기와 방법적 갱신」, 『현대시학』 327, 1996.6 참조.

그 전날 저녁부터

오늘까지 연 닷새간을

고향, 내 새벽 산여울을

찰박대며 뛰어 건너는

이쁜 발자욱 소리 하날

듣고 지내었더니

그 새끼발가락 하날

가만가만 만지작일 수도 있었더니

나 실로 정결한 말씀만 고를 수 있었더니

그가 왔다.

진솔 속곳을 갈아입고

그가 왔다.

이른 아침,

난 그를 위해 닭장으로 내려가고

따뜻한 달걀

두 알을 집어내었다.

경칩이 멀지 않다 하였다.

— 정진규, 「따뜻한 달걀」 전문

　'그'를 기다리는 시인의 자세는 정결하고 소박하다. '그'가 계절적으로 봄을 의미한다면, 시인은 절기가 오기 전에 이미 계절의 순환을 감지하고 있다. 그것은 어릴 적 고향의 여울을 뛰어 건너던 발자국 소리 같은 것이고, 만져지던 새끼발가락의 감촉 같은 것이다. 시인은 인간이 만들어놓은 달력을 보고 그것을 아는 것이 아니라, 몸의 감각으로 느끼고 있다. 그리고 '그'를 위해 금방 낳은 따뜻한 달걀 두 개를 준비한다. 달걀 두 알은 보잘것없고 작은 것이지만, 지금에야 막 세상에 온 가장 깨끗하고 순수한 것이다. 시인은 자연의 흐름을 감지하고 겸허하게 몸을 낮추고 있다. 정진규의 시는 일상에서 얻어지는 깨달음들을 조용하고 쉽게 풀어놓는다. 한편 오세영의 초기시는 감성적이고 신선한 이미지들을 사용하여 문명에 대한 비판을 시도하고 있다.

타버린 정신들은 어디 갔는가
가령, 설원(雪原)에 버려진 장미꽃 하나
혹은, 알타이에 떨어지는 햇살,
바람과 소나기, 그리고 유월은
불탄다.

내 살 속에서 희미한 불빛들이
뛰어가고, 알코올이 출렁이는 바닷가에서
이십세기는 불을 지핀다. 물질이 흘린
피. 싸늘한,
실용(實用)의 새는 날 수 있을까,
어두운 내 얼굴들을 날아서, 찬 서리 내린 굴뚝과,
기계들이 죽은 무덤을 넘어서
어제의 어제를 넘어서
달에 도달할 수 있을 것인가,

— 오세영, 「불 1」 부분

이 시에서 그려지는 것은 물질에 대한 비판과 정신
적인 가치의 우월성이다. '물질이 흘린 피'는 싸늘한
것으로 표현되고 기계로 대표되는 실용주의는 인간의
현재 삶을 부정적인 것으로 만드는 요인으로 파악된
다. 시인은 이러한 비인간적인 요소들로 가득 찬 현실
속에서 '타버린 정신'을 그리워하고 있다. 그러나 문
명 비판이라는 주제는 "설원에 버려진 장미꽃 하나",
"알타이에 떨어지는 햇살"과 같은 감성적인 이미지들

오세영

에 가려서 선명하게 살아나지 않는다. 이것은 주제의식이 뚜렷하지 않다
기보다는 시인이 언어 선택에 각별한 관심을 기울이고 있음을 보여준다.
"앙상한 눈들이 내린다. / 헌 외투의 승려가 지나가고 / 식어버린 어휘들이
굴러다닌다. / 현상의 미끄런 빙판 위로 / 여윈 발들이 달린다"(「反亂」)와
같은 부분에서 드러나는 감각적인 언어들은, 이후 그가 철학적인 사유 쪽
으로 방향을 바꾸면서 절제되고 다듬어진 언어들로 변화된다. 이들의 시
에 비한다면 이수익의 시는 상대적으로 가장 서정적인 경향을 보여주고
있다.

우체국에 가면
잃어버린 사랑을 찾을 수 있을까
그곳에서 발견한 내 사랑의
풀잎 되어 젖어 있는
비애를
지금은 혼미하여 내가 찾는다면
사랑은 또 처음의 의상(衣裳)으로

돌아올까

우체국에 오는 사람들은
가슴에 꽃을 달고 오는데
그 꽃들은 바람에
얼굴이 터져 웃고 있는데
어쩌면 나도 웃고 싶은 것일까
얼굴을 다치면서라도 소리내어
웃고 싶은 것일까

—이수익, 「우울한 샹송」 부분

1987년 제32회 현대문학상을 수상하던 날 박의상과 함께 한
이수익

'우체국'이라는 낭만적인 장소를 배경으로 사랑과 이별이라는 전통적인 서정시의 주제를 다루고 있다. '우울'이나 '샹송'이라는 제목이 그렇듯이, 이 시는 낭만적인 단어와 어조, 분위기를 살림으로써 대중적인 호소력을 획득하고 있다. 이런 면에서 그의 시는 '현대시' 동인들 중에서도 가장 전통적인 서정시를 지향한다고 할 것이다.

김종해의 시는 이들의 시와는 조금 달리 삶의 쓸쓸함과 고단함에서 출발하고 있다. "12월 초순에도 빨간 겨울망개가 열리는 눈에 묻힌 나의 마을에는 / 난롯가에 앉아 두 볼이 붉은 아낙들이 커다란 귀바늘을 쥐고 / 일하는 것을 볼 수 있다 / 눈에 덮인 이 마을의 창틀마다 /

황홀한 화제와 불빛이 새어나고 / 한겨울밤 아낙들이 하는 그 고요의 뜨개질에 / 천사의 제일 아름다운 詩와 / 꿈의 세포가 짜여진다"(「나의 마을」) 같은 시는 일상에 포인트를 맞추고 있다는 면에서는 정진규와 유사하지만, 쓸쓸함과 고요함에 치우쳐 있다. 정진규의 시가 일상에서 얻어지는 깨달음을 향해 있는 것이라면, 김종해의 시는 일상의 생활 자체가 가지고 있는 쓸쓸함과 고통에 초점을 맞추고 있다. 이러한 특징은 이후 강렬한 현실의식을 담게 되는 김종해의 시적인 변화를 예고하는 것이다.

이외에도 개성적인 시세계를 보여주는 시인들로 성찬경·박희진·박이도 등을 들 수 있다. 성찬경의 「화형둔주곡」은 자유롭고 강렬한 이미지와 자유분방한 상상력이 돋보인다.

관성을 가득 실은 기관처럼 늠름히
산과 산은 땅의 끝까지 둔주하고
그 너머 피로 빚은 듯 붉은 술의
바다가 뒤집혀 비등한다
굉음이 소리 없이 흘러 진혼곡을 연주하고
그 가락에 몰리어 미려한 표정으로
태양이 오늘을 운명(殞命)한다.

성찬경

내 속에서도 마침내 숨져가는 한 마리의 청춘.
에메랄드의 육각주. 툰드라 지대에 귀양 온 후
오오로라만을 더불어 수작하다 화석된 베고니아.
시간의 밭이랑마다 뿌려온 로꼬꼬의 몸부림.
거기에 싹트는 것은 기억의 불사신.

더러는 천사. 더러는 음귀(陰鬼). 이제 서로 얼싸안고

난무하며 노래하라. 알뜰한 오늘의 결별을.

— 성찬경, 「화형둔주곡」 부분

산과 바다와 태양이 어우러진 공간에서 시인은 진혼곡을 들으며 장렬하게 죽어간다. 그러나 그 죽음은 시인의 자의에 의해 선택되는, 불길에 휩싸이는 것처럼 강렬하고 황홀한 것이다. 이 강렬함은 그의 시가 이해보다는 공감에 호소하고 있음을 증명한다. 박희진은 가장 순수한 언어로 맑고 순정한 감정의 세계를 노래한다.

밤이 되어 찬란한 보석들이 어둔 하늘을 수놓을 때엔 배가 고파도 견딜 수 있어라 실상 이렇게 유리와 같은 가슴의 벽을 넘나드는 투명한 슬픔은 내 아무런 생의 집착을 지니지 않음이니 이대로 돌사람처럼 꽃다운 하늘 아래 단좌하여 허(虛)할 수 있음이여 나는 아노니 이윽고 내 야기(夜氣)에 젖어 차디찬 입가엔 그 은밀한 얇은 파문이 새겨질 것을.

— 박희진, 「虛」 전문

이 시에서 보이는 것은 세속적인 욕망이 완전히 제거된 무색 투명의 감정이다. '생에의 집착'을 가지지 않음으로 해서 그의 정신은 '허虛'의 상태에 이를 수 있는 것이다. 이처럼 인간의 욕망이 개입되지 않는 맑음은 시의 형식에도 영향을 미쳐 절제를 갖춘 4행시 창작으로 나타난다. 한편 박이도는 기독교적인 세계관을 바탕으로 한 자아 성찰을 보여준다.

내 회상의 숲속엔

이제 아무도 거닐지 않는다

밤바다에 닻을 내린

목선의 꿈처럼

뒤척이는 물소리에 사라진

내 어린 그림자의 행방을

이제 아무도 모른다

(…중략…)

내 사랑의 싹이 움트고

내 지혜의 은도(銀刀)가 빛나던

밤나무 숲속,

새들의 노래는 퍼져가고

노을 속에 물드는 강물의 꿈은

멀리 멀리 요단강으로 흘러가듯

그때 발성하던 내 목소리를

이제 누가 기억하고 있으랴.

박이도

―박이도,「회상의 숲 1」부분

　　그의 시가 투명하고 맑은 서정성을 유지하고 있는 것은 신에 대한 믿음
과 의지 때문으로, 거기에 나타나는 경건함과 정갈함은 종교시의 한 영역
을 개척하고 있다. 이외에도 홍윤숙을 위시한 여류시인들의 등장을 지적
할 수 있다. 이들이 다양하면서도 본격적인 활동을 펼치는 것은 1970년대
의 일이므로, 여기서는 그들의 등장을 지적하는 것으로 그친다.

3) 주지적인 경향과 언어의 실험

1960년대 시단의 또 한 가지 특징은 언어에 대한 탐구 현상이 두드러진다는 점이다. 물론 서정시를 썼던 시인들 역시 이전 세대의 타성적인 언어에서 벗어나 새로운 언어를 추구했던 것이 사실이다. 그러나 특별히 유형을 달리하는 이유는, 시의 재료로서의 언어에 대한 인식이 언어 실험으로 이어지거나 직접적으로 시에 반영되어 있는 일군의 시인들을 설명하기 위한 것이다. 이 유형은 대상을 객관적으로 인식하고 주지적인 언어를 사용하여 그것을 표현한다는 점에서 김춘수·김구용·김광림 등의 언어적인 실험의 연장선상에 있다.

이 유형에 속하는 시인들로는 문덕수·이승훈·이건청·박의상 그리

마종기

고 『평균율』 동인인 황동규·김영태·마종기 등을 들 수 있다. 이들은 언어를 다루는 방식에 따라 조금씩 다른 편차를 보인다. 문덕수의 시는 철저하게 조형된 언어를 통하여 이미지를 만들어내는 데 치중하고 있는 반면 이건청의 시는 초현실적인 영역에 걸쳐져 있다. 이승훈의 시는 비대상을 시의 영역으로 끌어들이면서 언어 자체에 질문을 던지고 있다. 이에 비하면 황동규·김영태·마종기 등

은 기존의 서정성에 주지적인 요소를 가함으로써 주지적인 서정시 경향을 나타내고 있다. 이외에도 1970년대에 활발한 활동을 보여주는 정현종과 오규원의 등장을 주목할 수 있을 것이다.

문덕수는 주지적인 언어를 사용하여 선명한 이미지를 만들어내는 데 주력했다. 기하학적인 상상력으로 설명되는 그의 초기시는 선과 점 등의 요소를 이용해서 하나의 이미지가 만들어내는 과정을 독특하게 표현하고 있다.

선(線)이

한 가닥 달아난다.

실뱀처럼,

또 한 가닥 선(線)이

뒤쫓는다.

어둠 속에서 빛살처럼 쏟아져 나오는

또 하나의, 또 하나의, 또 하나의

또 하나의

선(線)이

꽃잎을

문다.

(…중략…)

찢어진다.

떨어진다.

거미줄처럼 짜인

무변(無邊)의 망사(網紗),

찬란한 꽃 망사 위에

동그만 우주가

달걀처럼

고요히 내려앉다.

문덕수

　　　　　　　　　　　　— 문덕수, 「선에 관한 소묘 1」 부분

시를 이루고 있는 것은 "빛살처럼 쏟아져 나오는" 선의 연속이다. 마치

뱀과도 같은 한 가닥의 선들이 연속해서 이어지며 꽃잎 하나를 만들고, 다시 꽃 한 송이를 만들고, 동그만 우주를 만든다. "거미줄처럼 짜여진 무변無邊의 망사網紗"라고 표현된 꽃잎에는 특정한 형체 대신 무수한 선의 흔적들만이 있다. 그것이 모여 꽃잎을 이루고, 꽃을 이루고, 전 우주를 받쳐드는 것이다. 그는 이처럼 대상의 사물적인 특징을 포착하고, 그것을 주지적인 언어로 옮기는 데 주력한다. 이때 언어는 시인의 감정을 전달하는 도구가 아니라, 사물의 사물성을 드러내는 그릇이 된다.

이승훈은 같은 '현대시' 동인들 중에서도 이색적인 존재이다. 그는 대상을 주지적으로 묘사하는 데 그치지 않고 한 걸음 더 나아가 대상을 인식하고 그것을 옮겨 적는 것 자체를 거부한다. 개념적인 언어들을 거부하고 철저히 직관에 의한 언어를 선택하는 것이다. 그의 시에서 언어는 대상을 설명하거나 묘사하는 것이 아니라, 언어 자체의 구조에 의해서 연결된다.

사나이의 팔이 달아나고 한 마리 흰 닭이 구 구 구 잃어버린 목을 좇아 달린다. 오 나를 부르는 깊은 명령의 겨울 지하실에선 더욱 진지하기 위하여 등불을 켜고 우린 생각의 따스한 닭들을 키운다. 닭들을 키운다. 새벽마다 쓰라리게 정신의 땅을 판다. 완강한 시간의 사슬이 끊어진 새벽 문지방에서 소리들은 피를 흘린다. 그리고 그것은 하이얀 액체로 변하더니 이윽고 목이 없는 한 마리 흰 닭이 되어 저렇게 많은 아침 햇빛 속을 뒤뚱거리며 뛰기 시작한다.

—이승훈, 「사물 A」 전문

이 시에는 현실적인 대상 대신 단절되어 있는 몇 개의 기호들만이 나열되어 있다. 제목인 '사물 A'는 이 시의 대상이 특정한 어떤 것이 아님을 보여준다. 여기서 드러나는 것은 단지 시인의 직관을 통해 파악된 이미지들

이다. 그것은 현실적인 대상이 아니라 시인의 머릿속에서 나온 비대상의
영역에 해당한다. 언어는 개념을 설명하는 데 바쳐지지
않고 비대상을 지칭한다는 근원적인 모순 속에 놓여 있
다. 언어는 현실적인 의미망이 아닌 무의식과 비대상의
새로운 구조 안에 위치하고 있는 것이다. 언어 자체에 대
한 질문에서 시작되는 이승훈의 시는 과감한 언어실험을
계속한다. 이건청의 첫 시집에 실린 시들은 환상적이고
초현실적인 성향들을 다분히 내포하고 있다.

이승훈

피묻은 손이 하나 날아간다
날개 없는 젊음의 손 하나가
수평선 끝에 떠 있다
힘의 뿌리가 쓰러진 바다에
혼자서 출렁였다
질펀한 사유의 늪에
비늘에 싸인 파아란 침
길다란 내 몸을
돌로 쳐라, 짓이겨라
아, 그렇게 나는 죽겠다
잘려진 손이 떠 있는
수평선 너머에
일몰이 걸린다
한밤이 머문다

이건청

— 이건청, 「별」 전문

"피묻은 손"이 날아가고 "날개 없는 젊음의 손"이 수평선에 떠 있는 모양은 시인의 어떤 내면적인 상황을 표현한 것이다. 이것은 "돌로 쳐라, 짓이겨라, 아 그렇게 나는 죽겠다"에서 느껴지는 심리적인 절박성과 어울려서, 그로테스크하고 비현실적인 인상을 준다. 현실과는 무관한 내면의 심리 상태가 시 전체를 구성하고 있는 것이다. 이건청의 초기시는 이처럼 언어적인 실험들을 보여준다. 그러나 실험적인 경향들은 이건청의 전체 시세계에서 본다면 예외적인 것으로써, 이후 이건청의 시는 단아한 서정시와 동물을 소재로 한 문명 비판으로 옮겨간다.

황동규의 초기시에 해당하는 『어떤 개인 날』과 『비가』에 실린 시들은 청년기의 낭만적인 우울과 현실 상황에 대한 비극적인 인식을 보여주고 있다. 그의 시의 바탕인 슬픔은 특정한 원인이나 상황에 의해 촉발되는 것이 아니라, 인간의 내면에 깔려 있는 보편적인 비극적 정서이다. "땅이여, 나의 젊은 날에는 언제나 / 녹슬 만큼 굳은 노래 하나 없고 / 그림자처럼 오가는 사람들뿐 사람들뿐"(「얼음의 비밀」)이라는 개인적인 고독감은, 「비가悲歌」 연작에서 묵시록적

황동규

인 시각으로 발전하면서 장중하고 예언자적인 목소리로 나타난다.

빈 들의 봄이로다

밤에 혼자 자며 꿈결처럼 들은

그림자 섞인 물소리로다

저녁 들판에

돌을 주위에 쌓아놓고 든 자여

돌城은 너의 하숙이로다

젊은 자들은 반쯤 웃는 낯을 짓고

나이 든 자들은 작은 이름만을 탐내니

그들의 계집이

캄캄히 들에 나가

병거(兵車) 앞에 엎디는 자식을 낳도다

—황동규, 「悲歌 第一歌」 부분

그러나 여기서 나타나는 다소 낭만적인 경향은 대상에 대한 객관적인 거리를 확보하면서 한층 가라앉고 차분한 어조로 변화한다. 그럼으로써 그의 시는 낭만적인 감정을 주지적으로 다듬어내는 서정시의 전형을 보여주고 있다.

걸어서 항구에 도착했다

길게 부는 황지의 바람

바다 앞의 집들을 흔들고

긴 눈 내릴 듯

낮게 낮게 비치는 불빛

지전(紙錢)에 그려진 반듯한 그림을

주머니에 구겨 넣고

반쯤 탄 담배를 그림자처럼 꺼버리고

조용한 마음으로

배 있는 데로 내려간다

정박 중의 어두운 용골(龍骨)들이

모두 고개를 들고

항구의 안을 들여다보고 있었다

어두운 하늘에는 수삼개(數三個)의 눈송이

하늘의 새들이 따르고 있었다.

— 황동규, 「寄港地 1」 전문

　　김영태는 시각과 청각 이미지를 사용해서 대상을 치밀하고 섬세하게 그려내고 있다. 예컨대 그는 설경을 "밝은 바람이 멎은 후에 꽃나무 사이로 꽃이 없는 풍경처럼 삭막한 음악"(「설경」)이라고 표현한다. 눈이 쌓인 경치가 '음악'으로 표현되어 시각에서 청각적인 이미지로 옮겨오는 것이다. 이처럼 그는 하나의 감각을 서로 다른 감각으로 전이시키는 데 탁월한 솜씨를 가지고 있다.

　　흰 말[馬] 속에 들어 있는

고전적인 살결,

흰 눈이

저음으로 내려

어두운 집

은빛 가구 위에

수녀들의 이름이

무명으로 남는다

화병마다 나는

꽃을 갈았다

얼음 속에 들은

엄격한 변주곡

흰 눈의

소리 없는 저음

흰 살결 안에

램프를 켜고

나는 소금을 친

한 잔의 식수를 마신다

나는 살 빠진 빗으로

내리훑으는

칠흑의 머리칼 속에

삼동(三冬)의 활을 꽂는다

— 김영태, 「첼로」 전문

첼로로 연주되는 음악은 흰 말의 살결, 은빛 가구, 그 위에 얹히는 수녀들의 이름 등으로 표현된다. 조용하고 나직하면서도 정갈한 첼로 소리가 흰 눈, 흰 살결과 같은 시각적 이미지와 "얼음"과 "칠흑의 머리칼 속에 꽂는 삼동의 활" 같은 촉각적인 이미지로 표현되고 있다. 그럼으로써 언어는 눈이나 귀로 감지되지 않는 것까지를 감지해낸다. 이러한 특징은 미술과 무용 등 다른 예술 장르의 감동들을 시의 언어로 표현하는 것으로 넓혀지며, 그럼으로써 언어가 표현할 수

김영태

있는 최대치에 도전하고 있다. 이처럼 다각적으로 행해지는 언어적인 시도들은 1970년대로 들어서면서 개성 있는 각각의 세계를 형성하게 된다.

4. 시사적인 의의

1960년대는 그 자체로 완결되어 있는 것이 아니라, 1950년대와 1970년대의 중간 단계로서 의미를 갖는다. 그것은 단순히 시기적인 중간이라는 의미가 아니라, 서로 다른 시적인 특징들이 복합적으로 얽혀 있다는 것이다. 시기적으로 볼 때 1960년대는 전쟁으로 인한 허무주의를 극복하고 새로운 국가를 건설해야 하는 시대적인 과제를 안고 있었다. 또한 4·19가 실패로 돌아가고 5·16으로 권력을 장악한 군사 정권의 정치적 탄압이 심해지면서 어느 때보다도 절실하게 자유에 대한 갈망이 싹텄던 시기이기도 하다. 그런 한편으로 식민지와 전쟁을 거치는 동안 피폐해진 경제를 일으켜야 하는 과제를 안고 있었다. 이러한 사회 상황의 변화는 모든 것들이 전쟁 체험과 관련되었던 '전후'라는 시기를 마감하고 새로운 사회적인 공통 이슈를 만들어내는 역할을 했다. 1960년대 문학은 이러한 사회적인 현실을 전제로 해서 성립된다.

1960년대 문학의 중요한 특징 중 하나는 문학의 참여에 대한 논의가 집중된 시기였다는 점이다. 이는 4·19 체험을 바탕으로 한 자유에의 갈망과 정치적인 억압에 대항하려는 움직임이기도 했다. 순수·참여 논쟁은 이를 가장 잘 보여주는 것이다. 시에서는 김수영과 신동엽이 쓴 참여시들을 주목할 수 있다. 모더니즘 경향을 보여주었던 김수영은 4·19를 전환점으로 해서 현실로 눈을 돌리고 있다. 그는 혁명이 실패한 후 자신의 소시민적인 생활을 고발하는 자기 풍자로 억압된 사회 현실에 대한 간접적인 비판을 시도한다. 신동엽은 4·19를 역사적인 맥락에서 연결시키고, 부정적인 현실을 극복하는 힘을 역사에서 찾고 있다. 1960년대 후반에 등장한 이성부·조태일·신경림·최하림 등의 참여시는 1970년대의 민중시의 기반을 형성하게 된다. 문학의 사회적인 역할이 강조되자, 그에 대한 반작용으로 문학의 순수성을 주장하는 견해 역시 생겨났다. 이는 지나친 현실에의 경도가 오히려 문학을 위축시킬 수도 있다는 생각에서 비롯된 것이다. 여기에는 '현대시' 동인들의 역할이 컸다. 그들은 서정시적인 경향을 유지하면서도 이전의 관습적인 서정성을 극복하고 신선하고 개성적인 시세계를 보여주려고 노력했다. 일상에서의 깨달음을 포착하고 있는 정진규나 정신적인 가치의 우월함을 강조하는 오세영, 낭만적인 서정성을 보여주는 이수익, 보다 현실적인 입장에 있는 김종해의 시들이 대표적이다. 이외에도 성찬경·박희진·박이도 등의 시인과 막 등장하기 시작하는 여류시인들의 활동을 들 수 있다. 참여시와 순수 서정시 이외에 또 하나의 축을 형성하고 있는 것은 이른바 언어적인 실험을 보여주는 시인들이다. 이들은 시의 질료로서의 언어를 탐구하고 대상을 파악하는 방식 또한 새롭다는 공통점을 가지고 있다. 문덕수의 조형적인 이미지들과 이승훈의 비대상의 시, 이건청의 환상적인 성향 등을 들 수 있다. 또한 주지적 서정시로 분류될 수 있는 황동규·김영태·마종기의 시 역시 언어에 대한 새로운 경지를 보여준다.

1960년대의 시단은 깊이와 넓이 양면에서 우리 시의 영역을 확대한 시기였다. 이때 형성된 다양한 경향들은 1970년대로 넘어가면서 보다 독립적인 시의 경향으로 자리잡게 되어, 현재에 이르기까지 우리 현대시의 중요한 모델로 자리하고 있다. 물론 이러한 경향들이 본격화되는 것은 1970년대에 이르러서이다. 1960년대 후반에 등장하는 참여시는 1970년대에 이르러 '민중시'라는 독립된 하나의 경향으로 자리를 잡게 되고, 다른 두 유형에 속하는 시인들 역시 1970년대에 들어서서 본격적인 시작 활동을 보여주는 경우가 많다. 이런 면에서 볼 때 1960년대의 시들은 이후에 나타나는 현대시들의 다양한 싹을 틔우는 시기였다고 할 것이다. 우리의 시사에서 1960년대가 가지는 의의를 여기서 찾을 수 있을 것이다.

(문혜원, 아주대 교수)

산업화시대 시의 모색과 발전

1. 1970년대의 의미

1970년대의 가장 두드러진 변화는 정치와 경제 두 측면이 맞물린 상태로 전개되는데, 강압적인 통치체제로의 돌입과 비약적인 경제발전이 그것이다. 1972년 유신헌법이 확정되기 한두 해 전, 즉 1970년대 초에는 특히 정치상의 후퇴와 경제상의 발전을 상징하는 몇 가지 소식이 지상에 보도되는바, 이는 10월유신을 위한 신호탄과도 같은 일이었다. 김지하의 시 「오적五賊」 필화사건과 경부·호남고속도로의 개통은 1970년, 『다리』지 필화사건과 『사상계』의 폐간, 그리고 서울—부산 간 자동전화의 개통은 1971년의 주요 뉴스였다. 이러한 작업을 발판으로 펼쳐진 유신체제는 억압적인 정치 상황을 거의 극단으로 몰아갔으나 통계상으로는 눈부신 경제발전을 이룩하는 미증유의 국가동원체제이기도 했다.

이러한 체제 아래서 시인들은 현실적인 삶의 문제에 나름대로 관심을 갖지 않을 수 없었다. 동시대인과 더불어 시인이 시인으로 이 땅에서 살아가기 위해, 국민의 일원으로 이 땅에 생존하기 위해 풀어가야 할 문제들이 이전 시대보다 더욱 많이, 심각하게 대두된 것은 외자의 무분별한 도입과 월남 파병에 의한 피의 대가로 경제가 파행적으로 발전한 데 원인이 있었다. 이것은 독재자의 입지를 공고히 하는 데 빌미를 준 대신 계층을 분화시키는, 또 계층 간의 간극을 넓히는 요인도 되었다. 그리고 새마을운동 같은 정부 주도의 농촌 잘살게 하기 운동에도 불구하고 이농은 계속되어 도시빈민층의 수량적인 증폭이 이루어졌다. 파행적인 경제발전과 국토의 재개발은 노동자와 지식인의 각성과 연대를 위한 기폭제 역할을 한 전태일 분신자살사건(1970)이나 광주대단지사건(1971) 외에도 지역감정의 심화와 범죄율의 증가, 수질오염과 공해의 증가, 교통난 등 각종 사회문제를 불러일으켰는데, 1970년대 시인들은 이런 문제들을 수시로 형상화하였다. 독재치하였던 만큼 이런 문제들이 실정失政의 결과라고 위정자들을 질타한 몇몇 시인은 영어囹圄의 몸이 되기도 했다. 아무튼 1970년대는 시인들이 급변하는 세계와 사물에 대해 직접적인 언어나 상징적인 의장意匠으로써 수다한 질문을 던진 시대였다. 시인들은 문학의 현실참여를 주장하든 언어적 순수에 집착하든 시로써 시대가 주는 상처를 치유하려 했던 것이다.

2. 1970년대의 문단 상황

1) 계간지의 역할

1970년대 문단에서 두 계간지의 영향력은 이론 소개와 작품 평가의 측면에서 다른 문예지들을 압도하였다. 『창작과비평』에는 백낙청과 염무웅이(뒤에 구중서와 최원식이 응원한다), 『문학과지성』에는 김병익·김주연·김치수·김현 외에 오생근·김종철 등이 있어 그들의 논리에 합당한 작가를 끌어들여 작품을 게재, 평가하였다. 그러나 이 두 계간지 주동 멤버의 논리가 출발점부터 달랐던 것은 아니다.

> 1966년에서부터 70년대 중반에 이르기까지 『창비』와 『문지』는 커다란 마찰 없이 공존할 수 있었는데 그것은 거듭 말하지만 4·19라는 공동의 정신적 체험과 따뜻한 인간관계 때문이었던 것으로 생각된다. (…중략…) 그러나 이러한 일치점과 함께 이 두 평론가는 뚜렷한 차이점 역시 드러내 보인다. 그것은 김병익이 말하는 바 '양식화의 아름다움'이란 말과 염무웅이 말하는 바 '민중적 실천'이란 말 속에서 가장 선명하게 드러난다.[1]

정치체제의 질곡에 대처하는 두 계간지의 문학적 방법론은 그 질곡이 심화됨에 따라 점차 구분되어 갔다. 4·19세대인 이들 평론가들에게 혁명의 열정과 학우들의 떼죽음, 그리고 혁명 후의 좌절은 문학관과 세계관의 형성

---

1 홍정선, 「70년대 비평의 정신과 80년대 비평의 전개 양상」, 『문학의 시대』 1, 풀빛, 1983, 21~22쪽.

에 엇비슷한 세례를 주었으나, 30대를 통과하면서 문학적 방법론이 변모되어 간 것이다. '양식화의 아름다움'을 중요시하는 『문학과지성』의 평론가들은 바슐라르와 골드만의 이론을 부지런히 소개하고 정신분석비평·문학사회학·구조주의 등 서구의 문학이론을 성실히 공부하여 우리 문학에도 적용하였다. 이 계열의 시인들은 현대문명의 제 문제에 대한 관심과 아울러 내면의 부조리, 정신적 소외를 주로 문제삼았다. '민중적 실천'을 주창하는 『창작과비평』의 평론가들은 민족문학·농민문학·제3세계의 문학에 대해 지대한 관심을 표명하는 한편 그 실천적 방안을 모색하였다. 그에 발맞추어 이 계열의 시인들은 노동자와 농민에 대해 애정 어린 시선을 보냈고, 사회의 부조리와 물질적 소외에 대한 항변을 자주 작품의 소재로 삼았다.

이와 같은 이유로 많은 사람들이 두 계간지의 입장을 1960년대 순수·참여 논쟁의 연장선 위에 놓여 있다고 생각하였다. 물론 이 사회에 대응하는 방법론상의 차이가 1970년대를 통과하면서 조금씩 드러나기는 했으나 『창작과비평』과 『문학과지성』을 참여·순수의 대변자로 이해해서는 안 될 일이다. 1970년대 후반에 이르러서는 상호 배타적으로까지 그 간극이 넓어진 것은 사실이지만 이 두 계간지는 현실—오늘의 삶—일상성 회복이라는 뿌리를 공유하고 있었으며, 각자 나름대로 건강한 방법론을 갖고서 유신체제라는 극도의 억압적인 상황과 싸워나갔던 것이다. 따라서 이 두 계간지를 배경으로 활동했던 시인들이 현실적으로 어떤 신념이나 세계관을 지니고 있었느냐 하는 문제만큼 중요한 것은 어떤 표현 방법으로 현실—오늘의 삶—일상성을 형성화하고 얼마만큼 삶을 진실되게 인식하여 자신과 세계를 정직하게 탐색하였느냐 하는 문제이다. 『창작과비평』 계열의 시가 보다 직접적이었고 『문학과지성』 계열의 시가 우회적이었음은 이론의 여지가 없으나 방법적 대응이 달랐다고 해서 시종 적대적인 관계였다고 보는 것은 두 계간지 모두를 잘못 이해하는 일이다.

두 계간지의 또 하나의 역할은 문예지 신인상 수상·추천·동인지 발표·신춘문예 당선 등 종래의 등단 절차를 무시하고 작품 게재가 곧 등단이라는 전통을 확립, 문단 질서를 새롭게 개편했다는 것이다. 1970년대에 등장한 중요한 시인의 상당수가 계간지를 통해 문단에 나오거나, 그렇지 않더라도 계간지를 작품 발표의 주요 무대로 삼아 그 출판사에서 시집을 내는 것으로도 계간지의 권위는 확보될 수 있었다. 어떻든 두 계간지는 1970년대에 문예지로서의 역할을 충실히 수행하여 우리 출판계에 계간지 문화가 뿌리내릴 수 있게 했으며, 문단 일각에서는 이른바 창비파·문지파라는 속칭으로 운위될 정도로 그 영향력이 컸다.

이처럼 두 계간지의 영향력이 컸던 것은 부정할 수 없는 사실이지만 그렇다고 1970년대에 간행된 여타의 문예지와 시 전문지의 역할을 폄하해서는 안 된다. 기존의 『현대문학』·『월간문학』·『시문학』 등이 여전히 문단에 넓은 영토를 확보하면서 비교적 온건한 논리를 전개하고 있었다. 이들은 '문인협회'라는 보수적인 문학단체의 울타리 근처에서 편집되었기 때문에 새로운 세대의 발언대는 될 수 없었지만 다수의 좋은 작품을 게재한다는 문예지 본연의 임무를 소홀히 하지는 않았다. 1960년대 말에 『현대시학』이, 1972년에 『문학사상』과 『풀과 별』이 창간되었으며, 그 이듬해에 『심상』과 『한국문학』이 창간되었다. 그리고 1977년에 또 하나의 계간지 『세계의 문학』이, 이듬해에 『문예중앙』이 창간됨으로써 기존의 두 계간지와 동인지의 역할은 상대적으로 감쇄되었고, 지면이 넓어진 덕에 완고한 중앙 문단의 벽이 지방에 거주하는 문인에게도 드물게나마 열리기도 했다. 어떻든 1970년대는 문단의 전반적인 분위기부터가 문학의 시대로 규정되기에 별 모자람이 없는 시대였다.

2) 시집의 상품화 현상

1970년대 문단의 또 하나의 변화는 시집의 상품화 현상이다. 한 출판
사에서 시집을 시리즈로 기획하여 내는 경우는 이전 연대에도 드물게나마
있었으나, "일정한 이념이나 유파를 지향하거나 의식하면서 다수의 시집
을 출간"[2]한 적은 없었다. 평론가들이 1970년대를 소설의 시대로 규정하
는 데 인색하지 않았지만, 그럼에도 불구하고 숱한 시집이 출간되었고, 그
시집 중 상당수가 상품적인 가치를 획득하게 되었다는 점에서 1970년대
후반의 시단은 아연 활기를 띠는 양상도 보였다. 시집의 자비 출간 또는
한정 부수 출간이라는 관행은 1970년대에 들어와 퇴색하여 계간지를 내
는 특정 출판사에서 평론가의 격찬을 등에 업고 나온 시집이 판수를 거듭
하는 경우는 이제 다반사가 되었다. 특정 출판사 중 대표적인 곳을 꼽자면
창작과비평사·문학과지성사·민음사 등이다.

창작과비평사의 '창비시선', 문학과지성사의 '문학과지성 시인선', 민
음사의 '오늘의 시인총서'는 계간지 편집동인인 평론가들의 옹호에 힘입
어 독서시장을 점유하게 되었다. 거론되는 시인, 평가받는 작품이 시장을
점유하는 것은 당연한 일이다. 이것은 산업화의 진전에 따른 중산층 형성
에 힘입은 바가 큰데, 중산층은 교육정도와 경제수준이 높아진 만큼 어느
정도 독서할 수 있는 시간적 여유를 얻은 계층이다. 따라서 출판사에서는
이들에게 언론을 통한 출판정보를 전달하기가 이전 시대보다 훨씬 쉬워졌
다. 시집이 상품적 가치를 획득한 일이야말로 이전 연대와 전혀 다른,
1970년대 문단이 이룩한 의미 깊은 일의 하나이다.

---

2   조남현, 「70년대 시단(詩壇)의 흐름」, 『현대시』 1, 문학세계사, 1984, 118쪽.

문학 강좌를 한 『반시』 동인들. 좌로부터 김명인, 정호승, 김창완, 김명수, 하종오, 이기형

　역량 있는 평론가가 편집하고 시대의 이슈를 가장 잘 포착하는 계간지
를 주요 무대로 활동하는 시인이 시단의 주류를 형성했으므로 월간지나
시 전문지에서 활동하는 시인들은 이 시대에 비주류로 밀려날 수밖에 없
었다. 비주류에 속하는 시인들도 1970년대에 들어와 시사적인 문제를 시
의 소재로 삼거나 일상어를 적절히 구사하는 등 자기 나름의 변모를 꾀하

기도 했으나 평론가들의 집중적인 찬사를 듣는 일은 드물었고, 독자 대중의 성원을 받기도 힘들었다. 그러나 비주류 시인들의 작품이 수준 미달이었기에 그러했던 것은 아니다. 그보다는 일부 평론가들의 편견이나 파당성의 결과, 혹은 시는 모름지기 서정시여야 한다는 시의 본령을 고수하느라 시대 조류에서 상대적으로 밀려나 있었기 때문에 평론가들이 베푸는 풍성한 언어의 잔치에 자주 초대받을 수 없었던 것이다. 그래서 이들은 계간지의 유아독존적 세력 확장에 은근히 반감을 표하였지만 기성 문단의 범주를 벗어날 수는 없었다. 비주류의 시인들은 계간지가 주최하고 각종 매스컴이 후원하는 모든 성대한 문학 잔치의 무대에서 멀찍이 물러선 채, 그러나 자기네의 울타리를 더욱 견고히 구축하고서 내면세계 탐구와 언어 조탁에 힘쓰면서 1970년대를 묵묵히 통과하였다. 문학예술사·심상사·평민사·고려원 등에서 출간한 시집들이 대표적이다.

1970년대의 문단을 풍성하게 만든 또 하나의 요인은 수많은 동인지의 간행이다. 『60년대 사화집』·『현대시』·『사계』 등 그리 많지 않은 동인지를 남긴 1960년대에 비해 1970년대에는 중앙과 지방을 막론하고 우수한 동인지가 여럿 등장하였다. 수많은 동인지 중 지속력과 작품의 질에 있어 논의가 가능한 것은 『자유시』·『반시反詩』 정도이지만 1970년대 동인지의 의의는 1980년대에 와서야 확연히 드러난다. 두 계간지의 강제 폐간으로 인한 문단 일각의 공백 상태를 동인지와 부정기 간행물 등이 쏟아져 나와 금방 메울 수 있었던 것은 1970년대에 이미 동인지 활동이 활성화되어 있었기에 가능하였다. 시와 삶의 동질성 회복을 내세운 『반시反詩』나 동인 낱낱의 개성을 존중하며 이념이나 논리로 동인들의 시 세계를 구속하지 않으려는 『현대시』와 『자유시』는 1970년대를 빛낸 동인지이며, 1980년대의 동인지 운동에도 큰 영향을 주었다. 한 목록에 의하면 1970

년대에 발간된 시집, 동인지 및 사화집의 총 권수는 무려 984권에 달했는데, 이는 1960년대의 510권에 비하면 비약적인 증가를 이룬 것이다.[3]

3. 현실참여의 시

1) 사회의식의 토로

김수영 시론의 골자는 "세계의 진실을 은폐하려는 모든 기도에 대한 싸움"이고, 이러한 현실참여정신은 사회의식의 치열한 표현으로 구체화되었다. 시가 상상력의 소산이라 할지라도 그 기반은 현실적이고 일상적인 삶 그 자체에 있다는 김수영의 논리는 신동엽의 시에 구현되었다가 1970년대에 들어서서 실천적 의지로 발전하였다. 한 평론가는 1970년대 한국문학에 지대하게 작용한 이런 현상을 '김수영 현상'이라는 용어로 규정한 뒤, "70년대의 젊은 시인들에 있어서 그는 우상이었다고 해도 과장된 표현이 아닐 것이다"라고 회고한 바 있다. 우상까지 된 이유를 종래의 모더니즘 취향을 스스로 극복한 김수영의 "시적 언어의 범속화"로 설명했는데, 그만큼 그는 김수영을 시에 일상어를 끌어들인 장본인으로 간주하였다.[4] 자연인을 사회적·정치적·경제적 인간으로 변모시킨 상황의 급변과 함께 덜 세련되어 보이는 시정의 말을 그대로 씀으로써 삶의 주변을 겉돌고

---

3 『해방 40년의 문학』 3(민음사, 1985)의 '한국현대시집목록'에 의거.
4 김주연, 「文化産業 시대의 의미」, 『문학을 넘어서』, 문학과지성사, 1987, 41쪽.

있던 시는 이제 삶의 중심부로 뛰어들게 되었다.

　김수영의 영향도 없지는 않았지만 전반적인 시대적 흐름의 영향으로 삶의 제문제를 총체적으로 형상화하려는 작업이 활발히 진행되었는데, 그 대표적 시인으로는 김지하 · 신경림 · 고은 · 이성부 · 조태일 등을 꼽을 수 있다. 그리고 사회의식은 황동규 · 정희성 · 장영수 · 김명인 등에게서 보다 내면화된 모습을 보였다.

　김지하의 일련의 풍자시는 그를 세계적 시인으로 만든 동시에 1970년대의 대부분을 어두운 옥에 갇혀 있게 했다. 그는 내면화된 집단적 우울을 재현하기 위해 판소리와 남도 가락 · 민요 · 민속극 등을 원용했는데, 그만큼 그의 풍자는 "운문 양식을 통해 도달할 수 있는 하나의 경지를 시험"하고 있기도 하지만 "시적 긴장이나 언어의 절제를 찾아보기 어렵게"도 했다.[5] 김지하는 「풍자냐 자살이냐」에서 "민요의 전복顚覆 표현과 축략법, 전형典型 원리와 우의寓意, 단절과 상징법 등등 복잡 다양한 형식가치들은 현대 풍자시의 갈등 원리, 몽타주, 소격疏隔 원리, 비판적 감동 등의 형식원리와 배합되어 우리에게 풍자문학의 커다란 새 토지를 열어줄 것"이라고 했는데 이 말을 하기 직전에 발표한 「오적五賊」에서 이를 여실히 보여주었다.

　　　남녘은 똥덩어리 둥둥
　　　구정물 한강가에 동빙고동 우뚝
　　　북녘은 털 빠진 닭 똥구멍 민둥
　　　벗은 산 만장 아래 성북동 수유동 뾰쪽
　　　남북 간에 오종종종 판잣집 다닥다닥

5　권영민, 「산업화 시대의 문학과 사회의식」, 『한국문학』, 1985.8, 384쪽.

게딱지 다닥 꼬딱지 다닥 그 위에 불쑥

장충동 약수동 솟을대문 제멋대로 와장창

저 솟고 싶은 대로 솟구쳐 올라 삐까번쩍

으리으리 꽃궁궐에 밤낮으로 풍악이 질펀 떡치는 소리 쿵떡

(…중략…)

하루는 다섯 놈이 모여

십년 전 이맘때 우리 서로 피로써 맹세코 도둑질을 개업한 뒤

날이 날로 느느니 기술이요 쌓이느니 황금이라, 황금 십만 근을 걸어놓고

그간에 일취월장 묘기를 어디 한번 서로 겨룸이 어떠한가

이렇게 뜻을 모아 盜자 한자 크게 써 걸어놓고 도둑시합을 벌이는데

때는 양춘가절이라 날씨는 화창, 바람은 건듯, 구름은 둥실

저마다 골프채 하나씩 비껴들고 꼰아잡고

행여 질세라 다투어 내달아 비번(秘傳)의 신기(神技)를 자랑해쌓는다.

— 김지하, 「오적」 부분

김지하는 「오적五賊」뿐 아니라 「앵적가」·「비어」·「오행」·「분씨물어」 등에서 정치 현실에 대한 전면적인 부정과 개혁에의 의지를 전통적인 운문 양식의 도움을 받아 거침없이 토로하였다. 그의 시도는 연구 대상으로 퇴색해가는 고전문학과 모더니즘의 자장 속에 있던 현대문학 사이의 담을 허문 문학사적 의미를 내포하고 있지만 일반대중이 접할 수 없었던 상황으로 말미암아 우리 문학에 큰 영향을 미치지는 못하였다. 또한 독재정치에 대한 문학적 응전의 방법으로 택한 판소리 양식이었기에 분노와 비판의 감정이 넘쳐흐르고 있어 민중의 사랑도 전폭적으로 얻을 수 없었다. 오히려 자신이 당한 고통을 담담히 표현했을 때 더 큰 감동을 주었다. "시인이 민중

소설가 김문수, 손춘익, 이호철, 이문구와 자리를 함께 한 신경림(가운데)

과 만나는 길은 풍자의 민요정신 계승의 길"이라고 한 그의 시론대로 가슴 후련한 풍자와 민요·판소리의 신명나는 운율이 김지하 특유의 장처長處이 기는 했지만 언어를 밀도 있게 조절할 때 그의 의지는 더욱 빛을 발하였다. 전통의 창조적 계승에 초점을 둔 김지하의 시론은 1980년대에 들어 하종 오·고정희 등에 의해 훌륭히 계승된다.

신경림과 고은의 시적 방향 전환은 두 사람 모두 인정했듯 4·19혁명 에 근거한다. 초기에 존재에 대한 탐색과 사물에 대한 직관을 주로 다루었 던 신경림은 혁명의 감격과 좌절을 겪고 나서 낙향, "팽개쳐진 이웃"을 다 시 만난 후에『농무農舞』와『새재』를 탄생시킨다.

그는 민중이 고통스런 삶을 살고 있는 광산촌 등지에서 10여 년을 살았 던 체험과, 민중이 고난스런 삶을 살고 있는 광산촌 등지와 시장 곳곳을

직접 답사한 체험을 바탕으로 민중, 특히 소외된 농민들의 생활상과 슬픔
을 사실적으로 묘사하였다.

> 창밖에 눈이 쌓이는 것을 내어다보는 그는
> 귀엽고 신비롭다는 눈짓을 한다. 손을 흔든다.
> 어린 나무가 나무 이파리들을 흔들던 몸짓이 이러했다.
> 그는 모든 비밀을 알고 있는 것이다.
> 눈이 내리는 까닭을, 또 거기서 아름다운 속삭임이 들리는 것을
> 그는 아는 것이다──충만해 있는 한 개의 정물이다.
>
> ─신경림, 「유아」(1957) 부분

등단 당시 내면세계의 미묘한 흔들림이나 깨달음의 순간을 포착하던
신경림이 고통받는 다수 민중의 삶을 노래하겠다는 집념을 보이게 된 데
에는 여러 가지 이유가 있다. 앞서 말한 4·19의 감격과 좌절, 직접 목격
한 농민들의 궁핍상, 궁핍을 가져온 잘못된 정치, 이밖에도 시가 극소수
선택된 자들에 의해 향유되고 있는 것에 대한 부단한 양심적인 진단이 그
것이다. 그가 버려진 군상의 삶에 주목하게 됨에 따라 평이한 언어 선택이
불가피하게 요청되었던 것이고, 이는 민중문학을 사숙하는 많은 후배들에
게 귀감이 되었다. 그의 민중적 시각은 그때까지만 해도 다소 엄숙했기 때
문에 "『農舞』에 그려진 현실은 매우 획일화되어 있거나 주형화되어 있다"[6]
는 비난도 받았지만 도시인들로부터 줄곧 따돌림받는 농민과, 도시빈민으
로 전락한 농민을 소재로 한 그의 시는 나날이 황폐해져가고 있는 고향을
되살리려는 시인의 무한한 애향심의 소산이었다.

---

6 김종철, 「새로운 世界의 발견과 常套性」, 『문학과지성』, 1973.가을, 673쪽.

국수 반 사발에

막걸리로 채워진 뱃속

농자천하지대본

농기를 세워놓고

면장을 앞장세워

이장집 사랑 마당을 돈다

나라 은혜는 뼈에 스며

징소리 꽹과리 소리

면장은 곱사춤을 추고

지도원은 벅구를 치고

— 신경림, 「오늘」(1971) 부분

벌써 여니레째 비가 쏟아져

담배도 전표도 바닥난 주머니

작업복과 뼛속까지 스미는 곰팡내

술이 얼근히 오르면 가마니짝 위에서

국수내기 나이롱뽕을 치고는

비닐우산으로 머리를 가리고

텅 빈 공사장엘 올라가 본다

— 신경림, 「장마」(1972) 부분

　　신경림의 변모를 무색하게 하는 놀라운 전환을 한 시인이 고은이다. 제
주바다를 보며 허무의 철학에 입각해 선적 달관의 경지를 읊던 그가 1970
년대에 들어서자 저항의 선봉장을 자처하고 나선다. 자연히 시도 격렬해

조태일, 고은, 황석영, 천승세

지고 과감해진다. 초기『피안감성』과『해변의 운문집』에서 보인 유려한 감성의 세계가『입산』에 와서 "바다 동학란", "몇 억만 개의 젊은 김옥균의 별", "한반도 역사 가운데 제일 큰 일" 등 고양된 역사의식을 보이는데,『새벽길』을 낼 무렵에 와서는 격정의 세계로 급작스레 선회한다. 그런데 고은의 경우 1970년대 후반의 시만 놓고 볼 때, 제주도의 바닷가를 헤매던 자아의 고뇌에서 민중이 겪는 고통의 바다로 헤엄쳐 갔다고 해서 발전으로 단정하기는 어렵다. 비록『새벽길』의 뒷글에서 시인이 "분주하기 짝이 없는 내 삶의 동안 동안에 씌어진 즉흥적인 것들"이라, "되지 못한 데가 나오면 고쳐가면서 읽기 바란다"고 해명하고 있기는 하지만 문학을 정치의식의 표현도구로 삼았던 탓에 형상화가 부족한 시를 다수 발표하였다.

　만조여, 누군들 그대 앞에 한낱 어린 길손이리라.

그러나 만조여,

그대가 이 마음을 가득하게 할 때

산지포(山地浦) 노인의 지는 숨은 빨리 지고

새 갓난애와 별똥이 탄생한다.

이 세상을 떠나는 자도 오는 자도

그대가 이 마을을 가득하게 할 때인지라

먼 곳으로부터 썰물 때는 서두를 수 없으리라.

— 고은, 「이 만조에 노래하다」 부분

오늘은 나 열아홉 살로 돌아가

열여섯 살쯤 되는 누이와

춤지? 아냐 신나

어쩌구저쩌구 그런 사랑 하고 싶어라

눈 내린 경인선 가고 싶어라

동문선 뒤적이다가

네놈의 양반들아 백발운 굴레 쓰고

사랑 한번 제대로 못한 것 같으니라구

네놈들의 사천이백 시부 탁 덮어라

퉤!

— 고은, 「연애」 전문

병신과 머저리들!

숫제 조동아리뿐이로구나

달려갈 깃발 하나 없이

제 몸뚱어리 애지중지

제 재산 에고에고

네꾸다니 메고 와이샤쓰 입었구나

조동아리뿐이구나

—고은, 「밤샘」 부분

고은은 『해변의 운문집』의 「이 만조에 노래하다」에서 만조와 죽어 가는 산지포의 노인과 갓난애와 별똥의 탄생을 동시에 노래함으로써 생로병사와 새로운 생명의 탄생이라는 우주적 순환을 노래하였다. 그러던 그가 『새벽길』에 오면 분노에 찬 혁명가의 모습을 보여준다. 삶의 다양한 모습에 대한 이성적 성찰을 포기하는 순간 시는 선동적인 구호의 세계로 전락할 수 있음을 보여주는데, 고은의 이러한 변모는 눈부신 경제발전을 이룩한 1970년대가 한편으로 얼마나 어두운 시대였던가에 대한 한 반증의 의미를 갖는다. 시인의 현실시각을 이토록 경직되게 변모시킬 만큼 1970년대는 억눌린 시대였던 것이다. 고은은 후일 『전원시편』과 『만인보』를 내놓음으로써 그가 1970년대에 발표했던 몇몇 시에 대한 다수 독자와 평론가들의 우려를 불식시킨다.

이성부를 빼고 1970년대의 시를 논하기는 곤란하다. 이성부는 자기 자신과, 자신을 포함한 전체 한국인의 삶의 양태에 대해 줄기차게 질문을 던진 시인이다. 그는 시대가 가져다준 고민을 솔직하게 토로하기도 했고, 한국 현대사의 희생양과도 같은 전라도와 광주, 그리고 역사를 거슬러 올라 백제에 대한 애정까지 굵직한 목소리로 고백하기도 했다. 이 시대가 한 시인에게 던져준 고민은 늘 역사 속에서의 민중, 혁명의 대열에 참여하지 못하는 지식인으로서의 고민이었다. 그래서 시인의 남다른

1990년 중국 용정에 있는 시인 윤동주의 묘를 찾은 이성부(왼쪽은 윤동주의 8촌인 윤희두)

사회의식은 "자기 솔직성이며 자기 주장"의 두 가지 속성을 갖는 "남성적 태도"[7]와 더불어 주목의 대상이 되었다.

아침노을의 아들이여 전라도여
그대 이마 위에 패인 흉터, 파묻힌 어둠
커다란 잠의 끝남이 나를 부르고
죽이고, 다시 태어나게 한다.

짐승도 예술도
아직은 만나지 않은 아침이여 전라도여
그대 심장의 더운 불, 손에 든 도끼의 고요
하늘 보면 어지러워라 어지러워라

---

7   김종철, 해설 「受難과 希望」, 이성부, 『우리들의 糧食』, 민음사, 1974, 15쪽.

꿈속에서만 몇 번이고 시작하던

내 어린 날, 죽고 또 태어남이

그런데 지금은 꿈이 아니어라.

—이성부, 「전라도 2」 부분

하지만 『우리들의 양식』에서 『백제행』으로의 변모 역시 강력한 저항 정신을 취한 대신 사물에 대한 유연한 대응력을 상실한 예로 들 수 있다. 이처럼 시인이 역사의 흐름이 민주와 정의가 구현되는 방향으로의 흐름일 거라고 확신하고서 민중에 대한 애정을 표현하는 일이 역사에 대한 편향된 시각과 민중에 대한 관념적 해석으로 이어지게 되면 불행한 결과를 초래하기도 했다. 현실세계에 대한 심정적 반응으로 말미암아 시인 자신의 세계가 금방 좁아지고 건조해지기 때문이었다.

벌거벗은 몸이

어디 비 쏟아지는 벌판이라도

내달리고 싶다.

고요하게 고요하게

온몸의 털이 곤추서는 순간이다.

채찍 들어 다가오는 그림자는

비켜설수록 더 두려운 게 아니냐.

그러므로 한 마리의 농업처럼

매를 맞고도

끝내 버티고 있지 않느냐!

—이성부, 「백제」 전문

이성부와 더불어 남성적인 톤으로 치열한 사회의식과 국토에 대한 끈질긴 애착을 표출한 시인이 조태일이다. 그는 다양한 기교에 의존하는 대신 산문적인 완력으로 이웃의 다양한 삶의 세계를 펼쳐 보인 시인이다.

숨결이 다 타올라 새 숨결이 열리도록 우리는
우리의 하늘 밑을 서성일 수밖에 없는 일이다.
야윈 팔다리일망정 한껏 휘저어
슬픔도 기쁨도 한껏 가슴으로 맞대며 우리는
우리의 가락 속을 거닐 수밖에 없는 일이다.

— 조태일, 「國土序詩」 부분

우리들의 눈은
허름한 날품팔이의 일거수일투족에서
이 시대의 눈물을 본다.
우리들의 입은
뚜껑 덮인 청계천처럼 더럽고 컴컴한
야간 완행열차를 바다로 끌고 가
파도 끝에다 함성을 보태고

우리들의 귀는
닫아도 닫아도 거듭 열려서
말 못하는 침묵을 듣기도 한다.

— 조태일, 「겨울에 쓴 자유서설—국토 43」 부분

조태일의 『국토』는 이 땅을 이루고 있는 호박꽃과 풀잎, 돌멩이, 모기와 석탄까지 표현 대상으로 삼아 의미를 부여함으로써 국토에 대한 염염한 사랑을 토로한 시집이다. 현실에 대한 식칼 같은 비판의식으로 시적 대상을 난도질하여 주제를 성급히 드러내는 약점을 곳곳에서 노출시키던 시인이 1970년대에 들어와 한결 차분해진 어조로 국토를 유심히 둘러보고 갖가지 자연현상에까지 애정을 갖고 살펴본 결과 『국토』를 분만하게 된 것이다. 운문적 감수성보다는 끈질긴 저항의지를 취한 조태일이기에 세련미를 찾기 어려운 시도 있지만 상황의 벽에 대한 줄기찬 부정의 정신이나 국토를 이루고 있는 만물에 대한 그리움의 정서는 이 시대 민중시의 한 모범으로 삼아도 좋을 것이다.

1970년대의 많은 시인 가운데 "고향으로 돌아가라"고 외친 시인 김준태를 제외하고서 사회의식의 토로를 논할 수는 없다. 『참깨를 털면서』에 나타난 그의 정직함은 민중시의 미덕이랄 수 있다. 시인은 농촌을 버린 사람들을 슬퍼하는 한편 한 사람의 촌놈으로서 이를 한탄하기도 했다. 1970년대 시단에 울려 퍼진 그의 귀향에의 외침은 농촌이라는 촌락공동체가 붕괴되어감에 따라 큰 반향을 얻지는 못했지만 소설의 이

김남주와 김준태

문구와 더불어 농촌의 비참한 현실을 제대로 파악하여 들려준 시인으로 그는 오래 기억될 것이다.

기차는 가는데 잘 배운 놈들은 떠나가는데

못 배운 누이들만 남아 샘물을 긷는데

기차는 가고 아아 기차는 영영 사라져버리고

생솔가지 저녁연기만 허물어진 굴뚝을 뚫고 오르고

술에 취한 홀아비만 육이오의 과부를 어루만지고

농약을 마시고 죽은 머슴이 홀로 죽는다

인정 많은 형님들만 곰보딱지처럼 남아

할아버지 아버지 어머니 무덤을 지키며

거머리 우글거린 논바닥에 꼿꼿이 서 있다.

— 김준태, 「호남선」 부분

누이동생 하이얀 첫아이를 보듬고

어둠에 잠긴 도시를 내려다본다

해골을 넣고 다니는 시뻘건 그림자들을

낚싯바늘처럼 반짝이는 네온의 불빛을 바라보며

아이의 눈썹 속에 소리 없이 떨어진

두 개의 까아만 씨앗을 어루만진다

허, 내가 이 아이에게 노래할 제목은 무엇일까

아직 부르지 않은 노래만이 그 제목일 것 같아

어둠에 잠긴 도시를 되돌아선다

방 가운데 매달려 흔들리는 하늘에

누이동생의 첫아이를 올려놓는다

그리고 별들이 내려와 속삭이는 소리를 듣는다.

— 김준태, 「자장가」 전문

이들 외에 『신하여 신하여』 · 『겨울 공화국』의 양성우도 현실 부정의 정신과 역동적인 시어 구사에 있어 조태일에 버금가는 시인이었다. 이상 7명의 시인은 그 누구보다도 굳건한 사회개조의 신념을 갖고서 상상력에 힘을 실어 이 땅의 어두운 현실에 맞섰다. 이들은 또 역사를 변혁시킬 주체 세력이 민중임을 강조하고, 민족의 주체적인 자기 인식을 표현하였다. 이러한 의도 자체는 흠잡을 바 없지만 시인 자신의 관념이 적나라하게 노출되는 경우 문학성의 상실이라는 위기에 직면하기도 했다. 그래서 이들의 시는 정신의 건강성에도 불구하고 창조적인 감수성이 부족하고 현실에 대한 상상적 비전이 빈약하다는 비판도 들어야 했다. 또한 이들 시의 약점으로 지적되어야 할 것은 고통받는 민중이 피상적인 관찰의 대상이어서 구체적 실상으로부터는 거리를 두는 경우가 많았기에 민중으로부터도 절대적인 사랑을 받지는 못했다는 점이다. 이러한 취약점을 극복하려는 시도는 이들 모두에게서 나타나지만 그것은 대개 1980년의 광주 민중항쟁을 직 · 간접적으로 겪은 후 한동안의 침묵과 자괴감을 감당하고 나서야 가능하였다. 그런데 1980년대에 들어서서는 첨예한 사회의식 토로의 자리를 현장의 노동자 · 농민 및 현장 출신

1980년 5월 광주에서(왼쪽부터 양성우, 고은, 박석무, 문순태)

문인들이 다수 차지함으로써 이들 지식인 사회참여문학의 위상은 흔들리게 된다. 또한 정치 편향으로 인한 서정성의 고갈은 민중문학 진영 일부의 질적 저하를 가져오기도 해 이들은 또 한번 자신을 점검하고 반성하는 시간을 갖지 않을 수 없게 된다.

2) 사회의식의 심화

이 사회의 제 모순에 대한 강도 높은 비판의 목소리를 가진 시인들 바로 옆자리에서 훨씬 차분하게, 그러나 긴장감이 감도는 목소리로 상황의 어둠을 들려준 신인들이 있었다. 황동규는 1960년대 중반까지만 해도 다소 추상적인 언어로 젊은 날의 고뇌와 방황을 토로하는 시를 발표했었다. 그러던 그가 1970년대 들어서서 내면의 문을 열고 나와 구체적인 현실 통찰의 중요함을 깨닫고 체험과 상상력의 조화를 꾀하기 시작했을 때, 우리 시의 새로운 경지도 개척되기에 이른다. 『三南에 내리는 눈』과 『나는 바퀴를 보면 굴리고 싶어진다』는 체험의 진실이 지적 상상력과 행복하게 조우한 시집이다. 이 시대를 어둠의 시대로 규정한 뒤, 폭넓은 사랑으로 이웃을 감싸안음으로써 새벽을 맞이하려는 시도는 여러 시인에게서 찾아볼 수 있었다. 그러나 황동규는 남다르게, 구체적인 체험에 대한 탐구라는 여과지와 적절한 지적 자기 통제라는 리트머스 시험지를 사용함으로써 지식인의 고뇌를 누구보다 독창적으로 표현하였다.

주름살들, 누이여 너의 반과거(半過去),
내 도주의 길을 누비며 막아다오

살고 싶다 누이여, 하나의 피해자라도,

현장이 그에게서 떠나지 않듯이

내가 부복하고 머리 조아린 곳은

모두 살아 있다

아니 살고 싶지 않다, 뻣뻣이 서는 머리칼,

— 황동규, 「열하일기 9」 부분

아아 병든 말[言]이다

발바닥이 식었다

단순한 남자가 되려고 결심한다

(…중략…)

꿈판도 깨지고

찬 땅에 엎드려

눈도 코도 입도 아조아조 비벼버리고

내가 보아도 내가 무서워지는

몰려다니며 거듭 밟히는

흙빛 눈이 될까 안 될까.

— 황동규, 「계엄령 속의 눈」 부분

그의 작업은 "격앙될지언정 흥분하지 않고 분노할지언정 아우성치지 않
으며 시정市井의 밑바닥을 그릴 때에도 그의 말은 남루해지지 않는다"[8]는
호평이든 "이러한 유추적 요약에서, 흥미로운 평행 관계 이외에 얻는 것은
무엇인가? 새로운 인식이나 현실적 태도의 조정에는 최소한도의 기여가

---

8 김병익, 해설 「사랑의 辨證과 知性」, 황동규, 『三南에 내리는 눈』, 민음사, 1975, 22쪽.

있을 뿐이라고 말할 수밖에 없을 것 같다"[9]는 지적이든 1970년대 시단이

최하림

이룬 가장 명징한 성과로 기록해도 이의를 제기할 사람은 없을 것이다.

시인이 자신의 계층적 조건인 지식인임을 망각하지 않는 범위 내에서 '민중'이라는 운명공동체의 일원임을 강조하고, 그럼으로써 순수·참여의 도식적인 이분법을 지양해간 시인으로 최하림도 거론할 수 있다. 그래서 그의 시에는 '우리'라는 인칭대명사가 숱하게 나오며, 시집 제

목도 이를 시사하는 뜻이 담긴 『우리들을 위하여』이다.

우리들은 허사에서 배어나오는 암흑을 보며

암흑 속에서 승냥이처럼 울부짖는다

울부짖음이 암흑 속으로 사라져 암흑이 되어 돌아온다

암흑이 우리를 둘러싸고

우리를 눈보라 속으로 몰아넣는다

—최하림, 「설야」 부분

그러나 사람들은 서로 다르다

알아들을 수 있는 사투리로 말하고

끌어잡지 못하나 그 손으로 일하면서

고난의 시대를 함께 사네

아아 비바람에 씻긴 바윗돌 같은 얼굴

---

9 김우창, 해설 「내적 의식과 의식이 지칭하는 것」, 황동규, 『熱河日記』, 지식산업사, 1982, 248쪽.

모진 불행을 다 삼키고도 표정 없는 얼굴

그러한 얼굴로 서 있는 시대여

네 완강한 몸뚱이를 잇몸이 없는 시린 이빨로

물어뜯고 뜯어도 시대는 아파하지 않고

우리들의 분노 풀어지지 않네

— 최하림, 「우리나라의 1975년」 부분

그런데 그가 말하는 '우리'가 누구인지 파악하기란 그리 쉽지 않다. 민중에 관한 개념적 정의들이 그러하듯 그의 '우리'는 범위가 모호하였다. 구체적인 실감으로 다가오지 않는, 다소 관념적인 민중이었기 때문이다. 그렇지만 고난의 시대를 함께 살아가는 이웃의 아픔을 탁상공론식으로 논하는 자신을 빗대어 "언어는 칼끝에 결코 이르지 못한다. / 언어는 칼일 수 없다"고 반성하는 것이 그리 쉬운 일은 아니었다. 1960년대만 해도 난해한 관념어와 한자어가 난무하는 시를 쓰던 그가 농부의 아내서부터 아마추어 가수에 이르기까지 다양한 계층을 노래의 대상으로 삼은 것은 시인의 안목이 그만큼 넓어진 것을 의미하는 셈이기도 했다.

정희성은 첫 시집 『답청踏靑』에서 고전의 재해석, 전통 리듬의 재구성에 애썼으나 『저문 강에 삽을 씻고』에 이르러 상당히 변모된 모습을 보여주었다. 억압받는 민중, 특히 도시 일용직 노동자들의 삶을 즐겨 형상화하는데, "단아하고 절제된 선비의 음조"[10]를 시종 견지하였다. 어쩌면 그의 시정신은 중세 해체기 반체제 시인 정약용과

정희성

---

10 이동하, 「노동자와 선비의 두 목소리」, 『한국대표시평설』, 문학세계사, 1988, 636쪽.

한말의 순국열사 황현 류의 지사정신에 맥이 닿아 있는 것인지도 모른다.

> 호각 불면 엎어져 강바닥을 찍고
> 허리 펴면 노을 붉은 강둑이 우뚝한데
> 노임을 틀켜줜 인부들은
> 강바닥보다 깊이 패인 얼굴
> 다 저녁 삽을 끌고 어디로 가나
> 게딱지같이 강바닥에 엎디어
>
> ─정희성, 「언 땅을 파며」 부분

노동자의 삶에 대한 하향적이고 동정적인 시선이 시적 상상력과 적절히 연결되지 않을 때에는 진부한 표현을 남기기도 했고 국외자 혹은 관찰자의 시각으로부터 벗어나지 못하는 한계도 이따금 내보였지만 정희성은 민중시 계열의 시인 중에서 자기 감정을 가장 잘 조절한 시인으로 손꼽힌다.

> 불이 오른다
> 아침나절 굴뚝에 연기 없더니
> 저녁답 문전엔 조등이 걸려 있고
> 누구의 피 맺혀 얼어
> 검붉은 수숫대 타오르는가
> 흙마당 캄캄히 불은 올라
> 청청 하늘에 흰 눈 내린다
> 이젠 배 안 고플 김씨여
> 살아 있는 동안

나도 땅을 갖고 싶다던 너

이곳에 살기 위하여

너는 죽어 땅이 되는가

—정희성, 「화전」 부분

한편 장영수는 "자신의 상처를 통해 불행한 자들의 상처를 이해할 수
있게 된" 시인이다. 그는 개인적인 상처와 전쟁 고아, 동두천 등 기지촌 여
성들의 다변적인 삶을 산문적인 어조에 담으면서 여러 시대의 어둠과 맞
섰다. 시집 『메이비』는 과거의 삶도 현대의 삶도 힘든 것은 매한가지임을
일단 긍정하고 나서 보다 큰 사랑으로 포용하겠다는 눈물겨운 의지의 집
적이었다. 마침표에 의해 적절히 절제된 시구는 그의 단호한 의지를 잘 보
여주었다.

그러나 육이오 때, 내

오촌은 죽었고, 시꺼먼 열차는

경적을 울려, 침침한 치악산

산골짝을 뒤흔들어.

오촌 아주머니는 며칠씩

이불 속에 파묻혔고, 뽀오얀

젊은 얼굴인 채 정신착란이

생겨, 아무도 모를 봄날에

집을 떠나.

—장영수, 「치악산 Ⅱ」 부분

의정부나 동두천에. 몸만으로.

한 번 살아볼 마음만으로 흘러온

아가씨들. 열아홉 스물에,

부끄러움도, 쓸데없는 눈물도

해 저무는 낯선 길목에 남몰래 버리면서.

아가씨들. 더러는 떠나는

미군 병사들 따라가고, 더러는 장(場)거리,

구석진 술집의 허름한 床이나 두들기고.

—장영수, 「도봉 Ⅳ」 부분

　동두천의 현대사적·지정학적 의미를 더욱 깊이 탐색한 시인은 『동두천東豆川』을 낸 김명인이다. 그의 시집은 1960년대와 1970년대를 대단히 고통스럽게 통과한 한 젊은이의 치열한 내면세계의 기록이다. 김명인은 '반시反詩' 동인 가운데서도 체험의 형상화에 있어 한 경지를 개척한 시인이었다. 동해 연변의 유년시절, 월남전 체험, 동두천의 혼혈아 학교의 교사생활로 이어진 김명인의 이력이 암울했던 만큼 그의 시도 유난히 어두웠다. 그러나 그의 시가 감동을 불러일으키는 까닭은 철저히 구체성을 띠고 있다는 것과 아울러, 시로써 사회를 개조하겠다는 무모한 시도를 유보 내지는 극복했다는 점에 기인한다.

　내 손에 정글刀만 쥐어진다면

　자르고 싶은 것은 적이 아니라 나의 연민이다.

　불란서 튀기 너는 우리 부대의 마스코트였지만

가난한 나라의 한 병사가 바라본 너는
슬픔이 아니라 미움이었다.

진실은 쉽사리 말해질 수 있을까, 그렇지만
묻어버릴 수 없어서 눈물이 난다.
폐인이 되어 숨은 내 친구 생사조차 나 모르고
처음부터 네 손에 쥐어줄 아무것도 없는 나는
아느냐? 성해서 돌아왔기 때문만은 아니다.

— 김명인, 「베트남 Ⅱ」 부분

내가 국어를 가르쳤던 그 아이 혼혈아인
엄마를 닮아 얼굴만 희었던
그 아이는 지금 대전 어디서
다방 레지를 하고 있는지 몰라 연애를 하고
퇴학을 맞아 고아원을 뛰쳐나가더니
지금도 기억할까 그때 교내 웅변대회에서
우리 모두를 함께 울게 하던 그 한마디 말
하늘 아래 나를 버린 엄마보다는
나는 돈 많은 나라 아메리카로 가야 된대요.

— 김명인, 「동두천 Ⅳ」 부분

김명인은 우리가 몸담고 있는 이 땅 이 시대가 얼마나 어두운가를 어둠
그 자체를 묘사함으로써 확인하였다. "환희와 희망"에의 꿈은 독자에게 맡
긴 채 그는 어둠 속으로 숨는 존재이지만, 그렇기 때문에 시인의 언어는 오

김명인

히려 오래 빛을 발할 수 있는 것이다. 김명인은 정희성·이성부와 더불어 1970년대 시단에서 남성적 체취를 강렬하게 풍긴 시인 중의 한 사람인데 「영동행각」 연작시, 특히 「김정호의 대동여지도」 같은 수작에서 이 점을 유감 없이 발휘하였다.

사회의식의 심화에 있어 논외로 돌릴 수 없는 두 시인이 더 있는데, 그들은 창작과비평사에서 첫 시집을 낸 김창완과 이동순이다. 두 사람은 같은 해에 서울신문과 동아일보의 신춘문예를 통해 데뷔한 후 각자 '반시'와 '자유시' 동인의 일원이 되어 활발한 작품활동을 하였다. 그런데 두 사람 모두 데뷔 시기의 고색창연한 세계를 벗어나 1970년대를 읽는 눈을 갖는 데는 고통스런 자기 갱신의 시절을 보내야 했다.

> 하역작업을 하고 있는 인부들의 어깨 위에
> 고조선의 노을이 지워져 있습니다.
> 원시림 찍어 토기 굽던 불꽃이
> 노동자의 하루를 잘 익게 하고
> …(중략)…
> 그것은 선덕 씨가 주고 간
> 금팔찌와도 같고
> 그것을 보듬고 금환식하고 있는
> 나는 갈대꽃 이우는 한가윗날
> 강강수월래와 같습니다.
>
> ─김창완, 「개화」 부분

벽상의 과도를 겨누고
몇 개의 잠을 날려 보낸다
잠을 날리는 호궁(胡弓) 앞으로
가만히 날아가는 해동청 하나
잠은 그의 뒷덜미에 비치어
잘 익은 참외의 신선한 빛깔을 지닌다
들끓는 하품을 쓸어내고
잠은 벽상의 녹슨 과도 위에서 부러진다

— 이동순, 「마왕의 잠」 부분

두 시인의 데뷔작은 이처럼 복고취미와 현학취미가 버무려진 난해시였다. 그러나 1970년대 후반에 접어들면서 이 사회의 모순과, 모순이 양산한 소외계층에 초점을 맞추어 시를 쓰기 시작했고, 그들의 작업은 『창작과비평』 진영의 눈에 띄어 '창비시선'으로 시집을 내게 된다. 더욱이 이동순은 이하석과 낸 2인 시집 『백자도百子圖』에서의 화려한 수식과 비현실적인 영웅주의를 불식시켜 시집 제목부터 겸손하게 '개밥풀'로 정하는데, 그만큼 이 시인의 변모는 1970년대 상황의 변모와 무관하지 않았다. 이동순은 차츰 우리의 근·현대사라는 격랑의 세월에 눈을 돌리며, 「잠자리」나 「거절」에서처럼 소심하게 한숨이나 내쉬던 소시민 김창완이 암담한 농촌 현실과 도시 하층민의 삶에 눈을 돌려 난중일기를 쓰듯 「인동일기」 연작을 쓰고, 이 제목으로 시집을 내게 되는 것이다.

추수 끝난 들에는
숨어 있던 논둑들이 나타나서

성난 사람들의 핏줄처럼 꿈틀거린다.

공판장에 다녀와서 마루를 치던

형님의 손등에도 저런 것이 나타나서

푸르던 시절의 들판 같은 색깔 짙어

아아 달려가 낫을 쥐고 날뛰었다.

잘려난 벼포기 그루터기 같은

생채기 위에 미친 눈보라도 몰아치겠지.

— 김창완, 「인동일기 Ⅳ」 부분

창밖을 달리는 밤바람 소리

이런 밤엔 애장터의 아이도 잠들지 않으이

언제나 빈 골짝엔 달 뜬 밤이면

찾아와 놀아주는 혼백들 있네

경인년 사변통에 이쪽저쪽 군인들이

마을 장정 끌고 와서 총을 쏘던 이 골짝

그때 죽은 혼백들 함께 와 노네

아저씨 아저씨 어서 오셔요

피투성이 아저씨가 그래도 좋으냐

해 지고 비 뿌리는 찬 솔바람 속

아무도 돌보지 않는 혼백끼리 만나서

아이들도 어른도 차츰 외롭지 않으이

— 이동순, 「애장터」 부분

『슬픔이 기쁨에게』를 펴낸 정호승도 경제발전의 사각지대에서 비참한 나날을 보내는, 소외된 이웃에 대한 관심을 지속적으로 보여주었다. 그의 시는 쓸쓸함·애잔함·비참함·회한 등 센티멘털리즘이라는 외피를 두르고 있는 듯했지만, 실제는 보다 나은 사회, 특히 경제적 불평등이 사라진 사회에 대한 강렬한 희구를 담은 사회참여시였다.

저녁놀도 없이 해 지는 나라
오늘도 해가 진다 어디로 가나
집 없는 사람들의 집을 위하여
꿈도 없이 별 돋으면 어디로 숨나
젊은 넝마주이와 함께 걸으며
오늘밤 한잔 술도 없이 어디로 가나
우리 죽어 별에 가서 묻히기 위해
언제 다시 헤어질 때 너를 만나나

— 정호승, 「가두 낭송을 위한 시 1」 부분

기다려라 간다
무악재를 넘는다
새벽 동냥을 떠나는 소년의 발자국 소리를 따라
너를 찾으러
겨울밤 언덕 밖에 쫓기어 서서
울고 있는 너를 찾으러

— 정호승, 「무악재」 부분

지난해 첫눈 펑펑 내리던 날엔

어머니 감옥에서 아길 받았다.

젊은 여죄수가 어머니 손 꼭 잡고

감옥에서 첫아이를 순산했었다.

　　　　　　　　　　　　—정호승, 「출감」 부분

　정호승의 시에는 젊은 넝마주이, 거지 소년, 젊은 여죄수, 첫아이를 사산한 여인, 귤 파는 할머니, 맹인 부부가수, 혼혈아 아가, 남북어부들, 잠자는 지게꾼, 창녀, 작부, 문둥이, 가발 공장 기숙사의 담벼락에 깔려 죽은 어린 소녀들, 고층빌딩 유리창을 닦다가 떨어진 애통한 청년, 구두 닦는 소년, 실명용사, 수인들, 곱추, 피난민, 등짐장수, 징용 떠난 아버지 등이 등장하고 있다. 정호승은 이 사회의 모습을 총체적으로 보여주기 위해 발자크가 '인간 희극'을 쓴 것처럼, 졸라가 '루공 마카르 총서'를 쓴 것처럼 각계각층 사람들 삶의 비극적인 실상을 묘사하였다. 역사의 거대한 물굽이 속에서 허우적거리는 개인의 모습이나 밑바닥 삶을 살고 있는 여성군女性群에 대한 따뜻한 시선은 다른 시인에게서는 찾아보기 어려운 이 시인의 장기였으며, 참여시를 쓴 동시대의 다른 시인들과도 다르게 세상살이의 슬픔을 애잔한 어조로 들려주어 많은 독자를 확보하였다.

　이상 언급한 일군의 사인들에게서 확인할 수 있듯, 1970년대 시의 한 특징은 체험의 형상화였다. 사회의식은

수유리에 있는 김수영의 시비를 찾은 정호승과 김창완(1976)

상상으로서가 아니라 각자의 체험을 동반할 때 한층 심화된다는 사실을 이들 시인의 작품을 통해 확인할 수 있는 것이다. 그런 만큼 이들의 시는 상상의 세계보다는 나날의 삶에 밀착해 있었다. 시는 정제된 시적 언어로 씌어져야 한다는 종래의 통념에 반기를 든 이러한 시정신은 훗날 형태파괴적인 시의 대량 생산과도 약간의 관계가 있다.

4. 자유정신의 시

1970년대는 시단의 정치적 편향성으로 말미암아 소재의 확대와 아울러 일상어 구사를 함으로써 쉬운 시로의 경사가 이루어진 연대이다. 설사 민중이나 독자를 의식하지 않더라도 이전 연대보다는 훨씬 접근하기 쉬운 시들이 생산되었다. 그래서인지 상대적으로 보편적인 것, 내면적인 것의 가치를 탐구하려는 경향은 소홀히 취급되기도 했다. 그러나 이러한 시대 조류와는 별 상관없이 정신의 자유로움과 상상력의 분방함을 추구한 시인들이 있었으니, 정현종·이승훈·강은교·오규원·박제천·김영태·김형영 등과 연작시 「처용단장」을 쓴 김춘수가 그들이다.

의식의 맨 끝은 항상
죽음이었네.
구름나라와 은하수 사이의
우리의 어린이들을

꿈의 병신들을 잃어버리며

캄캄함의 혼돈 또는

괴로움 사이로 인생은 새버리고,

헛되고 헛됨의 그 다음에서

우리는 화환과 알코올을

가을 바람을 나누며 헤어졌네

의식의 맨 끝은 항상

죽음이었고.

─정현종, 「사물의 정다움」 부분

너도 알거라만

참 변하지 않는 거 있지

그분의 가는 길의

유정한 바람

일종의 취기를.

어느 선술집에서나

그 댁 견공도 웃으며 좋아하고

하나님도 싱긋 웃고 지나가시고

더 말할 꺼 없는

너도 다 아는 일.

─정현종, 「센티멘탈 자아니」 부분

정신의 자유를 추구한 일군의 시인 중 선두주자라고 할 수 있는 정현종은 감각적이고도 친숙한 어조로 사물과 세계에 내재한 신비를 캐내는 작업을 전개하였다. 동시대 다른 시인들에게서는 별로 발견되지 않는 무절제하게 동원되는 한자어나 문법적 통사구조의 무시, 불필요하게 난삽한 시어 같은 문제점도 노출했지만 재기 발랄한 언어와 유쾌하기 이를데 없는 상상력으로 우리 시의 영토를 확장하였다. 부드러운 감수성과 독특한 유머 감각과 아울러 난해한 관념과

정현종

튀는 상상력이 일대 축제를 벌인 『사물의 꿈』·『고통의 축제』는 많은 평론가들로부터 열렬한 상찬의 대상이 되어 그에 대한 평론을 모은 책『정현종』이 1979년 도서출판 은애에서 나왔다. 정현종의 시에 대한 엄청난 찬사들은 사회의식이 한층 고조되어 있던 시기에 그 반대편에서 독자적인 노선을 유유자적 걸어간 이웃사이더에 대한 경외의 시선 때문이기도 했지만, 대상의 내면을 투시하거나 뒤집어서 보려는 탄력적인 정신을 오래 유지했기 때문에 가능한 것이었다.

정도의 차이는 있지만 상당수의 시인들이 진보적인 사회의식에 입각하여 시를 창작한 1970년대에 이승훈은 외롭게 자신의 방에 칩거해 있었다. 그의 작업은 실존적인 여러 문제 — 언어와 인간, 신과 인간, 사물과 인간, 인간과 인간간의 관계 등 — 에 대한 혼신의 힘을 다한 싸움이었고, 그 결과가 1984년에『상처』라는 제목의 시선집으로 묶여지는 것을 봐도 이 점은 분명해진다. 그가 1970년대에 낸 시집으로는『환상의 다리』한 권이 있으나 1981년에 낸『당신의 초상』의 시편이 거의 1970년대에 쓰였으므로 이승훈이 이 시기에 행한 작업은 이 2권인 셈이다. 시인이 꾸는 꿈은 연일 악몽이고 평상시의 심리상태는 불안하며 대타관계는 환멸의 연속이지만, 구원은 어디에서도 찾을 수 없는 것이『환상의 다리』의 세계였다.

내가 먹은 진통제 몇 알을

비는 사정없이 물들이고

가장 캄캄한 어둠 속에서

— 이승훈, 「아픔」 부분

형무소 뒷길 하느님 막막한 잿빛 시간을 초월하여 시간은 움직이지 않고 시
간은 머얼다 공상의 냄새 때문이라면 의심마저 죄악이다 화구 하나가 형무
소 뒷길에서 웃기 시작한다 발광하기 시작한다 하 하 하 그러니 죽어라 죽은
시간의 피는 달다 (…하략…)

— 이승훈, 「꿈의 깊이」 부분

자신과 싸워 자신을 이겨내려는 필사적인 싸움은 연작시 「감옥」이나
「공포」·「악몽」·「살아 있는 시체」·「새벽 세 시」·「도주逃走의 풍경風景」
등에 여실히 나타나는데, 좀처럼 자의식의 늪에서 헤어나지 못하였다. 구
원의 순간을 기다리며 허우적거리는 몸짓이 또한 시를 쓰는 원동력으로
작용했다고 할까. 아무튼 시인은 1980년대 초에 자신의 시세계를 비대상
non-object이라는 미술용어를 끌어와 규정하지만 이 무렵의 시는 비대상이
라고 하기에는 무리가 있고, 초현실적인 이미지로 암울한 내면세계를 표
출했다고 해야 옳을 것이다. 시인은 자아에서 객체로, 관념에서 사물로 옮
겨가는 과정을 그림으로써 고통스러웠던 젊은 날의 기억에서 벗어나려고
몸부림을 쳤고, 그의 이러한 몸부림의 기록은 현실─오늘의 삶에 대한 관
심이 고조되었던 1970년대 시단에서는 무척 희유한 예에 속한다.

그 방에는 있었다

이제 어디서고 존재하는

너는 존재하지 않는다

육체가 되는 마음이

불타서 마음이 되는 육체가

— 이승훈, 「그 방」(1977.11) 부분

사막에는 나체의 여인들이 있었다

나는 여인들의 젖을

빨기 시작했다

머릿속에선 문득

돌이 타오르기 시작했다

나를 누르던 돌이

이윽고 시커매지면서

콸콸 쏟아져 나왔다

이제 어떤 여자가

다시 나를 낳을 것인가

— 이승훈, 「자화상 78년 겨울」(1979.2) 부분

『허무집』과 『풀잎』의 강은교도 관념어를 구사하면서 생사를 초월할 수 있는 정신의 자유를 갈망하였다. 시인은 생로병사의 불가사의함에 대해 구도자적인 싸움을 벌이는데, 샤머니즘에 몰두하건 윤회사상에 경도되건 어두운 시세계는 불건강한 세계에 대한 비극적 인식의 소산이었다. 그러나 죽음의 허무를 무조건 긍정한 것은 아니었고, 목을 놓아 넋을 건져주는

강은교

무녀처럼 처연하게 노래를 불러 카타르시스의 기쁨을 얻기도 했다. 강은교는 인생의 비극을 통해 정화된다는 결론에 고통스럽게 도달하였다. 육체는 지상에 매인 것이지만 정신은 끊임없이 비상하고 싶다는 초월의지를 시인은 때때로 보여주었고, 황천무가黃泉巫歌나 설화적 모티프의 사용도 새로운 개성으로 간주할 만한 것이었다.

덮어주어야 할 수많은 잠자리를 남겨 두고
망우리의 하늘마저 떠나서
이제 어디로 가는 것이냐.
길도 없이 가다가
날 밝으면
그때 다시 한 번 쓰러지려느냐.
이렇게 멀리서도
네 뼈의 뿌리는 흔들리고 있다.

— 강은교, 「최근의 달」 부분

열 두 모랭이 눈감고 기어가면
어디서 울고 있는 신령님이라도
만나지 않으리.
꽃밭에서 아직
걷는 사람이여
어디에 누울까 누울까 말고
가벼이 떨어지는 옷고름 위에

하늘과 함께 나의 뼈를 뉘여다오.

—강은교, 「바리데기의 여행노래」 부분

정신의 자유를 추구하기 위해 황천을 넘나든 시인이 강은교라면 무의식의
세계에까지 자유의지의 영역을 확대한 시인이 바로 오규원이다. 그는 첫 시
집 『분명한 사건』에서 현상계의 아이러니컬한 모습들
을 아주 색다른 어조로, 기발한 비유법을 동원하여 들려
준 바 있다. 오규원은 '닳아빠진 인식'에서 벗어나기 위
해 기상천외한 상상을 해보았고, 그 상상에 대한 보고서
로서 『분명한 사건』·『순례』·『사랑의 기교』·『왕자
가 아닌 한 아이에게』를 1970년대 문단에 차례로 던졌
다. 오규원은 언어로써 언어를 초월하려는 현대시의 정
신을 가장 잘 보여준 시인이었는데, 그의 탄력 넘치는
언어에 의해 언어로부터 좀처럼 못 벗어나는 우리의 기
존관념은 여지없이 파괴되곤 하였다.

오규원 문학선 『길밖의 세상』 광고

피곤한 인질의 잠이
소집당하고 있다
탐욕의 어둠 허위의 어둠이
오늘 하루를 이끌고 온 당신의 엉큼한 협상의 눈이
소집당하고 있다
거리에 깔린 불안을 다리로 질질 끌며 이
아름다운 밤의 식탁에 초대되고 있다

—오규원, 「무서운 사건」 부분

언어는 추억에

걸려 있는

18세기 형의 모자다.

늘 방황하는 기사

아이반호의

꿈 많은 말발굽쇠다.

닳아빠진 인식의

길가

망명정부의 청사처럼

텅 빈

상상, 언어는

가끔 울리는

퇴직한 외교관 댁의

초인종이다.

— 오규원, 「현상실험」 부분

그의 시세계는 문법이 해체되어 있기도 했고, 때로는 살바도르 달리의 그림처럼 초현실적이기도 했다. 도인처럼 선악의 경지를 초월하기도 했으며, 소년처럼 장난스럽기도 했다. 또한 시가 사회의 부조리를 개선하는 데 일익을 담당해야 한다고 믿는 시인들을 비웃으며 오규원은 특유의 유머 감각으로 통념이며 윤리 따위를 넘어서려고 애썼다. 1970년대 전반기와 후반기의 시를 놓고 비교해볼 때, 오규원의 변모는 이승훈의 변모처럼 내면세계로부터 바깥 세상으로의 외출이라고 할 수 있다. 오규원은 산업화가 진전되면서 점차 물신이라는 거대한 괴물이 이 사회를 덮치는 것을 보게 되었는데, 그렇다고 하여 그는 산업화의 물결에 편승하여 정신없이 달려가는 누군가의 뒤를 덩달아 달려가는 법은 없었다. 시인은 독특한 유머센스를 그대로 견지한 채, 이드와 에고의 세계를 자유롭게 왕래하며, 양평동이며 개봉동을 향해 힘찬 발걸음을 계속하였다. 무겁지 않은 언어로 결코 가볍지 않은 물건을 만들어놓은 시인으로 1970년대 시사는 정현종과 함께 오규원을 기록해둔다.

『장자시莊子詩』와 『심법心法』의 박제천 또한 개성이 뚜렷한 시인이다. 동양의 하늘에 오도와 허무의 구름을 띄우는 그의 시법은 자못 장중하였다. 그는 무위자연적인 달관의 자세로 현상계를 넘어섬으로써 동양정신의 유현幽玄함과 부드러움을 동시에 보여주었다. 그는 동물 이미지에 집착하고(곤충과 어류도 종종 형상화의 대상으로 삼았다), 사물을 세밀히 묘사하느니 한 걸음 물러서서 물끄러미 바라보았다. 그래서 그의 시세계는 종종 현상계가 아닌 몽환의 세계를 넘나들었던 것이다. 생사를 초월하여 절대 무한의 경지를 거니는 장자의 철학을 사숙한 시인은 '눈부신 경제발전을 이룩하는 미증유의 국가 동원체제'였던 1970년대 상황과는 무관한 자리에 있었다. 그의 상상력은 이성선처럼 우주를 향해 열려 있었고, 김형영처럼 동물과도 더불어 있었다.

박제천

오늘 밤의 부처는 성난 사냥개처럼 흰 이빨을 보인다
손바닥만 한 웅덩이에 떠서 물소리를 죽이는 나뭇잎 하나
그 위에 올라앉은 무당벌레 한 마리가 천하를 즐긴다
황제의 깊은 밤을 혼자서 꾸며주는 달빛이여
오늘 밤의 부처는 도무지 힘이 없다

피도 살도 한낱 돌덩이에 지나지 않는다
문을 닫아걸고 부처되기를 작파할 수밖에 없다.

　　　　　　　　　　　　　—박제천, 「무당벌레 한 마리가」 부분

몇억광년의별빛을 받아그대의심장을뚫는나의총소리로
코일처럼꿈을몰아감은그대의신경이풀어지는소리로
죽어서사수좌로날아가는그대의마지막목소리로
피를흘리는풀들의번뜩임조차사람을다치게하는데
그대의넋은유유히시야를떠돌아다니네

　　　　　　　　　　　　　—박제천, 「장자시 그 열여섯」 부분

　　한편 미술·음악·연극·무용 등 예술 전반에 대한 일관된 관심으로 시 세계의 무대화에 주력한 김영태가 있다. 그의 시는 예술적 소양이 없는 상태에서는 이해하기 어려운 바도 있었지만 『초개수첩草芥手帖』과 『객초客草』가 보여주는 여러 장면에서 시인의 세상에 대한 연민과 사랑은 얼마든지 읽어낼 수 있었다. 시인들이 상황의 벽에 머리를 찧으며 정면대결을 하는 시대에 자신을 낮추고 타인을 위로하는 행위는 군자의 도리일지는 모르지만 시대의 아픔을 읽어내는 건강한 힘을 결하는 우도 범할 수 있다. 또 연극 대사가 때로 그렇듯이 정제미를 결한 몇몇 작품은 관전평을 압축해 놓은 듯한 느낌도 주었다. 『초개수첩』에서 보여준 감식안은 『객초』에 이르면 한 차원 높은 구체성을 띤다. 사회 현실에 대한 탐색은 여전히 보이지 않지만 감정의 절제를 통해 존재하는 것들의 아름다움과, 존재하는 것들에 대한 안쓰러움을 김영태는 노래하였다.

나는 마음의 큰 별을 만나러

분도원에 갑니다

추운 가슴에 제비꽃을 달고 갑니다

면회실에는 하루 종일

신비스러운 발자국이 이어지다가 끊어집니다

메시앙이란 사람이 먼저 와서

침묵 속에 다른 침묵이 배접되도록

시간의 종말을 위한 사중주를

연주하는 중입니다

— 김영태, 「성 분도원의 오후」 부분

마지막 끗발 같은 눈이

우리를 비튼다

대통맞은 병아리같이

저의를 감추고

본심이 요만조만한데

봉산탈 쓰자

신명나게 돌다 제물에 식는

우리 피라미 같은 것들

뜨거운 가마솥에

한데 엉켜서

부글부글 끓는다는 게

막판답다

— 김영태, 「산대잡극」 부분

시인 석지현과 김형영

　유년기의 추억과 연관된 각종 동물을 시의 소재로 삼은 김형영도 정신의 자유로움을 추구한 시인이다. 시집 『모기들은 혼자서도 소리를 친다』에서 그는 시대의 어두운 정황에서 한 걸음 뒤로 물러서 있으면서도 그 어둠을 직시하고 뚫고 나가려는 선비의 자세를 일관되게 보여주었다. 특히 김형영의 시는 죽음에 대한 절제의 미학이 유년기 체험을 반영시킬 때는 대단히 감동적이었다.

　　비틀어다오
　　비틀어다오
　　고통 주는 것이 아니라면
　　꿈꾸게 하는 것이 아니라면
　　국법도 하느님도 깃들지 않는
　　우리들
　　모가지,
　　모가지, 모가지의 이 하얀 피를 비틀어다오
　　오, 우리의 왕국인 무덤아.

　　　　　　　　　　　　　　　 ─김형영, 「풍뎅이」 부분

　이밖에도 정교한 언어와 풍성한 상상력으로 사회 현실보다는 내면의 진실과 사물의 아름다움을 탐구한 시인으로 『변경의 꽃』을 피워낸 마종기가 있다.

김춘수는 1970년대에 제9시집 『남천』을 간행하기는 했지만 주된 작업은 1960년대 후반부터 시작된 연작장시 「처용단장」을 계속 써나간 것이었다. 그의 역사에 대한 회의와 도저한 허무주의는 역사란 괴물이 그를 괴롭히지 않고, 처용처럼 절대적인 자유를 누리던 유년시절로 이끌어, 무의미하지만은 않은 「처용단장」을 쓰게 된다. 시인의 말대로라면 "인상파풍의 사생과 세잔풍의 사생과 액션페인팅을 한꺼번에 보여주고 싶은" 의도에서 씌어진 것이 제1부였고, 제2부는 "의미라고 하는 안경을 끼고는 그것 ─ 허무의 빛깔 ─ 이 보여지지가 않"아 "말을 부수고 의미의 분말을 어디론가 날려"버리기 위해 씌어졌다. 즉, 「처용단초」 제2부나 연작시 「이중섭」으로부터 비로소 무의미시론에 입각한 작품이 전개되는 것이다.

불러다오.
멕시코는 어디 있는가.
사바다는 사바다, 멕시코는 어디 있는가,
사바다의 누이는 어디 있는가,
말더듬이 일자무식 사바다는 사바다,
멕시코는 어디 있는가,
불러다오.
멕시코 옥수수는 어디 있는가,

― 김춘수, 「처용단장 제2부 V」 전문

아내의 손바닥의 아득한 하늘
새가 한 마리 가고 있다.
하염없이 가고 있다.

겨울이 가도

대구는 눈이 내리고

팔공산이 아마빛으로 가라앉는다.

동성로를 가면 꽃가게도 문을 닫고

아이들 사타구니 사이

두 개의 남근.

마주보며 저희끼리 오들오들 떨고 있다.

— 김춘수, 「이중섭」 전문

　　그러나 그가 1970년대에 펼친 더욱 중요한 작업은 『시론』과 『의미와 무의미』, 『시의 표정』으로 이어지는 독특한 시론의 전개였다. 의미와 이미지를 다 버리고 때로는 리듬만을 취하고, 때로는 내용 모를 풍경만을 그리던 그의 시는 역사에 대한 불신에서 배태된 것인 만큼 유신체제라는 폭압적인 정치 상황과는 걸맞지 않은 것이었다. 그러나 정치와 경제 상황에 침해받지 않은 상상력의 공간에다 대단한 열정으로 그린 그의 현실 초월적인 시와, 허무주의의 늪에서 붙잡은 장미 같은 무의미시론은 그 나름의 의미를 갖는 것이었다. 어떻든 그가 언어로서 추구한 절대자유는 한국문학사가 다시 씌어질 21세기에 가서도 부자유스런 정치 상황, 불공평한 경제 현실, 게다가 상호 불신이 팽배한 당대 사회에서 어떻게 존립할 수 있을까, 다시금 생각케 할 대목일 것이다.

　　이상에서 언급한 시인들은 1970년대를 살면서 정치란 인간의 삶을 어떤 면에서건 규제하는 것이므로 문학은 정신의 자유로움을 구가해야 한다고 믿었고, 그 결과 다양한 실험으로 오늘의 삶을 반추하였다. 이들의 시는 사회의식을 반영하는 시들과는 성향이 근본적으로 달랐음에도 불구하고 당대 상황의 옥죄임에서 놓여나길 원하는 자유에의 추구라는 점에서는 공유하는 바가 없지 않았다. 상당수 시인의 눈이 사회를 향해 열려 있던 1970년대에 이들이 각자의 내면세계에 침잠했다는 간과할 수 없는 사실은, 문학의 다양성을 의미하는 동시에 정신의 다양성, 삶의 다양성을 의미하기도 하는 것이다.

이들의 실험정신은 1960년대 모더니즘 계열과는 분명히 거리가 있었다. 이것은 ① 서구 모방이 아니었다는 점, ② 의미의 난해가 어휘의 난해까지 동반하지 않았다는 점, ③ 제 나름의 개성으로 오늘의 삶이 제기하는 여러 문제에 대응하려 했다는 점 등에서 찾을 수 있다.

5. 서정시의 다양성

1) 사회의식을 반영한 서정시

고전적인 의미의 서정시는 서사시·극시와 대별되는 명칭이지만 오늘날까지 그런 의미로만 사용하는 사람은 없다. 서정시는 주지시나 교훈시, 혹은 사회고발시와 상대되는 의미로서 "아리스토텔레스나 계몽주의 시대를 거치면서 인간의 이성이 부각되는 바람에 그 밑에서 숨을 죽이고 있어야만 했던 인간의 감성을 촉촉이 적셔주고 일깨워주"[11]거나, "노래 또는

---

11 정효구, 「잘살기 위한 서정시」, 『존재의 전환을 위하여』, 청하, 1987, 69쪽.

음악에 속하는 단면으로서 소리나 리듬에 상당한 배려를 가"[12]하는 시로 규정되던 것이 통례였다.

우리 현대시의 흐름을 살펴보면 서정성만큼 유구한 것도 없을 것이다. 모더니즘의 거센 바람에도 아랑곳하지 않고 소월과 영랑에서부터 발원한 서정의 물줄기는 청록파의 세 시인과 서정주가 일으킨 커다란 물굽이를 지나 오늘날에 이르고 있다. 이 물줄기는 자유에 대한 열망이 시인의 의식세계를 사로잡은 1970년대에도 맥맥히 이어져 일제치하의 시인들이 개척한 서정성의 영향을 음과 양으로 받은 서정시가 적잖이 생산되었다. 이 시대의 파행적인 경제성장에 따른 사회의 급변이 상당수 시인들로 하여금 사회의식이 기치를 올리거나 정신의 자유를 추구한 시를 쓰게 했음은 앞에서 언급한 바 있다. 그런데 또 다른 일군의 시인들로 하여금 민족의 고유정서에 바탕을 둔 서정시를 부단히 쓰게 했음에도 주목하지 않을 수 없다.

1970년대에 생산된 서정시가 앞서 언급한 작품과 달랐던 점은 언어의 선택과 심상의 전달에 세심한 주의를 기울이면서도 사회적 관심과 일상적 삶의 경험 또한 어느 정도 포괄하려 애썼다는 데에 있다. 상위개념으로서의 서정양식은 서사양식과 뚜렷이 구분되는 것인데, 1970년대는 이런 구분이 무너지는 연대이기도 했다. 즉, 1970년대에는 사회적 관심과 일상적 삶이 웬만큼 배제된 경우라도 현실세계에서 비롯된 아픔을 재래의 정한에 접목시키거나 전통적인 운율을 활용한 시들이 서정시의 범주 안에서 많이 창작되었다. 특히 농촌사회의 급속한 변화와, 그 변화에 적응치 못하고 소외된 농민들을 소재로 한 시들이 많았다. 전통을 가장 실천적으로 계승하면서 부단히 그 한계를 극복하고 재창조하려는 시인의 시가 보편성을 획

---

12 김용직, 『문예비평용어사전』, 탐구당, 1985, 128쪽.

득하여 시대를 초월할 수 있음은 두말할 나위가 없다. 산업화시대에 예외적인 시인이라면 서정주를 들 수 있는데, 그는 『질마재 신화』와 『떠돌이의 시』를 통해 서정시에 담을 수 있는 언어의 세계를 새로운 경지에서 개척하였다.

1970년대에 행한 서정주의 작업 중 가장 먼저 주목해야 할 것은 『질마재 신화』에 나타난 그의 독특한 언어 미학과 풍속의 재현이다. 김영랑의 경우처럼 잊혀진 옛말이나 조어를 구사하지 않으면서도 전라도 지방의 짙은 향토색을 느끼게 한 것은 시에 이야기를 담았으며, 일상어를 적절히 구사하였고, 훼손되고 잊혀져 가는 우리의 풍속을 되살려냈기에 가능하였다. 서정시로서의 운율과 정서, 서사시로서의 이야기적인 요소를 이 시집만큼 절묘하게 결합시킨 것도 우리 문학사에서 달리 찾기 어려울 것이다. 「소자 이 생원네 마누라님의 오줌 기운」 같은 시는 거인

『질마재 신화』를 쓸 무렵의 서정주

여신巨人女神이 나오는 제주도 설문데할망 전설을 연상시키는 내용으로, 별다른 시적 기교를 사용하지 않은 작품이다. 고창 지방 특유의 방언을 거의 쓰지 않고서도 고향과 유년기에 대한 추억을 신화의 공간으로 이동시키고, 우리의 옛 풍속에 대한 향수까지 불러일으키게 하는 것은 시골 사랑방에서 오가는 육담에 가까운 시어를 구사했기 때문이다. 서정주는 우리 뇌리에 배어 있는 일상어를 그대로 사용하여 토속적인 분위기를 형성하는 데 성공한 시인으로, 그가 사용한 시어야말로 우리의 진정한 토착어라 규

정해도 무방할 것이다. 『질마재 신화』에는 시인이 유년시절에 겪었던 일들이 시간의 터널을 지나와 다채롭게 전개되는데, 낱낱의 추억들은 신비스러운 신화의 공간을 만들어놓고 있기 때문에 『신라초新羅抄』의 세계와 마찬가지로 당대 현실과는 상당한 거리를 유지하고 있었다. 이 점에서 무의미 세계를 추구했던 김춘수의 시들과 마찬가지로 『질마재 신화』는 1970년대에 씌어졌으면서도 산업화시대의 보편적 문맥과는 꽤나 멀리 떨어진, 허공에 떠 있는 한 권의 시집이었다.

소자 이 생원네 무우밭은요, 질마재 마을에서도 제일로 무성하고 밑둥거리가 굵다고 소문이 났었는데요. 그건 이 소자 이 생원네 집 식구들 가운데서도 이 집 마누라님의 오줌 기운이 아주 센 때문이라고 모두들 말했습니다.

옛날에 신라 적에 지도로대왕(지증왕)은 연장이 너무 커서 짝이 없다가 겨울 늦은 나무 밑에 장고만한 똥을 눈 색시를 만나서 같이 살았는데, 여기 이 마누라님의 오줌 속에도 장고만큼 무우밭까지 고무시키는 무슨 그런 신바람도 있었는지 모르지. 마을의 아이들이 길을 빨리 가려고 이 댁 무우밭을 밟아 질러가다가 이 댁 마누라님한테 들키는 때는 그 오줌의 힘이 얼마나 센가를 아이들도 할 수 없이 알게 되었습니다―"네 이놈 게 있거라. 저놈을 사타구니에 집어넣고 더운 오줌을 대가리에다 몽땅 깔기어 놀라!" 그러면 아이들은 꿩 새끼들같이 풍기어 달아나면서 그 오줌의 힘이 얼마나 더울까를 똑똑히 잘 알 밖에 없었습니다.

―서정주, 「소자 이 생원네 마누라님의 오줌 기운」 전문

그러나 『떠돌이의 시』는 반드시 그렇지만은 않았다. 이 시집에서의 자연과 사회, 인간과 사물, 그 모든 것을 포괄하는 시간과 공간의 폭을 몇 줄

의 언급으로 마무리할 수 없게 한다. 그러나 한마디로 줄인다면 시간을 초월하는 인간의 본질적인 서정성과, 시인이 몸담고 있는 공간(사회)에 대한 비판의식, 즉 천상과 지상의 이미지가 공존한 세계가 바로 『떠돌이의 시』의 세계였다.

> 바위가 저렇게 몇 천년씩을
> 침묵으로만 웅크리고 앉아 있으니
> 난초는 답답해서 꽃피는 거라.
> 답답해서라기보다도
> 이도령을 골랐던 춘향이같이
> 그리루 시집이라도 가고파 꽃피는 거라.
> 역사 표면의 市場 같은 행위들
> 귀 시끄런 언어들의 공해에서 멀리 멀리
> 고요하고 영원한 참목숨의 강은 흘러
> 바위는 그 깊이를 시늉해 앉았지만
> 난초는 아무래도 그대로 못 있고
> "야" 한 마디 내뱉는 거라.
> 속으로 말해 나즉히 내뱉는 거라.
>
> —서정주, 「바위와 난초꽃」 부분

> 예수의 손발에 못을 박고 박히우듯이
> 그렇게라도 산다면야 오죽이나 좋으리오?
> 그렇지만 여기선 그 못도 그만 빼자는 것이야.
> 그러고는 반창고나 쬐끔씩 그 자리에 부치고

뻔디기 니야까나 끌어 달라는 것이야.

"뼈억, 뼈억, 뻔디기, 한 봉지에 십원, 십원

비오는 날 뻔디기는 더욱이나 맛좋습네"

그것이나 겨우 끌어 달라는 것이야.

— 서정주, 「뻔디기」 부분

김우창은 전자를 "범속적 세계관에서 현대사를 비판하고 있는" 예로, 후자를 "가장 값싼 단백질을 얻어먹으려고 하는 삶의 상황에 대한 공분公憤"을 표현한 예로 든 바 있다. 독자들은 "역사 표면의 시장 같은 행위들"과 "귀 시끄런 언어들의 공해"에서 벗어나려는 시인이 현실 일탈욕과, 바로 그 현장에 뛰어들려는 시인의 실천의지가 이 무렵의 시에서 상충되고 있었음을 알 수 있다. 그런데 이 두 시집이 보다 중요한 것은 그가 구사한 언어 덕분이었다. 서정시는 모름지기 인간 본연의 정서의 심층에 가 닿아야 하므로 시어는 잘 다듬어지고 선택된 비유어figurative language를 골라서 써야 한다는 전통적인 서정시의 언어관을 무시하고 씌어진 것이 바로 이 두 시집, 특히 『떠돌이의 시』였다. 김우창도 바로 이 점을 주목, "아마 많은 독자들을 사로잡는 것은 선생의 시의 언어라고 할 수 있는데, 이 언어의 특징은 바로 거기에서 시적인 것과 일상적인 것이 혼연일체를 이룬다는 데 있다"[13]고 평가했다. 서정시의 울타리는 1970년대에 이렇듯 한 달인의 손에 의해 무한정 넓혀질 수가 있었던 것이다.

서정주의 문하에서 공부하여 서정시의 범주에 들어가는 시를 썼지만 임홍재의 작품을 보면 내용에 있어서도 이 시대 서정시의 폭이 결코 좁지

---

13 김우창, 「구부러짐의 形而上學」, 『궁핍한 시대의 詩人』, 민음사, 1977, 222쪽.

않았음을 알 수 있다. 임홍재의 시세계는 삶의 기반이 송두리째 흔들린 1970년대의 사회 변동에서 초래된 농촌의 곤궁한 상황과, 농민이 도시 변두리로 쫓겨가는 과정에서 겪는 애환을 주로 담고 있다는 점에서 신경림의 세계와 공유하는 부분이 많았다. 누대로 지켜온 촌락공동체에서의 삶도, 그곳으로부터 탈출한 뒤의 뿌리뽑힌 삶도, 시인의 요절도 다같이 눈물겨워 임홍재의 유고시집 『청보리의 노래』는 1970년대를 증언한 가장 슬픈 시집이었다.

물오른 청솔가지 목 비틀다 돌아와 누운 자리에

황토 황토

먼지만 일고……

띠뿌리처럼

띠뿌리처럼

모질게 산 형제들이

황토밭에서

부황난 살을 내어말리며

통곡하고 있다.

칠석맞이 눈물 썰금거리듯

흰 죽사발을

눈물로 헹구고 간 누이야

뻘기꽃 폈다.

뻘기꽃 폈다.

— 임홍재, 「수몰지 시초(詩抄)」 부분

그의 시편들이 시종 서정성을 잃지 않고 있음은 보다 나은 사회로 나아가려는 시인의 의지가 "다정함도 한 많음도 병인 양한" 우리의 전통적인 심상과 가락에 무르녹아 있었기 때문이다. 임홍재는 신경림처럼 서민의 고통과 분노를 들려주는 데 주력한 시인이다. 그러나 그는 질곡의 역사가 우리 민족에게 드리운 어둠을 토속적인 분위기를 한껏 고조시켜 형상화함으로써 신경림과는 토질이 다른 황토에 있었다. 특히 성장기의 가난에 대한 시인의 탁월한 묘사는 눈부신 경제 성장기와 대조를 이루어 독자의 가슴을 더욱 저미게 하는 바가 있었다.

이유경의 『하남시편』은 농촌사회의 붕괴로 인해 받은 도시인의 정신적인 상처를 보여준 시집이다. 그 역시 임홍재나 김준태처럼 농투성이 부모님의 슬하에서 공부를 해 도시인이 된 시인이다. 그러나 이유경은 자라난 터전으로 되돌아가 다시 씨를 뿌리고 밭을 일구어야 한다고 외치거나 가난에 짓눌려 지낸 지난날의 고통을 서럽게 반추하는 대신, 자신이 서 있던 그 자리에서 농촌을 버린 자신을 반성하였다.

내 이름 불러주는 아이 하나 없다
여자도 그 잡년의 사랑도 없다
하남벌은 지옥에 처박혀 바람에 휩쓸리고 있다
논길들이 쫓겨다니고
벌레 껍질들이 부질없이 흩어지고
《대낮에도 오가는 사람 없길래 길에 뿌연 오줌 깔기고 코를 풀고 이까짓 언 땅》
(…중략…)
하남벌에 돌아와 한숨 쉬는

내 십년의 배반

—이유경, 「배반」 부분

　농촌으로 돌아간들 한숨만 나오고, 한사코 잊어버리고 싶을 따름인 곳이 바로 고향 하남이라고 시인은 한탄하였다. 이 한탄은 대안이 제시되어 있지 않다는 점에서는 무력함의 토로 이상이 될 수 없었겠지만 진솔하다는 점에서는 영혼의 고백과도 같은 것이었다. 이제 상상의 세계에서나 재현이 가능한 전원으로 회귀하고자 하는 전원파 시인들에 대한 추종은 좀처럼 찾아볼 수 없게 되었다.

　홍신선의 시를 보면 이 점은 더욱 분명해진다. 나날이 황폐해져 가는 고향에 대한 애착은 "가난을 퍼 던지겠다"는 단호한 부르짖음과, 실패로 종결된 역사의 한 페이지를 향한 항의조의 질문을 낳았다. 시집 『서벽당집棲碧堂集』이 이런 세계만을 다루고 있지는 않지만 「논」 연작 14편은 역사적인 수난의 상징으로 농투성이를 설정함으로써, 그들의 뿌리내릴 수 없는 삶을 자못 처절하게 그려냈다.

홍신선

　쑥대밭머리에

　앉아서

　논바닥 검불데기에 쓰러진 가난을 퍼 던지겠다.

　변변한 이웃은

　타관으로 다 빠져나가

　저희들 세상에서

　끝없는 등을 보이더라만

그렇다 아직도

지평에

허리동아리 퍼렇게 드러난

허공으로 서서

퍼 던지겠다.

대대로 스러진 가난을 퍼 던지겠다.

—홍신선, 「논·Ⅰ」 전문

이 벌과 봇논에

홑두루매기 차림인 안개들이

과객처럼

자기 헛된 삶을 놓고

묵어서 간다.

누가 알겠느냐

안개여

동학년에는

천한 가뭄이나 까막 까치놀이 되어서

강호를 붉게 밝혀서 뒤덮어 나가던

너를 누가 알겠느냐

—홍신선, 「논·ⅩⅣ」 부분

이시영의 경우도 농촌 소재의 시는 시대 상황을 깊이 개탄하고 있는 점에서 상기의 시인들과 크게 다르지 않았다. 그러나 그는 어떠한 결단의 조짐과 냉철한 비판의식을 개성적으로 보여주었다. 더구나 시인의 관심은

1989년 봄, 신동엽 20주기를 맞아 시비를 찾은 시인들(왼쪽부터 고형렬, 박철, 이시영, 박선욱)

농촌의 현실에 대한 진단뿐만 아니라 공단이나 창녀촌 등 도시의 가파른 지대에서의 삶이나 지식인의 자기 반성 등을 포함하는, 보다 포괄적인 것이었다. 시인은 상황에 대한 격한 분노의 감정을 차분한 어조로 억누르고 있는 듯이 보였지만 기실 시의 행간에 숨어 소외계층에 대해 언민의 감정에 몸을 떨고 있었던 것이다. 그러므로 『만월』의 시들은 흡사 내밀한 신음소리 같았다. 이는 시조의 외형률을 잘 터득하고 있는 시인의 엄격한 자기절제와 전통 서정시에 대한 관심의 소치일 것이다.

눈 뜨고 팔려가는 촌년들
치마로 낯을 가리고 돌아보는 거리

너 예까지 오고 말았구나

굴레 쓴 말들 피를 보고 뛰는 거리

재갈을 물고 딸을 팔고도 더욱 씩씩한 입들

오늘은 귓볼 같은 눈이 내려 고요히 덮는구나

—이시영, 「남녘」 부분

탁배기 한 되로 안주값도 없이

으스러져라 껴안아볼 수 있는

콩밭이 낳은 딸들이 있지

들썩거리며 산곡에서 불거진

실한 쌍년들이 있지

오늘 두 다리 꼬옥 오므린 채 가파른 밤에 서서

그곳을 가리고 노래하는 꽃잎일지라도

내일은 대지를 딛고 화들짝 필

싱그런 연꽃들이 있지

—이시영, 「노래하는 딸들」 부분

그의 초기 시는 사회의식을 심화시킨 면도 없지 않았지만 서정시의 다양한 모습 중의 하나로 간주된 것은 바로 이 때문이다. 거의 대부분의 시에 산업화의 회오리바람에 휘감긴 인물이 등장하고, 그 인물들에 얽힌 가슴 아픈 이야기가 전개되는 것도 시집 『만월滿月』이 갖는 중요한 특징의 하나로 지적할 수 있다.

전통적 의미의 서정시에 가장 근접한 시를 쓴 이는 박용래였다. 눈물이 흔한 시인으로 유명했던 박용래는 이문구의 말대로 "앞에서도 없었고 뒤에도 오지 않을 하나뿐인 정한情恨의 시인"임에 틀림없다. 그러나 그는 1970년대 후반에 이르러서까지 유습遺習이 온전한 촌락공동체에서의 정한을 눈물을 흘리며 노래하지는 않았다.

박용래 캐리커처

　　바닥난 통파//

　　움 속의 강설//

　　꼭두새벽부터//

　　강설을 끌고//

　　동짓날//

　　시락죽이나//

　　끓이며//

　　휘젓고 있을//

　　귀뿌리 가린//

　　후살이의//

　　목수건.

　　　　　　　　　　　　　　　　　—박용래, 「시락죽」 부분

　반드시 '한'이라는 말과 더불어 논해지던 박용래 또한 여타의 시인들과 마찬가지로 이 연대의 작업은 "점차 자신의 시적 대상을 도시 변두리의 소외된 삶의 형상에로 옮겨"[14]간 것으로 간주되고 있다. 산업화의 필연적인 부산물로 국민의 생활 터전을 파괴해간 공해에 대한 시인의 안타까움도 예

---

14 이은봉, 「박용래 시의 恨과 社會現實性」, 『시와 시학』, 1991.봄, 152쪽.

시적인 안목이었다. 「곡曲 5편」을 보면 술로써밖에 생의 슬픔을 달랠 길이 없던 시인에게 아름다웠던 터전의 상실이 더욱 절절한 아픔으로 다가왔음을 알 수 있다. 생태계의 파괴로 애꾸눈이 된 메기가 사는 백강 하류에서 시인은 목이 메었다. 개발도상국에서 중진국으로 발돋움하는 경제 상황의 변화가 시 소재의 변모를 자연스럽게 초래한 한 예를 박용래는 잘 보여주었다. 그러나 주된 정조가 정한의 테두리를 크게 벗어난 적은 없었다.

밀물에
슬리고
썰물에
뜨는

하염없는 갯벌
살더라, 살더라
사알짝 흙에 덮여
목이 메는 백강하류
노을 밴 황산메기
애꾸눈이 메기는 살더라,
살더라.

— 박용래, 「곡(曲) 5편」 부분

이상에서 살펴본 대로 1970년대에 쓰인 서정시는 상당수가 농촌을 무대로 한 것이었다. 그러나 농촌사회가 전통적인 문화의 유풍遺風을 그나마 간직하고 있는 곳이란 진단은 서정주를 제외하고는 찾아볼 수 없었다. 서정시로 분류가 가능한 시들에서조차 농촌사회가 인심과 풍속이 여전히 아름다운 곳이라는 묘사는 보이지 않으니, 이를 어떻게 해석해야 할 것인가. 1970년대 농촌 새마을운동의 허실은 이들 시인들에 의해 증명되었다고 본다. 새마을운동이 초가집으로 대표되던 농촌의 생활환경을 개선시켰고, 개발의욕을 자극했으며, 이것이 소득증대의 계기가 되어 생산기반이 전반적으로 확충된 것은 사실이다. 그러나 수출주도형 고도성장이 국내의 농업생산을 위시한 내수부문을 상대적으로 위축시켜 간 것은 농촌경제의 총체적인 붕괴가 증명하고 있다. 1970년대 물가의 전반적인 안정도 정부의 직접적인 가격통제정책에 의존했기에 가능한 것이었다. 이와 같이 1970년대에 농촌을 배경으로 한 서정시를 쓴 다수의 시인들은 전통적인 서정의 물줄기에 편안하게 몸을 맡기지 않고, 파행적인 성장곡선을 그린 국가경제의 온갖 문제와 정면으로 부딪쳐 해결의 실마리를 찾았던 것이다.

농촌을 배경으로 한 시는 그렇다 치고, 1970년대의 가장 특이한 서정시집은 윤상규의 『명궁』이다. 이 시인에 대해서는 "시인의 정서적 반응에서 가장 현저한 태도가 한의 감정에 혈연을 맺고 있다"[15]는 평가가 있는데, 한의 감정을 많이 노래한 선배 시인들의 영향을 받은 바는 없어 보인다. 그의 정신은 신화의 세계를 떠돌고 있었기에 사용하는 언어도, 언어가 수놓은 정조도 시간을 거슬러 올랐는지 모를 일이다. 그의 시는 시각적인 효과를 위해 한자어가 다수 동원되고 구투의 말씨가 거침없이 튀어나와 독자의 접근을 가로막는 경우가 많았다. 그러나 어휘와 어휘의 연결, 행과 행의 연결에 있어 보여주는 독특한 기법은 윤상규만의 것이었다. 또한 이 시대의 젊은 시인 중 시간과 공간을 윤상규만큼 넓게 사용한 시인도 달리

---

15 김종철, 해설 「캄캄한 세계 속에서의 頑强함」, 윤상규, 『名弓』, 문학과지성사, 1977, 98쪽.

없었다. 설화와 신화의 세계를 끌어들이는 시인의 자연 묘사는 무릉도원
을 보듯 참으로 꿈결같이 비현실적이었다.

> 황진에 뒤덮인 땅 너와 함께
> 볼 때의 설레는 떨린
> 물 만리 굽이치고 하늘 길 만리 치솟는
> 네 고향 채마리(替馬里)엔 말발굽 소리마다
> 칠흑 같은 무지개 홀로 떴더냐, 순희(順姬),
> 불로서 헤매다 불로서 여위어간
> 사람들은 오지를 않는데
> 아득히 돌팔매질하여
> 돌팔매 되어 잊히기를
> 원하련가
> 네 눈 씻은 압록 물
> 네 눈과 함께 흐림이
> 이 지아비 꿈에 보이노니
>
> ─윤상규, 「서북땅」 전문

『명궁』에서는 "선녀가 무지개를 들여마신다" 같은 환상적인 표현이나,
"즐문櫛文의 묵은 주름살을 깊이 / 새겨 넣고" 같은 전인미답의 비유를 얼
마든지 만날 수 있다. 현실에 대한 즉각적인 반응이 시단의 주류를 형성했
던 시기에 이러한 초월적인 에스프리는 단연 이채를 띠었다. 윤상규의 작
업은 역사의 진보에 대한 회의에서 초래된 새로운 방법론의 전개였기에
더욱 이색적이었지만 장르를 바꿈으로써 종결되고 만 느낌이 있다.

김명수의 『월식』 또한 1970년대에 행해진 이색적인 문학적 작업의 하나였다. 그는 물질적 소외보다는 정신적 소외로 고통받는 자들의 슬픔을 고도의 시적 세련미로 그려냈다. 그는 박용래처럼 절제된 언어로 "현실상황을 하나의 사물, 하나의 비유 속에 요약하여 포착"[16]할 줄 아는 시인으로서, 세밀한 관찰력과 섬세한 묘사 능력을 갖추고 있었다. 그의 시는 간결·투명해서 그림의 여백 같은, 청아한 소리의 여운 같은 인상을 남겼다. 『월식』의 시들은 전반적으로 여성적인 색조를 띠었지만 「타우누스 양노원의 밤」 같은, 비극적 세계관을 담은 시는 그의 정신의 진폭이 여리지만은 않음을 증명한 작품이었다.

저
난쟁이 병정들은
소리도 없이 보슬비를 타고
어디서 어디서 내려오는가

시방 곱게 잠이 든
내 누이
어릴 때 걸린 소아마비로
하반신을 못 쓰는
내 누이를

꿈결과 함께 들것에 실어

---

16 김우창, 해설 「시의 언어·시의 소재」, 김명수, 『월식』, 민음사, 1980, 23쪽.

소리도 없이

아주 아늑하게

마법의 성으로 실어 가는가

— 김명수, 「세우(細雨)」 전문

아내여 아내여 살기가 어려워

친정도 자주 못 간 젊은 아내여

서러움에 파문 지는 가냘픈 어깨

여리디 여린 한 장 파문을

앞산머리 언제나 푸른 저 솔잎,

아청빛 초겨울의 맑은 하늘이

죽음은 영 이별이 아니라는 듯

되받아 가락 길어주고 있네요.

— 김명수, 「만가 6장」 부분

2) 존재론적 서정시

1970년대에 간행된 1,000여 권에 이르는 시집 중에서 서정시집을 골라내고, 거기서 또 다른 성격의 것들을 모아 의미를 부여하자면 범박하게 존재론적 서정시라고 명명해도 좋을 것들이 있었다. 이 시집들은 정도의 차이는 있으나 다분히 실존적이고 형이상학적인 문제를 다루었다는 점에서 1970년대 삶의 현장과는 상당한 거리를 둔 것이었다. 한 권의 시집에 실린 수십 편의 시가 모두 철학적인 명제와 존재론적 질의를 담고 있지는 않았지만, 당대의 정치·경제적 현실이 생활 전반에 드리운 어두움보다는 생로병사나 희로애락의 명암을 진지하게 성찰했다는 점에서 앞에서 언급한 시들과는 다른 자리에서 모아 논할 필요성이 있다고 본다.

6·25전쟁의 비극상과 세간살이의 고단함을 누구보다 심도 있게 묘사한 시인이 김종삼이다. 드문드문 발표된 그의 작품은 1969년에야 비로소 『십이음계』라는 시집으로 묶여졌고, 1970년대에 접어들어서야 조금씩 평가의 대상으로 떠올랐다. 『시인학교』와 『북 치는 소년』은 시어의 과감한 생략이라는 흔치 않은 기법을 사용하여, 험준한 역사의 골짜기를 헤매면서 우리 민족이 겪어야 했던 생사의 아이러니와 생존의 애잔한 슬픔을 들춘 시집으로 기억될 만했다.

김종삼

> 헬리콥터가 지나자
> 밭 이랑이랑
> 들꽃들이랑
> 하늬바람을 일으킨다
> 상쾌하다
> 이곳도 전쟁이 스치어 갔으리라.
>
> ─ 김종삼, 「서시」 전문

아작아작 크고 작은 두 마리의 염소가 캬베스를 먹고 있다.
똑똑 걸음과 울음소리가 더 재미있다
인파 속으로 열심히 따라가고 있다

나 같으면 어떤 일이 있어서도 녀석들을 죽이지 않겠다.

— 김종삼, 「장편(掌篇)·1」 전문

생명에 대한 외경으로 눈물 가득한 시인의 데생은 목탄으로 단숨에 그린 것이었다. 재래적인 향토색을 거부하는 그의 이국 취미는 마치 "서양 나라에서 온 / 아름다운 카드" 같은 느낌을 주기도 했지만, 그 이국적인 아름다움에는 내용의 무게가 실려 있었다. 내용의 무게는 아우슈비츠의 학살과 영아 살해가 행해지는 전시의 절망적인 상황에서도 연민의 노래를 끊어질 듯 나직이 부른 시인의 박애정신으로부터 나온 것이었다. 그의 시는 대개 소품이었지만 담고 있는 메시지는 허황된 구호나 과장된 이미지보다 몇 갑절 진한 감동을 주었다. 김종삼의 세상을 보는 시선의 부드러움은 종교적인 색채가 없으면서도 종교적 차원으로까지 승화될 만큼 심오하였다. 또한 세상 다 살아본 자의 엄숙함과 달관이 짙게 배어 있어 1970년 대라는 시대 상황과는 걸맞지 않은 바도 있었다. 그러나, 그렇기 때문에 그의 시가 갖는 생명력은 동시대 다른 시인의 작업보다 유구한 것이 될지 모른다.

1970년대에 행한 전봉건의 작업은 시집 『피리』로 묶여졌다. 그는 시집 서문에서 밝혔듯이 "70년대 후반의 마음 쓰임을 주로 말의 기능 쪽으로 기울인 느낌이 짙"은데, 이는 1976년에 낸 『춘향연가』나 1970년에 낸 『속의 바다』와는 다른 세계로 항해하였음을 밝힌 것이다. 시집의 어디에서 불교적인 명상과 법열의 깊이는 보이지 않지만 불립문자不立文字와 불이문자不離文字의 경지를 오간 시인의 고뇌가 여실하게 드러나 있었다.

새를 두고도

詩가 되지 아니합니다

하늘을 두고도

詩가 되지 아니합니다

아니 되는 詩를 땅에 묻고

하늘을 우러르니 비로소

보이는 것이 있습니다

새의 무덤입니다

새는 죽어서 하늘에 묻혀

빛으로 덮이어 있었습니다

— 전봉건, 「무제」 전문

이

세상

모든 햇살

피로 물들이고서

그리고서 반쯤 아무는 너와 나의 작은 상처는

먼 두메 낮은 산자락의 진달래

바람에

날릴 듯 지워질 듯 하늘거리는

그 꽃빛이다

— 전봉건, 「꽃빛」 전문

새 한 마리 꽃 한 송이의 생명에서도 연민의 정을 느끼는 시인의 여린 심성은 시대에 대한 사회학적 접근을 거부하게 했다. 그 대신 그가 만든 이미지는 「무제」나 「꽃빛」 같은 시, 특히 연작시 「마카로니 웨스턴」에서 보여준 것처럼 특수성과 구체성을 초월한 어떤 세계, 즉 피안을 꿈꾼 것이었다. 그런 점에서 전봉건은 비슷한 시기에 언어의 한계에 부닥쳐 고민했던 김춘수와 공유하는 바가 있었다.

이수익의 『야간열차』는 일상사와 자연현상에서 어떠한 깨달음을 도출하는 시인의 기록을 모은 시집이다. 그에게 있어 자연은 자연 그 자체이되, 존재하는 것들의 의미에 대한 깊은 성찰을 가능케 하는 객관화의 대상이었다. 그의 깨달음은 존재에 대한 깊은 정감에서 유발된 것이었기에 긴 여운을 남겼다.

> 형무소 높은 망루대에서
> 검은 뜨락과 담벼락을 샅샅이 검색하는
> 서치라이트의 눈에
> 잡힌 것은 두 손을 번쩍 든
> 죄 없는 풀잎뿐.
>
> 하얗게 질린 얼굴로
> 그들의 무죄를 떨고 있는
> 모퉁이에 버려진 집단의 풀잎뿐.
>
> ─이수익, 「싸늘한 빛」 부분

> 얼마나 많은 날들이 흘러갔을까
> 저 폐허가 받들고 있는 눈부신 신록의 향연,
> 그로테스크한 이 나무의 경이를 위하여

그 동안 얼마나 많은 낮과 밤을

불러들였을까.

— 이수익, 「고목」 부분

이수익은 급변하는 사회의 제반 현상에서 몇 걸음 물러서서 그 현상의 이면을 성찰해 나갔기에 무력감이나 허무감에 젖기도 했다. 고목을 통해서 존재와 시간의 신비에 놀라는 섬세한 일면도 있었다. 고난의 시대를 살아가는 지식인으로서 이처럼 사회현상과 일정한 거리를 유지하면 방관자라고 비난받을 소지도 있을 것이다. 이수익은 그러나 이곳보다 나은 세상이 도래하리라는 낙관적 전망을 종내 버리지 않음으로써 독특한 희망의 미학을 구축한 시인으로 독자의 뇌리에 남게 된다.

정진규는 『들판의 비인 집이로다』와 『매달려 있음의 세상』을 통해 비애의 정서를 보여주었는데, 그의 비애는 생의 존재론적 슬픔에서 온 것이었다.

어쩌랴, 하늘 가득 머리 풀고 울고 우는 빗줄기, 뜨락에 와 가득히 당도하는 저녁나절의 저 음험한 비애의 어깨들 오, 어쩌랴, 나 차가운 한 잔의 술로 더불어 혼자일 따름이로다 뜨락엔 작은 나무의자 하나, 깊이 젖고 있을 따름이로다 전재산이로다

— 정진규, 「들판의 비인 집이로다」 부분

시인은 「들판의 비인 집이로다」에서 한 잔의 술과 더불어 홀로 되어 전재산인 들판의 빈집에서 지난날을 회상하였다. 그는 따뜻한 어머니의 품으로 돌아갈 수 없음과 싸늘한 세상에 던져진 존재임을 동시에 자각함으

로써 비애의 빗줄기에 후줄근히 젖었던 것이다. 이것이 사유의 근원으로 서의 존재에 대한 탐구로부터 비롯된 것이라면, 그의 시집은 하이데거의 현상학적 존재론이란 잣대로 논할 만하였다. 하이데거에 있어서 사유의 본질로서의 존재는 보다 근원적인 것, 불가사의한 형이상학적인 힘, 즉 신 이다. 기독교의 하나님과 불교의 부처님을 망라한 절대적 존재이다. 「연 가·1」에 나오는 "텅 비인, 비어 있는 충만"이란 반야般若의 지혜로, 폭력 이 없는 자비로운 이상세계의 실현과, 자아와 세계의 화해로운 관계 설정 의 뜻이 담겨 있는 것이었다. 이렇듯 철학적 사유를 통해 자기 부정과 자 기 초월을 동시에 추구했던 정진규의 작업은 남다른 바가 있었다.

> 부처님,
> 우리들 사랑의 몸무겔 달아주세요
> 우리들은 늘 싸움이어요
> 서로의 가슴 속에 서로를
> 그 누가 더더욱 값나고 빛나게 지니었는가를
> 즈믄 밤의 길고 긴 싸움으로 있어요
> 부처님,
> 아무도 할 수 없어요
> 우리들 사랑의 몸무게
> 그건 당신의 절대의 저울만이 다실 수 있답니다
>
> —정진규, 「연가·2」 부분

정진규와 마찬가지로 존재론적 시세계를 갖고 있는 시인은 박희진인 데, 그는 1970년대에 『서울의 하늘 아래』 같은 다소 엉뚱한 민요시집을 내기 전에 『빛과 어둠의 사이』를 통해 진리를 찾아 헤매는 순례자의 면모를 보여주었다. 순례자의 원형은 갖은 고행 끝에 깨치고 일어서서 부처가 된 인간이다. 박희진은 인간이란 "가난에 투철해야", "가난에 거듭 씻기우지 않고서"야 깨칠 수 없다고 480행의 장시 「빛과 어둠의 사이」를 통해 설법하였다. 그러나 이러한 선지자적 목소리에 귀를 기울이는 사람은 별로 없었다. 하물며 고속도로가 호남과 남해안, 그리고 영동과 동해안에 놓이고, 다목적댐이 전국의 여러 강에서 준공되던 시대였으므로 어둠을 응시한 시인의 안광은 주목을 끌 도리가 없었다.

박희진

가난에 투철해야, 그 크나큰 마음의 가난
영혼이 씻기우는 가난에 투철해야
본래의 청정으로 되돌아가게 되리
골수의 오뇌를 꿰뚫어보게 되리
무상한 것 중에서도 무상한 것이 인간이면서도
오직 인간만이 빛과 어둠, 희망과 공포의
양극을 한 몸 안에 지니고 있는 것을
동물은 한 번만의 죽음으로 족하지만
모순의 덩어리인 인간만은 산 채로 죽어야
시시각각으로 죽고 또 죽어야
비로소 동시에 시시각각으로 되살아나게 마련
늘 새로움을 숨쉬게 마련

　　　　　　　　　　　　　—박희진, 「빛과 어둠의 사이」 부분

박희진처럼 존재론적인 음영을 짙게 드리우고 있지는 않지만 용암의 위세로 달려든 물질문명에 정신의 집중력과 영혼의 염결성으로 대적한 두 사람의 시인이 있다. 성찬경의 『시간음』과 오세영의 『가장 어두운 날 저녁에』는 1982년에 나온 시집이지만 1970년대를 통해 일관되게 해온 작업을 그 해에 들어 정리한 것이므로 간과할 수 없는 시집이다. 두 사람의 시집은 산업화의 관점에서만 논할 수 없을 만큼 다양하고(성찬경), 심오한 세계(오세영)를 갖고 있었다. 그러나 주로 시대적인 상황과 결부시켜 논하기로 한 이 자리인 만큼 두 사람의 시세계도 그런 범주에 국한시켜서 살펴보지 않을 수 없다. 더군다나 "초시대적이며 영겁 회귀적인 문제"[17]에 관심을 집중시킨 오세영의 가장 어두운 날 저녁의 이미지는, 가장 어두웠을 수도 있는 1970년대의 상황과 완전히 무관하지는 않았다. 이 시대를 살아간 시인으로서 「공해시대와 시인」(성찬경)보다 더 우렁찬 예언자적인 목소리를 낸 시인이 있었던가. 이것은 공해문제에 대해 독자 제위의 경각심을 촉구한 문명 비판인 동시에, 선지자임을 포기한 시인에 대한 준엄한 꾸짖음이기도 했으며, 또한 시인이 이 시대에 무엇을 할 수 있을 것인가에 대한 뼈아픈 자문이기도 했다. 성찬경은 40대의 연륜이었지만 엄숙한 우주적 상상력으로 1970년대를 굽어보았는데, 이것은 타인의 안경을 빌려 쓰지 않은, 오로지 자신의 시선이었다. 산업화의 물결이 생활 전반을 뒤흔들고 거대한 소용돌이를 일으켜도 동요하지 않고 자신의 목소리, 자신의 시선을 지킨 시인으로 성찬경을 기록해둘 필요가 있다.

자궁도 오염되었다.

---

17 조남현, 해설 「정서의 보편성과 상상력의 독자성」, 오세영, 『모순의 흙』, 고려원, 1985, 175쪽.

태아에게 생명을 대는 탯줄의 혈액에서

100ml당 24.3ml의 무거운 납이 검출되었다.

태아가 죽어서 태어나리라.

일본 동경에선 100엔짜리 동전을 받고

5ℓ의 공기와 산소를 팔고 있다.

하늘에서 별들이 사라져간다.

(…중략…)

시인은 외친다.

온 인류를 향해 피의 말로 외친다.

허나 오늘날 시인의 소리는 모기 소리보다도 희미하다.

마음에서 마음으로, 마을에서 마을로

그 소리가 퍼지지를 못한다.

시인의 소리를 기계의 굉음이 학살한다.

시인의 소리를 콘크리트 벽이 가로막는다.

(…중략…)

그래도 오늘 시인은 외친다.

물질의 공해는 기실 정신의 공해에서 옮는 것이다.

참이 참으로 안 보이고, 빛이 암흑으로 보이고,

미의 감각이 굳어지고, 허약과 광란이 전형이 된다.

　　　　　　　　　　　　　　— 성찬경, 「공해시대와 시인」 부분

　"영원은 시간의 그릇"이라고 한 성찬경의 시혼 근처에는 그보다 훨씬 많은 잠언들, 예컨대 "흙이 되기 위하여 / 흙으로 빚어진 그릇"이라고 들려준 오세영이 있었다. 과작이긴 했지만 오세영은 장고長考로 선택한 언어를 바둑돌을 놓듯 행간마다 신중하게 배치하였다. 그의 시에는 잠언적인 에피그램epigram이 많아 독자는 자주 정서적인 깨우침을 요구 당하곤 하였다. 이 시대의 서정시들이 대부분 역사의식이나 현실비판의식, 혹은 문명비판의식을 염두에 두고 쓰인 데 반해, 오세영의 시는 정신의 집중력과 영혼의 염결성을 띤 서정시의 본래 모습을 지켰다. 그리하여 역사 절대주의의 포로가 되기를 거부한 시인의 직관은 "자신의 역사를 창조"(「아침」)하는 것이 훨씬 중요하다는 인식을 낳았던 것이다.

> 스스로 불에 타서 소멸을 선택하는
> 지상의 별들이여,
> 묻혀라 화석에.
> 영원히 죽는 것은 이미
> 죽음이 아니다.
>
> ― 오세영, 「보석」 부분

> 흙이 되기 위하여
> 흙으로 빚어진 그릇,
> 언제인가 접시는
> 깨진다.
>
> 생애의 영광을 잔치하는
> 순간에
> 바싹
> 깨지는 그릇,

인간은 한 번

죽는다.

— 오세영, 「모순의 흙」 부분

대다수 시인이 밤을 노래하던 그 시대에 아침을 노래한 또 한 명의 시인이 있었으니, 그는 이성선이었다. 『시인의 병풍』과 『하늘문을 두드리며』에서 보여준 상당히 뿌리깊은 불교적 상상력은 동시대 시인들이 정치·경제와 문명의 문제에 관심을 기울일 때 나온 것이어서 큰 관심을 끌지는 못하였다. 더구나 지방에 거주한 핸디캡도 무시할 수 없는 것이어서 평가의 대상으로 부상하는 경우

이성선

는 좀처럼 없었지만 그 당시에 나온 어느 시집에 못지않은 중량을 지니고 있었음을 1970년대의 시사는 밝혀둔다.

피 흘리는 바다로 일어선다.

한 손에 화산을 들고, 정신의 바다

지나온 겨울에 빠져 어정거리는

새벽을 불지른다.

불가사의한 어둠의 틈새에서 날아온

새들은

하늘의 동작을

날카로운 발톱으로 날라

잠든 내 얼굴에 뿌리고

신선한 벌판 반야의 가지를 흔든다.

붉게 솟아, 하늘에

깨지지 않는 거울

머릿속에 눈부시게 내려앉는 중량.

가지들이 어둠에서 뛰어나와

당황해 할 때

세계의 신음을 묶어가는 작업 소리.

—이성선, 「아침」 부분

『시인의 병풍』에는 심오한 불교적 상상력에 광대무변한 우주적 상상력이 보태어진, 웅장한 관현악곡의 악보가 그려져 있었다. 그러던 그의 작업은 「가을」이라는 시에 오면 그 성격을 조금 달리하여 보살님을 향해 띄우는 열렬한 찬가의 의미를 띠게 된다. 아마도 「가을」을 쓴 이후 이성선은 한국의 『기탄잘리』를 쓸 마음을 먹었을 것이고, 마침내 101편의 연작 장시 『하늘문™을 두드리며』가 1977년에 우리 시단을 두드리게 된다. 한용운의 『님의 침묵』과 비교될 법도 했을 이 시집은 절대자에 대한 지순하고도 열렬한 찬미가 1970년대를 뒤흔든 정치·경제적 파동과 걸맞지 않았다는 사정으로 말미암아 서정시의 또 다른 원형을 제시했음에도 불구하고 제대로 평가받지 못하는 불운을 겪었다.

지혜의 광채가 내 안에 가득합니다.

모든 것이 이 마음으로부터 이루어졌다가 이 마음으로부터 파괴됩니다.

일체를 내던져 허공에 깨우쳐주심이여. 깨우침이 앉은 자리, 내가 없는 그 자리, 지혜의 빛이 달무리처럼 허공을 비칩니다. 준을 감으면 천체의 흐름과 동작이 화안히 비추어오기에 문을 열고 나가면 오히려 아무것도 보이지 않습니다. 보이지도 들리지도 않는 세계여. 이슬 같은 지혜의 불꽃으로 이 영혼을 바치는 세계여.

모든 것이 이 영혼으로부터 일어나고 흩어집니다.

— 이성선, 「하늘문을 두드리며 55」 전문

산업화의 전개와는 다소 무관한 자리에 있었지만 서정시의 다양성을 언급하면서 간과해서는 안 될 시인이 두 사람 더 있다. 강우식과 조정권이다. 총 6편의 장시를 묶은 강우식의 『고려의 눈보라』는 시인의 역사의식이 힘찬 시어의 행보로 전개된 시집이지만 『사행시초』와 『꽃을 꺾기 시작하면서』는 장시가 아니라 4행시로만 구성되어 있고, 음담패설과 진배없는 시들이다. 그러나 '음담패설

강우식

과 진배없는' 두 시집을 1970년대의 서정시에서 제외하기에는 석연치 않은 구석이 있다. 그것은 시인의 유아독존적인 개성 때문인데, 형식에 있어서의 개성이란 4행시에 대한 꾸준한 집착이고, 내용에 있어서의 개성이란 섹스에 대한 과도한 집착이다. 『꽃을 꺾기 시작하면서』는 거의 전부 꽃을 소재로 했기에 꽃말이나 꽃에 얽힌 설화를 연상하기 쉽지만 그의 꽃은 여성, 특히 성행위의 대상으로서의 여성을 소재로 하고 있는 것이었다.

빨치산에 겁탈당한 열아홉 내 누이다.
알몸 되어 소름 돋힌 살갗을 떨다
모랫벌에 혀를 박은 내 누이다.
원통하게 핏빛으로 까헤쳐진 밑구멍이다.

— 강우식, 「해당화」 전문

새마을 공장에서 만든 합성 스웨터를 입은

내 동생 순이도 저 틈에 있을지.

가출 소녀들의 사월로 꽃이 피는 서울역.

장가 못 간 서른 나이 거기 가서 하나 줏을까.

— 강우식, 「개나리」 전문

내 어깨를 와서 물던 세 살박이의 흰 앞니,

꼭 고만큼씩한 꽃잎들이 모여 핀 꽃이

안개를 이루며 죽은 딸을 회상케 한다.

정관수술의 매듭을 풀고 애를 갖고 싶다.

— 강우식, 「안개꽃」 전문

「해당화」를 보면 '빨치산'의 역사적 의미는 제거되고 없고, '겁탈'이라는 인간의 원초적인 본능의 문맥으로 이해되고 있음을 알 수 있다. 「개나리」는 1970년대 사회문제의 하나로 대두된, 서울에서의 삶을 동경한 가출소녀에 대한 시인의 인식이 간단히 전제되어 있는 작품이다. 시적 화자는 4월에 피어나는 개나리를 보면 서울역 앞에서 배회하는 가출소녀가 연상되고, 그 연상은 그 소녀들 중 하나를 소유하고픈 욕망으로 이어짐을 고백하였다. 「안개꽃」 같은 시에는 '둘만 낳아 잘 기르자'던 제3공화국의 인구정책이 잘 드러나 있다. 이처럼 약간의 시대적인 배경을 갖고 있는 시를 봐도 시인의 관심은 성과 생식과 결코 무관하지 않음을 알 수 있다. 여기에 대한 평가는 "꽃이나 나무, 또는 풀잎을 통하여 인간의 성을 승화시키고 더 나아가 그것들이 공통적으로 지닌 원시적인 생명을 노래함으로써 영원성에 접근하려는 그의 의도"[18]라는 한 해설자의 언급이 있었으므로 생략한다. 어쨌거나 온갖 어휘와 묘사를 동원하여 비속한 것으로 여겨지는 성을 원초적 생명성으로 다룬 1970년대의 서정시인이 강우식이라는 사실을 기록해 놓는다.

강우식의 건강함이 생식을 가능케 하는 육욕적인 것이라면, 1970년대 시단의 정신적인 건강함은 조정권에게서 찾아볼 수 있다. 조정권은 시대가 가해 오는 아픔을 느낄 때나 사물의 본질에 대해 탐색할 때는 물론, 젊음의 열병을 앓을 때도 좀처럼 흔들리지 않는 독특한 근성을 갖고 있었다. 그의 상상력은 '초즉물적 상상력'이라고 명명할 수 있을 만큼, 있는 그대로의 대상을 상상력으로 확대하면서 포착한 것이었다. 그러나 그는 여기서 머물지 않고 사물의 본질에 대해서도 끈질기게 탐색했는데, 그 결과가 첫 시집 『비를 바라보는 일곱 가지 마음의 형태』였다.

> 혁명이나 정변으로 단련된
>
> 근육투성이가 숯이다.
>
> 스스로의 권력과 오만으로
>
> 구워낸 것이 숯이다.
>
> 사람이 서로를 믿지 못한다고 한다 살기가 어려워진 탓이겠지.
>
> 남대문시장에서는 사람이 사람을 밟는다.
>
> 저놈의 숯덩이,
>
> 수많은 생계를 밟고 올라선 저놈,
>
> 사람들은 숯을 사 간다.
>
> ─ 조정권, 「숯덩이」 부분

---

18 백승철, 해설 「정서의 보편성과 상상력의 독자성」, 강우식, 『꽃을 꺾기 시작하면서』, 문학예술사, 1979, 11쪽.

정신은 점점 위독해진다.

창밖의 일몰, 여섯 시 이십 분의 재

사내가 항구에서 피우고 있는 감옥의 담배

사람들 속에 섞여서 누워서

피우고 있는 감옥의 담배

재떨이에는 여섯시 이십분까지의 재

머리끝의 재

교회당 꼭대기의 재

조금 있으면 곧 떨어질

여섯 시 삼십 분의 재

발바닥까지 재를 떨구는

암담한 여섯 시 삼십 분까지의 재

—조정권, 「겨울 저녁이 다시」 전문

시인은 하등 대수로울 것 없는 숯덩이와 담뱃재를 특이한 상상력으로 묘사함으로써 이 시대의 그림자가 얼마나 짙은 색깔을 띠고 있는가를 증언하였다. 그러나 시인의 의도는 현실을 고발하는 이런 시에 있지 않고 어둠을 꿰뚫어보는 건강한 정신을 표현하는 데 있었다. 따라서 "정신은 점점 위독해진다"(「겨울 저녁이 다시」)는 역설적인 표현이었다. 그는 상황의 어둠쯤이야 생명체가 갖고 있는 근성으로 얼마든지 뚫고 나갈 수 있다고 들려주었다.

이상 여러 시인들의 시를 일별한 데서 드러났듯이 1970년대의 서정시는 초역사적인 지평에다 역사의 지평을 연결시켜 실로 다양한 형태로 씌어졌다. 서정시에는 원래 시대를 초월하는 개념이 내포되어 있지만 그 시대, 그 사회를 담으면서도 서정시의 본질을 벗어나지 않을 수 있음이 여러 시인들에 의해 증명되었다고 본다. 이 시기 서정시의 또 하나의 특징은 산문화 경향인데, 이야기적인 요소가 많이 삼투된 데 그 원인이 있었다. 그리고 소월과 영랑류의 애상적인 시정신에 바탕을 둔 전래적인 율격은 현대의 시정신에 배치되는 바가 없지 않았기 때문에 시인들은 상당수 감성에 호소하는 서정시를 쓰면서도 산문 양식에 기울어지기도 했고, 다소 거칠게 형상화되기도 했다. 이러한 다양함이야말로 1970년대 시단을 풍성하게 한 요인이었다.

6. 문명 비판의 양상

앞에서도 언급했듯이 급속한 경제성장에 따른 갖가지 문제점이 노출되기 시작한 것도 1970년대이다. 개발도상국의 대열에 뛰어든 제3세계의 국가들이 항용 그러하듯이 산업화에서 소외된 빈민계층의 형성, 부의 편재, 소득 재분배의 구조적 모순, 범죄율의 증가, 공해문제 등 갖가지 징후가 나타나는데, 우리나라라고 예외일 수는 없었다. 풍부한 지하자원에 의존하거나 기술개발에 의한 경제발전이 아니라 차관 도입과 저임금에 기초한 다소 파행적인 발전이었던 만큼 그 문제점들은 더욱 심각한 것이었다. 게다가 보릿고개의 배고픔과 미군부대에서 나오는 꿀꿀이죽의 맛을 잊지 못한 상태에서 빠른 속도로 산업사회로 진입해감에 따라 편리한 물질문명은 인간에게 풍요를 안겨준 이상으로 정신적 소외를 유발하였다. 국토의 재개발은 고속도로와 대단위 공장, 댐 등 국가기간산업의 건설로 가시화되는데, 이에 따른 반대급부로 자연은 급속도로 파괴되어 갔다. 1970년대의 시인이 이러한 문제를 등한시하지 않았음은 물론이다. 이 시대에 문명비판의 양상을 두드러지게 보여준 시인으로 신대철·이하석·김광규가 있었으며, 문명사회에 대한 거부감을 독특한 은유로 드러낸 시인으로 이형기가 있었다.

『무인도를 위하여』의 신대철은 어린 시절의 산골 체험과 도시에서의 생활을 대비시켜 훼손된 자연을 가슴아파하였다. 그의 자연에 대한 무한한 애정은 꽃·동물·곤충의 잦은 등장에 잘 나타나 있거니와, 그럼에도 불구하고 그의 시적 감각은 도시적이었다. 이미 산으로 표상되는 자연은 인간으로부터 버림받았고, 다시 그곳으로 가 살 수 없는 도시인 신대철의 번민은 종종 산을 소재로 한 시로 형상화되었다.

사물에 이름을 붙이고 즐거워하는 사람들
이름을 붙여야 마음이 놓이는 사람들
이름으로 말하고 이름으로 듣는 사람들
이름을 두세 개씩 갖고 이름에 매여 사는 사람들

깊은 산에 가고 싶다. 사람들은 산을 다 어디에 두고 다닐까? 혹은 산을 깎아 대체 무엇을 메웠을까? 생각을 돌리자, 눈발이 날린다.

눈꽃, 은방울꽃, 안개꽃, 메밀꽃, 배꽃, 찔레꽃, 박꽃

나는 하루를 하루 종일 돌았어도

분침 하나 약자의 침묵 하나 움직이지 못했다.

들어가자, 추위 속으로

— 신대철, 「추운 산」 부분

「추운 산」을 통해 시인은 꽃들이 사라지고 수목이 베어진 "추운 산", 즉 도시가 너무 삭막해졌다고 탄식하였다. 추운 산으로 표상되는 문명세계에서는 고작 "이름을 두세 개씩 갖고 이름에 매여 사는 사람들", 그러니까 인간성을 상실한 사람들만이 존재한다는 것이 신대철의 진단이었다. 어머니 품속 같던 어린 시절의 자연으로 돌아갈 수는 없으므로 그곳은 기억 속의 무인도인 것이다. 이처럼 신대철의 문명 비판은 문명의 명암에 대한 분석과 대결보다는 도피 성향이 강해 일말의 아쉬움을 남겼다. 시인의 문명관은 그 어떤 희망에 대한 암시를 전할 수 없을 만큼 비극적이었기에 오랜 침묵의 시간을 갖게 되었는지 모를 일이다.

1971년에 문단에 나온 이하석은 이동순과 낸 시집 『백자도』에서 허무주의자의 면모를 강하게 풍겼다. 총 34편의 시에 '허무'라는 어휘가 모두 10회나 나오지만 허무의 정체는 확연히 드러나 있지 않다. 이 시의 허무는 성인이 된 시적 화자가 세계와 내가, 현실과 신화가 일체를 이루었던 유년시절에 대한 사무치는 그리움에 기인한 것이 아닐까. 그러던 그가 1980년에 한국 시단에서 이질적인 세

이하석

계라 할 수 있는 광물적 시세계로 문명의 부스러기들을 세밀하게 그려낸 시집 『투명한 속』을 내놓았다. 그의 시에는 인간들이 쓰고 버리는 각종 광물질의 이미지가 나열되어 있어 우선 건조하였고, 감정을 좀체 드러내지 않음으로 해서 더욱 삭막하였다.

반짝이는 유리 조각들 얼었다가 흐려지는

하늘, 치약 껍질이 긋는 허공 가득히

빈 속 잠재우는 눈도 내리고, 이윽고 오는

봄. 풀씨 하나 떠돌다가, 철조망 안

쓰레기 하치장에 떨어져 싹을 틔운다,

허물어진 연탄재 구멍 속으로 하늘 치어다보며.

　　　　　　　　　　　—이하석, 「풀씨 하나 떠돌다가」 부분

　「풀씨 하나 떠돌다가」를 보면 문명의 부스러기들—유리 조각, 치약 껍질, 연탄재—이 철조망 안 쓰레기 하치장에 쌓여 있는 광경이 아무런 감정의 이입 없이 건조하게 그려져 있다. 인간은 욕망을 충족시키기 위해 알루미늄과 합성세제·타이어 조각을 만들어 자연을 훼손하는가 하면, 지뢰·방독면·철모·총기 따위를 만들어 이민족과 동족을 무차별 살상한

김광규

다. 인간 지혜의 집적인 문명이 오히려 인간을 지배하고 억압하는 현상, 즉 문명의 비정함을 이하석은 철저히 냉소하였다. 문명의 이기들은 생산—소비—파괴라는 일련의 행위를 통해 결국 흙 속으로 파묻히고 마는 것을, 파묻히되 썩지도 않음을 이하석은 살벌한 풍경화 속에다 투명하게 그려놓았다. 그의 시는 감상적 서정성을 철저히 배제함으로써 겉으로는 풍요를 구가하지만 속으로는 메마르기 이를 데 없는 현대의 비극을 극대화했고, 그만큼 시세계는 더할 나위 없이 살풍경했다. 이러한 하드보일드 기법이 시단에 등장한 것도 1970년대의 한 성과로 기록할 수 있다.

　이 두 사람은 인간을 억압하는 현실 혹은 문명을 은유적으로 비판했지

만 시의 문맥에 스스로 나서서 비꼰 시인이 있었으니, 그는 『우리를 적시
는 마지막 꿈』의 김광규였다.

등이 굽은 물고기들
한강에 산다
등이 굽은 새끼를 낳고
숨막혀 헐떡이며 그래도
서울의 시궁창 떠나지 못한다
바다로 가지 않는다
떠날 수 없는 곳
그리고 이젠 돌아갈 수 없는 곳
고향은 그런 곳인가

— 김광규, 「고향」 전문

「고향」에서 한강은 생태파괴 현장의 대유법으로, 서울은 생태를 파괴
시키는 주범의 대유법으로 쓰였다. 공해문제, 이기주의가 팽배한 조직사
회의 비정함, 지식인의 허위의식 등이 1970년대 말 김광규의 주된 관심사
였다. 그런데 그의 몇몇 시는 조사措辭의 무시, 꾸밈새 없이 곧이곧대로 진
술하는 화법으로 인해 깊은 감동을 주지 못하는 약점도 갖고 있었다. 문명
과 사회에 대한 엄정한 항의가 추상적 관념의 과다 노출로 별다른 설득력
을 얻지 못한 예로 「보고 듣기」·「늦깎이」 같은 시를 들 수 있다. 그러나
사물의 본질과, 사물의 본질을 훼손하는 인간의 작태를 평이한 일상어로
탐색해 들어갈 때는 대단히 날카로운 직관을 보여주었다. 「오늘」과 같은
시의 시적 기교를 의도적으로 거세한 건조한 산문조의 진술 속에는 조직

사회와 문명의 비정함에 대한 한 지성인의 비판의식이 충만해 있었다.

> 연리 10%에 상환 기간 15년
> 원가 계산에 골몰하며 하루를 보내고
> 저녁 때 나는 친구들을 만난다
> 오늘을 이기고 진 영리한 사내들이 모여
> 취하지 않기 위해 술 마시고
> 말하지 않기 위해 떠들어대고
> 통금 시간에 쫓겨 집으로 돌아오는 길
> 골목길 전봇대 옆에 먹은 것을 토하고
> 잠깐 소주처럼 맑은 눈물 흘리며
> 뿌옇게 빛나는 별을 바라본다
>
> ─ 김광규, 「오늘」 부분

1975년에 나온 이형기의 『꿈꾸는 한발旱魃』은 다양한 해석을 가능케 하는 다소 난해하고 실험적인 시집으로서 산업화 사회로의 진전을 예찬하는 대다수 국민에 대한, 산업화가 궁극적으로 가져올지 모를 삭막함에 대한 시인의 예언자적 진단이었다. 주로 자연을 소재로 했으면서도 즉물적인 시는 거의 없고, 그 문맥 깊은 곳에는 반문명의 메시지가 숨어 있었다. 「엑스레이 사진」에는 폐허가 된 미래의 도시를 예견한 시인의 허무주의적 발상이 나타나 있다. 그러나 시인은 이러한 허무감을 동반한 관념에 머무르지 않고 서구 문명사회에 대한 강렬한 거부감으로 밀림의 코끼리를 죽이고 벌판의 나무를 잘라내는 행위를 비판하였다. 문명이 자연에게 가하는 가혹행위가 끊임이 없기에 세계는 결국 폐허가 되고 말 것이라는 외침

은 아닌 게 아니라 세례자 요한의 외침(「凍傷」)같이 준엄
하였다. 그렇지만 "서로서로 도와서 땀 흘려서 일하고 소
득증대 힘써서 부자 마을 만드세"라는 가사의 노래가 전
국 방방곡곡에 울려 퍼진 시대에 종의 멸종이나 세계의
황폐화는 별 관심의 대상이 될 수 없었다. 이형기의 이러
한 시들은 산업화에 대한 우려의 시선으로 쓴 것이라기보
다는 문명사회의 부조리에 대한 부정의식의 소산이라고

이형기

할 수 있다. 그의 문명에 대한 경고의 시편은 은유라는 고전적인 시적 장
치로 「바다」를 그림으로써 절정을 이루었다.

> 작살의 섬광 아래
> 바다는 온몸을 뒤틀면서
> 단말마의 소리를 질렀다.
> (…중략…)
> 작살은 불꽃처럼 춤을 추었다.
> 죽이는 자와 죽임을 당하는 자의
> 그 살기찬 오르가즘!
> 어젯밤 나는 바다를 죽였다.
> 교미를 끝낸 혹종(或種)의 곤충처럼
> 나도 함께 죽었다.
>
> ─이형기, 「바다」 부분

> 적도하의 밀림 속
> 코끼리의 시체 하나 썩고 있다.

독한 냄새로 사방에 기별하는

이제야 혼자 된 이 기쁨

거대한 짐승은 제 몸을 헐어

필생의 대연(大宴)을 벌인다.

—이형기, 「기적」 부분

「바다」란 시는 포경업이 세계 곳곳에서 금지되고 있다는 외신 보도와 함께 읽으면 제 맛이 날 시이다. 고래를 잡음으로써 나는 오르가즘에 버금가는 희열을 느낄 수도 있겠지만 종국에는 고래와 함께 죽을 수밖에 없으리라는 강렬한 문명 비판 메시지가 『꿈꾸는 한발』에는 담겨 있다.

종교인으로서 기도와 명상의 결과물과도 같은 시를 쓰던 시인들도 산업화시대에 이르러서는 면모를 일신, 사회를 향한 외침의 시편을 다수 쓰게 된다. 구상과 박두진 등 천주교와 기독교계를 대표할 만한 원로급 시인도 지상에 열심히 쌓은 재화는 쌓는 데 목적을 두는 한 반드시 영혼의 부패를 가져올 것이라고 경고하였다. 이 시기 구상은 「까마귀」 연작을 썼으며, 「하루」 같은 참회와 잠언의 명시를 남기기도 했다.

거리에서 쫓기며 헤매는 참새 떼 소리나 저희 집 새장 안의 앵무새 소리나 창경원 철망 속의 꾀꼬리 소리 같은 그 철딱서니 없는 노래들만을 노래로 알고 들으며 사는 저것들이 오늘날 벌이고 있고 또 내일도 벌일 그 세상살이라는 게 나로선 하두 맹랑해 보여서

까옥 까옥 까옥 까옥

오산 인터체인지 근처 고속도로 한복판에 까마귀 한 마리 역사(轢死)를 각
오한 듯 나와 울고 앉아 있다.

— 구상, 「까마귀 I — 까마귀 2」 부분

오늘도 신비의 샘인 하루를
구정물로 살았다.
오물과 폐수로 찬 나의 암거(暗渠) 속에서
그 청열(淸冽)한 수정들은
거품을 물고 죽어갔다.

진창 반죽이 된 시간의 무덤!
한 가닥 눈물만이 하수구를 빠져나와
이 또한 연탄빛 강에 합류한다.

일월도 제 빛을 잃고
은총의 꽃을 피운 사물들도
이지러진 모습으로 조응한다.

나의 현존과 그 의미가
저 바다에 흘러들어
영원한 푸름을 되찾을
그날은 언제일까?

— 구상, 「하루」 전문

거리에서 쫓겨다니는 참새, 창경원 철망 속의 꾀꼬리, 고속도로 한복판에서 우는 까마귀는 모두 생명체임을 망각한 생명체들, 즉 사람됨을 망각한 사람들에게 순간을 살지 말고 영원을 꿈꾸며 살라고 경고하는 메신저들이다. 「하루」는 얼핏 보면 자성록 같지만 나뿐만 아니라 우리 모두의 삶이 오물과 폐수 속에서 구정물로 살다 거품을 물고 죽어 가는 것이니 이를 도대체 어떻게 하면 좋겠느냐는 부르짖음과 다를 바 없이 이형기와 마찬가지로 광야에서 회개하라고 부르짖던 세례자 요한의 부르짖음을 방불케 하였다. 신심을 갈고 닦아 신성 찬미의 시를 쓰던 크리스천의 시도 산업화 시대에는 이렇게 그 모습을 조금은 전 시대와 달리하였다.

박두진의 시집 『야생대』는 인간이 자연의 일부에 지나지 않았던 시원의 세계를 노래하는 한편, 그 건강하고 순결했던 시원의 세계가 문명(인간의 손)에 의해 어떻게 파괴되어 갔는가를 들려줌으로써 산업화의 모순점을 예리하게 포착해낸 한 권의 반문명 시집이었다. 야생과 신화와 설화의 세계를 파괴하여 "폐허"와 "침묵의 잿빛 벌판"으로 만든 것은 총과 칼, 피와 불, 그리고 "무거운 기계의 몸"이었다. 「사도使徒 바울에게」·「나 여기에 있나이다 주여」·「열왕기列王記」 같은 종교적 명상의 시보다 여타의 시들이 더욱 깊은 인상을 준 것은 시각과 청각 이미지에 의거한 강렬한 시어의 동원에도 있기도 했지만 시대 상황을 도외시하지 않은 시인의 뚜렷한 현실인식 때문이었다.

다만 나타나지 않을 뿐
더러는 총으로 떨어지고
남은 새가 하늘 함빡
별이 되어 날고 있다.

피가 흘러서 땅으로 스며들어

꽃으로 다시 타는 뿌리의 환호를

다만 들려오지 않을 뿐

일제히 뿌리들이 북 둥둥 치고 있다.

— 박두진, 「황사현상」 부분

어디서나 땅에서 불은 일어난다.

헛바다 분출하는

죽음의 불의 몸짓

차례로 곤두박혀 별들이 떨어지고

피가 그 꿈을

죽음들이 죽어서 내일의 꿈을 끌고 간다.

아직도 끝없는 무망의 지평 저쪽

칼을 베려다 파는 사람

젊음을 총을 실어다 흥정하는 사람들의 흥청대는 축제 위에

가을비 내리고,

— 박두진, 「현대사」 부분

　시라는 것이 때로는 시대의 나침반이나 피뢰침의 역할을 하는 경우도 있지만 1970년대의 시단에서 씌어진 문명 비판의 시들이 높은 시적 성과를 보여주었다고 할 수는 없다. 그러나 산업화의 진전에 따른 갖가지 부정적 징후를 날카로운 눈빛으로 읽어낸 몇몇 시인은 그 나름의 역할을 충실히 수행했다고 본다. 시사의 한 항목으로 다룬 것은 바로 이 점 때문이다.

7. 소시민 혹은 온건주의자들의 노래

지난 세기까지만 하여도 '시민'이란 어휘는 혁명의 주체세력이란 긍정적인 의미를 내포하고 있었다. 그러나 20세기 후반 산업화시대에 접어들어서는 생산을 담당하는 민중과 다소 대립되는 의미, 혹은 소외의 개념을 지닌 소시민으로 분류되어 본래의 의미는 많이 퇴색되었다. 소시민에 대한 사회학적 고찰은 필자의 능력을 넘어서는 일이므로 생략키로 하고 사전적인 의미만 살펴본다면 자본가와 노동가의 중간계층으로, 주로 소상인과 하급 봉급생활자를 가리키는 말이다.

1970년대 산업화의 진전에 따라 도시는 나날이 비대해졌고, 아울러 중간계층도 급속도로 증가되었다. 소시민의 증가는 일견 사회 기반의 안정을 뜻하기도 했지만 그들 내부에 들끓는 비애와 불안감 및 소외의식은 현대사회가 안고 있는 또 하나의 갈등 요소였다. 이 비애와 불안감은 신분 상승의 몸부림에서 오는 것이 아니면 어느 정도의 경제적 안정을 얻은 후 자아의 왜소함을 의식하는 데서 오는 것이었다. 시인들이 이 문제를 간과했을 리가 없다.

> 다시는 만나지 않겠다, 서울을 두 번 보고
> 나간 사촌은
> 고향에서
> 놀던 바다에서도 단독무늬로 밀려 밀려,
> (…중략…)
> 선은 살아 그래도

사촌은 말끝마다 주먹을 그리고,

—감태준, 「선은 살아」 부분

감태준의 시를 보면 생존경쟁에서 밀린 뒤에도 밀리지 않았다고 우기는 시적 화자의 사촌이 나와 말끝마다 주먹을 그리고, 한 친구는 넝마줍기 3년에 절도 2범이 되어 기차표 한 장만 달랑 들고 귀향한다. 시집 제목 '몸 바뀐 사람들'과 시 제목 '흔들릴 때마다 한잔'은 소시민의 욕구와 방황, 그리고 좌절을 유머러스하게 상징한 것이다.

꾼 옆에는 반쯤 죽은 주모가 죽은 참새를 굽고 있다 한 놈은 너고 한 놈은 나다, 접시 위에 차례로 놓이는 날개를 썹으며, 꾼 옆에도 꾼이 판 없이 떠도는 마음에 또 한잔, 젖은 담배에 몇 번이나 성냥불을 댕긴다 이제부터 시작이야, 포장 사이로 나간 길은 빗속에 흐늘흐늘 이리저리 풀리고, 풀린 꾼들은 빈 술병에도 얼키며 술집 밖으로 사라진다

—감태준, 「흔들릴 때마다 한 잔」 부분

생계를 유지할 정도의 월급을 받고자 새벽같이 일어나 출근을 서두르는 샐러리맨과 몇 푼의 이문을 보자고 군소리 없이 문을 여는 시장 사람들의 비애는 어디에서 오는 것인가. 신분 상승의 욕구가 사회의 메커니즘에 의해 차단될 때마다 소시민이 느끼는 것은 울분뿐이다. 그

이세룡 시인과 함께 한 감태준

소설가들과 자리를 함께 한 김종해. 왼쪽부터 한수산·박범신·안장환.

러한 울분이 소시민을 술꾼으로 만들지만, 빗속을 흐느적거리며 귀가하지 않을 수 없다. 감태준의 시에는 삶의 조건을 극복하려는 의지나 모색의 몸짓 대신 소시민의 무력감이 짙게 드리워져 있었다. 그래서 그의 목소리에는 힘이 없는 듯했지만, 어설픈 과장이나 허황된 제스처가 아니어서 보다 실감나게 자신이 몸담고 있는 세계를 보여줄 수 있었다.

김종해의 경우도 감태준과 크게 다르지 않았다. 애환의 퇴계로 5가 골목길에서 우수에 젖어 왜 사는가, 왜 사는가 하고 되뇌어보았댔자 시인의 눈에는 고작 천사들의 눈부신 흰 잠옷만 환상으로 보일 따름이었다. 그의 시집 『왜 아니 오시나요』는 소시민이 겪는 자못 암담한 상황에 대한 절박한 목소리이긴 했으나 삶의 조건을 개선하려는 항변은 아니었다. 김종해가 규명한 소시민은 술로 위안을 삼는 나약한 존재이면서 미래의 희망을 종내 포기하지 않는 낭만주의자들이기도 했다.

누구의 어둠 위에 떠 있던 별빛도
오늘밤 가만히 내려와 술잔을 적시려 하는가

술잔에 어린 얼굴에 초롱히 떠오르는 별빛

막소줏잔 속에 우리 봄을 풀어 넣고

우리 꿈을 풀어 넣는가

어디서나 만나는 우리 어둠을 밝히고

깊이깊이 숨겨 둔 우리 봄을 밝히고

우리 사랑을 밝히려 하는가

— 김종해, 「이 한 잔의 봄」 부분

퇴계로에서 을지로를 지나고 청계천으로 걸어가는 동안

중부 시장 행상인들의 잡아당기는 밧줄,

오늘따라 무인도가 유달리 바다 위로 치솟아 보였다

눈마저 내리지 않는 외롭고 캄캄한 날

(…중략…)

내가 밟는 도시의 어둠, 서울의 어둠

무인도여 무인도여 살아 있는 것이라곤 아무데도 없구나

눈마저 내리지 않는 외롭고 캄캄한 날

중부시장 행상인들의 잡아당기는 밧줄은

한없이 풀려나가고

— 김종해, 「무인도」 부분

  시인의 시선에 잡힌 소시민은 술의 힘을 빌어 봄을 꿈꾸지 않으면 삶과 죽음이 매일 교차하는 어부와 다름없는 힘겨운 생애를 살아가는 존재이다. 이러한 비애는 『왜 아니 오시나요』라는 시집 제목에 함축되어 있는 것처럼 막연한 희망을 암시하고 있기는 했다. 그러나 혁명가가 아닌 시인은

어떻게 할 도리가 없어 울적한 눈길로 1970년대의 우리 사회를 바라보고
만 있었던 것이다.

김종철의 『서울의 유서』도 주로 소시민의 시각에서 이 사회를 보고 쓴
시들을 8년에 걸쳐 모은 시집이다. 이 시집에서 김종철은 「죽음의 둔주곡」

김종철

을 비롯한 「베트남의 칠행시七行詩」·「닥터 밀러에게」 등
을 통해 한국군이 참전한 월남전의 의미를 선구자적으로
따져보았기에 참신한 시적 성취를 꾀할 수 있었다. 그러나
이 시집의 주된 정신은 시집 제목이 시사하고 있다. '서울'
이 제목에 들어가는 3편의 시는 수도 서울을 대단히 부정
적인 시각에서 그려냈는데, 특히 서울의 공해와 서울에서
행해지는 온갖 부도덕에 대해 강하게 비판하였다.

낙태 수술을 하였다
(…중략…)
그대의 마른 아픔은
서울의 전부에 말뚝을 박고
나는 그대의 가랑이에 숨겨놓았던
산고의 아이가 된다

— 김종철, 「서울의 불임」 부분

도시의 옆구리에 수북히 쌓여 있는
소시민의 가냘픈 생활의 뼈
겨울 언어의 거친 피부
살 오른 섹스의 방뇨

(…중략…)

광화문 지하도에 종로에 을지로에

헛된 꿈들의

죽은 질병이 굴러다니고

신문지에 박힌 활자의 내장들이

소시민의 약한 시력을 비끌어매고

도시의 흉터 위에 떠오른다

—김종철, 「서울 둔주곡」 부분

　소시민의 운명이란 몇 장의 지폐에 시달리는 것이어서 가련하기 이를 데 없고, 낙태 수술이 아무렇지도 않게 행해질 만큼 성도덕은 문란하며, 쓰레기 더미마저 곳곳에 쌓여 있어 굉장히 추한 곳이 서울이라고 시인은 진단하였다. 시인이 서울을 이렇게 그릴 수밖에 없는 현실은 유신이라는 정치적 억압체제를 군이 연상하지 않더라도 환멸스럽기만 했다. 대한민국은 1970년대에 세계의 이목을 집중시킬 정도로 고도의 경제성장을 이룩했지만 시인은 자신이 몸담고 있는 수도를 이렇게 부정적으로 그려냈던 것이다. 이렇듯 한국의 1970년대는 무수히 세워지는 공장과 곳곳에 놓여지는 도로·댐 등으로 말미암아 나라 바깥에서는 화려하게 보였지만 속으로는 암울한 시대였던 것이다. 가수 패티김이 '서울의 찬가'를 힘차게 불렀던 그 시기에 여러 시인들이 서울에 살면서도 서울을 역겨워하고 서울로부터 끊임없이 벗어나고 싶어했던 것은 산업화가 야기한 갖가지 문제점을 집약적으로 보여준 도시가 바로 비대한 서울이었기 때문이다.

　『들판의 비인 집이로다』의 정진규도 소시민의 입을 빌려 겉으로 보기에 순응하고 있는 듯하지만 결코 현실에 안주할 수 없다는 발언을 울분에 차서 내뱉고는 했다. 설사 그 시인이 참여문학의 진영에 속해 있지 않더라도 부의 균등한 분배와 언론의 자유에 대한 희구는 이토록 절실한 것이었다. 서정시인으로 가름될 수 있는 정진규의 비분한 반어와 풍자가 오늘날까지도 의미를 띠는 것은 소시민의 억눌린 어깨를 두드리며 격려하려 애쓴 대다수 시인들과는 달리 소시민의 허위의식을 질책했다는 데에 있다.

언제나 보행자인

내가 자가용을 비켜간다.

언제나 말단인

내가 과장을 비켜가고 국장을 비켜간다.

나보다는 하급인 타이피스트 미스 김

사장님의 조카딸을 내가 비켜간다.

나의 월급날까지

아내는 쌀가게를 비켜가고 연탄가게를 비켜간다.

—정진규, 「그리운 만남」 부분

텔레비전이나 보거라 텔레비전만 보거라 잡지 한 권도 남기지 말고 책이란 책은 씨를 말려라 …(중략)… 시장님 시장님은 회중시계 줄을 기일게 늘이시고 조끼를 입으셨으리라 회중시계와 조끼는 가장 소중한 믿음이라고 해석할 필요도 없다 그것은 고전이다 딸랑딸랑 종을 울린다. 무식해지거라 오밤중만 되거라 왜 버티니! 왜 버티니! 텔레비전은 외친다 그것이 풍요의 식탁이라고 굴복하라, 굴복하라고 못한다, 나는 못한다, 위 증즐가 태평성대, 위 증즐가 태평성대

—정진규, 「텔레비전」 부분

「그리운 만남」에는 샐러리맨이기 때문에 한시도 당당해질 수 없는 시적 화자의 주눅든 모습에 대한 비판의 뜻이 담겨 있다. 이 비판은 시가 씌어진 연대로 보아 10월유신이라는 강압 통치에 대해 당당하게 싸우지 못하고 비켜가는 이 땅의 지식인들에 대한 강한 비난의 뜻으로 읽혀질 수 있다. 「나의 모국어」에는 스스로 중산층이라고 생각하는 소시민의 허위의식에 대한 준엄한 경고의 메시지가 담겨 있으며, 특히 「텔레비전」은 각종 언론매체를 동원해 우민화정책을 주도하는 권력에 대한 분노, 그러한 정책에 아무런 비판의식 없이 동조하는 상당수 소시민에 대한 비난, 나라도 그 따위에 굴복하지 않겠노라는 저항의식이 함께 들어 있는 풍자시였다.

8. 시 형식의 변화

1) 장르 확산의 노력

1970년대 시의 형식적 변화 가운데 우선 두드러진 것으로 산문화 경향을 꼽을 수 있다. 고등교육 수혜자의 전유물로 이해되어 온 시를 평이한 일상어 수준으로 대중화시키려는 전조는 이미 김수영·신동엽에게서 나타났고, 또 1970년대의 산업화 현상은 기존의 난해성과 서정성을 해체함으로써 산문화되는 경향을 촉발하였다. 시인들은 전통적인 운율과 짧은 호흡으로 제한을 받는 운문으로는 복잡다단한 이 시대를 감당할 수 없다고 여기게 되었던 것이다. 따라서 외형적 규범을 배제하면서 산문정신의 자유로움을 추구하려는 시대적인 조류와의 자연스러운 만남이 이루어졌다. 그 결과 시행이 길어졌고, 이야기가 시에 도입되었고, 대화체 시가 씌어졌는가 하면, 리듬과 이미지를 철저히 무시한 수필 같은 시도 발표되었다. 또한 시인의 첨예한 사회의식은 체험에 바탕을 둔 리얼리즘 정신으로 연결되어 "관습화되고 규범적인 언어를 혐오하고 전통적인 시론이나 시형태를 거부하고 해체"[19]하기도 했다. 몇몇 시인들은 중·고등학교 시절 교과서를 통해 시를 배운 대다수 독자와 공감의 광장에서 만나는 것을 일단 유보하고서 진술적인 언어를 구사하기도 했는데, 이것은 당대 사회가 안고 있는 부조리와 모순을 시정하려는 시인의 강한 욕구 때문이었다. 산문화에 주력한 시인이 많았지만 김광규·장영수·황동규와 1970년대 말에 혜성같이 등장한 이성복의 활약이 주목할 만했다.

전지전능하신 하느님!

이미 알고 계시겠지만 얼마 전에 고층 건물이 하나 쓰러졌습니다.

강철과 시멘트로 지은 79층, 그 튼튼한 건물이 그처럼 갑자기 무너지리라고는 아무도 생각지 못했습니다. 저도 물론 예외는 아니었습니다. 어느 재벌의 소유인지는 몰라도 도심에 우뚝 솟은 그 빌딩은 멀리 떨어진 우리 집에서 바라보아도 저것이 국력이거니 마음 든든했고, 언젠가 나도 주머니 사정이 허락하면 저 꼭대기 스카이라운지에 올라가 오렌지 주스라도 한 잔 마셔보리라 생각했었습니다.

(…중략…)

하느님, 저에게 이성을 되돌려주시어 저로 하여금 올바르게 생각할 힘을 주

---

19 김준오, 「70년대 詩와 형상화 문제」, 『현대시』 1, 문학세계사, 1984, 140~141쪽.

옵소서. 잃어버린 저의 가족과 재산을 정당하게 슬퍼할 능력을 저에게 주옵소
서. 그리고 계속하여 약속된 미래, 낙원의 땅을 믿게 하여 주옵소서.

　아 멘.

— 김광규, 「소액주주의 기도」 부분

「소액주주의 기도」처럼 기도의 형식을 빌린 김광규의 독백체 시는 연극
대본에서 볼 수 있는 방백과 흡사하였다. 일상 체험에서 소재를 취한 데다
일상어로 전개된 이 시는 이야기 시의 리얼리즘 정신이 잘 구현된 경우이다.

　장영수 또한 일상 체험에서 소재를 취하고 일상어로 시상을 전개했지
만 형식에 있어서도 대단히 독특한 시세계를 구축한 시인이었다. 마침표
와 쉼표의 빈번한 사용으로 독자의 호흡을 조절해주었고, 일가친척과 이
웃의 이야기가 담겨 있었기 때문에 장영수의 시는 말 굳은 나그네의 과거
지사를 듣고 있는 느낌을 주었다.

　　이제는 내리막길이라고. 시집 갈

　　팔자도 못 되었다고. 그래도 너덧 칸

　　방이 달린 하숙이나 치면서 살게 된 끝에

　　여자는 허공엔 듯 말하며. 여자는,

　　메마른 길 같은 웃음을 문득, 떨어뜨리며.

— 장영수, 「도봉 Ⅳ」 부분

단문과 문장 분할에 의거해 시어를 구사하였기에 그의 시는 행 구분이
별 의미가 없었다. 장영수는 이렇듯 의도적으로 기존의 운율을 무시함으
로써 대상을 객관화하려 애썼다. 황동규도 일상어의 적절한 사용을 통해

1970년대 시의 구체성 확보에 공헌하였다. 「불 끈 기차」처럼 부자지간에 오가는 대화의 형식을 빌린 시는 연극 대본과 별 다를 바가 없었다. 극의 구조를 가져 쉬우면서도 구체적인 이런 시인들의 시는 시가 독자들 곁으로 가까이 가는 데 큰 공헌을 하였다.

> 아들아, 네 올라가 숨곤 하던 장독대
> 그런 것에 마음 쓰면 안 돼
> 움직이는 것을 아껴야 해, 움직이는 것들,
> (…중략…)
> 허지만 아빠,
> 기차는 수색에서 잘 꺼야
> 둥글게 맴돌다 꼬리에 코를 박고.
>
> ─황동규, 「불 끈 기차」 부분

> 1978년 11월 나는 인생이 부르는 소리를 들었다 시내
> 음식점 곰탕 국물에선 몇 마리의 파리가 건져졌고 안개 속을
> 지나가는 얼굴들, 몇 개씩 무리지어 지워졌다 어떤 말도
> 뜻을 가질 만큼 분명하지 않았다 확인할 수 있는 것은
> 시멘트 바닥을 가르는 해머 소리 눈썹을 밀어붙인 눈
>
> ─이성복, 「인생·1978년 11월」 부분

한편 "비이성적인 우상 파괴 행위"[20]로 규정된, 행 구분이 불규칙적인 이성복의 산문시는 고전적 의미의 시에 대한 일종의 도전이었다. 전에는

---

20 황동규, 「幸福 없이 사는 훈련」, 『뒹구는 돌은 언제 잠 깨는가』, 문학과지성사, 1980, 118쪽.

'시적 언어'라 하여 시인의 언어적 특권을 인정했으나 이제 시적 언어를 무시하는 사람(김광규·장영수·황동규)도 시적 언어를 멸시하는 사람(이성복)도 시인으로 불릴 수 있는 시대가 된 것이다. 관습적인 언어에 대한 파괴 행위를 통해 기존의 삶의 질서를 해체하고, 그에 상응하는 새로운 질서를 세우려는 이성복의 시도는 1970년대가 저물어가는 시점에서 나왔기에 더욱 상징적인 의미를 갖는다. 산업화에 의한 경제발전으로 정치의 질서까지 구축하려는 위정자의 무모한 시도가 지식인의 의식을 어둡게 짓누른 1970년대가 그 막바지에 이르자 기존의 시 형태를 파괴하는 행위까지 유발하였다고 간주할 수 있다. 그러나 시의 서정적 미학 원리가 이런 식으로 지속적으로 파괴된다면 시로서의 긴장은 찾아보기 힘들고, 종국에는 시의 위치까지 흔들리게 될지도 모른다. 어떻든 시의 산문화 현상은 운문으로서의 시가 이룩해놓은 기존의 질서에 대한 반항정신, 물신이 신으로 군림하게 된 산업사회에 대한 비판정신의 한 반영이었다.

2) 전통 리듬의 수용

시의 형식상 두 번째 두드러진 변화는 전통적인 리듬의 수용이다. 전통 리듬은 넓게 말해 구비문학—판소리 사설, 민요의 율격, 무속의 노래와 사설 등—에서 차용한 것이다.

있는 놈들 배 터져 탈 없는 놈들 배 붙어 탈
동서남북 남부여대 천하대본 이농실농
양동골목 순이순이 소매치긴 바우바우

왼쪽부터 서종택, 이동순, 이태수, 이성복

고대광실 희희낙락 명동거리 찌근벌떡
골방 샌님 오입탈 요조숙녀 화냥탈
강탈 겁탈 취발이탈

— 김지하, 「탈」 부분

누가 우리더러 씨가 나쁘다 하였더냐
사랑 없는 사랑방에 세도양반 심심하여
고리내림 더욱 이으려 심술로 만든 버릇
뭐라, 산소에 떼를 입혀선 안 돼?
백정 무덤에 풀 나면 죽은 망령 극락 못 가?
(…중략…)
에잇, 천하 잡것들 우라질 놈은 나의 슬픔이라

— 이동순, 「검정 버선」 부분

판소리는 조선조 후기의 새로운 사회 분위기에서 생성된 양식이고, 새로운 사회상을 사실적으로 반영한 데서도 그 의의를 찾을 수 있다. 하층민의 고난에 찬 삶이 풍부한 골계미에 의거하여 구술된 판소리가 민중문학의 미학을 구축하려는 시인에 의해 유효 적절히 사용된 것도 1970년대의 특기할 만한 현상이다. 숭고한 것을 비천한 것으로 뒤집고 슬픈 것을 웃음으로 뒤집는 반전, 시정의 삶이 적나라하게 표현되는 구어체 및 비속어의 동원은 우리 시를 풍요롭게 하는 데 적지 않은 공헌을 하였지만 정념적인 면이 지나칠 때 정신의 황폐함을 드러내기도 하였다. 대표적인 시인은 「오적五賊」의 김지하와 「검정버선」의 이동순, 「바람이 바람을 불러 바람 불게 하고」의 최석하 등이 있다. 김지하는 판소리의 운율을 능숙하게 차용하여, 이동순은 산업화 과정에서 소외된 계층의 속어를 동원하여 기층민중의 억눌린 심사를 풀어주는 '풀이'의 시학을 우리 시단에 구축한 시인이다.

1970년대 시단에서 최석하라는 존재는 주목의 대상이 된 적이 거의 없었지만 대단히 색다른 작업을 행한 바 있다. 그는 1975년에 등단하여 친근감을 주는 일상어, 투박한 경상도 방언, 비속어를 종횡무진 구사하여 우리 민족의 감정의 원형을 제시했는데, 첫 시집이 1981년에 묶어지기는 했으나 1970년대 후반에 중요한 작품을 내놓았으므로 이 자리에서 언급해 두고자 한다.

> 죽어 세상 실커든 춘향아 우짜겐노
>
> 니 혼자 나가 밥 묵을 길 있거들랑 우짜겐노
>
> 나는 시방 밥을 묵을락카고 나보다도 이밥이고
>
> 나는 죽(竹)이고 글찮나
>
> ─최석하, 「죽(竹)」 부분

이렇듯 원숭이와 그 여자는 천생연분 똥창맞게 얼리더니 서로 상대의 반질
거리는 볼다구니에 대고 한식경 주거니받거니 하품하다 퍼더버렸다. 새침데기
딸애가 아서라 수중다리 쩍 벌리고 미용체조하다가 부리나케 박사님을 찾아와
옛다 먹어라! 허접쓰레기 날감자를 던져주는데

— 최석하, 「똥타령」 부분

그 어떤 속된 말도 최석하가 양념인 양 구사하면 시를 낭송하는 맛이
걸쭉하게 우러났는데, 그만큼 그는 1970년대 시단에서 돋보이는 언어의
연금술사였다. 그런데 그의 중요성은 이러한 언어 구사의 탁월함에 있다
기보다는 우리 민족의 감정의 원형을 제시했다는 데에 있다. 그는 상두꾼
이나 남사당패는 말할 것도 없고, 거지와 행상까지 등장시켜 기층민중의
낙천적인 삶을 유쾌하게 묘사해냈다. 민중사의 뒤쪽으로 사라진 남사당의
사설과 행상의 넋두리를 유머러스하게 현대적인 어법에 섞어 되살려낸
「탈놀음」이나 「행상」 같은 시가 대표작이다.

덩더꿍이 장단에 춤이나 한상 나가보자 절수 절수 절수(장단 치란 뜻) 해는
지고 공친 날의 육자배길 메겨 마빡에다 질끈잘끈 맬라치면 동네방네 땅이 울
고 언 땅에 백히는 이놈의 시린 삭신의 기중 금간 소리 탓으로다 아이고! 아이
고! 난간이 또 시끄럽것지

— 최석하, 「탈놀음」 부분

은 삽니다! 이빨금 삽니다! 쪼가릿돈 삽니다!
해는 중천인데
괴나리봇짐에 달구지 타고 출근길이라

나는 시방 내 와이셔쓰 안에서 나그네마냥 서먹서먹해

여편네 분냄새만치나 서먹서먹해

젠장맞을 거, 신경질도 안 나는 걸

보약이나 이조춘화라도 보여드릴깝쇼?

— 최석하, 「행상」 부분

민요도 대개 민중이 겪는 삶의 고달픔 내지 여유를 담고 있는 것이 상례인데, 이의 현대적인 반응은 신경림에 의해 집중적으로 이루어졌다. 시와 민요가 근본적으로 다른 것임에도 불구하고[21] 우리 시에 깊이 뿌리를 내리고 있는 것은 다음 두 가지 이유 때문일 것이다. 우선 서구에서 도입된 자유시가 정형 율격을 파괴시키자 그 반동으로 민요의 율격을 시적으로 재생시키고자 한 것. 또 한 가지는 민요가 대부분 노동요 내지 유희요이듯 노랫말에 엿보이는 민중의식에 접근하려는 노력의 일환이었다는 것. 그래서 시인은 민요의 기본적인 율격구조인 2음보 대응의 연첩을 시에 활용함으로써 단순·솔직한 생활감정, 반복에서 오는 음악성, 일하며 사는 민중의 실상을 표현할 수 있었던 것이다. 민요의 율격은 단순한 반복성에서 벗어나 3음보 내지 4·4조의 변형 등 내재적 운율을 개성적으로 변혁시키는 작업까지 행해졌다. 무가와 시의 조우를 가능케 한 이는 강은교이지만 무가의 정신 혹은 노랫말과의 직접적인 접맥은 시도하지 않았다. '비리데기의 여행노래'라는 부제가 붙은 5편의 시에도 무가의 영향은 보이지 않는다. 무가는 현실 이탈의 신성과 환상적인 주술성으로 말미암아 1970년대의 시인들이 좀처럼 활용하지 않았으나 『실락원 기행』(1981)의 고정

---

21 시는 개인의 창작물이고 상징·특수성을 지향하는 반면, 민요는 다수의 공동작이고 단순·보편성을 지향한다.

희에 의해 점차 현대시와 만나게 된다. 김지하와 신경림으로 대표할 수 있는 1970년대 전통 리듬의 수용은 다음과 같은 종합적인 평가를 받는다.

유사 판소리·유사 무가의 형식은 리듬을 배제하는 현대시의 황폐화를 3음보 또는 4음보 전통적 리듬으로써 극복하고 감성의 회복을 가능하게 했을 뿐만 아니라 70년대 산업사회의 산문적 현실에서는 새로운 미적 정서와 등가되는 가치를 서정 양식에 부여했다.[22]

3) 현실풍자

현실에 대한 냉소와 비꿈의 시가 1970년대에 특별히 많이 생산되었다고는 할 수 없다. 그러나 수다한 시인이 사회의식을 '풍자'라는 방법을 통해 고조·심화시켰고, 그 양상도 이 시기에 다양해졌으므로 형식 변화의 한 중요한 위치를 차지하고 있다. 김지하는 1970년에 「풍자냐 자살이냐」란 산문을 발표한 바 있다.

올바른 민중 풍자는 바로 이렇게 긍정과 부정, 애정과 비판, 해학과 풍자, 오락과 교양이 적절하게 통일된 것이어야 한다. (…중략…) 오래도록 엉켰다 풀렸다 다시 엉켜오면서 딴딴한 돌멩이나 예리한 비수로 굳어지고 날이 선, 민중의 가슴속에 있는 한의 폭력적 표현을 풍자라고 한다면, 그런 풍자는 김수영 문학에선 찾아보기 힘들다.

---

22 김준오, 앞의 글, 152쪽.

"민중의 가슴속에 있는 한의 폭력적 표현"은 다분히 정제되지 못한 언어 현상인 욕설과 야유를 동원한다. 풍자의 정신은 시인이 민중을 의식하는 것에 관계없이 속어와 비어를 구사하여 독자를 놀라게 하고, 또한 관습화된 시어로부터 해방시켜준다. 정현종의 "나는 나의 성기를 흐르는 물에 박는다"(「물의 꿈」), "당신을 만나면 나는 당신에게 색쓰겠습니다"(「고통의 축제」) 정도는 약과라고 해야 할 것이다.

가지 말아요.
나를 좀 어떻게 해줘요.
전생에 공주에다
부마 사이인 우리,
그러니까 가지 말아요.
아아 도망가지 말아요.
언덕 너머에 비가 오는데
비를 몰아오는 바람 부는데,
저기 저기 저 씨팔
개새끼야 저 씨팔
개새끼야!

— 이성부, 「날궂이 시」 부분

이봐요어깨좀치우라구요누가널상관해?좀비켜나라구요여긴우리자리예요씹새끼야

입에거품을물지마그러지말아요누가뭐랬어요?우린똑같은거야상관없어개새끼들같으니라구꺼져버려어디루요?

— 이하석, 「깡통·4」 부분

이성부의 "저기 저기 저 씨팔 / 개새끼야 저 씨팔 / 개새끼야!"(「날궂이 시」)나 이하석의 "좀비켜나라구요여긴우리자리예요씹새끼야"(「깡통·4」) 같은 시에 대해 김준오는 "이런 언어들은 시적 품위나 서정적 품위 대신 교정될 수 없는 상황에 대한 강한 적대의식을 독자에게 충격적으로 환기시킨다"[23]고 보았다. 그러나 이러한 광기를 동반하지 않고서도 현실에 대한 거부의 몸짓은 흔히 풍자로 나타났다.

이거 몹시 시장타

몇 백 마리 몇 천 마리

질긴 놈으로만 그저 어허 지근지근

도야지 고길 씹고 씹다 살찐 놈으로 한꺼번에

소금에 질러

콱

가자구

이봐 어서 가자구

오래 굶어 환장한 이 거대한 빈 창자를 끌고

—김지하, 「허기」 부분

나는 요새 무서워져요. 모든 것의 안만 보여요. 풀잎 뜬 강에는 살 없는 고기들이 놀고 있고 강물 위에 피었다가 스러지는 구름에서 문득 암호만을 비쳐요. 읽어봐야 소용없어요. 혀 잘린 꽃들이 모두 고개 들고, 불행한 살들이 겁 없이 서 있는 것을 보고 있어요.

—황동규, 「초가(楚歌)」 부분

---

23 위의 글, 144쪽.

김지하와 황동규가 도야지 고기와 암호에 빗대어 비판하고 있는 것은 빈부의 격차를 심화시키는 분배질서의 부당함과 10월 유신이라는 암담한 정치 상황이었다. 전자는 비판의 대상을 노골적으로 드러냄으로써 감동을 약화시키고 있으나 후자는 자신을 노출시켜 지식인의 나약함을 은근히(그래서 더욱 통렬하다) 비난하고

1991년 김종삼문학상을 수상한 황동규(김병익, 김영태와 함께)

있다. 1970년대의 시인은 현실을 감정적으로 폭로하고 매도하기도 했지만 또한 적절히 억제할 줄도 알았던 것이다. 이 시대에 현실풍자는 이처럼 시인의 개성에 따라 다양한 형태로 전개되었다.

4) 연작의 유행

유행이라고 표현해도 좋을 만큼 1970년대는 연작소설의 시대였고, 또 연시連詩의 시대였다. 시의 제목을 정하는 데 고심할 이유가 없이, 일련번호만 붙이면 되는 연시 중 눈에 얼른 띄는 것만 예로 들어도 십수 개에 이른다.

> 박재천의 「오구대왕의 산문」·「허수아비歌」·「과녁」·「비의 나라」 연작
> 이성부의 「백제」 연작
> 황동규의 「열하일기」 연작

오규원의 「순례」 연작

정호승의 「유관순」·「옥중서신」 연작

이동순의 「마왕의 잠」 연작

김창완의 「인동일기」 연작

김명인의 「동두천」 연작

강우식의 「사행시초」 연작

여러 시인들이 연작 형태에 몰두한 이유는 종래의 서정시가 갖는 단편
성을 극복하기 위해서였다. 또한 사물과 현실을 고정된 시각으로 보려는
것이 아니라, 다각도로 바라봄으로써 사물과 현실 사이에 놓여 있는 삶의
다양함을 반영할 수 있다고 믿었기 때문이었다. 체험과 상상력의 폭을 점
차 넓힘으로써 사회를 총체적으로 보려 애쓴 1970년대 작가들의 소설 연
작화 작업에 대한 시적인 대응 양식의 하나가 바로 연작시였던 것이다.

9. 마무리

"70년대에 이르면 시는 완전히 문학의 주변으로 밀려난다"[24]는 한 평론
가의 진단은 이 시대의 시를 폭넓게 읽지 못한 데서 온 속단이 아니라면,
외견상 소설의 융성이라는 현상에만 주목했기 때문에 내린 편파적인 결론

---

24 김현, 앞의 책, 417쪽.

일 것이다. 비록 문학의 중심이 소설 쪽에 있던 시대임은 분명했으나 시인의 고독한 작업도 결코 만만히 볼 것은 아니다. 필자는 이제껏 문단의 변화, 시 내용의 변화, 시 형식의 변화로 나누어 이 시대의 시를 살펴본 바, 이전 연대의 시를 질과 양에서 뛰어넘을 정도의 성장을 보였음을 예증할 수 있었다.

본고의 목적은 주로 1970년대의 시인들이 이룩해놓은 시사적 의의와 성취를 추적하는 데 있었으므로 노출된 문제점을 지적할 기회는 거의 없었다. 이제 문제점 몇 가지를 말미에 덧붙이는 것으로 1970년대 시단의 일반적 경향을 살펴보는 일을 마무리하려 한다.

첫째, 현실 상황에 대한 예리하지만 깊이 없는 비판의식, 고조된 사회적 관심이 때로는 상상력을 구속하여 태작이 산출되는 수가 많았다. 목청만 높고 개성이 부족한 시들이 특히 민중시 계열 시인들에 의해 양산되었는데, 이것은 1980년대에 들어서서야 스스로에 의해 비판된다.

둘째, 현실 상황과 산업화의 모순에 대한 깊은 관심은 때때로 영원이나 형이상의 탐구에 대한 매도로 이어져 시단을 꽤나 건조하게 만들었다. 이 연대를 대표할 수 있는 중요한 시집에서 훌륭한 연애시나 심오한 종교시를 발견하기란 쉽지 않은 일이다

셋째, 문단 상황의 문제점인데, '민중적 실천'을 표방하는 『창비』와 '양식화의 아름다움'을 강조하는 『문지』 사이의 거리는 정치 상황이 경직됨에 따라 점차 벌어져갔고, 이것은 은연중 많은 시인들의 정신세계를 구속하게 되었다. 사회 전반에 팽배한 흑백논리에 문인들도 휩쓸려 들어간 감이 없지 않았다. 1970년대만의 문제는 아니지만 작품으로서의 활동보다 소속의 중요성이 더 강조되어 지방문인보다는 서울의 문인이, 문예지를 무대로 활동하는 문인보다는 계간지에 줄을 댄 문인이 보다 많은 조명을

받는 현상이 이 시기부터 현저해졌다.

넷째, 난해시 계열의 시 가운데 상당수는 표현 기교에만 치우쳐 시정신의 측면을 망각하는 경우가 많았다. 외국어 조사법에 기대거나 문법을 무시하는 경향은 그렇지 않아도 난해하다고 독자들에게 인식되어 온 시를 독자와 더욱 멀어지게 한 요인이 되었다.

이러한 몇 가지 문제점을 노출한 바도 있었지만 1970년대의 시는 그 다양성과 상황과의 성실한 대결의 면에서 이전과 뚜렷이 구별할 수 있을 만큼 괄목할 정도의 발전을 이룩했다고 본다. 또한 무엇보다 이 연대에 들어서서 비로소 시어의 일상어 추구와 시 내용의 일상성 탐구가 뚜렷해졌음은 기존의 평가에서 소홀히 취급된 것으로, 새롭게 연구될 필요가 있다. 불과 10년 동안이었지만 이 땅에서의 삶이 간난고초의 연속이었음은 대다수 시인이 현실적인 삶의 갖가지 어려운 문제를 시적 대상으로 포괄하려 노력했다는 것 한 가지만으로도 확연히 드러났다고 믿는다. 이런 이유에서도 1970년대의 시사는 앞으로 거듭해서 다시 쓰일 필요가 있다. 무릇 지상에서 행해진 모든 행위에 대한 평가는 새로운 사가에 의해서 다시금 이루어지듯이.

(이승하, 중앙대 교수)

광주항쟁
이후 시의
양상과 특징

1. 1980년대의 상황과 시단

1980년대의 한국 사회는 1970년대까지 중심축이었던 군부 독재와 산업화 중에서 독재로 일관하던 군부 정권이 무너지면서 시작되었다. 급변하는 세계정세에 능동적으로 대처하여 조국의 평화적 통일을 이루고 한국적 민주주의를 정착하겠다고 군부 정권이 발표한 유신헌법은 국민과 합의된 것이 아니었기 때문에, 그리고 국민을 위한 것이 아니라 정권을 연장하려는 명분에 불과했기 때문에 정당성을 획득할 수 없었을 뿐만 아니라 실현될 수도 없었다.

그러나 유신정권의 붕괴가 곧 국민들이 염원하던 정치의 민주화로 이

1980년 '오월의 광주'

어지지 못했고 오히려 신군부에 의한 새로운 탄압 정치가 시작되어 국민
들의 희생은 계속되었다. '서울의 봄'과 '오월의 광주'를 짓밟은 역사적 비
극을 통해 정권을 잡은 신군부는 자신들의 정통성을 인정하지 않고 반대
하는 국민들을 철저히 탄압했다. 그렇지만 정의를 추구하는 국민들의 저
항은 위축되지 않았고, 마침내 1987년 6월항쟁을 통해 국민 주권 회복의
상징인 대통령 직선제를 이루어냈다. 정치적 탄압이 진행되었지만 정의를
실현하려는 국민들의 힘이 어느 정도인가를 여실히 보여주었던 것이다.

한편 1980년대는 산업화가 본격적이고 전면적으로 대두되어 1983년
부터 도시 공장의 생산직 노동자 수가 전체 노동자 수의 반을 넘어섰고
(51.4%), 1981년부터는 종업원 300인 이상의 공장에 취업한 노동자 수가
전체 노동자 수의 절반(48.8%)에 이르렀으며, 연 10%의 경제성장을 이룩
할 정도로 외형적인 성장을 이룩했다. 그럼에도 불구하고 내부적으로는

많은 문제점을 안고 있어 국민소득 중 노동소득 분배율은 낮았고, 노동시간은 세계에서 가장 길었으며, 그에 비해 임금은 매우 낮았다.[1] 임금 구조도 직종별 격차가 심해 1981년 현재 관리직 100에 비해 생산직은 27.2%였으며, 학력별에 있어서도 1981년 현재 대졸 100에 비해 중졸은 30.7%였다. 또 산업재해도 많이 일어나 1981년 한 해만 하더라도 11만 6,700여 건의 사고가 일어나 1,295명이나 사망하였다.

그리하여 그동안 산업사회의 생산을 주도적으로 이끌어온 노동자들이 직접 문제 해결의 주체로 나서게 되었는데 정치 민주화에 대한 국민들의 열망과 맞물려 상당한 위력을 띠었다. 이전 시대처럼 절대적인 차원에서 '잘 살아 보자'라고 주장한 것이 아니라 계층 간의 상대적 박탈감을 인식하고 내세운 것이어서 분배에 대한 요구가 매우 컸다. 그 결과 1980년대의 노동운동은 사북 노동자들의 파업을 시작으로 이전 시대에 비해 규모가 컸고 빈도가 높았으며 또 과격했다. 대구·부산 택시기사 파업(1984.5)과 구로 민주노조 연대쟁의(1985.6) 등에서 볼 수 있듯이 노동쟁의가 대형적이었고, 노동쟁의가 가장 많은 때는 하루 44건이나 일어났으며, 김종태의 분신(1980.6)을 비롯해 수많은 노동자들이 목숨을 잃을 정도로 과격했다. 그리고 마산·창원 노동조합총연합(1988.8) 및 서울지역 노조협의회(1988.9)처럼 지역노조협의회가 구성되었고, 전국 언론노조연맹(1988.11) 및 전국 병원노조연맹(1988.12)처럼 업종별 노조협의회가 결성되었으며, 전국교직원노동조합의 결성(1989.5)에서 볼 수 있듯이 노조의 결성이 이

1　①1981년 한국 노동자들의 주당 실질 노동시간은 53.7시간이었다. 미국 39.8시간, 일본 40.9시간, 싱가포르 48.6시간(1980년), 프랑스 40.3시간, 서독 41.1시간. ②1980년 한국 제조업 생산노동자들의 임금은 월 119,139원이었다. 이를 100으로 했을 때 미국 871.0, 영국 678.1, 서독 863.4, 프랑스 523.3, 일본 479.7, 멕시코 162.2였다. 박현채, 「문학과 경제」, 『실천문학』 4, 1983.겨울, 121~124쪽.

루어지지 않았던 연구소·대학·백화점·호텔·공기업까지 확산되었다.

1980년대의 이와 같은 상황에서 시단의 큰 특징은 사회의 흐름이 반영된 시, 특히 노동시가 등장되고 확산된 점을 들 수 있다. 노동시는 기존의 서정시가 추구하는 비사회적 혹은 반사회적인 세계관에 맞서 시가 추구할 수 있는 사회성을 최대한 담아냈다. 그 결과 1980년대는 시가 시대와 사회의 반영물이라는 인식이 시인이나 독자에게 보편적으로 인정되었다. 흔히 1980년대를 '시의 시대'라고 일컫는 것은 시인들이 문단에서 수적인 면에서 월등히 앞섰을 뿐만 아니라 시대적 인식을 매우 열정적으로 가졌음을 의미하는 것이다.

1980년대에 들어 동인지 및 무크가 활발하게 활동한 것도 이와 같은 차원으로 볼 수 있다. 『실천문학』·『르뽀시대』·『시와 경제』·『시인』·『민의』·『민중시』·『오월시』·『삶의 문학』·『노동해방문학』·『노동문학』·『노동자』·『마산문화』·『공동체문화』·『이웃과 시』·『문학예술운동』·『80년대』 등이 동시대의 모순된 현실에 적극 대응하고 나섰다. 신군부의 검열에서 살아남은 잡지들은 보수적이어서 시대의 모순을 담아내는데에 한계가 있었기 때문에 새로운 매체가 요구되었는데, 무크가 그 역할을 담당한 것이다.

동시대에 장시가 많이 등장한 것도 적극적인 시대 인식의 모습으로 볼수 있다. 신경림의 『남한강』, 이동순의 『물의 노래』, 김정환의 『황색예수전』, 고정희의 『초혼제』, 정동주의 『논개』와 『순례자』, 최두석의 『임진강』, 김용택의 『섬진강』, 정인화의 『불매가』, 백무산의 『동트는 미포만의 새벽을 딛고』, 황지우의 『나는 너다』, 오봉옥의 『붉은 산 검은 피』, 이산하의 『한라산』, 조재도의 『침묵의 바다 파도 되어』 등 일일이 열거하기 힘들 정도로 많은 장시들이 산출되었는데, 짧은 서정시로는 담아낼 수 없는 역사 상황이나 인물을 서사적으로 그려낸 것이다.

　한편 1980년대는 도종환의 『접시꽃 당신』, 서정윤의 『홀로 서기』, 이해인의 『오늘은 반달로 떠도』, 김초혜의 『사랑굿』같은 베스트셀러 시집도 출현했다. 백만 부 이상의 밀리언셀러 시집이 출현한 것은 시의 대중화 정도를 여실히 반증해준다. 이는 고등고육의 보편화, 한글세대로 지칭되는 젊은 독자층의 증가, 대중문화의 확산 등에 의해 이루어진 현상으로 출판문화의 확장에도 기여했다.

2. 1980년대 시의 양상과 특징

1) 노동시의 등장과 확산

　1980년대의 노동시는 이전 시대의 민중시를 주체적으로 계승하면서 등장했는데 본격적인 산업화시대에 부합하는 것이어서 시단의 흐름을 주도했다. 이전 시대의 민중시가 주로 지식인 시인들에 의해 창작되었는데 비해 1980년대의 노동시는 노동자들에 의해 쓰여 '노동자를 위한' 시에서 '노동자에 의한' 시로 변화 및 발전을 이룬 것이다. 이러한 변화는 소수의 전문 시인만이 시 쓰기의 주체였던 것을 넘어선 것으로 누구나 시의 장場에 참여할 수 있는 대중화의 실현이었고, 직접적이든 간접적이든 지배체제의 이데올로기에 기여하던 이전 시대의 민중시가 갖는 한계점을 극복한 것이었다.

그리하여 많은 노동자 시인이 문단에 나와 활동했고, 자신들의 작업장에서 시를 써 노동조합의 소식지나 문집 또는 문화매체에 실었으며, 지역 노동자문학회를 결성하여 노동조합 운동의 한 부문을 담당하였다. 노동자들이 창작한 노동시는 기존의 작품에서는 찾기 힘든 구체적 현장성을 바탕으로 하고 있는 데다가 인간다운 삶의 가치를 진솔하게 호소하고 있어 독자들과 큰 공감대를 이루었다.

1980년대의 노동시 시인으로는 박노해·백무산·박영근·정인화·김해화·최명자·정명자·김기홍·박영희·김신용·최동민·이소리·최석·이청리 등을 들 수 있는데, 버스 안내양으로부터 건설 노동자, 광부, 중공업 노동자, 잡부에 이르기까지 다양한 직업에 종사했다. 시인들의 학력은 대체로 고졸로 보통 수준의 교육은 받았지만 대학 졸업자는 단 한 명도 없다. 학력을 중시하는 우리 사회에서 이들이 노동시를 주도했다는 사실은 놀라운 일이다. 그만큼 동시대 노동자 시인들의 세계 인식은 시대인들에게 호소력을 줄 정도로 절실한 것이었다. 1980년대 주요 노동시 시집은 실천문학사나 풀빛·청사·세계·황토 등의 진보적인 신생 출판사에서 간행되었다. 시집이 간행된 시기는 1987년 이후가 많은데, 1987년의 6월 항쟁과 7~9월 노동자 대투쟁 등의 상황에 많은 영향을 받은 것으로 보인다.

박노해는 1980년대 노동시의 기수로 1983년 『시와 경제』 제2집에 「시다의 꿈」 등을 발표하며 시단에 등장했다. 그의 등장은 노동자가 지식인에 의해 쓰이던 종래의 민중시의 창작 주제가 되는 계기를 마련해 주었다. 그의 시가 동시대에 영향을 끼친 것은, 본명 박기평 대신 박해받는 노동자 해방을 뜻하는 필명 '박노해'로 또 얼굴 없는 시인으로 세인들의 호기심 대상이 된 사실 등과 같은 외적인 면보다는 작품 자체가 사회 구조의 모순과 불평등으로 인해 희생되는 동시대 노동자들의 실정을 여실히 반영했기 때문이다.

2차 가자 집에 가자 고고장 가자는 걸

알뜰꾼 신씨가 눌러앉히고 한 병 두 병 더할수록

거나하게 취기가 올라

좆같은 노무과장, 상무새끼, 쪽발이 사장놈,

노사협의회 놈들 때려엎자고

꼭 닫아둔 울화통들이 터져나온다

문형은 간신자식들 먼저 깨야 한다며

벌겋게 달아오르고

정형은 단계적으로 구내식당부터

시정하자고 나직이 속삭인다

(…중략…)

냉수 한 사발 돌려 마시고

자욱한 연기 속 포장마차 나서면

어깨를 끼고 비틀비틀

일렬횡대로 서 담벽에 오줌 깔기고

씨팔, 내일도 휴일특근 나온다며

리어카장수 떨이쳐 딸기 천원어치씩

옆주머니에 꿰차고

작별의 손 흔들며 잔업 없는 오늘만은

두둥실 토요일 밤을 흥얼거리며

아내가 기다리는 집을 향한다

―박노해, 「포장마차」 부분

모처럼 잔업이 없는 토요일에 공장의 동료들과 어울려 포장마차에 들어가 술을 마시고 헤어지는 장면을 실감나게 그리고 있는 작품인데, 노동자들의 어투로 '노사협의회'를 문제삼고 있어 주목된다. 노사협의회는 노사 간의 협조 증진, 생산성 향상, 경영 문제 등에 노동자들의 발언권을 주기 위해 만들어진 노사합동기구이지만 노동조합과는 많은 차이가 있다. 무엇보다도 노동자들의 자주적이고 자발적인 동기에 의해 구성된 단체가 아니라는 점이다. 즉 노사협의회는 노사 간 협조를 강화한다는 명목으로 신군부에 의해 각 기업체마다 설립된 것으로 노동3권이 보장되지 않는 관변단체의 성격을 띤 것이어서 노동자들로부터 비판의 대상이었는데, 박노해는 그 상황을 예리하게 담고 있는 것이다.

박노해의 시는 이처럼 현장성을 구체적으로 확보하고 있으면서 보편성을 띠고 있는데, 등장인물이나 상황이 단순한 소재가 아니라 시인의 문제의식에 의해 선택되고 변형되고 창조된 것들이어서 훨씬 집중적이고 생동감이 있다. 그리고 "일하는 손들이 / 기쁨의 손짓으로 살아"(「손무덤」)나길 희망하고 있듯이 이상적理想的이다.

박노해의 시에 나타난 극복 의지는 '우리'와 함께 하는 것이기에 특히 주목된다. 그의 『노동의 새벽』에 실린 총 42편 중에서 '우리'라는 주체적 복수대명사가 나오지 않는 작품은 등단작인 「한강」·「그리움」·「바겐세일」·「시다의 꿈」·「봄」·「떠다니냐」 등 6편뿐이다. 따라서 그의 시세계에 나오는 '우리'는 이전 시대의 민중시에 나타난 '우리'보다 주체적이고 연대적이다. 「손무덤」에서 '내'가 작업을 하다가 잘린 '정형'의 손을 가방이나 들것에 넣지 않고 "품에 넣"은 사실이 그 단적인 면이다.

박노해는 『노동의 새벽』을 간행한 후 서노련 신문에 창간시를 기고한 것 외에는 작품 발표를 하지 않다가, 1987년 말 백기완에게 '민중의 당' 대통령 후보 출마를 권유하는 서신을 띄우면서 본격적으로 활동을 재개했다. 당 기관지 『민중시대』에 「민중의 나라」를 발표한 것을 시작으로 『노동해방문학』 창간호에 12편이나 발표했는데, 이때부터 그의 시세계는 『노동의 새벽』과는 상당한 차이를 보였다. 노동자들의 열악한 작업조건과 일상생활을 알리던 것을 넘어 노동해방 문제(「머리띠를 묶으며」, 「임투전진 족구대회」), 농민 문제(「죽창을 세워들고」), 분단 및 인류해방 문제(「손을 내어 뻗는다」), 여성해방 문제(「못생긴 덕분에」), 제국주의 문제(「조선사람 껍질」), 공권력 문제(「공장의 북」), 인권 문제(「오 인간의 존엄성이여!」) 등을 선동적으로 내세운 것이다. 이렇듯 박노해는 그동안 민중시의 주변에 머물러 있던 노동시를 전위적인 위치로 세워놓았고, 노동자가 창작 주체가 되는 계기를 마련해주었으며, 시가 단순한 텍스트에 머무르지 않고 사회 변혁의 매체로까지 기능하는 데에 큰 역할을 했다.

백무산은 박노해와 더불어 1980년대의 노동시를 이끈 대표적인 시인이다. 1984년 『민중시』 제1집에 본명 백봉석이란 이름으로 「지옥선」 연작시를 발표하면서 작품활동을 시작했는데, 현대중공업·현대중기 등에서의 노동 체험을 작품의 바탕으로 삼았다. 백무산의 시세계는 중소기업체의 열악한 작업환경을 고발한 박노해의 경우와는 달리 대규모 사업장을 배경으로 삼아 노동시의 영역을 확대시켰다. 무산자無産者, proletariat 계급을 의미하는 필명 '백무산'으로 본격적인 작품 활동을 한 시기는 6·29선언을 이끌어낸 1987년 6월 항쟁과 7~9월의 노동자 대투쟁으로 인해 노동자들의 주권이 어느 정도 회복된 때여서, 보다 당당하게 담아낼 수 있었던 것이다.

그 오랜 가난과 어둠으로, 허기진 땅 같은 비를 뿌렸을
처마 밑 짜장면 그릇이 비에 젖어 흩어지는 새벽

살아남은 사람들의 망치소리가

싸늘한 새벽 공기를 가르고

돌아오지 않는 배를 끊임없이 만들지만

우리가 이제 찾아나서리라

살아남은 사람들의 망치소리가

싸늘한 새벽 공기를 가르고

돌아오지 않는 배를 끊임없이 만들지만

우리가 이제 찾아나서리라

밤새 흘린 눈물을 밟아 짓이기며

떨리는 분노의 발길로 찾아나서리라

— 백무산, 「지옥선·5−조선소」 부분

　　백무산은 1988년의 『만국의 노동자여』에 이어 1990년 두 번째 시집 『동트는 미포만의 새벽을 딛고』를 출간하는데, 이 시집은 1988년 말부터 1989년 초까지 울산의 현대중공업 노동자들의 파업을 소재로 삼고 있다. 이 파업은 251개 업체에 8만 5천여 명의 노동자들이 근무하고 있는 한국 최대의 공업단지인 울산에서 일어난 데다가 파업의 원인이 임금 인상만이 아니라 민주노조의 인정을 요구한 것이어서 동시대인들의 관심을 끌었다.

　　박영근은 박노해의 『노동의 새벽』이 출간되기 전에 『취업 공고판 앞에 서』를 간행했는데, 「아버지는 잠들 수 있을까」·「취업공고판 앞에서」·「새벽길·1」·연작시 「철거민」 등을 통해서 자신의 노동생활과 가족에 대한 그리움을 그렸다. 박영근의 노동해방 의지는 『대열』에서 한층 견고해졌다.

　　정명자는 『동지여 가슴 맞대고』를 통해 동일방직과 경동산업에 근무하면서 겪은 사용자들의 비인간적인 태도를 고발했다. 동일방직 여성 노동자들의 노조 결성 과정에서 실제로 발생했던 소위 '똥물사건'[2]을 그린 「잊지 못할 1978년 2월 21일」이 그 여실한 작품이다.

김해화는 건설 현장의 철근공으로서 『인부수첩』을 통해 작업 할당량, 외상 식사, 공친 날, 안전사고를 당한 동료, 고향에 두고 온 가족에 대한 그리움 등을 그렸다. "만일 / 우리들이 뭉쳐져서 거대한 그라인더의 날이 된다면 / 세상의 소용없이 불거진 것들을 / 갈아 없앨 수 있을까"(「인부수첩 23」)와 같은 인식을 내보였다.

김기홍 또한 건설 노동자로서 『공친 날』을 통해 비인간적인 작업환경에 적극적으로 대항했다. "쓰러지지 말기 / 독살스럽게 한 세상 굳게 버텨 / 희미해지는 망막 속에 비친 마른풀들 / 일어서기"(「흔들리지 말기」)와 같은 자세를 보인 것이다.

김신용은 『버려진 사람들』·『개 같은 날들의 기록』 등을 통해 험난하게 살아온 자신의 삶을 바탕으로 도시 빈민들의 삶을 포착했다. "고단한 하루의 삶을 팔기 위해 모여드는 사람들 / 바람같이 스쳐갈 그 손짓을 기다리고 있다"(「잡부일기 3」)와 같이 분노와 갈등을 갖고 있는 가난하고 약한 사람들을 가슴에 품었다.

김신용

정인화는 현대중공업·현대중장기 등에서 근무한 노동자로 1988년 제1회 전태일문학상을 수상하면서부터 주목받았다. 수상작 「불매가」는 불매질의 고단함을 이기기 위해 불렀던 노동요를 제재로 1987년 현대조선소 노동조합을 중심으로 일어난 7~9월 노동자 대투쟁

---

2 동일방직복직투쟁위원회 편, 『동일방직 노동조합 운동사』, 돌베개, 1985 참조.

의 모습을 짜임새 있는 구성과 일상어를 사용해 그렸다.

박영희는『조카의 하늘』·『해 뜨는 검은 땅』에서 가난한 농촌 인식을 바탕으로 광산촌 생활의 어려움을 그렸다. 최석은『작업일지』에서 작업 현장을 구체적으로 담았고, 이소리는『노동의 불꽃으로』에서 노동자 신분이 만들어지는 과정을 밝혀주었으며, 이청리는 제1회 윤상원문학상 수상작인『영혼 캐내기』를 통해 광산노동을 구체적으로 그렸다. 최명자는『우리들 소원』을 통해 버스 안내양으로서 겪은 여러 힘든 일을 「손님 오신 날」·「사고처리」·「막차 손님」·「어떤 손님」 등으로 담아냈다.

1980년대의 노동시는 1990년대에 들어 정세훈·유용주·성희직·이원규·박선욱·맹문재·공광규·조기조·이대흠·오철수·서정홍·서규정·이승철·김영환·정원도·김명환·이한주·김광선·표성배·육봉수·최종천·'일과시' 동인·전국노동자문학회 등으로 이어졌다.

2) 지식인 시의 계승 및 확대

사르트르J. P. Sartre가『지식인을 위한 변명』에서 정의했듯이 지식인은 지배계급의 통치수단으로 존재하는 지식 전문가와는 다르다. 지식인은 자기 계급이 객관적 모순의 한 특수한 형태임을 깨닫고 그에 대항하는 사람들과 연대감을 갖는다. 지식인도 민중처럼 지배계급에 의해 조종당하는 '칼라를 단 프롤레타리아'에 불과함을 깨닫고 자기 계급의 모순을 극복하려고 하는 것이다.

한국 현대시문학사에서 지식인 시인들의 활동이 본격적으로 나타난 것은 1970년대였다. 3·1운동의 실패에 따른 병적 낭만주의 문학을 지양하고 날로 궁핍해져 가는 조선 민중들의 삶을 담으려고 했던 1920년대의 카프 시인들이 있기도 했지만, 1970년대의 지식인 시인들은 정치 상황의 악화와 산업화의 진행에 따른 비인간적인 시대 상황을 적극적으로 담아낸 것이다.

1970년대의 지식인 시인으로는 우선 김지하를 들 수 있다. 그는 민중을 억압하는 지배계급과 그들에 의해 형성된 사회 모순을 전면적으로 비판하고 나섰다. 또한 신경림은 『농무』를 통해 정부의 불균형적인 경제개발 정책으로 해체되어 가는 농촌과 농민들의 삶을 그렸다. 그러나 김지하나 신경림의 목소리는 1980년대에 들어 약해졌다. 김지하는 자신의 시세계에서 직접 대항체로 삼았던 유신정권이 무너짐으로써 오는 방향성의 상실로 인해 『애린』·『이 가문 날에 비구름』·『별밭을 우러르며』 등을 내놓지만 민중들의 삶을 구체적으로 담지 못했다. 신경림 역시 그의 시가 1980년대의 여타 시인들보다 독자들에게 많이 읽힌 것이 사실이지만, 중간 계급들로부터 선호를 받았을 뿐 박노해나 백무산처럼 노동자계급을 대변하는 시인이 되지는 못했다.

1980년대에 등장한 지식인 시인들은 선배 시인들의 한계점을 완전히 극복했다고 볼 수는 없지만 그 나름대로 시대 인식을 담으려고 했다. 김남주·곽재구·김명수·김정환·채광석·하종오·최두석·김사인·기형도 등의 시인들은 민중이 경제적으로 착취당하고 정치적으로 지배되는 것만이 아니고 이데올로기적으로도 지배당한다는 사실을 인식하고 그 극복을 위해 나름대로 나선 것이다. 그리하여 정치 민주화를 비롯하여 남북문제, 제국주의 문제, 환경 문제, 여성 문제, 소외 문제 등에 이르기까지 폭넓은 관심을 내보였다.

김남주는 1974년 『창작과비평』 여름호에 「잿더미」 등을 발표하면서

고 김남주 시인과 박광숙 씨가 1989년 1월 29일 광주 문빈정사에서 결혼식을 올리고 있다.

등단한 후 첫 시집 『진혼가』를 시작으로 『나의 칼 나의 피』·『조국은 하나다』·『솔직히 말하자』·『사상의 거처』 등을 발간할 정도로 1980년대 지식인 시인 중에서 가장 왕성한 작품활동을 했다. 그의 시세계는 '시는 혁명의 무기가 되어야 한다'는 것으로 요약할 수 있다.

> 어디가 아프거나 늙어서 닭이
> 알을 까지 못하거나 까더라도 그 알이
> 자본가 김씨에게 이윤을 내주지 못하거나 할 때
> 어디가 아프거나 늙어서 노동자가
> 제품을 만들지 못하거나 만들더라도 그 제품이
> 자본가 이씨에게 이윤을 내주지 못하거나 할 때
> 어떻게 되는 것일까 닭과 노동자는

모가지가 비틀어져 닭은 통조림 공장으로 보내질 것이다 아마

모가지가 잘려 노동자는 공장 밖으로 내동댕이쳐질 것이다 아마

(…중략…)

오 노동자여 그 노동으로

인간의 새벽을 열었던 대지의 해방자여

자본의 세계에 와서 그대는

말하는 도구로 전락하게 되었구나

그 도구가 자본가의 배를 채워주는 동안에만

그대의 목숨은 붙어 있게 되었구나.

— 김남주, 「사료와 임금」 부분

　노동자는 자본가의 배를 채워주는 동안에만 목숨을 붙일 수 있고, "어디가 아프거나 늙어서 노동자가 / 제품을 만들지 못하거나 만들더라도 그 제품이 / 자본가에게 이윤을 내주지 못하거나 할 때"는 "모가지가 잘"린다는 위와 같은 인식은 동시대의 지식인 시인 중에서 가장 대담한 것이다. 1979년 남민전사건으로 옥중생활을 하다가 1988년 가석방된 후 급변하는 정세에 대응하는 방안을 모색하느라 이전에 보여주었던 투쟁 미학이 약화되었지만, 자기의 사상의 거처가 "노동의 대지이고 거리와 광장의 인파 속이"(「사상의 거처」)라는 인식을 여전히 지켰다.

　기형도는 가난한 유년 시절의 체험을 시세계의 바탕으로 삼고 동시대의 부조리한 면들을 그렸다. 그의 시는 조세희의 『난장이가 쏘아올린 작은 공』의 배경, 등장인물, 그리고 죽음에 대한 인식 등으로부터 많은 영향을 받은 것으로 보인다.

안개가 걷히고 정오 가까이

공장의 검은 굴뚝들은 일제히 하늘을 향해

젖은 銃身을 겨눈다. 상처 입은 몇몇 사내들은

험악한 욕설을 해대며 이 폐수의 고장을 떠나갔지만

재빨리 사람들의 기억에서 밀려났다. 그 누구도

다시 읍으로 돌아온 사람은 없었기 때문이다.

     3

아침 저녁으로 샛강에 자욱이 안개가 낀다.

안개는 그 읍의 명물이다.

누구나 조금씩은 안개의 주식을 갖고 있다.

여공들의 얼굴은 희고 아름다우며

아이들은 무럭무럭 자라 모두들 공장으로 간다.

―기형도, 「안개」 부분

　"공장의 검은 굴뚝들은 일제히 하늘을 향해 / 젖은 총신을 겨"누는 "폐수의 고장"은 정부의 수출지향 정책에 따라 형성된 공업단지로 사람이 살기 어렵다. 그렇지만 그곳의 노동자들은 자신이 죽어가는 것을 알면서도 살기 위해 어쩔 수 없이 일한다. 기형도는 이와 같이 산업화가 본격적이고 전면적으로 대두되었지만 삶의 여건이 개선되지 않은 노동자들의 삶을 암울한 이미지로 그려내었다.

　곽재구는 『사평역에서』·『전장포 아리랑』 등을 통해 미장이·배관공·맞벌이 부부·약장수·간호원·회사원·안내양 등 주위의 약한 자들을 따스하게 감싸안으며 그들의 희망을 노래했다. "그렇다 더러는 포장마차 이

씨로 / 더러는 인쇄공 정씨로 더러는 연탄배
달 최씨로 / 더러는 생선가게 박씨로 새벽을
열어가지만 / 그러나 허름한 이 이름들이 /
이 세상의 끝에서 끝내 빛날 것이"(「콩나물로
쓴 시 3」)라고 믿은 것이다.

김명수는 『월식』·『하급반 교과서』·『피
뢰침과 심장』 등에서 목장갑·못·볼트·
단추 등과 같이 일상생활에서 접하는 사소
한 물건들을 통해 소외받는 사람들의 아픔
을 담아냈다. "그 남자가 매장되던 / 그날 오
후에도 / 겨울비에 그대로 젖어 있던 목장갑

연세대 재학 시절의 기형도

// 누구 하나 아무도 걷어가지 않고 / 며칠째 그대로 찬비에 젖고 있"(「목
장갑 한 켤레」)는 것을 발견한 것이다.

최두석은 『대꽃』·『성에꽃』의 「박정길 양」·「김용오 씨」·「고재국」·
「수국댁」 등에서 힘없고 가난한 사람들의 삶을 그렸다. "라디오로 고등학
교 마치고 야간 대학에 다니던 그녀는, 자수기 한 대에 생계를 걸며 혼자
월세방을 옮겨다니던 그녀는, 다시 찾아온 중독 사고로 세상을 떠났다. 더
불어 유치원 선생이 되려는 작은 희망도 이승에서 사라졌다"(「박정길 양」)
와 같이 소개한 것이다.

고형렬은 『대청봉 수박밭』·『해청』 등을 통해 어머니를 위시해 어려운
삶을 살아가는 이웃 사람들을 그렸다. 김정환은 『지울 수 없는 노래』·
『황색예수전』·『우리, 노동자』 등을 통해 다소 관념적이기는 하지만 민중
들이 겪는 고통을 열정적으로 그렸고, 채광석은 『밧줄을 타며』에서 지식
인의 실천운동을 강조했으며, 하종오는 『벼는 벼끼리 피는 피끼리』·『넋

이야, 넋이로다』·『사월에서 오월로』 등에서 소외되고 어렵게 살아가는 농민들과 노동자들의 삶을 그렸다. 이영진의『6·25와 참외씨』, 최영철의 『아직도 쭈그리고 남은 사람이 있다』, 임동확의『매장시편』, 하일의『백두에서 한라까지』, 김용락의『푸른 별』, 오봉옥의『지리산 갈대꽃』, 이기형의『망향』·『설제』 등도 지식인 시의 산물로 볼 수 있다.

한편 지식인 시의 영역에는 교육 문제를 다룬 것들이 있다. 1980년대에 들어 교육 환경은 상당히 변모하여 학령인구의 대부분이 의무교육을 받게 되었고 고등교육을 받을 수 있는 기회도 늘어나 학생 수가 1,000만 명이나 되었다. 그렇지만 이러한 양적인 증가에도 불구하고 학급당 학생 수나 교원 1인당 학생 수가 지나치게 많고 진학 위주의 수업으로 말미암아 인격적이고 창의적인 교육은 이루어지지 못했다.

동시대의 교육운동은 이러한 열악한 교육 현실을 교사들 스스로 나서서 극복하고자 한 것이었다. 1982년 1월 'YMCA 중등 교육자 협의회'가 발족되면서부터 시작되어 전체 연수회나 총회 등을 통해 전국적으로 확장되어 1989년 5월 28일 전국교직원노동조합(전교조) 결성대회를 열었다. 그리고 교육법 개정, 사학비리 척결, 자주적이고 민주적인 실천교육, 교사의 권익옹호, 보충수업 및 자율학습 철폐 등을 추구했다. 교육 문제를 다룬 시는 이와 같은 상황을 반영한 것으로 입시 일변도의 학교 교육과 모순된 교육 환경을 비판하고 진정한 인간교육을 지향하였다.

이광웅은 전교조 운동이 일어나기 전인 1982년 소위 '오송회 사건'[3]을 겪으면서 모순된 교육 현실을 비판하고 나섰다. "자유민주주의를 체제의

---

3 월북 시인 오장환의 시집『병든 서울』의 필사본 복사판 한 권 때문에 생긴 사건. 수사기관은 이광웅 및 동료 교사들에게 고문을 가해 '오송회'라는 반국가적 단체를 구성했다는 허위자백을 받아냄. 문규현,「어느 선한 교사의 진실과 고난」,『대밭』, 청사, 1985, 138~142쪽; 5공정치범명예회복협의회,『역사의 심판은 끝나지 않았다』, 살림터, 1997.

제8회 신동엽 창작기금 수상식장에서의 도종환(중앙). 왼쪽부터 염무웅, 최원식, 도종환, 고은, 백낙청.

원리로 삼는 모든 나라…… / 지구 위의 모든 나라에서는 / 교사는 노동자다 / 일하고 월급 받아 사는데 / 어찌 노동자가 아니랴"(「교사는 노동자다」)와 같이 교사도 노동자라는 사실을 주장한 것이다.

　도종환은 『접시꽃 당신』이라는 베스트셀러 시집을 통해 연애시 시인으로 알려져 있지만 교육 문제에도 많은 관심을 가졌다. "봄이 오면서 자주 목을 잃었다 / 하루쯤 쉬어야겠다며 지어주는 / 가루약을 맹물로 털어넣고 / 어지러움증 속에서 수업을 했다"(「목감기」)와 같이 입시 위주의 교육에 시달리는 열악한 교사생활을 진술하게 그렸다. 그러면서도 "아직도 내 꿈은 아이들의 좋은 선생님이 되는 거예요 / 물을 건너지 못하는 아이들 징검다리 되고 싶어요"(「어릴 때 내 꿈은」)라고 참된 교사의 길을 희망했다.

　정영상은 해직 교사로서 1993년 타계할 때까지 『행복은 성적순이 아니다』·『슬픈 눈』·『물인 듯 불인 듯 바람인 듯』 등의 시집을 통해 제자들에 대한 사랑과 전교조 운동으로 해직된 동료들에 대한 우의를 보였다. 조재도는『교사일기』·『침묵의 바다 파도가 되어』등의 시집을 통해 학교 교육의 문제점과 교원노조 결성의 당위성 그리고 제자에 대한 사랑 등을 담았다.『침묵의 바다 파도가 되어』는 교육 문제 관련 최초의 장편시집으로 1988년 11월 20일 여의도 노조 결성 집회 장면과 그 사수 과정을 서사적으로 그렸다. 이밖에 고광헌은『신중산층 교실에서』를 통해 세계에서 제일 많은 수업시간과 시험에 시달리는 학생들을 담았고, 정일근은『바다가 보이는 교실』에서 열악한 교육현장을 그렸다. 임길택은『탄광마을 아이들』에서 가난하고 위험한 탄광 마을에서 티없이 살아가는 아이들의 모습을 동시童詩로 그렸고, 윤재철은『그래 우리가 만난다면』에서 왜곡된 학교 교육과 해직 교사로서 갖는 제자들에 대한 사랑을 따스하게 나타내었다. 김진경은『광화문을 지나며』에서 교육현장에서 겪는 안타까움과 서글픔을 그렸고, 신용길은『홀로 된 사랑』에서 전교조 활동으로 해직 및 구속되는 과정을 구체적으로 내보였다. 배창환은『다시 사랑하는 제자에게』를 통해 자신의 소시민적 한계를 반성하고 참교육의 길로 나아가고자 했고, 김종인은『아이들은 내게 한 송이 꽃이 되라 하네』에서 진정한 교육을 위한 실천운동을 지향했다.

1980년대의 교육문제를 다룬 시는 1990년대에 들어 최성수·김시천·신현수·오인태·정세기·조현설·이중현·안준철·박일환·조향미·김경윤·박두규·이봉환 등으로 이어졌다.

3) 해체시의 등장

해체시는 1980년대라는 시대적 특성을 담고 있는 실험시의 명칭이다. 어느 시대나 실험시가 나타나기 마련이지만 1980년대의 해체시는 형태파괴시라든가 포스트모더니즘시로 불리기도 한 사실에서 알 수 있듯이 실험성이 매우 컸다. 또한 시인들의 뚜렷한 개성으로 문단에 끼친 영향이 그 어느 때보다 컸다.

한국의 실험시는 1920년대 김명순의 「조로의 화몽」에서부터 시작되어 1930년대 김기림의 「기상도」와 이상의 「오감도」에서 그 파고가 높았다. 이상의 시는 다다이즘이나 초현실주의, 김기림의 시는 미래주의와 이미지즘과 맥을 같이 한다. 그렇지만 이상이나 김기림의 경우는 이성의 긴장감을 놓지 않고 현실의 긴장감을 유지했다. 서구의 시를 단순히 추수한 것이 아니라 그 나름대로 수용해서 재창조한 것이다. 실험시는 1950년대 박인환·조향·송욱·

이상

김경린 등에 의한 '후반기' 동인에 의해 다시 확장되었다. 이상이나 김기림이 개별적으로 실험시를 추구했다면 후반기 동인의 경우는 에콜 운동의 성격을 띠고 집단성을 드러내었다. 그리고 1960년대에 들어 김춘수와 김수영에 의해 그 영역을 더욱 넓혔다. 김춘수는 의미를 내세우는 기존의 문학 전통과 질서에 대한 부정으로 무의미시를 추구했고, 김수영은 온몸의 시학으로 역사성과 정치성을 바탕으로 한 새로운 시를 이루어냈다.

실험시는 1980년대에 이르러 이성복·황지우·박남철·이승하·장정일·김영승·하재봉·유하 등에 의해 해체시로 불릴 만큼 기존의 시 형식을 파괴하면서 시대 상황을 나름대로 담아냈다. 벽보·광고문·기사·각종 유희적 언어·비속어 등을 과감하게 작품에 도입해 기존의 시 형식을 전복하면서도 이상이나 김기림이나 박인환의 경우처럼 이성을 통해 현실에 대한 긴장감을 가졌던 것이다.

1980년대의 해체시는 서구의 포스트모더니즘을 수용했다. 1980대 말 동구 사회주의의 몰락과 국내 경제 성장으로 인한 소비사회의 도래 및 국내 정치의 변화 속에서 이합 핫산, 줄리아 크리스테바, 미하일 바흐친, 움베르토 에코, 자크 데리다, 미셸 푸코, 자크 라캉 등의 이론이나 작품으로부터 영향받은 것이다.

1980년대의 해체시가 동시대의 정치 문제와 사회 상황을 담아내었지만 노동시에 비해 적극성을 띠지 못한 것은 세계관의 차이 때문이었다. 1980년대의 해체시 시인들은 발전론적 역사관을 갖고 사회를 반영하는 대신 예술의 자유와 창조성을 더 중시했던 것이다.

1980년대의 해체시는 오규원의 작품으로부터 그 징후를 볼 수 있었다. 그가 1981년에 간행한 『이 땅에 씌어지는 서정시』는 이성복의 『뒹구는 돌은 언제 잠깨는가』보다 한 해 늦었지만, 1970년대부터 기존의 작품에 대한 패러디를 통해 시의 언어에 새로운 질서를 부여했다. 이상의 시 「거울」을 연상시키는 「거울」이나 김춘수의 「꽃을 위한 서시」를 패러디한 「'꽃'의 패로디」 같은 작품은 기존의 창작 기준을 무너뜨리고 실험성을 추구한 것이다. 그리하여 『가끔은 주목받는 생生이고 싶다』에 이르러서는 해체시 영역을 확장시키는 데에 나름대로 기여했다.

샤를르 보들레르	800원
칼 샌드버그	800원
프란츠 카프카	800원

(…중략…)

시를 공부하겠다는

미친 제자와 앉아

커피를 마신다

제일 값싼

프란츠 카프카

— 오규원, 「프란츠 카프카」 부분

대문호들의 이름을 커피 메뉴판으로 삼고 있는 위의 작품은 그 인식과 형식이 충격적이다. 세계적인 작가의 명성을 겨우 커피 한 잔 값으로 매기는 시인의 풍자는 결국 모든 가치를 화폐로 환산하는 후기 자본주의 사회의 타락을 비판하고 있는 것이다. 그러한 면은 "시를 공부하겠다는 / 미친 제자와 앉아 / 커피를 마신다"라는 자조에서 확인된다. 이처럼 오규원은 자본주의 사회의 심화에 따른 물질주의의 경도를 각종 상품 품목이나 광고를 차용해 비판했다.

1980년대의 해체시는 이성복의 『뒹구는 돌은 언제 잠깨는가』에서 영향받은 바가 크다. 그의 시는 형식적인 면에서는 과격하지 않았지만 세계 인식의 차원에서 해체시의 선두자리를 갖는다. 한 개인으로서 경험했던 어두운 내면들이 정치적으로 불안했던 시대의 고통이라는 보편성을 띠는 것이었다.

우리의 후회는 눈 쌓인 벌판처럼 끝없고 우리의 피로는

죽음에 닿는 강 한 끼도 거름 없이 고통은 우리 배를

채우고 담뱃불로 지져도, 얼음판에 비벼도 안 꺼지는 욕정

보석과 향료로 항문을 채우고서 아, 이 겨울 우리가

이길 수 있는 것은 잠 깬 뒤의 하품, 물 마신 뒤의 목마름

갈 수 있을까

언제는 몸도

마음도

안 아 픈   나라로

—이성복, 「다시, 정든 유곽에서」 부분

시인 박남철과 천양희

돌발적인 이미지와 파격적인 묘사로 나타낸 피로, 고통의 욕정, 내면의 상처 등은 지극히 시대성을 띤다. 사건이나 상황의 인과관계를 무시한 진술, 도덕적 기준을 무시한 언어, 시간의 흐름이 뒤틀린 시제, 불규칙적인 시행, 자유연상에 의한 비유와 이미지, 비어와 속어의 과감한 도입 등으로 불합리한 시대를 담아낸 것이다.

박남철은 동시대의 해체시를 풍성하게 하는 데에 큰 역할을 했다. 『지상의 인간』·『반시대적 고찰』·『용의 모습으로』 등에서 형태 파괴와 언어의 재구성을 통해 우상 무너뜨리기를 남다르게 실행한 것이다.

내 시에 대하여 의아해하는 구시대의 독자 놈들에게 → 차렷, 열중쉬엇, 차렷,

이 좆만한 놈들이……

차렷, 열중쉬엇, 차렷, 열중쉬엇, 정신차렷, 차렷, ○○, 차렷, 헤쳐모엿!

이 좆만한 놈들이……
헤쳐모엿,

— 박남철, 「독자놈들 길들이기」 부분

위의 작품을 읽은 독자는 도대체 이 작품을 시라고 할 수 있을까 하고
당황하면서도 기존의 시 기준을 속 시원하게 깨뜨리고 있기에 웃음을 터
뜨릴 것이다. 이처럼 박남철은 글자체 혼용, 띄어쓰기 무시, 갖가지 말장
난pun, 비어 및 속어 사용, 한자와 영어의 삽입, 다양한 패러디, 야유 등으
로 모순된 기존의 가치를 사정없이 무
너뜨렸다.

황지우는 1980년대의 해체시를 최대
한 확장시킨 시인이다. 『새들도 세상을
뜨는구나』·『겨울―나무로부터 봄―
나무에로』 등에서 가장 회화적이면서도
풍자적으로 동시대의 정치 상황과 소
시민들의 삶을 여실하게 담아냈다.

시인 고은과 황지우

張萬燮氏(34세, 보성물산주식회사 종로 지점 근무)는 1983년 2월 24일 1
8 : 52 #26, 7, 8, 9……, 화신 앞 17번 좌석버스 정류장으로 걸어간다. 귀에
꽂은 산요 레시바는 엠비시에프엠 "빌보드 탑텐"이 잠시 쉬고, "중간에 전해드
리는 말씀", 시엠을 그의 귀에 퍼붓기 시작한다.

쪼옥 빠라서 씨버주세요. 해태 봉봉 오렌지 쥬스 삼배권!

더욱 커졌씁니다. 롯데 아이스콘 배권임다!

뜨거운 가슴 타는 갈증 마시자 코카콜라!

오 머신는 남자 캐주얼 슈즈 만나줄까 빼빼로네 에스에스 패션!

보성물산주식회사 종로 지점 근무, 34세의 장만섭 씨는 산요 레시바를 벗는
다. 최근 그는 머리가 벗겨진다. 배가 나오고, 그리고 최근 그는 피혁 의류 수
출부 차장이 되었다. 간밤에도 그는 외국 바이어들을 만났고, "그년"들을 대주
고 그도 "그년들 중의 한 년"의 그것을 주물럭거리고 집으로 와서 또 아내의
그것을 더욱 힘차게, 더욱 전투적이고 더욱 야만적으로, 주물러주었다. 이것은
그의 수법이다. 이 수법을 보성물산주식회사 차장 장만섭 씨의 아내 김민자 씨
(31세, 주부, 강남구 반포동 주공아파트 11325동 5502호)가 낌새챌 리 없지
만, 혹은 챘으면서도 모른 체해 주는 김민자 씨의 한 수 위인 수법에 그의 그것
이, 그가 즐겨 쓰는 말로, "갸꾸로, 물린 것"인지도 모르지만, 그가 그의 아내
의 배 위에서, "그년"과 놀아난 "표"를 지우려 하면 할수록, 보성물산주식회사
차장 장만섭 씨는 영동의 룸쌀롱 "겨울바다"(제목이 참 고상하지. 시적이야.
그지?)의 미스 촨가 챈가 하는 "그년"을 더욱더 실감으로 만지고 있는 것이다.

—황지우, 「徐伐, 셔블, 셔볼, 서울, SEOUL」부분

위의 작품에 등장하는 장만섭 씨는 한 집안의 가장이자 직장인으로서
그리고 시민으로서 모범적인 인물이다. 한 집안의 가장으로 퇴근길에 아
들과 딸에게 줄 장난감을 사 가지고 갈 정도로 자애롭고, 직장인으로서 성
실하고 능력이 있어 "최근 그는 피혁 의류 수출부 차장이" 되었으며, 한
시민으로도 모범적이어서 타고 갈 버스를 기다리는 동안 공중도덕을 잘

지키고 있다. 그렇지만 그는 외국 바이어들을 접대하면서 자신도 "그년들 중의 한 년의 그것을 주물럭거리고" 또 "미스 친가 챈가 하는 여자를 낮에 만났고 대낮에 여관으로" 갈 정도로 도덕적으로 타락한 인물이다. 황지우는 그와 같은 인물을 그리는 데에 심각성을 배제하고 광고방송의 문구를 소리 나는 대로 쓰거나, 매춘 여성과의 관계를 코믹하게 그리거나, 전자오락실의 소리를 그대로 옮겨 적

이승하

는 등 희화적이다. 그리하여 위의 작품을 읽고 나면 장만섭 씨가 도덕적 타락자라고 손가락질을 하기보다는 측은한 마음이 드는데, 그를 둘러싸고 있는 사회가 보다 타락했다는 시인의 생각에 동의하기 때문이다. 결국 작품 제목이 상징하고 있듯이 타락한 자본주의가 판을 치는 "SEOUL"의 실상을 깨닫게 되는 것이다.

이승하는 『우리들의 유토피아』·『욥의 슬픔을 아시나요』·『폭력과 광기의 나날』 등에서 우리 사회에 만연해 있는 폭력 현상을 집요하게 비판하였다. 특히 『폭력과 광기의 나날』에서는 사진이나 그림 등을 응용하는 새로운 형태의 실험을 추구하였다. 폭력을 당할 수밖에 없는 사람들의 참담함과 폭력을 자행하는 사람들의 광폭성을 실험적인 형식을 통해 나타냈는데, 가족사의 범위를 넘어 우리 사회의 부조리, 한국 현대사에서의 폭력 상황, 세계 역사의 모순까지 광범위하게 파헤쳤다.

도 동화(同化)야 도 동화(童話)의 세계야
저놈의 소리 저 우 울음 소리
세 세기말의 배후에서 무 무수한 학살극
바 발이 잘 떼어지지 않아 그런데

자 자백하라구? 내가 무얼 어쨌기에

소 소름 끼쳐 터 텅 빈 도시

아니 우 웃는 소리야 끝내는

끝내는 미 미쳐버릴지 모른다

우우 보트 피플이여 텅 빈 세계여

나는 부 부 부인할 것이다

—이승하, 「화가 뭉크와 함께」 부분

뭉크Edvard Munch(1863~1944)는 사랑·고통·병·죽음·불안 등을 주제로 내면세계를 극적인 형태와 강렬한 색채로 그려 고흐·고갱 등과 함께 표현주의 화풍을 형성하는 데 선구적인 역할을 한 화가로 평가되고 있다. 위의 작품에서 이승하는 뭉크의 〈절규Geschrei〉를 제재로 삼고 거대한 오류의 역사에 휩쓸릴 수밖에 없는 인간 존재의 연약함을 말더듬이 형식으로 그려내었다. 끊어질 듯하면서도 그치지 않고 들리는 공포의 소리를, 토하고 싶을 정도로 견딜 수 없는 울음소리를 "겨 견딜 수 없"고, "다 달아나고 싶고", "미 미쳐버릴지 모"른다고 토로하고 있는 것이다.

장정일

장정일의 해체시는 이성복·박남철·황지우 등의 해체시와는 또 다른 특성을 보였다. 1980년대 후반부터 본격화된 자본주의 사회의 특성을 가장 감각적으로 담아낸 것이다. 그리하여 그는 소비사회와 대중문화의 감수성을 남다르게 포착해내고 비판을 가했다. "척 입히니 리바이스고 / 척 입히니 써지오 바렌테다 / 척 입히니 샤넬이고"(「옷은 이미 날개가 아니고」) 등으로 그리고 있는 것이다.

왜 푸른 하늘 흰 구름을 보며 휘파람 부는 것은 Job이 되지 않는가?

왜 호수의 비단잉어에게 도시락을 덜어주는 것은 Job이 되지 않는가?

왜 소풍온 어린아이들의 재잘거림을 듣고 놀라는 것은 Job이 되지 않는가?

왜 비둘기 떼의 종종걸음을 가만히 따라가 보는 것은 Job이 되지 않는가?

왜 나뭇잎 사이로 저며드는 햇빛에 눈을 상하는 것은 Job이 되지 않는가?

왜 나무벤치에 길게 다리 뻗고 누워 수염을 기르는 것은 Job이 되지 않는가?

— 장정일, 「Job 뉴스」 부분

그리하여 장정일은 현대사회에서 "푸른 하늘 흰 구름을 보며 휘파람을 부는 것"이나 "호수의 비단잉어에게 도시락을 덜어주는 것"이나 "소풍 온 어린아이들의 재잘거림을 듣"는 것은 상품이 될 수 없다고 풍자하고 있다. 인간이 지켜야 할 도덕이나 진실이라고 할지라도 돈의 가치로 환산될 수 없는 한 인정되지 않는 자본주의 사회의 속성을 비판한 것이다.

김영승은 자기반성을 토대로 해체시의 흐름에 동참했다. 『반성』을 비롯한 시편들에서 가난한 생활에 힘겨워하는 자신을 자학하면서 자신이야말로 가족들에게 죄를 짓는 죄인이라고 '통곡'(「통곡의 강」)했는데, 결국 부의 분배가 불균형으로 이루어지고 인간관계가 상품화된 1980년대의 자본주의 체제를 공격한 것이었다.

김영승

하재봉의 해체시는 『비디오 / 천국』에서 본격적으로 조명될 수 있는데, 후기 산업사회의 단절된 세계를 전면적으로 비판하고 있다. 비디오와 컴퓨터로 상징되는 후기 자본주의 사회의 폭력성을 비판하고 있는 것이다.

유하는 1980년대의 해체시 시인들 중에서 제일 끝줄에 위치하는데 그 특성은 저급하고 천박한 문화라고 지칭되는 키치kitsch를 작품에 본격적으로 도입했다는 점이다. 무협지·만화·영화·텔레비전 드라마·광고·패션 등의 키치 문화를 시작품에 다양하게 활용한 것이다.

바람부는 날이면, 압구정동에 가야 한다 사과맛 버찌맛
온갖 야리꾸리한 맛, 무쓰 스프레이 웰라폼 향기 흩날리는 거리
웬디스의 소녀들, 부띠끄의 여인들, 까페 상류사회의 문을 나서는
구찌 핸드백을 든 다찌들 오예, 바람불면 전면적으로 드러나는
저 흐벅진 허벅지들이여 시들지 않는 번뇌의 꽃들이여
　　　　　　—유하, 「바람부는 날이면 압구정동에 가야 한다 6」 부분

유하

　　유하는 『무림일기』·『바람부는 날이면 압구정동에 가야 한다』에서 위와 같이 대중문화를 차용하며 후기 자본주의 사회를 비판했는데 다른 시인들에 비해 무겁거나 심각하지 않았다. 후기 자본주의 사회의 감각적이고 소비적인 상황을 반영해낸 것이다.

　　1980년대의 해체시는 1990년대에 들어 함민복·함성호·장경린·김정란·김소연·박상순·신현림·함기석·김요일·성귀수·박정대·이만식·정남식·조원규·변종태·김병화·성윤석·이낙봉·정익진·김태형·김참·변의수·김언 등으로 이어졌다.

4) 농민시의 계승

농촌시가 작품의 배경적이고 소재적인 차원의 개념이라면 농민시는 보다 주제와 관계된 개념이다. 농촌시는 농촌이라는 배경을 근간으로 하고 있기 때문에 유한계급이 향유하는 전원시든 소박한 민중주의에 이끌린 농촌계몽시든 상관없다. 농촌시는 작품 속에 농민이 존재하지만 주체적 대상이 아니라 표피적으로 그려지는 것이다. 이에 비해 농민시는 농민이 주체가 되어 구체적이고 생동적인 모습으로 등장한다. 농민이 '농사짓는 사람'과 같은 인습의 대상이 아니라 역사 현실 속에서 토지라는 생산수단에 근거하여 생산하며 전체 사회와의 관계 속에서 존재를 실현해 나가는 인물로 등장하는 것이다.

1980년대의 농촌은 가난과 소외의 현장으로 요약될 수 있다. 주지하다시피 우리의 경제개발정책은 수출을 많이 해서 국가 경제를 발전시키려는 것이었고, 기술과 자본이 열악하여 제품의 질적인 면에서 외국의 상품과 경쟁하기가 어려워 제품의 가격으로 상대했다. 그리하여 제품생산비 중에서 인건비를 낮게 책정했는데, 도시노동자들이 그 저임금으로 생활할 수 있도록 생계의 토대인 곡물 가격을 낮게 책정했다. 이와 같이 농산물 가격은 정부의 수출정책을 위한 차원에서 정해진 것으로 지극히 비현실적이었다.

또한 정부는 경제개발을 위한 막대한 양의 차관을 외국으로부터 들여왔는데, 만약 수출이 부진해 차관 상환이 어려워지면 국민경제는 파탄나는 것이었다. 막대한 양의 외국 농산물을 수입한 이유가 여기에 있다. 결국 정부는 수출을 위해 제품생산비를 낮추었고, 제품생산비 중에서 제일 무난한 노동자들의 임금을 낮게 책정했으며, 그 저임금으로 노동자들이 살아갈 수 있도록 저곡가 정책을 폈고, 저곡가 정책의 유지와 수출을 위해 외국 농산물을 수입했다. 이러한 악순환 속에서 농민들이 제일 희생된 것이다. 그 결과 1980년대의 농촌은 절대적 가난으로부터는 벗어났지만 상대적 가난의 차원에서는 오히려 더 가난해졌다. 그리하여 농민들은 정부의 농업정책을 신뢰하지 않고 각종 항의 집회를 벌였는데, 농민시는 그러한 상황을 반영한 것이다.

김용택은 박노해가 1980년대의 노동시 분야에서 기수가 된 것처럼 『섬진강』·『맑은 날』·『누이야 날이 저문다』·『꽃산 가는 길』 등을 통해 동시대의 농민시를 선두에서 이끌었다.

> 당신, 당신이 왔으면 좋겠습니다.
> 곱게 지켜
> 곱게 바치는 땅의 순결,
> 그 설레이는 가슴
> 보드라운 떨림으로
> 쓰러지며 껴안을,
> 내 몸 처음 열어
> 골고루 적셔 채워줄 당신.
>
> ― 김용택, 「섬진강 11」 부분

김용택의 시에는 유유히 흐르는 '강'과 같은 분위기를 자아내는 당신·가슴·사랑·그리움 등의 시어가 많다. 이러한 시어는 복잡·허위·물질·메마름·타락 등의 도시 이미지에 상반된 농촌의 순박함과 자연스러움과 온화함을 나타내는 데 기여한다. 도시화의 도래로 인해 잃어버린 농촌의 정서를 환기시켜 주고 있는 것이다.

그렇지만 이러한 태도는 과거지향성을 띤다는 데 문제점이 있다. 단순히 농경 지향적인 자본주의의 반대는 오히려 전통적 소유관계를 옹호하거나 혈연·지연을 앞세워 도시와 농촌의 갈등을 덮어두는 위험이 있는 것이다. 또한 시적 대상이 "당신, 당신이 왔으면 좋겠습니다"라고 하고 있지만 명확하지 않다. 작품의 부제가 '다시

김수영문학상을 수상하던 날 고형렬, 정희성과 함께 한 김용택

설레는 봄날에'인 것으로 보아 '봄'을 지칭하는 것으로 볼 수 있다. 그러므로 '봄, 봄이 왔으면 좋겠습니다'라고 바꿔 읽을 수 있지만 구체적이지 못해 진정한 농민시가 되는 데는 한계가 있는 것이다. 물론 「마당은 비뚤어졌어도 장구는 바로 치자」에서는 "환장허겄네 환장허겄어 / 아, 농사는 우리가 쎄빠지게 짓고 / 쌀금은 저그덜이 편히 앉아 올리고 내리면서 / 며루 땜시 농사 망치는 줄 모르고 / 나락도 베기 전에 풍년이라고 입맛 다시며 / 장구 치고 북치며 / 풍년 잔치는 저그덜이 먼저 지랄이니"라고 농민들의 구체적인 육성을 획득하고 있다.

고재종은 농민으로서 겪은 체험들을 『바람부는 솔숲에 사랑은 머물고』·『새벽 들』 등에서 슬프면서도 힘차게 그렸다. 자신이 살아가고 있는 농촌의 가난과 소외감을 노래했기 때문에 슬프고, 그 처지를 극복해가려는 의지를 보였기 때문에 힘찬 것이다. 고재종의 작품에는 "주민세 독촉장을 들고 / 딸아이 소식이냐며 눈물을 떨구"고 있는 까치집머리 할머니(「칠

고재종

성불」), 눈가림으로 퇴비를 쌓고도 군내 퇴비왕으로 뽑혀 상 받은 친구(「순시」), 소재지의 다방이며 술집을 전전하다가 "천주교회의 농민회에 나"가 의식을 깨친 그(「주인」), "비닐하우스며 과수재배 성공으로 / 서울까지 올라가 무슨 상을" 탔지만 아들이 지방대학을 졸업하고 취직시험에 떨어져 농사나 짓겠다고 나서자 결사적으로 말리는 "새마을 지도자 이상해 씨"(「역설」) 등 구체적인 이야기가 들어있다.

농협 출자금이 3만원이나 떼인 걸 알고
그걸 항의하러 조합 찾아갔다가
조합원은 의당 출자의 의무가 있다는
조합장의 씨도 안 먹힐 소리를 듣곤
분통이 터져 분통이 터져 그만
당신들이 시방 애새끼 놓고 장난하느냐
아님 당신들이 시방 세금징수원이냐 뭐냐
그러한 조합이 조합원에게
손톱만한 이익 편리라도 준 게 뭐냐고
씨근덕벌떡 붉으락푸르락 소리치다가
조합장의 빌어먹을 놈이라는 욕설 한 마디에
끝내 그의 귀빰을 찢어버리곤
요사이 읍내 경찰서 들락거린다는데
오죽하면 오죽하면 천하에 순하던 물봉 형님.

— 고재종, 「출자금」 부분

농협이 농민들의 자치기구이지만 농민들과 유리되어 있음은 주지의 사실이다. 농협은 원래 서구에서 발생된 것으로 자본주의의 발전 과정에서 경제적으로 약자가 된 농민들이 자신들의 권익을 옹호하기 위해 자발적으로 만든 단체이다. 그러나 우리의 경우는 1957년 2월 1일 농협법의 국회 통과, 2월 14일 공포 등으로 설립 때부터 정부가 주도하여 중앙회 → 군조합 → 단위조합의 하향조직을 이루어, 농민기구라기보다 정부의 정책을 관철시키는 정부기관에 가까운 것이다.

농협이 농민들과 유리되어 있는 일례는 신용사업에 비중을 두고 있는 점이다. 신용사업은 농민들의 영농자금을 조달하고 생활의 편의를 위한 것이 아니라 농협 자체의 수익성을 우선시하기 때문에 문제가 된다. 농협은 수익성 증대 사업이 궁극적으로 농민들에게 이익이 돌아갈 것이라고 하지만 명분에 불과한 것이다.

고재종은 위의 작품에서 농협의 그 신용사업을 비판하고 있다. 평소에 순하디순한 "물봉 형님"이 "아내의 난산 때문에 급전이 필요해" 농협에 대출을 받으러 갔지만 요구하는 자격 조건이 너무 까다로워 그만 포기하고 "3부이자 사채"를 쓰고 말았는데, "하곡수매 때 / 농협 출자금이 3만원이나" 떼여 조합을 찾아가 따지자 조합원이어서 마땅히 출자 의무가 있다고 되레 무안을 줘, 그만 주먹질을 한 이야기를 여실하게 그린 것이다. 고재종은 농촌 문제를 자체의 문제로만 보지 않고 정치사회와의 구조 속에서 파악하려고 했다. 「저 붉은 저녁놀빛」에서 "그놈의 독재농정과 외국 농축산물 수입 때문에 / 속속들이 망한 농사"라고 한 것이 그 모습이다.

김영안은 등단 절차도 거치지 않고 1985년 개인 시집 『나는 작은 영토에』를 발간함으로써 김용택·고재종과 더불어 1980년대의 농민시를 개척했다. 자신의 체험을 바탕으로 농민들의 삶을 사회 구조 속에서 파악했다. "개골개골 / 제 뱃속 알 한무지 쏟아 놓을 곳 없는 / 가문 논바닥에 / 함성이 터진다"(「왕머구리들의 5월 항쟁」)라고 정치적 관심을 보인 것이다.

홍일선은 『농토의 역사』를 통해 전원시에서 풍기는 허구적인 낭만성을 극복하고자 했다. 농민 문제를 "남북통일이 되어야지 통일이 없이는 두엄더미도 헛거여"(「석우리 12」)라거나 "함평의 5월을 생각하면, 벌써 몸이 달아오지만"(「동탄행 버스」)과 같이 역사적인 차원으로 인식하였다.

이상국

이상국은 『동해별곡』・『내일로 가는 소』 등에서 농촌 현실을 제대로 드러내기 위해 '소[牛]'를 대상으로 삼았다. 농민들에게 한 식구와 같은 소가 "살아서 / 너희들에게 젖과 노동을 바치고 / 죽어선 / 고기와 피를 주고 / 빛나는 뿔을 뽑았건만 // 땅이여 / 풀이 자라지 않는 땅이여"(「이 땅의 소가 되어」)라고 참담하게 희생되는 모습을 그렸다. 희생犧牲이란 글자는 소 우牛자가 부수部首이듯이 땀흘려 농사를 짓고도 대가를 제대로 받지 못하는 농민들의 황폐한 삶을 그린 것이다.

하종오

하종오는 『벼는 벼끼리 피는 피끼리』・『사월에서 오월로』 등에서 농민의 문제를 민족분단의 문제로까지 넓혀서 "우리야 우리 마음대로 할 것 같으면 / 총알받이 땅 지뢰밭에 알알이 씨앗으로 묻혔다가 / 터지면 흩어져 이쪽 저쪽 움돋아 / 우리나라 평야 이루며 살고 싶었제"(「벼는 벼끼리 피는 피끼리」)와 같이 인식했다.

김흥수는 도시 자본에 무너져가는 농촌과 농산물 가격의 하락으로 인해 절망하는 농민들의 모습을 그렸다. "조용했던 마을에 호텔이 들어서고, / 수영장이 들어서고, 골프장이 들어서더니, / 어릴 적 달갈 썩는 냄새나던 온천물은 / 사라져버렸다"(「도고온천에서」)라고 비판했다.

강세환은 『월동추』에서 농어민들의 힘겨운 삶을 "아버지 함경도 사투리는 아직 변함이 없고 / 덕장 밑에서 명태 배때기를 가르고 있는 어머니와 / 말없는 누이의 젊음이 바닷바람에 젖는다"(「교향리 수용소」)라고 아파했다. 그렇지만 "겨울 언 땅에서 일어나는 / 월동추처럼 살고 싶다"(「월동추」)라고 농어민들의 무너지지 않는 생명력을 노래했다.

조재훈은 『겨울의 꿈』에서 농민들의 한을 역사적인 차원에서 그렸다. "갑오년이던가 / 쇠스랑 메고 조선낫 들고 / 황토 벼랑 기어오르던 / 남정네 콸콸 솟던 / 피"(「진달래」)가 그 모습이다.

이동순은 『개밥풀』·『물의 노래』·『지금 그리운 사람은』 등에서 농민 문제를 역사적 현실로 인식하고 농사일과 농기구를 집중적으로 그렸다. 1976년 완공된 안동댐으로 인해 고향에서 내몰린 수몰민들을 노래한 『물의 노래』에 이어 『지금 그리운 사람은』에서는 「무자위」·「따비」·「종다래끼」·「오줌장군」 등 26가지의 재래식 농구들을 노래했다. 농구들에 대한 세세한 묘사를 통해 그것에 들어 있는 농민들의 삶의 의미를 길어올린 것이다.

박운식은 『모두 모두 즐거워서 술도 먹고 떡도 먹고』를 통해 농사를 천직으로 삼고 있는 농민들의 삶을 그렸다. "씨앗들이 있는 침침한 골방에서 / 같이 잠도 자고 꿈도 꾸고 하면서 / 또 다른 만남의 기쁨을 기다리고 있지요."(「골방에서」)라고 노래했다. 농부들에게는 가축이나 곡식이 마치 한 식구처럼 여겨지는데 시인은 그들의 숨소리를 친근하게 들은 것이다.

이재무는 『섣달 그믐』·『온다던 사람 오지 않고』 등을 통해 유년기에 형성된 농촌 정서를 바탕으로 가족과 이웃의 가난을 그렸다. "아비의 평생과 죽은 엄니의 생애가 / 고스란히 거름으로 뿌려져 있는 / 다섯 마지기 가쟁이 논이 팔린 지 / 닷새째 되는 날 / 품앗이에서 돌아온 둘째 동생 재식이는 / 한동안 잊었던 울음 쏟고 말았다"(「재식이」)와 같이 가난한 가족의 아픔을 그린 것이다.

정동주는 자신이 체험한 가난한 농촌 상황을 일상어를 통해 그려내면서 "하늘 아래서 고개 들고 살기 위하여 / 땅심이나 돋을 일이다. / 하늘에 닿아 보기까지는 그저 / 낮은 곳 땅심이나 돋을 일이다"(「땅심 돋우기」)와 같이 농민들의 축적된 힘을 살려내었다.

김대규는 『흙의 시법』에서 "돈 없으면 서울 가선 / 용변도 못 본다. // 오줌통이 퉁퉁 불어가지고 / 시골로 내려오자마자 / 아무도 없는 들판에 서서 / 그걸 냅다 꺼내 들고 / 서울 쪽에다 한바탕 싸댔다"(「야초」)와 같이 도시를 비인간화된 공간으로 비판하면서 농촌을 인간다운 삶의 터전으로 노래했다.

김희수는 『뱀딸기의 노래』에서 연작시인 표제작과 「겨울 벌판에서」·「고추밭에서」·「콩알을 심으시며」 등을 통해 허물어져가는 농촌을 감싸 안았다. "보릿대 타는 목마름으로 / 우리 엄니 혼자 남아 / 눈물처럼 콩알을 떨구시며 / 아무도 들어줄 이 없는 방천둑"(「콩알을 심으시며」)을 품은 것이다.

이병훈은 『달무리의 작인들』에서 산업화로 인해 황폐해진 농촌의 모습을 절제된 어법으로 형상화했다. "천년을 이어 온 봄도 / 가난한 자의 마당에 이르러서는 / 갑자기 작아진다"(「끝전 몇 닢」)와 같이 밀도 있는 시어로 농촌 상황을 그렸다.

성기각은 『통일벼』에서 정부의 근대화 정책으로 인한 이농과 농촌 공동체의 해체, 농산물 가격의 폭락 등으로 시달리는 농민들을 제재로 하여, "덜덜덜 온몸이 흔들리면서 / 농자천하지대본 / 믿음조차 흔들리면서 읍내를 간다"(「경운기를 타고」)와 같이 아파하였다.

이재금은 『부끄러움을 팝니다』·『말똥 굴러가는 날』 등에서 무너져 가는 농촌을 안타까워했다. 장가가기 힘든 농촌 총각들, 젊은이들이 모두 빠져나간 텅 빈 마을, 제대로 매겨지지 않는 농산물 가격, 늘어나는 농가부채 등의 농촌문제를 구체적으로 그린 것이다. 그러면서도 "우리 동네 삼바우는 / 진짜 촌놈이다 / (…중략…) / 엉겅퀴같이 눌러붙어 / 흙 파먹다 흙으로 간 / 쑥덤불 같은 놈이다"(「촌놈 삼바우」)와 같이 농민의 강인함을 내세웠다.

박세현은 『정선아리랑』에서 강원도의 한 농촌 마을인 '정선'을 작품의 중심 제재로 삼고 그곳의 아름다운 산수와 인심을 노래하면서 농민들의 가난을 그렸다. "식전부터 마누라와 팔순 노모까지 나서서 / 김매고 약 치고 벌레 잡고 / 소 치고 닭 치고 개 쳐도"(「농약을 뿌리며」) 살림이 나아지지 않는 농촌살이를 안타까워하고 있는 것이다.

박찬선은 『상주』에서 자신이 태어나 자라났고 현재에도 살고 있는 고향인 '상주'를 노래했다. 인정 많은 사람들이 흙을 일구고 소를 키우며 살아가는 모습을 그리면서도 "우리 동네 이 서방은 / 나이 쉰줄에 / 공장의 잡역부로 떠났습니다. // 서른 해 넘도록 지어오던 농사 팽개치고 / 처자식 모두 거느리고 / 정든 마을, 정든 이웃 다 남겨두고 / 훌훌 떠났습니다"(「상주(29)」)와 같이 이농민들을 안타까워했다.

이은봉은 『좋은 세상』·『봄 여름 가을 겨울』 등에서 서정을 바탕으로 농민들의 대항 의지를 그렸다. "맨날 고스란히 당할 수는 없다고 / 싸우지 않을 수 없다고 / 말할 것이다 선동할 것이다"(「김판술 씨」)와 같은 작품이 그 예이다.

정규화는 『농민의 아들』에서 이농한 농민들이 겪는 신산한 삶의 아픔

이은봉

과 궁핍한 농민들의 삶을 그렸다. "팔판동 정승이 오라 해도 떠날 수 없는 고향 / 지게를 지고 / 산 넘고 등도 넘었다만 / 거짓말처럼 아른대는 / 농투사니의 마른 고개로, 해마다 / 빚쟁이가 떼지어 오는구나"(「고향에서—옥종면에서」)라며 아파했다.

구재기는 『농업시편』에서 「삯메기」·「나래치기」·「꼬창모」·「진갈이」·「삭갈이」·「발바심」·「만물」·「괴꼴」·「사축」·「이듬」·「가다리」 등[4] 농업사전을 연상할 정도로 농사일을 작품화했다.

한편 대전에 근거를 둔 '삶의 문학' 동인들은 「옹매듭두 풀구유」라는 농민시를 공동으로 창작했다.[5] 이 작품은 「탑제」라는 서시를 시작으로 「청년회 발족」이라는 결론으로 맺고 있는 38편의 연작 서술시이다. 그 내용은 「보리농사는 애당초」·「벼농사두 말짱 헛거여」·「농수산부 통계는」·「마늘농사도 실패」·「밀농사는 누가 짓나」·「가을갈이두 역시」·「소작농으로 전락」·「차라리 농약이나 마시구」·「빚지는 사람덜」 등의 소제목에서 유추할 수 있듯이 정부의 농촌정책을 비판했다.

1980년대의 집단창작 농민시는 이외에도 1987년 『민족문학』(공동체)에 발표된 「시상이 환장을 혔는지」, 1988년 『노동문학』(실천문학사)에 발

---

4   ① 삯메기 : 끼니를 안 먹고 품삯만 받고 하는 농삿일, ② 꼬창모 : 논의 흙이 굳어 꼬챙이로 구멍을 내어 심는 모, ③ 진갈이 : 물이 괸 논밭을 가는 일, ④ 삭갈이 : 논을 미리 갈지 못하고 모낼 때야 한 번 가는 일, ⑤ 발바심 : 이삭을 발로 밟아 알을 떨어내는 일, ⑥ 만물 : 맨 나중에 논의 잡초를 훔쳐내는 일, ⑦ 이듬 : 논이나 밭을 두 번째 매는 일, ⑧ 가다리 : 한 마지기에 얼마씩 삯을 받고 남의 논을 갈아주는 일, ⑨ 괴꼴 : 타작할 때 나오는 벼가 섞인 짚북데기, ⑩ 사축 : 품삯으로 얻은 논이나 밭, ⑪ 낙종물 : 못자리 때맞추어 내리는 비.

5   『삶의 문학』 6집(동녘, 1984, 121~152쪽)에 실려 있다. 『삶의 문학』 7집(동녘, 1986, 43~94쪽)에도 제2편인 「쭈그렁 바가지들만 모여」가 실려 있다. 이외에 『삶의 문학』 7집에는 「한 부자가 생길라믄 세 동네가 망한다더니」, 「마늘밭 매기」 등의 공동창작 농민시도 실려 있다.

표된 전북 정읍군 태인면 신기부락 농민들의 공동창작시인 「농투성이로 태어나」, 1989년 『실천문학』(실천문학사) 여름호에 발표된 문예집단 진달래가 경북 영양 지방의 농민들과 함께 창작한 「농민의 깃발」 등이 있다.

5) 서정시의 계승

서정시lyric는 시의 3대 부문인 서정시・서사시・극시란 고전적 장르 구분에 비춰보면 시의 총체적인 개념으로, 시인의 감정과 인식을 주관적으로 노래하는 것으로 궁극적으로 주체와 객체 사이에 조화를 추구한다. 서정시는 원래 서구의 현악기인 라이어lyre에서 유래한 것으로 악기의 연주에 맞춰 부른 노래 가사였는데, 근대사회에 들어 산업사회의 횡포로 말미암아 비인간적인 삶의 조건이 형성되자 그에 대한 반영으로 시 형식이 자유시나 산문시로 바뀌었고 인간 본래의 생명력을 회복하려는 주제를 추구했다.

1980년대의 서정시는 이전 시대의 흐름을 이어받아 양적으로는 결코 줄어들지 않았지만 동시대를 울릴 만큼 시적 성취를 이루지는 못했다. 시대 상황을 인식하고 사회의 변화를 반영하는 데에 적극성을 띠지 않고 시의 순수성이나 서정성에 안주했기 때문이다.

조정권은 『하늘 이불』・『산정묘지』 등을 통해 동양의 정신을 바탕으로 인간은 자연과 결코 대립되거나 분리되지 않고 조화를 유지해야 한다고 보았다. 그리하여 자연과 어울리는 가장 자유로운 영혼을 살리기 위해 정신주의를 지향했다.

조정권

겨울 산을 오르면서 나는 본다.

가장 높은 것들은 추운 곳에서

얼음처럼 빛나고,

얼어붙은 폭포의 단호한 침묵.

가장 높은 정신은

추운 곳에서 살아 움직이며

허옇게 얼어터진 계곡과 계곡 사이

바위와 바위의 결빙을 노래한다.

— 조정권, 「산정묘지 · 1」 부분

임영조

이기철

위의 작품에서와 같이 조정권은 인간 세계의 비속함을 정신의 기품으로 극복하고자 했다.

임영조는 『바람이 남긴 은어』·『그림자를 지우며』·『갈대는 배후가 없다』 등에서 이 세계의 타락한 면들을 인식하면서 자신 역시 무관하지 않음을 반성했다. "젊은 날의 속된 꿈을 말린다 / 비로소 철이 들어 선문禪門에 들 듯 / 젖은 몸을 말리고 속을 비운다"(『갈대는 배후가 없다』)와 같이 참된 인간의 가치를 지향했다.

이기철은 『청산행』·『전쟁과 평화』·『우수의 이불을 덮고』·『내 사랑은 해지는 영토에』·『지상에서 부르고 싶은 노래』 등에서 사람살이에 대한 애틋한 감정을 드러내면서 나무·구름·산·꽃 등의 자연을 통해 인간의 행복과 정신의 아름다움을 초록 이미지로 그렸다.

최승호는 『대설주의보』·『고슴도치의 마을』·『진흙

소를 타고』·『세속도시의 즐거움』 등을 통해 부패하고 탐욕스러운 도시 문명 속에서 살아가는 인간들의 이기심을 비판적으로 그려냈다. "모든 상품들은 노동자를 / 기억하지 않는다. 자동판매기가 / 고무호스로, 밑을 대주는 종이컵들을 윤간하고 있다"(『무인칭시대』)와 같이 도시화로 인한 비인간적인 상황을 비판했다.

장석주는 『햇빛사냥』·『완전주의자의 꿈』·『그리운 나라』·『새들은 황혼 속에 집을 짓는다』 등에서 개인의 실존 문제를 탐구했다. "비본질들을 사랑하지 못했음을 참회하며 걷는다. / 날은 쉽게 어두워졌다. 밤 9시 / 나는 아홉 소주 한 병에 발갛게 취한다"(『완전주의자의 꿈』)와 같이 고독한 인간의 실존을 그렸다.

장석주

문인수는 『늪이 늪에 젖듯이』·『세상 모든 길은 집으로 간다』·『뿔』 등에서 자신의 고향과 유년에 대한 의식을 바탕으로 이 세상의 아름다움을 그렸다. "검은 수렁 한복판을 느릿느릿 간다 저런 절한 채를 뒤집어쓰고 살 수 있다면…… 동해안 아름다운 길 길게 풀린다"(『달팽이』)와 같은 시선을 보인 것이다.

김광규는 『반달곰에게』·『아니다 그렇지 않다』 등에서 일상의 삶에서 발견되는 친숙한 제재들을 담담하게 서술했다. 힘없고 보잘것없는 소시민들의 삶을 사실적으로 그려낸 것이다.

이성선은 『나의 나무가 너의 나무에게』·『별이 비치는 지붕』·『별까지 가면 된다』·『새벽 꽃향기』 등에서 자연과의 동화를 통해 자기 깨달음의 길을 찾았다. 이하석은 『투명한 속』·『김씨의 옆 얼굴』·『우리 낯선 사람들』·『측백나무 울타리』 등에서 자연을 상품으로 추구하는 자본주의 사회의 타락한 면들을 그렸다. 송재학은 『얼음시집』·『살레시오네 집』 등에서 구조

송재학

안도현

적으로 모순된 사회 속에서도 꺼지지 않는 인간 정신을 마치 불을 피우듯 되살렸다. 이문재는『내 젖은 구두 벗어 해에게 보여줄 때』·『산책시편』 등에서 유년기의 회상을 통한 그리움과 초록빛 자연의 생명력을 그렸다. 김윤배는『숲을 숲이게 하는 것은』·『겨울 숲에서』·『떠돌이의 노래』·『강 깊은 당신 편지』 등에서 인간에 대한 연민과 정의로움을 지키려고 했다. 최동호는『황사바람』·『아침책상』·『딱따구리는 어디에 숨어 있는가』 등에서 동양의 정신을 바탕으로 명상과 정화의 시세계를 펼쳤다. 박태일은『그리운 주막』·『가을 악견산』 등에서 정감 있는 우리말과 시적인 운율을 살려내었다. 남진우는『깊은 곳에 그물을』·『죽은 자를 위한 기도』 등에서 죽음·소멸·허무 등의 비극적 사유를 몽유적으로 보여주었다. 안도현은『서울로 가는 전봉준』·『모닥불』·『그대에게 가고 싶다』 등에서 작고 사소한 것들의 존재 의미를 그렸다.

1980년대의 서정시는 1990년대에 들어 동구 사회의 몰락과 같은 국외 상황의 변화와 문민정부의 출현, 지방자치제의 실시, 시민단체의 등장, 여야 간 정권교체 등과 같은 국내 상황의 변화로 인해 거대담론보다는 미시담론이 우세한 상황의 도래로 말미암아 크게 확대되었다. 채호기·장석남·김백겸·이윤학·박용하·전동균·차창룡·윤제림·박형준·문태준·김기택·송찬호·윤의섭·이홍섭·이희중·박라연·김중식·장철문·반칠환·강연호·강윤후·이향지·황인숙·심재휘·유승도·조항록·김형술·한혜영·손택수·고운기·고두현·김수영·최서림·정해종·박남준 등으로 확대되고 있는 것이다.

6) 여성시의 확대

한국 시문학사에서 여성시가 본격적으로 등장한 시기는 1970년대 후반부터이다. 정치 민주화에 대한 열망이 여성의 지위와 권리에 대한 의식에도 큰 변화를 가져온 것이다. 또한 1977년 이화여대에 처음으로 여성학이 개설되었고, 보부아르Simone de Beauvoir 등의 서구 페미니즘 이론이 활발하게 소개되면서 여성시가 확대된 것이다.

1980년대의 여성시는 여성이 단순히 생물학적인 성의 존재에 머무르는 것이 아니라 역사적 존재라고 보고, '여자는 태어나는 것이 아니라 만들어지는 것'이라고 천명한 보부아르의 말처럼 보다 주체성을 띠었다. 여성스러움이란 본래 존재하지 않고 사회의 환경·관습·교육 등에 의해 만들어진다는 사실을 인지하고 적극적으로 극복하려고 나선 것이다.

고정희

고정희는 『실락원 기행』·『초혼제』·『이 시대의 아벨』·『눈물꽃』·『지리산의 봄』·『저 무덤 위에 푸른 잔디』·『여성해방출사표』 등을 통해 1980년대의 여성시 분야에서 가장 활발한 활동을 펼쳤다.

> 어린 딸들이 받아쓰는 훈육 노트에는
> 여자가 되어라
> 여자가 되어라…… 씌어 있다
> 어린 딸들이 여자가 되기 위해
> 손발에 돋은 날개를 자르는 동안
> 여자 아닌 모든 것은 사자의 발톱이 된다

일하는 여자들이 받아쓰는 교양강좌 노트에는

직장의 꽃이 되어라

일터의 꽃이 되어라…… 씌어 있다

일터의 여자들이 꽃이 되기 위해

손톱을 자르고 리본을 꽂고

얼굴에 지분을 바르는 동안

꽃 아닌 모든 것은 사자의 이빨이 된다

신부들이 받아쓰는 주부교실 가훈에는

사랑의 여신이 되어라

일부종신의 여신이 되어라…… 씌어 있다

신부들이 사랑의 여신이 되기 위해

콩나물을 다듬고 새우튀김을 만들고 저잣거리를 헤매는 동안

사랑 아닌 모든 것은 사자의 기상이 된다

　　　　　　　—고정희, 「여자가 되는 것은 사자와 사는 일인가」 부분

　여성은 가정에서 어렸을 때부터 "여자가 되어라"라고 교육받고, 직장에
서는 전공이나 업무 능력과 상관없이 "직장의 꽃이 되"길 요구받고, 결혼
후에도 "사랑의 여신이 되어라 / 일부종신의 여신이 되어라"라고 요구받
는다. 사회·경제적으로 약자의 위치에 있는 여성은 그 요구를 거절할 수
없어 자신의 "손발에 돋은 날개를 자"른다. 일터의 "꽃이 되기 위해 / 손톱
을 자르고 리본을 꽂고 / 얼굴에 지분을 바"르고, 그리고 사랑의 "여신이
되기 위해 / 콩나물을 다듬고 새우튀김을 만들고 저잣거리를 헤"맨다. 고
정희는 남성의 요구를 수용할 수밖에 없는 여성의 삶을 직시하고 그것을

강요하는 남성 중심의 사회 제도를 비판하고 나섰다.

최승자는 『이 시대의 사랑』·『즐거운 일기』·『기억의 집』·『내 무덤, 푸르고』 등에서 여성으로 살아가기가 얼마나 힘든지를 여실하게 드러내었다. "일찍이 나는 아무것도 아니었다 / 마른 빵에 핀 곰팡이 / 벽에다 누고 또 눈지린 오줌 자국 / 아직도 구더기에 뒤덮인 천년 전에 죽은 시체. / 아무 부모도 나를 키워 주지 않았다"(「일찍이 나는」)라고 여성에 대한 사회적 차별을 고발한 것이다.

최승자

김승희는 『태양미사』·『왼손을 위한 협주곡』·『미완성을 위한 연가』·『어떻게 밖으로 나갈까』 등에서 자신의 여성성을 적극적으로 나타냈다. "나는 힘센 쌍봉낙타 / 뜨거운 사막 속을 가고 있다. / 다락처럼 무거워도 / 야근처럼 피곤해도 / 엄마는 낙타, / 쌍봉낙타는 더 힘이 세다"(「쌍봉낙타」)와 같이 여성의 수동성을 극복하는 인식을 보였다.

김승희

신달자는 『모순의 방』·『아가』·『새를 보면서』 등에서 가족을 토대로 삼고 여성으로서의 자기 실존을 탐구했다. 아울러 어머니를 통해 우리 사회에서 여성이 겪어야 하는 희생과 위대함을 발견했다.

천양희는 『신이 우리에게 묻는다면』·『사람 그리운 도시』·『하루치의 희망』 등에서 사회적으로 소외된 여성이 겪는 삶의 번민과 고통을 드러내면서도 정신의 기품과 삶의 희망을 지키려고 했다.

김혜순은 『또 다른 별에서』·『아버지가 세운 허수아비』·『어느 별의 지옥』·『우리들의 음화』 등에서 남성이 지배하는 이 세계의 상황을 예리하게 파악하고 대항해 나갔다. "저 아래 우물에서 동이 가득 물을 이고 /

김혜순

언덕을 오르는 여자들의 가랑이 아래 눕고 싶다"(「환한 걸레」)라고 연대감을 가지고 대항하고 나선 것이다.

김정란은『다시 시작하는 나비』·『매혹, 혹은 겹침』 등에서 이리가라이L. Irigaray가 내세운 '차이의 페미니즘'으로써 여성의 우월함을 그렸다. "오냐 내 새끼 내가 너를 살려내마 // 나는 지옥으로 내려간다 아무것도 보이지 않아 / 오 지독한 무게, 깜깜한 무정형의 덩어리 / 나는 두께의 피부를 저며내고 뼈다귀를 들어내고 / 그리고 뿌리 뿌리 하고 미친 듯이 파냈다"(「여자의 말—존재의 내장 속으로」)와 같이 모성의 위대함을 나타냈다.

1980년대의 여성시는 1990년대에 더욱 폭넓게 진행되었다. 이전 시대의 문정희 · 노향림 · 한영옥 등이 더욱 활발하게 활동했으며 이연주 · 박서원 · 나희덕 · 이향지 · 김언희 · 허수경 · 노혜경 · 이선영 · 김상미 · 이경림 · 신현림 · 최영미 · 정끝별 · 김선우 · 조윤희 · 성미정 · 허혜정 · 이진명 · 이수명 · 강신애 · 조용미 · 이민하 · 최정례 · 이기와 · 이원 · 김명리 · 김길나 · 김윤 · 정숙자 · 황인숙 · 조은 · 김태정 · 서안나 · 문혜진 등으로 확대되고 있다.

3. 1980년대 시의 의미

1980년대의 시 경향은 격변기 시대를 반영하고 모순된 사회를 극복하려는 운동 차원에서 모색되고 진행된 것이 지배적이었다. 이전 시대의 엄혹한 군사정권이 신군부의 광주 살육을 기점으로 해서 계속되는 상황이었지만, 시인들은 역사의 주체성을 지켜나가려고 했던 것이다. 그리하여 개인의 정서를 노래한 종래의 서정 인식을 지양하고 사회를 반영한 시들이 시대의 중심이 되었다.

1980년대에 들어 각종 동인지나 무크 운동이 활발했던 것 역시 이와 같은 시대 흐름의 반영으로 볼 수 있다. 신군부의 검열에서 살아남은 잡지들은 보수적 경향이어서 시대의 모순을 담아내는 데에 한계가 있었기 때문에 진보적인 매체가 등장해 그 역할을 담당한 것이다. 그리하여 박노해·백무산 같은 시인이 등장해 이전 시대의 시단에서 주변적 위치에 머무르고 있던 노동시를 시대의 전위적인 위치로 내세웠다. 시가 엘리트 시인의 전유물이 아니라 민중들과 함께할 수 있고 또 함께해야 한다는 인식을 보편화하여, 노동시의 경우 '노동자를 위한' 시에서 '노동자에 의한' 시로 변화 및 발전을 이룬 것이다.

1980년대 시의 한 특징으로는 실험시의 등장과 확대를 들 수 있다. 이성복·황지우·박남철 등이 추구한 실험시는 동시대의 시단에 큰 반향을 불러일으켰는데, 새로운 시대를 새로운 시 형식으로 담아내었기 때문이다. 해체시라 불린 동시대의 실험시는 점점 자본주의화되면서 물신주의와 비인간화가 심각해지는 상황을 대담한 시 형식으로 추구해 현대시의 영역을 한층 넓혔다.

1980년대는 이전 시대에 볼 수 없었던 교육 문제를 다룬 시들 또한 등장했다. 1980년대에 들어 학생 수가 1,000만 명이 넘는 양적 증가에도 불구하고 학급당 학생 수나 교원 1인당 학생 수가 지나치게 많아 인격적인 교육이 이루어지지 못했고, 진학 위주의 수업으로 말미암아 창의적인 교육이 이루어지지는 못했는데, 이광웅·도종환 등을 비롯한 교사 시인들이 참된 교육을 주장하고 나섰다.

1980년대는 농민을 농사짓는 사람과 같은 수동적인 존재가 아니라 전체 사회와의 관계 속에서 파악하는 농민시가 등장했다. 고재종·김용택 등은 농민을 역사적 존재로서 인식하고 가난과 소외의 현장에서 어렵게 살아가지만 무너지지 않는 끈질긴 생명력을 그렸다.

한국 현대시문학에서 여성시가 본격적으로 등장한 것은 1970년대 후반부터인데 1980년대에 들어 크게 확장되었다. 고정희·김승희·최승자 등의 여성 시인들은 기존의 남성 중심 사회가 여성에게 강요하던 순응성을 거부하고 주체성을 가지고자 했다. 여성이 생물학적 차원뿐만 아니라 사회적 차원에서 차별당하는 것을 인지하고 페미니즘 의식으로 맞선 것이다.

또한 1980년대는 전통시 혹은 순수시라고 불리는 서정시의 흐름이 지속되었다. 조정권·이성선·이기철 등은 물질주의의 횡포로 말미암아 형성된 비인간적인 삶의 조건을 극복하기 위해 인간 정신의 가치와 자연의 경건함을 노래했다.

(맹문재, 안양대 교수)

현대시의 풍경,
그 다원성의
미학

1. 1990년대 시, 그 '다원성의 미학'

　　1990년대의 시문학사를 정리하는 것은 그리 녹록치 않은 일이다. 왜냐하면 문학사 기술에서 요구되는 중요한 요소들 중 하나가 해당 시기의 문학 동향과 객관적 거리를 유지하면서, 그에 대한 엄밀한 가치 판단과 관련된 문학사적 안목이 절실히 필요하기 때문이다. 1990년대의 시문학사를 정리하는 어려움은 바로 여기에 있다. 1990년대의 시문학은 아직 현재 진행중에 있는바, 이 시기의 시문학을 문학사적 안목으로 정리하는 것 자체가 자칫 큰 오류를 범할 수 있다. 하지만 이 같은 어려움이 있음에도 불구하고 지금-이곳에서 진행 중인 1990년대의 시문학에 대한 중간 평가를

고 박종철 군의 영정을 앞세우고 시위를 벌이는 서울대 학생들. 학생들의 침울한 표정이 5공 말기의 음울한 시대 분위기를 웅변하고 있다.

겸한 정리는 필요하다. 1980년대와 심한 격절의 간극을 두고 전개되어 온 1990년대의 시문학에 대한 점검은, 21세기의 시문학에 대한 청사진을 그려보는 데 생산적 계기를 제공해줄 수 있을 터이다.

널리 아다시피 1989년 베를린 장벽의 철거는 현실사회주의권의 몰락을 가속화시키면서, 그동안 진보 진영의 구심력을 제공해온 사회변혁적 이념마저 크게 동요시켰다. 그리하여 현실사회주의권의 붕괴는 진보 진영으로 하여금 과거와 같은 저항과 대응 방식에 의해서는 후기자본주의의 무한 팽창에 대한 현실적 길항력을 더 이상 확보할 수 없도록 세계를 구조화하였다. 그런데 이처럼 진보 진영이 당면한 문제는 세계 질서의 재편도 재편이지만, 국내적으로는 이미 이러한 문제를 잉태하고 있었다 해도 과언이 아니다. 1987년 6월항쟁 이후 고양된 민족민주운동은, 7~9월 노동자 대투쟁을 통해 "6월항쟁이 5공화국의 형식적 붕괴와 6·29라는 미봉적 타

협으로 일단 그 전진을 중단한 후 조성된
정치적 교착 국면의 역동성을 대폭 강화
하"1여 나갔으나, 진보 진영 내부의 향후
정세 파악에 대한 입장의 차이와 함께 6월
항쟁에 대승적 차원에서 동참했던 중간층
의 광범위한 이반으로 인해 현실적 패배를
맛보게 된다.

6·29선언 발표 호외

이러한 국내외의 정치적 상황 속에서
1990년대 벽두부터 지식사회에 만연되기
시작한 탈근대와 관련된 담론들은, 1980년대의 패러다임과 명확한 구별
짓기를 시도하였다. 시문학 역시 예외가 아니다. 역사·국가·주체·민
족·민중·계급·해방 등 거시적 차원과 밀접한 연관을 맺고 있던 민족문
학 진영 시들의 현실적 파급력은 급격히 사그라들었음에 반해, 일상·개
인·타자·욕망·탈주·질주 등 미시적 차원과 연관을 맺으면서 다원화
된 가치들에 주목하는 시들이 팽배해졌다. 1990년대 시의 이러한 주류적
움직임은 문민정부(1993~1997), 국민의 정부(1998~2002), 참여정부(2003
~)에 이르는 동안 형식적 민주주의가 정착되는 과정 속에서, 1980년대와
같은 방식의 현실참여 계열의 시로서는 더 이상 현실적인 시적 대응을 다
할 수 없다는 사실을 보여준다. 그것은 후기 자본주의 문화논리가 일상으
로 깊숙이 침전되는 가운데 급팽창한 대중문화의 문화권력이, 다양한 시
청각 매체의 기술적 진보와 어우러지면서 1980년대와 변별되는 1990년
대 시의 새로운 미학을 배태시키고 있는 것과 무관하지 않다. 그런가 하면

---

1   고성국, 「6공화국의 정치체제」, 박현채 편, 『청년을 위한 한국 현대사』, 소나무, 1992, 393쪽.

1980년대의 현실참여 계열의 시와 상대적으로 비교해볼 때 평가절하되었던 시들이 재평가되고, 1990년대의 현실 속에서 다양한 시적 인식과 미학을 보이고 있는 것 또한 외면할 수 없다. 물론 1990년대의 이 새로운 미학을 뒷받침하고 있는 역사철학적 문제의식은, 근대의 도구적 이성중심주의에 의해 배제되었던 타자를 발견할 뿐만 아니라 타자의 타자성, 그 진정한 가치를 복원시키는 데 있다.

이렇듯 1980년대의 시문학과 명확한 경계가 구분되는 1990년대의 시문학은 이른바 '다원성의 미학'이라 불리울 만큼 1980년대와 비교해볼 때 '시문학의 르네상스'라 할 만하다.[2] 여기서는 우선 제도적 차원을 살펴볼 수 있다. ① 전국 곳곳의 대학에 문예창작과가 대폭 신설됨으로써 시인을 제도적으로 배출시킬 수 있는 교육적 장치가 마련되었고, ② 학교 제도뿐만 아니라 다양한 문화센터에서 시창작과 관련된 교양 강좌가 개설됨으로써 시를 쓰고 싶어하는 대중들의 참여를 높이고 있으며, ③ 지역 분권화가 가속화되면서 지역의 우수한 문학적 역량을 발산할 수 있는 문예지가 속속 창간되어 신인을 배출하고 있고, ④ 기존 메이저 문예지에 문제의식을 갖고 그에 대한 대응의 일환으로 창간된 문예지로부터 신인들이 배출되며, ⑤ 이렇게 다양한 경로를 통해 배출된 신인들은 제각기 갈무리한 창조적 언어로서 1990년대의 시단을 풍요롭게 한다. 그리하여 ⑥ 창작에서 분출된 이러한 다양한 시의 경향은, 그에 걸맞은 다양한 시적 담론들을 생성시킨다.

---

2 물론 1990년대를 '시문학의 르네상스'로 속단하기에는 금물이다. 1990년대 이후 지속적으로 시문학의 위기에 대한 논의가 진행되어오고 있음을 주목해야 한다. 하지만 강조해두고 싶은 것은, '르네상스'로 지칭하는 데에는, 긍정적 관점에서 시문학의 융성만을 의미하지는 않는다. 일반적으로 르네상스가 중세와 근대의 질서를 모두 내포하고 있듯, 1990년대 '시문학의 르네상스' 역시 여기에는 1990년대 시문학의 위기라는 부정적 관점과 함께 그 위기를 타개할 수 있는 미래의 전망을 지니고 있다는 점을 환기하고 싶다. 그만큼 1990년대의 시문학은 문제적이다.

이렇듯 1990년대의 시문학은 1980년대와 비교해볼 때 제도적 차원에서 확연히 차이를 보이는 바, 1990년대 시의 '다원성의 미학'은 바로 이러한 제도와도 밀접한 관계를 맺는다. 말하자면 1990년대 시를 평가할 때 요구되는 것은, 1980년대와 구별되는 1990년대의 역사철학적 국면에 대한 판단과 아울러 1990년대 시문학을 에워싸고 있는 제도적 여건을 동시에 성찰해야 한다. 그럴 때 1990년대 시의 '다원성의 미학'을, 말 그대로 다원적으로 이해하게 될 것이다. 이러한 성찰 속에서 1990년대 시의 흐름을 몇 가지 갈래로 나누어 정리해볼 수 있다. 첫째, 현실참여 계열의 시 역시 1990년대에도 그 생명을 유지하고 있다. 아무리 1990년대가 1980년대와 이질적 성격을 띤다고 하더라도 1980년대에 줄곧 창작되어 온 현실참여 계열의 시가 모두 소멸한 것은 결코 아니다. 비록 1980년대처럼 왕성히 창작되고 있지는 않지만, 1990년대의 현실 속에서도 여전히 1980년대에 지녔던 민족문학 진영의 진보적 문제의식은 선명히 살아 있다. 그러면서 이러한 계열의 시는 그 진보성을 날것 그대로 생경하게 드러내는 게 아니라 민중의 일상 속에 용해시킴으로써 농익은 민중적 서정성의 미학을 새롭게 모색하고 있다.

둘째, 1990년대 시에서 주목할 만한 것 중 하나가 여성시의 급부상이다. 그동안 여성에 대한 왜곡된 사회적 인식이 비판적 성찰의 과정을 밟으면서, 여성을 둘러싼 문제적 현실에 대한 근원적 비판과 성찰의 비평은 물론, 그러한 주제의 여성시들이 지속적으로 발표되었다. 이것은 1980년대 민족민주운동의 거대담론에서 소홀히 간주되어 온 여성에 관한 문제의식에 착목한 것으로, 1990년대 이후 우리 사회에서 새롭게 부각된 진보적 과제들과 맞물리면서 1990년대 시문학의 주요한 특징을 이룬다.

셋째, 생태시에 대한 관심 역시 여성시 못지않은 1990년대 시의 뚜렷한 특징이다. 사실 생태학적 상상력은 시의 생래적 자질이라 해도 무방하다. 시적 사고라는 것은 본질적으로 모든 생명을 하나로 보는 사고방식이며, 특히 사물들 간의 내재적 친연성을 직관적으로 파악하는 마음이 바로 '시적 비유'이기 때문이다.[3] 그런데 이러한 생태학적 상상력이 1990년대에 들어서면서 각별히 주목받게 된 데에는, 근대의 생산주의에 대한 근원적 위반과 전복의 상상력에 연유한다. 1980년대 현실참여 계열의 시가 인간해방에 형상화의 초점을 맞추었는데, 혹 그 인간해방이 인간만을 위한 세계를 건설하는 것이라면, 이것이야말로 가장 경계해야 할 시적 과제임을 1990년대의 생태시는 역설한다. 인간만을 위한 게 아니라 인간을 포함한 모든 존재를 존중하는 게 곧 생태시의 핵심이다.

넷째, 1990년대의 신서정시 또한 간과할 수 없는 시적 움직임이다. 1990년대의 변화된 현실에 토대를 둔, 특히 1990년대의 일상을 촘촘히 그려내고 있는 신서정시들은, 1980년대 서정시와 급격한 단절감을 갖지 않은 채 나지막한 목소리로 1990년대의 서정을 노래하고 있다. 물론 1990년대의 신서정을 딱히 뭐라 표징할 수는 없다. 여기에는 반근대半近代·근대·탈근대가 복잡하게 뒤엉켜 있는 우리의 일상에 뿌리를 두고 있는 서정이 형상화되고 있기에 그렇다.

다섯째, 이른바 환상시 또한 1990년대의 시문학에서 빼놓을 수 없는 자산이다. 시문학에만 국한되지 않는 환상성은 1990년대의 문화 현상을 지배하고 있는 특징이라고 해도 손색이 없다. 여기에는 새로운 시청각 매체에 기반하고 있는 새로운 세대의 급진적 상상력으로부터 비롯된 환상성, 자명한 것이 사라지고 명확한 경계의 구분이 소멸한 불확정성의 시대에

---

3 김종철, 「시의 마음과 생명 공동체」, 『시적 인간과 생태적 인간』, 삼인, 1999, 48~73쪽 참조.

살고 있는 자들의 심리, 비현실적 환상의 세계가 오히려 더욱 현실적인 것으로 인식되는 시뮬라크르simulacra의 세계에 대한 매혹 등이 몇 겹으로 포개져 있다.

2. 민중시 — 후기자본주의 현실에 대한 시적 대응[4]

1990년대의 시문학에서는 박노해와 백무산으로 표상된 1980년대의 민중시가 지녔던 '시적 인식'과 '시적 진실'이, 더 이상 현실적 설득력을 확보할 수 없게 되었다. 사실 우리는 익히 알고 있지 않는가. 1990년대 이후 박노해와 백무산에 의해 발표된 시들은 이른바 '성찰의 시학'에 수렴되는 모습을 보여주고 있다. 그들의 1980년대의 민중시에서 보였던 노동해방·인간해방을 위한 '시적 혁

박노해

명'의 전위성이, 그동안 그들이 소홀했다고 여긴 시적 주체의 내면을 향한 '성찰'에 비중을 두기 때문이다.

> 그해 겨울은 창백했다
>
> 사람들은 위기의 어깨를 졸이고 혹은 죽음을 앓기도 하고
>
> 온몸 흔들며 아니라고도 하고 다시는 이제 다시는

---

4   2절에서 서술할 1990년대의 민중시에 대해서는 다음의 글을 요약했다. 고명철, 「민중시의 강인한 생명, 그 잉걸불의 마력」, 『시경』, 2004.상반기.

그 푸른 꿈은 돌아오지 않는다고도 했다

세계를 뒤흔들며 모스크바에서 몰아친 삭풍은

팔락이던 이파리도 새들도 노랫소리도 순식간에 떠나보냈다

잿빛 하늘에선 까마귀떼가 체포조처럼 낙하하고

지친 육신에 가차없는 포승줄이 감기었다

그해 겨울,

나의 시작은 나의 패배였다

―박노해, 「그해 겨울 나무」 부분

아, 저 아이가 고마워라 가슴 뛰어라

나의 분노는 다시 많은 상처를 만들었구나

뒤집어 지배한다고 이기는 것이 아니야

아직은 짓밟히고 내동댕이쳐진 곳에 있네

더 온전하게 더 푸르게 피어오르는

넉넉한 저항이여

저 아이가 고마워라 가슴 뛰어라

―백무산, 「그 아이 집」 부분

위에서 보이는 성찰은, 1980년대에 그들을 포박했던 이념의 과잉과 진보의 맹목화로 인해 주체와 타자에 깊은 상처를 냈던 일들에 대한 근원적 반성을 내포한다. 물론 그들의 성찰을 긍정적 관점으로만 이해할 수는 없다. 박노해의 시편에서 반복적으로 보이는 이러한 성찰을 "구도적 욕망이 낳은 과잉주관성의 산물"[5]로 비판하는가 하면, 백무산의 자기 전복적 성찰이 정치적 전위조직을 통한 노동자 권력의 획득을 버리는 과정에서 아

예 현세적 삶을 초월해버리는 것은 아닌가 하는[6] 우려를 쉽게 떨쳐낼 수 없기 때문이다. 아직도 민중의 삶을 억압하는 시대적 모순과 질곡은 엄연히 존재하며, 오히려 민중시가 적극적으로 쓰이던 시절보다 더욱 세련되게 민중의 삶은 억압받고 있기에 그렇다. 따라서 제아무리 급변한 정치경제학적 정황 속에서 민중시가 구태의연한 것으로 치부될지라도, "혁명, 변혁, 역사가 진보의 늪에 빠졌을 때는 예술이 앞장서야 한다는 것이 우리네의 예술적 역사성이라는 말입니다"[7]에 내포된 진실은 곱씹어볼 필요가 있다. 1990년대 벽두 김남주 시인은 다음과 같이 노래하지 않았던가.

> 나는 또한 바라마지 않는다 나의 시가
> 입에서 입으로 옮겨져 노래가 되고
> 캄캄한 밤의 귓가에서 밝아지기를
> 사이사이 이랑 사이 고랑을 타고
> 쟁기질하는 농부의 들녘에서 울려퍼지기를
> 때로는 나의 시가 탄광의 굴 속에 묻혀 있다가
> 때로는 나의 시가 공장의 굴뚝에 숨어 있다가
> 때를 만나면 이제야 굴욕의 침묵을 깨고
> 들고일어서는 봉기의 창 끝이 되기를.
>
> ― 김남주, 「나는 나의 시가」 부분

---

5 고미숙, 「자기 〈땅〉에서 유배당한 자들의 〈낮은 목소리〉」, 고미숙 외, 『90년대 문학, 어떻게 볼 것인가』, 민음사, 1999, 159쪽.
6 정남영, 「해설―건너는 일과 다시 살아나는 일」, 『초심』, 실천문학사, 2003, 152쪽.
7 백기완, 「대담 : 그 많던 민중시, 민중시인들은 다 어디로 갔단 말인가」, 『시경』, 2003.하반기, 87쪽.

김남주

김남주는 1990년대 이후 퇴행하는 민중시의 현실을 마치 눈앞에서 지켜보기라도 한 것인 양 '시적 예언'을 들려준다. 혹자는 그의 이러한 민중시에 대한 강렬한 열정이 민중의 역사성을 경직되게 인식한 1980년대식 민중시에 사로잡혀 있는 것으로 생각할 수 있다. 하지만 지금까지 민중시를 비롯한 민족문학에 대한 비판들의 적실성이 나름대로 유효함에도 불구하고 지나칠 수 없는 면이 있다. 민중시를 겨냥하여 쏟아진 비판이, 정작 민중시의 낡고 고루한 경계를 넘어선 창조적 전복과 생성의 계기를 마련해주고 있다면, 이러한 비판은 가열찰수록 민중시를 거듭나게 하는 자양분이다. 그런데 민중시가 축적시킨 창조적 성과들을 은연중 무화시키고, 민중시의 갱신의 길을 봉쇄하고 있는 게 민중시 비판 담론들이 지닌 문제다. 다시 말해 민중시에 대한 생산적 비판이 요구된다. 여기에는 민중시에 대한 세련된 비판 담론도 중요하지만, 무엇보다 절실히 요구되는 것은 이 땅의 민중에 대한 애정과 민중의 인간다운 삶을 실현시킬 수 있다는 욕망을 품는 것이다. 게다가 이러한 민중의 삶에 밀착하여 묵묵히 시를 쓰고 있는 민중시인들의 시작에 애정을 갖는 것이다.[8]

민중시를 비판할 때 심심찮게 언급되는 것 중 하나는 민중의 현실이 1980년대의 그것과 현저히 다르다는 사실이다. 후기자본주의 문화논리가 일상 속으로 깊숙이 침전해 있음을 고려해볼 때 1990년대 이후 민중이 직

---

8 1990년대의 시문학에서 민중시에 각별한 애정을 쏟고 있는 시인들의 주요 작품은 구로노동자문학회(1988년 6월 창립)의 창립 15주년을 기념하기 위해 발간된 『한국대표노동시집』(김윤태·맹문재·박영근·조기조 편, b, 2003)의 제3부에 잘 정리되어 있다. 제3부에 수록된 시인들의 숫자는 대략 140여 명으로, 1990년대의 민중시의 동향을 살펴보는 데 나침반과 같은 역할을 해준다.

면한 객관 현실이 이전보다 확연히 다른 것은 부인할 수 없다. 하지만 오해해서 안 될 것은 객관 현실이 달라졌다고 해서 민중의 간난艱難한 삶 자체가 휘발됨으로써 민중의 곤곤한 삶이 근본적으로 해결된 것은 아니다. 여전히 우리의 민중은 강퍅한 현실을 견디며 살아가고 있다. 유용주의 『오늘의 운수』와 『가장 가벼운 짐』, 이원규의 『빨치산 편지』와 『지푸라기로 다가와 어느덧 섬이 된 그대에게』, 공광규의 『지독한 불륜』, 조기조의 『낡은 기계』, 서정홍의 『윗몸일으키기』와 『58년 개띠』, 오도엽의 『그리고 여섯 해 지나 만나다』, 이승철의 『세월아, 삶아』, 정종목의 『어머니의 달』과 『복숭아뼈에 대한 회상』, 맹문재의 『먼 길을 움직인다』와 『물고기에게 배우다』 등을 비롯한 시집과 이흔복·신동호·최영철·안상학·안윤길·양문규·조태진·이행자·육봉수·이면우·정윤천·박두규·황규관·박일환·안찬수·이철산·박관서·정기복·송경동·하재영·임성용·손상열·이한주·이중기·표광소 등에 의해 씌어지고 있는 시에서 형상화되고 있듯, 1990년대의 현실에서도 민중은 제 나름대로 생존을 연명해나가기 위해 안간힘을 쏟고 있다. 생존은 민중에게 더없이 소중한 가치다. 아무리 열악한 노동의 조건일지언정 민중은 목숨줄을 놓을 수 없다. 노동의 조건이 열악하면 열악할수록 민중은 더욱 힘차게 목숨줄을 꽉 부여잡는다. 삶에 대한 강렬한 의지야말로 민중의 엄숙성이 아닌가.

그런데 민중의 삶에 대한 욕망과 의지는 그리 단순한 문제가 아니다. 민중은 그토록 자신의 삶을 옥죄었던 자본주의의 폭압과 아이러니한 관계에 놓여 있음을 직시해야 하기 때문이다. 예컨대 노년의 편안한 삶을 보장할 뿐만 아니라 예기치 않았던 질병과 사고로 인한 보상을 받기 위해 든 연금보험의 혜택을 입기 위해서라도 자본주의가 지닌 물신의 힘이 더욱 커지기를 민중은 씁쓸히 기원해야 한다("그 보험금 안 떼이고 착실하게 받아챙

기려면 이제는 자본주의의 무궁한 발전을 기원해야 하겠구나."(문병학, 「연금보험」부분). 게다가 진폐증 진단을 받고 험난한 광부 생활을 청산할 수 있음에도 불구하고 그나마 하나뿐인 직장을 잃어 가족들의 생존을 연명해나갈 수 없는 데 대한 걱정의 눈물을 흘려야 한다("검사를 마치고 돌아오는 차 안에서 / 박씨가 혼자서 몰래 우는 건 / 망가진 몸뚱이가 서러워서가 아니라 / 이제 탄광일도 못해 먹게 되면 / 자식새끼들을 어떻게 키울까 걱정스럽기 때문이다."(성희직, 「어느 광부의 이야기」부분).

이렇듯 민중의 인간다운 삶에 온갖 장애물로 작용했던 자본주의는 어느새 민중의 삶 깊숙이 파고들어와, 자본주의의 구조악과 행태악을 부정하고 넘어서는 게 녹록한 일이 아님을 말하고 있다. 그리하여 민중은 자본주의가 강제하고 있는 삶의 대가를 혹독히 치르고 있는 게 현실이다. 특히 IMF 이후 밀어닥친 신자유주의 경제 질서는 무한경쟁의 삶으로 무장하도록 민중을 다그치고 있는바, 그렇지 않아도 우리 사회에 켜켜이 누적된 온갖 부조리가 민중의 온전한 삶을 보증해주기는커녕 민중에게 삶의 박탈감을 안겨다주고 있는 현실에서, 죽음의 그림자가 민중을 덧씌우고 있음을 쉽게 목도할 수 있다(김수열, 「마지막 편지」). 삶에 대한 욕망과 의지로 충만해 있어야 할 민중에게 죽음은 자연스레 그 종말의 향연을 즐기라고 민중을 유혹한다. 물론 이 죽음의 유혹은 민중으로 하여금 민중의 삶을 정상적으로 살지 못하도록 하는 반민중적 억압에 연유한다. 하천 부지에 옥수수 농사를 짓던 농민에게 시청직원들은 환경 정화의 미명 아래 자라던 옥수수를 무참히 짓밟아버리는데, 그 가혹한 행정적 억압이 옥수수 농사를 짓던 농민을 죽음으로 내몬 것은 그 한 사례에 불과하다(서홍관, 「옥수수 백 그루와 사람 목숨 하나」). 아니, 민중의 이러한 죽음은 그리 놀랄 만한 일이 아닐지 모른다. 이 땅의 핍박받는 민중에게 죽음은 늘 틈만 나면 고개를 불쑥 치켜드는 존재로, 죽음이 그 어떠한 것보다 낯설고 두려운 존재임에도 불구하고 동시에 죽음은 그 어떠한 존재보다 낯익은 것임을 부정할 수 없다.

그런데 민중시 특유의 강인한 생명력, 그 잉걸불의 마력은 거저 얻어지지 않는다. 민중시의 존재에 대한 역사적 정합성이 아무리 충족된다고 한들, 민중의 핍진한 현실에 대한 명확한 인식이 뒷받침되지 않고서는 자칫 맹목적 당위성에 그치기 십상이다. 변화된 현실에 무작정 떠돌지 않은 채 복잡다단한 현실을 횡단할 수 있는 '몸'을 단련함과 동시에 그 현실을 적확히 꿰뚫어볼 있는 '눈'을 지녀야 한다. 말하자면 '각성한 민중'의 '몸'과 '눈'을 통한 세계 인식이 절실히 요구된다. 그럴 때 현실사회주의 붕괴로 인해 진보적 진영은 동요되었으나, 중요한 것은 종래의 이념적 진지가 해체되었을 뿐, 우리 민중의 핍진한 현실은 어느 것 하나 달라진 게 없다는, 냉철한 세계 인식이다("모스크바에서 불어 닥친 회오리는 / 거리를 황량히 휩쓸었지만 / 우리는 아무것도 달라지지 않았다" 정세기, 「목련이 필 때까지」 부분). 도리어 어떻게 보면 우리에게 잘된 일인지 모른다. 민중의 현실과 유리된 경전주해식 사회과학주의적 이념의 거품이 걷히면서 우리 민중의 현실은 좀더 투명하게 드러났기 때문이다. 그리하여 우리는 1980년대 내내 금과옥조로 여겼던 그러한 이념의 거울을 통해서가 아니라 우리의 생생한 역사적 경험과 부대끼면서 다시 현실을 인식하게 되었다. 즉 1990년대의 민중시에서 민중은 '각성된 몸'과 '각성된 눈'을 통해 1980년대와 또 다른 세계 인식을 하게 된 셈이다.

여기서 주목할 만한 것은 민중 스스로 자신의 척박한 삶을 사랑하고 있다는 점이다. 민중이 직면한 현실이 고달프고 힘들수록 민중 특유의 삶에 대한 낙천성의 진가가 발휘되고 있다. 그런데 오해하지 말자. 이 민중의 낙천성은 민중으로 하여금 고된 현실을 회피하도록 하는 데서 생기는 게 아니라 도리어 피와 땀이 범벅된 현실의 고통 속에서 아름답게 피어나는 것이다. 말하자면 민중의 낙천성은 민중의 고통을 먹잇감으로 하여 민중의 삶에 활기를 불어넣어 준다고 하겠다.

3. 여성시—남성 중심의 근대적 주체에 대한 모반

1990년대의 시 지평에서 급부상한 것은 여성시의 출현이다.[9] 1990년대 전에도 여성시는 존재했었으나, 1990년대의 여성시는 여자 시인이 여성 특유의 미적 감각을 형상화하고 있는 것으로 자족하지 않는다. 1990년대의 여성시에서 주목해야 할 것은 이전 시기에서 간과되어 온 여성성에 대한 명민한 문제의식을 구체화하고 있다는 점이다.[10] 그리하여 시문학 연구자와 비평가들에게 1990년대 여성시는 새로운 담론으로 부각되었다.

이러한 문제의식을 구체화하고 있는 주요 시인들로는 김혜순·김정란·정끝별·최정례·최영미·신현림·이진명·황인숙·김소연·나희

---

9 여성시란, 단순히 여자 시인이 쓴 시를 범박하게 총칭하지 않는다. 여기에는 무엇보다 여성 주의 시각이 내재되어야 한다. 즉 여성주의 시각을 내면화시킨 시가 곧 여성시다. 이러한 여성시의 정체성은 김준오의 여성문학에 대한 다음과 같은 논의에서 실마리를 포착할 수 있을 터이다. "여성주의에 있어 여성문학은 본질적으로 여성해방문학으로 규정된다. 따라서 여성주의는 이데올로기적이고 정치적이다. 요컨대 그것은 정치학이다. 진정한 여성적인 것의 회복과 여성해방을 궁극적 목표로 하는 여성주의는 그러므로 단순히 미학적 문맥에서가 아니라 사회역사적 이데올로기적인 보다 폭넓은 다원적인 문맥에서 문학을 고찰하도록 요청한다." 김준오, 「현대시와 페미니즘의 인식」, 『문학과비평』, 1991.겨울, 178쪽.

10 정끝별의 「여성주의 시 연구의 흐름과 쟁점」(『오룩의 노래』, 하늘연못, 2002)에서는 1990년대의 여성시에 이르기까지 축적되어 온 여성시에 대한 연구와 비평적 성과가 주요 쟁점을 중심으로 검토되고 있다.

덕·김언희·이경림·허수경·이선영·노혜경·김상미·이연주·허혜정·박서원·김선우 등을 꼽을 수 있다.[11] 이들 중 김혜순과 김정란은 1990년대의 여성시에 대한 자의식을 뚜렷이 표방한다.

1990년대 문학계에서 여성시인들의 가장 큰 역할은 1980년대 시의 정치적 혁명 과제를 시적 언술의 변화 안으로 끌어들인 데 있다. 다시 말하면 여성에 대한 억압과 피억압의 소용돌이를 문학 안으로 끌어들여 시적 언어로 승화해낸 데 있다. 여성시인들이 사용한 가장 독창적인 시의 언어는 남성적 주체들이 떠안겨준 부정성, 타자성을 큰 상징계 안으로 방출해버리고, 하달되어 내려온 고정된 여성 정체성을 깨어버렸다. 직선적 정치적 정지의 근대 시간관을 대화적이고 순환적인 언술을 통해 새로운 시간관으로 제시하였다. 심층과 표층, 또는 상위와 하위에 대한 구조적 반란을 도모해 담론의 구조를 변화시켰다. 이런 구조 안에서 여성성은 '나'라는 또 하나의, 아니 여럿의 타자를 발견해낸다.[12]

1990년대 여성시는 1980년대의 정치주의적인 문학론을 문학적인 방식으로 특화시키고 심화시킴으로써 사회적인 계급적 주체를 존재론적으로 심화된 개인적 주체로 변환시킨다는 전망을 제시한다. 그렇게 함으로써 여성시는 스스로를 미래의 대안 담론으로서 자리매김하고자 한다. 따라서 우리는 여성시를 규정하는 두 가지 요건을 동시에 간파하게

---

11 이들 시인의 시세계가 다각도로 검토되면서 1990년대의 여성시는 그 특징을 드러내고 있다. 1990년대의 여성시에 대한 주요 비평은 다음과 같은 것을 참조할 수 있다. 맹문재, 「후기 자본주의 사회의 페미니즘 시」, 『지식인 시의 대상애』, 작가, 2004; 엄경희, 「여성시의 풍요와 결핍」/「상처받은 '가이아'의 복귀―여성시에 나타난 에코페미니즘」, 『질주와 산책』, 새움, 2003; 김정란, 『한국 현대 여성 시인』, 나남, 2001; 김혜순, 「90년대의 시적 현실, 어디에 있었는가」, 『문학동네』, 1999.가을; 심진경, 「여성성, 육체, 여성적 쓰기」, 『실천문학』, 1999.여름; 노혜경, 「얼굴이 지워진 여자들―90년대 여성시의 화자에 대하여」, 『현대시』, 1997.7. 그밖에 참조할 수 있는 서지 사항에 대한 상세한 정보는 각주 10)의 글에서 제공되고 있다.

12 김혜순, 앞의 글, 348쪽.

된다. 독립적 주체성과 심화된 언어의식.[13]

김정란

김혜순과 김정란에게서 공통적으로 추출될 수 있는 것은, 1990년대의 여성시가 1980년대식 현실참여 계열의 시와 차이를 갖되, 1980년대의 그것과 격절된 단절의 시적 논리로만 파악하고 있지 않다는 점이다. 김혜순의 경우 1990년대의 여성시가, 1980년대에 전횡되었던 남성적 주체 일변도의 근대적 파행을 방출함으로써 그동안 망각되어 온 타자들을 발견하여 그 타자성의 가치를 재인식하고 있는 데 주목한다. 여기서 쉽게 지나칠 수 없는 것은 "1980년대 시의 정치적 혁명 과제를 시적 언술의 변화 안으로 끌어들인 데 있다"는 판단이다. 말하자면 1990년대의 여성시는 표피적 차원에서 탈정치 혹은 탈역사에 침윤되어 있는 게 아니라 여성시 특유의 '시적 언술' 속에서 정치적 상상력을 길어올리고 있다.

이러한 비평적 입장은 김정란도 예외가 아니다. 김정란이 1990년대의 여성시에 대해 도출해내고 있는 두 가지(독립적 주체성, 심화된 언어의식)는, 1980년대식 현실참여 계열의 시와 명확한 경계를 나눈다. 하지만 이러한 경계 구획에서 김정란이 중요하게 인식하고 있는 것은, "여성시는 1980년대의 민중시로부터 정치의식과 계급의식을 전수받"[14]고 있다는 사실이다. 김정란의 1990년대의 여성시에 대한 인식의 독자성은 바로 여기에 있다. 그가 부정하고 있는 것은, 1980년대에 횡행하였던 민중의 계급적 관점과 그 동일성의 논리로부터 강제된 억압적 측면이지, 1980년대를 관통해왔던 사회변혁적 운동 전체의 시각 자체를 전면 부정하는 것은 결코 아니다.

---

13 김정란, 「비평정신과 여성시」, 앞의 책, 40쪽.
14 위의 글, 28쪽.

그가 "여성시는 문학적 장르 개념이라기보다는 90년대적 맥락에서 태동한 문학적인 '운동' 개념이다"[15]라고 언급하는 것이야말로 이러한 점을 뒷받침해준다. 바꿔 말해 김정란에게 1990년대의 여성시는 1980년대와 구체적 실천이 다른 문학적 운동의 차원으로 인식되고 있다. 그것은 위의 인용문에서도 명시되고 있듯, "계급적 주체를 존재론적으로 심화된 개인적 주체로 변환시킨다는 전망"에 대한 시적 실천과 밀접한 연관을 맺는다.

이처럼 김혜순과 김정란에 의한 여성시의 비평 담론은, 그동안 소외시켰던 여성성에 대한 새로운 자각을 토대로, 1990년대의 현실에 첨예하게 대응해내는 정치적 상상력과 무관하지 않다. 이러한 정치적 상상력의 전위에 김언희·이연주 등의 젊은 시인들이 자리한다.

자궁으로 가는 길은 불태워졌다

소작(燒灼)된 길
위에서
타고 남은 내 몸은

내가 낳은 난자를 먹어치운다

김언희

피가 벌건
입으로

— 김언희, 「가족극장, 소작된」 전문

---

15 위의 글, 35쪽.

살아온 날과 살아갈 날이

뼈를 발라낸

도살당한 고깃덩어리와 씹한다

(⋯중략⋯)

몸들이 부딪친다.

어디서나

─도살

─간음,

─피간음,

모두가 같은 종류의

　　　　　　　　　　　　　─이연주, 「유토피아는 없다」 부분

이연주

위에서 읽을 수 있는 것처럼, 시적 화자인 여성은 위악 僞惡적 태도로 자신의 몸을 학대한다. 여성의 생물학적·사회적 징표인 자궁의 기능을 스스로 폐기해버림으로써 여성 고유의 생산력을 아예 소거시키고 만다든지, 생명이 거세된 존재와 성관계를 갖는 네크로필리아necrophilia의 미적 체험의 길로 우리를 안내한다. 그런데 시적 화자의 이 같은 위악적 태도에서 눈여겨보아야 할 것은, 여성 스스로 자신을 적극적으로 소외시키고 있다는 점이다. 여성의 능동적 자기 소외야말로 여성시가 지닌 정치적 상상력의 전위성을 보증해준다. 왜냐하면 그것은 남근 중심의 근대적 타락성을 근원적으로 전복시킬 수 있는 시적 혁명의 실천의 일환으로 해석될 수 있기 때문이다. 자궁의 기능을 제대로 다 할 수 없는 시적 화자는, 비록 전통적 가부장 사회에서는 가족을 붕괴시킨다며 질타를 받을지언정 바로 그러한 가부장 사회가 빚어낸 사회의 온갖 타락상에 본질적으로 맞섬으로써 새로운 사회의 전망을 꿈꾸도록 하는 혁명적 주체로서 해석될 수 있는 여지가 다분하다. 그리하여 여성의 이러한 적극적 자기 소외는 지금까지 가부장으로부터 훼손당한 여성으로서 인간 존재의 자기 동일성을 회복시켜준다.[16]

그런데 1990년대의 여성시가 이처럼 그로테스크한 정치적 상상력 일변도로 채색되고 있지만은 않다. 김혜순·허수경·정끝별·김선우 등의 시에서 보이는 생태학적 상상력과 여성주의 시가 결합된 이른바 에코페미니즘적 성향의 시는, "착취와 억압이 없는 생명적 공간을 실현하기 위해 배타와 지배에 의해 위계화되어 왔던 개체 간의 서열을 평등한 상호 의존성의 세계로 재조정할 것을 강조한다."[17] 그런가 하면 이

이경림

선영·나희덕·이진명 등의 시의 근저에 흐르고 있는 여성의 내면에 깊게 패인 존재론적 상처를 감싸안는 여성 특유의 내밀한 서정성 역시 간과할 수 없다. 게다가 이경림의 시는 "관조를 밀고 나간 투시의 어법으로 자신의 몸을 무기물에 침투시킴으로써, 동일자와 타자를 껴안으며 세계의 아픔을 위무한다."[18]

이처럼 1990년대의 여성시는 개별 시인마다 추구하는 여성성에 근거하면서, '여성적 글쓰기'라 호명할 수 있는 여성시 고유의 화법과 문체, 그

---

16 고명철, 「가족해체와 근대적 자아발견의 시적 탐구」, 『시와사람』, 2003.가을, 127쪽.
17 엄경희, 앞의 글, 113쪽.
18 오형엽, 「전환기적 모색, 근대와 탈근대의 경계에서」, 고미숙 외, 앞의 책, 148~149쪽.

리고 수사를 확보하고 있다. 그것은 주절거림·독백·망설임·침묵·은폐·방언·변명 등의 말하기적 방식[19]과 함께, 대화체·고백체·환유구조·소서사와 같은 여성적 글쓰기의 언술 체계로 드러난다.[20]

4. 생태시―'온생명'의 가치를 되살리는 생태학적 상상력

1980년대 후반 현실 사회주의권의 몰락으로 인해 진보 진영의 이론과 실천이 동요된 것은 사실이다. 하지만 이 동요 속에서 치열한 자기 비판의 생산적 계기를 가진 점은 큰 소득이라 할 만하다. 그것은 그동안 매진했던 진보적 이론과 실천이 생산의 패러다임에 붙잡힌 채 인간만을 위한 진보의 세상을 건설하고자 한 데 대한 근원적 비판의 성찰을 통해 근대의 자본주의적 물신화의 삶을 넘어선 '생태학적 상상력'에 주목하게 되었다는 점이다.[21] 그리하여 1990년대의 시문학에서는 생태학적 상상력에 토대를 둔 창작과 비평의 성과가 상당히 축적되고 있는 실정이다. '생명사상'(김지하), '녹색문학'(이남호), '문학 생태학'(김성곤), '에코토피아의 시학'(최동호)[22] 등 생태

---

19 김성례, 「여성의 자기 진술의 양식과 문체의 발견을 위하여」, 『또 하나의 문화』 9, 1992.
20 김혜순, 「페미니즘과 여성시」, 위의 책.
21 비록 문학 분야는 아니지만, 1991년에 창간된 격월간지 『녹색평론』은 근대의 '생산력의 형이상학'을 근원적으로 비판하여 새로운 삶의 대안을 기획·실천하고 있다. 『녹색평론』의 이러한 성격은 1990년대의 생태시를 살펴보는 데 주요한 시사점을 던져준다. 『녹색평론』에 대한 전반적 논의는 고명철, 「묵시록적 전망에 대한 〈녹색평론〉의 혁명적 모반」, 『비평의 잉걸불』, 새미, 2002 참조.
22 최동호는 생태시를 다음과 같이 세 가지로 범주화한다. ① 민중적 생태 지향: 생태 보호의 차원에서 체제 비판적 성향을 내포하고 있는 부류(김규동·신경림·고은·김지하·이동순·김명수·고형렬·김신용 등). ② 전통적 생태 지향: 물신주의에 대한 비판(이형기·성찬

시와 관련된 담론들뿐만 아니라 다양한 시적 형상화가 이루어지고 있다.

생태시의 주요한 시적 인식과 그 미적 체험은 앞서 언급했듯이, 근대적 자본주의의 물신화로 인해 야기된 인간 중심주의의 근대적 파행성에 대한 비판적 성찰에 있다. 물론 이 비판적 성찰은 근대 문명의 야만에 대한 근원적 비판이자, 그것에 대한 위반과 전복의 상상력에 뿌리를 둔, 근대적 자본주의를 넘어선 또 다른 삶의 대안과 전망을 모색하는 일이다. 이형기 · 김지하 · 정현종 · 정진규 · 김동호 · 최승호 · 이선관 · 고형렬 · 고재종 · 이문재 · 엄원태 등의 시에서는 생태학적 상상력이 관류하고 있다.

고형렬

김지하

> 그날은
> 없다
>
> 있는 것
> 살아 있는 것은
> 지금 여기
>
> 여기서 저기로
> 지금에서 옛날 훗날로
> 위아래로 사방팔방으로

경 · 이건청 · 이수익 · 이문재 · 박용하 · 허수경 등). ③ 모더니즘적 생태 지향 : 새로운 기법을 통한 발랄한 생태학적 상상력(정현종 · 이하석 · 김광규 · 최승호 · 장정일 · 유하 등). 최동호, 「21세기를 향한 에코토피아의 시학」, 신덕룡 편, 『초록 생명의 길』, 시와사람사, 1997.

살아

넘치는 지금 여기

끝없는 그날이 있다

그리움도

그러메

나를 향하라

내 속에

님

이토록 살아 계시어

나날이

이리 죽지 않고

삶.

— 김지하, 「그날」 전문

헤게모니는 꽃이

잡아야 하는 거 아니에요?

헤게모니는 저 바람과 햇빛이

흐르는 물이

잡아야 하는 거 아니에요?

(…중략…)

헤게모니는 무엇보다도

우리들의 편한 숨결이 잡아야 하는 거 아니에요?

무엇보다도 숨을 좀 편히 쉬어야 하는 거 아니에요?

검은 피, 초라한 영혼들이여

무엇보다도 헤게모니는

저 덧없음이 잡아야 되는 거 아니에요?

— 정현종, 「헤게모니」 부분

무뇌아를 낳고 보니 산모는

몸 안에 공장지대가 들어선 느낌이다.

젖을 짜면 흘러내리는 허연 폐수와

아이 배꼽에 매달린 비닐끈들.

저 굴뚝과 나는 간통한 게 분명해!

자궁 속에 고무인형 키워온 듯

무뇌아를 낳고 산모는

머릿속에 뇌가 있는지 의심스러워

정수리 털들을 하루종일 뽑아댄다.

최승호

— 최승호, 「공장지대」 전문

김지하는 그의 첫 시집 『황토』(1970) 이후 최근에 간행된 『화개花開』(2002)에 이르기까지 '생명사상'을 심화・확장시키고 있다. 1970년대의 유신체제에 저항하며 민주주의를 갈구했던 김지하 시세계의 뿌리는 '살림의 문학' 혹은 '문학의 살림' 그 자체다. 말하자면 김지하 시인은 생명 공동체의 세계관에 입각한 자신과 세계의 재발견을 통해, 오늘날의 낡은 근대적 패러다임을 넘어설 수 있는 신생의 출구를 모색하고 있다.[23] 그것은 그의 시집 『중심의 괴로움』에서 일관되게 살펴볼 수 있듯, 근대적 자본주의의 물신화를 지탱시켜주는 도구적 이성중심주의에 의해 폐기처분되는 '온생명'[24]의 가치를 되살릴 새로운 삶의 대안을 궁극적으로 모색하는 데 있다.

이처럼 김지하의 생태시가 '온생명'의 가치를 되살림으로써 새로운 삶의 대안을 모색하기 위한 데 궁극의 초점을 맞춘다면, 정현종은 자연 친화적인 생태학적 상상력을 우리의 일상 속에서 감지해낸다. 그의 「헤게모니」에서도 살펴볼 수 있는 것처럼 우리들 삶의 헤게모니는 "검은 피, 초라한 영혼들"로 은유화되는 야만의 문명적 존재들이 소유할 게 아니라, 꽃·바람·햇빛·흐르는 물·숨결 등 때묻지 않은 자연의 존재들이 소유해야 한다. 정현종의 이러한 생태학적 상상력은 『한 꽃송이』, 『세상의 나무들』, 『갈증이며 샘물인』 등 1990년대에 잇따라 출간된 시집들에 수록된 시편에 용해되어 있다.

그런데 생태시에서 주목해야 할 것 중 하나는 '온생명'의 가치가 파괴되고 있는 묵시록적 현실에 대한 보고서가 속속 제출되고 있다는 사실이다. 최승호의 「공장지대」는 근대화가 빚어낸, 엽기적인 현실을 가감 없이 드러낸다. 최승호는 '무뇌아'를 잉태하여 낳은 산모의 육체와 행위를 형상화함으로써 산모와 무뇌아의 비극적 고통이, 그들에게만 해당되는 게 아니라 바로 근대의 맹목성에 사로잡힌 우리들 모두가 안고 있는 실존적 내상內傷임을 증언해준다. 최승호의 반문명적 비판과 이것을 넘어서고자 하는 생태학적 상상력은 1990년대에 발간된 『세속도시의 즐거움』·『회저의 밤』·『반딧불 보호구역』·『눈사람』 등의 시집에서 웅숭깊어지고 있

---

23 홍용희, 「신생의 꿈과 언어」, 『꽃과 어둠의 산조』, 문학과지성사, 1999, 65쪽.
24 이 개념은 장회익이 제시한바, 지구에 존재하는 모든 생물과 자연적 요소 및 물리적 힘은 상호 의존 관계를 맺고 있으며, '온생명'은 바로 이 유기적 총체의 독자적 단위를 뜻한다. 장회익, 『삶과 온생명』, 솔, 1998.

다. 특히 그의 생태시에서 주목해야 할 것은 반문명의 비판을 통해 신생의 존재로 거듭나고자 하는 갱신의 욕망이다("온몸의 살이 썩고 / 온몸의 뼈가 허물어져서 / 재 밑의 재로 나는 돌아가리라" 「회저」 부분).

1990년대의 생태시에서 주목해야 할 또 다른 시인으로는 이문재를 꼽을 수 있다. 그는 『산책시편』·『마음의 오지』 등의 시집에 수록된 시편에서 그만의 독특한 생태학적 상상력을 발산하고 있다. 시집의 제명에서도 단적으로 알 수 있듯, 그가 진력하고 있는 시적 대상은 근대의 중심부 주변에 배치된 풍경이며 그것에 대한 생태적 사유다. 말하자면 근대 그 자체를 외면하지 않는다. 근대의 속도지상주의와 등거리를 유지한 채 시적 화자는 '산책'을 한다. 이것은

이문재

곧 끝간데까지 치닫고 있는 광포한 근대 문명의 질주에 대한 시적 모반이다("게을러야 한다 게으르고 게으르고 또 게을러서 마침내 게을러터져야 한다 // 게으름의 익은 알갱이들을 폭발 / 시켜야 한다 천지사방으로 번식시켜야 한다" 「석류는 폭발한다」 부분).

이처럼 1990년대에 주목된 대부분의 생태시들은 근대적 자본주의의 반생명의 구조악과 행태악을 비판적으로 성찰하는 면에서 엄숙하다. 그도 그럴 것이 '온생명'의 가치가 훼손당하는, 파국의 현실에 대한 시적 대응은, 그만큼 비장하고 엄숙할 수밖에 없다. 문제는 이러한 생태시의 비장함과 엄숙함의 시적 파토스가, 자칫 '생명의 약동성'을 시적 수사의 과잉으로 억압할 수 있다는 사실이다. 반생명을 심도 있게 비판적으로 성찰하되, 그것은 어디까지나 '온생명'의 '살아 있음'의 가치를 재인식함으로써 살아 있는 모든 존재들과 상호 공존하는 '상생相生의 미학'을 심화·확산시켜야 한다. 여기서 주목되는 시인은 김동호다. 김동호의 『노자의 산』과 『나는

네가 좋다』 등에서 보이는 생태시는 '시적 유머의 생태학적 상상력'[25]을 유감없이 보여준다. 가령 그의 「잠자리를 국회로 보냅시다」에서 시인은 특정한 어느 개체가 다른 것을 철저히 배제·축출시키는 폭력을 행사해선 안 되며, 서로 조금씩 자신의 영역을 양보하면서 다 함께 생명을 누리는 세상이라는 시적 진실을 유쾌한 '농담의 방식'으로 형상화하고 있다.

그런데 1990년대의 생태시들이 이처럼 다양하게 그 성과를 축적시키고 있지만, 여기에는 간과할 수 없는 문제 또한 존재한다.[26] 생태학적 상상력이 1990년대 이후의 시 지평에 급속도로 활착滑着하고 있으나, 자칫 몇 가지 형태로 유형화되면서 그 상상력이 경화硬化되고 있다. 이것이야말로 생태시에서 가장 경계해야 할 반생명적·반생태적 절멸의 현실을 추수하는 게 아니고 무엇인가. 신생의 욕망을 품고 갱신하고자 하는 것이야말로 생태학적 상상력의 진정성인데, 이처럼 유형화·경화된 생태학적 상상력은 삶과 시를 어둠 속에 유폐시킬 따름이다. 이러한 생태학적 상상력의 문제는 '속류 생태주의'로 매서운 비판을 받는가 하면,[27] 좀더 진전된 생태학적 상상력의 형상화를 위한 대안이 제기되기도 한다.[28]

---

25 고명철, 「시적 유머의 생태학적 상상력」, 앞의 책, 259~269쪽.
26 정효구는 1990년대 생태시에 노정된 문제점을 대표적으로 조목조목 비판한 논자다. 특히 "민중에 대한 무조건적인 애정이 이제 90년대의 이 시점에 와서는 자연에 대한 무조건적인 애정으로 자리를 바꾸며 우리 시는 인간 / 자연, 역사 / 문명이라는 이분법의 틀에 갇혀버리는 안타까움을 보여주고 있다"(정효구, 「주목할 만한 다섯 가지 현상」, 『20세기 한국시와 비평정신』, 새미, 1997, 510쪽)는 그의 비판은, 1990년대 생태시의 문제점에 대해 숙고하게 한다. 또한 그의 같은 책에 수록된 「최근 생태시에 나타난 문제점」에서도 1990년대 생태시의 문제점이 확연히 드러난다.
27 이재복, 「문명의 야만, 야만의 문명」, 『리토피아』, 2002.여름, 214~216쪽 참조.
28 홍용희, 「생명주의 문학을 위한 제언」, 앞의 책.

5. 신서정시 — 구태의연한 서정에서 벗어나는 갱신의 욕망

세계와 자아의 동일성을 추구하는 서정시의 유구한 전통은 면면히 이어지고 있다. 중요한 것은 서정시의 본원적 특징을 고스란히 전승하는 데 있는 게 아니라 낡고 고루한 껍질을 벗는 갱신의 치열성이 동반된 서정시가 쓰여져야 한다. 구태의연한 서정시로부터 과감히 벗어나야 한다. 1990년대의 서정시는 바로 이러한 시적 과제의 해결에 직면해 있는 것이다.

이 뻔한 비유들— (가끔 거울을 보면 내 전생애의 얼굴이 보인다 거울은 얼마나 고통스러울까?)

나는 시들지 않는 정원에서 홀로 시들어간다 비인간적인 것들을 노래하며
하나를 말하지 않기 위해 불만에 찬 당나귀처럼 쉴새없이 떠들어댔다
구름은 도대체 얼마나 많은
물의 낱들을 머금고 있는 것일까?

지겨운 상징들을—,
(단 한 번만이라도, 이 세계를 명징하게 바라볼 수만 있다면나는 거울에 침을 뱉으며 잔인하게 나를 살해했다)
—아, 나무는 어디 가고 여기는 왜 그늘만 우거졌을까
나는 새로운 욕망에 사로잡힌 거지
순간 속에 찰나에 취해

— 함성호, 「Jabir, Geber, gibberish, 미친 이론가」 부분

함성호

"뻔한 비유들", "지겨운 상징들"로부터 벗어나 참신한 시적 비유를 통해 세계의 심연을 투시해낼 수 있는 시안 詩眼을 소유하는 것이야말로 1990년대 이후 새롭게 도래 하고 있는 현실에 대한 신서정시의 진정성을 보증해줄 수 있다. 하지만 이러한 진정성을 획득하는 것은 쉬운 일이 결코 아니다. 이승하,[29] 고운기,[30] 서림[31] 등에게서 적확한 비판을 받은 바 있듯, 1990년대의 서정시는 갱신의 욕망 이 부재한 전통적 서정시의 낡고 오래된 껍질 뒤에 온전히 숨어 지내고 있 는 문제점을 드러내고 있다.

우회하지 않고 말하고 싶다. 너무나 판에 박힌 기계적인 문구, 편리한 소재 주의, 세계초극 내지는 물아일체의 제스처, 독자를 적당히 위무하기 위한 인생 의 지혜, 돈냄새가 나는 사랑의 포즈, 그러한 것 속에서 우리는 타성화된 말놀 음에 쇠락해가는 우리 시단의 어떤 전조를 찾아볼 수 있을 것이다.[32]

그렇다고 1990년대의 신서정시가 일체의 진정성을 상실한 것으로 속 단해서는 곤란하다. 1990년대의 주목할 만한 많은 시인들 중 유하 · 함민 복 · 박정대 · 송찬호 · 남진우 · 박주택 · 장석남 · 이윤학 · 이재무 · 이승 하 · 정일근 · 정병근 · 박찬일 · 박영하 · 강연호 · 이정록 · 장철문 · 김명 리 · 전동균 · 박라연 · 차창룡 · 서림 · 문태준 · 윤제림 · 유승도 · 정철 훈 · 최영철 · 배용제 · 장옥관 · 장대송 · 박형준 · 조용미 · 강신애 · 이대

---

29 이승하, 「90년대 우리 시의 과오는 무엇인가」, 『한국문학평론』, 1999.겨울.
30 고운기, 「시인인가 죄인인가」, 『작가』, 1999.여름.
31 서림, 「시인아, 시인아, 지금 너 어디 있느냐」, 『말의 혀』, 새미, 2000.
32 허혜정, 「시 속의 삶, 삶 속의 시」, 『문학동네』, 2001.봄, 437쪽.

홈・권혁웅・손택수 등의 시는 1980년대의 서정시와 뚜렷이 변별되는 1990년대 신서정시의 다채로운 풍경을 보여주기 때문이다. 이들 풍경을 몇 가지 유형으로 나누어 간략히 정리해보면 다음과 같다.

정일근

우선, 1990년대에 펼쳐진 도시적 풍경 속에서 후기자본주의 문화논리가 빚어낸 온갖 기호들에 시적 상상력의 젖줄을 대고 있는 1990년대의 신서정시를 꼽을 수 있다. 유하의 『바람 부는 날이면 압구정동에 가야 한다』와 『세운상가 키드의 사랑』, 함민복의 『자본주의의 약속』, 박정대의 『단편들』 등이 그것이다. 이 시집들을 관류하고 있는 문제의식은, 1980년대를 지탱시켜주었던 진보적 이념이 자취를 감추면서, 그 텅 빈 자리를 꿰차고 들어온 후기자본주의 문화적 기호들을, 1990년대 신서정시의 영토로 편입시키는 것이다. 왜냐하면 1990년대 후기자본주의 문화적 기호들의 난장은 1990년대 이후의 현실을 인식할 수 있는 도시의 풍경을 위악적으로 보여주기 때문이다. 물론 우리의 삶은 이 위악적 풍경 속에서 하나의 문화적 기호의 삶으로 구성될 뿐이다.

이러한 위악의 시적 태도는 송찬호・남진우・박상순・배용제 등의 시편에서 '죽음의 시학'을 보인다. 이미 이 '죽음의 시학'은 1980년대의 종언을 상징하는 기형도의 유고시집 『입 속의 검은 잎』에서 엿볼 수 있다. 문제는 기형도의 시세계를 감싸고 있던 죽음의 아우라가 1990년대 서정시의 영토에도 그 마성魔性을 여전히 발휘하고 있다는 사실이다. 그리하여 송찬호의 『10년 동안의 빈 의자』,

함민복

남진우의 『죽은 자를 위한 기도』, 박상순의 『6은 나무 7은 돌고래』, 배용제의 『삼류극장에서의 한때』 등의 시집에는 1990년대를 살아간다는 게

남진우

'죽음을 살아간다는 것'과 다를 바 없음을 묵시록적으로 들려준다. 그들에게 삶은 생명의 환희를 만끽하는 것과 거리가 멀다. 그들에게 삶은 죽음의 또 다른 연속인바, 죽음을 살고 있는 게 곧 삶이다. 즉 그들은 '죽음의 형식'을 띤 삶을 살고 있다. 1990년대의 현실은 그들에게 악무한의 욕망을 증폭시켜주는 것 그 이상도 그 이하도 아닌 것으로 파악되기 때문이다. 죽음의 형식을 통해 삶을 견딘다는 게 적합한 표현일지 모른다. 가령,

시체들
시체들
시체들의 속삭임 속에서 잠든다
시체에서 새어나온 썩은 물이 귓속으로 흘러들어와
몸 속의 피를 검푸르게 물들이는 밤
사방에서 시체들이 속살거리는 소리

— 남진우, 「살아 있는 시체들의 밤」 부분

를 들으며 그들은 삶을 연명해나간다. 영혼이 소멸한 채 기계적으로 몸을 움직이는 좀비들과 함께 삶을 살아간다.

그런데 '죽음의 시학' 반대편에 자리하고 있는 '삶의 시학' 역시 간과할 수 없는 1990년대의 신서정시적 흐름을 보인다. 물론 이 '삶의 시학'은 논의 범주를 달리하자면, 생태학적 상상력에 근거한 생태시의 범주에서도 다루어질 수 있다. 하지만 엄밀히 말해 이러한 1990년대의 신서정시는 생태시의 범주와 차이를 지닌다. 생태시의 경우 '온생명'의 가치를 되살리며,

궁극적으로 근대적 자본주의 문명의 야만을 전복시킴으로써 대안적 삶을 기획·실천하는 것임에 반해, 여기서 '삶의 시학'으로 언급되는 1990년대의 신서정시는 후기자본주의 문화 논리가 우세함에도 불구하고 우리들 삶의 일상 속에 스며 있는 삶의 온기를 감지하여, 강퍅한 현실을 따뜻한 서정으로 감싸안는 데 초점을 맞춘다. 이해하기에 따라서는 이러한 서정시를 딱히 1990년대 이후에만 해당되는 것이라 할 수는 없을 것이다. 서정시 본래의 성격이 그럴진대, 이것을 1990년대의 새로운 서정시라 호명한다는 게 쉬운 일이 아님은 물론이다. 하지만 주목해야 할 것은 1990년대 이후 젊은 시인들에게 지배적인 시의 흐름이, 앞서 살펴본 바처럼 근대적 자본주의 문화 논리를 제 나름대로의 시적 상상력으로 변주시키고 있다면, 그 대척점에 서 있는 젊은 시인들의 경우 그동안 소홀했거나 일부러 외면해왔던 삶의 구체적 현실에 밀착해 들어감으로써, 1990년대에도 여전히 신산고초辛酸苦楚를 겪고 있는 우리 이웃의 삶을 따뜻이 감싸안고 있다는 점이다.

장석남

물방울 속에서 많은 얼굴들이 보였어
빛들은 물방울을 안고 흩어지곤 했지 그러면
몸이 아프고 아픔은 침묵이 그립고
내 오래 된 정원은 침묵에 싸여
고스란히 다른 세상으로 갔지
그곳이 어디인지는 삶이 상처라고
길을 나서는 모든 아픔과 아픔의 추억과
저 녹슨 풍향계만이 알 뿐이지

1990년대의 신서정을 대표하는 장석남은 후기 자본주의의 위악적 풍경에 대한 형상화나 그러한 풍경을 감돌고 있는 죽음의 아우라와 거리를 두면서, 세계에 대한 연민의 시선을 보인다. 상처투성이인 삶을 외면하는 게 아니라 연민의 시선으로 그것을 보듬어 감싸안는 것이야말로 1990년대의 현실에 대응하는 신서정인 셈이다.

6. 환상시 — 현실 / 환상의 경계에 틈입한 '환상적 리얼리티'

환상성이 1990년대 이후의 시문학에서 주요한 화두로 자리잡은 것만은 틀림없다. 1990년대 이후 우리에게 목도되고 있는 현실이 지극히 비현실적인 것으로 비춰지고 있음을 고려해볼 때, 이 환상성은 시적 설득력을 확보한다. 여기에는 "1980년대까지 변함없이 유지되어 온 경험적 현실의 견고성에 대한 근복적인 회의와 동요, 그리고 과도한 억압이 사회적 기제가 되어온 80년대에 대한 안티적 성격으로의 환상은 아주 유효한 의미를 획득하고 있"[33]다는 판단에 연유한다. 다시 말해 1990년대의 역사철학적 국면은 1980년대를 관통해오던 주체 중심으로부터 벗어나, 타자의 타자성을 새롭게 발견하게 됨으로써 현실의 논리로부터 배제시켰던 환상의 세

---

33 하상일, 「미메시스의 거부와 상상력의 위반」, 『타락한 중심을 향한 반역』, 새움, 2002, 167쪽.

계를 주목하게 된 것이다. 1990년대 이후의 현실에서 더 이상 자명한 게 존재하지 않는다는 성찰은 이른바 환상적 리얼리티를 통해 환상적 상상력을 극대화시킨다. 1990년대의 환상시는 바로 이러한 맥락에서 이해되어야 할 것이다. 환상시에서 유효한 현실은 날것 그대로의 경험을 할 수 있는 현실태가 아니다. 그보다 현실 / 비현실, 현실태 / 가능태, 확정성 / 불확정성 등으로 대립되는 세계의 경계로 틈입해 들어가 똬리를 튼 것이야말로 환상시가 포착한 현실이다.

이처럼 환상시가 경계에 놓여 있는 현실을 토대로 하기에, 환상시의 언어와 형상화는 종래의 낯익은 시적 전통으로부터 종종 외면받는다.[34] 하지만 환상시의 출현은 앞서 살펴본 1990년대의 다른 시적 흐름과 마찬가지로 1980년대와 그 시대적 성격이 확연히 다른 1990년대의 현실에 근거하고 있다는 점에서 시문학사적 가치를 지닌다. 우리가 주목할 만한 1990년대의 환상시를 쓰고 있는 시인들로는 함기석·이수명·김참·김형술·변종태·성미정·연왕모·서정학·정재학·이원·여정·김민정 등을 꼽을 수 있다.

여기서 김참의 「강철구름」은 환상시의 미학이 어떻게 생성되고 있는지 그 실체를 보여준다. 말하자면 환상시를 이해하는 안내서를 제공하고 있다. 여기서 주목해야 할 것은 환상이 펼쳐지는 과정이다. 시적 화자가 있는 공간은 아파트 안쪽이며, 바깥쪽의 공간은 하늘이다. 이 하늘에는 강철구름이 있는데 그곳으로부터 푸른 사다리가 내려와, 시적 화자의 공간은

---

34 1990년대의 환상시는 1980년대의 해체시와 구별할 필요가 있다. 이성복·황지우·박남철 등에서 보였던 1980년대의 해체시는 무엇보다 광주 5·18의 역사적 참극으로 인해 더 이상 종래의 서정시로서는 이렇다 할 시적 대응을 펼칠 수 없다는 정치적 상상력의 일환으로 이해된다. 즉 역사적 맥락과 밀접한 연관을 맺는다. 그리하여 해체시는 1980년대의 폭압적 군사독재의 지배질서를 해체하여 민주화의 새로운 질서를 재구축하는 데에 궁극의 목적을 둔다. 하지만 1990년대 환상시의 경우 1980년대의 해체시와 같은 정치적 상상력은 급격히 사그라들었고 탈역사적이다. 1990년대 환상시에서는 1980년대와 같은 저항해야 할 분명한 대상이 존재하지 않으며, 따라서 재구축해야 할 미래에 대한 전망의 꿈도 부재하다.

김참

사다리로 연결되어 안팎의 구분이 모호하다. 그리고 시적 화자는 사다리를 올라가며 사다리 아래에 앉아 있는 새들이 바라보는 곳을 본다. 그곳은 검은 터널이며, 검은 터널 안으로 새들은 빨려들어간다. 이내 지상의 시간은 마구 뒤섞이고, 사다리들은 하나씩 떨어져 나가는데, 시적 화자는 자신이 실체인지 허상인지 의심한다. 그런데 저 까마득한 밑에서 또 다른 사람이 올라온다. 아마도 그것은 시적 화자의 또 다른 자아일 터이다. 현실의 논리를 지배하고 있는 시공간은 환상의 세계에서 함몰된다. 현실적 시공간의 의미는 환상의 세계에서 더 이상 아무런 가치가 없다. 환상의 세계에는 현실의 논리를 구획하는 근대적 시공간이 존재할 수 없다. 그래야만 환상적 리얼리티가 확보될 수 있는바, 하늘 위에 떠 있는 구름이 솜털처럼 부드러운 이미지로서가 아니라 딱딱하고 차가운 강철의 이미지로서 형상화되고 있음을 이해할 수 있다. 강철구름은 현실의 논리 바깥에서 존재하는, 환상의 세계에서 리얼리티를 확보하는 대상이다. 그런데 이러한 환상성에서 주목되는 것은, 시적 화자 자신이 현실과 환상의 경계에 놓여 있는 데 대한 '시적 통찰'이다. 여기서 1990년대의 환상시는 현실 / 환상이 명확히 나누어짐으로써 시적 주체가 환상의 세계에 매몰되어 있는 것만으로 해석되어서는 곤란하다는 점을 알 수 있다. 「강철구름」에서도 읽을 수 있듯, 시적 화자는 환幻의 경계에서 또 다른 환幻의 세계로 접근해가는 분열된 자아를 바라본다. 이러한 환상적 상상력은 김참의 시집 『시간이 멈추자 나는 날았다』에만 국한되는 게 아니라 환상시의 범주에 속하는 시인들을 이해하는 데도 유효하다. 함기석의 『국어선생은 달팽이』, 변종태의 『니체와 함께 간 선술집에서』, 성미정의 『대머리와의 사랑』 등에서 살펴볼 수 있는 환상적 상상력이 그렇다.

그런데 1990년대의 환상시에서 간과해서 안 될 것은 환상적 리얼리티가 확보될 수 있는 데에는 첨단의 다양한 시청각 매체들의 출현에 힘입은 바 크다. TV와 컴퓨터, 비디오 등을 통해 시적 주체는 현실 너머에 존재하는 환상의 세계를 방문한다. 그 세계에는 현실에서 도저히 이루어질 수 없는, 감각할 수 없는, 인식할 수 없는, 또 다른 세계가 펼쳐진다. 인간이 인지할 수 있는 한계를 넘어선 극소와 극대의 세계로 우리를 안내한다. 그곳은 현란한 시청각 이미지로 만들어진 미궁이다. 그곳은 현실의 과잉, 즉 초과 현실을 경험할 수 있는 곳이다. 연왕모의 「오른손 안에 TV 리모콘」, 「내 방, 또 하나의 창」, 서정학의 「비디오 게임 / 모험의 왕과 코코넛의 귀족들」, 이원의 「나는 클릭한다 고로 존재한다」 등의 시편에서 이러한 환상적 리얼리티를 만나볼 수 있다.

서정학

　　사각의 구도 안에서 밖으로 넘나드는 파도
　　안에 머무르는 그녀를 머뭇거리는 내 모나고도 엉성한
　　잡음으로 생겨나는 비늘 비늘
　　비늘을 덮고 틀 밖으로 튀어오르는 나의 환상의 바닷고기들……

　　(…중략…)

　　동류의 몸짓에 머무르는 내 오른손의 정지 상태
　　한쪽 벽면 거기 사각의 쾌도를 응시하는
　　내 오른손 안에 TV리모콘

　　　　　　　　　　　　　　　　　　　—연왕모, 「오른손 안에 TV리모콘」 부분

그녀를 아직 구하지 못했다 술통들은 이리저리 구르고 원숭이는

코코넛을 던진다 제발 날 건들지 마라 부탁에도 불구하고 코코넛 하나가

내 머리를 때린다 이런 제기랄 욕을 하면서 나는 아파한다 혹이 났나 저 녀석

(…중략…)

나무 밑을 본다 뭐 어차피 그렇게 프로그램되어 있으니까

그녀, 공주를 구하러 가야만 한다 원숭이는 500점이다 보너스까지는 아직

멀었고

에너지는 별로 남아 있지 않다

　　　　　　　　—서정학, 「비디오 게임 / 모험의 왕과 코코넛의 귀족들」 부분

검색어 나에 대한 검색 결과로

0개의 카테고리와

177개의 사이트가 나타난다

나는 그러나 어디에 있는가

나는 나를 찾아 차례대로 클릭한다

광기 영화 인도 그리고 나⋯⋯나누고

⋯⋯나오는⋯나 홀로 소송⋯⋯또나(주)⋯

따닥 따닥 쌍봉낙타의 발굽 소리가 들린다

오아시스가 가까이 있다

계속해서 나는 클릭한다 고로 나는 존재한다

　　　　　　　　　　　—이원, 「나는 클릭한다 고로 존재한다」 부분

TV 속 세계와 비디오게임, 그리고 인터넷의 가상세계에 몰두해 있는 시적 화자에게 유의미한 것은, 사각형의 공간으로부터 길어올린 환상적 리얼리티다. TV·비디오게임의 서사, 인터넷의 가상세계 속에서 시적 화자는 현실 너머를 꿈꾼다. TV·비디오·컴퓨터야말로 시적 화자에게는 가장 매혹적이면서 긴장감 넘치는 현실을 체험케 해 준다. 물론 이 현실은 환상의 세계와 착종된 현실이다.

이원

이렇듯 환상적 리얼리티를 확보하는 데 시청각 매체의 영향력은 과소평가할 수 없다. 호모비디오쿠스homovideocus라는 신종어가 생겨날 만큼 신세대들은 영상매체의 생리에 이미 익숙해질 대로 익숙해져 있다. 신세대들은 영상매체와 접속하면서 그들 나름대로의 문화적 체험을 향유하고 있다. 그리하여 영상매체 속의 영상적 이미지가 만들어내는 세계는 그들에게 '자연-현실'이나 다를 바 없다. 시공간의 한계를 넘어선 영상적 체험은 그들에게 별스럽고 기괴한 체험이 아니다. 대단히 자연스런 체험에 불과하다. 비록 영상적 이미지로 구성된 세계가 '과잉의 현실'이지만, 그들에게는 지극히 자연스런 현실인 셈이다.

1990년대의 환상시를 쓰고 있는 신인 중 김민정은 이 같은 '과잉의 현실'에 주목한다. 김민정에게 현실은 환상과 겹쳐서 존재한다. 그의 「살수제비를 끓이는 아이」, 「숨은 집 찾기 놀이」, 「나는 안 닮고 나를 닮은 검은 나나들」 등에서는 그로테스크한 이미지를 적극적으로 활용하여 가족을 해체하고 있다. 그에게 가족이란 현실의 은유로서 가족의 균열과 해체는 현실에 가하는 시적 행위라 해도 과언이 아니다. 그것은 현실의 두터운 껍질 사이에 존재하는 환상의 세계를 만나기 위해서다. 그리하여 현실과 환상의 공존 속에서 그는 자신의 존재를 전위적으로 성찰한다.

7. 21세기 시문학 지평을 개척하는 1990년대의 시문학

이 글의 서두에서도 강조한 바처럼 아직 현재 진행 중에 있는 1990년 대의 시문학사를 몇 가지 유형의 범주로 나누어 정리하는 것 자체가 크고 작은 오류를 내포하기 마련이다. 개별 시인에 대한 평가의 편차가 연구자와 비평가들 사이에 존재하는 만큼 이 글에서 정작 기술되어야 할 시인이 누락될 수 있기에 그렇다. 또한 다양하게 전개되고 있는 1990년대의 시문학을 몇 가지 유형으로 나누다보니, 그 유형의 적실성은 물론, 각각의 범주에 속한 시인들이 엄밀하게 분류될 수 있는가 하는 딜레마에 봉착하게 되는 것도 가장 큰 문제다.

이러한 많은 문제가 있음에도 불구하고 1990년대의 시문학사를 정리하게 된 데에는 1980년대와 현저히 다른 시대를 살고 있는 우리의 현재적 삶을 반성하기 위한 것이며, 이러한 반성의 계기를 통해 좀더 나은 삶의 지평에 대한 길을 모색하기 위함이다. 따라서 1990년대의 역사철학적 국면에 대한 올바른 이해를 통해 1990년대의 시문학을 정리하자는 게 이 글을 관류하고 있는 서술의 문제의식이다. 흔히들 1990년대를 1980년대에 대한 맹목적 인정투쟁으로 파악하여, 1980년대의 성과를 망각·배제·축출시키고자 한다. 하지만 문학사가 이전 시기와 급격히 단절되어 존재한 적은 없다. 새로운 문학은 과거의 문학 전통을 창조적으로 위반하는 가운데 그 진정성이 확보될 수 있듯, 1990년대의 시문학은 1980년대의 시문학적 성과를 생산적으로 섭취하면서 문학사적 인정투쟁을 벌여나간다. 이러한 맥락에서 필자는 민중시·여성시·생태시·신서정시·환상시 등으로 나누어 1990년대의 시문학적 특징을 살펴보았다.

1990년대의 시문학이 현재 진행중에 있는 만큼 다섯 가지 범주는 결코 고정적이지 않다. 또한 각 범주에 속한 시인들 역시 고정적으로 쉽사리 평가될 수 없다. 어떻게 보면 이처럼 범주화하는 것 자체가 경솔한지도 모른다. 각 범주에 속한 시인들이 서로의 경계를 넘나들며, 다채롭고 풍요로운 시세계를 개척하는 데 혼신의 힘을 쏟고 있기 때문이다. 더욱이 산술적으로는 20세기를 마감하고 21세기로 들어섰지만, 여전히 작금의 시문학은 1990년대 '이후'로부터 자유롭지 못하기에, 그들의 시가 보여줄 미래의 지평은 뭐라 속단할 수 없다. 여기에는 "1990년대 이후의 시가 우리에게 보여준 가장 커다란 변화는 시적 주체의 자기동일성에 대한 회의와 반성 그리고 재구축에 있"[35]어, 어떠한 방향으로 어떻게 전개될지 그 자명성을 확보할 수 없기에 그렇다. 그렇다고 우리 시문학의 현재와 미래가 불투명한 것만은 아니다. 1990년대 이후 축적되고 있는 이른바 다원성의 미학은 시문학의 영토를 확장시킬 뿐만 아니라 그동안 쌓아온 시문학의 전통을 더욱 웅숭깊은 시학으로 자리매김하고 있다.

문학의 위기 담론 속에서 시의 위기는 심심찮게 언급되어지곤 한다. 돌이켜보면 문학과 시에 위기가 아닌 적은 없었다. 특히 각종 시청각 매체의 급속한 발전은 '느림의 미학'에 기반하는 문학의 존재를 위협하고 있다. 하지만 속도지상주의에 역행하는 '느림의 미학'이야말로 도리어 문학의 존재에 대한 이유를 역설해준다. 1990년대 이후의 시문학은 이 '느림의 미학'을 다원적으로 발견·재구축한다는 점에서 그 중요성을 아무리 강조해도 지나치지 않다. 이렇게 1990년대의 시는 전통과 새로움의 미학을 자양분 삼아 21세기의 튼실한 시문학의 지평을 개척하고 있다.

(고명철, 광운대 교수)

---

35 유성호, 「오늘의 시문학, 그 담론적 지형」, 『시창작이란 무엇인가』, 화남, 2003, 232쪽.

탈경계 시대
현대시의
모색과 도전

1. 2000년대 시단의 풍경

1990년대 후반엔 세기말 특유의 분위기, '밀레니엄 시대'라는 미지의 시간에 대한 불안과 공포와 기대가 사회 전반에 만연해 있었고, 그만큼 새 천년을 알리는 2000년대의 시작은 요란했다. 막상 2000년대가 시작되었을 때엔 요란했던 것에 비해 세기를 가르는 분절이 현격하지는 않았지만, 그래도 지난 세기를 지배해 왔던 가치와 담론이 변화와 갱신을 거듭한 시대가 2000년대였음은 부정하기 어려울 것이다. 탈국가, 세계화, 글로벌 시대라는 말이 자연스럽게 느껴질 정도로 지난 세기의 중심적 가치로부터 벗어나는 시대가 2000년대에 본격적으로 열렸다고 할 수 있다. 시단 역시 다르지 않아서 탈국가, 탈장르, 탈서정을 표방한 시와 담론이 적극 생산되었다. 이전 세기를 지배하고 경계를 나누고 분할하던 가치와 담론이 극복 대상이 되면서 전 지구적 차원에서 타자와 더불어 공존·공생하는 문제가 이 시기 시단에서도 중요한 과제가 되었다. 2000년대의 시단에서 윤리의 문제가 중요한 쟁점으로 부상하게 된 것도 이러한 문제의식의 연장선에 있었다고 볼 수 있다.

한국의 2000년대 시단에서 기억할 만한 사건으로는 미당 서정주의 죽음 이후 불거진 2000년대 초반의 미당 논쟁과 2000년대 중반 이후 2000년대의 끝 무렵까지 오래 지속된 미래파 논쟁을 들 수 있다. 시단에 한정된 것은 아니었지만 2000년대 초반의 문학권력 논쟁과 주례사비평 논쟁 역시 2000년대의 시단에도 영향을 미친 논쟁이었다고 볼 수 있다. 이데올로기를 가르던 분할이 1990년대에 허물어지면서 문학 역시 시대를 짊어지고 가야 한다는 책임과 무게를 벗어던지고 사소한 것의 가치에 주목하기 시작했다. 이미 1994년에 창간된 '문학동네'의 작명에서부터 이러한 시대적 변화를 예감케 했지만, 2000년대의 문학은 그로부터 더 나아가 이념의 차이는 물론 국가와 민족, 리얼리즘과 모더니즘을 가르던 경계를 횡단하며 탈국가, 탈민족, 탈경계의 상상력을 본격적으로 드러내기 시작한다. 오랫동안 한국의 시단을 가르던 리얼리즘과 모더니즘의 분할, 그리고 그것을 대표하던 에콜인 창작과비평과 문학과지성 그룹의 구별이 사실상 큰 의미가 없어진 것 또한 2000년대 시단의 변화로 기억해야 할 것이다. 개별 시인들이 자유롭게 에콜의 경계를 넘나들기 시작하면서 각 그룹의 상징성은 남아 있되 인적 교류는 활발히 이루어져, 당시 문단에 남아 있는 완강한 경계가 있었다면 주류와 비주류의 경계라고 말하는 것이 오히려 온당해 보이는 지경에 이르게 된다. 2000년대 초반을 달군 문학권력 논쟁의 배경에는 이러한 시대적 분위기가 작용하고 있었다고 보아야 할 것이다.

비록 공전으로 그쳤다는 평가를 받기는 했지만 문학 권력 논쟁과 이어진 주례사비평 논쟁은 2000년대 초반의 문단을 뜨겁게 달군 사건이었다. 2000년 문학과지성에서 주최한 '김현 10주기 심포지엄'에서 권성우가 김현에 대한 문학과지성의 맹신을 비판하는 발제를 한 것을 기점[1]으로 문학권력에 대한 권성우의 문제제기가 지속되었고, 이후 『비평과 전망』 그룹의 이명원·홍기돈·고명철 등이 그 문제의식을 이어받아 문예지의 상

『비평과 전망』 창간호 표지

업주의를 비판하면서 주례사비평에 대한 본격적인 문제 제기를 하게 된다. 문학권력 논쟁과 주례사비평 논쟁의 결과물은 『문학권력』, 『주례사비평을 넘어서』라는 두 권의 단행본을 통해서도 확인할 수 있는데,[2] 이러한 문제제기에 대한 주류 문단의 반응은 사실상 침묵에 가까웠다. 비판적 대화와 소통을 요구하는 흐름에 대해 주류 문단이 무응답으로 반응함으로써 논쟁은 확산되지 못했지만 이를 통해 젊은 비평가 그룹이 성장하고 『비평과 전망』,[3] 『작가와 비평』[4] 등 비평전문지가 출현하면서 젊은 비평가들이 비판적으로 대화할 수 있는 장이 마련된 것은 나름의 소득이었다고 평가할 수 있다.

---

1 이에 대한 보다 상세한 글로는 다음 글을 참조할 수 있다. 이정현, 「2000년대 문학 논쟁」, 작가와비평 편집동인 편, 『키워드로 읽는 2000년대 문학』, 작가와비평, 2011, 289~291쪽.

2 강준만 외, 『문학권력』, 개마고원, 2001; 고명철·김명인 외, 『주례사 비평을 넘어서』, 출판마케팅연구소, 2002.

3 『비평과전망』은 1999년에 창간되어 2005년까지 9호를 발간한 비평전문지이다. 창간호의 편집위원은 이명원·홍기돈·고명철이다.

4 『작가와비평』은 2004년에 창간되어 2011년까지 13호를 발간한 반년간 비평 전문지이다. 창간 동인으로는 최강민·고봉준·이경수가 있었고, 이후 정은경·김정남·이선우 등이 합류했다.

「작가와 비평」 동인들.
왼쪽부터 정은경, 이경수, 최강민, 고봉준 ⓒ 동아일보

　이러한 분위기 속에서 2000년 12월 24일 미당 서정주가 세상을 뜬 후 2001년『창작과비평』여름호에 발표한 「미당담론」을 통해 고은이 제기한 서정주의 친일과 친독재정권에 영합한 행보에 대한 비판은 시인의 생애의 오점으로 그의 문학을 훼손해선 안 된다는 문정희·이남호 등의 즉각적인 반론을 낳았다.[5] 한편 오래전에 임우기가 서정주의 시에 대해 삶의 구체성을 결여한 헛된 아름다움에 불과하다는 견해를 밝힌 글이 미당 논쟁의 와중에 다시 화제가 되었고,[6] 황현산이 서정주의 시와 생애를 분리하지 않고 시세계에 대한 정치한 비판을 통해 서정주의 시인의식을 비판적으로 조명하고 시인의 사회적·역사적 책임이라는 문제를 환기하면서,[7] 미당 논쟁은 2000년대 초반의 시단을 뜨겁게 달군다. 서정주의 추천으로 시단에 나온 인연을 가지고 있는 고은의 문제 제기는 한편으로는 서정주와의 문학적 결별을 가시화하려는 의도와 서정주라는 상징을 통해 시효를 상실한

5　문정희, 「고은 씨의 미당담론에 답하여」, 『조선일보』, 2001.5.18; 이남호, 「'고은의 미당 비판' 비판」, 『동아일보』, 2001.5.16.
6　임우기, 「오늘, 미당 시는 무엇인가?」, 『문예중앙』 17-2, 1994.여름.
7　황현산, 「서정주의 시세계」, 『창작과비평』 114, 2001.겨울.

것으로 여겨지던 리얼리즘 문학의 정신을 일깨우고자 하는 의도가 있었던 것으로 보인다. 더불어 해방 이후 남한 문단에서 문학권력의 상징이었던 시인의 행보를 비판적으로 조명했다는 점에서 문학권력 논쟁과 문제의식의 일단을 공유하는 측면이 있었다. 미당 사후, 논란 속에서 미당문학상이 제정되면서 미당의 행적을 제대로 알려야 한다는 문제의식이 자연스럽게 촉발되기도 했다.

미당의 죽음과 미당 논쟁을 통한 문학사적 재평가와 함께 시작된 2000년대는 자연스럽게 이전 세기와 결별하면서 새로운 시대의 시작을 상징적으로 알리게 된다. 2005~2006년의 미래파 논쟁과 이후 이어진 시의 '서정성'을 둘러싼 논의는 좁은 의미의 '서정성'이라는 경계에서 벗어나려는 지향을 보여줬다는 점에서 2000년대 시단의 특성을 대변하였다. 또한 젊은 평론가들을 중심으로 비교적 활발히 비평적 대화가 오고 간 미래파 논쟁은 탈서정 외에도 시의 윤리와 정치성이라는 담론을 제기했다는 점에서 2000년대 시와 그 연속선상에 놓인 2010년대 시의 향방을 예비한 측면이 있었다.

그밖에도 2000년대의 시단에서 기억해야 할 풍경으로는 웹진의 출현과 젊은 시인들을 중심으로 다시 활발해진 동인 활동, 시집을 출간하는 주류 출판사인 창비와 문학과지성사, 민음사 외에 신진 출판사로 랜덤하우스중앙과 문학동네 등이 시집 출판을 하는 출판사로 약진한 점을 들 수 있다.[8] 한편으로는 문학권력 논쟁의 여파로 주류 문단과 비주류 문단, 중앙

---

8 2004년 1월에 랜덤하우스와 중앙M&B의 합작회사로 출범한 랜덤하우스중앙은 황병승, 김경주 등의 시집 출간을 계기로 약진하다가 2006년 랜덤하우스코리아로 이름을 바꾸더니 2008년 8월 31일 박장호 시인의 『나는 맛있다』를 마지막으로 시집 시리즈 출간을 중단하고 만다. 화제성을 가지고 있다 해도 2000년대에 시집 출판이 상업성을 지닐 수는 없음을 반증한 셈이 되었다.

문단과 지역 문단의 경계가 여전히 완강하게 살아 있음을 확인하게 되었고 중앙 문예지를 제외하고는 고전을 면치 못하는 환경 속에서도 지역을 기반으로 한 시 전문 문예지들이 여전히 창간되는 현상이 나타나게 된다. 2010년대 들어서서는『세계의 문학』이 폐간을 하며『릿터Littor』로 몸 바꾸기를 시도했고,『더 멀리』등의 독립잡지가 출간되고 독립출판물의 유통·판매를 담당하는 서점도 출현했다. 유희경 시인이 낸 '위트 앤 시니컬'처럼 시집만 판매하는 서점의 출현도 2000년대 이후 시단의 특성과 맞물려 있는 현상이라고 볼 수 있다.

　모든 문학사 기술은 현재적 관점에서의 재해석일 수밖에 없고 그런 의미에서 문학사는 늘 새롭게 써져야 한다고 생각해왔지만, 그럼에도 2018년의 초입에 2000년대 문학사를 서술하는 일은 주관적 해석에 대한 부담을 숙명적으로 안고 있을 수밖에 없다. 이 글은 어디까지나 편견에 치우친 2000년대 시문학사임을 먼저 밝혀두고자 한다. 2000년대의 시단에서부터 본격적으로 시 비평 활동을 해왔다는 것이 그나마 이 글의 서술을 가능하게 했다.[9] 이 글에서는 2000년대 시의 중요한 특징들이 현재까지 이어진다는 판단 아래 2010년대의 시적 경향까지 포함해서 다루고자 한다.

---

[9]　이 글에 인용된 시에 대한 해석은 2000년대와 2010년대 시를 대상으로 그동안 필자가 써온 비평문을 적극적으로 참조, 인용하였음을 밝힌다.

2. 신세대의 약진과 새로운 시적 주체의 출현

2000년대 시에서 가장 두드러진 것은 신세대 시인의 약진이라고 할 수 있다. 1990년대 후반부터 본격적으로 나타난 경계를 횡단하는 담론은 2000년대 시단으로도 이어져, 현실과 환상의 경계를 허물고 다성적인 목소리가 출현하고 국경의 경계를 횡단하고 좁은 의미의 서정성을 탈피하는 상상력을 보여주는 시들이 대거 출현하게 된다. 2000년대를 전후한 시기에 등단해 활동한 '젊은' 시인들에게서 탈서정의 징후가 두드러지게 나타난다는 판단 아래 2005년 권혁웅은 이들을 일컬어 '미래파'라 명명하며 세대론을 구축하기에 이른다.[10] 그가 미래파라는 명명으로 묶었던 시인들은 처음에는 황병승·김민정·장석원을 비롯해 이전의 시와 현저히 다른 상상력을 보여주는 몇몇 시인들에 한정되어 있었으나, 점차 그 범위를 넓혀가 세대론의 성격을 한층 강고하게 띠게 된다. 이러한 분류와 명명법에 대해서는 여러 비평가들의 반론과 비판적 문제 제기가 이어졌지만,[11] 2000년대에 새로운 상상력을 보여주는 젊은 시인들이 대거 출현했다는 사실은 부정하기 어렵다.

1990년대에도 환상을 활용하거나 절단의 상상력을 보여주는 새로운 시, 여성의 몸과 욕망을 파격적으로 드러내는 시, 생태주의적 세계관을 드러내는 시 등이 쓰였지만, 2000년대에 등단해 첫 시집을 내며 주로 활동한 젊은 시인

---

10 권혁웅, 「미래파―2005년, 젊은 시인들」, 『문예중앙』 109, 2005.봄.
11 이경수, 「다른 미래에 대한 몽상」, 『현대시학』 442, 2006.1; 이경수, 『바벨의 후예들 폐허를 걷다』, 서정시학, 2006; 고봉준, 『다른 목소리들』, 소명출판, 2008; 하상일, 『서정의 미래와 비평의 윤리』, 실천문학사, 2009. 이러한 비판에 대한 재비판의 성격을 지니는 글로 강계숙·함돈균·조강석 등의 비평이 있다.

들은 이전 세기의 대립적 분할선을 가로지르며 경계를 자유롭게 넘나드는 상상력을 보였다는 점에서 새로운 주체의 출현을 강렬하게 알렸다. 탈국가·탈민족·탈서정·탈장르·탈경계의 상상력을 보여준 시인들로 황병승·김민정·장석원·이민하·김행숙·진은영·김이듬 등을 들 수 있다. 그밖에도 유형진처럼 등단작부터 최근작까지 나란히 배열함으로써 첫 시집『피터래빗 저격사건』(2005) 안에서 새로운 시를 향한 모색을 보여준 시인도 있었고, 김경주처럼 첫 시집『나는 이 세상에 없는 계절이다』(2006)에서는 기존 서정시의 문법을 어느 정도 수용, 계승했다가 두 번째 시집『기담』(2008)부터 장르의 문법을 허무는 파격적인 실험을 시도한 시인도 있었다. 신해욱 또한 첫 시집『간결한 배치』(2005)보다는 두 번째 시집『생물성』(2009), 세 번째 시집『syzygy』(2014)로 갈수록 더 파격적인 새로움을 실험하고 있는 대표적인 시인이라고 할 수 있다. 그에 비해 이근화의 시에서는 첫 시집『칸트의 동물원』(2006)의 발랄하고 개성적인 언어 감각이『우리들의 진화』(2009),『차가운 잠』(2012)을 거쳐 가장 최근의 시집『내가 무엇을 쓴다 해도』(2016)에 이르러서는 생활의 감각이 물씬 느껴지는 방향으로 변화를 보이기도 한다.

이 젊은 시인들은 공통적으로, 동일성을 추구하는 좁은 의미의 서정성이 지닌 완강함에 대해서 동의하지 않는 목소리를 가지고 있었고, 이러한 다성적인 목소리의 출현을 통해 새로운 시적 주체의 탄생을 알렸다. 이런 문제의식을 가진 시인들이 집단적으로 출현함으로써 '미래파' 논쟁은 세대론의 성격을 지니게 되었고, '미래파' 시인들의 출현을 통해 신세대의 약진을 읽을 수 있었다. 이 시인들의 시가 지닌 새로움을 명명해주고 호출해주는 동시대 비평가와 랜덤하우스중앙, 문학동네처럼 젊은 시인들의 시집을 적극적으로 출판해주는 출판사의 등장에 힘입어 이들은 첫 시집과 함께 시단의 커다란 주목을 받기에 이른다.

열두 살, 그때 이미 나는 남성을 찢고 나온 위대한 여성

미래를 점치기 위해 쥐의 습성을 지닌 또래의 사내아이들에게

날마다 보내던 연애편지들

(다시 꼬리가 자라고 그대의 머리칼을 만질 수 있을 때까지 나는 약속하지

않으련다 진실을 말하려고 할수록 나의 거짓은 점점 더 강렬해지고)

어느 날 누군가 내 필통에 빨간 글씨로 똥이라고 썼던 적이 있다

(쥐들은 왜 가만히 달빛을 거닐지 못하는 걸까)

미래를 잊지 않기 위해 나는 골방의 악취를 견딘다

화장을 하고 지우고 치마를 입고 브래지어를 푸는 사이

조금씩 헛배가 부르고 입덧을 하며

도마뱀은 쓴다

찢고 또 쓴다

포옹을 할 때마다 나의 등 뒤로 무섭게 달아나는 그대의 시선!

그대여 나에게도 자궁이 있다 그게 잘못인가

어찌하여 그대는 아직도 나의 이름을 의심하는가

시코쿠, 시코쿠

— 황병승, 「여장남자 시코쿠」 부분

『여장남자 시코쿠』 표지 ⓒ 랜덤하우스중앙

황병승의 첫 시집『여장남자 시코쿠』[12]의 표제시 「여장남자 시코쿠」는 2000년대 중반 '미래파'를 대표하는 새로운 주체의 출현을 상징적으로 보여준다. 이 시에서는 도마뱀을 빌려 와 "찢고 또 쓴다"라는 새로운 시 쓰기의 주체를 대변하는 주문을 만들어낸다. 꼬리가 잘려도 다시 살아나 원상태로 돌아가는 도마뱀의 생태는 신체를 훼손당한 후에도 죽지 못하는 좀비의 그것을 연상시킨다. 황병승 시의 상상력은 자유자재로 미끄러지며 달아나는 도마뱀의 생태를 닮았다. "찢고 또 쓴다"라는 주문은, 꼬리가 잘려도 다시 원상태로 돌아가는 도마뱀처럼, "남성을 찢고 나"와 "위대한 여성"이 되었다는 시코쿠의 커밍아웃처럼, 태생적 한계를 찢고 나와 또 쓴다는 시인의 창작 태도이자 시적 상상력의 원천을 의미한다. 도마뱀으로 형상화된 절단의 이미지와 미끄러짐의 상상력은 황병승의 시가 추구하는 언어의 특성을 단적으로 보여준다. 자유롭게 절단하여 다른 배치 속에 놓일 때마다 새롭게 태어나는 그의 언어는 통합보다는 단절에 이끌리는 이 세대의 특징을 반영한다.

'여장남자 시코쿠'는 남성 대 여성으로 이분되는 젠더의 고정관념과 사회적 억압에 정면 도전하는 새로운 주체다. 양성 인간은 일찍이 로지 잭슨이 포착했듯이 '정상적인' 지각을 전복하고 보는 것의 '사실주의적' 방식을 무너뜨리려는 환상물에서 흔히 등장한다.[13] 여자이기도 하고 남자이기도 한, 자궁을 가진 남성 시코쿠는 'n개의 성'이라는 새로운 성 정체성을 탄생시킨 페미니즘의 인식을 수용하는 것이면서 경계를 허무는 환상성의

---

12 황병승,『여장남자 시코쿠』, 랜덤하우스중앙, 2005.
13 로지 잭슨, 서강여성문학회 역,『환상성』, 문학동네, 2001, 70쪽.

주된 특징이 발현된 주체이다. 황병승의 시에서 종종 출현하는 '시코쿠', '히데키', '렌', '리사' 같은 국적 불명의 이름 역시 마찬가지의 효력을 지닌다. 시코쿠의 입을 빌린 시인의 고백처럼 그의 세대는 "진실을 말하려고 할수록" "거짓"이 "더욱 강렬해지"는 수사학을 체득해버렸다. 진실, 진정성, 엄숙주의에 대해 그들 세대가 보이는 거부 반응은 거짓과 가벼움을 추구하도록 그들을 더욱 추동하는 것으로 보인다.[14]

까만 점박이무늬 코트를 머리끝부터 발끝까지 뒤집어쓴 채 아줌마, 느릿느릿 버스 안으로 기어오르고 있었어요. 아무도 모를 거예요 아줌마가 늘 아프다는 걸, 매일매일 멍든 부위만 골라 맞느라 까만 점박이무늬가 하루하루 큼지막해져가고 있다는 걸, 혹시 아줌마가 원래 북극곰이었던 건 아닐까요.

버스 안이 너무 더워요 아저씨, 제발 스팀 좀 꺼주세요 네? 그랬지만, 운전사 아저씨는 신경질을 부리며 라디오 볼륨을 줄일 뿐이었어요. 삐질삐질 진땀을 쏟고 있는 아줌마의 까만 점박이무늬 코트 아래로 흰 연고 같은 젖이 줄줄 흘러내리고 있었어요. 아줌마가 코트 깃을 굳세게 여며보지만 순식간에 뒷좌석까지 퍼져나가는 고소한 입김을 불러다 껴안을 수는 없었어요.

아빠들은 눈빛을 교환하며 쉽게 공모자로 합쳐졌어요. 얼마나 마음이 잘 맞는지 약속 없이도 지우개로 쓱싹쓱싹 서로의 눈동자 속에서 서로의 얼굴을 지울 줄 알았어요. 젖소 따위가 무슨 구두를 신는다고, 아빠들은 아줌마의 손과 발을 부러뜨리려다가 창 밖으로 냅다 던져버렸어요. 울면서 울면서 아줌마는 십

---

14 이경수, 「환상의 이율배반」, 『바벨의 후예들 폐허를 걷다』, 서정시학, 2006, 39~40쪽.

자버티기 자세로 링에 묶인 채 오래오래 매달려 갔어요.

아빠들이 아줌마의 까만 점박이무늬 코트를 홀렁홀렁 벗겼어요. 아줌마의
가슴팍에 조롱조롱 매달려 있는 젖병들이 퉁퉁 부은 젖꼭지로 눈물 같은 젖을
흘리고 있었어요. 아침 안 먹고 오길 잘했지 뭐야. 아빠들은 제각각 젖병을 입
에 물고 쭉쭉 빨았어요. 그러자 아줌마의 실루엣이 우그러지고 찌그러지더니
에취에취 후춧가루처럼 폴폴 날지 뭐예요. 아빠들은 뱀의 허물처럼 그대로 주
저앉아버린 까만 점박이무늬 코트를 인천앞바다에 출렁 띄워보냈어요.

바다 위로 쏟아져 내리는 재치기, 재채기로 고인 실루엣을 따라 까만 점박이
무늬 코트가 되살아나고 있는 걸 아빠들은 보았을까요. 파도의 쓰레질을 따라
다시 머리끝부터 발끝까지 까만 점박이무늬 코트를 뒤집어쓴 아줌마가 이번에
는 텅 빈 젖병 속에 꿀꺽꿀꺽 바닷물을 통째로 채워나갔어요. 108m 월미산 봉
우리가 아줌마의 젖병마다 푸른 젖꼭지로 뾰족하게 솟아오르고 있었어요.

집에 돌아온 아빠들이 새근새근 잠든 아기들을 보러 요람으로 달려갔어요.
요람 위에는 하얀 털옷을 입고 푸른 젖병을 입에 문 아줌마가 잠들어 있었어
요. 아줌마가 까꿍, 하며 빨던 젖병을 내밀자 아빠들은 뒷걸음쳐 도망치느라
바빴어요. 아무래도 아빠들은 도리도리밖에 배운 게 없나 봐요.

—김민정, 「젖소 아줌마가 작아지는 비밀」 전문

황병승과 함께 '미래파' 시인의 대표 주자로 주목받은 김민정은 첫 시
집 『날으는 고슴도치 아가씨』[15]에서 새로운 시적 주체의 출현을 예고한다.
김민정의 시적 주체에게 가해지는 억압은 대개 가족이라는 제도와 관계,

학교라는 제도에서 발생하는 성적 억압과 차별과 폭력성 등으로 요약된다. 일상을 침범한 폭력에 예민한 김민정 시의 주체는 종종 사도-마조히즘적 관계에 주목한다. "까만 점박이무늬 코트를 머리끝부터 발끝까지 뒤집어쓴" 아줌마는 아빠들에 의해 폭력의 희생양이 된 여성을 희화화한 것이다. 폭력으로 점철된 아빠들의 세계에는, 스팀을 꺼달라는 요구에 신경질을 부리며 라디오 볼륨을 줄일 뿐인 운전사 아저씨도 포함되어 있다. 그들을 공모자로 바라보는 것은 시적 주체의 시선이다. 소녀의 눈으로 보았을 때 아줌마를 유린하고 착취하는 아빠들은 집단으로 결속되어 있는 것처럼 보인다. 단수인 아줌마와는 달리 항상 "아빠들"로 명명되는 그들은 복수이지만 시적 주체나 아줌마에게 폭력을 행사하는 가해자라는 점에서는 차이 없는 한 몸이기도 하다. 김민정의 시에서 '아빠들—아줌마'는 철저하게 '가해자—피해자'의 관계로 맺어지는데, 아빠들은 아줌마를 학대하다 못해 동물만도 못한 취급을 한다. 자극적이고 직접적인 김민정 시의 언어는 이 난감한 상황을 우스꽝스럽게 만드는 데 기여한다. 김민정 시의 주체는 폭력에 강한 거부반응을 보이면서도 정작 그것을 희화함으로써 진지하고 무거운 포즈를 벗어던진다. 아무리 심각한 상황도 웃음을 유발하는 상황으로 바꾸어 버리는 시선이야말로 김민정의 시적 주체가 갖는 개성이라고 할 수 있다.

가족 못지않게 학교도 김민정의 시에 자주 출현하는 소녀 주체를 억압한다. 혈연으로 맺어진 가장 친밀한 관계가 친밀함을 빌미로 가장 큰 억압이 될 수 있는 것처럼 제도교육의 상징인 학교 역시 다르지 않다. 특히 선생과 학생 사이에 맺어진 수직적인 관계는 거부하기 어려운 억압이자 폭

---

15 김민정, 『날으는 고슴도치 아가씨』, 열림원, 2005.

력이 된다. 그리고 그 관계가 지니는 폐쇄성으로 인해 그것은 종종 성적인 억압과 뒤틀린 관계를 그 안에 내장하고 있다. "교복블라우스 앞가슴 새에 입술을 부벼" 넣고 "교복블라우스 단추를 다 먹어치"(「엄마, 학교 다녀오겠습니다」)우는 '선생'은 학교라는 공간이 사춘기 소녀 주체에게 어떤 종류의 억압이 될 수 있는지를 단적으로 보여준다. 파렴치한 선생의 분신들은 곳곳에 포진되어 있어서 학교뿐만 아니라 일상의 곳곳에서 출몰한다. 때로는 아빠의 얼굴로, 때로는 길가에서 만나는 대머리 물미역장수의 얼굴로, 때로는 선생의 얼굴로, 또래 남학생의 얼굴로 수시로 얼굴을 바꾸면서 말이다.[16]

김민정의 시적 주체는 "나는 안 닮고 나를 닮은 검은 나나"들로 가득하다. 여자라는 성차별의 시선과 아이와 어른의 중간 단계라는 경계의 나이가 주는 억압, 각종 제도와 규율이 만들어낸 편견 아래 억압받는 사춘기 소녀들은, '나'의 또 다른 분신들인 셈이다. '나나'가 '나+나'라는 분석은 이미 여러 차례 있었지만 복수이자 단수인 '나나'는 김민정의 시가 그리는 세계에서는 '검은' 나나일 수밖에 없다. 목둘레를 칼로 그어 모가지를 대롱거리게 만들거나 찍고 자르는 폭력이 그녀의 시에는 난무한데, 그것은 사춘기의 소년 소녀들이 이 땅에서 받아온 억압과 상처를 신체적 폭력의 이미지로 표현한 것에 불과하다. 김민정 시의 주체는 가족과 학교라는 제도가 때로는 이 무자비하고 끔찍한 폭력보다 더 잔혹함을 아무렇지도 않은 얼굴로 고발한다.

김민정 시의 새로움은 고발의 내용보다는 그 내용을 드러내는 언어 형식에 있다. 기성의 제도를 억압으로 느끼는 김민정 시의 소녀 주체들은 비

---

16 우리 사회에 만연한 성폭력의 문제를 시에 적나라하게 그려내고 있다는 점에서 김민정의 시는 2017년의 '미투'를 예감하는 선구적인 인식을 보여주었다고 평가할 수 있다.

어와 속어로 가득하고 적나라하게 까발려진 일탈의 언어로 말한다. 사춘기 소녀라는 시적 주체를 선택함으로써 김민정의 시는 억압에 대한 거부와 도발을 충격적으로 드러내는 데 성공한다. 김민정의 시는 1990년대 여성시가 성취한 몸의 언어를 계승하면서도 비어와 속어로 가득한 저속한 말과 풍자와 희화의 언어를 노골적으로 사용함으로써 그로테스크하면서도 통쾌한 웃음을 유발하기에 이른다.[17] 특히 2017년에 헐리웃에서 시작되어 한국 사회에서 폭발한 미투 운동을 예언적으로 성취했다는 점에서 김민정 시가 2000년대의 시사에서 갖는 의미를 찾을 수 있다.[18]

유형진의 첫 시집 『피터래빗 저격사건』은 창작 시기의 순서대로 시를 실어놓아 첫 시집 안에서도 유효한 변화를 보여준다. 유형진의 시에서는 환유적 상상력을 바탕으로 한 동화적 상상력이 종종 포착되는데, 판타지의 마력을 지니고 있는 동화적 상상력의 뒤에는 대개 '지금, 여기'의 현실과 그 속에서 새롭게 출현한 시적 주체가 도사리고 있다. 무의미한 연상을 통해 환유적 상상력을 확장해가면서도 이면의 현실을 환기하는 힘을 다음 시가 잘 보여주고 있다.

조용한 산사 뒷마당에 누워 그늘 밑 쥐구멍 옆에서 잠을 청한다
먹을 것 하나 없는 산사의 쥐가 들락거리는 이 길이 블랙홀일지 모른다
스님의 법복 자락을 스치던 소슬한 풍경 소리가 내 등을 쓸고 간다
나는 절에 사는 쥐를 따라 검은 그 구멍으로 들어간다
처음 세상으로 나오던 통로처럼 까맣고 좁은 길

---

17 이경수, 「피터팬과 앨리스들의 지옥 천국」, 앞의 책, 122~124쪽 참조.
18 두 번째 시집 『그녀가 처음, 느끼기 시작했다』(2009)에 실린 「김정미도 아닌데 '시방' 이건 너무하잖아요」에서 김민정은 여성의 역사를 환유한 '화장의 역사'가 억울하게 당한 폭력의 경험에서 비롯되었음을 통찰력 있게 보여주기도 했다.

나는 길고 매끄러운 뱀이다

달아나는 쥐는 박차가 달린 구두를 신고 있다

통로가 끝나는 곳은 아열대의 늪지대

늪지의 저 끝에는 사냥꾼이 시가를 피우고 있다

박차가 달린 구두를 신은 쥐는 보이지 않고

나는 시가를 피우는 사냥꾼에게 사로잡힌 물소다

사냥꾼이 지나가는 도요새에게 한눈을 파는 사이 나는

그의 허리를 찌르고 달아난다

나의 뿔에는 사냥꾼의 선지가 선인장의 붉은 꽃처럼 달려 있다

나는 달리고 또 달린다 선인장 꽃이 시들어 질 때 나는

아프리카의 버펄로, 배고픈 표범, 이집트 공주의 애완동물이다

삼십육만오천한 번째의 석양을 보았을 때 나는 공주 곁을 떠난다

한번 넘으면 다시 넘어올 수 없는 고개를 지나

비가 오는 숲길로 접어들면 나는 꿈꾸는 고사리다

참나무 옆에 웅크리고 있던 나는

길을 잃은 아이들이 떨어뜨리고 간 조약돌

냇물에 잠긴 대륙풍이다 나는

17세기 스페인의 항구

눈부신 범선의 돛대에 펄럭이는 바람이다

— 유형진, 「나는 17세기 스페인의 항구,

눈부신 범선의 돛대에 펄럭이는 바람이다」 전문[19]

---

19 유형진, 『피터래빗 저격사건』, 랜덤하우스중앙, 2005.

조용한 산사 뒷마당에 누워 잠을 청하면서 시의 주체가 만나는 길은 꿈으로의 진입을 상징한다. 마치 나무 밑에서 잠들어 흰 토끼를 따라 이상한 나라로의 여행을 시작한 '이상한 나라의 앨리스'처럼, 이 시의 주체는 산사의 뒷마당 쥐구멍 옆에서 잠들어 절에 사는 쥐를 따라 검은 구멍으로 들어간다. 시의 주체인 '나'는 끊임없이 변이하며 미끄러지는데, 동화적 모티프가 다른 신체가 되는 변이의 상상력을 촉발한다. '나'는 까맣고 좁은 길을 닮은 "길고 매끄러운 뱀"이었다가 시가를 피우는 사냥꾼 앞에서는 "사로잡힌 물소"가 되고 사냥꾼의 허리를 찌르고 달아나서는 "아프리카의 버펄로, 배고픈 표범, 이집트 공주의 애완동물"이 된다. 천 하루째 되는 날 공주 곁을 떠나 비가 오는 숲길로 접어들면 "꿈꾸는 고사리"가 되었다가 "참나무 옆에 웅크리고 있던 나는" 헨젤과 그레텔처럼 "길을 잃은 아이들이 떨어뜨리고 간 조약돌"이 된다. 이처럼 끊임없이 변이하는 시적 주체 '나'의 최종 종착지는 "17세기 스페인의 항구 / 눈부신 범선의 돛대에 펄럭이는 바람"이다. 형체가 없으며 어디든 갈 수 있는 바람은 끊임없이 변이하는 유형진 시의 상상력에 대한 은유인 셈이다. 'A는 B이다' 형식의 문장이 여러 차례 반복되면서 '나'는 무언가로 정의되지만 그 정의에 포획당하지 않고 이내 벗어나 다른 신체가 된다. 어느 한 곳에 매이거나 정착하지 않고 끝없이 미끄러지며 달아나는 '나'의 변이는 환유의 상상력에 바탕을 두고 있다. 다른 신체가 되는 '나'의 변이는 말의 뜻이나 소리의 연상 작용에 의한 것이어서 고정된 것이라기보다는 우연의 관계 속에서 발생한다. 환경이나 대상이 변하면 그에 맞게 '나'도 변한다. 타자와의 관계 속에서 주체의 속성이 결정된다고 할 수 있다. 그런 점에서 유형진의 이 시는 유동적인 주체의 표상이라 부를 만하다. '나'의 변이체는 끝없이 달아나고 떠나고 흘러 다닌다. 새로운 시적 주체의 선언이라고도 할 수 있는 이 시는 '나'의 끝없는 몸 바꾸기를 통해 고정되지 않고 자유롭게 변이하는 '나'를 구축해간다. 단 하나의 정체성이 아닌, 고정되지 않고 자유롭게 확장되는 새로운 정체성, 복수적이고 유동적인 정체성을 구현해감으로써 유형진의 시는 새로운 시적 주체의 확립에 기여한다.[20]

> 소년이 손을 열어 보여준 건 칼이었다. 분홍색 손바닥 위로 슬몃 피가 비쳤다. "연필이나 깎지 그러니?" 소녀는 분명히
> 비웃었다. 소녀는 뚫어지게 소년을 응시했다.

> 여자애에게 위로를 받아본 일이 있었던가? 생각나지 않는다. 어떤 것에도 놀라지 않는 여자애가 무서웠다. 소년은 소녀의 집에 놀러 가보지 못했다. 소년도 소녀를 초대한 일이 없었다. 그렇지만 해수욕장의 모래밭에 누워 있는 소녀와,

> 볼록한 가슴에 얹어주는 뜨거운 모래에 대해 상상하는 일은 즐겁다. 생일파티 같은 것은 부유한 초등학생들이나 하는 짓이다. "아무한테나 손을 벌리진 않겠지?" 소녀는 똑똑하다.
> 소년은 히, 웃으며 천천히 손을 오무렸다. 손가락과 함께 칼이 사라져갔다.
>
> —김행숙, 「칼—사춘기 3」 전문

김행숙은 첫 시집 『사춘기』[21]에서 이도 저도 아닌 경계성이 두드러진 시기로 '사춘기'를 호명한다. '사춘기'는 애도 어른도 아닌 경계성을 특징

---

20 이경수, 「슬픈 '모니터킨트'의 고백」, 앞의 책, 207~208쪽 참조.
21 김행숙, 『사춘기』, 문학과지성사, 2003.

으로 하는 시기로, 우리 인생에서 가장 위태롭고 불안한 한 시기를 가리키는 동시에 섣불리 구획지어지고 경계 지어지는 것을 거부하는 김행숙의 시적 지향을 지칭한다. "나는 지금 무엇에 대한 直前이다 아직"(「폭풍 속으로」)이라고 말하는 김행숙의 시적 주체는 자기 자신을 어떤 틀에 가두어 규정짓고 싶어하지 않는다. 김행숙의 초기 시 전반에서 사춘기를 맞이한 소녀 주체의 목소리가 강하게 드러나는 것은 아니지만 근대 이성의 바깥에 주목하는 시의 주체는 사춘기 소녀의 목소리를 종종 빌린다. 그중에서도 「사춘기」 연작시는 의도적으로 사춘기라는 경계성의 시기에 주목한 시이다.

사춘기는, 타인에게 자신을 과시하기 위해 소년이 손에 쥔 칼처럼 늘 위태롭고 불안하다. 김행숙의 시는 언제든 타인을 공격할 수 있고 바깥으로 분노를 내뿜을 수 있으며, 자신을 상하게 할 수 있는 사춘기의 속성을 칼의 비유를 통해 포착해낸다. 사춘기 소년에게 내재된 공격 본능과 불안하고 위태로운 정서를 칼이라는 비밀을 공유한 소년과 소녀를 통해 그려낸 것이다. 소년이 자기과시욕에 비밀스럽게 보여준 칼을 보고도 눈 하나 꿈쩍하지 않는 소녀는 좀 더 영악하고 통찰력 있는 모습으로 그려진다. 소녀는 소년의 마음을 꿰뚫어보는 '눈'과 칼을 보고도 무서워하기는커녕 "연필이나 깎지 그러니?"라고 비아냥거릴 수 있는 '혀'를 가지고 있다.[22] 소년의 마음을 꿰뚫어보는 통찰력과 위험을 감지할 줄 아는 본능적 감각을 가진 사춘기 소녀는 어설프고 성급한 사춘기 소년을 압도한다. 밀고 당기는 심리 게임에 능한 소녀는 소년의 마음을 사로잡는다. 손바닥에 숨긴 칼을 보여준 순간 소년은 이미 지고 만 것이다. "아무한테나 손을 벌리진

---

22 이경수, 「피터팬과 앨리스들의 지옥 천국」, 앞의 책, 113쪽.

않겠지?"라는 소녀의 한 마디는 소년의 자기과시욕을 어루만져 줌으로써 그가 품은 칼을 사라지게 한다. 김행숙의 시적 주체는 아이도 어른도 아닌 경계의 시기인 사춘기를 호명함으로써 어디에 포획되거나 소속되지 않는 위태롭고 불안하고 "아직" "무엇에 대한 直前"인 과도기의 상태에 머물러 있고자 한다.

아무도 모르게 체조 선수가 되었다.

옷 속에 팔과 다리를 잘 집어넣은 채로
나는 태연하게 걸어 다닌다.

잠 속에서만 팔다리가 길어진다는 건
억울한 일이지만
줄 없이도 줄넘기를 할 수 있는 밤들.
나쁘지는 않다.

달리면 나 대신
공중의 시간이 부드러워지지만
아주 약간일 뿐.
내가 나에게로
어이없이 돌아오는 일은 없다.

세상에는 언제나
한 명의 체조 선수가 부족하고

나는 심장이 뛴다.

그것은 아무도 모르는
무척 아름답고 투명한 일이다.

　　　　　　　　　　　　　— 신해욱, 「비밀과 거짓말」 전문[23]

　신해욱의 시적 주체는 딱딱하고 굳어버린 몸 대신 유연하고 변화무쌍한 다른 몸을 꿈꾼다. 그것은 "아무도 모르게 체조 선수가 되"는 일과도 같은 '나'만의 비밀이다. 신해욱의 시에서 일상을 영위하는 주체와 일탈을 꿈꾸는 주체는 한 몸에 공존하면서 따로따로 살아간다. '나'는 들키면 안 되는 비밀을 유지하기 위해 "옷 속에 팔과 다리를 잘 집어넣은 채로" 짐짓 "태연하게 걸어 다닌다." 신해욱 시의 주체 '나'는 체조 선수가 된 '나'를 숨기고 그냥 평범한 '나'인 척한다. 내 팔다리는 잠 속에서만 마음껏 길어진다. 잠 속에서는 거짓말을 할 필요도, 그런 내 모습을 숨길 필요도 없음을 시의 주체는 잘 알고 있다. "세상에는 언제나 / 한 명의 체조 선수가 부족하고" '나'는 그 한 명의 체조 선수를 대신한다. 물론 그것은 말할 수 없는 비밀이다. 아무도 모르는 비밀을 소장한 마음의 상태를 가리켜 신해욱의 시적 주체는 "나는 심장이 뛴다"고 표현한다. 신해욱의 시적 주체에게 심장이 뛰는 살아 있음을 감각하게 하는 것은 이처럼 '다른 나'를 꿈꾸는 일이다. 그것은 팔다리가 길어지는 '나'일 수도 있고 어른의 몸을 지니고 있지만 어른이 아닌 '나'일 수도 있겠다. "내가 나에게로 / 어이없이 돌아오는 일" 없이 신해욱 시의 주체 '나'는 체조 선수가 될 수 있고, 다른 무엇

23　신해욱, 『생물성』, 문학과지성사, 2009.

도 될 수 있다. "그것은 아무도 모르는 / 무척 아름답고 투명한 일이다." 마치 비밀 같기도 하고 거짓말 같기도 하다. 상상 속에서 무엇이든 될 수 있는 신해욱의 시적 주체는 유동적 주체이자 '비성년'의 주체라고 명명할 수 있다. '나'로 환원되거나 수렴되지 않는 나, '나'로 불리기엔 너무 많은 나, '제자리로 돌아오는 이목구비'(「축, 생일」)를 참을 수 없어하는 나. 이것이 신해욱 시의 '비성년' 주체이다. 신해욱 시의 주체는 가제트 형사처럼 팔다리가 쭉쭉 늘어나고 몸으로부터 멀리 달아나는 이목구비를 가졌다.[24] 누구나 한 번쯤 상상하는 이 매력적인 몸은 다른 몸에 대한 꿈을 현현한 것이다.

그밖에도 장석원의 시가 꿈꾸는 아나키스트, 하재연의 시가 포착하는 사이의 시간과 공간이라는 감각, 이근화의 시에서 매혹적인 꼬리만 슬며시 보여주고 사라지는 시의 주체, 긴 손가락으로 세상을 감각하며 시를 쓰는 진은영 시의 주체도 이전의 시의 문법에서 벗어나고자 하는 새로운 시적 주체의 선언으로 읽을 수 있다. '미래파' 이후 세대인 김승일·황인찬·송승언·김상혁·이제니 등도 새로운 시적 주체의 선언을 통한 시 쓰기를 지속하고 있다.

---

24 이경수, 「조금 이상한 고백, 혹은 위로」, 『너는 너를 지나 무엇이든 될 수 있고』, 파란, 2017, 377쪽 참조.

3. 탈국가적 상상력과 문학의 윤리에 대한 고민

1990년대 후반부터 경계를 횡단하는 담론과 사유가 한국 사회를 지배하더니 2000년대 들어서는 시에서도 본격적으로 탈경계의 상상력이 두드러지게 된다.[25] 경계를 벗어나 자유롭게 횡단하는 상상력은 자연스럽게 이전 세기를 지배했던 완강한 경계로 국경을 소환한다. 식민지를 경유해 근대를 경험했던 우리는 시 역시 '나라 되찾기'라는 지상 과제에서 한동안 자유로울 수 없었고, 해방과 전쟁을 겪으면서 '국가 건설'이라는 과제는 1960년대까지도 시에 요구되었다. 사실상 국가와 민족이라는 거대담론으로부터 온전히 자유로워진 것은 1990년대에 이념의 장벽이 무너진 탈냉전의 시대를 거치면서였다고 볼 수 있다. 2000년대 들어와서는 본격화된 세계화, 지구화 담론과 탈국가·탈민족·탈경계의 담론에 힘입어 시단에도 비로소 국가와 민족이라는 사명으로부터 온전히 자유로운 세대가 출현하게 된다. 황병승과 김이듬의 시에서 보여주는 국경을 횡단하는 국적 불명의 상상력은 그 대표적인 예라고 볼 수 있다.

김이듬은 첫 시집 『별 모양의 얼룩』(2005)[26]에서부터 탈국가·탈장르·탈경계를 지향하는 태도를 선명하게 보여준다. 가령 「Fluxfilm No.4 — lesbian」에서 김이듬 시의 주체는, 위협이 되지 않는다는 것을 알고 난 후에야 접근하고 죽은 것만 조명하는 태도에 대해 적대적이고 비판적인 시선을 드러낸다. 'Fluxfilm No.4'라는 제목을 통해 김이듬은 백남준·딕 히

---

25 이에 대해서는 장성규, 「트랜스 내셔널의 징후들」, 작가와비평 편집동인 편, 앞의 책, 13~32쪽; 이경수, 「우리는 무엇을 뒤섞고 싶었을까」, 『이후의 시』, 파란, 2017, 132~145쪽 참조.
26 김이듬, 『별 모양의 얼룩』, 천년의시작, 2005.

긴스·오노 요코 등에 의해 만들어진 'Fluxfilm'과 자신의 시를 나란히 놓음으로써 일종의 플럭서스Fluxus 예술로 이 시의 자리를 정의한다. 플럭서스Fluxus는 탈장르·탈개인·탈국가·탈이념을 표방한 일종의 예술운동으로, 지배문화에 대한 투쟁이자 파시즘에 대항한 정치 투쟁으로서의 성격도 지니고 있다. 김이듬은 이 시를 통해, 차이와 다양성을 말하면서도 정작 일반적인 취향에서 벗어나지 못하는 사람들과 '탈국가', '탈장르', '탈이념'을 표방하면서도 어딘지 치명적이지 못한 이 시대의 문화예술에 대해 발언한다.[27]

첫 시집에서부터 플럭서스 예술의 취향을 드러냈던 김이듬은 2013년에 출간한 『베를린, 달렘의 노래』에서 2012년 문화예술위원회 해외 레지던스 파견 작가로 선정돼 독일 베를린 자유대학교에서 체류했던 경험을 본격적으로 그려내는데, 이 또한 탈국가적 상상력이라는 맥락에서 읽을 수 있다. 이 체류 경험은 김이듬의 시적 주체에게 같은 모국어를 사용하며 비슷한 피부색을 한 사람들에 둘러싸여 살 때에는 느끼지 못했던 감정들을 경험하게 하고, 관념적으로 생각해 왔던 '모국어', '민족-국가', '탈민족-탈국가' 이데올로기에 대해서도 새로운 인식을 갖게 한 것으로 보인다. "파견지를 이탈하지 않는 베를린 자유대학교 파견 작가"라는 아이러니한 상황 속에서 "연출가와 싸워서 나가버린 대학원생 막스를 대신하여 급조된" 대역으로 "다른 피부 속으로 들어갔다 / 충동적으로"(「내가 사는 피부」) 나오는 경험을 하게 되면서 김이듬의 시적 주체는 자신을 규정하는 피부색과 인종과 국적이라는 차이에 대한 아픈 자각에 이르렀음을 고백한다. 또한 철저한 이방인의 신세인 이국의 땅에 와서 김이듬 시의 주체는

---

27 이경수, 「'푸른 수염'의 마지막 여자」, 『바벨의 후예들 폐허를 걷다』, 서정시학, 2006, 232
~233쪽 참조.

모국어의 역설을 온몸으로 겪는다. 나를 지원하는 동시에 나를 슬프게 하는 모국어를 두고 시의 주체는 "당신은 여러 면에서 불결하고 매력적인 모국"(「모국어」)임을 고백한다.

하지만 그녀는 이날 아침에도 노래를 들었다 그는 엄청나게 시끄럽고 믿을 수 없이 분노로 가득 찬 목소리로 노래한다 노래한다는 말이 이상하게 느껴질 만큼 노래한다 그는 탄자니아로 돌아가지 않을 것이다

얼마든지 가능했다 커다랗게 귀엣말을 하는 사람들을 이해하기 왜 낯선 국가의 새로운 공간은 새로운 영감을 주지 않는지 깨닫기 외로움을 고양시키기

탄자니아 출신의 가수가 영어로 노래를 부른다 혼하디혼한 일은 쓰디쓸 일도 아닌 것은 엄마가 한국인인데 한국말을 못하는 스무 살 청년, 쓰디쓴 일은 그가 지금 한국말을 배우려 한다는 것

빛나는 눈동자란 이런 거였구나 그가 그녀를 바라본다 둘이 이어폰을 나눠 노래를 듣는다 둘이 다 사랑하는 탄자니아 가수의 노래 네 엄마는 간호사 나는 선생님 이제 돌아가야 해 말은 엄마한테 배워도 되잖아

다감한 표현도 친절한 설명도 없었던 그녀는 선물을 풀었다 이게 뭐니 한국말로 써 봐 그가 포장지에 빗이라고 적는다 그녀는 빗으로 머리를 빗어본다 뜻밖의 빚을 졌다 늦게 온 자각 빛나는 눈동자를 마주본다

— 김이듬, 「너는 빛을 비춰주었다」 전문[28]

김이듬 시의 주체는 낯선 국가에서 또 다른 이방인과 조우한다. 그는 "엄마가 한국인인데 한국말을 못하는 스무 살 청년"이다. 그런 "그가 지금 한국말을 배우려" 하는데 모국어의 역설을 이미 절감한 김이듬 시의 주체에게 저 청년의 선택은 "쓰디쓴 일"이 아닐 수 없다. 모국어는 저 청년의 눈동자를 빛나게 하지만, 그녀는 그런 청년의 눈동자가 곤혹스럽다. 그와 그녀는 "영어로 노래를 부"르는 "탄자니아 가수의 노래"를 둘 다 사랑한다는 점에서 취향을 공유하고 있다. 탄자니아로는 돌아가지 않을, 영어로 노래하는 "탄자니아 출신의 가수"와 "엄마가 한국인인데 한국말을 못하는 스무 살 청년", 그리고 이제 한국으로 돌아가야 하는 한국어 선생이자 파견 작가인 그녀. 이들은 모두 디아스포라적 주체이다. 김이듬의 시적 주체는 여기서 타자성을 드러내는 데 적합한 3인칭의 '그녀'로 호명된다. 인용한 시에서 선물로 받은 '빗'은 시적 주체가 미처 인식하지 못했던 새로운 세계로 그녀를 안내한다. 그녀에게 한국말을 배운 그는 그녀에게 빗을 선물하고 "빗이라고 적는다". 그의 호명에 의해 이제 그것은 빗이 아니라 빚이 된다. "그녀는 빗으로 머리를 빗어"보다가 "뜻밖의 빚을 졌"음을 깨닫는다. 뒤늦은 자각과 함께 비로소 그녀는 청년의 "빛나는 눈동자를 마주" 볼 수 있게 된다. 외국에서 체류한 기간 동안 김이듬의 시적 주체가 만난 타자들은 이제 빛이 되어 그녀의 시에 흔적을 남긴다.[29] 디아스포라 주체의 눈으로 바라본 자각과 인식이 자주 모습을 드러내는 것 또한 2000년대 시의 특징 중 하나라고 볼 수 있겠다.

---

28 김이듬, 『베를린, 달렘의 노래』, 서정시학, 2013.
29 이경수, 「'나'라는 구성물」, 『너는 너를 지나 무엇이든 될 수 있고』, 파란, 2017, 398~399쪽 참조.

100년 전쟁은 편안하다 하노이 공항

입국 절차도 하기 전에 별이 달린 군대 계급장

제복의 공안원은 시골처럼 꺼칠하고

여행가방은 귀성객의 보따리를 닮아가고

공습을 겨우 면한 역사 건물이

망가진 기념시계보다 편안하다.

문득, 5·16은 쓸데없이 육군 소장 박정희

라이방만 새까맣다

쿠데타만 지독하고 지리멸렬하다.

100년 전쟁은 편안하다 제국주의(이 말도 벌써 소란하다)에 이긴 100년 전

쟁은

사과도 사양하는

온화한 권위다.

이 말도 소란하다

6·25와 4·19, 그리고 5·16

숫자가 요란하다

우린 왜 그리 이를 악물고 살았던가

　　　　　　　　　　　　─김정환, 「공항─하노이─서울 시편 1」 전문

2003년에 출간된 김정환의 시집 『하노이 서울 시편』[30]은 '하노이─서

30　김정환, 『하노이 서울 시편』, 문학동네, 2003.

울 시편 序'로 시작해서 20편의 '하노이-서울 시편' 연작시를 거쳐 '하노이-서울 시편 決'로 마무리하고 '하노이-서울 시편, 그후'를 한 편 더 덧붙인 구성을 취하고 있다. 한국 작가의 베트남 방문을 계기로 쓰인 일종의 기행시집인데, 하노이에 가서 시인이 끊임없이 돌아보는 곳은 실은 어제와 오늘과 내일의 서울이다.

하노이에 도착해 "진눈깨비 내리는 길을" 걸으며 시의 주체는 처음부터 1970년대의 서울을 떠올린다. 5·16군사쿠데타의 주인공이자 이 땅에 오랜 군부독재의 역사를 있게 한 '박정희'와 절대적 숭배의 대상으로 우상화되어 또 다른 의미의 공산 독재국가를 일군 '김일성'이 없을 뿐, 하노이는 1970년대의 서울과 평양을 닮은 거리임을 직감한 것이다. 하노이의 거리를 거닐면서 시의 주체의 상상은 지속된다. 우리에게도 박정희와 김일성으로 상징되는 기나긴 독재의 역사가 없었다면 오늘의 서울과 평양도 어쩌면 지금과는 다른 모습을 하고 있을 거라는 생각이 시의 주체를 좀처럼 놓아주지 않는다. 2000년 민족문학작가회의(현 한국작가회의)가 주축이 되어 한국 작가의 베트남 방문이 성사되면서 한국인이 베트남전에서 저지른 역사적 과오를 청산해야 한다는 움직임이 일었고, 김정환 시의 주체도 베트남전에 참전한 나라의 국민이라는 부채의식과 죄의식을 가지고 베트남을 방문했을 것이다. 그런데 미국의 제국주의적 야욕에 승리한 100년 전쟁의 역사를 지닌 베트남에서 그가 받은 첫 인상은 의외로 편안하다는 것이었다. "제국주의에 이긴" 그들의 "100년 전쟁은 / 사과도 사양하는 온화한 권위"를 지녔음을 시의 주체는 깨닫는다. 김정환의 시적 주체가 베트남 하노이에 가서 정작 이 땅의 역사와 1960년대와 1970년대와 오늘의 서울을 돌아보는 까닭은 바로 여기에 있다. "우린 왜 그리 이를 악물고 살았던가"라는 말에서 느껴지는 뼈아픈 회한과 자성이야말로 국경을 횡단하는 탈국가적 상상력을 통해 2000년대의 우리 시가 도달한 의미 있는 자리라고 평가할 수 있다. 2000년대 시가 탈국가적 상상력을 통해 제기한 문학의 윤리의 문제는 바로 여기서 시작된다고 할 수 있다. 아시아의 연대를 외치기 전에 청산하고 해결해야 할 윤리적 과제가 있음을 김정환 시의 주체는 이 연작시들을 통해 환기하고 있다.

2005년에 출간된 이동순의 『미스 사이공』도 베트남 방문이 계기가 된 시집이다. 이동순 시의 주체는 오랜 전쟁이 베트남 땅에 남긴 상처를 들여다보며 그 안에서 우리의 흔적을 발견하는 데 주력한다. "서러운 라이따이한으로 / 손가락질 받으며"(「미스 사이공」) 수십 년을 살아온 여자를 그림으로써 이동순의 시는 아직도 현재진행형으로 계속되고 있는 베트남전의 상흔과 아픔의 역사에 주목하고자 한다. 특히 청산되지 못한 과거 역사의 잘못된 고리가 현재의 한국과 베트남 관계에까지 악영향을 미치고 있다는 인식을 보여줄 때 이동순의 시는 공감을 얻는다. "한국 좋아서 / 이 나라 왔"(「베트남 노동자」)다가 노동력을 착취당하고 임금도 못 받은 베트남 노동자의 상황과 고엽제로 인해 "암과 기형아와 온몸 뒤틀리는 신경마비로 / 기약없이 앓고 있는"(「고엽제 6」) 베트남 땅을 그림으로써 이동순 시의 주체는 과거의 상처가 현재에도 계속되고 있음을 기억하고자 한다.[31]

한편으로는 단일민족이라는 환상에서 벗어나 다문화 사회로 나아가는 한국의 현실을 인식하기 시작하면서 국경을 넘어 존재하는 디아스포라에 대해 2000년대의 시도 본격적인 관심을 드러내게 된다. 1980년대에 민중시를 쓰던 시인 중 하나였던 하종오는 2000년대 들어 이러한 문제의식을 선구적으로 시로 형상화하기 시작한 대표적인 시인이다.

---

31 이경수, 「국경을 횡단하는 상상력」, 『춤추는 그림자』, 서정시학, 2012, 112~116쪽 참조.

아비가 젊어서 떠났던 곳에 딸이 늙어서 돌아오니
조선족이라고 했다
늙은 딸이 돌아온 곳에 따라온 젊은 외손녀도
조선족이라고 했다

그 모녀는
지하 셋방에서 살았다
새벽에 어머니가 공장에 일 나가고 딸이 들어오고
저녁에 딸이 술집에 일 나가고 어머니가 들어왔다
서로 들고나는 이부자리에서
서로 남긴 체온 느낄 때만 조선족이었다

그 모녀가
아비의 고향 외할아비의 고향 처음 찾아왔을 적에
직접 지어서 지냈다던 움집도
배가 고파 두레박으로 물 퍼 마시고
고개 처박고 울었다던 깊은 우물도 찾을 수 없었다
뱀장어 잡아 구워 먹었다던 봇도랑은 뭉개지고
거기로 고속도로가 내달리고 있었다

그 모녀는
아비가 젊어서 딸아이 업고 떠났던 곳은
먹을 게 모자라 못 나눠 먹던 데였지만
딸이 늙어서 외손녀 데리고 찾아온 곳은

먹을 게 남아돌아도 나눠먹지 않는 데라는 걸 알고는

조선족에게로 되돌아가기 위해

밤낮 번갈아 일하지 않으면 안 되었다

— 하종오, 「아비가 떠난 곳 딸이 돌아온 곳」 전문

하종오는 『반대쪽 천국』(2004),[32] 『지옥처럼 낯선』(2006)[33] 등을 거쳐 지금까지도 해마다 한 권 이상의 시집을 내며 '다문화 사회'로 접어든 한국 사회의 현재와 미래에 대해 지속적으로 노래해왔다. 이주 노동자와 디아스포라, 다문화 사회라는 변화에 대응하는 선구적인 인식을 보여준 하종오는 인용 시에서도 이 땅에서 '조선족'이 겪는 애환을 담담하게 그리고 있다. "아비가 젊어서 떠났던 곳에 딸이 늙어서 돌아오니 조선족이라고" 하는 이방인이 되어 있는 아이러니한 상황에 하종오의 시는 주목한다. 외양이 같고 쓰는 말과 조상이 같아도 그들은 국가와 민족이라는 경계가 완강한 땅에서 '조선족'일 뿐이다. 아버지와 외할아버지에게 들은 고향을 찾아왔건만 "뱀장어 잡아 구워 먹었다던 봇도랑"은 흔적 없이 사라지고 온기를 느낄 수 없을 만큼 고단한 노동만이 '조선족' 모녀를 기다리고 있었다. 고향의 흔적도 동족의 온기도 느낄 수 없는 '아버지의 고향'에서 그들은 철저한 이방인일 뿐이었다. 지하 셋방에 살면서 유일하게 의지할 수 있는 가족인 모녀조차 생계를 위해 서로 출퇴근 시간이 엇갈리는 생활을 해야 하는 열악한 노동 현실과 좀처럼 벗어나기 힘든 가난을 그림으로써 하종오 시의 주체는 이주 노동자들의 척박한 현실에 주목한다. 그가 지속적으로 그려온 이주 노동자와 다문화 가정의 현실은 결국 타자를 통해 우리의 문제를 비추는 윤리적

---

32 하종오, 『반대쪽 천국』, 문학동네, 2004.
33 하종오, 『지옥처럼 낯선』, 랜덤하우스중앙, 2006.

인식을 드러내고 있다.

2008년에 출간한 『베드타운』[34]에서 하종오는 '자연부락'의 길을 무너뜨리고 뭉개고 막아서 '베드타운'의 길을 건설하는 오늘의 한국 사회의 개발 논리를 비판한다. 그에 따르면 '베드타운'은 아버지의 삶과 역사를 부정하는 방식으로 구축되고 있다. '뉴타운' 개발에 혈안이 된 '지금, 여기'의 한국 사회의 현실을 예민하게 반영하고 있는 하종오의 『베드타운』은 『반대쪽 천국』 이후 그가 지속적으로 탐구해온 세계의 연장선 위에 놓여 있다. 아울러 1980년대에 민중시를 쓰면서 가지고 있었던 시인의 문제의식과도 닿아있다고 할 수 있다. 하종오의 시는 날마다 높은 빌딩이 들어서는 '베드타운'의 이면에 공동화되어가는 '자연부락'이 있음을 기억하고자 한다. 그가 공동화되어가는 '자연부락'을 지키며 살아가는 사람들의 모습을 시집의 2부에서 핍진하게 그리는 이유는 여기에 있다. 이 땅에서 '자연부락'이 사라져간다는 것은 곧 '자연부락'에서 공동체를 이루며 살아가던 삶의 방식이 사라져간다는 것을 의미한다. 아버지와 어머니가 살아온 방식으로 세상을 살아서는 경쟁사회에서 밀려날 수밖에 없음을 체득한 자식 세대의 삶은 불안감과 조바심으로 채워져 있고 공동체의식과 연대감은 사라져버렸음을 하종오의 시적 주체는 놓치지 않고 있다. 하종오의 시는 공동화되어 가는 '자연부락'과 사막화해버린 '베드타운'이 사실은 서로 긴밀하게 얽혀있음을 보여줌으로써 한국 사회의 현재를 가감 없이 그려내고 있다.[35]

---

34 하종오, 『베드타운』, 창비, 2008.
35 이경수, 「질식하는 땅의 아이들」, 『너는 너를 지나 무엇이든 될 수 있고』, 파란, 2017, 436~437쪽 참조.

아이들 자라는 시간 청동으로 된 시간

차가운 시간 속 뜨겁게 자라는 군인들

아이들이 앉아 있는 땅속에서 감자는

아직 감자의 시간을 사네

다행이군요,

땅속에서 땅사과가 아직도 열리는 것은

아이들이 쪼그리고 앉아 땀을 역청처럼 흘리네

물 좀 가져다 주어요

물은 별보다 멀리 있으므로

별보다 먼 곳에 도달해서

물을 마시기에는

아이들의 다리는 아직 작아요

언젠가 군인이 될 아이들은 스무 해 정도만 살 수 있는 고대인이지요, 옥수
수를 심을걸 그랬어요 그랬더라면 아이들이 그 잎 아래로 절 숨길 수 있을 것
을 아이들을 잡아먹느라 매일매일 부지런한 태양을 피할 수도 있을 것을

아이들을 향해 달려가는

저 푸른 마스크를 쓴 이는 누구의 어머니인가,

저 어머니들의 얼굴에 찍혀 있는 청동의 총,

저 아이를 끌고 가는 피곤한 얼굴의 사람들은

아이들의 어머니인가

원숭이 고기를 끓여 아이에게 주는 푸른 마스크의

어머니에게 제발 아이들의 안부 좀 전해주어요

아이들이 자라는 그 청동의 시간도, 그 뜨거운 군인이 될 시간도

—허수경, 「물 좀 가져다주어요」 전문

2001년, 독일로 날아간 지 거의 10년 만에 세 번째 시집『내 영혼은 오래
되었으나』(2001)[36]를 출간한 허수경은 그로부터 4년 뒤 네 번째 시집『청동
의 시간 감자의 시간』[37]을 출간한다. 이후『빌어먹을 차가운 심장』(2011),[38]
『누구도 기억하지 않는 역에서』(2016)[39] 등 두 권의 시집을 더 낸 바 있다.
세 번째 시집에서부터 허수경의 시는 디아스포라적 시선을 본격적으로 드
러내기 시작한다. 고향을 떠나야 비로소 고향이 인식되듯이, 26년 가까이
모국을 떠나 살고 있는 허수경 시인은 디아스포라 주체로서 모국과 모국어
에 대한 새로운 인식을 보여주고 있다.[40]

허수경의 시적 주체는 디아스포라의 정체성을 표방하며 지구상에서 행
해지는 모든 폭력과 전쟁에 반대하는 평화의 노래를 부르기 시작한다. 인
용한 시에서 허수경 시의 주체는 서로를 죽이는 전쟁으로 점철된 인류의
역사를 "청동의 시간"이라고 부른다. 아이들에게 총칼을 들리고 군인으로
키우는 청동의 시간의 대척점에는 감자의 시간이 놓여 있다. 청동의 시간
이 "뜨거운 군인이 될 시간"이라면 감자의 시간은 전쟁의 열기를 식혀 줄

---

36 허수경, 『내 영혼은 오래되었으나』, 창비, 2001.
37 허수경, 『청동의 시간 감자의 시간』, 문학과지성사, 2005.
38 허수경, 『빌어먹을 차가운 심장』, 문학동네, 2011.
39 허수경, 『누구도 기억하지 않는 역에서』, 문학과지성사, 2016.
40 이 책의 출간을 준비하던 중 2018년 10월 3일 허수경 시인이 투병 끝에 독일에서 영면했다.

수 있는 시간이자 생명을 키우는 시간이다. 자라서 군인이 될 아이들에게 고기를 끓여주고 물을 가져다주는 이는 바로 "푸른 마스크"를 쓴 "어머니" 이다. 땅속의 감자가 감자의 시간을 살고 있는 한, 그리고 아이들에게 물을 가져다줄 이들이 있는 한, 서로를 죽이는 청동의 시간의 열기를 식힐 가능성이 우리에겐 남아 있을 것이라고 허수경 시의 주체는 희망의 씨앗을 뿌린다. 같은 시집에 실린 「새벽 발굴」에서 시의 주체는 "이름 없는 집단 무덤" 속에 몇 조각 뼈로 남아있는 "그대들"과 대화를 나누며 수백 년, 수천 년의 시간을 뛰어넘는다. 허수경의 시에서 시간적 격차나 공간적 차이가 쉽게 지워지고, 사는 곳과 시간은 달라도 서로 닮은 얼굴을 한 사람들이 등장하는 까닭은 시인의 디아스포라 체험으로부터 연유한 것이라 볼 수 있다. 허수경의 시가 그려 보이는 이국적인 풍경에서 우리는 순간 우리 자신의 얼굴을 마주하게 된다. "물 좀 가져다주어요"라고 외치는 시적 주체의 절규는 이 희망 없는 세계를 향해 던지는 시인의 목소리인 셈이다. 모국을 벗어나 먼 이국으로 떠난 후 긴 세월을 살고 나서야 허수경의 시적 주체는 비로소 고향과 모국어, 그리고 자신의 얼굴과 마주할 수 있었을 것이다. 디아스포라 주체로 오래 떠돌았던 허수경이 들려주는 반전과 평화의 노래는 타자와의 만남 속에서 자신을 발견하고 인식하는 윤리적 주체의 목소리라고 할 수 있다.

일찍이 고봉준은 "우리 시대의 비평에서 '윤리'는 몰락한 좌파의 멜랑콜리를 가리키는 기호에서 타자(성)와의 관계를 근거 짓는 실천적 태도까지, 혹은 실재the real가 열어놓는 자유의 가능성을 향락으로 채워가는 생의 정치학 즉 실재의 윤리에 이르기까지 다양한 맥락에서 쓰이고 있"[41]음

---

41 고봉준, 「윤리의 좌표」, 작가와비평 편집동인 편, 앞의 책, 54쪽.

을 포착한 바 있다. 경계를 횡단하는 탈국가적 상상력을 표방한 2000년대 시들에서 윤리적 주체의 목소리는 타자와의 관계 속에서 자신을 성찰하는 방향으로 나아갔다고 볼 수 있다.

4. 정치의 일상화와 정치적 상상력의 갱신

2000년대 시가 이전 세기와 다르게 보여주는 큰 변화로 정치적 상상력의 갱신을 들지 않을 수 없는데 이러한 변화를 주도한 것은 촛불시위와 용산참사, 노무현 대통령의 서거, 4대강 사업, 쌍용자동차 노조의 파업투쟁, 한진중공업 사태, 밀양 송전탑, 강정마을 등의 역사적 사건이었다고 해도 과언이 아니다. 2002년 6월 13일, 월드컵이 한창이던 때에 미군 장갑차에 치여 목숨을 잃은 신효순·심미선 씨를 추모하고자 하는 촛불시위가 그해 처음 열렸고, 그 이후 2008년 내내 광우병에 대한 우려로 미국산 쇠고기 수입 재개 협상에 반대하는 촛불시위가 열려 '엄마 부대'를 비롯해 일상의 먹거리를 지키고자 한 많은 시민들이 거리로 쏟아져 나왔다. 그런 분위기 속에서 2009년 1월에 용산참사가 일어나 이 땅의 시민들을 충격과 분노에 빠트렸고, 몇 달 뒤인 5월 23일 노무현 대통령의 서거라는 충격적인 사건이 벌어졌다.

2000년대의 끝 무렵에 연이어 터진 역사적 사건 앞에서 더 이상 가만히 있으면 안 되겠다는 문제의식을 지닌 젊은 시인, 작가, 비평가들을 중심으로 6·9작가선언이 있었다. '이것은 사람의 말'이라는 슬로건을 내세운

6·9작가선언은 시인, 작가, 비평가들의 한 줄 선언으로 이루어졌다. 이 선언이 사회적인 반향을 일으키지는 못했지만 자발적으로 선언에 참여했던 젊은 시인, 작가들에게는 의미 있는 변화를 가져오게 된다. 6·9작가선언은 일회성 선언으로 그치지 않고 사회적 이슈에 시민이자 시인, 작가로서 지속적으로 참여하면서 문학적 실천을 고민하는 분위기를 조성하게 된다.

2011년 한진중공업 사태 때 크레인에 올라가 고공농성을 한 김진숙 위원을 응원하기 위한 희망버스가 조직되면서 이후에도 다른 사회적 이슈가 터질 때마다 제2, 제3의 희망버스가 만들어지곤 했다. 2013년 말 대학가로 확산된 '안녕들 하십니까' 대자보 사건은 2012년 말 유신 적폐의 상징인 박근혜 후보가 대통령으로 당선되면서 사회 전반에 퍼진 암담한 분위기가 대학가에 다시 정치 참여의 바람을 만들어낸 사건이라고 볼 수 있다. 2014년 4월 16일에 있었던 세월호 참사는 제주도로 수학여행을 가던 안산 단원고 학생을 비롯해 일반인 승객까지 304명의 소중한 목숨을 구하지 못하고 수장시킨 사건으로, 전 국민을 슬픔에 잠기게 한 것은 말할 것도 없고 전원 구조됐다는 오보로 인해 전 국민의 공분을 사기도 했다. 아직까지도 진실이 제대로 밝혀지지 않은 세월호 참사는 '가만히 있지 않겠습니다'라는 각성을 이끌어내고 마침내 2016년의 촛불 혁명과 탄핵 정국, 2017년의 장미 대선을 이끈 기폭제가 되었다. 시단에서도 세월호 참사에 대응하는 사회 참여적 문학 운동이 '304 낭독회'[42]를 비롯한 각종 낭독회,

---

[42] '304 낭독회'는 2014년 9월 20일 토요일 오후 4시 16분에 시인, 작가, 비평가, 시민들이 함께 참여한 305개의 한 줄 문장을 광화문 광장에 둘러서서 낭독하는 것으로 시작되었다. 이후 304명의 세월호 참사 희생자들을 기리고 304명의 귀한 목숨들이 살았을 시간의 무게를 기억하며 참사의 원인을 규명하고 진실을 밝히고 슬픔을 잊지 않기 위한 취지로 지금까지 낭독회가 계속되고 있다. 매달 마지막 주 토요일 오후 4시 16분에 광화문, 시민청, 연희창작촌을 비롯한 다양한 장소에서 낭독회에 참여하는 시민들이 직접 쓴 글이나 읽고 싶은 글을

생일시 쓰기 활동, 세월호 참사 희생자의 유족 및 생존 학생들의 목소리를 기록하는 다양한 활동 및 기록물의 출간 등의 형태로 이루어졌다.[43] 그리고 2017년 이후에는 '참고문헌 없음' 및 페미라이터 활동, 문단 내 성폭력에 대한 고발 등 일상의 페미니즘 운동으로 번져 나가고 있는 상황이다.

희망버스를 비롯해 사회적 이슈와 관련된 투쟁 현장에 늘 함께해 왔던 대표적 시인으로 송경동 시인을 들지 않을 수 없다. 송경동의 시는 2000년대 리얼리즘 시의 가능성을 말할 때 특별히 거론될 만하다. 제도권 밖의 시가 사라져가는 오늘의 한국 시단에서 송경동은 여전히 치열한 현장의 목소리로 시를 쓰는 보기 드문 시인이다. 「점거는 끝나지 않았다」는 이랜드·뉴코아 여성비정규직 투쟁 300일에 부쳐 쓴 시로 현장에서 쓴 시가 갖는 울림의 힘을 보여준다. 두 번째 시집의 표제시인 「사소한 물음들에 답함」에서는 출신 성분과 소속된 조직을 묻는 편가르기식 질문에 "나는 저 들에 가입되어 있다고 / 저 바닷물결에 밀리고 있으며 / 저 꽃잎 앞에서 날마다 흔들리고 / 이 푸르른 나무에 물들어 있으며 / 저 바람에 선동당하고 있다고" 대답함으로써 관료적이고 이분법적인 사고를 넘어서는 서정의 힘을 보여준다. 우리 사회의 소외된 노동 현장이나 투쟁의 현장에 늘 함께해 왔던 송경동은 2014년 세월호 참사가 일어났을 때에도 슬픔을 나누는 자리에 함께하면서 세월호 참사가 일어난 근본적인 원인을 누구보다도 뼈

가져와 낭독하고 함께 귀 기울여 듣는 낭독회를 해왔다. 6·9작가선언처럼 한 줄 문장의 낭독으로 시작되었지만 처음부터 시민들과 함께한 낭독회였고 이후에도 시민들이 낭독자로 줄곧 참여해 왔다는 점에서 자발적으로 시민들 속으로 걸어 들어가 시민과 연대하는 새로운 낭독회의 모델과 애도의 새로운 형식을 만들어 가고 있다는 점에서도 2000년대의 시사에서 '304 낭독회'가 갖는 의미를 찾을 수 있다.

43 이성혁은 2000년대 이후의 역사를 시를 통해 살펴본 글에서 "이명박·박근혜 정부 아래에서 일어난 역사적 사건들"을 조명한 시에 특히 주목하였다. 이성혁, 「촛불의 시대, 신자유주의의 폭력과 시민의 저항—2000년대 한국시에 나타난 저항의 양상」, 이성혁 외, 『시, 현대사를 관통하다』, 문화다북스, 2018, 343~371쪽.

아프게 성찰하는 것을 잊지 않는다.

    돌려 말하지 마라

    온 사회가 세월호였다

    오늘 우리 모두의 삶이 세월호다

    자본과 권력은 이미 우리들의 모든 삶에서

    평형수를 덜어냈다

    사회 전체적으로 정규적 일자리를 덜어내고

    비정규직이라는 불안정성을 주입했다

    그렇게 언제 침몰할지 모르는

    노동자 세월호에 태워진 이들이 900만 명이다

    사회의 모든 곳에서

    '안전'이라는 이름이 박혀 있어야 할 곳들을 덜어내고

    그곳에 '무한 이윤'이라는 탐욕을 채워 넣었다

    이런 자본의 재해 속에서

    오늘도 하루 일곱 명씩 산재라는 이름으로

    착실히 침몰하고 있다

    생계 비관이라는 이름으로

    그간 수많은 노동자 민중들이 알아서 좌초해가야 했다

    그렇게 수없이 많은 이들이 지하 선실에 가두어진

    이 참혹한 세월의 너른 갑판 위에서

    자본만이 무한히 안전하고 배부른 세상이었다

    그들의 안전만을 위한 구조 변경은

    언제나 법으로 보장되었다

무한한 자본의 안전을 위해

정리해고 비정규직화가 법제화되었다

돈이 되지 않는 모든 안전의 업무가

평화의 업무가 평등의 업무가 외주화되었다

경영상의 위기 시 선장인 자본가들의 탈출은 언제나 합법이었고

함께 살자는 모든 노동자들의 구조 신호는 외면당했고

불법으로 매도되고 탄압당했다

더 많은 이윤을 위한 자본의 이동은 언제나 자유로운 합법이었고

위험은 아래로 아래로만 전가되었다

그런 자본의 무한한 축적을 위해

세상 전체가 기울고 있고 침몰해가고 있다

그 잔혹한 생존의 난바다 속에서

사람들의 생목숨이 수장당했다

그런데도 가만히 있으라고 한다

돌려 말하지 마라

이 구조 전체가 단죄받아야 한다

사회 전체의 구조가 바뀌어야 한다

이 처참한 세월호에서 다시 그들만 탈출하려는

이 세월호의 선장과 선원들을 바꾸어야 한다

우리 모두가 이 위험한 세월호의

선장으로 기관장으로 갑판원으로 조타수로 나서야 한다

이 시대의 마지막 남은 평형수로 에어포켓으로

다이빙벨로 긴급히 나서야 한다

이 세월호의 항로를 바꾸어야 한다

이 자본의 항로를 바꾸어야 한다

—송경동, 「우리 모두가 세월호였다」 전문

세월호 참사에 대한 첫 번째 시적 대응이라고 할 수 있는 세월호 추모시집 『우리 모두가 세월호였다』[44]에는 강은교를 비롯한 68명의 시인들의 시가 실려 있다. 이 시집의 표제시인 송경동의 시는 "돌려 말하지 마라 / 온 사회가 세월호였다"라고 참사의 원인에 대해 단호하게 말한다. 참담하게도 '세월호'는 우리 사회와 그곳에서 살아가는 우리 모두의 자화상이었다. 그것은 더 이상 은유가 아니라고 그러니까 돌려 말하지 말라고 송경동의 시는 말한다. 자본과 권력이 우리의 일상을 어떻게 지배하고 우리 사회에 불안정성을 어떻게 주입했는지 똑바로 보라고 외친다. "사회의 모든 곳에서 / '안전'이라는 이름이 박혀 있어야 할 곳들을 덜어내고 / 그곳에 '무한 이윤'이라는 탐욕을 채워 넣"은 결과가 바로 세월호 참사였음을 직시하라고 말이다.

"자본의 재해 속에서 / 오늘도 하루 일곱 명씩 산재라는 이름으로 / 착실히 침몰하고 있"는 것이 바로 우리가 탄 세월호임을, 생계 비관으로 지금도 수많은 노동자와 민중들이 좌초해가고 있음을 모른 척하지 말라고 그는 말한다. 생명 존중이라는 가치보다 이윤을 추구하는 경제 논리가 우선시되는 사회에서 세월호 사건은 결코 우연이 아니며 언제든 다시 일어날 수 있고 지금도 일어나고 있는 사건임을 직시하라고 송경동의 시는 절규한다. "더 많은 이윤을 위한 자본의 이동은 언제나 자유로운 합법이었고" "함께 살자는 모든 노동자들의 구조 신호는 외면당"하는 사회. 이것이 우리 사회의 민낯임을 송경동의 시는 고발한다. 그러므로 더 늦기 전에 사

---

44 고은 외 68인, 『우리 모두가 세월호였다』, 실천문학사, 2014.

회 전체의 구조를 바꾸고 자본의 항로를 바꾸어야만 한다고 절절하게 외침으로써 그는 시의 정치적 소명을 일깨운다.[45]

4.16. 08 : 59-10 : 11

살고 싶어요⋯⋯를 지나는 시간입니다
수학여행 큰일 났어요 나 울 것 같아요를,
죽을 수 있을 것 같습니다를 지나갑니다
걱정돼요, 한 명도 빠짐없이, 아멘⋯⋯을 기억하는 시간입니다
실제상황이야 아기까지 있어 미치겠다가
가만히 있으세요 절대 이동하지 말고가, 기다리세요가 사라졌습니다
기울어지고 기울어지고 기울어지고가 지나갑니다
잠깁니다 잠기고 있습니다 잠깁니다
무섭습니다 무섭습니다 무섭습니다
이제 없어, 가자고가 가버립니다
오지 않았습니다 들어오지 않습니다 쳐다보며,
안 보았습니다 우리는 여기, 없습니다
마지막 기념을 엄마 보고 싶어요를, 사랑해
사랑해, 나가서 만나를 잃어버렸습니다
내 동생 어떡하지? 아직 못 본 애니가 많은데,
난 꿈이 있는데,
내 구명조끼 네가 입어가 우릴 놓아버리고

---

45 이경수, 「절망의 봄, 공감의 노래」, 『이후의 시』, 파란, 2017, 52~53쪽.

끝났어 끝난 것 같아가 끝납니다 사라집니다

검은 물이 옵니다 물 샐 틈 없는 물이 왔습니다

끝났습니까 끝났습니다 끝났습니까……

4.16. 11 : 18-

아니요…… 끝나지 않았습니다

아니요…… 이제 시작입니다 우리는 여기, 있습니다

아니요…… 죽임이 나타났습니다 사선 뒤의 사선이 나타났습니다

뉴스가 꺼지고,

카톡이 안 되는 시간입니다

스마트폰이 숨 거둔 시간입니다

기다려라 기다려나 봐라 기다려버려라, 없어진

우리는 천천히 오그라듭니다

고통이 너무 많이 천천히, 천천히 옵니다

우리는 천천히, 천천히, 천천히 죽임이 옵니다

우리는 천천히, 천천히, 천천히 죽임이 만집니다

우리는 천천히, 천천히 죽임이 알아봅니다

우리는 다급히…… 죽음을 모릅니다

헤어지지 않습니다, 버려졌으니까 네 손과 내 손을

묶습니다 정말 없어질지도 몰라, 입 맞춥니다

젖은 몸을 안습니다 젖었으니까 안습니다 웁니다

그칩니다 웁니다 어둡습니다

무섭습니다

미끄러지고 뒹굴고 떨어지고 부딪히고 처박힙니다

떱니다

찢어지고 흩립니다 움켜쥐고 끊어지고 긁습니다

부러집니다 꺾입니다 그리고……

어둡습니다

우리는 너무 많이 숨을 안 쉽니다

우리는 너무 자꾸 피에 젖습니다

모면하고 모면하고 모면합니다 실낱같이

가혹해집니다 희미하게 희미하게, 살아집니다

고통이 너무 많이 번개처럼 웁니다

고통이 너무 많이 번개처럼 웁니다

살고 싶어요를…… 죽고 싶어요를 눌러 죽이는 시간입니다

아픕니다 아팠습니다 아팠던 것 같습니다

아프고 있습니다

끝났습니까 끝났습니다 끝났습니까 끝났습니까……

(…중략…)

4.18-

아니요…… 아무것도 끝나지 않았습니다

아니요…… 다른 것이 되었습니다

아니요…… 몸이라는 헛것을, 헛것을 빼앗겼을 뿐입니다

우리는 왜 이유가 없습니까

이유란 대체 무엇입니까

(…중략…)

0.00. 00 : 00

초록 바다 수평선 너머 먼 곳으로 수학여행 가야 해요
수학여행, 가고 싶습니다
수학여행 보내주세요

아니, 아니……돌아가야 해요
예쁘고 미운 친구들과 괴롭고 즐거운 학교와
인사 하던 골목길과 상점들에게로 그렇고 그런 사람들에게로
돌아가야 해요, 꿈꾸고 꿈꾸고 꿈꾸면 괜찮아지던 곳으로,
끝내 와주지 않던 그, 나라라는 곳으로 돌아가야 해요
무엇보다, 몰래 우는 엄마에게로
숨 죽여 울어야 하는 아빠에게로
집으로,

돌아가고 싶습니다
수학여행 다녀오고 싶습니다
수학여행 다녀올게요
수학여행 다녀올게요
　　　　　　　　　　—이영광, 「수학여행 다녀올게요－유령 6」 부분[46]

참사 4년 만에 육지로 인양, 직립한 세월호 ⓒKBS 뉴스

　이영광 시인이 용산참사를 목격하며 쓰기 시작한 「유령」 연작시는 이 시를 쓴 2014년까지도 계속되었다. 이 땅에서 죽음이 창궐하고 죽지 말아야 할 목숨들이 아깝게 스러지는 일이 멈추지 않는 한 그의 「유령」 연작시도 계속 써질 것이다. 영문도 모르고 죽어간 이 땅의 수많은 원혼들을 달래기 위해 이영광의 시적 주체는 기꺼이 시무詩巫가 된다.

　두 번째 '304 낭독회'에서 낭독된 이 시는 세월호가 침몰한 4월 16일 8시 59분으로부터 시작해 4월 16일 11시 18분을 거쳐, 4월 17일, 18일, 20일, 그리고 무한대로 이어지는 시간에 대해 기록한다. 제주도로 수학여행을 떠났다 희생된 단원고 아이들의 목소리로 말하는 이 시는 아무리 기억하는 일이 고통스럽더라도 기억하고 기록하는 일이 우리 시대 시의 몫임을 분명히 하고 있다. 원인도 모르고 참사를 당한 아이들의 목소리를 빌려 말하고 있는 시이므로 아이들이 겪었을 공포와 고통과 분노와 의문의 말

---

46 『두 번째 304 낭독회 자료집』, 304 낭독회, 2014.10.25. 자료집은 다음의 주소에서 볼 수 있다. http://304recital.tumblr.com

이 이 시에는 적나라하게 담겨 있다.

분석의 말이 불필요한 이 시가 향하는 시간은 결국 '0.00. 00 : 00'의 시간, 즉 무한대의 시간이자 영원의 시간이다. 세월호 참사는 우리를 영원의 시간에 가두어 버렸다. 진실이 제대로 밝혀지기 전에는 누구도 저 시간의 감옥에서 **빠져나올** 수 없게 되었다. 기억하고 애도하는 것만으로 이 저주받은 시간에서 벗어날 수는 없다. 진실을 낱낱이 밝히고 진상을 규명하는 것만이, 그리하여 다시는 억울한 죽음이 생기지 않도록 근본적인 변화를 이끌어내는 것만이 진정한 의미의 애도라고 할 수 있을 것이다. 인용한 시에서 반복적으로 말하듯이 아직 "아무것도 끝나지 않았"다. "우리는 왜 이유가 없습니까"라고 묻는 혼령들에게 이유를 낱낱이 밝혀주기 전에는 결코 아무것도 끝날 수 없고 누구도 무사할 수 없다고 이영광 시의 주체는 말한다. "망각이 되자고 날뛰는 기억들을 기억"하는 일, 그 지난한 싸움을 마주하고 겪어내는 일은 이제 앞으로의 시의 몫이 되었다. 그것을 하지 못하는 말은 '사람의 말'도, 우리 시대의 시도 될 수 없을 것이다.[47] 2014년 세월호 참사 이후의 시에 일어난 가장 큰 변화는 바로 이것이다.

> 아빠 미안
>
> 2킬로그램 조금 넘게, 너무 조그맣게 태어나서 미안
>
> 스무 살도 못 되게, 너무 조금 곁에 머물러서 미안
>
> 엄마 미안
>
> 밤에 학원갈 때 핸드폰 충전 안 해놓고 걱정시켜 미안

---

[47] 이경수, 「멎어버린 시계, 중지된 말」, 앞의 책, 35~36쪽.

이번에 배에서 돌아올 때도 일주일이나 연락 못해서 미안

할머니, 지나간 세월의 눈물을 합한 것보다 더 많은 눈물을 흘리게 해서 미안
할머니랑 함께 부침개를 부치며
나의 삶이 노릇노릇 따뜻하고 부드럽게 익어가는 걸 보여주지 못해서 미안

아빠 엄마 미안
아빠의 지친 머리 위로 비가 눈물처럼 내리게 해서 미안
아빠, 자꾸만 바람이 서글픈 속삭임으로 불게 해서 미안
엄마, 가을의 모든 빛깔이 다 어울리는 우리 엄마에게 검은 셔츠를 계속 입
게 해서 미안

엄마, 여기에도 아빠의 넓은 등처럼 나를 업어주는 포근한 구름이 있어
여기에도 친구들이 달아준 리본처럼 구름 사이에서 햇빛이 따뜻하게 펄럭이고
여기에도 똑같이 주홍 해가 저물어
엄마 아빠가 기억의 두 기둥 사이에 매달아놓은 해먹이 있어
그 해먹에 누워 또 한숨을 자고 나면
여전히 나는 볼이 통통하고 얌전한 귀 뒤로 머리카락을 쓸어넘기는 아이
제일 큰 슬픔의 대가족들 사이에서도 힘을 내는 씩씩한 엄마 아빠의 아이

아빠, 여기에는 친구들도 있어
이렇게 말해주는 친구들도 있어
"쌍꺼풀 없이 고요하게 둥그레지는 눈매가 넌 참 예뻐"
"너는 어쩌면 그리 목소리가 곱니,

어쩌면 생머리가 물 위의 별빛처럼 그리 빛나니"

아빠! 엄마! 벚꽃 지는 벤치에 앉아 내가 친구들과 부르던 노래 기억나?
나는 기타를 잘 치는 소년과 노래를 잘 부르는 소녀들과 있어
음악을 만지는 것처럼 부드러운 털을 가진 고양이들과 있어
내가 좋아하는 엄마의 밤길 마중과 내 분홍색 손거울과 함께 있어
거울에 담긴 열일곱 살, 맑은 내 얼굴과 함께, 여기 사이좋게 있어

아빠, 내가 애들과 노느라 꿈속에 자주 못가도 슬퍼하지 마
아빠, 새벽 세 시에 안 자고 일어나 내 사진 자꾸 보지 마
아빠, 내가 여기 친구들이 더 좋아져도 삐치지 마

엄마, 아빠 삐치면 나 대신 꼭 안아줘
하은언니, 엄마 슬퍼하면 나 대신 꼭 안아줘
성은아, 언니 슬퍼하면 네가 좋아하는 레모네이드를 타줘
지은아, 성은이가 슬퍼하면 나 대신 노래 불러줘
아빠, 지은이가 슬퍼하면 나 대신 두둥실 업어줘
이모, 엄마 아빠의 지친 어깨를 꼭 감싸줘
친구들아, 우리 가족의 눈물을 닦아줘

나의 쌍둥이 하은언니 고마워
나와 함께 손잡고 세상에 와줘서 정말 고마워
나는 여기서, 언니는 거기서 엄마 아빠 동생들을 지키자
나는 언니가 행복한 시간만큼 똑같이 행복하고

나는 언니가 사랑받는 시간만큼 똑같이 사랑받게 될 거야,
그니까 언니 알지?

아빠 아빠
나는 슬픔의 큰 홍수 뒤에 뜨는 무지개같은 아이
하늘에서 제일 멋진 이름을 가진 아이로 만들어줘 고마워
엄마 엄마
내가 부르고 싶은 노래들 중 가장 맑은 노래
진실을 밝히는 노래를 함께 불러줘 고마워

엄마 아빠, 그날 이후에도 더 많이 사랑해줘 고마워
엄마 아빠, 아프게 사랑해줘 고마워
엄마 아빠, 나를 위해 걷고, 나를 위해 굶고, 나를 위해 외치고 싸우고
나는 세상에서 가장 성실하고 정직한 엄마 아빠로 살려는 두 사람의 아이 예
은이야
나는 그날 이후에도 영원히 사랑받는 아이, 우리 모두의 예은이
오늘은 나의 생일이야

— 진은영, 「그날 이후」 전문

진은영의 시는 세월호 참사로 희생된 '유예은' 학생의 생일시로 쓰여
두 번째 '304 낭독회'에서 낭독되었다. 예은이의 목소리를 빌려 말하는
이 시는 예은이의 생일을 맞아 쓴 시로, 세월호 참사 이후 아이들의 생일
이면 더 힘들어하는 유가족들의 슬픔을 조금이라도 위로하기 위해 시작된
일종의 문학 치유 활동이다. 음악을 하고 싶어했던 예은이는 엄마, 아빠,

하은 언니, 동생들과 친구들에게 따뜻한 안부를 전한다. 예은이를 비롯해 희생된 단원고 학생들은 그렇게 빛나는 아이들이었다. "할머니랑 함께 부침개를 부치며" "노릇노릇 따뜻하게 부드럽게" 삶이 익어 갈 아이들이었다. 쌍꺼풀 없이 고요하게 둥그레지는 눈매가 예쁘고 목소리가 예쁘고 물 위의 별빛처럼 빛나는 생머리를 가진 아이. 열일곱 살 맑은 꿈을 가진 아이. 사랑받을 날이 많았던 아이, 아이들. 예은이의 목소리를 빌려 남겨진 가족들을 위

304 낭독회 자료집 표지 ⓒ 나미나

로하는 진은영의 시는, 걷고 굶고 싸우고 외치며 진실을 규명하기 위해 애써 온 유가족과 시민들의 일상을 따뜻하게 감싸 안는다. 세월호 이후 오늘의 문학이 감당해야 할 몫 중 하나는 이런 것이 아닐까 싶다. 사실을 기록하고 기억하는 것은 물론, 상상을 통해 공감하고 교감하는 일. 그리하여 남겨진 많은 이들을 위로하고 더 나아가 앞으로도 우리가 살아가야 할 이 세상을, 무엇보다도 나 자신을 바꾸는 일 말이다. 그러기 위해서는 우리의 슬픔, 분노, 부끄러움 같은 우리의 감정들에 좀 더 솔직해질 필요가 있을 것이다. 자신의 감정을 솔직히 드러내고 서로의 슬픔과 분노를 함께 나누며 공감의 장을 넓혀 가는 일에서부터 시가 지닌 공감의 힘을 다시 회복하는 일이 시작될 것이다. 기나긴 이 싸움은 오래 오래 지속될 것이다.[48]

이 글에서 자세히 언급한 시인들 외에도 심보선 · 신철규 · 안희연 등의 시인이 시의 정치성에 대한 고민을 지속하며 시 쓰기의 실천을 계속하고 있다. 정치가 일상화되면서 그에 따라 2000년대의 시에서도 정치적 상상력이 새롭게 갱신되고 있으며 랑시에르 이론의 영향을 받아 시의 정치성

---

48 이경수, 「절망의 봄, 공감의 노래」, 위의 책, 61~62쪽.

에 대한 시인들의 고민과 사유도 깊어지고 있다. 사회를 구성하는 시민의 일원으로 정치적 목소리를 내고 일상 속에서 정치적 활동을 하는 일에 익숙해짐에 따라 시의 정치성을 실현하는 일도 좀 더 자유로운 상상력으로 접근할 수 있게 될 것이다. 정치의 일상화를 통해 정치적 상상력과 목소리를 복원한 일은 2000년대 시의 중요한 사명이자 의미로 기억되어야 할 것이다.

5. 분출하는 목소리들, 분화하는 시들

2000년대 초반만 해도 중앙문단의 흐름과는 거리를 유지하며 지역에서 출간되는 시전문지를 중심으로 활발히 활동하는 지역 시인들이 있었고 이들을 중심으로 지역 문단이 활성화되어 있었다. 시단의 경우에는 특히 『시와 사상』과 『신생』을 중심으로 한 부산 지역 문단과 『시와 반시』를 중심으로 한 대구 지역 문단, 『다층』을 중심으로 한 제주 지역 문단, 『시와 사람』, 『문학들』을 중심으로 한 광주 지역 문단, 『문예연구』를 중심으로 한 전북 지역 문단, 『애지』·『시와 정신』·『문학마당』을 중심으로 한 대전 및 충청 지역 문단, 『딩아돌하』를 중심으로 한 충북 지역 문단, 『작가들』·『리토피아』·『학산문학』을 중심으로 한 인천 지역 문단 등이 있었고, 그밖에도 작가회의 지부에서 출간되는 기관지 성격의 잡지들이 지역마다 있었다. 이들 중 상당수는 2000년대를 지나오면서 활력을 잃어가고 있기도 한데 그 와중에도 『시인시대』처럼 이후에 출간된 시전문지도 있다. 중앙문단에서도 『현대시』와 『현대시학』이 월간지로서 여전히 명맥을 유지하고 있고[49] 『시작』, 『서정시학』 등의 시 전문 계간지가 지속적으로 출간되며 해당 출판사에서 시집을 출간해 왔다. 또한 시집을 출간하는 출판사를 보유한 시 전문지로서 『파란』이 후발 주자로서 새롭게 모습을 드러냈다. '창비'는 『문학3』을 통해, '문학과지성'은 젊은 감각의 잡지를 함께 내면서 변화를 모색하고 있다. '민음사'의 경우 『세계의 문학』은 폐간하고 『릿터Littor』로 몸 바꾸기를 하면서 신인상 제도를 없애 버렸다. 이처럼 독자들에게 시 전문 잡지가 팔리고 읽히던 시절은 점점 멀어져가고 있다. 이제 문학잡지의 무거움을 벗어 던지고 가벼운 포즈와 형식을 취하거나 시각적 이미지에 치중한 잡지들이 젊은 독자들의 시선을 끌고 있다고 해도 과언이 아닐 것이다.

시단 안에서의 분화는 더욱 심해져 가고 있다. 문태준·신용목·박준 등 여전히 서정적이면서도 세련된 감각을 보여주는 시들이 쓰이고 있고, 좁은 의미의 서정성을 주무기로 삼는 시들도 쓰이고 있지만 새로운 주체의 탄생을 알리는 시들, 기존의 시에 대한 관념을 허무는 시들이 여전히 주류를 차지하고 있다. 세대 간 분화도 더욱 심해졌고, 중앙문단과 지역문단 간의 분화, 메이저 잡지와 독립출판의 분화도 2000년대 이후 시단의 특징이라고 할 수 있겠다.

2016년 촛불 정국에서 '세월호'를 기억하는 이슈가 시단의 중요한 화두이자 모두의 공감을 불러일으키는 공통감각이었다면, 그렇게 형성된 시의 윤리적 감각은 2017년 문단 내 성폭력 이슈를 통해 오랫동안 시단의 고질적인 병폐로 자리잡고 있었던 문제를 들추어내는 데 이르게 되었다.

---

[49] 『현대시학』은 격월간지로 형태를 바꾸어 출간되고 있다.

SNS를 중심으로 한 페미라이터 활동이나 『참고문헌 없음』의 집필과 출간 등 성폭력 이슈에 저항하는 흐름은 2017년 시단을 중심으로 지속되었고, 폭로와 고발로 얼룩진 시단에 대한 우려의 시선도 있었지만 자성의 흐름도 지속적으로 일어나고 있다. 잦아드는 것처럼 보였던 문단 내 성폭력 이슈는 최영미 시인의 당당한 고백을 통해 고은의 성추문이 드러나면서 다시 확산되는 분위기를 띠고 있다. 헐리웃에서 시작된 미투 운동은 한국의 시단을 거쳐 연극계와 문화계 전반으로 번지는 형국이다.

윤리와 탈경계를 전면적으로 내세웠던 2000년대의 시단은 이제 비로소 시의 윤리 감각을 제대로 시험받고 있는 것인지도 모르겠다. 자유롭게 경계를 횡단하는 상상력을 선보인 시가 내부의 문제에 있어서도 유연한 감각으로 기성의 관습과 제도를 뛰어넘어 진정한 의미의 시의 윤리성을 회복할 수 있을 것인지 2000년대 시단은 시험대에 올랐다. 아픈 상처를 도려내고 단단해진 자기 성찰의 근육질을 회복할 것인가, 은폐하고 봉합해온 관습에 따라 시가 추구하는 정신과 이율배반의 길을 갈 것인가. 한층 날카로워진 눈으로 시단을 지켜보는 독자들이 지금, 여기에 있다. 2010년대의 끝자락에서 시는 부활할 수 있을까. 지금까지와는 다른 의미의 시의 위기가 도래하고 있다. 이 위기를 어떻게 돌파하느냐에 따라 시의 미래는 달라질 것이라는 예감이 강하게 든다.

(이경수, 중앙대 교수)

부록

4차산업혁명과 한국 시의 미래는?

1. 아날로그 시대의 편견과 다중매체 시대의 오해

19세기 이후 리얼리즘의 세계관을 지배하던 아날로그 시대는 21세기 디지털 시대에 원격 조정되면서 다중매체 속으로 함몰되었다. 그 뒤, 가상 공간에서 재편성된 현실은 실재보다 더 리얼한 세계를 창조했다. 인터넷의 보급은 그 어느 시대의 문화적 혁명보다 파워풀한 혁명으로서 성장과 확대를 이뤄냈다. 리얼리즘 문학론이 붕괴되어가면서 해체시와 정신주의가 충돌하던 1990년대에는 상상할 수 없었던 자동제어의 존재 방식이 모습을 드러냈다. 이에 대해 최동호는 "현실에서 실현되지 못한 유토피아가 가상현실 속에서 이루어진다고 할 때 가상과 현실은 뒤바뀌고 현실보다는 가상에 몰입하게 되는 것은 어쩔 수 없는 일인지도 모른다. 시의 독자들은 다 어디로 갔는가. 가상의 현실 속으로 사라진 것이 아닐까"[1]라는 의문을 던지면서 예견한 것이 이른바 '디지털 시대의 유목민'의 출현이다. 디지털 시대의 유목민은 명상과 사색의 시편을 음악과 음성, 영상과 사진 등에 복합적으로 담아 시공간을 넘어서 누구든지 자유롭게 공유할 수 있는 자로서 소셜 네트워크 서비스SNS의 'SNS 시인'으로 거듭나기에 이르렀다.

이 가운데 21세기 물질만능주의와 신자유주의가 팽창하면서 인문학의 위기론과 함께 문학은 그 복판에서 위난과 도전을 동시에 받고 있다. 그것은 문학이 문자를 매개로 하는 표현 양식이라는 절대적인 인식이 무너지고 있다는 것을 의미한다. 창의적이면서도 가치 있는 인간 정신의 사유물인 문학이 대중매체에게 그 자리를 양보하는 현상은 다툼의 여지가 없어 보인다. 그동안 일부 인문학자들은 '인문학의 위기'를 주장하면서 고급문화 예술의 자리를 지켜왔던 문학영역이 축소되어가는 것에 대해 문학이 신문명의 패러다임에 의해 파편화되거나 잠식되어가는 증거라는 견해를 펼쳐왔다.

이것을 무비판적으로 동의하기에 앞서 인문학의 흐름에 대한 거시적 접근을 한다면 편중된 판단의 오류라는 것을 발견할 수 있다. 요컨대 인문학을 당대에 한정하여 '미시적 관점'으로만 보지 않고 '대국적 관점'으로 살필 때 우리는 지나친 편견에 사로잡혀 있다는 사실을 알게 된다. 이를테면 우리 역사는 고조선으로부터 삼국시대, 고려시대, 조선시대, 대한제국시대, 대한민국의 오늘날까지 4352년에 이른다. 이 기간 동안 우리 문학은 줄곧 권력자와 지배계급 그리고 지식인의 우월의식과 선민사상의 우위적 지위 안에서 향유되었다. 그러던 우리 문학이 광복 이후 해방기를 거쳐 현대라고

---

1   최동호, 「디지털 시대의 새로운 문학 환경과 글쓰기의 방법론 연구」, 『한국시학연구』 9, 한국시학회, 2003, 339쪽.

불리는 전후시대, 산업화시대, 민주화시대를 지나 사실상 1990년대에 들어서서야 지배계층과 지식인, 그리고 창작자로부터 누구나 공유할 수 있다는, 보편적 정서를 가지게 되었다. 2000년대에 들어와 인문학의 위기를 주장하는 인문학자들의 주장과 달리 문학작품의 발표지면인 월간지, 계간지, 반연간지, 연간지 등은 수백 종이 출간되고 있다. 게다가 영리와 비영리의 문학 단체들이 서울과 수도권 그리고 지방에서 창작 교실, 행사, 공모, 시상 등을 통해 남녀노소 할 것 없이 독자를 넘어 창작자가 될 수 있다는 희망을 갖게 하였다. 아울러 고령화 사회로 접어들면서 문학은 더욱 탄력을 받고 있다. 소위 '실버 문학'을 탄생시키게 되는 배경이 되기도 했는데, 이러한 전반적인 상황을 감안하면 문학은 위기라고 보기 어려우며 인접예술과 활발히 교류하면서 스토리텔링을 통해 약진하고 있다고 볼 수 있다.

우리가 인문학의 위기라고 하는 것은 활자와 문자의 영향력이 증발하면서 디지털 문화로 본격적으로 넘어가는 2000년대에 생긴 풍조다. 21세기 전후의 정보혁명인 '새로운 제3의 물결'이라는 기술혁신으로 산업구조가 급격히 변화했다. 컴퓨터의 공급으로 계산computation · 제어control · 통신communication의 기술은 3C혁명이라 불릴 만큼 비약적인 발전을 이루면서 4차 산업혁명을 준비하고 있다. 사회 · 경제 · 정치 · 문화 등 모든 면에서 신속하고 적절한 정보의 요구가 높아지는 가운데 문학 역시 근대성에 머물러 있을 수는 없는 일이다.

인문학 위기론의 중심에는 아날로그 세대의 지식층이 자리 잡고 있다. 그들 지식인들은 문명의 흐름을 진단 · 수용 · 확산시키기 위한 반성적 자각 없이 과거에만 머물고 싶어 하는 부끄러운 자의식을 갖고 있는 것은 아닐까. 그렇다면 인문학의 위기를 말한 최초의 지식인들은 대부분 구세대이며, 어쩌면 아날로그에서 디지털로 전환해가는 현실에 대한 불안감이 그러한 부정적 의식을 증폭시켰을 가능성이 있다고 볼 수 있다. 과거에 누려왔던 많은 헤게모니가 컴퓨터에 이양되고 되고 있다는 점이야말로 위기의식의 근본원인이다.

2. 아날로그 시대의 독자와 다매체 시대의 멀티 작가

디지털 문학의 존재 방식은 문자 중심의 기록을 넘어 이미지·소리·동영상 등 시청각이 가능한 다양한 매체와 비트화된 정보로 존재하며, 매체 간의 자유로운 변이도 가능하다. 고정적이고 일방적으로 읽히던 문자 매체는 제3의 매체에 의해 다양하게 전달되며 또 다른 작가와 작가, 작가와 독자, 독자와 독자 사이에 재생산되면서 신시대의 문학을 창출하고 있다. 그 예로 온라인에서 전문 창작인도 아닌 독자들이 시를 창작하면서 전문 창작인보다 독자층을 두텁게 확보하고 있다. SNS 작가로 활약하고 있는 하상욱·최대호·김동혁 등을 예로 들 수 있으며, 이 작가군의 공통점은 20대 청년으로서 생활에서 얻은 쉽고 재미있는 소재를 갖고서 재기발랄하고 짧은 시를 쓴다는 것이다. 이들은 온라인과 가상공간에서 독자들과 함께 충분히 공감하며 정서를 공유한다. 기성 시인들과 달리 온라인상에서 블로그, 카페를 넘어 스마트 폰의 인스타그램, 페이스북에서 수만 명의 팔로우를 형성하고 있다.

SNS 작가들은 기성작가도 순수독자도 아니면서 작가이며 독자로서 가상공간에서 독자적으로 활약하고 있는 바, 이를 가리켜 '멀티 작가' 또는

'멀티 시인'이라고 명명하고자 한다. 온라인에서 선보인 글들을 모아 펴낸 독자적 작가들의 시집이 베스트셀러에 등극할 정도로 좋은 반응을 얻고 있다. 이 밖에도 독자적 멀티 작가로 활동하는 이환천·서덕준·양해열·조성용 등을 들 수 있다. 이들 모두 디지털 문학을 통한 저변 확대의 주역이라는 점에서 '아날로그 기성 작가군'은 '디지털 멀티 작가군'에 대한 도전을 받고 있다.

 과거 있는 여자도 괜찮아요.
 과거 잊는 여자로 만들게요.

                   —하상욱, 「과거 있는 여자도」 전문

 "너 CC 해봤어?"
 응
 전공 C, 교양 C.

                        —최대호, 「CC」 전문

 공부를 많이 하면 공부가 늘고
 운동을 많이 하면 운동이 늘고
 요리를 많이 하면 요리가 느는 것처럼
 무언가를 하면 할수록 늘게 된다.
 그러니,
 걱정하지 마라
 더 이상 걱정이 늘지 않게

                   —김동혁, 「걱정하지 마라」 부분

위의 작품은 앞서 언급한 멀티 시인들의 작품이다. 대부분의 전문 작가들은 이러한 멀티 작가들의 작품을 비유와 상징 등의 수사법 및 사유와 미학이 부족하다는 등의 작품성을 들어서 무시하거나, 작가들의 대열에서 배제시키려고 한다. 또한 혹자들은 멀티 작품 같은 경우 고뇌 없이 얼마든지 쏟아낼 수 있다는 것이다. 대체적으로 멀티 작가군의 작품의 수준과 품격은 전문 작가 입장에서 살피면 글을 배우는 초급 단계에 머물러 있다. 이러한 작품의 특징은 자의적, 단순성, 나열성, 비속어, 엽기와 폭력, 화자와 어조의 모호성, 언어의 남발, 시점의 오류, 비조어법, 심한 감정 노출, 의미 없는 부호와 감탄사, 이모티콘의 사용이 만연하다는 점 등을 들고 있다.

멀티 작가들은 대체적으로 문학 비전공자이며, 문학(혹은 창작) 수업을 제대로 받지 않은 상태에서 소위 등단이라는 문학 제도권를 넘어서 모호한 위치에서 생존한다. 이들의 문학은 대중을 향해 있으며, 특히 신세대 네티즌들의 감성을 겨냥하고 있다. 나아가 이들은 기성 작가군이 기존에 하지 않은 디지털 방식을 사용하며 대중들에게 나름대로의 경험을 살려서 특별한 문학에의 즐거움과 감수성을 제공한다. 독자들로 하여금 문학의 새로운 희망과 기대를 가지게 하면서 신선한 자극이 되고 있는 것 또한 사실이다. 멀티 작가군의 이러한 행보를 통해 기성 작가군은 자신들에게 닥친 문학의 위기가 문자 매체의 위기일 뿐이라고 자신감을 가질 필요가 있다. 문학 매체의 복합적 양식이 문자의 기호놀이에 한정된 것은 아니며, 멀티 작가들은 대중매체를 통해 그들의 영역을 확장하는 방법을 모색하고 있음을 알아야 한다. 이러한 관점에서 볼 때, 기성 작가에 대한 그들의 도전이 기성 문학을 위기에 빠트린다는 결론에 자연스럽게 도달하게 된다. 멀티 작가군의 행군은 문학의 본질에 대한 근원적인 로고스와 상관없이 진행되고 있어서 앞으로의 파급 효과와 지속성에 의문이 가는 것이 사실이다.

3. 기성 작가와 아날로그 매체의 진화

인터넷상에서는 기성 작가의 블로그나 카페 등의 웹web에서 다양한 시인과 독자들과 시로서 소통하면서 네트워크network로 공유하려는 시도들이 이어졌다. 대표적으로 '웹진'으로 운영되는 사이버 문학광장으로 '문장웹진', '시인광장', '공정한 시인의 사회' 등을 들 수 있다. 문학의 침체와 위기를 몰고 온 원인의 하나로 지목된 인터넷을 오히려 문학 창작과 향수의 기회로 활용한다는 취지로 2005년 창간된 '문장웹진'은 최대의 인터넷 문학 사이트로, 한국문화예술위원회 문학지원부에서 운영한다. 주로 사이버 문학 공간에서 기성 작가의 시, 수필, 소설 등을 매개체로 독자들이 참여하는 소통 방식을 창출하고 있다. 이를테면 사이버 문학 집배원, 인터넷 방송 및 청취자 게시판, 사이버문학관 등을 운영하면서 인터넷과 문학의 결합을 표방하는 '문학 포털' 사이트다. 개인이 운영하는 '시인광장'(2006년 창간) 과 '공정한 시인의 사회'(2015년 창간)는 월간 인터넷 형태로 존재하며 시와 평론, 신작과 신간 등을 소개하면서 문단 소식지 역할을 담당하고 있다. 이들 웹진은 기성 시인들이 주를 이루면서 국내외에서 활동하는 시인들의 시를 선별하여 무제한으로 소개하고 있다. 매일, 매주, 매월 단위로 시인과 시인 지망생 및 독자들에게 회원가입 등의 조건과 절차 없이 현대시를 안내하며 시문학사의 또 다른 웹 매거진web magazine 역할을 하고 있다. 이밖에 각종 문예지 및 문학 단체와 협회 등에서 회원들의 시를 상시로 가상공간에 올려 독자들과 소통한다.

한편 실시간 가상공간에서 작가와 직접 교통하지 못하는 웹 매거진과 다르게 SNS는 실시간 작가와의 교류가 가능하다. 여기서 문학 텍스트는 원본과 복제본이 시뮬라크르 되어 모호하며, 작가와 독자라는 경계마저도 구분할 수 없다. 작가는 가상의 공간에 작품을 열어놓고 수많은 독자들과 1대 1의 왕래에서 1대 다수, 다수와 다수의 요구를 수렴하며 독자들의 의견을 그 즉시 반영하기도 한다. 텍스트를 독자로 하여금 수동적인 독서가 아닌 작가와 함께 작품을 향유하고 윤문하며 책으로 출판하기도 한다. 이 것은 작가와 독자의 경계를 넘어서 작가가 독자가 되고, 독자가 작가가 되는, 매체의 진화 양상을 잘 보여주는 21세기의 소통 방식이다.

이처럼 기존의 문학이 디지털 시대의 다매체 문학으로 재생산되어 아날로그 공간에서 다른 매체와 결합하여 적응하는 양상이 생겨나기 시작했다. 기성 작가군에서 이외수·류근·김영하 같은 경우 페이스북을 통하여 작가 이미지보다는 일상인으로서 독자들과 접촉하고 있다. 이외수의 경우 인지도가 한몫했겠지만 페이스북 친구들이 5천 명으로서 이미 초과된 상태로 대기자만 수천 명에 이르고 있다. 이들은 유명세와 작가라는 격을 없애고, 그야말로 욕설과 비속어가 난무하는 SNS상에서 자기부정과 자기조롱을 딛고 누구나 친구가 될 수 있다는 유대감을 공유한다. 무명시인에서 '페이스북 스타'로 둔갑한 류근의 경우 페이스북 글들을 모아 산문집을 냈는데, 산문집과 함께 이전 시집까지 온라인에서 입소문을 타고 10쇄 이상을 찍기도 했다. 류근의 『사랑이 다시 내게 말을 거네』라는 산문집에 이외수의 "아니, 이런 개 같은 시인이 아직도 이 척박한 땅에 살아남아 있었다니"라는 추천사를 보면 이들의 '멀티적 행보'가 작금의 시대에 낯설지만은 않아 보인다.

최근 들어 '시 읽는 새로운 세대'가 등장하면서 출판계의 변화도 주목된다. 이 세대는 감각적으로 현대시를 분석하며 읽기보다는 자신이 공감하는 시 구절만으로 SNS에서 사진을 찍어 공유하거나, 오프라인 시 낭송회에 참여해 시를 낭송하고 시인들을 만난다. 2030세대 독자는 '팬덤 문화'를 형성하면서, 좋아하는 시집이 우수도서에 선정된 시집도 아닌데 이들 독자들에 의해 초판이 나오자 완판되고 재판이 쏟아져 나왔다. 이수명·황인찬·박준 시인의 경우 한정판 시집이 독자들이 줄을 서서 사갈 정도로 순식간에 매진되었고, 온라인 중고 시장에서 10만 원에 육박하는 금액으로 거래되기도 했다. 이러한 문화현상에 대하여 이소연 시인이 "독자들은 시인의 작품뿐 아니라 시인의 습관과 시인의 캐릭터 자체를 좋아하는 수만 명의 강력한 팬덤이 이들을 지탱하고 있다."라는 해석을 인터넷에서 찾아볼 수 있다. 만약 이러한 현실이 저자와 출판사의 의도적인 개입 없이 이루어지고 있다면 문학의 소비 방법이 새로운 패턴으로 자리 잡고 있는 것만은 틀림없어 보인다.

이밖에도 심보선의 시집 『오늘은 잘 모르겠어』의 경우 출간 1주일 만에 유례없이 1만 부가 나가기도 했다. 올해 특정 출판사에서 시집을 출간한 심보선의 뒤를 이어 천양희·임솔아·서효인·허은실·김개미·김상미·김준현 등의 시집도 마찬가지로 중판 제작에 합류하고 있다는 점을 고려할 때 나머지 기성 시인들로 하여금 디지털 시대에 어떻게 대응해야 할지 고민하게 만든다.

또한 21세기 시단에서 주목받고 있는 장르 시로 2004년 생겨난 '디카시'의 활동이 있다. 아날로그 시대에 시와 그림을 결합한 것을 '시화'라고 했듯이, 디카시는 디지털카메라와 시를 결합한 새로운 문학 장르로, 디지털카메라나 휴대폰으로 사진을 찍어 그 이미지에 대한 정서를 시로 표현한 작품이다. 작가와 독자의 구분 없이 언제, 어디서, 누구나 사진을 찍어서 5

행 이내의 시적 문장으로 표현하고, SNS 등으로 실시간 쌍방향 소통하는 방식을 통해 사이버 시대의 '실시간 소통 예술'이라는 평을 받고 있다.

4. 문자 예술의 도그마 너머, 4차 문학 산업의 탄생

3차 산업의 문학이 포스트모더니즘과 아방가르드식의 장르와 장르 간의 융합이라면, 도래될 4차 산업의 문학은 매체와 매체 간의 다양한 융합, 말하자면 문학의 이노베이션을 지향하는 통합된 예술 혁명이 될 것이다. 이러한 디지털 시대 문학의 공급은, 각각 다른 매체가 저장하고 수급되었던 정보들을 단일 물량으로 통합시키는 시도이며, 작가와 독자 간의 일방성이 아닌 쌍방성 또는 다방성의 거래를 채택하고 있는 현상을 이른다. 아날로그적인 방식으로는 21세기를 판독해내거나 모방하지 못한다는 점에서 다중매체라는 가상의 교섭 공간에서 또 다른 매체와의 결합을 다채롭게 타진하고 있는 것이다. 작가는 독자들을 온라인과 오프라인에서 만나고, 텍스트와 종이책의 생산 양식과 문학의 소비 양상이 다중매체로 빠르게 전환되고 있음을 보여준다. 이것은 아날로그에 의존했던 창작자들이 인문학의 위상이나 권위를 보장받을 수 없게 된 현실을 직시, 자신의 문학을 지키려는 간절한 열망과 고투를 반영한 것이다.

이 같은 3차 문학 산업의 변화는 문자 중심의 문학이 하이퍼 시나 하이퍼 소설과 같이 포스트 구조로서 다중매체와 융합되면서 "전자문학, 컴퓨터 문학, 하이퍼텍스트 문학, 멀티미디어 문학, 사이버문학, 하이퍼미디어

문학, 다중문학 등의 다양한 용어들은 논자에 따라 각각 그 개념과 속성을 조금씩 달리하고 있다."[2] 이러한 경향은 아날로그 문학이 쇠퇴하는 과정이 아니라 디지털 매체와 상호 작용을 통한 신개념의 문학행위와 창작활동의 개시를 의미하는 듯 보인다. 디지털 문학의 다매체, 복합성, 융합성은 문학의 네트워크성과 함께 에너제틱한 전환을 요구한다. 이로 인해 종이 위에 써진 문자의 절대적인 영향력은 휘발되어 버리고 비트화된 텍스트, 정보화된 비결정체로서의 시만 남게 된다.

디지털 시대의 문학은 비물질적 기호를 읽는 시가 아닌, 영상·사진·그림·소리 등의 물질적인 시각적·청각적 이미지로 재탄생한다. 이미지들은 하나로 편입되거나 함몰되지 않고 거기에서부터 무수히 새로운 것들이 다시 생산된다. 이른바 4차산업혁명을 준비하는 '문학의 융복합적 이노베이션'은 탈장르의 신매체로서, 증발되어가는 문자 위에 새겨지는 '유목민 시대의 시의 부활'이라고 할 수 있는 바, 그 의미를 다중매체라는 디지털 공간에 다감각적으로 강력하게 주입하는 일이라고 할 수 있다.

(권성훈, 경기대 교수)

---

2 강연호, 「디지털 매체 시대와 문학」, 『열린정신 인문학연구』 13, 원광대 인문학연구소, 2012, 83쪽.

새로운 독자는 무엇을 원하고 있는가

21세기의 시와 시인과 독자

근년에 들어 문학 환경이 크게 바뀌고 있다. '저자의 죽음'과 '텍스트性'을 부르짖던 포스트모더니즘은 이제 수명을 다했다고 본다. 하늘 아래 완벽하게 새로운 것은 없다는 전제하에 논의가 전개되었던 포스트모더니즘은 그래도 '텍스트'를 중심에 놓고 다른 텍스트와의 상호관계를 중시하였다. 하지만 이제는 텍스트의 위상이 나날이 추락하고 있고, 그에 반비례하여 독자의 위상이 크게 향상되고 있다. 어느 때부터인가 문학 완제품을 소비하던 수동적 수용자인 독자들이 문학 생산에 직접 참여하는 능동적 생산자로 변화하기 시작했고[1] 이러한 변화는 문학을 둘러싼 제반 질서, 즉 생산-유통-소비의 패턴을 바꾸고 있다. 과거에는 서점(인터넷서점을 포함)

---

[1] 이지연, 「디지털 다매체 환경과 문학의 새로운 유통 양상」, 『인문콘텐츠』 46, 인문콘텐츠학회, 2017, 157쪽.

이 중요한 기능을 했는데 이제는 생산(저자)과 소비(독자)의 1 : 1 대응이 이루어지고 있는 셈이다. 각종 소셜 네트워크 서비스SNS가 유통의 기능을 대신하고 있기 때문이다. 다시 말해 지금은 독자가 서점에 가서(혹은 인터넷서점을 통해) 책을 구입해 문학작품을 읽는 대신 트위터·페이스북·카카오스토리 등을 통해 작품을 '접하는' 경우가 훨씬 많다. 읽는 것이 아니라 접하고 소비하는 것이다. 오늘날 낙양의 지가와는 아무 상관이 없는 웹소설과 웹툰을 엄청나게 많은 독자가 소비하고 있는데, 책을 통해서가 아니라 SNS를 통해서이다. 10대 청소년과 20~30대 젊은이들에게 책은 딱딱하고 재미없는 것이기도 하지만 들고 다니기에 무거운 것이다. 스마트폰이나 노트북이면 되는데 책을 몇 권씩 들고 다녀야 하다니!

'소비의 사회'(장 보드리야르)는 자본주의 광고시장에만 해당되는 용어가 아니다. 소비자의 욕구를 잘 살피는 작가가 '돈'을 버는 시대가 되었다. 관심사는 판매 부수가 아니라 조회 수가 되고 말았다. 소설을 써서 연간 억대를 버는 웹소설가가 즐비하고 웹툰 작가의 원작이 영화와 드라마로 만들어지고 있다. 정통문학의 작가들은 이제 독자의 호응을 받아 인세 수입을 올리는 것은 포기, 문학상을 노리고 있으니 딱한 노릇이다.

개인 미디어와 SNS의 발달은 쌍방향 소통을 가능하게 했던 1990년대 PC통신소설의 기능을 훌쩍 뛰어넘어 이제는 독자가 능동적 생산자는 물론이거니와 배급자로 군림하게 되었다. 뿐만 아니라 문학평론가의 역할까지 할 수 있게 되었다.

임대근은 트위터를 통해 문학 트윗tweet을 생산하고 있는 이외수와 류시화를 예로 들면서 그들의 글은 "생산과 동시에 독자들에게 도착"한다고 한다. 독자들이 작가의 트윗을 리트윗하면서 자신들의 독서 행위를 비평 행위로 진화시켰다는 것이 임대근의 주장이다.[2] 즉, 이제 작가는 출판권력이나 문단권력에 좌우되지 않게 되었고, 독자가 작가와 직접 만나게 되었다는 것이다. 엄청난 조회 수를 등에 업고 이들의 책은 출간되면 반드시 베스트셀러가 된다. 류근 같은 시인은 페이스북을 통해 많은 독자들과 만나고 있고, 그 덕분에 시집 판매고를 올리고 있으니 이점이 확실히 있다고 봐야 한다. 옛날에는 신문에 책 광고를 냈는데 지금은 광고 효과가 빵점인 신문광고를 내는 출판사가 없다. 페이스북은 광고비를 한 푼 안 들이고도 좋은 광고지면이 될 수 있다. 최영미 시인은 자신의 페이스북에 '생활보조금'과 '호텔방'이란 말을 올렸다가 논란이 되기도 했다.

'문장 웹진'과 '웹진 시인광장'도 종이책을 배제한 사이버 문학광장으로서 독자를 직접 만나고 있다. 한 달에 한 번 이상 프로그램을 제작, 제공하는 팟캐스트Podcast[3]가 2014년 자료에 이미 400여 개에 달한다.[4] 팟캐스트는 꾸준히 저변을 확대해온 스마트폰 사용자들의 기호에 맞춰 등장한 새로운 소통방식으로, 출판업계의 불황을 타개할 새로운 대안으로 떠오르고 있다.[5] 독자의 변화는 다음과 같이 언론에서 다뤄지기도 한다.

> 전자매체를 통해 재매개된 책을 접한 독자들은 SNS를 통해 이를 추천하거나 인쇄된 책을 구매하기도 한다. 『문학동네』 가을호에 실린 박민규 작가의 「눈먼 자들의 국가」가 『문학동네』 팟캐스트를 통해 전문이 낭독되면서 소셜 네트워크상에서 화제를 모은 사실을 동호의 초판 4,000부가 발간 한 달 만에

---

2 임대근, 「한국에서 '트위터 문학'은 가능한가? ─뉴미디어의 등장과 새로운 문학의 출현에 관한 시론」, 『외국문학연구』 53, 한국외대 외국문학연구소, 2014, 296쪽.
3 아이팟(iPod)의 'pod'와 방송(broadcast)의 'cast'가 합쳐진 단어. 인터넷을 통해 다양한 콘텐츠를 디지털화된 오디오 파일이나 비디오파일의 형태로 제공하는 1인 미디어 시대의 대표적인 서비스. 예컨대 박제영의 '소통의 월요편지' 같은 것. 어언 573호가 배달되고 있다.
4 「팟캐스트부터 컬처카페까지. 불황 속 출판사가 살아남는 법」, 『헤럴드경제』, 2014.7.15.
5 임수영, 「디지털 시대에 직면한 한국 현대시의 변화상 연구」, 『인문논총』 72-2, 서울대 인문학연구원, 2015, 392쪽.

매진된 이례적인 기현상과 무관하게 볼 수만은 없다. 빨간 책방(위즈덤 하우스), 라디오 책다방(창비), 낭만서점(교보문고), 문학동네 채널 1(문학동네), 김진애의 책으로 트다(다산북스), 소소한 책수다(푸른봄), 라디오 르 지라시(북스피어) 등이 대표적 출판 팟캐스트이다.[6]

저작권이 문제가 되기는 하는데, 대다수 작가들이 원고료를 받지 않더라도 이런 팟캐스트를 거부하지 않는다. 문예지가 제대로 기능을 하지 못하고 있기 때문이다. 대체로 문예지 1권에 50편의 시가 실린다고 본다면, 매 계절 문예지가 최소 50권은 발간되므로 시가 독자에게 읽혀 가슴에 남는 일은 사막에서 콘택트 렌즈를 찾는 일과 다를 바 없다.

1970년대에는 계간지 『창작과비평』과 『문학과지성』을 문예지의 양대 산맥이라고 일컬었다. 두 계간지에 실린 작품은 독자가 읽었고 문학평론가가 논하고 평가했다. 두 계간지에 작품이 실린 이가 책을 내면 그 책은 거의 예외 없이 몇 쇄를 찍었다. 월간 『현대문학』과 『문학사상』이 1970~1980년대에 몇 만권씩 찍기도 했지만 이제는 호랑이 담배 피울 때의 이야기가 되고 말았다. 문예지의 기능이 약화되면 될수록 소셜 네트워크의 기능은 커져갈 것이다.

이지원 홍익대 교수는 논문에서 이 점을 주목하였다. 트위터가 지닌 형식적 특성 중 가장 혁명적이라고 평가되는 것은 '140글자'라는 발신 정보량의 제한을 통해 정보 발신의 단순화를 추구하는 것인데, 이러한 트위터의 특성이 문학 유통에 기능하고 있는 사례를 다양한 봇bot[7]에서 찾아볼 수

---

6 이유진, 「문학계 '이변'… 세월호 다룬 '문학동네' 초판 매진」, 『한겨레신문』, 2014.9.30.
7 ① 로봇의 줄인 말로서 데이터를 찾아주는 소프트웨어 도구. 인터넷 웹 사이트를 방문하고 요청한 정보를 검색, 저장, 관리하는 에이전트의 역할을 한다. ② 보안이 취약한 컴퓨터를 스스로 찾아 침입해 보이지 않는 곳에서 조용히 작동하면서 컴퓨터 사용자도 모르게 시스템

귀여니의 소설 『그놈은 멋있었다』가 영화로 만들어졌다. ⓒ BM필름

있다고 했다.[8] 봇은 데이터베이스에 저장한 글을 특정한 시간에 트윗하는 방식으로 운영되는데 시는 김수영·이상·이육사·백석·기형도·김남주·최승자·진은영 등의 것이, 소설은 박경리·김영하·박민규 등의 것이 데이터베이스화되고 있다. 작품이 시체 부검하듯이 해체되고, 임의로 전달되고, 인터넷상에서 자유롭게 유통되고 있다고 보면 된다.

이제는 고전(?)이 되었지만 인터넷에 연재된 귀여니의 장편소설 『그놈은 멋있었다』는 2001년에 수백만 명이 접속했고 단행본도 50만 권이 팔렸다. 영화는 소설만큼의 성공은 거두지 못했다. 몇 년 뒤에 나온 같은 작가의 『내 남자친구에게』는 30만 권을 돌파했고 뮤지컬로도 만들어져 상업적으로 큰 성공을 거두었다. 이런 작품의 문학적 완성도는 형편없지만 그것을 문제 삼지 않는 시대가 되고 말았다.

시의 경우 하상욱은 '하상욱 현상'이라고 명명해야 할지, 2013년 2월 10일에 그의 첫 시집 『서울 시』가 나오기 전부터 엄청난 사회적 반향을 불러일으켰다. 그는 '단편 시집'을 카카오스토리·인스타그램·트위터·페이스북 등에 아주 잘 '유통'시켰다. SNS를 종횡무진 누비는 그의 짧은 글은 '촌철살인'이라는 호평을 받으면서 지금까지도 대중의 인기를 끌고 있다.

에게 명령을 내릴 수 있는 원거리 해킹 툴. 봇은 채팅 서버와 P2P 네트워크를 통해 컴퓨터를 감염시켜, 해커들이 마음대로 지시를 내릴 수 있으며, 다른 컴퓨터를 공격하도록 명령하거나 감염된 시스템에서 정보를 빼낼 수 있어 보안 문제 가운데 하나가 되고 있다. 출처는 한국정보통신기술협회, 『정보통신용어사전』.

8 이지원, 앞의 글, 160쪽.

사생활이

없네

사생활이

없어

　그의 첫 시집 『서울 시』 268쪽에 실려 있는 시로서, '하상욱 단편 시집
『야근』 中에서'라는 단서가 붙어 있다. 그래도 위의 시는 의미라도 있다.

진실

혹은

거짓

　두 번째 시집 『서울 시 2』 86쪽에 나오는 시의 전문이다. '하상욱 단편
시집 『언제 한번 보자』 中에서'라는 단서를 연관시켜 보아야 하겠지만 시
에 대한, 아니 활자에 대한 모욕이라는 생각이 든다. 『시 읽는 밤 : 시밤』에
는 "혼자 있는 거 싫다 / 혼자 잊는 거 싫다", "도레미파 / 솔로시죠?" 같은
펀pun을 이용한 시가 많이 나온다. 아무튼 이런 시에 독자는 열광하고 환
호한다. 임곤택은 하상욱의 시가 "대상에 대한 단편적이고 순간적인 착상
을 그대로 옮겨놓은 것에 불과"하고 "형상화하는 대상에 대한 시인의 생각
이나 실존적 고민 등은 보이지 않"으며, "그것에 대한 천착이나 그것의 사
회적 의미, 시인이나 동시대인들과 맺는 관계 등도 전혀 관심 밖"이라고
비판하였다.[9] 그는 또 "문학사의 중요한 거점을 이루는 시인들과 이들을

비교하는 것은 무리라고 생각된다"고 했는데 이 점에 대해서는 동의하지 않는다. 문예지에서 류시화[10]와 이외수, 하상욱과 용해원을 특집으로 다뤄야 하고, 이들의 시를 찬양하는 대중의 취향을 시대의 조류 속에서 읽어내야 할 것이다. 이들의 책이 상업적으로 성공을 거두고 있으므로 그것의 사회적 의미와 문단사적 의미에 대한 이해가 필요한 시점이다. 이들의 책은 출간하면 금세 10쇄를 찍는다. '비평'의 역할이 약화되고 독자가 작가와 바로 만나는 현상이 점점 더 확산될수록 하상욱 같은 이가 시인의 모습으로 우리 앞에 나타나는 것이 아닐까? 이러한 예측은, 비평이 사라진 자리에 대한 염려이자, 이른바 '장르물'에 대한 비평적 관여까지 함축하는 것이어서 몹시 어려운 문제이기는 하다.

오늘날 인터넷 카페, 블로그, 사이트의 난립은 돈 안 내는 소비자를 양산하고 있는데, 이들이 야기한 문제는 '펌'의 기능에만 있는 것이 아니다. 시집과 문예지의 시를 대충 타이핑하여 올리기 때문에 원작이 훼손된 시가 횡행한다는 사실이다. 이는 시를 좋아하는 고급독자의 시 사랑 행위가 아니라 시인 모욕과 시 파괴가 일상화되어 가고 있다는 증거다. 한 번 잘못 타이핑된 시는 계속되는 '펌'을 통해 그것이 텍스트로 고착되는 현상까지 야기된다. PC가 보급되기 전의 신춘문예 당선작은 대개의 경우 오자투성이의 작품이 인터넷상에서 유령처럼 떠돌고 있다.

이지원은 SNS 환경이 문학의 생산과 유통에 근본적인 변화를 일으키고 있다고 하면서 이것을 바이럴viral(바이러스의 성질을 가진) 문학이라고 했다. 바이러스처럼 순식간에 확 퍼지는 성질이 있다는 것이다. 이 연구자는 '댓

9　임곤택, 「미디어에 대한 한국시의 인식과 대응」, 『현대문학이론연구』 61, 현대문학이론학회, 2015, 386쪽.

10　필자는 『작가세계』 1999년 가을호에 「방랑하는 명상가, 혹은 신비주의자—류시화의 시세계」를 발표한 바 있다.

글시인 제페토'의 사례를 예로 들면서 바이럴 문학의 가능성을 거론하고 있다.[11] 인터넷서점 Yes24에 들어가 봤더니 시집 『그 쇳물 쓰지 마라―댓글시인 제페토』가 2018년 5월 12일 기준 판매지수가 2만 838이고 회원리뷰가 19개나 달려 있다. 댓글로 시를 올려놓은 데서 시작된 시작 행위가 대단한 반향을 불러일으켰음을 알 수 있다. 연구자의 주장에 일견 동의하면서도 제페토의 시를 앙드레 말로나 헤밍웨이, 생텍쥐페리로 대표되는 '행동주의 문학'으로까지 격상시킨 것에는 동의할 수 없다.

시집 『그 쇳물 쓰지 마라―댓글시인 제페토』의 표지 ⓒ 수오서재

문학은 이제 독자가 주도한다. 제페토의 예에서도 알 수 있듯이 등단이라는 관문에 연연하지 않아도 된다. 투고와 낙선을 거듭하며 자신의 자질에 대해 의구심을 가질 필요도, 심사위원을 의식할 필요도 없다. 등단지면은 물론 학연과 지연까지 고려하는 경우가 많은 우리 문단의 나쁜 관습은 이제 구세대의 경향이 되어가고 있다. 하지만 작가가 독자와 다이렉트로 만나는 사례가 점점 더 빈번해진다면 상업적인 혹은 대중적인 속성을 갖고 있는 시인이 환영을 받게 되지 않을까? 지나치게 난해하여 독자대중을 따돌리는 시, 극단적인 실험시는 독자의 외면을 받으면서, 독자가 판결권을 쥔 시대는 이미 도래하였다. 그러한 현상은 앞으로 더욱 심화될 것이다.

요즈음 시집이 제법 잘 나간다고 하면서 '1980년대 영광의 재현'을 말하

---

11 제페토의 댓글 시는 현실 반영에 있어서의 기민함과 역동성이라는 측면에서도 그 중요한 의미를 찾아볼 수 있다. 일상 속의 사회·정치적 이슈에 대한 즉각적·실천적 행동으로서의 문학 행위, 그것은 현대의 문학이 잃어버린 가치를 돌아보게 했다. 권위적 문학이 독자들에게 도달하기까지의 시차와 거리를 한 평범한 네티즌의 댓글이 일거에 무력화시킨 것이다. 생산과 동시에 독자에게 도달하는 문학, 네티즌들의 제페토에 대한 열광은 유연하고 민첩한 행동주의 문학의 가능성에 보내는 열광이기도 했다. 이지원, 앞의 글, 165~166쪽.

는 이들이 있다. 하지만 판매 부수가 시의 내용을 능가할 수는 없는 노릇이

다. 등록제 이후 매달 매 계절 쏟아져 나오는 문예지들을 보라. 문학에 대한 진지한 담론을 담지하고, 쟁점을 부각시키고, 반성을 촉구하고, 이슈를 이끌어내는 문예지가 과연 몇 종인가? 모든 초점을 오직 판매에 맞추는 한 이 시대의 상업주의는 시를 사랑하는 존재들의 진정성마저 잠식하고 말 것이다. 문학의 본령을 지켜야지 수준 낮은 독자에게는 배턴을 넘겨주지 말아야 한다.

세계멀티포엠 축제 시 허혜정 축제위원장이 현대아이파크 이벤트홀에서 개회선언을 하고 있다(2007.12).

20세기가 저물어갈 무렵에 출범하여 2000년대에 우리 시문학사의 신기원을 이룩한 그룹이 있었다. 글로벌 웹이 보편화된 현대사회에서는 "높은 복잡성을 담지한 인간과 미디어가 능동적으로 결합해 발전하는 공진화 coevolution"[12] 현상이 두드러지는데, 공진화 현상은 미디어의 몸을 입을 수밖에 없는 문학과 예술에 있어서도 장르와 표현양태 등 여러 각도에서 마찬가지로 적용된다.

특히 문학의 경우 끝없이 지루해진 글 공간을 떠나는 독자들을 매혹하는 웹 콘텐츠는 "뉴미디어 스토리텔링의 주된 표현양식"[13]이라는 점에서, 제한된 소비시장에서 고투하고 있는 문학의 새로운 실현의 통로로서 주목되어야 할 가치가 있다.

---

12 허혜정, 「문학과 K-팝, 유튜브 르네상스」, 『동서비교문학저널』 46, 한국동서비교문학학회, 2018, 5쪽.
13 허혜정. 「뉴미디어 스토리텔링과 웹 콘텐츠의 가능지평」. 『국제한인문학연구』 20, 2017, 151~179쪽.

현대시의 미디어적 실험의 최초의 사례는 장경기와 허혜정이 주도한 멀티포엠 시운동이다. 이미 장경기와 허혜정은 1995년 한국 최초의 영상시집 『몽상의 피』를 공동개발·출시하고, 대학·스키장 등의 문화공간에서 이 영상시집을 11회 이상 상영하였다. 또한 두 사람은 1996년부터 6차에 걸쳐 「멀티포엠 선언문」을 발표하고, 멀티포엠 시대의 도래를 널리 알렸다. 장경기와 허혜정은 2006년 현대아이파

장경기·허혜정이 공동개발해 출시한 DVD와 디지털텍스트 「처용 연작」 중 「처용의 도시」의 한 장면(2007) ⓒ 글누림

크 이벤트홀에서 1년간 개최된 세계 멀티포엠 축제를 통해 디지털 강국 한국에서 처음으로 멀티미디어문학의 본격적인 신호탄을 쏘아 올렸다. 동시에 허혜정은 멀티포엠과 디지털문학을 이론화하는 작업과 병행, 문학연구와 포맷을 같이 한 디지털 시텍스트를 전시하는 웹 플랫폼을 구축한 바 있다. 아울러 2006년 자신의 〈처용가〉 연구에 기반한 「처용의 도시」, 「역신의 노래」 등 디지털 텍스트 3부작을 장경기와 공동으로 개발, DVD로 출시하고 국내외에서 발표·상영함으로써 미디어와 공진화하는 현대시의 표현양식을 10회 이상 실험하였다. '멀티포엠 시운동'이라는 캐치프레이즈를 내걸었던 이 실험들은 오늘날 글로벌 웹 시대를 겨냥한 한국 최초의 문학의 콘텐츠화 실험으로서 매우 중요한 의미를 가진다. 장경기·허혜정이 제창하여 주도한 멀티포엠 시운동은 2000년대 이후 '디카시' 등의 유사 실험들을 파생시킨 시발점이자 진원지다.[14]

디카시는 일종의 포토포엠으로, 최근 인기를 끌면서 상큼하고 다채로

---

14 허혜정, 「문학과 K-팝, 유투브 르네상스」, 『동서비교문학저널』 46, 한국동서비교문학학회, 2018, 6쪽.

운 분위기 전환을 주도하고 있다. 시가 시집 속의 활자에서 벗어나 음성과 이미지, 영상과 결합하는 것은 시대의 흐름이다. 그 흐름을 무시할 수도 없고 부정할 수도 없다. 하지만 '독자의 판단에 모든 것을 맡기자'는 태도는 바람직하지 않다. 시 중에도 분명히 좋은 시가 있고 안 좋은 시가 있다. 함량 미달의 시, 순 엉터리 시들이 잘 팔린다는 이유로 용납된다면 시를 진지하게 쓰는 시인이나 그러한 시를 좋아하는 독자는 어떻게 하란 말인가. 문학평론가는 무엇을 하란 말인가. 새로운 독자의 탄생을 마냥 기뻐할 수 없는 이유가 여기에 있다. 오늘날 시 낭송의 유행과 시조시단의 약진을 눈여겨볼 필요가 있다. 대중은 지나치게 난해하거나 하염없이 긴 시, 촘촘히 진행되는 산문시를 역겨워하면서 반란을 모색하고 있는지도 모른다.

(이승하, 중앙대 교수)